本书获中国作协网络文学理论评论支持计划项目资助

中国网络文学年鉴

·2023·

欧阳友权 ◎ 主编

北京出版集团
北京出版社

图书在版编目（CIP）数据

中国网络文学年鉴.2023/欧阳友权主编.—北京：北京出版社，2024.7
ISBN 978-7-200-18656-7

Ⅰ.①中… Ⅱ.①欧… Ⅲ.①网络文学—中国—2023—年鉴 Ⅳ.①I207.999-54

中国国家版本馆 CIP 数据核字（2024）第 078486 号

责任编辑：占 琴 陈业莹
责任印制：张鹏冲
封面设计：知库文化

中国网络文学年鉴 2023
ZHONGGUO WANGLUO WENXUE NIANJIAN 2023

欧阳友权 主编

出　版	北京出版集团
	北京出版社
地　址	北京北三环中路 6 号
邮　编	100120
网　址	www.bph.com.cn
总发行	北京出版集团
经　销	新华书店
印　刷	三河市龙大印装有限公司
开　本	887 毫米×1092 毫米　1/16
印　张	30.5
字　数	550 千字
版印次	2024 年 7 月第 1 版第 1 次印刷
书　号	ISBN 978-7-200-18656-7
定　价	398.00 元

如有印装质量问题，由本社负责调换
质量监督电话 010-58572772

指导单位：
中国作家协会网络文学中心

编撰单位：
中国作协网络文学中南大学研究基地
中南大学网络文学研究院

编委会：
顾　问： 何　弘
主　任： 欧阳友权
副主任： 禹建湘　　肖惊鸿　　马　季
编　委：（排名不分先后）

黄鸣奋	陈定家	周志雄	夏　烈	邵燕君
黄发有	单小曦	周志强	徐耀明	庄　庸
何　平	周兴杰	杪　椤	许苗苗	周　冰
黎杨全	吴长青	李　玮	曾繁亭	阎　真
白　寅	聂庆璞	纪海龙	贺予飞	

目　录

第一章　年度综述 …………………………………………………………… 1
　　一、总貌描述 ……………………………………………………………… 1
　　二、年度聚焦 ……………………………………………………………… 12
　　三、问题与趋势 …………………………………………………………… 31

第二章　文学网站 …………………………………………………………… 44
　　一、文学网站发展总览 …………………………………………………… 44
　　二、不同类型网站平台 …………………………………………………… 56
　　三、重要文学网站举隅 …………………………………………………… 66

第三章　活跃作家 …………………………………………………………… 82
　　一、网络作家年度总貌 …………………………………………………… 82
　　二、网络作家年度重要活动 ……………………………………………… 85
　　三、年度活跃作家 ………………………………………………………… 92

第四章　热门作品 …………………………………………………………… 112
　　一、年度作品概观 ………………………………………………………… 112
　　二、热门作品一览 ………………………………………………………… 127
　　三、网络创作新趋势 ……………………………………………………… 151

第五章　网络文学阅读 ……………………………………………………… 161
　　一、网络文学阅读与 IP 消费总貌 ……………………………………… 161
　　二、网络文学阅读的年度热点 …………………………………………… 174
　　三、网文读者年度热评分析 ……………………………………………… 181
　　四、网络文学阅读特点与趋势 …………………………………………… 187

第六章　网络文学产业 ……………………………………………………… 194
　　一、网络文学线上产业 …………………………………………………… 194
　　二、网络文学线下出版 …………………………………………………… 206
　　三、网络文学跨界运营产业链 …………………………………………… 209

第七章　研讨会议、社团活动与重要事件 ……………………………… 256
　　一、网络文学年度会议 …………………………………………………… 256
　　二、网络文学年度社团活动 ……………………………………………… 269

三、网络文学年度重要事件 ………………………………………… 284

第八章　网络法规与版权管理 ………………………………………… 299
　　一、网络文学版权管理年度现状 …………………………………… 299
　　二、网络文学相关政策法规梳理 …………………………………… 303
　　三、网络文学版权管理相关报告及学术文献 ……………………… 311
　　四、网络文学版权管理相关会议 …………………………………… 318
　　五、网络文学版权管理相关行动 …………………………………… 323
　　六、年度网络盗版侵权典型案例 …………………………………… 330

第九章　理论与批评 …………………………………………………… 336
　　一、理论与批评年度总貌 …………………………………………… 336
　　二、年度代表性学者及代表作 ……………………………………… 337
　　三、刊载成果的主要期刊、报纸及公众号 ………………………… 355
　　四、年度硕博论文和科研项目 ……………………………………… 362
　　五、年度理论批评点评 ……………………………………………… 370

第十章　中国网络文学海外传播 ……………………………………… 382
　　一、网络文学海外传播年度概况 …………………………………… 382
　　二、网络文学海外传播年度业绩 …………………………………… 397
　　三、网络文学海外传播的贡献与局限 ……………………………… 415

附录：2023年网络文坛纪事 …………………………………………… 423

第一章　年度综述

2023年，网络文学在文化传承与创新中展现中国精神和美学风范，发展水平迈向新阶段。2023年10月全国宣传思想文化工作会议，正式提出并系统阐述了习近平文化思想。这是一个重大战略决策，在党的理论创新进程中具有重大意义，在党的宣传思想文化事业发展史上具有里程碑意义。习近平文化思想为做好新时代新征程宣传思想文化工作、担负起新的文化使命提供了强大思想武器和科学行动指南，为创造人类文明新形态、引领世界文明发展进步贡献了中国智慧。网络作家坚定文化自信与文化自强，弘扬社会主义核心价值观，以高质量发展作为网络文学的航向，创作出一批与时代同频共振、与人民同呼吸共命运的精品力作。国家网络综合治理体系与网络文学利好政策的推进彰显真抓实干之风，网络文学生态呈现出欣欣向荣景象。网文行业广泛探索新文艺表达形态，促进文学与视听媒介深度融合，大大提升网络文学影响力。在出海模式优化升级下，网络文学已成为中国文学走出去的重要窗口。海外创作队伍迅速扩充，成为人类命运共同体书写的新力量。网络文学加强研究阵地建设，盘活产学研资源，积极建构具有中国特色的文艺理论体系、话语体系和评价体系。

一、总貌描述

1. 文化强国赋能网络文学，网络文学高质量发展步入新征程

文化兴则国运兴，文化强则民族强。作为当代中国现代化建设总体布局的重要一环，文化强国战略不仅关乎国家发展的顶层设计与价值引领，而且有益于我国世界影响力和国际地位的提升。党的二十大以来，我国社会主义文化强国建设迈入新的发展阶段。习近平总书记2023年6月2日在文化传承发展座谈会上发表讲话时强调："在新的起点上继续推动文化繁荣、建设文化强国、建设中华民族现代文明，是我们在新时代新的文化使命。"网络文学是社会主义文化的重要组成部分，网络作家在新的文化使命召唤下踔厉奋发，以创作精品力作为目标，推动网络文学高质量发展。

"任何一个时代的文艺，只有同国家和民族紧紧维系、休戚与共，才能发出振聋发聩的声音。"① 网络作家发时代之声，用文化自信提振文学的精气神，观照中国

---

① 习近平：《在中国文联十大、中国作协九大开幕式上的讲话》，人民出版社2016年版，第7页。

式现代化伟大实践，创作出一批反映人民奋斗、展现民族昂扬向上的风貌的作品。树下小酒馆的《山河灯火》、伯乐的《飞翔在茨淮新河》、伊朵的《奔腾的绿洲》、白马出凉州的《漠上青梭绿》、关中老人的《秦川暖阳》、煜素的《江渔》、南宫狗蛋的《不卷了，回家种田》等作品将灯具业、种植业、沙漠绿化工程、农产品销售业、渔业的兴衰等与故乡的土地、河流、山川建立血肉联结，以"富民"题材书写新时代山乡巨变。何常在的《向上》、扫3帝的《只手摘星斗》、银月光华的《大国蓝途》、洛明月的《问稻》、奕辰辰的《慷慨天山》等作品，分别从青年奋斗与家乡发展、卫星导航与科技强国、机器人研究与民族自强、水稻育种与粮食安全、戍边屯垦与边疆建设等多个侧面展现中国式现代化发展的伟大成就，以中国当代社会主流价值观的践行与书写来回应网络作家的社会责任担当。叶语轻轻的《三孩时代》、九戈龙的《家庭阅读咨询师》、荆泽晓的《美味关系》、灵犀无翼的《寻常巷陌》、有酒一壶的《路就在脚下》、林特特的《雨过天晴：我回家上班这两年》聚焦时代洪流中的新政策开放、行业变革与就业择业等话题，以小人物披荆斩棘的故事映射生活的酸甜苦辣。志鸟村的《国民法医》、流浪的军刀的《逆火救援》、王文杰的《生死守卫》等作品为人民鼓与呼，以专业化知识技能和铁肩担大义的情怀塑造了法医、民间救援人员、森林警察等守护人民生命安全的英雄形象。文化强国的书写离不开网络作家的文化自信与文化自觉。从这一系列作品来看，网络作家抓住了中国经验与中国精神的核心内质作为价值感召，以深入生活、扎根人民的态度塑造可信、可敬、可爱的中国形象，以讲述人民美好生活与社会福祉的中国故事获得文化认同、情感共鸣，不断凝聚全国各民族团结奋进的向心力。

坚守中华文化立场，是文化强国建设的必然要求。五千年中华文明博大精深，为文化强国建设提供了得天独厚的资源宝库。习近平总书记在宣传思想文化工作会议中提出"着力赓续中华文脉、推动中华优秀传统文化创造性转化和创新性发展"。作为新时代的文艺工作者，网络作家努力挖掘中国文化资源与民族特色，聚焦古老工艺传承，以"非遗"创作热潮推动中国传统文化焕发新活力。金色茉莉花的《我本无意成仙》破除仙侠小说的修炼升级模式，巧妙地将制香、制墨、打铁花、古琴等非遗文化融入创作中，开拓了仙侠"日常流"写作新样式。慈莲笙的《一梭千载》以杭罗丝绸的起源与发展为素材，讲述了年轻匠人以创新精神传承杭罗工艺的故事。湘竹MM的《琼音缭绕》将一个家族三代人的命运与海南琼剧复兴的使命相连，描绘了弘扬传统曲艺文化的曲折之路。此外，还有以中医文化为元素的小说《大明万家医馆》《千金方》《中医高源》，以刺绣、扎染、纺织、造纸为题材的小说《大明英华》《吾家阿囡》《一纸千金》，以瓷器、文物修护、鉴宝等为元素的小说《飞流之上》《猎鹰》《风骨》等作品不胜枚举。在2023年10月9日由文化和旅游部恭王府博物馆与阅文集团共同举办的"阅见非遗"第一届征文大赛及音乐创作大赛中，网络作家投稿的作品达63974部，作品题材涉及的非遗文化品类有京剧、木雕、造纸技艺、狮舞等多达127项。古老的非遗工艺与新潮的网络文学相遇，传统文化赋能一批网文IP成为爆款。在技术改革、直播经济、青年创业潮流下，中华民族优秀传统文化和艺术瑰宝以人民喜闻乐见的方式进一步融入日常生活，走进千家万户。近年来流行的武术热、汉服热、点茶热、制香热、文玩热、国潮热逐渐成为网络文学的创作元素，不仅展现了中华儿女对于传统文化的审美自信和民族自豪，而且也昭示着年轻人通过富有时代感和个性化的创意表达为传统文化增添创造力。

文化创新是文化强国建设的动力源泉。网络作家以兼容并包的胸襟绘就文艺繁荣盛景，在题材边界的开拓中不断探索新时代多元文化表达。类型融合是近年来网文创作的一大热点，这表明了网络作家和网民读者对于文化杂糅创作的青睐。与此同时，不同类型元素在网络文学中的灵感碰撞也带来了更多开脑洞、反套路的创意。譬如，爱潜水的乌贼的《宿命之环》将克苏鲁、蒸汽朋克、魔幻融于一体，在《诡秘之主》设定的22条序列上增设外神序列，建立了足以匹敌西幻的世界体系。滚开的《隐秘死角》融合科幻、惊悚、悬疑等元素，开创了"死角"副本模式和以花语为特色的异能升级方式。我会修空调的《我的治愈系游戏》以全息游戏为桥梁，用社会现象与心理法则打通幻想与现实的区隔，设置了现实世界、游戏中的浅层世界、充满鬼怪的深层世界，持续调动读者紧绷的神经。彭湃的《异兽迷城》将悬疑、游戏、二次元、怪谈、狼人杀等元素融合，描述了一个在异兽伪装成人类的世界历险的故事，人与兽的设定颇具现实隐喻的意味。此外，还有青青绿萝裙的《我妻薄情》、红刺北的《第九农学基地》、裴不了的《请公子斩妖》、阎ZK的《镇妖博物馆》、油炸咸鱼的《不可思议的山海》等作品用奇思妙想、脑洞大开的创意表达新世代的人文关怀。据中国作协统计，在2023年新发展的中国作协会员有1203人，其中网络作家和自由撰稿人等新文学群体占比约23.7%。[①] 许多富有创新精神的网络文学作品展现出精英文学的气象，并在2023年接连斩获大奖。天瑞说符的《我们生活在南京》获第14届华语科幻星云奖长篇小说金奖，并同时摘取2020至2022年度新星金奖桂冠。我会修空调的《我的治愈系游戏》斩获第34届中国科幻银河奖最佳原创图书奖，滚开的《隐秘死角》获得了第34届中国科幻银河奖最佳网络文学奖。网络作家心怀"国之大者"，提升创作的文化品格和精神力量，为网络文学的高质量发展贡献出一批精品力作，越来越获得主流文坛的认可。

2. 综合治理与利好政策推行，网文行业打造健康良好生态

2023年，国家加大了网络综合治理力度，针对网络内容治理、算法治理、文娱

[①] 张宏森：《在中国作协十届三次全委会上的工作报告（二〇二三年十一月十八日）》，《文艺报》2023年11月24日，第1版。

治理、网络诈骗与网络欺凌问题，网络平台与社群管理等方面出台一系列政策制度，深入开展网络生态治理工作，推进"清朗""净网""护苗""秋风"系列专项行动，创新推进网络文明建设，进一步巩固网络空间主流思想舆论阵地，提升网络安全保障能力，建立健全网络数据监测和应急处置工作体系，建设公平规范的数字治理生态，营造积极健康、向上向善的网络文化氛围。

青少年是互联网时代的原住民，习近平总书记强调，"要建设好青少年聚集的网络平台"，"培育积极健康、向上向善的网络文化"。① 据统计，截至2023年6月，我国网民规模达10.79亿，其中未成年网民数量超1.91亿。② 2023年10月，我国首次针对青少年群体进行网络保护综合立法，这不仅说明国家深刻体察到网络生态环境与青少年成长的紧密联结，始终将下一代的健康成长放在国家和民族发展的首要位置，也标志着我国网络综合治理在未成年人法治建设领域迈向新台阶。2024年1月1日起，《未成年人网络保护条例》施行。未成年人网络保护是系统性的治理工作，需要政府部门和学校、家庭、行业组织以及网民大众等各方齐心密织保护之网，发挥社会共治功效。未成年人是网络文学平台用户的主要来源之一，条例以培育和践行社会主义核心价值观为根本，对平台促进未成年人网络素养提升、加强网络信息内容建设、防治未成年人沉迷网络等相关内容制定了法制保障，并且规定平台需合理限制未成年人的消费数额，防范和抵制流量至上等不良价值倾向。

随着近年来网络短视频、短剧热带来流量和收益的井喷式增长，一些不良价值导向和引流乱象频发，政府相关部门加大了这一行业的管控力度。网络文学作为短剧和短视频的主要内容源头之一，尽管其流行的写作套路和爽文模式在市场应验中屡试不爽，但内容生产者和制作者需警惕这一红利下潜藏的审美疲劳与"三俗"问题，在审美格调上作进一步提升。2022年11月下旬至2023年2月，在广电总局督导下，全网下线含有色情低俗、血腥暴力、格调低下、审美恶俗等内容的微短剧25300多部。③ 在2023年开展的"清朗·整治短视频信息内容导向不良问题"专项行动中，国家网信办对于网络文学短视频在内容导向、平台审核、算法推送及流量分配等方面存在的问题进行了重点整治，推动短视频行业健康发展。"清朗·网络戾气整治"专项行动对于网络平台的评论区、论坛、贴吧、频道、板块、圈子、超话和小组加强了内容管理，坚决抵制网络戾气。在国家文化数字化战略的深入推进

---

① 中央网络安全和信息化委员会办公室室务会：《以良法善治为未成年人营造风清气正网络空间》，2023年10月25日，https://www.shdf.gov.cn/shdf/contents/767/457386.html，2023年11月23日查询。
② 中央网络安全和信息化委员会办公室室务会：《以良法善治为未成年人营造风清气正网络空间》，2023年10月25日，https://www.shdf.gov.cn/shdf/contents/767/457386.html，2023年11月23日查询。
③ 中国网络视听节目服务协会：《微短剧治理新进展：快手拟切断第三方跳转，抖音上调投流门槛》，2023年12月1日，http://www.cnsa.cn/art/2023/12/1/art_1504_42423.html，2023年12月10日查询。

下，网络文学及其下游行业压紧压实市场主体责任，弘扬社会主义先进文化、革命文化、中华优秀传统文化，厚植爱国情怀，铸牢中华民族共同体意识，加强内容审核要求与把关程序，落实平台的事前、事中、事后监管流程，切实优化网络文学的内容质量，建立平台履行主体责任报告制度，加强动态监管和重点巡查，严厉查办一批网络文学传播淫秽色情信息案件，打造清朗的网络文学空间和良好的网络文学生态。

与此同时，网络文学的各项利好政策得到实施。中国作协2023年加大了对网络文学创作的扶持力度，在重点扶持作品中共有40项网络文学作品选题入选，实施网络科幻文学创作扶持计划，发布2022年度中国网络文学影响力榜，促进优秀作品的创作发挥引领作用。中国作协以及北京、上海、浙江、湖南、甘肃、青海、山东等地方作协加强德艺双馨网络作家培育工作，陆续举办网络文学作家培训，助推网络文学创作再上台阶。2023年1月18日，中国作协网络文学中心"党的二十大精神"线上专题培训班结业。来自30家省级网络文学组织和50家重点网络文学网站的2549名网络作家及网络文学相关从业人员参加学习。2023年7月10日，由中国作协网络文学中心和上海市作家协会主办的"网络作家文化传承发展高研班"通过多种形式，让网文作者深刻把握中华优秀传统文化的创造性转化和创新性发展，引导其充分运用到网络文学的叙事实践中。2023年11月9日，中国作协主办"数字素养与技能提升论坛"，深入探讨了提升全民数字素养与技能的实践与方法，共同畅想数字社会未来趋势。此外2023"青社学堂"京津冀网络文学青年创作骨干培训班、鲁迅文学院第二十二期网络文学作家培训班等各项活动举办如火如荼，体现了社会各界对网络文学从业者的重视程度和扶持力度的提高。

3. 文学与视听媒介深度融合，跨界发展扩大网络文学影响力

网络文学与视听媒介深度融合已成为网文行业的一大发展态势。2023年网络文学视听转化的优秀成果尤为突出。《鬼吹灯》《天才基本法》《庆余年》《夜的命名术》《星域四万年》等热门网文IP逐步完善影视、动漫、游戏、有声书等产品链，彰显了优质作品的"长尾效应"。影视与文学互动出圈的精品化趋势凸显，网剧《狂飙》不仅掀起近10年来电视剧的现象级传播热潮，同名网络小说人气火爆，标志着"先剧后文"模式日趋走向成熟。科幻小说《三体》继电影、动画改编之后2023年推出电视剧，以中式科幻剧获得海外观众好评。《长月烬明》《长相思》《莲花楼》《玉骨遥》《田耕纪》《长风渡》《为有暗香来》《风起西洲》《宁安如梦》等网络文学改编古装剧的热度持续飙高，掀起仙侠、武侠、悬疑、言情、种田、重生等类型丰富的古风潮流。《装腔启示录》《治愈系恋人》《当我飞奔向你》《偷偷藏不住》《曾少年之小时候》引领现实题材影视剧收视热。在第28届上海电视节白玉兰奖最佳中国电视剧奖入围名单中，出现了《风吹半夏》《风起陇西》《开端》等多部由网络文学改编而来的电视剧,说明了网络文学视听转化的精品化程度相较以往有较大提升。在中国网文"生态出海"新阶段,以《天道图书馆》《赘婿》《雪中悍刀行》《地球纪元》《超神机械师》为代表的优质作品走出去,是网络文学"讲好中国故事、传播好中国声音"的典型样本,彰显出中国网络文学影响力的持续攀升。

网络文学向视听行业跨界发展,既是行业面临发展痛点的转型升级需要,也是拥抱大众文化潮流的顺势应时之举。近年来,网络文学用户增长速度放缓,在用户规模基于饱和的情况下,网文行业将目光投向了视听蓝海。网络视听行业崛起迅速,网文业界抓住行业风口积极布局谋划。中国网络视听节目服务协会(CNSA)发布的《2023年中国网络视听发展研究报告》显示,截至2022年12月,我国的网络视听网民达10.40亿,超过即时通信用户10.38亿,跃升为互联网第一大应用。其中短视频用户达10.12亿,有将近25%的用户因短视频触网,短视频的"纳新"能力和用户黏性明显增强。[1] 网络文学的海量作品不仅为视听行业提供了内容资源,而且带来了网络文学版权收益变现的中长尾效应。截至2023年11月,国内共有4000部以上微短剧备案,国内短剧日均流水达8000万元。[2] 基于此,网文行业加大了视听转化的投入,而视听行业也将网络文学作为重要的内容源头。实际上,文学与视听行业的深度融合能取得飞跃式突破,主要有以下原因:

一是国家政策扶持与行业监管的合力推进。早在2022年12月,国家广电总局发布了《关于推动短剧创作繁荣发展的意见》,制定了培育壮大短剧创作主体的相关政策与支持保障措施。2023年全国各地积极推动这一意见的落地实施,"文学+视听"产业在赢得数量井喷、市场红利的同时,也倒逼行业提升品质。自2023年3月至11月,国家广电总局清理低俗有害网络微短剧35万余集(条)、2055万余分钟,分级处置传播低俗有害网络微短剧的"小程序"429个、账号2988个,建立网络微短剧"黑名单"机制,并开展优秀网络视听作品推选活动、网络视听节目精品创作传播工程等项目。[3]

二是网络文学探索视听表达"变"与"不变"规律的能力提升。从网络文学视听转化的成功案例来看,行业制作公司对于网络文学原著不再进行机械式的内容复刻,而是针对不同的视听媒体进行策略调整。在作品内容源头的选择上,提高了现实题材与传统文化题材的比重。在故事演绎上,对人物形象、故事基调等方面在保

---

[1] 中国网络视听节目服务协会:《2023年中国网络视听发展研究报告》,2023年4月10日,http://www.199it.com/archives/1580104.html,2023年11月25日查询。
[2] 华泰证券:《短剧生态迎来高速增长 成为新兴内容品类》,2023年11月27日,https://new.qq.com/rain/a/20231127A07R5F00.html,2023年12月3日查询。
[3] 数据来源:《广电总局:再次开展为期1个月的网络微短剧专项整治工作》,2023年11月15日,https://news.cctv.com/2023/11/15/ARTIHt7qrv6kJzXVgcqzDca231115.shtml,2023年12月1日查询。

留网络文学类型特色和爽感的同时，将小人物的悲欢融入家国叙事的格局中，注重提炼向上、向善的精神力量。在视听呈现上，科幻、奇幻、仙侠作品的特效技术和服化道审美上明显提升，画面、音效质感提高。

三是产业转型与行业协作水平的升级。在产业上游领域，阅文集团、中文在线、掌阅文化、阿里巴巴、咪咕、爱奇艺、九州文化、映客、七猫小说、番茄小说等企业已形成网络文学的内容生产、视听产品制作与运营的生态矩阵。许多网文企业纷纷开拓短剧业务板块，慧博投研发布的《短剧行业深度报告》显示，截至2023年第三季度，短剧版权商数量已由2022年底的41家增至150家，其中有48%的版权商是网文企业转型而来。① 各大影视、游戏、动漫企业和文化传媒公司居于产业中游，主要负责将上游的文学作品进行视听化制作。太合影业、小猪自在、星镜传媒、飞扬文化、柠檬影业、华策影视、芒果超媒、完美世界、好有本领、无糖文化、大唐之星、九成峰文化等企业纷纷在视听市场斩获佳绩。《完蛋！我被美女包围了》开拓出"游戏+短剧"互动模式，登顶Steam国区销售榜首。《招惹》《锁爱三生》等短剧改编自网络小说，用户充值流水均在1000万以上。视频网站、平台及移动小程序处于产业下游，主要进行视听产品的发行与营销。腾讯、抖音、优酷、快手、芒果TV、哔哩哔哩等视频平台纷纷推出多部以网络文学为内容源头的长视频剧集和微短剧，并且许多都已开发出成熟的网络自制剧模式。

4. 网文出海模式优化升级，中国故事成为网络文学新名片

作为中国文化走出去的重要窗口，网络文学在海外传播中成绩喜人。中国作协发布的《中国网络文学在亚洲地区传播发展报告》显示，中国网络文学已向海外输出网文作品1.6万余部，海外用户超过1.5亿人，主要覆盖北美和亚洲地区，亚洲地区市场约占全球60%，其中东南亚传播效果最好，约占海外传播的40%。② 此外，中国音像与数字出版协会、阅文集团发布的《2023中国网络文学出海趋势报告》显示，目前中国网络文学行业总营收达317.8亿元，同比增长18.94%，其中海外营收规模达40.63亿元，同比增长39.87%。③ 由此可见，网文出海的投资回报率提速，具有广阔的市场前景。实际上，这一佳绩的获得离不开网文行业多年的海外布局与耕耘。截至2023年10月，起点国际已有约3600部网络文学作品翻译出海，同比3年前数量增长110%。海外访问用户规模突破2.2亿，遍及全球200多个国家及地区。海外阅读量超1000万的网络文学作品有238部，阅读量超1亿的中国网络文学

---

① 慧博投研：《短剧行业深度报告：市场现状、发展趋势、产业链及相关企业深度梳理》，2023年11月24日，https://www.hibor.com.cn/data/cfe7d55a3d49da3f0406765aa6e1f4c8.html，2023年12月1日查询。

② 数据来源：中国作家协会《中国网络文学在亚洲地区传播发展报告》，2023年5月27日，http://yn.people.com.cn/n2/2023/0607/c372453-40447137.html，2023年11月20日查询。

③ 虞婧：《〈2023中国网络文学出海趋势报告〉发布：网文IP全球圈粉》，2023年12月8日，http://www.chinawriter.com.cn/n1/2023/1208/c404023-40134471.html，2023年12月9日查询。

翻译作品有9部。海外网民年度阅读量TOP5的作品为《超级神基因》《诡秘之主》《宿命之环》《全民领主：我的爆率百分百》《许你万丈光芒好》。① 截至2023年8月，晋江文学城的网络文学出海作品达4500多部，与200家海外机构开展合作。② 除了阅文集团、晋江文学城两大出海巨头，中文在线、九州文化、点众科技、番茄小说、推文科技、欢澄互娱、和雅文化等企业如千帆争渡，在内容输出与分发、IP开发、用户运营等方面探索出不同特色的出海路径，有效塑成网文出海的多样化生态。

回顾中国网络文学的海外传播之路，网文行业经历了"作品出海""平台出海"和"生态出海"三大阶段，出海模式不断优化升级，创造了AI翻译、IP生态输出、海外原创培育、活动推介等多元化出海模式，形成了"内容输出—产业衍生—海外反哺—宣发拓展"的生态循环体系。

一是AI翻译模式升级迭代。AI翻译技术更新迭代速度加快，推出"人工翻译""AI翻译+人工审校""AI一键出海"等多种翻译模式。起点国际的翻译团队拥有来自世界各地的译者约300人，对于多语种翻译需求能提供品质较高的译本。Wuxia World（武侠世界）的创始人赖静平曾是美国外交官，其翻译团队更是以专业化著称。不过，随着近年来海外用户对于中国网络文学的兴趣越来越浓，人工翻译速度已远远跟不上海外网友的"催更"需求。网文行业针对出海痛点，推出AI翻译模式。其中，"AI翻译+人工审校"翻译比人工翻译的效率提升100倍，成本降低90%。③ 而依托AI技术升级的"一键出海"模式则让翻译效率、准确率进一步提升。目前，中国网络文学作品的翻译语种已覆盖英语、西班牙语、印尼语、葡萄牙语、德语、法语、日语等20余种，涉及东南亚、北美、欧洲和非洲的40多个国家和地区。推文科技的AI翻译综合考虑地域文化、市场细分、读者需求等方面的因素，与100余家国内网文平台、50余家海外数字出版平台合作，翻译出海作品约10000部，能在48小时完成Kindle、Apple Books、Google Books等多家海外平台的全球出版发行工作，为一键多渠道分发提供一整套方案。掌阅、无限进制科技、华为小艺等推出的机翻软件或程序也大大提高了行业内容翻译效率。

二是IP生态输出模式不断优化。网络文学IP输出品类形成了在线阅读、线下出版、影视、动漫、游戏、有声书、短剧、文创产品等全覆盖的产业生态体系。2023年海外授权出版网络文学作品1000余部，海外出版的合作机构达66家，推出

---

① 虞婧：《〈2023中国网络文学出海趋势报告〉发布：网文IP全球圈粉》，2023年12月8日，http：//www.chinawriter.com.cn/n1/2023/1208/c404023-40134471.html，2023年12月9日查询。

② 腾讯网：《晋江文学城举办二十周年庆典 截至目前有4500余部网文作品出海》，2023年8月6日，https：//new.qq.com/rain/a/20230806A06MYA00.html，2023年11月25日查询。

③ 虞婧：《〈2023中国网络文学出海趋势报告〉发布：网文IP全球圈粉》，2023年12月8日，http：//www.chinawriter.com.cn/n1/2023/1208/c404023-40134471.html，2023年12月9日查询。

改编漫画1500多部,浏览量在1000万以上作品达123部,动画在YouTube日均上线1集,年播放量超2.7亿,上架有声书100多部,单部作品最高播放量达1.08亿。[①]《天道图书馆》《田耕纪》《卿卿日常》《庆余年》《全职高手》《斗破苍穹》等作品通过移动阅读平台、影视、动漫、游戏等产业链构建IP生态矩阵,以跨界融合提升网文IP的全球影响力。值得关注的是,网文改编短剧成为2023年网文出海新亮点。中文在线2023年推出海外网络短剧移动应用ReelShort,九州文化在东南亚上线99TV,获得海外网友追捧。"霸总追爱""逆袭打脸""重生复仇"等网文经典创作套路开启"全球通吃"模式,基于情感共鸣的内核驱动成为中国网文故事联通世界的不二法门。

三是海外原创培育模式全方位发展。网文行业深耕海外本土市场,不仅以海外原创作品供给资源储备库,而且通过IP开发激活产业价值链。目前,起点国际共培育了约40万名海外网络作家,同比3年前增长300%;创作上架海外原创作品约61万部,同比3年前增长280%,内容覆盖15个大类100多个小类。[②] 2023年WSA海外原创网络文学征文大赛的参赛作品近11万部,同比增长17.3%,网文创作的国际影响力提升。重生文、系统文、无敌文等成为海外网络作家热衷学习的类型文体,武功、道、熊猫等中国元素在海外原创作品中运用纯熟。WSA海外原创网络文学征文大赛连续举办三届,约40%的获奖作品已进行出版、有声书、漫画、影视版权开发,其中有声书单部作品最高播放量达3000万,漫画人气值超1亿。[③] 网文平台通过征文大赛来遴选海外原创IP精品的方式快捷高效,同时为海外网络作家定制职业化发展计划激励创作、提高用户黏性,并且充分发挥海外地方文化特色,聚焦不同国家和地区进行市场精分化运营,以"一级多吃"策略提升网文出海的长线效应。

四是活动宣发模式多面开花。在2023年举办的网文出海活动中,既有"高大上"的品牌活动,又有"小而美"的特色活动。中国国际网络文学周、海南自由贸易港网络文学论坛等活动均连续举办三届,已形成品牌化、规模化效应。2023年中国国际网络文学周将《中国网络文学在亚洲地区传播发展报告》发布活动、网络文学国际传播论坛、中华文化走出去座谈会、网络文学产业博览会、网络文学国际传播工作协调推进会等串联形成组合赋能效应,有效打通网文出海的产学研渠道,来自世界各地的网络作家、网络文学行业代表、专家、读者等近300人参加。第三届

[①] 虞婧:《〈2023中国网络文学出海趋势报告〉发布:网文IP全球圈粉》,2023年12月8日,http://www.chinawriter.com.cn/n1/2023/1208/c404023-40134471.html,2023年12月9日查询。

[②] 虞婧:《〈2023中国网络文学出海趋势报告〉发布:网文IP全球圈粉》,2023年12月8日,http://www.chinawriter.com.cn/n1/2023/1208/c404023-40134471.html,2023年12月9日查询。

[③] 虞婧:《〈2023中国网络文学出海趋势报告〉发布:网文IP全球圈粉》,2023年12月8日,http://www.chinawriter.com.cn/n1/2023/1208/c404023-40134471.html,2023年12月9日查询。

海南自由贸易港网络文学论坛设"网络文学对东南亚地区的传播""文学数字化应用场景下的网文出海""AIGC时代的网络文学与网络短剧"等论坛，针对技术升级、产业融合新境遇探讨网络文学海外传播新路径。第二届上海国际网络文学周推出中外作家圆桌会、"网文出海新趋势新生态"沙龙、"构建全球IP新未来"沙龙等系列活动，扩大网络文学出海影响力。2023年中国网络文学论坛开幕式发布"网络文学国际传播项目"，首期推出《雪中悍刀行》《芈月传》《万相之王》《坏小孩》的英语、缅甸语、波斯语、斯瓦西里语版本，通过电子阅读、广播剧、短视频、推广片方式向全球推介。阅文集团向中国国际中文教育基金会捐赠网络文学作品，其中包含135套实体书及16部作品的数字资源，这些资源提供给泰国朱拉隆功大学孔子学院、罗勇中学孔子课堂等泰国孔子学院（课堂）发展联盟的27家成员单位，助力泰国民众了解更多中国好故事，增进中外文化交流。此外，还有中国网络文学影响力榜（2022年度）专设海外传播榜推出热门作品，第九届中国国际版权博览会专设"网络文学版权贸易促进文化交流论坛"，以及中国网文联合出海计划、"Z世代"国际传播工程、中国文学海外读者俱乐部等项目的实施都将拓宽网络文学的海外传播渠道，提升其国际影响力。

5. 网络文学研究阵地拓宽发展模式，合作共赢盘活产学研资源

2023年，网络文学研究阵地提高建设水平，积极广泛开展合作，以蓝皮书、年鉴、年度报告、年选以及理论评论支持计划、阅评计划、评论奖、文学榜等多样化的研究成果拓宽发展模式。国家和地方的文联、作协系统相关部门为加强网络文学评论建设开展了一系列工作。中国作协网络文学中心开展的2023年中国网络文学理论评论支持计划中共有10个项目入选（含3个专项），相较往年扶持项数提高。与此同时，中国作协网络文学中心推出中国网络文学阅评计划组建一支青年评论家队伍，加强网络文学理论评论的人才培养和评价体系建设。中国文艺评论家协会、中国文联文艺评论中心也通过举办第三届网络文艺评论优选汇等一系列活动凝聚评论人才队伍，推出一批优秀网络文艺评论作品。

中南大学、中国社科院、北京大学、南京师范大学、山东大学、安徽大学、首都师范大学、杭州师范大学、上海大学、江南大学、山东理工大学、西南科技大学等高校及科研院所加强研究平台合作，网络文学研究阵地进一步壮大。2023年3月18日，中南大学网络文学研究院成立，该研究机构依托中国作协网络文学中心和中南大学为指导单位，由中南大学与华著科技公司共同组建，着力打造网络文学的产学研一体化发展阵地，加强网络文学发挥文化引领和服务社会的作用。扬子江网络文学评论中心由南京师范大学与江苏省作家协会、南京市秦淮区人民政府合作成立，该机构联合全国多家高校网络文学研究阵地推出"网络文学·青春榜"，与《青春》杂志合作开辟网络文学评论专栏，以榜单、访谈、评论联动的方式推介大学生喜爱的优秀网文作品。面对ChatGPT、文心一言、阅文妙笔等大语言模型带来的技术变革，学界积极拓宽研究视野。2023年8月19日，在中国文艺理论学会、上海大学主办的"新媒体·新话语：文艺理论的知识体系重构"学术研讨会上成立了"中国文艺理论学会数字人文分会"，以研究共同体推进数字人文研究的建设与发展。中国社会科学院文学所成立网络文学研究室后，整合文艺学、当代文学研究、文化研究、媒介研究、数字人文研究等多学科资源，牵头举办了一系列网文研究活动。2023年9月8日至9日，"文化传承发展中的网络文学与数智人文"学术论坛由中国社科院文学所、中国国家版本馆、山西师范大学共同举办，就网络文学与文化传承、版本文献与数字人文、文化传播与人工智能等话题进行了深入探讨。此外，还有"数字技术与文艺研究前沿问题高端论坛"暨中外文艺理论学会新媒介文化研究分会第九届年会、中国文艺理论学会网络文学研究分会第八届学术年会暨"人工智能发展与中国网络文学未来"学术研讨会、"网络文学高质量发展·上海培训"等活动陆续召开。与以往研究活动举办不同，各大高校科研院所开始尝试与网络作家、网文企业、作协相关组织以及行业协会加大了联结深度，在有效盘活产学研资源的同时，展现了网络文学研究百舸争流、共促发展的繁荣景象。

各大研究阵地深入调研，网络文学研究成果纷纷出炉。中国作协网络文学中南大学研究基地出版《中国网络文学年鉴（2022）》，中国作协网络文学山东大学研究基地出版《中国网络文学理论评论年选2022》，中国作协网络文学中心发布《2022中国网络文学蓝皮书》，中国社会科学院文学研究所发布《2022中国网络文学发展研究报告》，这一系列研究成果回顾2022年网络文学发展成就，以翔实的行业业态、创作热点、文学现象与评论精品向社会回答了网络文学为何成为当代文艺主潮的重要组成部分，又是通过何种方式提升中国故事的文化影响力。在网络文学历史资源梳理方面，欧阳友权主编出版"网络文学三十年"丛书（4种5部，276.7万字），梁鸿鹰、何弘主编出版《中国网络文学研究年编·2021》，邵燕君、李强主编《中国网络文学编年简史》，这些研究成果分别从整体和局部出发，对我国网络文学的发展历史进行了系统性梳理和集束式盘点，为网络文学的史料挖掘与史证存留做出了宝贵贡献。在研究刊物阵地上，中国作协网络文学中心与四川作协、西南科技大学联合出版辑刊《中国网络文学研究》，中南大学的《网络文学研究视界》，浙江省作家协会、浙江省网络作家协会主编出版辑刊《华语网络文学研究》，安徽大学网络文学研究中心出版辑刊《网络文学研究》，为广大网络文学研究者提供了学术碰撞和探讨的平台，有益于提高网络文学研究活力。

二、年度聚焦

1. 网络文学版权保护与治理力度增强

（1）出台政策，措施得力，加强网络文学版权保护治理

政府机构政策法规相继出台完善版权保护制度体系。网络文学30年的发展过程中，盗版几乎是与行业相伴而生的顽疾，网络文学的良性发展离不开对盗版产业的整顿。政府机构高度重视网络版权保护，持续加大版权保护力度，2023年相继出台了多项政策促进版权保护制度化。2023年1月，工信部、网信办等十六部门发布《工业和信息化部等十六部门关于促进数据安全产业发展的指导意见》，提出促进数据安全产业发展的总体要求。2023年2月，中共中央、国务院发布《数字中国建设整体布局规划》，提出构筑自立自强的数字技术创新体系和可信可控的数字安全屏障。2023年7月，《关于促进网络安全保险规范健康发展的意见》出台，鼓励保险机构面向不同行业场景的差异化网络安全风险管理需求，开发多元化网络安全保险产品。

行业协会与网文平台协同出击，提升版权保护实效。2023年2月27日，第七届中国网络版权保护与发展大会发布了《"剑网2022"专项行动十大案件》，包括天津谭某某运营盗版网络文学App案、山西郝某某制售侵权盗版"剧本杀"案等。2023年4月6日，全国网络文学工作会议上成立网络文学维权委员会和内容建设委员会。2023年4月26日，2023网络文学版权保护研讨会举办共商版权保护新生态。2023年，以阅文集团为代表的网文平台立足网文产业一线，投入大量人力物力财力进行反盗技术开发，在线防盗技术实现突破性进展。据阅文集团披露，反盗系统上线了200多个技术策略，迭代超过3000次，拦截盗版访问攻击1.5亿次，相当于每分钟拦截285次像"笔趣阁"这样的盗版网站的访问攻击。在反盗系统启用后，每500本书的单日泄露链接数从18万条下降至0.8万条，作品单章防护时长从48小时提升至7天，作家收入空间大幅提升。[1] 各类培训全面开展提升作家维权意识。早在2022年7月，中国作家协会网络文学中心成立全国第一家网络文艺知识产权纠纷人民调解委员会。一年来，调委会成功调解多起网络文学知识产权领域纠纷，为作家追回数十万财产损失，得到了网络文学界的一致认可。2023年7月10日，中国作协网络文学中心举办首期全国网络作家维权线上培训班，各省级网络作协会员、全国重点网络文学网站签约作家及相关从业人员约6000人参加培训。本次培训针对广大网络作家集中反映的维权难点痛点问题，邀请知识产权领域资深专家以案说法，

---

[1] 中国版权协会：《2023网络文学版权保护研讨会在京举行》，2023年4月27日，https：//mp.weixin.qq.com/s? = &mid = 2247491142&idx = 1&sn = 23e3f32b504c54247d53ca94501755e6&chksm = 6ab39096a801bca78d884f5a84823403e0db2de7d5baab49ead1b4f945dfd535eb6e1b08f47f&scene＝27，2023年11月20日查询。

围绕"网络作家的权利""网络作家遭遇侵权如何维权""数字时代背景下作家IP及人格权保护"主题进行宣讲，全方位提升了网络文学作家的维权意识与能力。

(2) 网络文学IP法律法规逐步完善

网络文学IP内容审查制度优化升级。政府机构连续出台一系列内容审查管理规章制度，助推网文IP转化提质增效。2023年1月17日，文化和旅游部《关于规范网络演出剧（节）目经营活动推动行业健康有序发展的通知》发布，《通知》明确网络演出剧（节）目为将演出剧（节）目通过互联网（含移动通信网、移动互联网）实时传播或者以音视频形式上载传播而形成的互联网文化产品，网络演出剧（节）目经营单位应当建立健全内容管理制度，配备适应内容审核工作需要的专业人员负责网络演出剧（节）目的内容管理，并加强对评论、弹幕等用户产生内容的实时监控。2023年8月1日，国家广电总局印发了《国家广电总局关于进一步规范电视剧、网络剧、网络电影规划备案和内容审查等有关事项的通知》，明确规定制作单位要科学规范做好拍摄制作备案公示工作，继续加强"注水剧"治理，加强视频网站首播国产电视剧、网络剧、网络电影的审查管理，坚决遏制"天价片酬"。2023年9月5日，国家广播电视总局关于印发《广播电视和网络视听标准化管理办法》的通知，进一步发挥标准化在推进行业治理体系和治理能力现代化中的基础性、引领性作用。

人工智能与网络文艺生产管理规制首次出台。随着人工智能技术的不断发展和应用，越来越多的网文平台开始关注并运用人工智能服务于网文IP开发。人工智能技术快速筛选出优质IP，提高了内容生产的速度和质量。与此同时，生成式人工智能技术衍生出版权纠纷等问题，对网络文学版权治理和市场监管提出了新的要求。2023年6月，国家网信办等3部门联合发布并实施的《互联网信息服务深度合成管理规定》，这是我国第一部专门规范人工智能生成内容的部门规章，《规定》中明确"深度合成技术（Deep Synthesis）"是指利用深度学习、虚拟现实等生成合成类算法制作文本、图像、音频、视频、虚拟场景等网络信息的技术，这个定义拓展了合成技术使用场景，将智能文本写作、文本转语音、AR等也纳入了合成技术范围。2023年7月，网信办等七部门联合公布《生成式人工智能服务管理暂行办法》，这是我国首个针对生成式人工智能产业的规范性政策。《办法》中将生成式人工智能技术定义为具有文本、图片、音频、视频等内容生成能力的模型及相关技术，规定了生成式人工智能技术服务提供者应当依法承担网络信息内容生产者责任，一定程度上给生成式人工智能技术使用划定了"红线"，落实了监督检查和法律责任。

(3) 网文版权保护典型案例发布

2023年6月16日，第二届版权产业创新及知识产权保护东湖论坛发布了2022年度中国网络文学十大版权案例。2023年春，中南大学网络文学研究院联合湖北省版权保护协会首次向社会公开征集案例，司法界、律师界和网络文学产业界积极参与投稿，本次发布的网络文学十大版权案例从2022年度数百件案例中精选而成。十大典型案例包括：卢某等五人侵犯著作权罪一案——利用爬虫技术非法获取电子书构成侵犯著作权罪；中文在线（天津）文化发展有限公司与美国某公司侵害作品信息网络传播权纠纷一案——App内容涉嫌版权侵权，应用商店服务提供者侵权责任认定；海南阅文信息科技有限公司与广州市动景计算机科技有限公司、广州神马移动信息科技有限公司申请诉前行为保全一案——涉网络文学诉前禁令；天津字节跳动网络有限公司诉天津启阅科技有限公司、北京创阅科技有限公司著作权侵权案——新兴网络环境下网络小说抄袭的界定；上海玄霆娱乐信息科技有限公司与上海众源网络有限公司、北京爱奇艺科技有限公司不正当竞争纠纷一审民事判决书一案——同名小说不正当竞争侵权责任认定；深圳市腾讯计算机系统有限公司与广州荔支网络技术有限公司侵害作品信息网络传播权、复制权、改编权及其他权利纠纷一案——小说改编有声书侵权责任认定；广州阿里巴巴文学信息技术有限公司北京分公司、广州阿里巴巴文学信息技术有限公司与北京搜狗科技发展有限公司侵害作品信息网络传播权纠纷一案——小说搜索转码的侵权责任认定；天津字节跳动网络科技有限公司、海南字节跳动科技有限公司、北京臻鼎科技有限公司、北京时光荏苒科技有限公司诉广州动景公司小说搜索结构侵权纠纷案——搜索结构化场景下浏览器侵权责任的认定；华著盛阅（天津）文化产业有限公司与西安巧思网络科技有限公司侵害作品信息网络传播权纠纷一案——"对公银行账号验证"可以作为认定侵权主体的依据；朱茹月与某出版社有限公司、罗某、某出版传媒集团有限公司著作权侵权案——历史穿越类小说的侵权判定规则。本次十大案例评选具有典型性、普遍性，这些案例以实践中的痛点问题、难点问题、焦点问题和热点问题为导向，展示了网络文学行业版权保护事业发展成效，有力助推了网络文学行业版权保护水平提升。

2. 网络文学创作迎来新的增长极

（1）网络作家更新迭代加快

青春风暴席卷网文作家榜单。近年来，网络作家队伍年轻化趋势显著，这些新锐作家创作潜力大，创新能力强，作品风格多样，反套路、新类型、类型融合成为创作新范式。2023年1月10日，2022年度网络文学榜样作家"十二天王"榜单发布，狐尾的笔、出走八万里、一蝉知夏、酒剑仙人、怪诞的表哥、情何以甚、南瞻台、阴天神隐、这很科学啊、南腔北调等十二位作者摘得"天王"荣誉，"十二天王"80%以上都是90后，酒剑仙人、南瞻台等95后占据半壁江山。8月，阅文集团发布2023年新晋"白金大神"名单，其中，晨星LL、纯洁滴小龙、偏方方、我会修空调、西子情、志鸟村等6名作者获得"白金作家"称号，90后、95后作家占比60%。10月，中国网络文学影响力榜新人榜（2022年度）公布，上榜作家有本命红楼、阎ZK、听日、我最白、我爱小豆、裴不了、退戈、奕辰辰等8位新人，平均年龄28岁，其中年龄最小的我爱小豆出生于1997年，展现了作为95后新锐作家的青春朝气。此外，言归正传、老鹰吃小鸡等一批青年作家跻身阅文集团著名作家行列，95后逐渐成为网络文学创作的中坚力量。11月10日，番茄小说2023殿堂&金番作家名单揭晓，三九音域和燕北2位作家荣升番茄小说2023年度殿堂作家，人气口碑双收的《我在精神病院学斩神》作者三九音域出生于1999年，是Z世代作家的典型代表。

科幻类作家增长趋势显著。2022年，我国网络科幻作家的签约量增长第一，有超70%作者为00后，[①]在2023年的银河奖评选中，共有13部网文作品入围并最终收获4项大奖，网文的入围数量和获奖数量都创历史新高。其中，作家"远瞳"创作的《深海余烬》获得最佳科幻网络小说，95后知名作家"天瑞说符"的《泰坦无人声》获得最佳原创图书，"卖报小郎君"的《灵境行者》与"会说话的肘子"的《夜的命名术》获最具改编潜力奖。以天瑞说符、远瞳、九月酱、爆发式等为代表的年轻网文作家在近年来相继推出了口碑和人气双高的科幻题材新作，获得主流文学界关注与认可。一大批优秀的年轻创作者为科幻网文发展带各种新气象，常年活跃在各个网络文学平台追更科幻作品的高学历年轻读者群体，进一步助力了网文"科幻热"持续升温。在互联网这一天然具有"年轻化"标签的活动场域中，95后00后正以加速度姿态频繁涌入科幻网络文学的生产与传播过程，为科技理性与人文关怀的碰撞和交融注入了年轻血液。

（2）现实题材创作数量口碑双丰收

网络文学涌现出大量现实题材作品，创作精品化趋势凸显。2022年网络文学新增作品300多万部，其中现实题材作品20余万部，同比增长17%。[②] 2023年中国作家协会网络文学重点作品扶持项目共收到225项有效申报选题，以现实题材为主的40项选题入选。2023年阅文集团主办的第七届现实题材网络文学征文大赛公布共吸引36696人参赛，同比增长26%；参赛作品38092部，再创历史新高，大赛共评出14部获奖作品，侧写我国卫星导航事业发展进程的《只手摘星斗》获得特等奖，以盲人视角展现世间百态的《茫茫白昼漫游》获得一等奖。2023年5月8日，第八届广西网络文学大赛获奖名单公布，现实题材分获长篇小说类、散文类、网络剧剧本类一等奖。2023年3月31日，第四届七猫中文网现实题材征文大赛启动。2023年5月19日，第三届七猫中文网现实题材征文大赛公布获奖名单，本届大赛投稿作品超

[①] 数据来源：四川大学中国科幻研究院《中国科幻网络文学白皮书（2022）》，2023年3月25日，http://www.chinawriter.com.cn/n1/2023/0326/c404023-32651316.html，2023年11月27日查询。

[②] 中国作家网：《2022中国网络文学蓝皮书发布：网文日益成为世界级文化现象》，2023年4月10日，http://www.chinawriter.com.cn/n1/2023/0410/c404023-32660665.html，2023年11月10日查询。

5000部，33部作品脱颖而出获得奖项，包括"金七猫奖"1部、"最佳IP价值奖"2部、"最佳IP潜力奖"3部、"分类一等奖"4部、"分类二等奖"8部、"优秀作品奖"15部，累计发放奖金超100万元。2023年6月1日，浙江"志摩故里奖"第一届现实题材网络文学征文大赛获奖名单公布，共有20部作品获奖。2023年8月30日，起点中文网现实频道举办的春季征文大赛公布评选结果，社会悬疑题材作品《十七岁少女失踪事件》斩获首奖，《茫茫白昼漫游》《猪之舞》《美味关系》和《我的游戏没有AFK》4部作品获得佳作奖。2023年10月31日，"济南情·黄河魂"第七届网络文学征文活动公布获奖名单，32篇作品从近6000篇投稿作品中脱颖而出，分别获特等奖、一二三等奖和优秀奖。总的来看，现实题材网络文学征文活动社会关注度和活动影响力逐渐攀升，规模不断扩大，来自各行各业的创作者以生动的笔触书写火热的时代生活，为网络文学的发展注入了源头活力，奏响了奋进新时代的时代强音。

（3）网络文学涌现新文类

2023年，网络文学迎来了一批令人振奋的佳作，它们以其独特的创作风格，为读者带来了丰富多彩的阅读体验。彭湃的《异兽迷城》持续霸榜，小说讲述了一个少年穿越到异兽伪装的神秘世界，与同伴一起守护人类的故事，引发了异兽题材大讨论。爱潜水的乌贼"西方玄幻流"新作《宿命之环》3月4日上线，24小时内以超82万的成绩刷新新书上线首日收藏纪录。三九音域的《我在精神病院学斩神》延续了"斩神流"风潮，连载期间横扫番茄网各大榜单，热度最高时超过200万人同时在线阅读，收获了超过120万读者打分。志鸟村的《国民法医》中充满了诸多医学知识与现代刑侦技术的勾勒，以"硬核技术流"展现出现代刑侦技术的发展。

"诡异流"热度不减，"无限流"涌现爆款之作。"诡异流"作为2022年的热门品类，2023年热度不减。狐尾的笔的《道诡异仙》是"诡异流"中的代表作，小说中蕴含着独特的东方诡异美学，讲述了现代都市大学生李火旺沦落精神病院，在现代世界和一个诡异的修仙世界中陷入认知迷狂，难以区分真实和虚幻的故事。《道诡异仙》在设定和写作模式上完全自成一体，并以"虐主"的反爽文模式建构了更为独特和丰富的审美体验。一方面，作品全面颠覆了玄幻修仙文的传统写法，甚至有意识地解构了经典模式和套路，从而为逐渐陷入审美疲劳的玄幻类型文注入了新鲜活力。另一方面，作品将克苏鲁元素了无痕迹地融入东方仙魔世界观之中，并巧妙融入传统神话和民间志怪元素，显现了立身于文化传统的融汇与创造。杀虫队队员的《十日终焉》讲述了不同身份背景的人在终焉之地进行十日轮回的历险故事。小说的一大创意在于设置了生肖掌管的闯关游戏，闯关者需尽可能多地攻略游戏才能获得更多的"道"逃离终焉之地，游戏闯关过程险象环生、扣人心弦。这些网络文学作品创造了中西文化兼容的世界设定，这种包容性极强的故事世界以想象力为内核，吸引了来自世界各地的网民读者。

3. 网络文学阅评活动多面开花

（1）各类网文作品榜单及阅评结果陆续发布

第二届"网文青春榜"年度榜单发布。"网文青春榜"诞生于2021年夏天，扬子江网络文学评论中心在《青春》杂志开辟《网络文学评论》专栏，以榜单推介、作者访谈、专业评论与粉丝书评相结合的方式，按月推出兼具时代性与创新力的网络文学作品。2023年6月11日，第二届"网文青春榜"年度榜单发布，在多所高校轮流推选月榜作品基础上，14部作品脱颖而出入选第二届"网文青春榜"年度榜单，包括狐尾的笔《道诡异仙》、喵太郎《我本以为我是女主角》、群星观测《寄生之子》、麦苏《寰宇之夜》、晨星LL《这游戏也太真实了》、郁雨竹《魏晋干饭人》、穿黄衣的阿肥《我的细胞监狱》、鹳耳《恐树症》、关心则乱《江湖夜雨十年灯》、时镜《剑阁闻铃》、南派三叔《花夜前行》、三九音域《我在精神病院学斩神》、轻泉流响《不科学御兽》、裴不了《请公子斩妖》等。入选作品类型多样，题材丰富，彰显了"Z世代"独特的阅读风貌与文学表达。

行业协会与学术机构评阅活动影响力逐步扩大。2023年3月1日，中国作协网络文学中心推出的第八届"中国网络文学影响力榜（2021年度）"发布，榜单包括网络小说榜、IP影响榜、海外传播榜、新人榜，30部网络文学作品和10位新人作家。上榜作品既有《生命之巅》等反映现实题材创作成绩的作品，又有《星辰与灰烬》等体育题材力作，题材丰富、质量上乘；IP影响榜上榜作品中，既有改编成影视作品的《雪中悍刀行》，也有改编成动漫的《第一序列》等，不拘一格，形式多样；在"网文出海"大潮中已扬帆远航的《惜花芷》《重启之极海听雷》等作品深受海外读者喜爱，入选海外传播榜；刘金龙、耳东兔子、三九音域等10位90后网络作家在众多新人作家中脱颖而出入选作家新人榜。2023年10月，中国作家协会网络文学中心发布中国网络文学影响力榜（2022年度），29部网络文学作品和8位新人作家上榜。上榜作品中，《关键路径》《上海凡人传》等作品紧扣时代脉搏、书写现实生活；《我们生活在南京》《夜的命名术》等展开绚丽想象，探索科幻题材边界；电视剧《小敏家》、网剧《开端》、动漫《星域四万年》等入选IP影响榜，展现了网络文学影视改编潜力；海外传播榜上榜作品充分展现人类命运共同体意识，《星汉灿烂，幸甚至哉》《光阴之外》等传递中华传统文化魅力，"出海"多个国家和地区，引发外国读者共鸣。2023年3月24日至26日，第六届中国"网络文学+"大会在北京举办，本次大会为网络文学的十年进行了生动而全面的梳理、盘点。各省份作家协会举办了网络文学评阅征文活动。2023年3月20日，江苏省作家协会网络文学重点作品扶持征集启动。2023年3月22日，首届中国"昆仑英雄"网络文学奖征文启动。2023年5月8日，第八届广西网络文学大赛颁奖暨2023年泛北部湾网络文学大赛启动。2023年6月7日，上海作协共同主办的第二届"天马文学奖"评审结果公布，骁骑校《长乐里：盛世如我愿》、爱潜水的乌贼《诡秘之主》、志鸟村《大医凌然》、匪迦《北斗星辰》、黑山老鬼《从红月开始》入选。2023年6月28日，第四届辽宁网络文学"金桅杆"奖·优秀评论（研究）奖启动。2023年8月20日，第四届两岸青年网络文学大赛正式启动。2023年8月28日，首届中国（青海）昆仑英雄网络文学奖获奖名单公布。此外，学术机构评阅活动也反响热烈。2023年10月21日，第一届"封神杯"江苏省高校网络文学大赛开启。2023年11月1日，"美丽中国"网络小说征文活动揭晓获奖名单，6部获奖作品获奖，其中，奕辰辰的《慷慨天山》获得一等奖，二等奖是童童的《洞庭茶师》和柏夏的《航向晨曦》，三等奖是关中老人的《秦川暖阳》、嬴春衣的《翠山情》、乱世狂刀的《山花烂漫时》。

网络文学平台通过开展评阅活动挖掘优质网文，扩大平台影响力。2023年，各大网文平台下大力气投入重金开展评阅活动，充分激发了网文作者的创作热情，产出了一批高质量网文作品，评阅活动的影响力也扩展到海外，吸引了热爱网文创作的"洋写手"参与，形成了海内外同频共振的网文创作生态。2023年3月4日，番茄小说"百日万元"写作打卡计划复活赛上线。3月20日，阅文女生与星阅辰石携手推出"星阅杯"《遮天》女性角色同人征文大赛，起点现实频道启动春、秋季征文计划，七猫中文网女频启动"年代·权谋"征文活动。3月21日，"北斗第四星"青年作家扶持计划在起点读书发布。3月31日，第三季"谜想故事奖"科幻悬疑中短篇征文比赛启动。4月，阅文集团启动一项全新的"悬幻网文作品"征文活动。4月11日，第二届起点科幻"启明星奖"启动。5月1日，第六届"话本杯"万元征文活动开启。6月21日，咪咕第二届"无垠杯"科幻征文比赛启动。6月7日，第二届"新芒IP计划"升级为"新芒文学计划"。7月10日，番茄小说网"青春筑梦，电竞逐光"女频主题征文活动开启。8月30日，七猫中文网首届短篇征文大赛启动。8月23日，豆瓣阅读第五届长篇拉力赛公布获奖结果，663部作品顺利完赛，《沪上烟火》获得总冠军。11月2日，番茄小说2024年度"乘风计划"开启。11月9日，晋江文学城"地域风情·京津冀"原创现言主题征文开启。11月10日，第五届"金熊猫"网络文学奖启动征集。8月23日，书旗小说发布"筑金计划"。2023年，网文评阅活动逐步覆盖海外。3月，起点国际（WebNovel）在中国香港举办"WSA2022颁奖典礼暨WebNovel2023作家职业化发展计划启动仪式"发布仪式。WSA（WebNovel Spirity Awards）是起点国际推出的全球年度有奖征文品牌活动，旨在不断发掘和培养海外潜力作者。2022WSA包括英语、印尼语和泰语三大赛道，参赛作品超9万部，经过激烈角逐，巴基斯坦作家"绯墨"、印度作家"灰烬"和泰国作家"尼尼平塔"分别凭借作品《无限升级系统》《夜惑》和《觅爱》摘得金奖。

（2）网络文学掀起全民阅读风潮

2023年，网络文学对现实的关切程度达到了前所未有的高度，网络文学内容题材的多元化格局也已形成，网络文学日渐成为大众创作中国故事的重要载体和全民阅读的重要组成部分。截至2023年6月，中国网民规模达10.79亿人，较2022年12月增长1109万人，互联网普及率达76.4%。截至2023年6月，我国网络文学用户规模达5.28亿人，占网民整体的49.0%，较2022年12月增长3592万人，增长率为7.3%，成为用户规模增长最快的三类应用之一。①

Z世代成为数字阅读主力军。2023年5月，阅文集团携手上海图书馆共同发起的"数字阅读周"以1.8亿阅读量收官，数据显示，活动期间共计215万人参与。② 2022年阅文集团新增用户中66%的读者为95后，累计评论量超3000万，累计阅读时长超过20亿小时，相当于看完2000万本《史记》。93%的Z世代读者阅读了至少一本书，年平均在读书籍超11.7本。③ 3月10日，阅文集团发布《2022中国网文出海趣味报告》，起点国际的读者遍及全球200多个国家和地区，已经覆盖全球200余个国家和地区，其中Z世代用户占比75.3%。亚洲地区网络文学受众年龄普遍在35岁以下，"Z世代"群体是阅读主力军，占比超过一半，年轻化特点显著。用户画像显示，读者构成多元且学历层次较高。其中，本科学历读者约占60%以上，女性读者约占60%，印度尼西亚、菲律宾、马来西亚、印度等国家读者占比80%以上。读者在阅读网络文学作品时，会在线上进行互动交流，近55%的读者会给作品写评论，42%的读者会进行分享，东南亚地区读者的互动性更强，进行评论、分析、点赞等互动的比例更高。④ 中国新闻出版研究院发布的第十九次全国国民阅读调查结果显示，我国接触数字阅读的成年人比例从2008年的24.5%大幅增长至2021年的79.6%，这一点对作为数字原住民的Z世代而言体现得尤为明显。⑤ 5月19日，第五季"多多读书月"阅读榜单显示，"越年轻越热爱阅读"，拼书者中90后与00后分别占比37.93%、27.01%，80后紧随其后，达到24.37%。⑥ 第六季"多多读书月"阅读榜单显示，从购买人群来看，80后90后00后分别占比22.34%、40.05%

---

① 数据来源：中国互联网络信息中心（CNNIC）《第52次〈中国互联网络发展状况统计报告〉》，2023年8月28日，https：//www.cnnic.cn/NMediaFile/2023/0908/MAIN1694151810549M3LV0UWOAV.pdf，2023年11月20日查询。

② 腾讯网：《阅文集团"全民阅读月"收官：阅读量破亿133万年轻人共读好书》，2023年5月21日，https：//new.qq.com/rain/a/20220523A091L700，2023年11月25日查询。

③ 数据来源：上海图书馆、《中国新闻出版广电报》、阅文集团：《Z世代数字阅读报告》，2023年4月22日，https：//baijiahao.baidu.com/s?id=1763753090660613039&wfr=spider&for=pc，2023年11月22日查询。

④ 数据来源：阅文集团、《环球时报》环球舆情调查中心：《2022中国网文出海趣味报告》，2023年3月10日，https：//baijiahao.baidu.com/s?id=1760055033869510722&wfr=spider&for=pc，2023年11月23日查询。

⑤ 中国青年网：《第二十次全国国民阅读调查结果发布》，2022年4月23日，https：//baijiahao.baidu.com/s?id=1763938309519230627&wfr=spider&for=pc，2023年10月23日。

⑥ 新京报：《"多多读书月"第五季收官，累计补贴2000余万册平价好书》，2023年5月19日，https：//baijiahao.baidu.com/s?id=1766579903296288135&wfr=spider&for=pc，2023年11月19日查询。

和 26.01%，其中，90 后 00 后占比近 70%。①

(3) 网文评奖与网生评论促进创作发展

网络文学评论可以是在线式网络评论，也可以是在传统媒体上发表的关于网络文学现象、网络文学作家作品的评论，两类评论形态共同推动网络文学的发展。2023 年，行业协会开展了各类专业网文评论活动，助推网文生态建设。1 月 13 日，中国文学艺术界联合会、中国文艺评论家协会联合主办的第七届"啄木鸟杯"中国文艺评论推优暨第三届网络文艺评论优选汇发布，本届推优活动作品共收到作品 705 份，最终推选出优秀文艺评论著作 5 部、优秀文艺长评文章 15 篇、优秀文艺短评文章 15 篇。第三届网络文艺评论优选汇推选结果同期发布，本届优选汇以"中国网络文艺这十年"为主题，共有 695 个作品参评，最终推选出优秀作品 50 个，其中长评 33 个、短评 15 个、微评 2 个。6 月，第三届白马湖全国网络文学评论大赛评选结果公布。5 篇评论获得一等奖，10 篇评论获得二等奖，20 篇评论获得三等奖。10 月 19 日，2023 年中国作家协会网络文学理论评论支持计划启动征集，从政府机构层面助推网络文学理论建设。10 月 9 日，第四届辽宁网络文学"金桅杆"奖·优秀评论（研究）奖公示，10 篇（部）入围论文（论著）。

网生评论百花齐放，构成网络文艺批评的重要形态。这些线上网络文艺评论的主体是匿名的普通网友，这些评论是一种"泛评论"，多为内容简短的即兴评点和印象感悟，甚至是一个包含文字、表情包、动态图等的超文本，碎片化、互动性和参与性强，形成了一种黏合性非常强的粉丝圈。当下网文作者更看重读者的反馈互动，这也从一个侧面体现了网络文学的社区生态正迅速成熟，不少用户表现出了超常的主动性，积极参与自发式科普互动，借助网文平台即时段章评等形式，在作品讨论区自发整理知识点，写下长长的"笔记"，创作内容的专业化与读者群体的专业化形成了良性互动。《宿命之环》上线 28 天就打破网文评论最快百万纪录。在天瑞说符《我们生活在南京》的评论区，有无线电技术爱好者在线解释相关专业名词的释义和用法。在晨星 LL《学霸的黑科技系统》评论区，有读者详细围绕"周式猜测""孪生素数猜想""角谷猜想"等答疑解惑，引发大规模的科学话题交流。

4. 网络文学产业创新模式彰显新活力

(1) 知乎盐选推出网文生产新模式

2019 年，知乎推出盐选会员，首次将创作者在知乎原有的付费作品集升级为"盐选专栏"，把创作者纳入了会员体系。2019 年 4 月，用户"梦娃"发布了十多万字的宫斗小说《宫墙柳》，小说用平淡却悲伤的笔触，写尽了后宫女子的身不由己，成就了知乎现象级网文作品，这部小说也与"七月荔枝湾"的《洗铅华》、织

---

① 新民晚报：《"多多读书月"第六季收官 迄今累计补贴 2600 余万册经典好书》，2023 年 10 月 26 日，https://baijiahao.baidu.com/s?id=1781157358591609650&wfr=spider&for=pc，2023 年 11 月 19 日查询。

尔zer的《行止晚》并称为"知乎三绝""虐文三巨头",开启了知乎网文创作的时代。盐言故事所主打的短篇小说,比问答更长,比传统网文更短,这类从知乎问答衍生而来的网文具有鲜明的品类特征。2022年7月,知乎盐选会员数超过1000万;2022年第四季度,知乎月平均订阅会员数达到1300万,同比增长112.5%,2022年的平均MAUs(月活跃用户数)达到1.01亿。2022年,知乎启动了扶持创作者的"海盐计划4.0",投入近1亿的初始资金对垂直领域创作者提供奖励,近20万优质核心创作者加入"海盐计划",2023年4月,知乎又持续推出了"海盐计划5.0",继续深耕网文IP市场。2023年5月,知乎将社区内的盐选故事独立分拆打造全新网文App,对知乎盐选专栏中的故事进行归纳整理,全力进军网文领域。

在目前主流网文平台主打长篇小说的背景下,知乎开拓了精品短阅读赛道,主打短篇小说板块,形成了差异化的竞争赛道,并在其中处于领先位置。盐言故事篇幅不长,字数大都在1万—3万字,读者10—20分钟即可读完一则完整的故事。知乎短故事和微短剧在"短、平、快"等特质上是一致的,因此知乎"盐言故事"也被戏称为"网文界的短视频"。反套路、反转快、强情节的知乎文和几分钟的微短剧天然更加契合。体量小的短篇故事,创作成本更低,无须像一般网文网站那样日更三千起,而且也意味着沉没成本不高,这篇写得不好,可以迅速另起炉灶,极大释放作者的产能。盐选故事和知识付费产品并驾齐驱,成为知乎平台变现的"双引擎",也以"轻骑兵"样态为网文生产带来了新的模式。

(2)短平快与长周期IP开发齐头并进

2023年,网络文学版权产业生态持续完善,网络文学平台与视频网站版权合作进一步加深。网络文学与视频行业融合加深,推动了网络文学作品的影视化改编,也让下游平台能够借助网络文学内容扩充自身内容品类,提升自制内容创新能力。1月,晋江与哔哩哔哩订立框架协议,深化网络文学作品视频改编合作。阅文集团根据网络文学版权内容改编上线了230多部漫画作品[①],这些作品依托优质网络文学内容,拥有完整成熟的人物、故事和世界观,从而在后续的内容版权衍生和游戏开发等方面具有更大商业潜力。6月13日,第二届扬子江网络文学最具IP潜力榜发布,一度君华的《不醒》、冰天跃马行的《敦煌:千年飞天舞》、白马出凉州的《漠上青梭绿》等10部作品榜上有名。2022年首届扬子江网络文学最具IP潜力榜的10部作品已经全部完成了版权的推介和转化。9月25日至26日,首届北京网络视听艺术大会在京举行,《末日乐园》《深渊独行》等6部作品入选《科幻文学IP改编价值潜力榜》,充分展现了网络文学的创作力与IP潜力。科幻网文IP批量改编为动漫、有声剧,入围第33届中国科幻银河奖的科幻网络文学作品中,IP改编率接近

---

① 数据来源:《阅文集团2022年财务报告》,2023年3月16日,https://ir-1253177085.cos.ap-hongkong.myqcloud.com/investment/20230418/643e7c87d5af3.pdf,2023年11月23日查询。

50%。在喜马拉雅平台《摸金天师》有声剧播放量超80亿,《大奉打更人》有声剧播放量超60亿,对比茅盾文学奖获奖作品路遥的《平凡的世界》有声剧播放量为4亿,《摸金天师》播放量是《平凡的世界》播放量的15倍,可见网络文学有声书受众面之广。

  网络文学IP开发周期系统性缩短。网络文学在IP运营的上游,以往从小说完本到改编成动漫、游戏、影视,需要多年等待,粉丝甚至从青少年熬成中年人。2015年播出的《花千骨》,从小说连载到剧集播出,影视化改编周期长达8年,同在2015年播出的《琅琊榜》同名原著连载于2006年。2022年之后,网文IP影视化周期显著缩短,《开端》《星汉灿烂》《长风渡》等都是2019年之后才完成的小说,而2023年热播的《为有暗香来》是2020年才开始上线的小说。网文IP的开发越来越快,周期越来越短,这与下游产业对上游内容的需求旺盛有关,尤其最近两年,善于讲故事且有粉丝的网文,已经成为下游内容变现一个非常稳定的刚需。另外,技术革新为IP开发提供了新机遇,2023年,阅文集团提出AI是创作的辅助驾驶,并新造"AIP"(AI和IP深入融合,"I"可以复用)概念,以前漫画改编大概需要1年,在用目前的AI测试后,漫改效率提升了20%左右。未来有AI辅助,可以做到一个人就能连载,实现半自动化创作生态。①

  精品IP长尾效应持续发生作用。2023年,《开端》《夜的命名术》《星域四万年》等科幻网络文学陆续开发成影视、动漫、有声书、周边衍生品等。5月26日,第28届上海电视节白玉兰奖入围名单揭晓,最佳中国电视剧部分出现了多部由网络文学改编而来的电视剧,如改编自阿耐《不得往生》的《风吹半夏》、改编自马伯庸同名小说的《风起陇西》、改编自祈祷君同名小说的《开端》等。男频精品IP影视剧长尾效应显著,作品完结后依然热度不减,2019年完结的《庆余年》第一季仍处于2023Q3老剧正片有效播放TOP3;《雪中悍刀行》位于2023Q3老剧正片有效播放TOP8。②《庆余年》第二季位列电视剧期待榜第一名,视频预约量突破759万。游戏方面,基于"龙族"IP的MMORPG手游《龙族幻想》运营超过4年之后在市场上依然保有一席之地,同时开发出策略卡牌游戏项目。截至2023年6月30日,《龙族幻想》的累计流水超过人民币43亿元,全球累计注册用户数超过4300万人。

  (3) 微短剧创作开启网文行业新风口

  微短剧创作数量持续增长。截至2023年6月,我国网络视频用户规模为10.44亿人,较2022年12月增长1380万人,占网民整体的96.8%。其中,短视频用户规

---

① 每日经济新闻:《阅文集团CEO侯晓楠:用AI重构骨架 打造未来感IP体验经济》,2023年7月24日,https://baijiahao.baidu.com/s?id=1772311896027365596&wfr=spider&for=pc,2023年11月13日查阅。
② 中国青年报:《〈2023IP风向标〉发布,展现关于IP的五大风口》,2023年11月20日,https://baijiahao.baidu.com/s?id=1783071973239191852&wfr=spider&for=pc,2023年11月23日查阅。

模为10.26亿人，较2022年12月增长1454万人，占网民整体的95.2%。① 单集时长不超过10分钟的网络微短剧作为一种新兴的视听艺术形态，正处在从粗放式发展的高产量阶段迈向追求高质量发展的新时期。2023年第一、二、三季度，全国广播电视主管部门颁发发行许可的国产网络剧片分别为238部②、339部③、424部④，其中网络微短剧分别为83部1848集、116部2686集、150部3321集。2023年上半年颁发发行许可的国产网络剧片共477部，超过了2022年全年上新的454部。7月1日，国家广播电视总局办公厅第一季度优秀网络视听作品推选活动结果公布，69部作品入选，《青春正好》《种地吧》《抬头见喜》等网络视频节目获得良好市场反响，充分发挥了优秀作品的示范引领作用。⑤ 抖音头部微短剧的影响力也在提升，2023年仅有3集的《逃出大英博物馆》火爆出圈，引起了网络热议。此外，双女主都市情感热播短剧《二十九》完结后总播放量达到8.1亿，引发热议。

各大平台加速布局微短剧市场。10月，抖音旗下番茄对小说和短剧进行了品牌统一，番茄小说孵化的短剧App红果短剧更名为番茄短剧。中广电传媒的河马剧场自8月上线以来，其榜单排名一路走高。快手出品了《我回到十七岁的理由》《长公主在上》《东栏雪》等多部爆款短剧，开启了"星芒优秀人才扶持计划"。6月9日，"云腾计划"微短剧第一期定标结果公布，《当可爱过期后》等7部作品成功定标。8月25日，"鲜见创投FRESH! BANG!"与七猫中文网联合推出"鲜柠七"计划，全面加速短剧精品化、规模化。国内短剧市场经过2019年至2021年的前期积累、2022年的爆发式增长，短剧在2023年迎来了"短剧出海"的新阶段，这轮的"短剧出海"以网文平台为主力，短期内容以优质网文IP改编为主。2022—2023年，海外市场在短时间内涌现出了多款短剧应用。2022年，网文集团旗下中文在线旗下短剧应用ReelShort上线，ReelShort应用内的短剧多为每集长度为1至2分钟的真人短剧，短剧的演员多为欧美演员，短剧内容则多以国内小说风格为主，2023年

---

① 数据来源：中国互联网络信息中心（CNNIC）《第52次〈中国互联网络发展状况统计报告〉》，2023年8月28日，https：//www.cnnic.cn/NMediaFile/2023/0908/MAIN1694151810549M3LV0UWOAV.pdf，2023年11月20日查询。

② 数据来源：国家广播电视总局《国家广播电视总局办公厅关于2023年1月至3月全国国产网络剧片发行许可情况的通告》，2023年4月17日，https：//www.nrta.gov.cn/art/2023/4/24/art_113_64078.html，2023年11月20日查询。

③ 数据来源：国家广播电视总局《国家广播电视总局办公厅关于2023年4月至6月全国国产网络剧片发行许可情况的通告》，2023年7月13日，https：//www.nrta.gov.cn/art/2023/7/19/art_113_64954.html，2023年11月20日查询。

④ 数据来源：国家广播电视总局《国家广播电视总局办公厅关于2023年7月至9月全国国产网络剧片发行许可情况的通告》，2023年10月27日，https：//www.nrta.gov.cn/art/2023/11/1/art_113_65985.html，2023年11月20日查询。

⑤ 数据来源：国家广播电视总局《国家广播电视总局办公厅关于公布2023年第一季度优秀网络视听作品推选活动评审结果的通知》，2023年7月5日，http：//www.nrta.gov.cn/art/2023/7/5/art_113_64802.html，2023年11月24日查询。

推出的 Fated To My Forbidden Alpha 和 Never Divorce a Secret Billionaire Heiress 两部作品在海外爆火。Reelshort 在美国 iOS 畅销总榜的排名一路上升，7 月，冲进前 100 名，下载量达到了 260 万次。① 2022 年 10 月，安悦网络推出 Flex TV，推出一年多，Flex TV 在泰国逐渐打出了声量，排名基本保持在 Google Play 泰国娱乐分类 TOP 10。2023 年 1 月，短剧应用 We Shorts 与 TT TV 精品短剧汇集先后发行，6 月，网文集团新阅时代旗下短剧应用"GoodShort"上线，畅读则推出了短剧应用"MoboReels"，各大应用相继登上国外娱乐类 App 畅销榜。

5. 网络文学理论与批评热点纷呈

（1）网络文学海外传播研究

网络文学生态出海愈加深入，网文出海研究领域形成了一批开创性的研究成果。《出版广角》2023 年第 13 期刊发了网络文学特辑，重点刊发了网络文学海外传播研究成果，其中郭瑞佳等总结了海外网文平台的发展历程和定位，运营体系和盈利机制以及发展优化策略。② 吴申伦等总结了玄幻仙侠题材网络文学海外传播优势与路径研究③，高金萍等阐述了中国网络文学出海的文化进路④，杨晨等总结了网文出海的演进脉络、传播动力以及未来图景。⑤ 此外，张富丽指出中国网络文学国际传播已经从作品出海转变为生态出海，网文出海已经成为世界级的文化现象。⑥ 郭玮等提出以网络文学为代表的网络文娱在"走出去"的发展过程中，呈现出跨文化传播的理解友好性、文化交流的强互动性、传播对象的大众广泛性等特点。⑦ 叶欣欣等以 Webnovel 为例总结了海外网络文学读者阅读行为。⑧ 王一鸣提出中国故事国际传播视野下网络文学故事层、媒介层、关系层三元本体结构理论模型。⑨ 张斯琦指出中国当代文学及其新闻在文学性上高度契合，进而推动了中国当代文学海外传播。⑩ 敖然等指出我国网络文学出海传播体系的构建日趋完善，面对版权和人才等困境，提出出海推进协同化等对策。⑪ 叶慧君等分析了后现代语境下网络文学翻译异军突起带来的"狂欢化"翻译，指出中国文化真正"走出去"还需依靠自身的民

---

① Bingo 短剧广场：《短剧在海外有多火？爆发前夕看短剧出海——平台篇》，2023 年 9 月 21 日，https://www.yfchuhai.com/article/11720.html，2023 年 11 月 21 日查询。
② 郭瑞佳、吴燕：《基于同业竞争者视角的海外网文平台发展分析》，《出版广角》2023 年第 13 期。
③ 吴申伦、龙雨晨：《玄幻仙侠题材网络文学海外传播优势与路径研究》，《出版广角》2023 年第 13 期。
④ 高金萍、王喆：《中国网络文学出海的文化进路》，《出版广角》2023 年第 13 期。
⑤ 杨晨、何叶：《网络文学：讲好中国故事的有力载体》，《出版广角》2023 年第 13 期。
⑥ 张富丽：《从作品出海到生态出海：中国网络文学国际传播现状》，《扬子江文学评论》2023 年第 2 期。
⑦ 郭玮、徐臻：《网络文娱"走出去"的特点及对国际传播的启示》，《中国广播电视学刊》2023 年第 1 期。
⑧ 叶欣欣、袁曦临、黄思慧：《基于用户画像的海外网络文学读者阅读行为研究——以 Webnovel 为例》，《图书馆杂志》2023 年第 1 期。
⑨ 王一鸣：《中国故事国际传播视野下网络文学的本体结构与特性》，《编辑之友》2023 年第 2 期。
⑩ 张斯琦：《中国当代文学的海外传播及其新闻的"文学性"话语》，《文学评论》2023 年第 2 期。
⑪ 敖然、李弘、冯思然：《我国网络文学出海现状、困境、对策》，《科技与出版》2023 年第 4 期。

族底蕴和普世价值。① 敬鹏林等认为中国网络文学对外传播具有重大的文学史意义。② 尤达研究发现从观众到读者的接受路径有利于最大限度提升海外传播力，即以IP改编作品的海外走红带动网络文学的输出。③ 屈高翔等梳理了不同时期由不同行动者主导的网络文学出海模式。④ 闫文君总结了网络文学的海外传播策略转向，提出通过主体间对话引领价值观建构。⑤

(2) 网络文学评价体系与批评标准建设

2023年，网络文学评价体系仍然是研究重点，如何评价网络文学内容以及产业发展，对于网络文学高质量发展尤为重要。何弘系统性总结了新时代十年中国网络文学发展的基本成就和基本经验。⑥ 欧阳友权阐述了网络文学评价体系的学理形态，以及网络文学批评标准的内涵衍生。⑦ 黎杨全指出数字时代的文学呈现游戏转向，作家创作走向数据库的重组，遵循游戏的复数故事逻辑，对此需针对性地建构文学的游戏批评范式，以此准确地把握数字时代作家与读者的文学活动，看清文学文本的深层变化。⑧ 王玉玊回应了上年度黎杨全对网络文学的经典化问题的思考，认为网络文学的经典化并不因其流动性而成为一个伪命题。⑨ 雷成佳在评价方法上提出数字人文研究法可有效解决批评主体"入场难"的问题。⑩ 南帆基于网络空间总结了网络文学批评谱系，认为独创性是评价文学经典的指标。⑪ 江秀廷提出了网络文学原生评论的三种基本形态以及三个特征，并指出其重要意义与局限性。⑫ 刘小源总结了网络批评小说的批评策略与历史流变。⑬ 同时，她还以《和玛丽苏开玩笑》为例谈到了对网络文学批评事件的阐释。⑭ 乌兰其木格提炼出少数民族文学批评的概念生成与范式的转变。⑮ 马季以代际为群体对网络文学作家在不同阶段的创作进

---

① 叶慧君、王晔：《后现代语境下中国文化"走出去"的趋势与反思》，《上海翻译》2023年第3期。
② 敬鹏林、耿文婷：《文学史视角下的中国网络文学走出去》，《出版发行研究》2023年第7期。
③ 尤达：《读者与观众：海外输出背景下受众跨媒介接受路径研究——网络文学与IP改编的序位效应考察》，《编辑之友》2023年第8期。
④ 屈高翔、梅雨浓：《行动者网络视角下网络文学出海的出版生态与逻辑进路》，《出版发行研究》2023年第8期。
⑤ 闫文君：《从"走出去"到"走进去"：网络文学的海外传播策略转向》，《传媒》2023年第20期。
⑥ 何弘：《新时代十年中国网络文学发展的基本成就和基本经验》，《南方文坛》2023年第5期。
⑦ 欧阳友权：《网络文学评价：体系与标准》，《贵州师范大学学报（社会科学版）》2023年第5期。
⑧ 黎杨全：《以文为戏：数字时代文学的游戏批评范式》，《文学评论》2023年第1期。
⑨ 王玉玊：《流动性与经典性不可兼得？——并与黎杨全〈网络文学的经典化是个伪命题〉一文商榷》，《文艺理论与批评》2023年第3期。
⑩ 雷成佳：《数字人文与网络文学批评方法的建构》，《湖北大学学报（哲学社会科学版）》2023年第2期。
⑪ 南帆：《网络空间与文学批评谱系》，《中国文学批评》2023年第2期。
⑫ 江秀廷：《网络文学原生评论的形态、特征与意义》，《中国文学批评》2023年第2期。
⑬ 刘小源：《网络批评小说：一种全新的文学批评形态》，《东岳论丛》2023年第8期。
⑭ 刘小源：《〈和玛丽苏开玩笑〉：一场空前的网络文学批评事件》，《南方文坛》2023年第4期。
⑮ 乌兰其木格：《"少数民族文学批评"：概念的生成与范式的转变》，《文艺争鸣》2023年第6期。

行分析比较研究。① 祝晓风认为网络文学研究从作品本体到存在本体包括作品/文学层面、媒介与传播层面、社会文化层面、人类生存（哲学）层面四个层面。② 王钦芝等辨析了数字文学的概念，认为不能用网络文学指代数字文学。③ 此外，网络文学发展史研究以及网络文学起源探究争鸣延续。2023年11月，欧阳友权主编的"中国网络文学三十年"丛书出版，本丛书包括《网络文学三十年》《网络文学三十年年谱》（二册）《网络文学三十年研究成果目录集成》《网络文学三十年理论评论典藏》等4种5部，是对中国网络文学三十年发展脉络的系统梳理和学术信息的历史性"盘点"，是一套"通史"性质的资料库和史料书。《文化软实力研究》推出欧阳友权、马季、黎杨全、许苗苗、王金芝、吉云飞、贺予飞的一期笔谈。欧阳友权就网络文学起源的本义与延伸义进行了阐释，呼吁起源探讨回归本义而不是延伸义。④ 马季认为中国网络文学起始年与源头是两个概念，并就起始年的确定进行了深入辨析。⑤ 黎杨全提出交往性是网络文学的本质属性，并以此追溯中国网络文学的起源。⑥ 许苗苗认为媒介转型是网络文学区别于其他文学的标志，谈论起点应以这一语境作为出发点。⑦ 王金芝从中国当代文学与早期互联文化的"互缘共构"和"交错互动"中探索中国网络文学的缘起。⑧ 吉云飞从媒介革命与翻译模式更新的角度阐释了为什么中国网络文学国际传播的起点是Wuxiaworld。⑨ 贺予飞提出以生态系统的思维方式看待网络文学的发生与发展。⑩ 此外，还有多位学者也就这一话题发表看法。周敏从文学内部的视角分析了网络文学缘何在20世纪90年代文学语境之中生根发芽。⑪ 王小英等认为网络文学的起源时需要兼具时间和空间两个重要条件，中国网络文学的起始点源发于20世纪90年代初期海外华人开辟的汉语网络空间。⑫ 学界对网络文学起源问题的探讨不断深入，说明网络文学作为一门学科正在不断走向成熟。

（3）网络文学创作与审美新现象研究

网络文学创作类型与叙事研究是网络文学研究的热点，年轻学者的加入为创作

---

① 马季：《赛博银河里的文学繁星——中国网络作家代际谱系观察》，《南方文坛》2023年第4期。
② 祝晓风：《从作品本体到存在本体——论网络文学研究的四个层面》，《湖北社会科学》2023年第7期。
③ 王钦芝、金玉萍：《数字文学：概念辨析、论争及反思》，《文艺评论》2023年第5期。
④ 欧阳友权：《网络文学起源的本义与延伸义》，《文化软实力研究》2023年第4期。
⑤ 马季：《中国网络文学起始年与源头辨析》，《文化软实力研究》2023年第4期。
⑥ 黎杨全：《交往性与中国网络文学的起源》，《文化软实力研究》2023年第4期。
⑦ 许苗苗：《网络文学起于媒介转型》，《文化软实力研究》2023年第4期。
⑧ 王金芝：《中国当代文学与早期互联网文化的"互缘共构"和"交错互动"》，《文化软实力研究》2023年第4期。
⑨ 吉云飞：《为什么中国网络文学国际传播的起点是Wuxiaworld》，《文化软实力研究》2023年第4期。
⑩ 贺予飞：《"网生"起源说的生态系统观》，《文化软实力研究》2023年第4期。
⑪ 周敏：《网络文学与"90年代"的连续性》，《文艺理论与批评》2023年第3期。
⑫ 王小英、田雪君：《网络文学的界定与中国网络文学的起源》，《中州学刊》2023年第6期。

与叙事研究提供了新的视角。汤哲声认为网络文学是中国传统通俗小说的当代呈现，网络文学经典化需要固本培元。① 王祥认为神奇叙事是网络文学基本形态之一，体现出快感体验与情绪优化。② 贺予飞认为，网络文学通过对古典小说空间的拓展与挪移生成架空、地图和场景叙事，吸收章回体、话本体的叙事体例并创造仿古体，实现了古典小说叙事传统的当代转化。③ 对于网络文学数据库写作变革这一话题，贺予飞提出深层根源在于"以用户为中心"的生产机制和数字交互生产机制的合力运作，存在现实映射和感性表达的限度。④ 李玮指出网络文学"后人类"叙事对于后人类意义上"人—自然"的表征，是全球化背景下具有先锋性与反思性的文学表达。⑤ 在创作类型上，从2018年以来，网络文学已经从类型化转向"后类型化"。⑥ 房伟阐释了网络盗墓小说的本土语境生成意义。⑦ 肖映萱指出了女频网络小说"科幻复兴"的新趋势。⑧ 彭民权网络文学叙事的技巧化转向与"去媒介化"趋势，一定程度上预示网络文学与传统文学的合流。⑨ 何志钧指出现实题材网络文学的迅猛发展既显示了现实主义文学的发展潜力，提出了现实题材网络文学高质量发展的路径。⑩ 韩金桥认为网络文学创作模式内卷化，创作类型内卷化，人物形象内卷化，展现出资本、大数据、社交软件对网络环境中读者的审美重塑以及鲜明的时代表征。⑪ 高艳芳总结了社会热点事件类网络民间文学的形成过程和舆论引导。⑫ 张慧瑜认为新出现的科幻题材网络文学一方面延续了中国式科幻文化的社会想象，另一方面又在新时代讲述新的中国故事。⑬ 谭天等以爱潜水的乌贼作品为例阐述了克苏

---

① 汤哲声：《中国网络文学的属性和经典化路径》，《中国文学批评》2023年第1期。
② 王祥：《网络文学的神奇叙事与情绪标记》，《中国文学批评》2023年第1期。
③ 贺予飞：《网络文学对古典小说叙事的转化》，《中国文学批评》2023年第1期。
④ 贺予飞：《从符号、装置到生产机制：网络文学数据库写作的变革及限度》，《中国现代文学研究丛刊》2023年第7期。
⑤ 李玮：《多重主体的表征：中国网文如何想象后人类意义上的"人—自然"》，《文艺理论与批评》2023年第2期。
⑥ 李玮：《从类型化到"后类型化"——论近年中国网络文学创作的新变（2018—2022）》，《文艺研究》2023年第7期。
⑦ 房伟：《复活的民间、亡灵的财富与话语的秩序——论网络盗墓小说的类型学发生》，《当代作家评论》2023年第1期。
⑧ 肖映萱：《幻想的开拓："女性向"网络小说对科幻资源的继承与改造》，《中国图书评论》2023年第1期。
⑨ 彭民权：《回归传统：网文叙事的"去媒介化"》，《江西社会科学》2023年第3期。
⑩ 何志钧：《论现实题材网络文学的高质量发展》，《学习与探索》2023年第5期。
⑪ 韩金桥：《论当下中国网络文学的"内卷"现象》，《哈尔滨工业大学学报（社会科学版）》2023年第3期。
⑫ 高艳芳：《社会热点事件类网络民间文学的形成过程和舆论引导》，《西北民族大学学报（哲学社会科学版）》2023年第4期。
⑬ 张慧瑜：《科幻题材网络文学与新的中国故事》，《人民论坛》2023年第15期。

鲁元素对升级流叙事的自反。① 聂茂等以中国作家网"网络文学名家谈写作"为考察中心,分析了网络作家的叙事策略与价值赋能。② 此外,学者们聚焦网络文学作者与网文平台关系探究网文创作的深层动因与规制。王溥等认为签约作者在劳动实践的过程中看似具有高度自主性,实则受到了网络文学平台和读者的双重规训。③ 蒋晓丽等指出在"可见即利益"网络文学生产机制下,网络文学生产者持续受到以文学网站为代表的平台资本的剥削与控制。④ 范玉仙等指出网文平台的劳动控制机制,揭示了平台劳动者面临的技术囚徒、虚假自由和主体性消解等劳动困境。⑤ 赵勇提出作为生产者的写手快与量是网络文学生产的基本法则,资本与加速是其深层动因。⑥

网络文学审美文化研究成果颇丰。2023 年初,许苗苗在《中国社会科学》发文指出,网络文学是世界范围内独特的媒介文化现象,是以互动为中心的新文学,呈现出想象力的多重延展,反映出中国网络社会崛起之际社会结构和时代心理的变革。⑦ 从《第一次的亲密接触》开始,"网络文学"获得了具体形态,带来新语言、新文化、新生活。⑧ 网络小说中常见穿越元素,不只是文学自身的转变,还来源于虚拟劳动通过媒介经验构造的因人而异的现实。现实主义表现出现实与虚构、经验与情感不分彼此的新变化。⑨ 网络文学中的空间经历了从现实城市空间向神话异世和跨次元、超维度空间的转变,这种变迁浓缩着时代征候,实时反映出网络社会的现实。⑩ 裴幸子认为,从网文到二次元体现出网络青年亚文化民族主义话语的转型。⑪ 张晓红等认为"诗性正义"有益于助推网络文学成为一种文学公共话语实

---

① 谭天、项蕾:《克苏鲁元素对升级流叙事的自反——以爱潜水的乌贼作品为例》,《文艺理论与批评》2023 年第 5 期。
② 聂茂、张旭:《网络作家的叙事策略与价值赋能——以中国作家网"网络文学名家谈写作"为考察中心》,《中南大学学报(社会科学版)》2023 年第 5 期。
③ 王溥、黄丽坤:《双重规训:平台可见性与读者赋权——网络文学平台签约作者的数字劳动研究》,《湖南大学学报(社会科学版)》2023 年第 1 期。
④ 蒋晓丽、杨钊:《"可见即收益":网络文学平台化生产的可见性研究》,《编辑之友》2023 年第 2 期。
⑤ 范玉仙、王晨:《平台经济下的劳动控制与抵抗——以网络文学平台的田野调研为例》,《当代经济研究》2023 年第 6 期。
⑥ 赵勇:《作为生产者的写手——论网络文学生产的基本法则与深层动因》,《四川大学学报(哲学社会科学版)》2023 年第 4 期。
⑦ 许苗苗:《网络文学:互动性、想象力与新媒介中国经验》,《中国社会科学》2023 年第 2 期。
⑧ 许苗苗:《新语言、新文化、新生活:从〈第一次的亲密接触〉开始》,《小说评论》2023 年第 3 期。
⑨ 许苗苗:《两种穿越的讲法:跨次元现实与新媒介时代的现实主义》,《南京社会科学》2023 年第 7 期。
⑩ 许苗苗:《网络文学中的空间变迁与时代征候》,《中州学刊》2023 年第 10 期。
⑪ 裴幸子:《从网文到二次元:网络青年亚文化民族主义话语的转型》,《湖北民族大学学报(哲学社会科学版)》2023 年第 2 期。

践。① 周志强指出网络文学的爽感体验是"处在痛苦中的享乐"（享乐沉溺的"圣状"）。② 韩传喜等总结了网络文学在媒介化中的情感呈现。③ 禹建湘阐述了网络文艺新形态的精神价值与创新发展。④ 高翔指出网络文学形成了广泛的"反爽文"书写样态，"反爽文"美学的兴起源自对消费主义意识形态的悖论，体现了网络文学商业性和审美性的分化与平衡。⑤ 乔焕江提出了作为话语实践的网络文学通俗论。⑥ 尚源等阐述了网络文学世俗化、碎微化、平浅化、娱乐化、影视化的文学审美价值倾向。⑦ 韩模永阐述了网络文学与现实呈现出的再现、呈现和模拟三种关系。⑧

（4）网络文学版权与产业研究

学者们系统性探究了版权与产业发展的底层逻辑，总结了网文产业发展的新形态新特征。欧阳友权指出，网络文学产业以在线经营和 IP 赋能的双重路径形成网络新文创的业态架构，良性的网络文学文创生态需要坚持社会效益优先的"双效合一"原则，以保障这一行业的健康可持续发展。⑨ 王一鸣等总结了网络文学出版研究的概念、框架和范畴。⑩ 陈忆澄指出网络文学传媒艺术改编形成了"视觉中心"和"听觉转向"的发展趋势，成为可看的文学、可听的文学。⑪ 邓丽君总结了中国网络文学数字化翻译模式本体要素新特性与新关系。⑫ 谢清风就网络文学产业的基因、问题和发展趋势进行了深入阐释。⑬ 李灵灵指出网络文学 IP 用"故事+情感"激活了非物质文化遗产，为其注入新的情感观、价值观和审美内涵。⑭ 江玉娇等以阅文集团为例，指出了网络文学出版平台的内容生产集聚效应及其内在机制。⑮ 郑

---

① 张晓红、雷婕：《"诗性正义"理论观照下的网络文学和公共生活》，《深圳大学学报（人文社会科学版）》2023 年第 2 期。
② 周志强：《"处在痛苦中的享乐"——网络文学中作为"圣状"的爽感》，《广州大学学报（社会科学版）》2023 年第 3 期。
③ 韩传喜、郭晨：《网络文学媒介化的情感逻辑》，《当代作家评论》2023 年第 3 期。
④ 禹建湘：《网络文艺新形态的精神价值与创新发展》，《人民论坛》2023 年第 13 期。
⑤ 高翔：《消费主义视野中的"爽文学观"》，《南京社会科学》2023 年第 9 期。
⑥ 乔焕江：《作为话语实践的网络文学通俗论》，《南京社会科学》2023 年第 9 期。
⑦ 尚源、刘坚：《媒介文化视域下文学审美价值倾向探析》，《社会科学战线》2023 年第 10 期。
⑧ 韩模永：《再现、呈现与模拟：论网络文学与现实的三种关系》，《中州学刊》2023 年第 10 期。
⑨ 欧阳友权：《网络文学产业的文创形态及其风险规制》，《湖北社会科学》2023 年第 7 期。
⑩ 王一鸣、张洁：《网络文学出版研究的概念、框架和范畴》，《出版科学》2023 年第 3 期。
⑪ 陈忆澄：《论中国网络文学向传媒艺术改编的感官机制——视觉与听觉的角力》，《现代传播（中国传媒大学学报）》2023 年第 3 期。
⑫ 邓丽君：《数字叙事视域下中国网络文学数字化翻译模式本体新探》，《解放军外国语学院学报》2023 年第 3 期。
⑬ 谢清风：《网络文学产业的基因、问题和发展趋势》，《出版广角》2023 年第 12 期。
⑭ 李灵灵：《情感、体验与认同：网络文学 IP 与非遗的审美消费》，《民族艺术》2023 年第 4 期。
⑮ 江玉娇、邓香莲：《网络文学出版平台的内容生产集聚效应及其内在机制研究——以阅文集团为例》，《出版广角》2023 年第 15 期。

熙青阐述了网络粉丝社群和网络社交平台的同构性与亲密性。① 骆平于网络文学影视改编的跨媒介考察，总结了影像叙事如何建构伦理秩序。② 郑熙青从原创性的概念出发，以法律的角度探讨了网络文学的著作权问题。周兴杰总结了网络文学排行榜的类型、功用及其批评形态建构。③ 同时，学者们指出了现阶段存在的问题，并从不同角度提出了高质量发展的路径。陈前进等指出网络文学IP面临内容创作同质化趋势明显、衍生品质量参差不齐、为迎合市场过度娱乐化、缺乏版权意识、衍生品生命周期短暂等挑战，对此提出了IP衍生优化路径。④ 赵礼寿等同样指出了网络文学作品存在的问题，并从政府、协会、平台、作者四个层面提出提升网络文学精品产出率的对策。⑤ 欧阳婷总结了网络文学"量大质不优"的主要原因，指出中国网络文学高质量应该倡导网络创作回归文学的价值原点，在矫枉与调适中实现网络文学的品质化逆袭。⑥ 薛詠贤等指出国际化的中国网络文学全版权开发面临翻译与盗版等挑战，需要加强产学合作与人才队伍建设。⑦ 王亚静等从社群传播视角提出了网络文学版权运营的发展路径。⑧

（5）网络文学与人工智能研究

网络文学与人工智能的结合话题很热，但是代表性的研究成果还不多，无论是业界从业者还是研究学者，对于这个新兴领域都处在探索开拓阶段。欧阳友权在《ChatGPT与网络文学的未来》⑨一文中系统性地阐述了人工智能的三个层级以及AI技术对网络文艺赋能的方式，总结了ChatGPT创作的艺术屏障，展望了AI艺术哲学与网络文艺的未来。胡疆锋认为人工智能的出现为当代网络文艺展现想象力和创造力提供了广阔空间，通过预言、质疑和反思为这场媒介革命和社会变革提出了意味深长的时代之问。⑩ 钟祖流指出元宇宙时代网络文学的生产与消费呈现出架构移植的特点。⑪ 8月15日，中国文艺理论学会网络文学研究分会第八届学术年会暨"人工智能发展与中国网络文学未来"学术研讨会在江南大学召开，150余名全国科研院

---

① 郑熙青：《网络粉丝社群和网络社交平台的同构性与亲密性》，《广州大学学报（社会科学版）》2023年第5期。
② 骆平：《影像叙事如何建构伦理秩序？——基于网络文学影视改编的跨媒介考察》，《北京电影学院学报》2023年第10期。
③ 周兴杰：《网络文学排行榜：类型、功用及其批评形态建构》，《中州学刊》2023年第7期。
④ 陈前进、刘世昌：《网络文学IP的衍生困境和优化路径》，《出版广角》2023年第13期。
⑤ 赵礼寿、杨佚琳，王梦颖：《加强网络文学管理，提高网络文学精品产出率》，《出版广角》2023年第13期。
⑥ 欧阳婷：《中国网络文学高质量发展及其实施路径》，《学习与探索》2023年第5期。
⑦ 薛詠贤、杨勇：《国际化的中国网络文学全版权开发研究》，《出版广角》2023年第4期。
⑧ 王亚静、刘宗义：《社群传播视角下网络文学版权运营的发展路径——以阅文集团为例》，《传媒》2023年第12期。
⑨ 欧阳友权：《ChatGPT与网络文学的未来》，《江海学刊》2023年第5期。
⑩ 胡疆锋：《塑造和想象：当人工智能遇上网络文艺》，《人民论坛》2023年第15期。
⑪ 钟祖流：《元宇宙时代网络文学的生产与消费》，《中国出版》2023年第11期。

所及行业专家学者齐聚一堂探讨文学与技术的发展。王峰认为，未来写作将分为人类精英写作与人机融合写作两种方式，并阐述了人机融合写作的三种模式。欧阳友权认为，共情是网络文学创作的铁门槛，人工智能创作还需厘清三个边界。邵燕君阐述了人工智能的底层逻辑对文学写作的核心挑战以及人机协作的可能，并以"彩云小梦"为例展示人机交互创作的初步尝试样态。单小曦指出，网络文学正在经历第三次革命，即网络文学的智能化写作和生产革命，网络文学技术研究范式的兴起、淡化与回归表明网络文学无法脱离技术。夏烈总结了"数智时代"媒介契机与媒介互动，阐述了人工智能的发展阶段，提出了人工智能之于网络文学需要关注的三个问题。张春梅教授介绍了人工智能发展的背景，分三个方面阐述人工智能如何影响文学书写。本次会议作为一次重思"人工智能发展与中国网络文学未来"的契机，在中国网络文学研究史上写下新章。

三、问题与趋势

1. 网络文学发展反思

（1）网络文学经典化建构的问题反思

网络文学的发展已迈过而立之年的门槛，它是否已经形成了行业公认的经典文本？网络文学的经典标准与传统文学的经典标准是否一致？网络文学的经典化评价标准和趣味是否发生了转变？这些都是网络文学研究者和批评家们关注的焦点。韩少功提出了文学经典的三个标准：一是创新的难度，二是价值的高度，三是共鸣的广度。① 欧阳友权提出了网络文学经典的四条标准，即原创性、恒久流传、经典具有多向的阐释空间、艺术价值的永恒魅力。② 黎杨全则尖锐地指出网络文学的经典化是个伪命题，认为其不符合印刷文学语境下的"经典化"固定的、独立的、封闭的、模范的和规定性的本质。③ 王玉玊针对黎杨全的"伪命题"说提出了疑问，她认为网络文学流动性与经典性可以兼得，任何时代的文学，都或多或少地具有流动性，网络文学的经典化并不因其流动性而成为一个伪命题。④ 现阶段，网络文学或许还未出现传统意义上的经典著作，但是这个"未出现"的"在场"为"可能出现"的"未来场"提供了某种可能，正所谓凡事预则立，思考网络文学的经典化问题，能够在文学民主的路径上为文学经典化机制的更新提供启发。⑤

---

① 韩少功：《什么是经典，如何读？》，《名作欣赏》2018年第3期。
② 欧阳友权：《网络创作能否打造文学经典》，《上海文化》2021年第8期。
③ 黎杨全：《网络文学的经典化是个伪命题》，《文艺争鸣》2021年第10期。
④ 王玉玊：《流动性与经典性不可兼得？——并与黎杨全〈网络文学的经典化是个伪命题〉一文商榷》，《文艺理论与批评》2023年第3期。
⑤ 王玉玊：《流动性与经典性不可兼得？——并与黎杨全〈网络文学的经典化是个伪命题〉一文商榷》，《文艺理论与批评》2023年第3期。

当代文学经典是精英文化的人文旗语,是经由时间累积和实践检验而形成的文学认同标杆。① 茅盾文学奖是国家为长篇小说创作设立的最高奖项,属于专家评审的"精英奖",根据2023年3月14日修订的《茅盾文学奖评奖条例》,茅盾文学奖的标准强调"茅盾文学奖评奖坚持思想性与艺术性统一的原则"。过往的时代长期是由权威者、专业人士确立文学经典的时代,网络文学作为一种网络亚文化,呈现出后现代表征,在隔绝文学权威与主流文化视线的前提下发展起来。网络时代文学发表已不再是少数人的特权,批评的话语权也下移至每一个读者手中,传统的经典遴选机制受到挑战。曾有网民评出"死活读不下去"的十大文学经典名著,《红楼梦》《百年孤独》《三国演义》等入选,"读不下去"的一个重要原因是媒介因素,数字化媒介更适于浅阅读、碎片化阅读、直观性阅读,即不需要思考,不讲求沉淀,不需要"言有尽而意无穷",而阅读名著是需要慢慢品读和思考的,他们就不习惯,不适应,就会出现读不下去的情形。但是,在网络文学作品中也逐渐出现了"读不下去"的作品,2020年完结的《诡秘之主》在2023年推出了第二部《宿命之环》,一经推出就打破了多项纪录,这部广受好评的网络文学作品在知乎上有个热门的话题"《诡秘之主》我为何读不下去?",有用户这样回答:

比如我读托尔斯泰的任何一本书都想要睡觉,我能说是托尔斯泰的问题吗?不,显然这是我的问题。②

前三四十章,我的确也看不下去。当我渐渐代入了情境,作者的翻译腔也开始好转,我就被它的搞笑、神秘、惊悚、温暖给吸引住了。③

诚然,我们不能以简单的阅读难易程度来评价一部作品是否就是经典,但是这个"不好读"某种程度隐喻了网络文学经典化的一种可能,《诡秘之主》等网络小说从一定程度上展现了当前网文读者阅读趣味风向的变化,纯粹靠卖"爽点"的网文已经不能充分调动读者的阅读激情,以文学性为核心的品质化阅读有望成为网络文学主流阅读趣味,这种"阅读向"的转变或许将改变网络文学创作的"风口",类型化小说的创作的风向是否会由此转向,值得研究者们关注。

2023年,有103部网络文学作品以数字形式入藏上海图书馆,内容横跨网络文学20余年的创作历史,既有《上海凡人传》《上海繁华》《都市赋格曲》等展现时代风貌的上海故事,也有《吾家阿囡》《择日飞升》《巫神纪》等凝聚传统文化底蕴的精品,还有《灵境行者》《黎明之剑》《机动风暴》等融合理性与想象力的科幻作品。《庆余年》《赘婿》《斗破苍穹》《星辰变》等14部阅文IP改编的动漫、

---

① 欧阳友权:《文学经典在网络时代的命运》,《求是学刊》2019年第3期。
② 知乎作者(又可以改名了):《诡秘之主为什么读不下去》,2020年8月8日,. https://www.zhihu.com/question/411427339/answer/1393248476,2023年11月30日查询。
③ 知乎作者(筌筌):《诡秘之主为什么读不下去》,2020年8月8日,https://www.zhihu.com/question/411427339/answer/1393248476,2023年11月30日查询。

影视作品首次入藏上海图书馆，这也是网文改编 IP 以数字化的形式首次入藏图书馆。6 月 21 日，"新时代十年百部中国网络文学榜单"在第十九届中国国际动漫节上发布。该榜单是就新时代（2012—2022 年）十年范围内完结的中国网络文学作品的推选活动，显现了四大特征和趋势，即主流化、精品化、IP 化、国际化。榜单整体上呈现出敏锐把握时代脉动、不断拓展创新题材边界、坚持人民立场、兼顾情节逻辑和美学形象综合表现力、不断优化产业路径进行迭代升级等特点。在这一趋势下，有关网络文学经典化的争议，逐渐由网络文学是否具有进入"文学经典殿堂"的可能，转变为网络文学要不要保留其独特品质，或是"经典"的内涵要如何被网络文学改变的问题。

网络文学经典化创作从文学出发，生成于网络，最后还将是要回归文学。经典意义的网络文学作品价值意义是多元的，网生性的"爽感"、文学性的"美感"、商业性的"动感"，还有一个重要的元素就是"质感"，"质感"的最终价值意义指向人性本质与人类文明考量的思想性。黑格尔曾经说过："在艺术里，感性的东西是经过心灵化了，而心灵的东西也借感性化而显现出来了。因此，只有通过心灵而且由心灵的创造活动产生出来，艺术作品才成其为艺术作品。"① 文学的本性是人学——人的生命与生存、人的情感体验与价值理性、人的实践活动与精神品格等，构成了文学最基本的思想内涵，也成就了文学最基本的审美本性；文学的本性是人学——文学是人类以掌握世界的艺术方式所达成的精神对物质、无限对有限的超越，是人类在处理自身与外在现实的审美关系时所追寻的真善美相统一的自由境界，是人的个性、才能及其创造性的对象化确证和人的本质力量丰富性的艺术延伸。② 所谓的文学经典，不仅源于作品内容旨趣的精深与高远及其对世道人心所产生的功能性影响。经典文学的阅读是那种经典的文学作品以文学的方式深刻地回应了当下的时代，并且具有超越时代的潜能，能让读者沉浸式阅读得无法自拔，回归现实之后充满感动与希望。不管是传统写作还是网络创作，都需要坚持"以人民为中心"的创作导向，反映时代要求和人民心声，做到"感国运之变化、立时代之潮头、发时代之先声"。网络文学变化的是媒介载体，不变的应该是艺术品质；网络作品变化的是内容和生产方式，不变的是内容背后的人文立场和创作者的文学初心。③ 事实上，我们也不能忽视"流动的现代性"对文学经典化的影响，文学经典并不是一成不变，随着时代的变化和文化的发展，新的文学形式和主题也可能会被接受和认可，批评家们可以保持开放的心态，多给网络文学一些信心。

（2）AIGC 技术变革对网络文学创作的挑战

随着生成式人工智能（AIGC，Artificial Intelligence Generated Content）的技术发

---

① ［德］黑格尔，朱光潜译：《美学》，《商务印书馆》1979 年出版，第 49 页。
② 欧阳友权：《人本文学的美学特征》，《湖南文理学院学报（社会科学版）》2005 年第 2 期。
③ 欧阳友权：《网络文学创作并非"从零开始"》，《光明日报》2017 年 12 月 11 日，第 16 版。

展与能力增强，文本生产方式发生重要变化。人工智能获得并逐步巩固其作为内容生产者的主体地位，这直接带来由于生产主体不同而生发的"人类生产文本"与"非人类生成文本"①之间的文本关系。人类生产文本多见于专业生产内容（PGC）、用户生产内容（UGC）、职业生产内容（OGC）等人类内容生产者生产的文本；而非人类生成文本在现阶段主要表现为融合算力、数据、算法，智能化实时生成文字、图像、音频等各类模态的文本内容。ChatGPT 是由美国人工智能实验室 OpenAI 开发的一个对话 AI 模型，于 2022 年 11 月正式推出，因其极其出色的文本生成和对话交互能力在世界范围内迅速走红。GPT，英文全称是 Generative Pre-trained Transformer，直译过来是生成型预训练—变换器。名字前面加上 Chat，即"聊天生成型预训练—变换器"。在 ChatGPT 的带动下，国内平台也陆续跟进开发 AIGC 模型。2023 年 3 月 16 日，百度推出搭载文心大模型的文心一言，称其是"新一代知识增强大语言模型"，对标 ChatGPT。4 月 8 日，华为更新盘古大模型；4 月 10 日，商汤科技推出商量 SenseChat；4 月 11 日，阿里巴巴推出通义千问；再之后，360、字节跳动、科大讯飞、京东、腾讯、美图……几乎所有的中国互联网巨头都相继下场。

从通用大模型到行业大模型，跃迁式发展的 AIGC 技术催化内容生产提效，全球各模态内容生态随之发生革命性变化，AIGC 的应用大时代已经开启，而网络文学领域将是 AIGC 应用的主阵地之一。网络文学平台纷纷采取行动应对 AIGC 带来的网络文学生产技术革命。6 月，掌阅科技宣布旗下首款人工智能产品"阅爱聊"封闭内测，利用生成式人工智能技术赋能数字阅读场景，为用户提供创新体验的阅读交互方式。7 月 2 日，"阅爱聊"正式发布。2023 年，阅文集团开启了"AI+IP"发展战略。7 月 19 日，2023 首届"阅文创作大会"发布会上，阅文集团发布了国内网络文学行业首个大模型"阅文妙笔"和基于这一大模型的应用产品"作家助手妙笔版"。9 月 7 日，腾讯旗下混元大模型正式对外亮相，腾讯内部超 180 项业务已经接入腾讯混元大模型进行内测，比如其"文生图""文生视频"的能力，助力各类设计、广告素材的创作效率大幅提升。番茄小说依托文字转语音技术，平台实现多音色 AI 听书，提升用户沉浸式听书体验与网络文学作品有声化效率。2023 年 4 月 6 日至 8 日，由中国作协网络文学中心主办的全国网络文学工作会议上达成共识，成立新科技挑战应对工作小组，主动应对 ChatGPT 等高新科技革命带来的挑战，为网络文学新时代转型升级发展做好准备。

AIGC 对网文创作的影响究竟有多大现在还无法完全预估，就现阶段来看，AIGC 对于网络文学创作者来说如同一把双刃剑。ChatGPT 可以帮助网络作家构建故事架构和人设模式，辅助写出某些细节桥段，甚至可以完成读者期待的创意。微软

---

① 简圣宇：《GPT 语言模型：作为"类人型"人工智能的技术准备》，《广州大学学报（社会科学版）》2023 年第 22 期。

的"小冰"和清华的"九歌",它们产出的诗歌在掩去创作者的真实身份后多次"以假乱真",被认为是真人所写,甚至还出版了诗集。AIGC 能够提高作家创作体验,例如降低出现错别字的频率,提供多题材写作方向,根据模板整理行文思路,实时查看章节的阅读情况。同时,新技术还可以满足网文爱好者多形式体验需求,文字转语音技术实现多音色 AI 听书,提升用户沉浸式听书体验。但是,AIGC 技术生产出来的文学作品还无法做到"有血有肉",ChatGPT 与文学还存在"实感"体验的距离。人工智能的创作是基于已有的文学类型和故事模式进行的排列组合或想象加工,可以通过学习大量的文本数据来模拟人类的情感表达和思想交流,却无法像人类作家一样创造出全新的文学类型,无法像人类一样拥有真正的情感和意识。也就是说,当下"ChatGPT""文心一言"等还处在弱人工智能层级,而不是未来的强人工智能或超人工智能,AIGC 赋能网络文学创作面临"数据峡谷"的限制和"情感虚置"的瓶颈。① 伴随着网络数据库的扩充以及平台壁垒打破,"数据峡谷"的鸿沟或许可以不断缩小,"情感虚置"则是人工智能难以逾越的鸿沟,AIGC 始终会面临"强拟人化"的门槛,正如阅文集团 CEO 侯晓楠所说"AIGC 不会取代作家,它是创作的金手指,主角永远是作家"。② 目前来看,ChatGPT、百度文心还只是一个写作工具的升级,这些工具降低了写作成本,基于 AIGC 所形成的作品同质化现象不可避免,那些大量充斥在网络平台上的低端化套路化写作,会让这一类的网文作者下岗失业。从另外一个层面看,网络文学创作最终还是要靠人物的塑造,AIGC 技术的出现或许会倒逼一些作家转型升级回归文学本身,追求文艺精品,去努力彰显自己作品的个性化表达,回归文学创作的初心。

(3) 大数据推送下的网络文学发展短板

在大数据时代,文学传播方式有了本质改变,从最早的手稿到印刷的出现是传播的一大飞跃,而从纸媒体到电子媒体的转变则是另一革命,大数据强大的数据分析能力深刻影响了当代大众文艺创作、传播、接受等环节,也使得文学传播学进入了一个新时代。数字时代对点击率、流量的追求,使一大批网络文学作品赚足了眼球,呈现出一派"数字繁荣"的景象,但需要警惕的是唯数据、唯流量的导向,片面追求流量变现的负面效应不容忽视。

在创作过程中,读者和作者不断交互,读者的评价、点击率等大数据信息反馈也会影响作者后续的创作。当前相当一部分具有改编"潜力"的网络文学 IP 不是编辑或者专家挑出来的,而是依靠大数据技术的"概率论""算"出来的。网络文学网站推荐榜的排行依据是"实时阅读热度",构成"热度"的指标大致包括点击

---

① 欧阳友权:《ChatGPT 与网络文学的未来》,《江海学刊》2023 年第 5 期。
② 搜狐网:《阅文集团发布网文领域大模型,CEO 侯晓楠:AIGC 不会取代作家,是创作的金手指》,2023 年 7 月 20 日,https://www.sohu.com/a/704579493_115565,2023 年 11 月 8 日查询。

量、阅读量、加入书架数量、评论量等，在此基础上进行实时或短时间内相当大量的"热度"计算。大数据提供的详细分析结果从一开始就影响作者选择作品题材，因为在网络文学平台上作者可以通过众多用户的数据信息提取关键词，形成"数据指挥棒"，创作者依据各项数据指标来进行创作，为了追求所谓的"粉丝效益"，吸引更多的读者，增加点击量，充分挖掘读者的需求与喜好来确定文艺作品的题材类型、人物形象、情节发展、语言修辞等内容，市场导向与商业利益很大程度上成为网络文艺创作的内驱力，利益的推动使文艺创作的"技术依赖"显著增强。创作者依靠大数据分析选取写作内容，依托网络上的既有模板展开程式化写作，产生的结果是忽略了创作者本身最为重要的专业素养及情感体验，数据的量化使文艺创作成为批量化机械复制的流水线操作。读者的品位与感知是多元化的，片面的量化数字、点击率不能真正准确地评估用户趣味以及受众的阅读成效，反而可能导致更加严重的"数据崇拜"，这将会造成文艺创作严重异化。

在网络文学阅读领域，"数据榜"是引领消费的重要阅读指南。① 网络文学排行榜基于数亿读者线上阅读留下的信息踪迹，通过前期相关的分类、筛选和统计，形成了可以诱导产生优劣价值判断的阅读指南，以便于读者更快速地选定阅读对象。但是随着大数据的广泛应用，算法推荐让普通人接收的信息更趋于定制化、智能化，但也容易让人在不断重复中强化固有偏好，陷入"信息茧房（Information Cocoon）"。随着人工智能、大数据、云计算等技术的不断发展，网络文学平台为实现流量的资本转换，以捕捉个体信息偏好的个性化传播（Personalized Communication）作为行动将算法推荐技术广泛运用于各类互联网应用程序，使得信息传播从"同质化"向"个性化"、从"人找信息"向"信息找人"转变。② 算法推荐的使用某种程度造成用户不断加深对媒介的依赖程度，在不断接受媒介推送的过程中，用户信息总量会沿着个人偏好的轨道渐行渐远，使得形成的"信息茧房"越来越稳固。③ 如"书粉"为了争夺作品在"月票榜"上的位置积极参与购买、投票等行为，这实质上是在"信息茧房"的影响下，"书粉"建立的一种对作家、作品的"数据崇拜"。如何避免或者修正"信息茧房"的负效应，促成社会理解和共识达成，维护好信息公平与社会公平，成为网络文学生态培育和网络环境治理必须面对的重要命题。

不可否认大数据对文艺创作产生的积极作用，但也需警惕"数据崇拜"带来的危机。大数据影响文学艺术领域的发展是时代进步的趋势，科学技术的飞速发展为文学艺术提供了新的物质条件，美学与科学的相互渗透必将深刻影响文学艺术的创新与发展。如何避免文艺创作中盲目的"数据崇拜"，把握好数据运用的尺度和范

---

① 周兴杰：《网络文学排行榜：类型、功用及其批评形态建构》，《中州学刊》2023年第7期。
② 李龙飞、张国良：《算法时代"信息茧房"效应生成机理与治理路径——基于信息生态理论视角》，《电子政务》2022年第9期。
③ 靖鸣、蔡文玲：《"信息茧房"负效应消解的路径选择》，《学习与实践》2020年第6期。

围是关键。创作者可以根据大数据反馈的受众需求在创作的某个阶段调整创作的内容和风格，形成一种艺术家与公众之间的意见平衡机制。这样既能够增加受众感兴趣的情节，又不会完全丧失艺术的创作标准。文艺工作者是文艺创作的主体和主导，其艺术创作的自主性和创造性应该被尊重。大数据可以为大众文艺创作提供有价值的参考，但我们要避免数据决策主导创作、指挥创作的"艺术创作异化"。将科技之便利与人文艺术之魅力深度结合，创作出更多真正具有审美价值的网络文学作品，推动网络文学产业健康发展。

2. 网络文学发展趋势

（1）内容生态建构本土化趋势凸显

中国网络文学的海外传播从东南亚出发，接力到北美，再发展至全球范围，主要历经了三个时期：1.0时代，基于作品输出的跨文化传播；2.0时代，基于平台输出的跨文化传播；3.0时代，基于模式输出的生态出海。

网文出海传播媒介从以"外"为主到以"我"为主。我国网络文学出海平台数量自2020年起呈现倍数增长，行业热度大幅提升，在头部厂商平台之外，涌现了许多针对垂直市场地区的中小型平台，并取得良好盈利。网络文学在海外进行投放的地区也呈现明显的多样化趋势，除了东南亚、美国两大成熟市场，在亚洲其他地区、俄罗斯、西班牙语区、葡语区等均有投放。到2023年，以起点国际为代表的国内企业创建的网络文学站点已经全面超越以武侠世界为代表的国外粉丝创建的中国网络文学翻译网站。根据similarweb数据，截至2023年8月，在全球网站排名中，起点国际全球排名第2297位，武侠世界全球排名第11639位；在细分领域的文学网站排行中，起点国际排名第11位，武侠世界排名第44位[①]。这种差距从两个网站的介绍中有所体现，起点国际的介绍为"the largest web novels community in the world. online reading stories, fiction books, novels and comic books!"，介绍中不乏"全球最大"等描述，而武侠世界的介绍为"chinese fantasy novels and light novels!"，侧重点在于介绍武侠世界是玄幻小说和轻小说为主的类型小说平台。

以起点国际与武侠世界2023年5—7月的流量数据为例（图1-1）[②]，在这三个月中，起点国际的访问量分别为：16.8M[③]、17.4M、19.8M，武侠世界的访问量分别为：6.2M、5.8M、6.7M，起点国际的访问量远高于武侠世界，其中，7月起点国际的访问量（19.8M）已经是武侠世界（6.7M）的近3倍。从流量热门国家和地区看（图1-2），在北美的美国，起点国际占76.65%，武侠世界为23.35%；在南美的巴西，起点国际占80.67%，武侠世界为19.33%；在欧洲的法国，起点国际占

---

① 数据来源：网站数据统计平台similarweb，https://www.similarweb.com/，2023年8月28日查询。
② 数据来源：网站数据统计平台similarweb，https://www.similarweb.com/，2023年8月28日查询。
③ M：million，计数单位，即百万。

84.82%，武侠世界为15.18%；在东南亚的印度尼西亚和印度，起点国际分别占70.75%和87.05%，武侠世界分别占29.25%和12.95%，起点国际在全国各区域和国家的流量均大幅领先武侠世界。在用户参与度方面，用户在起点国际的平均访问时长超过14分钟，每次访问页数超过10页，用户在武侠世界的平均访问时长接近10分钟，每次访问页数为4.64页，起点国际的跳出率（0.2801）低于武侠世界用户的跳出率（0.3764），这也反映了起点国际用户的黏性要更高。

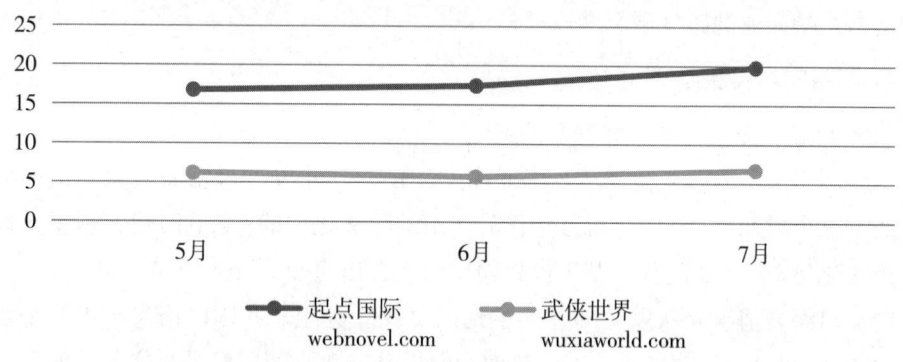

图1-1 起点国际与武侠世界流量对比数据图（2023.5—7）

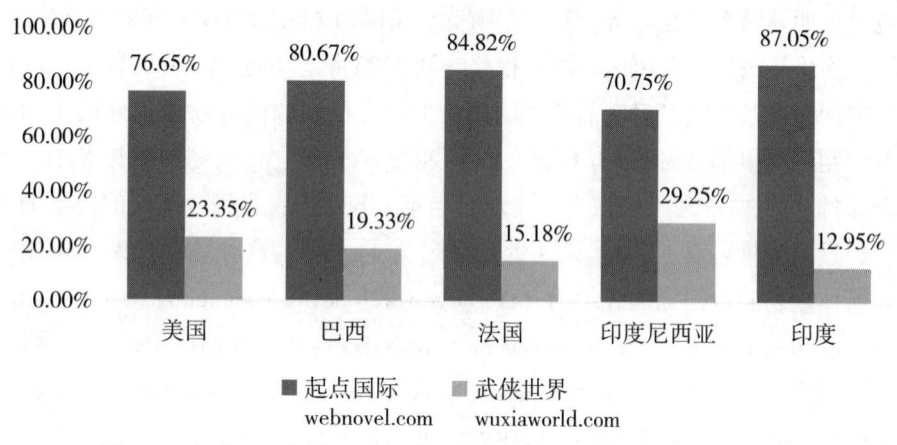

图1-2 起点国际与武侠世界热门国家流量对比数据图（2023.5—7）

网络文学的海外传播带来了海外模仿中国网络文学、在中国网络文学海外传播平台上发表原创作品的潮流。2018年4月，起点国际开放了对海外用户的创作功能，标志着我国网络文学出海企业从阅读平台到创作—阅读互动平台的转变与尝试，在仅仅一个月的测试期内，海外注册作者超过1000人，共审核上线原创英文作品620余部。① 各平台上榜的作品中，翻译作品和原创各占60%和40%，从内容的增

---

① 数据来源：9Tom资讯：《起点国际上线一周年 开启海外网文原创元年》，2018年5月16日，https：//news.tom.com/201805/4436387200.htmlo，2023年11月23日查询。

量市场来看，都市、西方奇幻、东方奇幻、游戏竞技、科幻成为网文出海前五大题材类型。其中，近95%的东方奇幻题材作品由海外作家原创。这些海外网络作家从国际网文平台的读者摇身一变，借用中国网络文学的套路，使用本国语言，开始进行网络文学主体创作，成了网络文学"洋作家"，当起了我国网络文学的海外"代言人"。*My Vampire System* 由英国作家杰克·舍温（JKSManga）创作，小说借鉴了国内网文的写法并融合西方吸血鬼元素，受到海外读者热捧。Ash_knight17 创作的浪漫幻想言情小说 *The Crown's Obsession*，深受海外女性读者的喜爱，该小说也获得了 Webnovel2020 年海外最受欢迎原创作品奖。丹麦写手的 Tina Lynge Hansen 模仿中国网文在 Gravity Tales 上创作英文小说 *Blue Phoenix* 和 *Overthrowing Fate* 也备受好评。除此之外，较有影响的海外原创作品还有新加坡作者 Moloxiv 的 *Number One Dungeon Supplier*、美国在校大学生创作的 *Reborn：Evolvingfrom Nothing*、印度作者 neha 的 *My Beautiful Commander* 等。网络文学为世界各地爱好阅读的人提供了实现写作梦想的机会，海外作家的不断加入也为海外网络文学市场注入全新的活力。海外创作者的转型使得原本处于客体地位的海外消费者成了网络文学的生产者，完成了从客体到主体的转变。海外的网络文学作者所创作的海外本土原创作品，使中国网络文学在全球拥有更广泛的影响力和更广阔的成长空间。

（2）网文付费与免费模式共生共荣

免费阅读受众规模逐步扩大。2018 年下半年免费阅读模式兴起，2019 年下半年免费阅读 App 开始进入快速起量阶段，以阅文集团为代表的付费阅读市场遭受了冲击。根据月狐报告数据，2023 年第二季度，番茄免费小说以 21.5% 的高渗透率和 1.75 亿的月活跃用户数量（MAU）占据行业首位，渗透率达 7.2%。多看阅读位列第 2，MAU 达 2181.8 万，位列第 3 的七猫免费小说渗透率达 6.5%，MAU 超过 6000 万。① 2023 年第三季度，番茄免费小说的渗透率和月活均保持遥遥领先，其中月活高达 1.53 亿，渗透率达 17.1%，与其他 App 拉开断层式优势，位列第 2 的七猫免费小说月活为 6798.6 万，渗透率达 6.5%。② 根据 App Growing 发布的广告情报追踪来看，2022 年阅读类推广榜单上，七猫、番茄位列第 1 和第 2，2023 年 1—3 月延续了类似的趋势，番茄和七猫依旧位列阅读类推广榜前两位。反观以付费阅读为代表的阅文集团，2023 年上半年，阅文的营收为 32.83 亿元，同比下降 19.7%；净利润为 3.77 亿元，同比增加 64.8%。阅文自有平台产品和自营渠道的平均月活跃用户从 2.647 亿人同比下跌 20.0% 至 2023 年上半年的 2.117 亿人。付费阅读业务的每名付

---

① 数据来源：极光研究月狐报告：《2023 年 Q2 移动互联网行业数据研究报告》，2023 年 7 月 24 日，https://www.moonfox.cn/insight/report/1317，2023 年 11 月 20 日查询。

② 数据来源：极光研究月狐报告：《2023 年 Q3 移动互联网行业数据研究报告》，2023 年 10 月 26 日，https://www.moonfox.cn/insight/report/1328，2023 年 11 月 20 日查询。

费用户平均每月收入从人民币38.8元同比下跌14.2%至2023年上半年的人民币33.3元①。阅文集团也尝试免费阅读的广告模式创收，从表现上看，独立的免费产品较为难以推进，在腾讯渠道推广的免费模式获得了一定的广告收益，整体增长较缓慢。但是阅文集团旗下的起点读书由于主打精品付费小说，用户画像与免费阅读用户的重合度较低，因而受免费阅读的冲击较小，并维持了较为稳健的增长。

付费阅读优质IP优势依旧明显。长期以来，付费阅读是孵化精品IP的关键土壤，在付费阅读模式下，读者黏性高、付费意愿强，为线上网文消费提供了保障。以阅文集团为代表的付费阅读平台经过长期的沉淀几乎包揽了行业内的经典IP，拥有实力雄厚的精品内容创作群体，内容端竞争力强，IP持续变现能力强。从阅文集团的收入结构来看，阅文集团上市后致力于加强其庞大内容IP的变现能力，其在线业务和IP业务的收入贡献比从2017年的85∶15到2022年达到57∶43。② 2023年，网文IP与AIGC技术相结合，进一步降低边际成本，为高效率、批量化地生产漫画、动态漫、动画等改编作品提供了技术支持，拓宽了原著IP的影响力及兑现海量网文IP的潜在变现价值。2023年6月19日，阅文集团发布内部信启动组织升级计划，成立内容生态平台事业部、影视事业部、智能与平台研发事业部、企业发展事业部四大事业部，并表示公司的中长期业务蓝图是升级AIGC赋能原创的多模态多品类内容大平台、构建新的IP上下游一体化生态体系。以游戏和动漫为例，2023年，阅文集团网文IP改编手游《凡人修仙传：人界篇》上线，5月24日，《凡人修仙传：人界篇》正式公测，上线首日即登顶iOS免费榜并霸榜6天，上线首月全渠道总流水高达5亿至7亿。③ 截至6月23日，腾讯动漫的漫画畅销榜TOP10中，有5部作品改编自阅文IP，TOP30中有13部作品改编自阅文IP。这些作品依托优质网络文学内容，拥有完整成熟的人物、故事和世界观，从而在后续的内容版权衍生和游戏开发等方面具有更多商业潜力。

免费阅读内容精品化趋势加速。免费模式采用"免费+广告"的模式，通过和大量广告商合作来实现营收，小说页面展现的广告以及读者点击观看广告都会产生收入，这种免费模式瞄准了有大量阅读需求，但付费意愿度低的下沉市场用户，打破了阅读的"付费墙"，为读者带来不用花钱就能阅读的体验，能够最大限度地留住用户。同时，免费平台延长了作品的生命周期，一大批经典作品如《斗罗大陆》《武动乾坤》《庆余年》《盗墓笔记》等在开通免费阅读后，均获得了"二次生命"，

---

① 数据来源：阅文集团：《阅文集团公布2023年中期业绩》，2023年8月10日，https://ir-1253177085.cos.ap-hongkong.myqcloud.com/investment/20230810/64d4ad85485c6.pdf，2023年11月28日查询。

② 广发证券：《2023年阅文集团研究报告 从网文生产向IP变现》，2023年7月6日，https://www.vzkoo.com/read/20230706eb15b5df4ad2e4f2daa8e0fd.html，2023年11月20日查询。

③ GameRes游资网：《上线首月流水超5亿，这款"修仙MMO"是怎么红海突围的?》，2023年7月6日，https://baijiahao.baidu.com/s?id=1770637419533423413&wfr=spider&for=pc，2023年11月20日查询。

有效激活了作品的二次收益期。但是，免费平台一直受到原创优质内容匮乏的困扰，在免费网文平台上，惯有的观念是作品的质量是次要的，能够被更多人看到才是赚钱的关键，这样诱发了跟风、抄袭、同质化和各种博眼球的做法。面对精品内容匮乏的困扰，近两年，免费平台通过一系列的精品内容激励举措，内容精品化趋势逐渐显现。2023 年，番茄小说《我在精神病院学斩神》出版实体书，定名为《夜幕之下》，该书上架之后，即成为当日畅销作品之一。2023 年的热门作品《十日终焉》实现口碑和流量双收，有读者在评论区发出感叹："这是我在番茄能看到的免费小说吗？"在 IP 开发方面，番茄小说平台针对吸纳优质 IP 和作者，推出了多项激励活动，催熟 IP 的步伐加快。11 月 22 日，番茄小说发布"和光计划"，正式官宣成立"番茄影视""番茄动漫"两大厂牌，并发布了《天渊》《十日终焉》《传说管理局》《大夏守墓人》等总共 18 部动漫片单，挖掘布局文学向影视转化的产业链，截至 2023 年 11 月，番茄小说 IP 衍生已售出 75 部小说版权，并与头部视频平台、头部制作公司、近百家影视公司进行深入合作。改编自番茄作品《我在精神病院学斩神》和《开局地摊卖大力》的动画在官宣阶段就双双登上微博热搜，前者的首支 PV，公开后曝光量超 1 亿。纵观当代网络文学产业发展业态，在未来一段时期内，网络文学免费与付费模式将会长期并存。打破免费阅读收入模式单一、内容同质化等问题，有利于充分挖掘作品的阅读价值，延长作品的价值生命周期。同时免费阅读一定程度上遏制了网络文学盗版的蔓延，让猖獗的盗版行为失去市场空间。付费与免费相辅相成，共生共荣，持续为网络文学产业的发展提供发展动能。

（3）"网络文学+"成为新媒体文艺发展潮流

网络文学全版权运营逐渐成熟。在融媒体语境下每一种文艺形态不再是"一枝独秀"，不同艺术形态在跨界融合的过程中实现了多种艺术表现形式的互融互生。网络文学与影视、游戏、动漫等文艺形态的多向联动，实现网络文学元文本的创作接力与跨界重生。2015 年末至 2016 年初，随着《琅琊榜》《欢乐颂》等影视剧的播出，网络文学 IP 衍生出的有声读物、影视剧、游戏、动漫、舞台剧开始显现，并呈现出多点开花的态势。因此，2015 年被网友称为网络文学的"IP 元年"。网络文学 IP 是以网文作品为基础，采用 IP 分发改编，出版、影视、动漫多元开发联动模式，拓宽网络文学本体内容的生命线、放大优质 IP 价值，这些极具针对性和创新性的生产模式使网络文学从网络传播现象发展为规模巨大的文化产业现象。历经 20 年的市场化探索，我国网络文学 IP 已经形成了完整的产业链，产业重心由付费阅读向 IP 全版权运营转移，网络文学新文创产业已经形成了由线上（在线）和线下（离线）叠加而成的复式业态结构①，形成了包括产业链上游、产业链中游、产业链下游、衍生产业链、第三服务方、版权管理方、广告商的完整产业链条。近年来的国内 IP

---

① 欧阳友权：《网络文学产业的文创形态及其风险规制》，《湖北社会科学》2023 年第 7 期。

改编呈现出"文漫联动""文游联动"等新趋势，逐步实现"复调叙事"的 IP 多轮次开发，IP 开发和相关产业链日益成熟。以《斗破苍穹》为例，这部被铁粉称为"陪伴了我十几年的青春、首次启蒙我对网文认知"的作品，便是凭借自身强大的 IP 向心力，成为 IP 全链条开发的标杆之作。2023 年 7 月，《斗破苍穹》年番系列的第一季完结，阅文集团顺势推出了第二季年番，让该 IP 的热度始终维持在腾讯视频动漫频道的前 3 名，其热度值最高达到 2.6 万，并打破了腾讯视频动漫频道热度值纪录。2023 年 11 月 17 日，《斗破苍穹·觉醒》电影上线，多轮次开发延长了 IP 的生命力，实现了 IP 价值升维。同时，对网络文学精品 IP 的追求不断提升，作为内容的源头，网络文学必须推出优质的内容文本，才能在网络文学全版权 IP 开发立得住、传得开、留得下，才能"破圈"而生，产生持续的影响力。

网络文学+沉浸式体验成为新潮流。近年来，互联网领域"元宇宙（Metaverse）"概念备受追捧。彭博行业研究报告预计，2024 年，元宇宙的市场规模将达到 8000 亿美元；普华永道预计，2030 年，元宇宙的市场规模将达到 1.5 万亿美元。[①] 美国作家尼尔·斯蒂芬森在科幻小说 Snow Crash（《雪崩》）中提出"Metaverse"（元宇宙，汉译本译为"超元域"）概念，描述了一个平行于现实世界的虚拟世界，所有现实生活中的人都有一个网络分身 Avatar，现实人类通过 VR 设备与虚拟人共同生活在虚拟空间。元宇宙是互联网、虚拟现实、沉浸式体验、区块链、产业互联网、云计算及数字孪生等互联网全要素的未来融合形态，又被称为"共享虚拟现实互联网"和"全真互联网"。[②] 随着 5G、AR、VR、MR 等互动技术的日臻成熟，网络文学 IP 改编也将步上"沉浸+"的互动文娱发展之路。未来网络文学 IP 改编不再局限于影视、动漫可视化衍生，而是一种沉浸体验，而新的沉浸体验不仅仅在线下实体，还会回到网络当中，通过虚拟现实方式给人们呈现交互的幻想世界。[③] 网络文学 IP 的分发改编除了线上的可视化呈现外，也逐渐延伸至线下产业的衍生开发，逐渐朝着线上线下双线联动、全产业式的 IP 改编方向发展。伴随着网络文学 IP 生产过程中对个体的重视和体系架构的持续开放，以及元宇宙时代去中心化的趋势，网络文学呈现出传播过程中的文本超越性。网络文学 IP 的价值衍生，生产传播、接受消费等均围绕参与者本身，读者成为主体，参与者生产和传播的权利趋于平等，加速着网络文学生产、传播的去中心化。网络文学阅读与体验活动既延续了新媒体时代浅阅读方式的互动、多元及娱乐等特性，也新生成着集沉浸式、深度感、主体性

[①] 华夏时报：《元宇宙备受科技领域和资本市场关注》，2023 年 9 月 23 日，https：//www.yuanyuzhoujie.com/2023/0923/25560.shtml，2023 年 11 月 20 日查阅。

[②] 王卫池、陈相雨：《虚拟空间的元宇宙转向：现实基础、演化逻辑与风险审视》，《传媒观察》2022 年第 7 期。

[③] 张桢桢：《"网颂百年 文谱新篇"，第五届中国"网络文学+"大会在京举办》，《中国青年报》2021 年 10 月 11 日，第 5 版。

与代入感等特性于一体的体验方式,显示出其独特价值。

网络文学影视剧市场新风向。男频剧与科幻题材的全面崛起,有望成为2024剧集市场的"新主流"。国内长视频平台目前在用户结构上存在的一大问题是用户性别比例不平衡。云合数据《2023年Q3剧集网播表现及用户分析报告》用户画像显示:2023年Q3爱芒腾优上新独播剧用户的平均年龄在29.1—31.7岁之间,女性用户占比在65%—74%之间。女性一直是国内广电行业和网络视听行业的收视主力,男性用户成为广阔的用户蓝海。[①] 男频IP的爆款潜力有望在未来几年被集中释放,优质男频IP成为各大平台和影视制作公司重点发力的对象,从各大主流长视频平台2024的剧集片单中,可以窥见行业对男频内容的重视程度,优酷2024重点剧集中改编自男频IP的作品达17个,同比增长750%;腾讯视频2024重点剧集中改编自男频IP的作品达11个,同比增长37%。待播的《庆余年2》腾讯视频预约量已近800万,创造了站内预约新纪录,待播的《大奉打更人》位列腾讯视频电视剧期待榜第四名。腾讯视频期待榜TOP5中有60%是男频IP剧,优酷筹备中的《夜的命名术》等男频剧也是未播先热。科幻题材的全面崛起成为2024年影视剧集的另外一个看点。在科幻IP源头方面,除了刘慈欣的作品炙手可热,网文平台的科幻品类有不少"珠宝"值得挖掘,阅文科幻作品已连续7年收获中国科幻最高奖项银河奖,6部阅文作品入选《2023中国科幻文学IP改编价值潜力榜》。随着国内影视工业化条件的不断成熟,优(酷)爱(奇艺)腾(讯)芒(果)正在科幻赛道展开激烈的竞赛,随着《我们生活在南京》《夜的命名术》《泰坦无人声》《间客》等网文科幻IP影视化作品陆续上线,或将引发新一波科幻浪潮。

(谢日安、贺予飞 执笔)

[①] 数据来源:数说兔《2023年Q3剧集网播表现及用户分析报告》,2023年11月10日,https://baijiahao.baidu.com/s?id=1779452189305830701&wfr=spider&for=pc,2023年11月23日查询。

第二章　文学网站

　　文学网站是专门收揽、存储和发布文学信息的网络节点,是文学在网络虚拟空间的聚散地,也是网络文学的具体承载体,一般由文学机构、文学社团、文化公司或者文学网民个人建立。2023年的网络文学行业竞争越发激烈,各大网络文学站点平台在激烈竞争中多点发力,多措并举,积极推动自身提质升级,助力整个网络文学行业达成良性循环,实现健康发展。

一、文学网站发展总览

　　2023年8月28日,中国互联网络信息中心(CNNIC)在京发布第52次《中国互联网络发展状况统计报告》。报告显示,截至2023年6月,我国网民规模达10.79亿人,较2022年12月增长1109万人;互联网普及率达76.4%,较2022年12月提升0.8个百分点。① 数字基础设施建设的进一步推进,悄然影响着人们的阅读方式。中国新闻出版研究院于2023年4月23日发布的第22次全国国民阅读调查结果显示,数字化阅读方式(网络在线阅读、手机阅读等)的接触率为80.1%,较2021年的79.6%增长了0.5个百分点,其增幅稍高于纸质图书阅读率;人均电子书阅读量为3.33本,高于2021年的3.30本。② 全国国民数字化阅读倾向的增强,为网络文学市场规模的进一步扩张赋能蓄力。截至2023年6月,我国网络文学用户规模达5.28亿人,较2022年12月增长3592万人,占网民整体的49.0%。③ 面对如此广阔的潜在消费市场,各大文学网站始终秉持为广大读者群体提供更多优质作品的坚定信念,不断调整优化平台措施,推动网络文学行业规范、健康、持续发展。

1. 市场竞争激烈,经营策略多样

(1) 网站平台数量与市场格局

　　2023年,数字经济发展势头正盛,各类在线休闲文娱方式纷纷涌现,极大满足

---

① CNNIC中国互联网络信息中心:《第52次中国互联网络发展状况统计报告》,https://cnnic.cn/n4/2023/0828/c199-10830.html,2023年11月27日查询。
② 国家新闻出版署:《第二十次全国国民阅读调查成果》,https://www.nppa.gov.cn/xxfb/ywdt/202304/t20230424_713200.html,2023年11月27日查询。
③ CNNIC中国互联网络信息中心:《第52次中国互联网络发展状况统计报告》,https://cnnic.cn/n4/2023/0828/c199-10830.html,2023年11月27日查询。

了人民群众的精神文化需求，其中数字阅读大放异彩、饱受青睐。2023年4月24日，中国音像与数字出版协会在第二届全民阅读大会数字阅读分论坛上发布了《2022年度中国数字阅读报告》。报告指出，2022年度我国数字阅读产业规模继续增长，优质内容供给持续扩大，数字文化消费渐成主流。数据显示，我国数字阅读市场总体营收规模为463.52亿元，同比增长11.50%；大众阅读、有声阅读、专业阅读三大细分市场份额基本稳定，大众阅读依然占据主流。① 2023年的网络文学网站，依旧面临着新一轮科技变革与消费市场变化带来的新陈代谢和激烈竞争，显露出值得关注的发展格局。据站长之家（Chinaz.com）统计，截至2023年11月27日，中文网站共有56167家，其中小说阅读网站共有1127家，相较2022年同期数据基本持平，数字阅读消费市场竞争态势之激烈可见一斑。②

随着网络文学行业不断完善生态、稳步发展，各类网络文学网站成为数字阅读领域不容小觑的建设性力量，以实际行动为数字阅读的健康良性发展谋势蓄力。品牌建设，是文学网站发展的题中应有之义。2023年原创文学网站出现"小说网站十大品牌榜"，该榜单由各大网站自主申报、CN10排排榜技术研究部门和CNPP榜中榜品牌大数据研究部门通过资料收集整理汇编，并基于大数据统计、云计算等专业技术，以及根据市场和参数条件变化的分析研究与专业测评而得出，每月实时发布于十大品牌网（www.cnpp.cn）③。2023年年底的小说网站十大品牌见表2-1。

表2-1　2023年小说网站十大品牌榜④

排名	站名	网址	得票数	关注指数	综合得分
1	起点中文网	www.qidian.com	20752	246406	93.5
2	纵横中文网	www.zongheng.com	9903	109670	92.3
3	创世中文网	chuangshi.qq.com	12589	198102	91.1
4	晋江文学城	www.jjwxc.net	7424	72596	89.8
5	潇湘书院	www.xxsy.net	4999	51942	88.4
6	17K小说网	www.17k.com	6410	71866	87.3
7	云起书院	yunqi.qq.com	5958	72650	86.2
8	小说阅读网	www.readnovel.com	5324	54925	85
9	红袖添香	www.hongxiu.com	4007	35100	83.8
10	飞卢中文网	www.faloo.com	597	40828	82.4

---

① 中国音像与数字出版协会：《2022年度中国数字阅读报告》，http：//www.cadpa.org.cn/3277/202306/41607.html，2023年11月27日查询。
② 站长之家：https：//top.chinaz.com/hangye/index_yule_xiaoshuo.html，2023年11月27日查询。
③ 十大品牌网：https：//www.cnpp.cn/china/list_4748.html，2024年1月4日查询。
④ 注：表格中"关注指数"主要参考品牌访问量，1000访问量=1关注指数。另，该榜单每月更新，此处采用2024年1月1日数据。

移动阅读平台也有亮眼的表现,艾瑞数据提供的2023年度电子阅读行业月独立设备数的相关数据显示,不少网络文学移动阅读平台保持了稳中有进、进中向好的发展势头,交出了一份亮眼的答卷。排名前10的移动阅读App数据见图2-1。①

2023年度月独立设备数排名前10的移动阅读App

App	月独立设备数（万台）
番茄免费小说	8317.7
掌阅	5885.3
七猫免费小说	5690.3
QQ阅读	2678.0
快看漫画	2406.0
微信读书	2070.7
起点读书	1645.3
书旗小说	1600.3
哔哩哔哩漫画	1032.3
阅友免费小说	901.3

图2-1 2023年度月独立设备数排名前10的移动阅读App

《第52次中国互联网络发展状况统计报告》相关数据显示,截至2023年6月,我国网民使用手机上网的比例达99.8%。② 移动端网民规模的持续增长,意味着移动阅读App会越来越成为用户阅读网络文学作品时的首要选择,其发展韧性和潜力十分可观。总体观之,网络文学行业发展态势喜人,但各类移动阅读App覆盖人数较之以往显露出更为明显的分层格局,从中可以窥见网络文学网站市场竞争的日渐加剧。一方面,头部文学网站持续加强自身品牌建设、优化内容质量,吸引更多的读者和作者,扩大市场份额。与此同时,中小型文学网站面临着严峻复杂的生存考验,越发注重平台经营模式的创新升级,专注市场细分、探索IP改编,力求在网文消费领域谋得一席之地。纵观2023年度月均独立设备数排行榜,番茄免费小说App以8317.7万台的月独立设备数持续领跑移动阅读市场,不仅与去年同期数据（6449万台）相比增量可观,更是与位列第2、第3的掌阅移动阅读App（5885.3万台）、七猫免费小说App（5690.3万台）拉开显著差距,在网络文学行业拥有难以撼动的绝对优势。而背靠大型文化产业集团的移动阅读App则依靠其雄厚资本力量的支持圈定优质作家资源,产出规模庞大的高质量网文作品,即使面对番茄、掌阅、七猫的断层领先优势也依旧坚守住了一定的用户人数。阅文集团旗下的QQ阅读与微信读书成绩不凡,分别以2678万台、2070.7万台的月独立设备数位列榜单第4和第

---

① 艾瑞咨询: https://index.iresearch.com.cn/new/#/App/list?cId=20&csId=0,2023年11月27日查询,整理8—10月数据而得。

② CNNIC中国互联网络信息中心:《第52次中国互联网络发展状况统计报告》,https：//cnnic.cn/n4/2023/0828/c199-10830.html,2023年11月27日查询。

6；起点中文网旗下的阅读软件起点读书和阿里文学旗下的书旗小说同样表现亮眼、差距不大，分别以1645.3万台、1600.3万台的月独立设备数位列榜单第7和第8。另外值得注意的是，随着用户需求的变化，不少文学网站开始探索网络文学作品与其他泛娱乐文艺作品相结合的经营模式，发展潜力庞大。作为国内领先的专注于移动端的漫画阅读平台，快看漫画以2406万台月独立设备数在一众移动阅读App中保持着卓越的竞争力，排名第5。同时，由上海呵呵呵文化传播有限公司运营的移动端漫画软件哔哩哔哩漫画的月独立设备数为1032.3万台，同样呈现出强劲的发展势头。不同于大型网络文学网站在数字阅读市场中稳稳占据月独立设备数排行榜首的稳固地位，中小型网络文学网站的排名变动较大，足可见其面临着形势复杂的生存挑战。

根据以上数据可以发现，当前网络文学市场格局呈现出几大特征。一是免费阅读增速迅猛，前景广阔。当下，网络文学用户规模相较繁荣期增速有所放缓，在线阅读行业仅依靠付费阅读模式已经难以满足网文市场的多样化需求，以番茄免费小说、七猫免费小说、阅友免费小说为代表的不少文学网站另辟蹊径，交出了一份亮眼的成绩单。二是网络文学行业多元化发展趋势越发显著，以快看漫画、哔哩哔哩漫画为代表的部分网站平台选择精细化运营模式，专注垂类市场，通过差异化竞争为读者提供更丰富多样的选择，这些创新和尝试为网络文学网站的发展带来了新的机遇和挑战。三是中小型文学网站面临着更大的生存压力，需要更加注重用户需求、跟进市场变化、加强平台建设、提升内容质量，培育新的发力点，实现高质量发展。

（2）免费付费双线并进

当下，免费与付费阅读呈现出共同繁荣的新局面。据易观数据统计，2022年免费网文平台日活用户数同比增长3.5%；同时，付费阅读重回高增长，起点读书2022年12月的付费月活用户数同比上涨80%。① 随着网络文学行业生态得到进一步优化，提质转型发展势头持续延展，网络文学网站继续在"免费—付费"双轨运营机制中步入主流化、精品化、细分化的新阶段，坚持为人民群众提供优质的精神食粮，在坚守与调整中蓬勃发展，成为新时代中国特色社会主义文艺创作中一道亮丽的风景线。

免费文学网站持续发力，以低成本阅读的方式吸引下沉市场的网络文学潜在读者，聚集新用户，将网文消费扩张到四五线城市甚至是乡镇农村。免费文学网站对移动阅读经营模式的新探索，使得网络文学成功激活了网文消费的存量市场，无疑为网络文学的健康良性发展提供了一个新的可能性。Quest Mobile根据2023年一季度3个月平均月度活跃用户规模对50个细分行业进行排序，其中番茄免费小说位列

---

① 中国社会科学网：《2022中国网络文学发展研究报告》，https：//www.cssn.cn/wx/wx_xlzx/202304/t20230411_5619321.shtml，2023年11月30日查询。

16 名,以 14,558.71 万月活跃用户人数荣登在线阅读行业用户规模榜首,体现出免费阅读网站庞大的市场用户规模。①

相比于付费阅读网站,免费阅读网站有着自身鲜明的优势。清晰的市场定位使它们可以采取有针对性的措施吸引特定读者群体,以广告创收为核心的多渠道变现方式也开拓了文学网站多样化的盈收模式。中国音像与数字出版协会发布的《2022年度中国数字阅读报告》显示,从营收类型来看,数字阅读行业订阅营收 225.89 亿元、版权营收 97.41 亿元、广告及其他营收 140.22 亿元,订阅营收占比逐年降低,版权和广告营收逐渐成为推动产业规模发展的动力源。② 但是,免费阅读网站也日渐在市场竞争中暴露出短板。在免费阅读体制下,平台的经营重心难免从精心打磨作品质量转移至最大化维持用户流量、吸引广告主投资,不够透明稳定的分成体制也无法吸引头部网络作家入驻,导致平台作品质量相对低下,也进一步加剧了网站用户的流失。对免费阅读网站而言,依然有许多改进的空间。所幸,各大免费文学网站正积极调适平台措施,以促进平台规范健康发展。

一是注重平台原创作品资源的积累与保护,同时积极布局网站精品 IP 衍生。2023 年 1 月 10 日,七猫免费小说发布"2022 七猫原创盘点",此次盘点主要分为"在线阅读"和"版权运营"两个部分。"在线阅读"方面,截至 2022 年 12 月,七猫平台自有内容占比同比增长 35.17%,新增原创作品同比增长 42.24%,更有《关键路径》《丰碑》《桃李尚荣》等多部现实题材作品获 2022 年中国作家协会重点扶持。"版权运营"方面,七猫宣布将持续加大版权衍生投入力度,影视方面将携手优酷、腾讯、快手等多个平台,持续聚焦中短剧赛道,动漫、有声剧等同样处于持续发展之中。③

二是探索付费业务模式的开发。秉持着资源协调、优势互补的理念,七猫与纵横中文网于 2022 年正式合并,其业务模式升级为"免费+付费",开启精品原创内容孵化体系新篇章。

三是保护作者权益、推行创作激励,从而提升平台创作氛围、打造精品内容,争取以优质作品留住现存读者流量。2023 年,免费文学网站领跑者番茄免费小说两次上线"百日万元"写作打卡计划,鼓励平台作者在活动期间创作 1 部每日更新不少于 2000 字的小说,若连续更新至 20 万字可以获得丰厚奖励;活动结束后,平台将为获奖作者颁发万元奖金、专访资源等奖励。

---

① Quest Mobile:《2023 中国移动互联网春季大报告》,https://www.questmobile.com.cn/research/report/1650755531067985922,2023 年 11 月 28 日查询。
② 中国音像与数字出版协会:《2022 年度中国数字阅读报告》,http://www.cadpa.org.cn/3277/202306/41607.html,2023 年 11 月 27 日查询。
③ 七猫免费小说(政府机构微博账号):《重磅出炉!【2022 七猫原创盘点】来啦》,https://www.weibo.com/6641069134/MnFUCyINy,2023 年 11 月 28 日查询。

付费阅读网站依托于丰厚优质的平台内容资源与庞大的忠实读者群体，不断创新、调整平台的经营模式与运营策略，实力依旧不容小觑。Quest Mobile 对番茄、七猫、掌阅、微信读书四大在线阅读行业头部 App 在 2022 年 9 月的"付费用户 vs 整体用户"月人均使用时长数据进行了调查，结果显示，免费模式下的用户更习惯于连续性阅读，故黏性更高；然而付费订阅模式下用户的阅读更有针对性，其人均使用时长均超出整体用户使用时长，作为以付费订阅为主的掌阅，其付费用户使用时长更是超出整体的 6 倍。① 由此可见，不少网文用户都愿意为高质量的原创作品付费，付费阅读市场潜力可观。一方面，付费阅读网站坚定不移走精品化发展之路，维持现有用户黏性。2023 年 1 月，网络文学巨头厂商阅文集团在《作家版 2022 年度盘点》中宣布，单月月票纪录、24 小时首订纪录等纪录于 2022 年被接连打破，阅文首日收藏最高纪录和起点最快 10 万均订纪录均被平台作品《灵境行者》刷新；新书中均订过万的作品数量同比增长 122%，更多平台作品实现收入提升；现实题材强势崛起，新媒体原创业务发力，原创作品销售流水已经过亿。② 另一方面，面对免费阅读网站带来的冲击与挑战，付费阅读网站积极调整平台措施，在维持、做大原有核心付费用户群体的基础上尝试引入免费阅读模式，竞争下沉市场，以弥补单一付费模式带来的局限性。2023 年 1 月，华为阅读推出限时免费阅读活动，用户在应用市场下载最新的"华为阅读"，即可畅看《斗罗大陆》《鬼吹灯》《盗墓笔记》《琅琊榜》《君九龄》《庆余年》等数十部知名 IP 头部作品，以免费阅读模式助力平台用户流量增长。

当下，付费、免费双线运营逐渐成为各大网络文学网站的普遍模式，二者和谐共生、优势互补，共同构建起网络文学高质量发展的动力系统。唯有打破壁垒，整合免费阅读网站与付费阅读网站的资源和优势，实现协同效应，才能创造出更大的价值和影响力，从而稳步推进网络文学行业的健康良性发展。

（3）多管齐下，打造跨界新生态

数字技术的发展势必会持续推动文学领域的变革。许多网络文学作品不仅将互联网作为文学作品承载与传播的新媒介，更是借用数字信息技术极大拓宽了文学的存在方式与表达方式，孕育出跨符号、跨艺类、跨主体的网络文学作品。在技术变革的持续赋能之下，网络文学行业的跨界融合将进一步深化，各大文学网站新模式、新生态的培育迫在眉睫，网络文学行业的转型升级刻不容缓。

近年来，人工智能在网络文学行业的引入为文学网站的高质量发展开拓了更为广阔的可能性空间。以七猫、中文在线、掌阅、阅文等为代表的大型文学网站积极

---

① Quest Mobile：《2022 中国移动互联网发展年鉴（行业篇上）》https：//www.questmobile.com.cn/research/report/1605048980592496642，2023 年 11 月 28 日查询。

② 中国作家网：《网络文艺一周资讯：各网络文学平台发布 2022 年终盘点》，http：//www.chinawriter.com.cn/n1/2023/0119/c404023-32609981.html，2023 年 11 月 28 日查询。

适应技术变革、调整经营策略，依托平台先锋力、创新力优势，构建网络文学新格局。一是创新阅读体验。"文心一言"，是百度基于文心大模型技术推出的生成式对话产品。2023年2月14日，七猫率先宣布将接入百度"文心一言"的全面能力，针对数字阅读场景，升级内容推荐、搜索、客服等服务。① 2023年7月2日，掌阅科技更是在2023全球数字经济大会"智能涌现·重塑未来"人工智能高峰论坛上，发布了由生成式人工智能驱动的小说IP对话交互应用"阅爱聊"。作为国内阅读行业第一款对话式AI应用，"阅爱聊"背靠掌阅平台的海量内容储备，旨在依托AI大模型焕新数字阅读场景，为用户提供前所未有的交互式阅读体验。② 二是赋能内容创作。人工智能技术不仅革新着网络文学用户的阅读体验，更是为广大网络文学创作者提供了更加智能化的创作辅助工具。2023年3月，国内领先的数字文化内容产业集团中文在线与百度就接入"文心一言"达成合作意向，将把智能对话技术成果应用在文字创作领域、虚拟人实时对话、IP元宇宙空间等生成式人工智能场景，服务广大内容创作者。③ 随后，7月19日，阅文集团在2023首届阅文创作大会上发布了国内网络文学行业首个大模型"阅文妙笔"和基于这一大模型的应用产品——"作家助手妙笔版"，旨在依托该平台和技术赋能，持续帮助作家创作，推出好作品。④ 10月13日，中文在线更是发布全球首个万字创作大模型"中文逍遥"，用AI释放内容生产力，为创作者提供全创作周期的智能辅助。⑤ 人工智能技术热度的接连上涨，同样影响了有声书创作领域。2023年3月，阅文集团旗下的起点中文网发起"AI声音大比拼"活动。活动期间用户可试听音频片段，为自己满意的声音投票，最终票数前二的在线声音和离线声音均将作为听书功能的新音色正式上架。与此同时，用户可在"起点听书"点点圈为自己喜爱的声音起名，一经采纳即可获得1000起点币。⑥

随着AR、VR、人机交互等新兴技术的日渐成熟，集成多种信息技术的"元宇宙"概念成为时下的热门话题。当下，"元宇宙"正以新模式、新业态驱动着整个网络文学行业的升级跃迁，部分网络文学企业对打造沉浸式、实体化数字阅读场景

---

① 七猫免费小说（政府机构微博账号）：《七猫×百度文心一言 官宣啦!》https：//www.weibo.com/6641069134/MsZTtduOd，2023年11月28日查询。

② 中国日报：《掌阅科技旗下行业首款对话式AI应用"阅爱聊"亮相2023云栖大会》，https：caijing.chinadaily.com.cn/a/202311/01/WS6541da0ca310d5acd876cd77.html?from=singlemessage，2023年11月28日查询。

③ 扬子江网文评论（微信公众号）：《中文在线与百度就接入"文心一言"达成合作意向》，https：//mp.weixin.qq.com/s/lYAm1-JDJ9Rv1-2UydRKzg，2023年11月28日查询。

④ 中国新闻网：《首个网文大模型"阅文妙笔"发布》，https：//www.chinanews.com.cn，2023年11月28日查询。

⑤ 腾讯网：《中文在线发布全球首个万字大模型，优质内容在AI时代如何突围?》，https：//new.qq.com/rain/a/20231014A07YFV00，2023年11月28日查询。

⑥ 中国作家网：《起点中文网"AI声音大比拼"活动》，http：//www.chinawriter.com.cn/n1/2023/0316/c404023-32645532.html，2023年11月28日查询。

进行了初步探索，其中大型文学网站成为不容忽视的先锋力量。2023年2月21日，中文在线以自有IP打造的国内首个科幻主题元宇宙RESTART（重启宇宙）正式启动。RESTART是以《流浪地球》为核心世界观基底打造的元宇宙空间，基于生存体系、收集体系和贡献体系三大核心体系架构，构建了区块链沙箱交互游戏、地块生态系统和用户权益体系。在未来，RESTART将持续扩展众多顶级科幻作家作品IP，为平台用户带来更丰富的阅读体验。① 此后，"元宇宙"所带来的庞大影响力逐渐渗透至整个网络文学行业。2023年4月20日，由中国移动咪咕提供全程技术支持的"全民阅读元宇宙"重磅上线。此次元宇宙阅读行业盛会围绕阅读漫游展、新形态城市书房、比特创作盛典三大体验场景，以数实融合展现云端特色，旨在为用户打造超沉浸、跨时空的云上会场新体验。"全民阅读元宇宙"是行业首个基于5G+算力提供的数智阅读新方案，依托移动云强大的算力网络，实现信息技术、数实空间等多领域的深度融合。② 通过元宇宙，网络文学作品得以打破现实世界物理规则的限制，以更加立体多元的方式呈现在大众读者面前，创新文学阅读体验、焕新文化消费场景。值得注意的是，元宇宙在为网络文学带来跨界延伸新机遇的同时，也提出了严峻的挑战。元宇宙场景在网络文学中的切实落地离不开多项高新数字技术的叠加交融、整合突破，其较高的技术门槛、运营成本或许将会进一步拉开大型文学网站与中小型文学网站之间已然存在的差距。

当技术变革被引入网络文学行业之中后，文学、艺术、技术的跨界互渗势必会深入激发文学创作实践的无限潜能，持续催生出文体创新与文类变革，在多重维度上拓展网络文学的审美表意方式乃至本体呈现方式，前所未有地调动用户的多重感官，延展人的具身性阅读体验。日新月异的数字技术与文学的持续交融提醒着我们，构建起网络文学发展新局面正是当务之急。

2. 承担社会责任，提升经营水平

（1）坚守人民立场，强化网站管理

文学创作始终是为人民群众服务的。网络文学作为为大众所喜闻乐见的通俗文学，以一个青涩的新生事物的身份出发，在主流文学的凝视中曲折前进，逐步步入主流化、精品化发展阶段，并取得了初步成效，为国人精神世界的丰富做出了杰出的贡献。严格坚守人民立场、积极承担社会责任，才是网络文学行业健康良性发展的思想保证、内在动力和精神支撑。各个文学网站应在经营过程中严守政治红线、筑牢思想防线，凝聚力量、形成共识，携手助力社会主义文艺事业繁荣兴盛。

---

① 中文在线（微信公众号）：《"RESTART重启宇宙"首轮数字资产售罄》，https://mp.weixin.qq.com/s/UpZVfFsxqXfY7Z104_h50w，2023年11月28日查询。

② 腾讯网：《全民阅读元宇宙上线！中国移动咪咕以科技解锁阅读场景新玩法》，https://new.qq.com/rain/a/20230420A08BYW00，2023年11月28日查询。

2023年，各大文学网站认真领会二十大主题的丰富内涵，通过多种途径加强自身思想建设，越发重视思想理论学习，坚持正确的政治方向和创作导向。1月11日，中国作家协会在京召开全国重点网络文学网站联席会议，来自50家网络文学网站的负责人参加会议，共同学习贯彻党的二十大精神，并就网络文学推广平台和机制建设等多项工作达成共识，纷纷表示要提高站位，加强协调，同向发力，维护网络文学界良好的社会形象。① 随后，中国作协网络文学中心"党的二十大精神"线上专题培训班1月18日正式结业。此次培训班共有来自30家省级网络文学组织和50家重点网络文学网站的2549名网络作家及网络文学相关从业人员参加学习，主要内容包括"深入学习宣传贯彻党的二十大精神""新时代伟大成就""习近平关于文艺工作的重要论述及理论学习文章摘编"三个学习板块，涵盖党的二十大、中共党史、文化自信、新时代经济建设等各方面学习内容。网络文学企业党建工作始终是文学网站建设中不容忽视的一环，各大网络文学网站狠抓落实、知行合一、躬行实践，以实际行动将党的二十大精神落到实处，助力网络文学行稳致远。大型网络文学网站持续发挥带头作用，党建工作行之有效。作为国内网络文学行业头部企业的阅文集团，始终致力于强化党建引领，为平台的发展固本强基。2023年9月8日，由上海市委宣传部指导、上海网络出版单位党建联盟主办、阅文集团党委承办的《我们的国歌》主题党课7日在阅文集团举办，进一步为"讲好中国故事"传承伟大精神、筑牢红色基底。②

　　构筑完整而有机的网络文学生态系统，离不开各大文学网站的积极作为、内外兼修。强化网站管理，是文学网站建设的题中应有之义。基于网络文学大众化、多元化的受众群体特征，文学网站平台难免有部分作者为赚取流量而创作出一些情节趋于低俗、用词趋于庸俗、风格趋于媚俗的质量低劣的网文，无法发挥文学作品应有的正面导向作用，在损害读者阅读权益的同时也对整个网文行业造成了不好的影响。各大文学网站纷纷设立举报专区，清理平台不良内容，健全自我监督体系、发挥自我监管效能，打造清朗网络空间；同时开设各类作家专题培训班，建立健全作家培养体制，培育优质内容持续供给的原动力。截至2023年，由阅文集团主办的"阅文起点创作学堂"已上线超400节线上课程，覆盖数十万作家，累计阅读超千万。线下培训已成功举办5期，超百位学员作家参与，近46%学员作家实现成绩跃升。③ 在文学网站的勇于担当、善于作为下，各大平台均涌现了许多内容优质、主题健康、审美精良的网络文学作品，助力人民群众享有更高质量的精神文化生活。

---

① 中国作家网：《全国重点网络文学网站联席会议在京召开》，http：//www.chinawriter.com.cn/n1/2023/0112/c404023-32605011.html，2023年11月29日查询。

② 中国新闻网：《〈我们的国歌〉主题党课在阅文集团举行》，https：//www.sh.chinanews.com.cn/wenhua/2023-09-08/115776.shtml，2023年11月29日查询。

③ 阅文集团：《赋能作家发展》，https：//www.yuewen.com/#/social？type=5，2023年11月29日查询。

(2) 严管内容导向，网站精品迭出

2023 年，网络文学行业呈现出优质内容供给持续扩大的蓬勃态势，数字文化消费渐成主流。各大文学网站积极作为，严管内容导向、提升内容质量，精品迭出、硕果累累。当下，网络文学网站平台应关注时代发展、紧跟社会变革，主动背负起弘扬中华优秀文化传统、传递正能量的文化使命，才能满足人民群众日益增长的精神文化需求，以精品力作构筑起中国特色社会主义文艺高峰。

一是扶持优秀作品，发挥榜样作用。2 月 15 日，中国作家协会发布了 2023 年度网络文学选题指南暨重点作品扶持征集通知，其选题包括"新时代山乡巨变""中国式现代化""科技创新和科幻主题""美好生活""中华优秀文化"五个类别，旨在鼓励广大网络文学创作者在写作过程中反映时代新气象、讴歌人民新创造，讲好中国故事，以优质作品表现新时代历史性成就与历史性变革。在作协的引导下，各大文学网站真抓实干、踊跃参与，以实际行动铺开网络文学高质量发展新局面，满足人民文化需求，增强人民精神力量。最终，中国作家协会于 5 月 8 日公布了 2023 年网络文学重点作品扶持选题名单，确定 40 项选题入选。红刺北《第九农学基地》（晋江文学城）、言归正传《深渊独行》（起点中文网）、希行《洛九针》（起点中文网）、榴弹怕水《黜龙》（起点中文网）等作品成功入选。此次重点作品扶持活动充分发挥了优秀作品的榜样示范力量，推动了网络文学领域良好文化氛围的形成。各个文学网站均涌现出众多弘扬民族精神、表达文化自信、反映时代进步、充满正能量的优秀作品，无疑有助于网络文学行业良好生态的进一步构建。

二是举办征文比赛，形成创作激励。近年来科幻网文热度接连上涨，各个文学网站主动聚焦新时代科技创新和工业发展，举办了一系列的征文比赛，在跨界融合、双向赋能中助推科技题材精品力作的诞生。2023 年 1 月，起点中文网公布了第一届起点"启明星奖"科幻征文入围名单。该奖项设立于 2022 年 1 月 26 日，旨在扶持在起点发表的科幻小说，经过一年的激烈角逐，共有 15 部作品获奖。其中，4 部作品获得启明星奖，分别是远瞳的《深海余烬》（特等奖）、言归正传的《深渊独行》（金奖）、天瑞说符的《保卫南山公园》（银奖）、不吃小南瓜的《从大学讲师到首席院士》（铜奖）。[①] 随后，2023 年 4 月，起点中文网宣布第二届起点科幻"启明星奖"正式启动，持续激励科幻频道内的优质作品和新人作家。不仅仅是科幻主题，其他各类主题征文更是大有百花齐放之势。2023 年 5 月，年度"谜想故事奖"悬疑长篇征文比赛获奖名单公布，陈子芘的《生与死和杀戮山脉》荣获金奖，AKA 不高兴的《命运轮》、伏见鹿的《淹没》荣获银奖，逆桑的《遗骸拼图》、钱一羽的《出山》、CPU 的《须弥游戏》荣获特别奖，这些悬疑故事均在不同维度上彰显出谜

---

① 扬子江网文评论（微信公众号）：《第一届起点科幻「启明星奖」获奖名单公布》，http://www.chinawriter.com.cn/n1/2023/0223/c404023-32629841.html，2023 年 11 月 30 日查询。

想计划所鼓励推崇的创新、多元、本土化、注重表达等创作理念。①

(3) 注重现实题材,助推网文主流化

"文变染乎世情,兴废系乎时序",在文学创作中表达对现实社会的关切,是中华文化的优良传统。紧跟时代发展、熔铸现实底色、承续文化根脉,是当下网络文学创作者们理应主动背负的文化使命与时代责任。在党和政府统筹领导、文学网站真抓实干、网络作家密切配合的共同努力之下,2023年的网络文学现实题材创作呈现出蓬勃有力的发展势头,推动网络文学朝着主流化方向稳步迈进。

网络文学现实题材创作的蓬勃兴起,离不开党和政府的正确引导。2023年6月21日下午,"新时代十年百部中国网络文学榜单"发布。该榜单旨在展现"新时代十年"间网络文学的良好风貌与发展路径,也是目前国内围绕"新时代网络文学"进行整体性盘点的唯一活动,为新时代文艺评价体系的建设竖起了一面旗帜。榜单推选活动发起人、执行人夏烈教授表示,榜单分为四个组别的考量背后不仅遵循了网文内部创作规律,也向现实题材创作进行了倾斜鼓励,在榜单中占据了40%的份额,何常在的《奔涌》、齐橙的《大国重工》等多部现实题材力作入选。② 如今,现实题材作品已成为网络文学行业中一道亮丽的风景线,各大文学网站纷纷组织现实题材创作征文大赛,汇聚起庞大的全民创作群体,以优质作品引领社会风尚,给读者以更多精神文化滋养。6月26日下午,阅文集团主办的第七届现实题材网络文学征文大赛在上海展览中心举行颁奖典礼。此次大赛的主题是"好故事照见人间烟火",共吸引36696人参赛,同比增长26%,参赛作品38092部。最终,大赛共评出14部获奖作品,侧写我国卫星导航事业发展进程的扫3帝《只手摘星斗》获得特等奖,以盲人视角展现世间百态的眉师娘《茫茫白昼漫游》获得一等奖。另据阅文最新数据,在总计七届大赛的获奖作品中,已有超70%的作品授权IP开发,有声、出版、影视位列IP开发形式前三名。据悉,阅文已有近30部大赛获奖作品签约实体出版。其中,《大国重工》获第五届中国出版政府奖;《他从暖风来》《投行之路》《故巷暖阳》相继入选国家新闻出版署"优秀现实题材和历史题材网络文学出版工程"。③

网络文学与现实题材的双向赋能,能够在真实描绘社会实景的同时发挥网络文学的通俗性、娱乐性审美特征,日益为人民群众所喜闻乐见。各个文学网站积极作为,鼓励平台作家队伍关注新时代方方面面的巨大变化与成就,兼具民间视角与人民立场,创新作品题材与表达方式,创作出既能反映现实问题、又能弘扬"真善

---

① 谜想计划:《2023年度"谜想故事奖"悬疑长篇征文比赛》,https://xuanyi.chineseall.net/essay-competition/long/86,2023年11月30日查询。

② 澎湃新闻:《Z世代接力现实题材创作,新时代十年百部中国网络文学榜单发布》,https://www.thepaper.cn/newsDetail_forward_23571982,2023年11月30日查询。

③ 中国作家网:《阅文举办第七届现实题材网络文学征文大赛,近4万部作品书写中国新时代》,http://www.chinawriter.com.cn/n1/2023/0628/c404023-40022819.html,2023年11月30日查询。

美"正能量的优质网文。目前，坚持以人民为中心的创作导向在网络文学领域越发彰显；到生活中去、到群众中去的创作立场，在广大网络文艺工作者中蔚然成风。

3. 聚焦网文IP，开发产业价值

2023年，网文IP依然处于黄金机遇期，泛娱乐产业正日渐成为数字经济发展转型的关键支柱和重要引擎，漫画、游戏、动漫、短视频等种类多样的文娱产品给网络文学行业提出了新的机遇和挑战。不少文学网站积极探索网络文学与其他泛娱乐文艺产品的多领域共生和跨媒介叙事，以凸显网络文学的全产业链价值，推动网络文学焕发出新的生命力。

近年来，各大文学网站积极发力，以多元化内容形态及产业化力量驱动网站精品IP衍生，通过创造性转化和创新性发展在IP开发领域交出了令人满意的答卷。2022年11月2日，由中国经济信息社编制的《新华·文化产业IP指数报告（2022）》在北京发布。报告显示，在"文化产业IP价值综合榜TOP50"中原生类型为文学的IP有26个，占比52%，其中超80%为网络文学。从上榜IP中可以看到，网络文学作为IP改编源头的地位依旧稳固，现实题材、古言题材、科幻题材等新赛道崛起，形成了多元化格局。而在"IP改编潜力榜单"中，网络文学IP占比75%，科幻IP、玄幻仙侠IP、古言IP分别占据动漫方向、游戏方向、影视方向改编的主要地位。① 网络文学IP产业链的升级迭代与多向度转化，将会为各大文学网站带来更丰厚的营收。2023年5月10日，中国社会科学院文学研究所发布的《2022中国网络文学发展研究报告》数据显示，2022年，包括出版、游戏、影视、动漫、音乐、音频等细分赛道在内的中国网络文学的IP全版权运营市场，整体影响规模超过2520亿元；预计到2025年，网络文学IP改编市场价值总量将突破3000亿元。②

首先，影视改编作为网络文学IP改编的重要赛道，依旧在放大网络文学产业价值方面发挥着不可替代的作用。2023年6月6日，由中国作家协会社会联络部、中广联合会电视剧编剧委员会联合主办的文学影视双向赋能高峰论坛上，发布了《2020—2022年文学改编影视作品蓝皮书》。蓝皮书显示，据不完全统计，自2020年到2023年第一季度，取材自阅文、中文、晋江、起点、番茄等文学网站的影视改编作品近70余部。其中2022年度播放量前10的国产剧中，网络文学改编剧占五部；豆瓣口碑前10的国产剧中，网络文学改编剧占五部。除此之外，网络文学改编

---

① 中国作家网：《2022年新华IP指数报告发布：网络文学占IP价值综合和潜力榜单过半》，http：//www.chinawriter.com.cn/n1/2022/1103/c404023-32557945.html，2023年11月30日查询。
② 中国社会科学网：《2022中国网络文学发展研究报告》，https：//www.cssn.cn/wx/wx_xlzx/202304/t20230411_5619321.shtml，2023年11月30日查询。

微短剧在2022年新增IP授权超300部，同比增长55%。① 同时，IP作为互联网文化产业生态的核心，开始释放跨界联动的良好信号，呈现出百花齐放的繁荣态势。一是动漫改编增速较快，年度授权IP数量同比增长24%，《斗罗大陆》《斗破苍穹》成为"国民漫"，《少年歌行》《苍兰诀》成绩突出。二是游戏改编表现亮眼，《庆余年》等改编手游营收出色，《隐秘的角落》游戏登录steam平台，是网络文学IP单机化的有益尝试。三是有声书改编持续发力。作为网络文学最主要的IP转化形式，2022年有声书改编授权3万余部，同比增长47%，改编作品演播质量提升，走上精品化与细分化道路。②

不仅如此，以网络文学头部企业阅文集团为代表的部分文学网站大胆创新，积极布局IP宇宙，线上线下联动，挖掘更多衍生价值。2023年2月5日，阅文IP宇宙装置艺术展在上海图书馆东馆正式开展。在展览中，读者可看到由阅文影视和新丽传媒出品的《人世间》《庆余年》《赘婿》等热播影视作品的剧中场景还原、同款戏服等。在阅文好物区域，读者还能捕捉到首次亮相的衍生品，包括但不限于《诡秘之主》首款IP盲盒展示、《斗破苍穹》与糖王周毅的联名手办首次展出等。③

二、不同类型的网站平台

1. 大型网站领跑行业市场，助力新发展

（1）三家上市公司的年度业绩

2023年，网络文学市场保持了平稳发展势头，产业生态完善和引入人工智能技术是行业发展的主要特点。其中，人工智能与网文行业的未来备受关注，网络文学版权的产业生态也在持续完善。在网文改编短剧的浪潮之中，储蓄大量IP版权和影视剧资源的公司具备先发优势，庞大的IP资源成为短剧内容创意的重要来源，可持续不断地提供优质内容，同时也有效规避版权风险。在这样的背景下，三家网络文学上市公司阅文集团、中文在线、掌阅科技都采取了相关调整措施。

首先是阅文集团。过去三年，阅文集团面临的风险不断演变。一方面，阅文更好地解决了盗版问题，并实现了与通过广告进行变现的阅读模式的差异化定位；但与此同时，新的机遇和挑战也正在出现，比如中国电影院线发行市场的重新开放，以及生成式人工智能的出现等。2023年8月10日，阅文集团发布了2023年中期业

---

① 中国作家网：《2020—2022年文学改编影视作品蓝皮书》，http：//www.chinawriter.com.cn/n1/2023/0606/c403993-40007684.html，2023年11月30日查询。
② 中国作家网：《2022中国网络文学蓝皮书》，http：//www.chinawriter.com.cn/n1/2023/0412/c404027-32662169.html，2023年11月30日查询。
③ 澎湃新闻：《"致敬中国网文20年——阅文IP宇宙装置艺术展"在上图东馆开展》，https：//www.thepaper.cn/newsDetail_forward_21861503，2023年11月30日查询。

绩报告①。报告显示，阅文集团2023年上半年的营收为32.83亿元，同比减少19.7%；归母净利润3.8亿元，同比大增64.8%。

在线业务方面，2023年上半年，阅文自有平台产品及自营渠道的平均月活跃用户由2.647亿人，同比减少20.0%至2.117亿人。其中自有平台产品的月活跃用户由1.198亿人，同比减少12.0%至1.054亿人，主要由于专注于控制成本及提升运营效率，减少了用于获取低投资回报率用户的营销支出所致。在市场最为看重的付费阅读基石业务上，期内，阅文自营平台收入与月度付费用户均出现了稳中有升的态势。数据显示，2023年上半年，阅文平均月付费用户达到880万，同比增长8.6%，环比提升12.8%。在线业务整体实现收入20.4亿元，其中自有平台产品收入为17.6亿元，环比增长2.6%，占在线业务总收入超80%。

显然，公司"聚焦优质内容"的战略正在逐渐释放更多的价值。阅文对低效业务进行结构化调整，关注优质内容变现，力求围绕这一核心目标扩展业务，强调内容丰富化，强化生态多样性，真正打通创作到消费的转化链路。在此经营思想指导下，阅文在2023年上半年迎来一场大规模的业务调整，将业务重心聚焦至优质内容赛道，缩减无效的营销开支，优化分发渠道；同时，降低自营渠道外的低效渠道比例，让付费阅读业务获得更健康、更具备持续性的发展空间。这一变化直接反映在2023年上半年的销售及营销开支，阅文的营销费用从2022年同期的11.1亿逐步压缩，到2022年下半年降低到了8.9亿元，又在2023年上半年降低到了8.2亿元，呈现持续稳定的缩减趋势。与此同时，自有平台的收入及增速却呈现出了逆市上扬的态势，一举扭转了此前连续多个季度的下滑。

版权运营方面，阅文集团2023年上半年版权运营及其他收入为12.4亿元，同比下降30%。通过高效的IP运营与日益完善的IP产业链条，阅文持续对外输出作品，覆盖影视、动漫、游戏、衍生品等领域。在影视领域，阅文集团上线了热播电视剧《平凡之路》和《纵有疾风起》。其中，《平凡之路》在播出期间连续16天位居腾讯视频电视剧热播榜第一，《纵有疾风起》播出期间在北京卫视和江苏卫视的实时收视位居全国卫视黄金档前二。在动画领域，今年上半年阅文播出了经典IP《星辰变》和《全职法师》的续作，《斗破苍穹》第二季年番，将该IP的热度始终维持在腾讯视频动漫频道的前三名。在漫画领域，阅文在提升漫改作品数量的同时，聚焦提升精品项目的供给，推出如《大奉打更人》《从红月开始》《超神宠兽店》等多部作品。在游戏领域，公司通过授权改编及自主运营两种业务模式，推进公司优质IP的游戏改编进程，成功上线《凡人修仙传》和《吞噬星空》游戏，并且向合作伙伴授权了《斗破苍穹》《星辰变》等热门IP改编权。

内容生态方面，在2023上半年，阅文新增约20万名作家、35万本小说，新增

---

① 阅文集团，https://ir.yuewen.com/sc/financial-reports.html，2023年10月20日查询。

字数超过 195 亿。阅文旗下起点读书通过搭建用户的互动社区，孵化出与作品和下游密切连接的 IP 粉丝阵地，激发用户与 IP 之间更强的向心力。如起点读书为《诡秘之主》系列 IP 打造的官方主题站"卷毛狮狮研究会"，在上线首月快速会聚了超 60 万"诡秘"核心粉丝，用户日活环比较上线前提升超 200%。此外，阅文上半年新上线的 3 款"诡秘"周边商品，备受书粉欢迎与好评，IP 上下游一体化的用户体系进一步提升了用户黏性及商业化水平。截至 2023 年 6 月 30 日，阅文海外阅读平台 WebNovel 向海外用户提供约 3200 部中文翻译作品和约 56 万部当地原创作品。

接下来是掌阅科技。2023 年 10 月 31 日，掌阅科技发布了 2023 年第三季度报告。① 截至第三季度报告发布时间，掌阅公司营业总收入 19.63 亿元，同比上升 5.39%，归母净利润 3548.71 万元，同比下降 7.31%。按单季度数据看，第三季度营业总收入 6.96 亿元，同比上升 2.65%，第三季度归母净利润-276.14 万元，同比下降 93.0%，这一季度的止盈为亏引发了不小的关注。

此前很长一段时间内，由于产品的先发优势，以及借助手机终端厂家在阅读产品方面的预装合作，掌阅科技在移动互联网快速发展背景下占据优势，旗下产品充分受益于流量红利，平均月活数据从 2015 年的 7088 万增至 2020 年的 1.6 亿。然而，随着七猫小说、番茄小说等大量免费阅读平台的上市，主打收费模式的掌阅 App 开始持续受到流量挑战。为此，掌阅科技陆续推出得间、七读等免费小说阅读平台进行平衡，而绝大部分亏损正是来源于为这些 App 持续投放买量。掌阅科技在财报中分析称，亏损扩大主要因 2023 年加大免费阅读平台营销推广力度、持续推进组织建设与技术基建所致。

在线业务方面，掌阅进一步推进业务结构转型升级，稳步发展免费阅读业务。掌阅科技公司董事长、总经理成湘均在业绩说明会上强调，掌阅已经从主要通过终端预装获取流量，成功转型成为通过互联网市场化获取流量、并且精细化运营的数字阅读平台，其战略转型取得了初步成功。内容生态方面，除持续向免费阅读转型外，掌阅科技也在开启诸多新业务的尝试，其中包括加大对短剧等创新业务的投入。在短视频平台蓬勃发展的当下，掌阅科技开始对旗下丰富的 IP 作品进行短剧影视化改编，投资短视频内容制作公司，尝试打通 IP 产业链上下游。目前掌阅已将专业的短剧生产运营体系搭建完善，推出数百部微短剧拍摄计划，打造短视频内容矩阵 MCN，为 IP 的增值和宣发打造全新的流量阵地，为公司中长期的可持续发展奠定了良好的基础。

最后看中文在线。中文在线数字出版集团股份有限公司（简称"中文在线"）是以数字内容生产、版权分发、IP 衍生与知识产权保护为核心，以"夯实内容、服

---

① 掌阅科技，http://static.sse.com.cn/disclosure/listedinfo/announcement/c/new/2023-10-31/603533_20231031_QSPI.pdf，2023 年 11 月 1 日查询。

务产业、决胜 IP、双轮驱动"为发展战略，致力于推动科技与文化融合发展的上市公司。2023 年 10 月 23 日，中文在线披露了 2023 年第三季度公司财报。[①] 2023 年前三季，中文在线营收 10.20 亿元，同比增长 12.19%；归属于上市公司股东的净利润为 243.66 万元，同比增长 101.98%。

面对不断发展的科技赋能，中文在线始终不断探索数字经济与文化传媒的结合边界，其业务在元宇宙、区块链、AR/VR（增强现实与虚拟现实）、ChatGPT（聊天生成预训练转换器）、AIGC（生成式人工智能）等方面均有涉猎。作为老牌数字内容生产商，中文在线早在 2022 年便开始布局付费短剧业务，主打电视剧分账剧、小程序短剧、互动短剧等。由于短剧大都由网络小说改编，旗下拥有 17K 小说网、四月天小说网、奇想宇宙科幻站、谜想计划悬疑站等原创平台的中文在线，凭借海量的内容资源，在短剧领域有一定的先天优势。

不断拓宽海外市场也是中文在线营收增长的重要原因。11 月 12 日，中文在线公司旗下海外子公司 Crazy Maple Studio（枫叶互动）推出的真人短剧软件 ReelShort 在北美市场反响热烈，甚至被称为下一个 TikTok；而互动式视觉阅读平台 Chapters 在多个国家 AVG 领域排名领先，积累了大量的女性向内容和用户。在 AIGC 方面，中文在线公布了全球首个万字大模型"中文逍遥 1.0"，拥有一键生成万字小说等功能，已用于短剧剧本创作。同时，中文在线积极布局 VR 领域，推进项目商业化落地，作为联合出品方参与的 VR 版《灵笼》根据顶级国创动画 IP 改编，预计于 2023 年 12 月正式上线。

（2）以打造优质内容为发展坐标

2023 年，短剧市场持续扩大，短视频内容不断丰富，带动用户规模增长和黏性加强，成为移动互联网时长和流量增量的主要来源。在此情况下，面对短视频平台未来可能带来的多重冲击，以阅文为首的网文平台想要守好流量基本盘，内容、创作者依旧是一切产业延伸的起点。当前在短剧行业产业链图谱中，位于上游的是手握海量优质内容 IP 的网文平台，例如阅文集团（腾讯旗下）、中文在线以及掌阅科技等内容公司，这些平台利用本身的内容优势迅速成为微短剧行业主力军，并且将触角伸向了产业中游，转型成为制作方和出品方。今年以来，掌阅科技已经搭建了短剧制作团队，并上线了自己的短剧 App"薏米短剧"。

然而，从内容上看，现在的网文正在陷入同质化、套路化的怪圈。免费市场中，网文融梗、套皮的问题层出不穷，内容同质化越发严重，套路化生产的"公式化爽文"也比比皆是。而对于付费市场，越发汹涌的短视频洪流也分走了部分头部作者，比如曾获得起点新人王的大神作家会做菜的猫在字节旗下的番茄小说发布了新书；妖夜、月关等老牌作者的新书，目前也都在番茄小说发布。因此，规避同质化、

[①] 中文在线，http://static.cninfo.com.cn/finalpage/2023-10-23/1218107924.PDF，2023 年 11 月 1 日查询。

套路化、粗糙注水等问题，完善内容创作者生态，或许是传统网文平台接下来需要解决的问题。

网文阅读的重心在精品内容，以广告为收入模式的平台，不足以培养并留住真正优质的创作者。免费阅读的创作模式，更多在制造流量，而不是内容价值，因而很难向内容行业的价值链上游拓展，也很难沉淀出IP价值。与着力开拓免费阅读业务的掌阅科技相比，阅文集团与中文在线始终重视对优质内容的孵化，以打造优质内容作为发展坐标。阅文积累了大量优质的IP资源，具有丰富的优质内容存量。更重要的是，阅文收费阅读的模式，叠加腾讯和第三方渠道广告变现模式，双轮驱动，整个组织以付费模式为核心调度资源，既可以培育优质作者，又可以留下头部作者，不光是变现层面的吸引力，还在于平台对作者声誉、影响力的维护，以及读者正反馈带来的成就感，这些是付费阅读独有的优势，很难被流量至上的免费阅读所取代。

从用户、作者数量快速增长，内容质量提高到人们为优质作品付费意愿提升，大型网站以打造优质内容为发展坐标，中国网络文学正以良性循环蓬勃发展。

（3）赋能原创多模态品类，构建IP一体化生态体系

网络小说的IP转化路径多元，延伸市场空间宽广。IP改编是文学价值的放大器和产业转化的重要路径。2023年大热的AIGC概念与相关信息技术，为IP改编提供了新的可能。面对新的技术发展与产业背景，阅文集团、掌阅科技和中文在线都采取了相关措施。2023年6月，阅文发布组织升级规划，成立内容生态平台事业部、影视事业部、智能与平台研发事业部、企业发展事业部这四大事业部，打通"内容+平台"，利用AIGC为IP孵化和生态增效提质。组织业务升级一个月后，阅文发布了国内首个网文行业大模型"阅文妙笔"和基于这一大模型的应用产品"作家助手妙笔版"，提升创作效率和升级运营工具。

随着下半年数字文化与娱乐市场复苏前景明确，阅文"AI+IP"生态有望成为业务的全新增长极。阅文在2023年上半年期间的重大动作，还包括进行了管理团队的更迭，在程武因身体原因卸任CEO后，由侯晓楠接手并着手进行组织架构调整。在"侯时代"的首份业绩报告中，侯晓楠团队对AI的重要性进行大篇幅论述并表示：在新的组织架构下，阅文将利用AIGC技术能力，再造用户产品，重塑业务流程；通过提高IP挖掘和生产效率、缩短IP开发时间、提升IP爆款成功率，最终帮助整个产业链从这波历史性的技术革新浪潮中获益。显然，未来阅文的发展主轴将聚焦于AI方向，并为此进行架构调整，以AIGC为新引擎，推动IP生态提质增效。

AI可以赋能内容生产，打通多模态体验与一体化IP运营。文字、有声、漫画、动画等内容生产体系能够与网文用户体系进一步匹配融合，覆盖更广泛的用户群体，同时提升用户黏性。AI可以深度参与IP孵化，将IP开发链条前置，快速进行文字到视觉的转化，提高IP爆款成功率。AI能够以高效率，在网文翻译、IP出海中，进行多语言并行翻译，加速其全球价值的实现。除此之外，AI还可以完整融入IP

生态链条，作为基础性能力，赋能所有上下游合作伙伴。简而言之，在 AI 技术，特别是 AIGC 技术的赋能下，内容平台将向多模态、多品类发展，构建新的 IP 上下游一体化生态体系。

2023 年 7 月，阅文推出网文大模型"阅文妙笔"，同时推出"作家助手妙笔版"，其设计的 AI 虚拟角色功能正在进行内测。阅文集团 CEO 兼总裁侯晓楠表示，AI 是前所未有的机会，公司计划将 AI 融入各业务环节，如辅助作家创作、丰富用户互动体验、网文出海、IP 开发等。他在首席执行官报告中深入探讨了生成式人工智能的议题，包括阅文集团如何运用这项新兴技术协助作者创作、翻译现有作品、制作有声读物等，并且提出，阅文集团对行业的发展有以下几个主要判断：

首先，付费阅读阵地是最有效的孵化 IP 的土壤。夯实作家生态、推动平台增长，是阅文的长期工作。其次，马太效应越发突显。在游戏、动画、影视方面，"爆款"作用越来越大，行业对于一流 IP 的需求不断增加。最后，一体化开发越来越重要。文字 IP 孵化后，快速体系化地进行有声化、可视化、商品化开发，可以缩短开发周期，降低开发成本，提高爆款概率。

中文在线集团董事长兼总裁童之磊表示："每一次技术的变革，都带来了整个内容产业全新的时代，内容产业的下一个变革机会一定是 AI。ChatGPT 里程碑式的技术突破，将会大大推动人工智能在内容领域的全面变革。"2023 年 6 月，掌阅科技宣布旗下首款人工智能产品"阅爱聊"封闭内测，利用生成式人工智能技术赋能数字阅读场景，为用户提供创新体验的阅读交互方式。2023 年 2 月 16 日，在第十二届中国数字出版博览会上，中文在线与澜舟科技举办了以"AIGC·未来内容、范式革命"为主题的圆桌论坛暨战略合作发布会。双方未来将共建 AIGC 技术在文学创作领域的辅助技术并进行商业化尝试，共探 AIGC 技术在漫画、动画、视频等 IP 衍生业务领域的新型内容生产方式，推动 AIGC 的产品类型逐渐丰富、场景应用更加多元。同时，进一步拓展 AIGC 技术的应用场景，探索 AIGC 内容创作新范式，打造国产自主可控的 AIGC 生态产能，实现产业革新，推动产业发展。

目前看来，处于网络文学行业领头地位的大型网站纷纷加强 AIGC 技术布局，有望开创行业新局面。AIGC 有望带来文学作品创作新方式，在框架构建、细节补充、创意提示等多个环节为网络文学提供助力，从而让作者更加聚焦于内容创新，推动文学写作方式的改进，在 IP 内容孵化和跨界改编的过程中，都能起到促进作用。科技为网络文学进行多模态赋能，促进构建 IP 一体化生态体系；不过与此同时，AIGC 技术的引入也带来了监管新需求，研发商在训练模型时可能采用未获得授权的网络文学作品，从而导致版权纠纷，这方面的问题仍然有待考量。

2. 中小网站持续输出，提高产出质效

(1) 中小文学网站年度概况

2023 年，除去起点中文网此类仍然占据网文主要市场的大型网站，各类中小文学网站仍是网文市场中不可小觑的平台,如晋江文学城、红袖添香、简书、飞卢中文网、潇湘书院等创建时间相对较久,知名度相对较高的文学网站,当然也包括书包网、书旗网、看书吧这类以转载免费内容为主的小微网站。

从数字阅读产业链来看,上游为数字阅读内容提供商,包括人民文学、时代文艺、长江文艺等传统出版社的数字产品;掌阅科技、中文在线等经营网络文学的平台;各个渠道的个人创作者;其他版权持有方等。中游为数字阅读的渠道或平台,包括红袖添香、起点中文网、百度书城、书旗小说、17K小说中文网、熊猫看书等网络阅读平台;QQ阅读、起点阅读、iReader掌阅、番茄小说、七猫免费小说等数字阅读App;喜马拉雅、懒人听书、豌豆荚、猫耳FM、云听等有声阅读App。下游为内容衍生开发商或者终端用户,包括影视剧、广播剧、动漫、游戏、主题设施场所、周边、图书等。尽管纯文字阅读正在面临各类短视频的冲击,中小文学网站上的小说写手与短视频编剧存在一定重合,部分小说写手从网文创作转向原创短剧剧本写作,但网络文学仍是优质IP改编的源头,中小文学网站同样为IP改编提供了相当丰富的内容储备。

对于中型网站而言,是否拥有足够丰富的优质内容储备引向了不同的业务类型与发展方向。晋江文学城创立于2003年,是中国大陆范围内具有较高影响力的女性向原创文学网站之一。二十年来,晋江文学城持续致力于网络文学多样化生态的建设,让多元丰富的小说类型有茁壮成长的可能性,鼓励创新和"脑洞",让更多的灵感落地生根,并以好内容为基础做好版权开发衍生,持续提高网络文学优质内容的海内外影响力。版权海外输出是晋江的主体业务之一,截至目前,晋江已经与上百家合作方成功签约,累计向海外输出优质作品4500余部,积极拓展了亚洲、欧洲和美洲市场,并于2019年下半年至2023年上半年期间完成了中东和中亚市场的开拓。

QQ阅读则在2023年4月6日起正式调整订阅互通规则。在规则调整后,QQ阅读与起点读书、红袖添香之间订阅的章节内容此后将不再互通。此次调整订阅互通规则是QQ阅读为升级产品品牌运营,更好地为用户提供更专业、优质的内容和服务做出的调整。不过,现阶段的QQ阅读在腾讯整体的网文规划中处于一个较为尴尬的位置,更多是作为起点、红袖等平台的附属渠道存在,自身独有的原创精品内容极少。此次停止QQ阅读与其他平台之间的订阅互通,如果没有高质量内容及时留住读者,或许反而会进一步降低该平台的用户数量。

对于小型网站而言,有不少小型网站因为定位不明晰、经营不善而倒闭,如原本鼓励原创作品,之后刺激影视与真人同人创作的汤圆创作。策略转变可能导致原本核心用户群体的流失,导致网站流量与参与度下降。除此之外,小型网站在资源和资金方面往往更具局限性,在面临网文市场变化与流量竞争压力时,这些网站要更加脆弱。为求取生存,小微网站必须清晰定位目标用户群体,并制定相应的内容策略和运营计划。

在 China Webmaster"站长之家"网站排行所提供的"小说网站排行榜"中,除起点、晋江等大型网站外,其他都属于中小型文学网站。① 截至 2022 年 12 月 29 日,位列前 50 名的网站数据见表 2-2。②

表 2-2　2023 年"站长之家"小说网站前 50 排名

排名	站名	Alexa 周排名	BR（百度权重）	PR（谷歌权重）	综合得分
1	起点中文网	290	9	7	4667
2	晋江文学城	1318	9	6	4641
3	腾讯读书	6	9	6	4607
4	红袖添香	15929	9	7	4511
5	简书	103	8	0	4339
6	飞卢中文网	3145	8	5	4290
7	飞卢小说网	3145	8	6	4287
8	千篇网	14606	9	0	4272
9	潇湘书院	20135	8	7	4150
10	豆瓣读书	54	7	7	4125
11	言情小说吧	71145	8	7	4072
12	纵横中文网	6855	7	7	4006
13	闪靓童网	47612	8	5	3980
14	起点女生网	58343	7	5	3972
15	麦块	55223	8	0	3899
16	塔读文学网	23526	7	5	3871
17	小说阅读网	81544	7	6	3847
18	童鞋会	8262	7	3	3844
19	QQ 读书	34088	6	0	3836
20	懒人听书官方网站	37681	6	0	3788
21	17K 小说网	94104	6	7	3567
22	话本小说网	19955	6	0	3560

① 网站查询:https://top.chinaz.com/hangyetop/index_yule_xiaoshuo.html,数据时间:2023 年 11 月 29 日。
② 关于表格数据的排序说明如下:BR 值（Baidu Rank）表示百度权重,是第三方 SEO 工具用来评测网站等级的标准,一般根据预估的网站流量来决定级别为从 0 到 9 级,9 级为满分。等级越高,代表该网站的预估流量越高。PR 值（PageRank）是 Google 排名运算法则的一部分,用来标识网页的等级或重要性。级别为从 0 到 10 级,10 级为满分。PR 值越高,说明该网站越受欢迎。Alexa rank 是一个全球排名系统,它使用网络流量数据来列出最受欢迎的网站,并且按照受欢迎程度对数百万个网站进行排名,Alexa 排名越低,说明该网站越受欢迎。但当网站流量过小时,Alexa rank 可能不准确。

续表

排名	站名	Alexa 周排名	BR（百度权重）	PR（谷歌权重）	综合得分
23	斗破苍穹小说网	106849	7	4	3554
24	网易云阅读	20	7	7	3530
25	书旗网	196079	7	3	3517
26	创世中文网	6	6	6	3484
27	连城读书	285048	5	5	3483
28	倚栏轩文学网	1293747	6	6	3463
29	雨枫轩	327480	6	6	3462
30	红袖添香小说	15929	8	3	3431
31	八一中文网	21361	4	2	3413
32	品书网	350824	4	3	3405
33	书包网	1098114	6	0	3398
34	书旗小说	103500	6	5	3392
35	笔趣阁	11043609	6	0	3366
36	幻听网	227718	6	4	3361
37	看书吧	141466	4	0	3350
38	逐浪网	672055	6	6	3349
39	E小说	124587	6	1	3250
40	龙的天空	1003862	4	3	3344
41	新浪读书	22	4	8	3343
42	精彩东方文学	1598537	7	2	3342
43	红薯中文网	339180	6	5	3341
44	燃文小说	126978	6	0	3311
45	多看阅读	56206	4	5	3300
46	印摩罗天言情小说	374631	4	3	3288
47	磨铁中文网	555877	6	6	3280
48	短文学网	550050	5	3	3262
49	言情库	7822996	5	0	3255
50	万卷书屋	2227341	4	4	3236

（2）持续精细化运营，注重内容产出

与头部网站相比，中小网站赛道细分的趋势更明显。以智慧家庭业务为主，5G通信业务和移动阅读业务为辅的平治信息公司，早在此前便布局聚合海量优质内容，开发IP衍生品。依托其自有的大批原创阅读平台，平治信息与塔读文学、中文在线、掌阅科技、天翼阅读、咪咕阅读、新浪阅读等内容制作商签订协议，并从版权库中筛选优质 IP，改编为有声、漫画、影视等作品。同时，在平治信息与智能机器人巨头达闼合作的过程中，平治公司希望与达闼磨合，将训练数据库做得更大，训练 novel-GPT 模型，尽快将产品推向市场，形成可读性高、吸引力强的文章。基于先前应用和市场化经验，平治公司网络文学领域的虚拟数字人尝试也将顺利推进，借助 AI 生产出主题创意新颖、内容制作精良、切合用户口味、阅读体验佳的优质作品。

同样是注重内容产出，当平治信息在 AIGC 生产赋能赛道上持续发力时，以塔读文学为代表的另一类网站依然将留住创作者作为至关重要的经营理念。内容生产与创意密不可分，而优质内容具有难以复制、难以规模化生产、生命周期不确定的特点。这样的特性进而决定内容生产者的工作常态不会轻松，同时也为中小文学网站带来了挑战——内容是网文质量、用户付费的重要因素，作者则是网文创作的重要来源。在内容生产者与内容消费者的天平两端，如何平衡并建立持续激励，是中小网站构建生态繁荣的核心挑战。塔读文学不断升级迭代创作者福利政策，举办各项创作激励活动，优化用户体验，旨在为用户构建生态良好的网络文学阅读社区，为优秀的网络文学创作者搭建一个施展才华的舞台。

（3）求存中谋新变，积极开拓 IP 市场

尽管优质内容 IP 和优质创作者正在成为稀缺资源，但小程序短剧等新生事物带来了崭新的机遇。AIGC 对内容产业的变革已近在眼前，网文作为文字娱乐载体，与 AIGC 有着非常大的结合潜力。AIGC 可能带来全新的创作模式，如文字内容的图像化，或将打破网文与漫画的界限。腾讯研究院研究员胡璇与胡晓萌在第 61 期《互联网前沿》中指出：AIGC 正在越来越多地参与数字内容的创意性生成工作，以人机协同的方式释放价值，成为未来互联网的内容生产基础设施。① 在过去，只有最顶尖的网文作品才有 IP 价值，能够享受被动漫化、视频化和游戏化改编的待遇，如今有 AIGC 大幅降低内容制作成本，中上层的网文内容可能都具备了 IP 衍生价值。这意味着伴随数字技术发展，中小网站的内容产出未来也具备 IP 改编的潜力与可能。

此前，七猫免费阅读就曾经尝试牵手短视频平台，推出了短剧内容，这种形式不仅拓宽了网文 IP 的变现形式，还能补充文字的表现力，持续深化作品和作者的影响力。七猫的首部自制剧《我的医妃不好惹》，正是改编自原创大 IP，知名作家姑苏小七的小说《神医毒妃不好惹》，期望在短剧赛道推出第一部"医妃流"作品，复制电视剧《女医明妃传》的成功。

面对市场的不确定性，和短视频平台边界的拓展，中小网站在求存求稳为主的

---

① 互联网前沿：《ChatGPT 之后，AIGC 如何革新数字内容创作》，https://www.tisi.org/25264，2023 年 11 月 10 日查询。

同时，如何在内容、创作者以及形式创新上进行突破，才是其稳健、长远发展的关键。人机赋能与短视频化或许正是中小网站借势发展的契机，网文平台守好流量基本盘，寻找新增量的关键。

短剧具有短平快的特征，决定了从业者需要时刻自我更新，甚至预判、引导流行。而就用户体量、增长速度、发展前景来看，目前网文与短剧无疑是内容行业最火的两大赛道。商业布局方面，需要认识到的是，"网文+视频"是内容多元化时代的大势所趋，同时也是融媒体时代增强自身竞争力的必然要求。网文是 IP 影视改编的主力源头，微短剧数量井喷式爆发、成为网文增长新引擎，多维布局将抬高平台增长天花板，不同内容形式之间相互反哺，强化 IP 生命力，打造出强有力的 IP 矩阵，有利于聚集流量，反哺于中小网站的发展。

三、重要文学网站举隅

1. 重要文学网站代表（30 家[①]）

起点中文网（www.qidian.com）：创立于 2002 年 5 月，是国内最大的原创文学门户网站，也是以玄幻等幻想类作品为主的男频龙头网站，培育的白金作品、大神作家最多。起点隶属于国内最大的数字内容综合平台——阅文集团旗下，2003 年首创"在线收费阅读"服务，开创了网络文学盈利模式。起点以收录玄幻、武侠、军事等原创网络小说而著名，主要提供由网络作家独立创作的小说。对于已经发表完成的作品，也会进行出版为实体书或者电子书版本。起点长期致力于原创文学作者的挖掘和培养工作，旨在推动中国原创文学事业的发展。

创世中文网（chuangshi.qq.com）：成立于 2013 年，由阅文集团精心打造的新一代全开放网络文学平台，以网络小说为主要经营内容，集阅读、创作、互动社区、版权运营于一体。该网站由专业网络原创文学团队携数十位业界编辑倾力打造，提出了"创造（网络文学）新世界"的口号，打造了完善的网络文学运营机制、作家制度、编辑制度、版权运作制度等。目前平台内容储备丰富、作品分类繁多，广受网文读者群体的喜爱。

小说阅读网（www.readnovel.com）：成立于 2004 年 5 月，现隶属于阅文集团。成立之初，就以其独特的风格和丰富的内容受到广大文学小说爱好者的推崇。小说阅读网是国内知名原创网络文学门户，网站拥有海量原创作品、签约作家、签约编剧及用户群，以"免费小说在线阅读"作为平台主要定位。为更好地服务读者，小说阅读网致力于与更多出版机构建立合作关系，出版质量高、反响好的作品，进一步扩大作者和读者之间的联系。

潇湘书院（www.xxsy.net）：始建于 2001 年，是最早发展女生网络原创文学的

[①] 此网站位序不分先后，未做等级划分。

网站之一，也是最早实行女生原创文学付费的网站之一，隶属于阅文集团。经过多年的辛勤耕耘，潇湘书院已发展成国内领先的女频原创网站，用户数量与日俱增，访问流量在国内文学类网站中名列前茅。潇湘书院的出现，为女性原创网络文学作品提供了一个优良的平台。2022年6月23日，潇湘书院宣布全新移动客户端在全网上线，推出全新Slogan"她故事，她力量"，并启用新Logo。同时，潇湘书院重磅发布"紫竹计划"，宣布将投入一亿资金与资源扶持女性创作者，聚焦精品女频作品原创和IP孵化，打造反映新时代女性精神的新经典。

红袖添香（www.hongxiu.com）：创办于1999年，是女性文学数字版权运营商之一，也是中文女性阅读知名品牌，现隶属于阅文集团。红袖拥有完善的投稿系统和个人文集系统，为用户提供涵盖小说、散文、杂文、诗歌、歌词、剧本、日记等体裁的高品质创作和阅读服务，在言情、职场小说等女性文学写作及出版领域具有巨大影响力。通过商业模式创新，目前红袖添香已经建立了一个融合在线阅读、移动阅读、实体图书、动漫、影视等多形态文化产品、立体化版权输出的链条。

云起书院（yunqi.qq.com）：女频网站，组建于2013年，现为阅文集团旗下知名原创文学品牌。云起书院是集阅读、创作、版权运营为一体的全新网络开放平台，有完善的运营机制、作家制度、编辑制度、版权运作制度。目前云起书院精耕于女性文学这一细分市场，是引领行业的女性文学创作基地，成就了无数平民作者的文学梦想。

起点女生网（www.qdmm.com）：成立于2009年11月，其前身是"起点女生频道"，隶属于阅文集团。起点女生网依托起点中文的成熟运作机制，致力于对女性网络原创文学及作者的培养和挖掘，成功实现了女性网络原创文学的商业化发展模式。起点女生网首创阶梯型写作全勤制度，在针对知名作者进行全方位宣传和包装的同时，兼顾对新晋作者的培养。起点女生网依托领先的电子原创阅读平台，引入移动阅读、实体出版、影视改编等多元拓展渠道，建立海量版权交易库，形成一个集版权运作、原创阅读为一体的综合性女性原创文化品牌。

言情小说吧（www.xs8.cn）：成立于2005年，属于阅文集团旗下品牌，与红袖添香小说网两站互通。言情小说吧一直秉承着为用户提供优质的言情小说阅读体验平台、打造全球华语言情小说阅读基地的理念，在网络文学界走出了一条专业化的独特发展道路。言情小说吧拥有人气超高的论坛、方便快捷的网游及站内家园等，能给用户提供读书、休闲、娱乐的多方位体验。

掌阅小说网（yc.ireader.com.cn）：成立于2015年4月，是北京掌阅科技有限公司旗下全资大型原创小说网，拥有专业的核心内容团队，以引领原创文学潮流为目标，以推动网络文学健康发展为己任，致力于打造集多媒体阅读、实体出版、影视、漫画、游戏等于一体的文学平台，为作者提供广阔的文学舞台，为读者提供多元化、多类型、多内容的丰富阅读空间。

17K 小说网（www.17k.com）：创建于 2006 年，原名一起看小说网，是中文在线旗下集创作、阅读于一体的在线阅读网站。作为中文在线核心的原创内容生产平台，17K 小说网以"阅读分享世界，创作改变人生"为使命，拥有海量网络作者，签约多位知名作家，爆款作品畅销各大渠道。17K 小说网专注于提高作者服务，以"让每个人都享受创作的乐趣"为使命，以"成就与共赢"为价值观，专注于提高作者服务，成立了第一家专业的网文编辑训练营和第一家专业的作者培训机构"商业写作青训营"，为网络原创文学行业培养了大量人才。

四月天小说网（www.4yt.net）：于 2020 年 9 月 10 日上线新站，是中文在线旗下古风女频原创小说网。四月天小说网从其创建伊始就一直致力于搭建传统出版与网络文学创作之间的平台，同许多出版社均有良好稳定的合作关系；率先推出行业领先的"网文连载+IP 轻衍生同步开发"内容创作新模式，全力打造古风特色站。网站还自主开发了一套完整的集即时阅读、在线创作、投稿签约、手机下载、稿酬实时结算以及编辑后台管理等功能于一体的管理系统，致力于为用户提供最完善的阅读写作与交流体验，在其服务所涵盖的网络平台，运营作者经纪代理、跨区、跨国、版权贸易等方面。此外，四月天扩大版权运营范围，已与多家移动服务商达成手机阅读协议，营造多方共赢局面。

纵横中文网（www.zongheng.com）：成立于 2008 年 9 月，是纵横文学旗下的大型中文原创阅读网站，坚持原创精品的建站理念，致力于本土优秀文化的传承革鼎、激扬与全球化扩展，力求打造最具主流影响力与商业价值的综合文化平台，扶助并引导大师级作者与史诗级作品的产生，推动中华文化软力量的崛兴。纵横中文网深入贯穿线上阅读、线下出版、动漫改编、游戏改编、影视改编等整条文化产业链。

晋江文学城（www.jjwxc.net）：创立于 2003 年 8 月，原名晋江原创网，是福建省晋江市的一家文学网站，2010 年 2 月晋江原创网正式更名为晋江文学城。晋江文学城以建设全球最大女性文学基地为宗旨，经过多年发展，已经成为具备相当规模女性网络文学原创基地，吸引了众多女性文学创作者与读者。晋江以爱情、耽美题材等原创网络小说而著名，主要提供由网友独立创作的小说，发展稳定，在业界有良好口碑。

逐浪网（www.zhulang.com）：逐浪网成立于 2003 年 10 月，是连尚文学旗下集阅读与创作于一体的原创文学平台。拥有逐浪小说网、新小说吧和逐浪小说 App 等原创网站和移动渠道，一直秉承着"坚持做最好的原创小说"的发展理念，以丰富的优质内容，充分结合移动终端的阅读特性，为广大用户提供精彩的数字阅读服务。

书旗小说网（www.shuqi.com）：是阿里巴巴旗下阅读平台。书旗小说网平台提供种类丰富、质量上乘的网络作品，可以满足不同用户的多样化阅读需求。近几年来，书旗小说网致力于原创 IP 开发，网站专设"版权推荐"栏目，助力平台优质 IP 孵化。

爱奇艺小说（wenxue.iqiyi.com）：成立于2016年，是爱奇艺进军文学界的产物，拥有爱奇艺庞大的资金链与资源支持。平台积极举办征文大赛，以丰厚的奖金吸引了大量作者，创造了无数优秀作品。作为爱奇艺IP生态系统的起点，爱奇艺文学发挥着培育开发优质IP内容的重要作用。

点众书城（ssread.cn）：隶属于北京点众科技股份有限公司。站内书籍主要分为文学、社科、经管、生活四大门类，拥有海量的文学内容和较为稳定的活跃用户。成立以来，点众书城积累和传播有益于经济发展、社会进步的科学技术和文化知识，弘扬民族文化，推动文化传播，丰富和提高人民群众的精神文化生活。

酷匠网（www.kujiang.com）：隶属于南京地平线网络科技有限公司，成立于2013年10月24日，本着免费、无弹窗、全文字、更新快的宗旨，为读者提供各种类型的免费小说，是一家专注于提供网络小说推荐服务的平台，提供各类轻小说，原创轻小说，玄幻小说，武侠小说，校园小说，青春小说，网游小说，奇幻小说，科幻小说，恐怖小说等各类原创小说。

火星小说网（www.hotread.com）：是创立于2014年的免费小说阅读网站，隶属于北京金影科技有限公司。火星小说网拥有近万部全版权作品，涵盖网络文学的各个类型，专注于移动互联网和创新文化产业，致力于发掘、培育阅读、影视、游戏、动漫、出版和有声等全领域的优质IP。至今已获得SIG（海纳亚洲）、云峰基金、头头是道、小米、复星联合投资。

铁血读书（book.tiexue.net）：隶属于北京铁血科技股份公司，创立于2001年，是一个能够提供社区、电子商务、在线阅读、游戏等产品的综合平台。以"中国原创军文的摇篮"为定位，铁血网的业务主要分为四大板块：广告业务、内容产品业务、军品销售和军事IP，包括铁血社区、铁血军事、铁血读书、铁血君品行等旗下产品，企业理念为"在共赢的基础上把全心全意为军民服务作为首要任务"。

红薯中文网（www.hongshu.com）：于2009年12月创立，是一家集创作、付费阅读、作品加工、版权贸易于一身的中文小说阅读网站，拥有完善作品管理系统和高创作水准的原创书库，力图打造集创作、阅读、作品加工和版权贸易为一体的综合性中文小说门户网站。

盛世阅读（www.s4yd.com）：创建于2016年，是重庆盛世悦文网络文化有限责任公司旗下的大型原创青春文学门户网站，励志成为国内一流的青春原创文学类专业网站。以"进入盛世，爱上阅读"为口号，盛世阅读网坚持打造原创文学精品，为华语网文学在文化传承、文学创作和创新上发挥核心价值，致力于为每位作者的文字创作提供全方位的服务，将作品推广到所有的平台、媒体，使每本作品能够得以发光发亮。

磨铁中文网（www.laikan.com）：创建于2010年12月，是国内唯一的轻博客类阅读网站，由北京磨铁图书有限公司投资设立，致力于向用户提供集"微博、博客、阅读和写作"的四位一体的图书类网站。磨铁中文网励志打造国内领先的文学阅读与创作平台，注重原创作者的挖掘与培育，构筑自由的文字家园，会聚各个领域、不同创作题材的华语优秀作家和原创作者，允许作者创作各种形式的作品，极大地激发作者的创作热情。集合了国内顶级知名作家，如麦家、萧鼎、当年明月、李承鹏、罗永浩、流潋紫、陆琪、一心寸君等。

不可能的世界小说网（wenxue. bkneng. com）：是成立于2014年的北京晨星盛世网络文化有限公司旗下的二次元小说平台。网站平台主要面向年轻群体，打造网文创作者的发布及交流平台，立志于为年轻人提供更为丰富、新鲜的阅读体验。

书海小说网（www. shuhai. com）：成立于2011年9月，是陕西出版集团数字出版基地旗下的大型中文原创小说阅读网站。其致力于广大原创文学作者的挖掘与培养，力求打造最具行业影响力的文学殿堂，为推进中国文学原创事业的崛兴扎扎实实地做贡献，成立之初就以其独特的风格和丰富的内容受到广大文学及文章爱好者的推崇，是极具潜力的新锐小说网站。

塔读文学（www. tadu. com）：于2010年7月12日正式上线，是北京易天新动化平台网络科技有限公司在无线阅读领域发力的基础平台和手机无线互联网原创文学先锋。塔读文学现已展开全平台运营，包括电脑读书、手机读书、客户端应用等，致力于为读者创造完美的阅读体验。

国风中文网（guofeng. yuedu. 163. com）：网易文学旗下网站，旨在弘扬中华文化，提供有品质的原创文学。国内最优质的原创文学版权运营商之一，引领行业的原创文学门户网站和写作平台，海量原创作品与签约作家、丰富的用户基础、数百家内容合作方。致力于弘扬中华传统文化，为用户提供顺应时代潮流的原创文学作品，为实现文化强国的理想而努力。

采薇书院（caiwei. yuedu. 163. com）：网易文学旗下网站，是国内领先的女性原创网络文学创作基地与阅读平台。采薇书院致力于对优质文学作品及作者的培养和挖掘，为用户提供优质海量的言情小说阅读体验。基于网易强大的资源平台和运营体系，成熟的市场与商业机制，用心讲好故事，深耕原生IP，不断提升原创文学的品质阅读和全版权孵化运营，为女性原创文学提供巨大的市场想象空间。

神起中文网（shenqiwang. cn）：成立于2016年1月，是杭州趣阅信息科技有限公司旗下网站。神起中文网以开发精品内容为目标，致力于打造集网络文学、出版、漫画、影视、游戏为一体的泛娱乐内容生产基地，立志成为行业领先的网络文学内容生产商与版权运营商。

趣阅小说网（www. quyuewang. cn）：于2015年6月成立，属杭州趣阅信息科技有限公司，是掌阅文学重要组成部分。网站围绕着"趣阅最精品"的品牌理念，旨在培养最优秀的网络原创作者，以"精耕细作、敢破敢立"为口号，同时深入发掘和提炼适合移动阅读需求的精品原创内容，打造明星作家和明星作品。

2. 移动阅读 App

番茄免费小说：于 2019 年 11 月正式上线，是抖音旗下的免费网文阅读软件，拥有海量正版小说，涵盖言情、玄幻、悬疑、都市等全部主流网文类型，以及大量热剧原著和经典出版物，支持用户看书听书，致力于挖掘和培育优秀的原创网络文学作家，并为读者提供畅快不花钱的极致阅读体验。2023 年 6 月，番茄小说 App 位列在线阅读用户规模 NO.1。

掌阅：掌阅科技旗下的一款专注于手机阅读领域的经典阅读软件。支持 EBK3/TXT/UMD/EPUB/CHM/PDF 全主流阅读格式。掌阅移动阅读 App 功能强大、个性时尚，界面简约，与各大出版社进行深度战略合作，拥有广阔图书资源，一直处于中国阅读 App 前列，专注于引领品质阅读。

QQ 阅读：QQ 阅读是阅文集团旗下手机阅读 App，拥有旗下各平台海量资源，1000 万部作品储备，作者多达 400 万，是目前市面上最受用户欢迎的移动读书软件之一。其愿景是"让年轻享受阅读带来的乐趣"，致力于打造一款海量原著，想读就读的移动阅读 App。

书旗小说：是阿里文学旗下的一款内容以免费小说书旗网为基础的在线阅读器，除了拥有传统阅读器的书籍同步阅读、全自动书签、自动保存阅读历史、点击翻页、全屏文字搜索定位、自动预读、同步更新等功能外，更有离线书包、增强书签及资讯论坛等扩展内容，还可以阅读 SD 卡中 TXT/UMD/EPUB 内容，使阅读更丰富更自由。

咪咕阅读：咪咕数媒推出的数字阅读产品。产品集网络文学、数字出版和有声阅读内容于一体，通过 AI 智能语音朗读功能，打造看听一体的沉浸式阅读场景，为用户提供数字阅读内容消费和互动服务。2021 年，咪咕阅读正式推出咪咕文学四大厂牌，围绕天玄宇宙、奇想空间、她力量、浮生世界，持续挖掘内容。

搜狗阅读：搜狗阅读是搜狗公司依托于搜狗搜索的丰富资源，同时接入高品质版权内容，为用户打造的移动阅读应用产品。搜狗阅读拥有丰富的小说资源、优质的小说内容和全面的小说类型，依托搜狗搜索，海量小说资源即搜即得，多种阅读主题、夜间模式、翻页效果等功能一应俱全，同时还支持个性化的精准推荐、离线缓存、更新提醒等功能，力求打造最舒适的阅读体验。

追书神器：追书神器是上海元聚网络科技有限公司推出的一款资源丰富、更新迅速的小说阅读软件，专注于用最快的速度为用户提供各大网站最受欢迎的连载小说更新。软件在小说更新后的 10 分钟内会及时发送更新提示，支持国内各站热门小说阅读，还有个性细分的小说榜单，并独家提供"追书人数"和"留存率"数据来帮助读者挑选读物。

百度阅读：百度阅读是百度搜索旗下的阅读器，是百度为了满足用户阅读类需求而推出的产品,于2014年上线。图书资源覆盖小说、人文、科技、经管、娱乐等多个类别,与数百家主流出版机构合作,直接授权正版资源,打造的是个人作者写作平台、纸书电子书出版物、原生电子书等多种资源的数字阅读生态圈。

宜搜小说：宜搜小说,是由深圳市宜搜科技发展有限公司开发的一款手机软件,全免费阅读千万本的海量图书、最新最热网络小说追更神器,最专业的电子书阅读软件,全网小说图书一网打尽。全本缓存只需一键,没有网络也可随时随地阅读,本地阅读功能,全网图书轻松阅读,连载小说迅速更新。

微信读书：2015年8月27日微信读书App正式上线,这是微信团队推出的第一款基于微信关系链的官方阅读应用,拥有为用户推荐合适书籍,并且可查看微信好友的读书动态,以及和好友讨论正在阅读的书籍、好友读书时间排行榜等功能,微信读书最大的特色就在于其呈现的社交关系。

多看阅读：隶属于多看科技,现属于小米公司旗下。多看阅读包含丰富精品阅读资源,提供多达上万种图书,在阅读的同时,用户可以对图书进行云备份,随时随地享受多看阅读体验,依托其10年专业排版积累及其强大的图书编辑团队,使读者拥有超越纸书的良好阅读体验。

熊猫看书：熊猫看书是纵横文学旗下的手机看书客户端,支持听书、全本离线下载、本地阅读等功能,作为一款老牌移动阅读App,从塞班时代就与读者风雨共度,一直致力于提供最好的阅读体验。

起点读书：又名起点看书,是起点中文网推出的一款阅读软件,集聚了大量网络文学大神,有丰富的正版原著资源,玄幻、仙侠、武侠、奇幻、言情、历史、游戏、科幻……全类别热门图书随心挑选,还有活动中心、用户书单、智能推荐、云端同步等功能丰富用户体验。

网易蜗牛读书：一款于2017年3月9日正式上线的全新阅读软件,推出了"每天免费阅读1小时"的营销新策略,付费模式也有别于其他阅读软件的按章、按字收费,而是让阅读开始按时收费。

塔读小说：塔读小说拥有海量精品图书和强大阅读功能的手机软件。塔读小说拥有海量的热门书籍和原创作品,精美独特的界面,强大的操作管理功能,旨在为读者创造"随身随心,乐享阅读"的完美体验,其目标是要做到"随身随心、乐享阅读",是深受移动阅读用户喜爱的App之一。

当当云阅读：当当云阅读的前身是当当读书,于2017年10月更名为当当云阅读。得益于当当本身的优势,当当云阅读的图书资源十分丰富,为用户提供50万本热门好书,并推出"租阅"的新型阅读收费方式,让利读者又激励了阅读,更名同时还上线了当当听书频道,50万好书任性"阅听",满足读者的不同需要,和当当纸书一起形成"纸、电、听"一站式的"全品类"全媒云阅读生态,成为万千读者"随身携带、随心阅听"的"掌上云书房"。

红袖读书：北京红袖添香科技发展有限公司开发的一款专为女性打造的移动阅读 App，内容涵盖豪门、校园、宫斗、江湖、快穿、纯爱、悬疑、推理等各个分类，拥有千万本正版图书资源。

豆瓣阅读：2012 年上线，是豆瓣旗下优秀数字作品的阅读、出版平台，提供个人作者原创作品和出版社精品电子书，豆瓣阅读拥有 8000 多部独家授权作品，数万种经过精细排版的正版授权图书电子书，近 3000 个原创专栏和连载，涉及情感、文化、理财、心理、科幻、历史、悬疑等多种主题，包含大量免费文章，另支持国内主流期刊电子版，以及知乎周刊、虹膜、简书周刊等互联网精选优质内容。

懒人听书：深圳市懒人在线科技有限公司研发并运营的移动音频 App，懒人听书支持多种客户端平台，产品目前由有声书城、听吧社区、开放平台三部分组成，文学名著、有声小说、曲艺戏曲、儿童文学、外语学习、时事新闻、搞笑段子等海量资源应有尽有，上传节目、下载收听、交流社区、云端同步、文本同步等功能一应俱全。懒人听书仅用 3 年时间用户突破 2 亿规模，渗透率、启动频次、在线时长等核心考核数据领跑行业，是国内最受欢迎的有声阅读应用。

快看小说：北京点众科技股份有限公司出品的一款阅读软件。该 App 号称全方位听书看书专用神器，专注网络小说，300 万册精品图书，每周 2000+新书上架，男频女频应有尽有，全网图书免费畅读，海量小说，完全免费，无限量下载，绿色清新无广告。

快点阅读：北京天桐互动科技有限公司于 2017 年发行的一款移动端阅读 App，向用户提供原创对话小说阅读，在快点阅读 App 上读小说就像看微信和 QQ 一样，点击手机屏幕就能弹出对话，还融入时下最流行的表情包，点击阅读就能弹出对话，颠覆了传统的阅读方式。

米读小说：安徽掌端网络科技有限公司于 2018 年 5 月推出的一款免费网络文学阅读 App，米读小说覆盖安卓和 IOS 端，采用免费+广告模式打响了网络文学免费模式第一枪。

追书神器免费版：上海元聚网络科技有限公司上线的免费阅读软件，保留了"追书神器"各项功能的基础上拥有海量丰富的正版图书资源提供给用户免费阅读，书库内各类题材小说、热门书籍都无限制开放阅读。

七猫免费小说：上海七猫文化传媒有限公司于 2018 年 6 月推出的提供免费阅读服务的软件，小说内容覆盖了总裁豪门小说、言情小说、穿越架空小说、玄幻小说、青春校园小说、修仙小说、悬疑小说、同人小说、名著等各种类型。现已接入 50 多家版权合作方的数万册网络小说供读者阅览。

连尚免费读书：南京大众书网图书文化有限公司推出的全品类正版免费网络文学阅读 App，于 2018 年 8 月正式上线。连尚免费读书为读者提供正版免费小说的同时保留付费渠道及其他增值服务，免费阅读所产生的收益也会和作者共享。

飞读免费小说：阅文集团旗下的免费阅读 App，于 2018 年 12 月上线，引进集团旗下知名小说平台的百万正版热门小说。收录唐家三少、猫腻、打眼、鱼人二代、辰东、天衣有风、柳暗花溟、安姿莜、吱吱等诸多人气大神作家经典小说，更有大量影视原著免费畅读。

爱奇艺小说：北京爱奇艺科技有限公司推出的移动阅读 App，目前采取在安卓端广告免费模式、IOS 端付费模式。其内容覆盖了出版文学、影视原著、网络小说、轻小说等丰富品类海量图书资源，致力为用户提供爱奇艺旗下海量电子书阅读服务，旨在打造有趣、轻松、互动的娱乐化阅读体验。

3. 代表性门户网站的文学频道

凤凰网书城（book.ifeng.com）：2008 年正式上线，是凤凰新媒体公司下三大主要平台之一、综合门户凤凰网的子频道。凤凰读书定位在"以高尚的人文阅读品位，引领全球精品阅读"，不仅积极向广大用户提供海量读书内容及个性化书评文摘，同时还坚持深入探讨和研究文史、政治等学科领域等相关精深话题。

网易云阅读（yuedu.163.com）：网易云阅读是网易旗下主要内容频道之一，也是集资讯、书籍的一站式电子阅读平台。秉承精品化的电子书运营策略，网易云阅读提供了大量的经典作品，坚持"打造全平台、发展全内容"的路线，从内容、性能、体验等多个维度还原阅读本质。为读者和用户提供良好的互动生态系统。网易云阅读涵盖图书、小说、资讯等丰富内容，强力打造新书独家首发基地，是业界首先提出"开放平台"概念的移动阅读产品。

搜狐读书（nr.book.sohu.com）：搜狐网站的一个子频道，旨在服务读者阅读，丰富网友文化生活，其立足于"更好的阅读"。搜狐读书频道于 2004 年 8 月上线，是门户网站中较早开设读书频道的网站。搜狐读书下设连载、资讯、书评、书见风云、访谈、读书会、图集、好书榜、原创、专题汇总等子栏目，为网民提供优质深度的阅读平台。

360 小说网（www.x360xs.com）：360 导航旗下的文学网站，它集合多家小说网站作品，首发小说新章节免费小说阅读。下设热门小说、有声小说、原创小说、我要写书等数个子频道，并分别有男频女频的推荐榜单，为读者提供便利的阅读体验。

腾讯读书（book.qq.com）：腾讯读书是腾讯公司的网络平台之一——腾讯网（QQ.com）的一个子频道，是腾讯公司 2012 年公布实施的"泛娱乐"战略中的重要一环，腾讯读书的内容丰富多样，不仅拥有原创的网络文学作品，也拥有很多传统作家的作品，以及一些已经出版的网络文学书籍，目前腾讯读书已经以"QQ 阅读"为名独立存在。

铁血读书（book.tiexue.net）：创建于 2001 年，是铁血网下辖的读书频道，是国内最大的军事小说互动平台，铁血读书频道建站之初即以军事类原创网络小说轰动互联网，是中国原创军文的摇篮。铁血读书现有原创、图书、书库、排行榜、VIP 专区、作者专区等子栏目，其中原创栏目下有军事小说、历史小说、玄幻、仙侠、都市、情感、推理、悬疑、中短篇小说、新书、完本等子栏目。另有编辑推荐排行榜和名家访谈等子频道。

新华悦读（www. xinhuanet. com/book）：2013 年 1 月 11 日正式上线。新华悦读是新华网联合中文在线共同开发的数字阅读平台，也是新华网首次推出的面向数字阅读和移动阅读市场的专业平台，是新华网旗下的子频道。新华悦读以"思想点亮中国，阅读温暖人生"为理念，定位于严肃阅读、品质阅读与经典阅读，下设新书首发式、读家对话、悦读汇、书影、号外、影响力书榜等子栏目，期冀为读者展示更多的网络阅读资源。

新浪读书（book. sina. com. cn）：创立于 2002 年，是我国最早的门户网站的文学频道，其隶属于新浪网站。新浪读书下设原创、书评、书摘、资讯、好书榜、专题、动漫、今日热点等频道，而其中原创频道包含男生分类、女生分类、出版分类三个板块，涵盖都市校园、奇幻玄幻、科幻末世、穿越重生、浪漫青春、流行小说、时尚生活等数个网络文学类型创作门类，是多元化与多样化的门户网站文学平台。

大佳阅读（dajianet. com. cn）：于 2011 年 5 月创办，中版集团数字传媒有限公司负责建设，联合全国出版发行集团和大型出版机构，聚合全国出版资源，共同建设的一个公益性和商业性相结合的中国数字出版第一门户网站。强调读者至上，为读者提供优质的资讯和图书内容，开创互动分享的全新阅读体验，采用读者喜闻乐见的形式，满足市场需求；开放出版社自主宣传与自主经营的平台，实现正版图书网络同步发布，以开放的心态打造一个全产业链的数字出版第一平台高作。

4. 网络诗歌网站

东方诗风论坛（df. xlwx. cn）：网站分为诗歌创作、诗歌理论、诗友沙龙和论坛事务几个主要板块。诗歌创作板块集合了格律体新诗、自由体新诗、国诗、诗歌翻译几个主要的诗歌分区，同时也有东方文苑板块来供各位网友进行其他文学形式的交流，诗歌理论板块既包括诗歌鉴赏也涵盖了理论探讨，共同促进发现好诗，写作好诗。

诗歌报（www. shigebao. com）：是一家专注于诗歌交流、评论的网站，并办有面向网站会员的内部刊物——《诗歌报月刊》，网站版主、编辑会从网站上发表的网络诗歌中精选、推荐部分优秀内容刊登到《诗歌报月刊》进行印刷出版，诗歌报是主要为诗歌报论坛会员服务的网站。

中国诗歌网（www. zgshige. com）：2015 年 6 月 18 日，由中国作家协会、中国作家出版集团主办的中国诗歌网上线，是目前中国第一款整合写诗、读诗、听诗等多项功能于一体的诗歌类客户端，设有"每日好诗""读典""听诗""诗影中国"等多个频道，推送文字、音频、视频、摄影、绘画等多种类型产品。

中国诗歌学会网（www.zgsgxh.com）：是中国诗歌学会的官方网站，旨在贯彻党的文艺方针，广泛团结全国诗人和各界人士进行国内外学术交流，传播创作信息，培养文学新人，为繁荣社会主义诗歌而开展多样的学术活动。

中国微型诗（www.zgwxsg.com）：是一家专注于中国微型诗发展的网站，网站宗旨是"高雅、精微、华风"。整个网站分为微型诗天地、投稿区、中微活动区、中国微型诗社管理区四个分区，其中微型诗天地是网站的主要分区，该区将网站作品分类为微型诗、微型诗诗组、中微优秀作品展、微型散文诗、理论与点评五个类别，网站分类鲜明、内容丰富。

中华诗词网（www.zhsc.net）：创立于2003年，是一个提供中国古诗词资料的网站，有古代诗歌大全、词曲名篇、经典名句和文言文等，还附有古诗文翻译、注释和赏析，以供诗词爱好者阅读和学习。是收录最全的诗词网，有近十万首诗词，包括中华诗词精简版、大全版、国外名诗、成语大全、汉字大全等板块。

中诗网（www.yzs.com）：是中国诗歌网络最大的官方网站，是所有诗人的家园，诗歌的前沿高地。截至2020年11月29日，中诗网论坛共有会员4405219人，帖子6613062篇，包括现代诗歌、风雅诗词、散文诗苑、诗歌评论、中诗翻译等不同的模块。

5. 代表性散文网站

99文章网（www.99wenzhangwang.com）：网站于2012年正式上线运行，是一个纯公益的文学网站，倾力为广大的文学爱好者提供一个表现自己、交流文学、互帮进步的温馨家园。网站主打抒情散文、爱情散文、伤感散文、诗歌散文等风格的散文，还有诗歌、故事、小说、杂文等文学类别来满足不同读者的阅读需求。

当代散文网（www.sdswxh.com）：由山东省散文学会主办，在学会带领下，以发展山东散文事业为宗旨，以培养人才推出作品为己任，推动散文创作。当代散文网综合了学会动态信息发布、《当代散文》杂志在线阅读、佳作欣赏和散文评论等方面的内容。

散文吧（www.sanwenba.com）：隶属青岛广易通网络科技有限公司，2009年上线。是一个以原创散文为特色的在线诗歌散文文章网站。有各种经典散文诗歌文章，爱情散文、哲理散文、伤感散文在线等，下设散文、诗歌、杂文、随笔、小小说等子频道。

散文在线（www.sanwenzx.com）：成立于2008年9月，属于杭州众书文化创意有限公司属下的文学网站，网站是以原创散文为主的散文精选阅读平台，内容包括抒情散文、爱情散文、伤感散文、经典散文、哲理散文、散文诗等优美散文。

中国散文网（www.sanwen.net）：始建于2006年，是北方联合传媒有限公司推出的公益性散文文学交流平台，是一个以散文为主题的短文学文章阅读网站。内含有各种经典好文章，爱情散文，诗歌散文，优美哲理抒情散文，经典短文学等。

西部散文网（www.cnxbsww.com）：由中国西部散文学会主办。2007年，中国西部散文学会在内蒙古鄂尔多斯正式成立，会员现已超过500人，其中有中国作协会员28名，各省作协会员400余名，中国散文学会会员145名。会员中有著名作家史小溪、许淇、刘志成、淡墨等人。中国西部散文网内容丰富、名家荟萃，网站中提供《西部散文选刊》的在线阅读，还有美文欣赏、学会主编书籍、散文排行榜等文学欣赏板块，以及名家书画收藏、书籍购买、收藏馆等盈利板块。

6. 政府机构的文学网站①

北京作家网（www.bjwl.org.cn）：由北京市作家协会主办，网站开设通知通告、新闻、协会工作、理论评论、作家辞库、新书推荐、北京作家、小作家分会、征文等子栏目。

黑龙江作家网（www.hljzjw.gov.cn）：由黑龙江省作家协会主办，是在中国共产党黑龙江省委员会领导下，由全省各民族作家、作者及文学工作者自愿结合的专业性文学网站。网站以"造就北方文艺劲旅，创造文学艺术精品"为口号，采取多种形式提高作家的思想艺术素质，解放思想，不断提高全省作家文学创作的思想艺术水平。现有作协概况、新闻动态、作家书情、作家动态、评论争鸣、文学评奖、签约作家、北方文学、作家博客、作家辞典、团体会员等子栏目，致力于为广大人民群众提供文艺前沿动态与优质文艺作品。

吉林文艺网（www.jlpflac.org.cn）：由吉林省文学艺术界联合会主办，开设有文联概况、文艺资讯、文艺评奖、文艺论坛、艺苑风采、云展馆、文艺视野等子栏目。网站坚持"二为方向"和"双百方针"，依法行使联络、协调、服务职能。通过团体会员加强同全省文艺家的团结，扩大文艺统一战线；沟通党、政府、社会各界同文艺家之间的民主协商及对话渠道；维护文艺家的合法权益；发展文艺生产力，促进同全国文学艺术界及国际的文化交流，繁荣社会主义文艺。

辽宁作家网（www.liaoningwriter.org.cn）：由辽宁省作家协会主办，以"脚踏坚实大地，眼望浩瀚星空；头顶复兴使命，书写时代华章"为口号，是"文学辽军"开展在线交流活动的重要平台。网站开设机构介绍、文学奖项、会员服务、公告公示等子栏目，积极组织党史学习教育，连年开展专题活动，扶持重点作品，引导作家创作。网站还收录有辽宁文学奖、曹雪芹华语文学大奖等多个文学奖项历年获奖作品，是繁荣文学事业、加强社会主义精神文明建设的重要力量。

天津文学网（www.tjwriter.cn）：由天津市作家协会举办，网站开设组织机构、作家动态、文学评论、文学期刊、创联工作、网络文学、文学馆等子栏目。

内蒙古文艺网（www.imflac.org.cn）：由内蒙古自治区文学艺术界联合会主办。

---

① 除香港澳门外，其他网站皆为各省市区作协官网。

网站开设文艺动态、文艺评论、文艺评奖、文艺志愿、文艺讲堂、文艺视频、文艺维权、文艺名家、文艺精品、网上展厅、机关党建、通知公告等子栏目，其下设有内蒙古文联、文学、评论等板块。网站为党和政府联系自治区文艺工作者提供桥梁和纽带，是繁荣社会主义文艺、发展先进文化，建设民族文化强区，打造祖国北疆文化繁荣亮丽风景线的重要力量。

新疆文艺网（www.xinjiangwenyi.cn）：由新疆维吾尔自治区文学艺术界联合会主办，网站开设文艺宣传、文联概况、文联工作、文艺家协会、文艺活动、文艺展厅、文艺刊物等子栏目。

宁夏文艺网（www.nxwl.org.cn）：由宁夏回族自治区文学艺术界联合会举办。网站开设文联概况、新闻动态、文代会、文艺评奖、文联工作、宁夏文艺资源库等子栏目，其下开设文学和文艺评论版块。

青海文艺网（www.qhwyw.org.cn）：由青海省文学艺术界联合会主办。网站开设文联资讯、网上展馆、名家·人物、基层文联等子栏目，自觉树立"举旗帜、聚民心、育新人、兴文化、展形象"的使命任务，努力培养有信仰、有情怀、有担当的文艺工作者队伍，推动青海文艺事业迈出新步伐、展现新作为。

甘肃文联网（www.gsarts.org.cn）：由甘肃省文学艺术界联合会主办。网站开设文联概况、文艺资讯、文艺志愿、地域文化、文化交流、党的建设等子栏目，其下开设文学版块。网站立足甘肃实际，挖掘地方特色，紧跟时代步伐，创造性地开展各项工作。坚持"出作品、促精品"，通过各种渠道鼓励作家避免浮躁、潜心创作。

陕西作家网（www.sxzjw.org）：由陕西省作家协会主办。网站开设作协介绍、文学资讯、政务公开、作家作品、作协刊物、互动交流等子栏目。网站致力于推动全省文学队伍建设，发现和培养陕西文学创作、评论、编辑、翻译的新生力量，培养社会主义文学新人，促进陕西文学的全面发展；组织开展各种文学活动，组织作家深入基层采风锻炼；组织各类学术研讨和文学理论研究，开展文学评论活动，推动陕西省文学事业的发展繁荣。

四川作家网（www.sczjw.net.cn）：四川作家网是四川省作家协会主办的唯一官方网站，也被誉为"四川第一文学类的门户网站"。本网站旨在服务作家，发掘新人，传承文化，凝聚文明。四川作家网开设有作家辞典、作家博客、精品力作、最新写作等栏目以及四川作家书屋、全稿基地等特色板块，是四川作家获取文学信息，发表文学作品，扩大对外文学交流，发现文学新人的网络平台，是四川省最大的文学类门户网站。除总站外，还设有成都、德阳、绵阳等20多个分站。

重庆作家网（www.cqwriter.com）：由重庆市作家协会主办，其下有作协介绍、新闻动态、时代新篇、文学天地、文学奖项、新书推荐、专题专栏等子栏目，搭建了重庆文学的信息交流平台，成为文学创作的窗口和重庆作家的文学家园。

贵州省作家协会网（www.gzszjxh.cn）：贵州省作家协会网由贵州省作家协会主

办、多彩贵州网承办，设有"机构概况、头条新闻、作协动态、基层作协、文学惠民、作家作品、主题文学、精品赏析"等板块，栏目众多、内容丰富，适合各类文化、文学、艺术用户群体，旨在为写作者提供创作、出版、交流等平台，是挖掘文学新星、培育潜力作者、推出知名作家和艺术家的强大阵地。

云南文艺网（www.ynwy.org.cn）：由云南省文学艺术界联合会主办，网站开设文联概况、文联工作、文艺要闻、文艺专题、志愿服务、文艺热评、团体会员、网上展厅、文艺评论等子项目，完成中国作家协会、中共云南省委宣传部、云南省文联交给的各项文学工作，组织各项文学活动、组织文学评奖、开展文学研究和评论、发现和培养各民族文学人才、推进国内外的文学交流等。网站坚持以人民为中心的创作导向，深入推进云南文学事业的繁荣发展。

山西作家网（59.49.44.93：8081/xxdt/6604.jhtml）：由山西省作家协会主办。山西作家网是山西省委、省政府联系广大作家与文学工作者的重要文学网站平台。网站下设组织机构、信息动态、会员新书、文学期刊、文学奖项等子栏目，发布山西作协最新新闻动态，推广作协会员优质文学作品，收录《黄河》《山西文学》等重要期刊，连续多年举办赵树理文学奖，致力于为广大人民群众提供优质精神食粮。

河北作家网（www.hbzuojia.com）：由河北省作家协会主办。河北作家网是中共河北省委领导下的全省各民族作家组成的专业性人民文学网站平台，是联系广大作家、文学工作者的桥梁和纽带。网站开设百年红色文脉、作家作品、作协工作、文学讲堂、名家新作、送文学下基层等子栏目；组织开展作家在线交流活动、引导网络作家的创作；开展网上作品研讨，是繁荣文学事业、加强社会主义精神文明建设的重要线上平台之一。

山东作家网（www.sdzj.org）：由山东省作家协会主办。网站下设作协机构、新闻动态、热点专题、文学奖项、签约作家、作品扶持、作家维权、精品展台、新作看台、作家在线、文学期刊、文学评论等多个子栏目。网站积极团结、服务作家，扶持培养文学新人，推出优秀作品，增进文学交流；加强对会员的服务联络工作，更好地组织作家深入生活，投身实践，开阔视野，积累素材；注重导向性、权威性，充分发挥优秀作品的示范作用，促进文学创作的进一步繁荣和发展。

河南作家网（www.igoker.com/hnwriter）：是经河南省文联、河南作家协会批准，于2010年开始筹建的河南省最大的文学网站。现有新闻中心、作协机构、协会工作、中原作家、文学作品、博客、论坛等栏目。截至目前已整理文学作品百万字，上传文学活动图片上千张。网站将以促进文学发展为主要目标，建成一个不同风格、不同流派"百家争鸣"的信息交流平台。

安徽作家网（www.ahwriter.com）：由安徽省作家协会主办。网站以"牢记嘱托、积极作为，加快推进安徽文艺事业高质量发展"为口号，"八皖传承，润字入心"，开设安徽作协、文学皖军、网络作协、在线阅读、期刊联盟、安徽作家辞典等子栏目，重点助力儿童文学、网络文学的发展繁荣，以小说、诗歌、散文的在线阅读为特色，为安徽省加快实现文化大省向文化强省的跨越发挥了重要作用。

江苏作家网（www.jszjw.com）：由江苏省作家协会主办。网站以"政治引领、团结引导、联络协调、服务管理、自律维权、推动创作"为工作宗旨，下设机构概括、作协动态、作家沙龙、新书速递、文学期刊、文学奖项、会员辞典等子栏目，提供包括小说、诗歌、散文、报告文学等在内的种类丰富、质量上乘的文学作品，收录《钟山》《扬子江诗刊》等文学期刊以及紫金山文学奖等重要文学奖项作品，团结了一大批全国著名的作家，形成了一支由老中青构成的、在全国有重要影响的文学创作队伍。

上海作家网（www.shzuojia.cn）：由上海市作家协会主办，开设组织机构、会员辞典、作协动态、文学信息、会员服务、会员新作、文学期刊等子栏目。网站本着出精品、出人才、促繁荣为己任的理念，团结带领上海作家积极创作，遵循文学规律，尊重作家创作。

湖北作家网（www.hbzjw.org.cn）：由湖北省作家协会主办。网站下设湖北作协、文坛进行时、文学鄂军、文学批评、作家茶馆、在线期刊、网上笔会、通知公告、作家零距离、网络文学、作品研讨、新书看台、书评序跋、新作快读等多个子栏目。网站首页有文艺头条、动态信息、市州文讯、理论政策专题专栏等，繁荣湖北文学，推出经典力作。

湖南作家网（www.frguo.com）：湖南作家网是由湖南省委宣传部主管，湖南省作家协会主办的湖南省唯一官方专业文学网站，网站创办于2005年5月。作为网络新媒体，湖南作家网立足湖南，服务作家，以"展示名家力作、扶持新人新作"为己任。网站栏目包括文坛新闻、小说、诗歌、散文、评论、作家推荐、嘉宾访谈、推荐长篇等。

江西文艺网（www.jxflac.com）：由江西省文学艺术界联合会主办。网站下设有文联概括、协会概括、重要新闻、市县简报、通知公告、文艺现场、万名文艺家下基层、评论与研讨、艺术培训、会员工作、版权登记等多个子栏目。网站成立以来，在中共江西省委和江西省文联党组的领导下，积极组织开展谷雨诗会、文学采风、重点作品研讨与扶持等各种文学活动，服务江西文学作者，壮大江西文学队伍，促进江西文学事业的繁荣与发展。

浙江作家网（www.zjzj.org）：由浙江省作家协会主办。网站下设作协信息、文学动态、文学批评、文学奖项、地市动态、少年作协、内刊联盟、期刊前沿、作家访谈、作家瞭望、作家博客等多个子栏目，坚持"民主、团结、服务、倡导"的原则，紧跟省内各地市及海外文学动态，尤其关注青少年作家的创作成长。网站设有中国作协第十次代表大会、郁达夫小说奖及茅盾文学奖、《浙江通志·文学卷》等专栏，收录《小说月刊》《萌芽》等期刊的前沿动态与过往旧刊，是全国重要的线上文学园地之一。

福建文艺网（www.fjwyw.com）：由福建省文学艺术界联合会主办。网站开设组织机构、政务公开、名家讲坛、报刊、各文艺家协会、地市文联等子栏目，旨在为全省性文艺家协会及其会员、各设区市文联以及全省性行业文联做好团结引导、联络协调、服务管理、自律维权工作，组织开展文艺创作、文艺评论、学术交流、文艺人才培训、对台对外文艺交流等工作，促进福建省文艺事业的繁荣和发展。

广西文联网（www.gxwenlian.com）：由广西壮族自治区文学艺术界联合会主办。网站开设文艺资讯、人才名录、志愿服务、文艺资源数据库、文联工作、文联概况、机关党建等子栏目，其下开设文学、文艺评论版块。网站重点鼓励实力作家向长篇小说、儿童文学、影视文学三大块长篇精品创作发展，关注文学工作重心"由山到海"的转变，即由封闭到开放的发展思路，实现文艺的可持续发展和人才培养的可持续发展。

海南文艺网（www.hnwenyi.net）：由海南省文联主办，有文联动态、热点新闻、协会动态、文艺评论、电子书、作品赏析等子栏目。网站鼓励蕴含海南地域文化特色的文学创作，采取多种形式对优秀的创作成果和优秀作家给予资助和奖励，繁荣海南文学事业；积极组织和推动文学评论和研究活动，促进文学事业的健康发展；加强各民族及中外文化交流，致力于营造良好的文学创作与交流氛围。

广东作家网（www.gdzuoxie.com）：由广东省作家协会主办。网站下设新闻、评奖、粤评粤好、粤读粤精彩、网络文学、会员系统、机构、服务、专题、公告下载、报刊中心等多个子栏目，以及粤行粤辽阔、粤派沙龙等。网站坚持求真务实、团结创新，出实招、办实事、求实效，全省文学事业蓬勃发展，文学队伍不断壮大，文学创作异常活跃，呈现出整体推进、亮点频现、人才辈出的喜人态势。

香港特别行政区文学艺术界联合会官方网站（www.xgwl.hk/hk）：由香港特别行政区文学艺术界联合会举办，其下开设作家协会栏目，包括新闻、小说、武侠、散文、杂文、诗歌、网络、言情、魔幻等子版块。

澳门笔会网（penofmacau.com）：澳门笔会成立于1987年，宗旨是促进作者联系，交流写作经验，研究文学问题，辅导青年写作，积极建立和加强与国际及其他地区文学组织之间的关系。其下开设澳门笔会、澳门作家、活动及出版、澳门作品、我读澳门文学、儿童文学、新苗、澳门笔汇、其他刊物等子版块。

（黎姣欣、米若兰 执笔）

第三章 活跃作家

《文心雕龙·时序》有云："蔚映十代，辞采九变。枢中所动，环流无倦。质文沿时，崇替在选，终古虽远，优焉如面。"① 说的是文学围绕时代而动，那些文采斐然的词章，能够辉耀久远，虽然辽遥，却如照面。文学不是历史，却是历史的映像，甚至比历史更能反映时代。亚里士多德认为诗比历史更具哲学意味，因为诗所描述的事带有普遍性，而历史则叙述个别的事。培根也认为，诗是虚构的历史，这种虚构的历史比真实的历史给人心更多的满足，因它具有一种比在事物本性中所发现者更为丰富的伟大，更为严格的善良，更为绝对的多样性。因此，巴尔扎克的《人间喜剧》才会被誉为19世纪法国社会的"百科全书"。网络文学是当下我国参与人数最多的文学样式，本身就构成了我国当下历史的风俗画卷，网络作家是这幅历史画卷的表演者，也是它的描绘者，他们表现如何，直接关系着这幅历史画卷的水平高下与历史映像度。从历史的角度来说，一年时间或许是短暂的，但它也是一个历史的节点，对在这一节点内做出贡献的作家，我们有必要做点简单的记录。

一、网络作家年度总貌

2023年是非常有意思的一年。2022年底的疫情解封为大众带来了期望，困难的日子终于过去了。世界经济的发展有一个有趣的规律：当经济困顿时，教育、培训等行业往往会迎来一定的繁荣，因为人们会把稍多一点的钱花在提升自己上，以便在危机过去后找到更好的就业机会。还有一些花钱少的娱乐行业也会得到更多的机会，因为人们有了更多的空闲时间需要打发。网络文学正是花钱少（甚至不需要花钱）而又消耗大量时间的轻娱乐活动。所以，网络文学受到此轮经济冲击的影响并不大。数量庞大的网络文学作家依然抖擞精神，奋战在各种数码终端，为我国的网络文学繁荣发展做出了自己的贡献。

1. "Z世代"渐成网络写作主力

网络文学的写作在很大程度上是一种智力活，也是一种体力活。很多网站为了更好地吸引读者，对作者的更新设置了种种奖励，让作者欲罢不能。如全勤奖，每个月须更新28天以上，每天至少两章，6000字左右，作者为了得到全勤奖不得不

---

① 赵仲邑：《文心雕龙译注》，漓江出版社1982年版，第367页。

每天坚持更新；又如"催更"，读者花几毛钱，催促作者继续更新，如果催更的人多，作者看到收入不菲，也不得不强打精神，增加更新；而增加更新，不仅耗费心智，也很消耗体力。因此，网络文学的写作真不是一个轻松活，要保持持续更新，年龄较大的人还真难坚持。所以，年轻人慢慢成为网络文学的写作主力，特别是"Z世代"（95后、00后）的年轻人，他们思维活跃，精力充沛，扛得住熬夜，很适合网络创作。

近年来网络文学的现实主义转向取得了很大的成绩，涌现了很多好的作品，但从网络文学的阅读主流来看，幻想性作品还是占据大部分的流量，爆款作品还是以幻想性作品为主。这类作品无须太多的生活经验与思想锤炼，更多地需要想象与科学知识（譬如科幻），而Z世代的年轻人，大多受过良好的教育，科学知识比前辈丰富得多，而且他们享受到互联网发展的红利，视野开阔，想象力强大。因此，幻想性作品既是他们之所强，同时又避开了实践性生活不足的欠缺。最能说明这一点的是阅文集团每年的天王评选，基本是年轻人的天下，"Z世代"入选的数占总数70%以上，最年轻的甚至是大学在校学生。

"Z世代"成为网络文学主力的另一个重要原因是，年轻人就业高不成低不就。高成就度的工作机会少，大部分年轻人是没有机会的。他们对固定工作时间制，特别是工厂流水线工作方式十分反感，不愿意从事这类工作，而对弹性工作制、自由性工作比较感兴趣。所以，他们中的很多人选择了送外卖，一些自认为有文字能力的人则冲进了网络写作行业，希望能碰碰运气，或许能够名利双收。这一点从我国网络文学的海外发展也可得到验证，在网络文学的国外本土化过程中，发展的写手绝大部分是"Z世代"的年轻人，头部作家更是达80%以上。

2. 网络作家的生活状态

网络作家是一个市场化的职业，作家收入的多少以及他们的生活状况、作品数量以及在市场上的受欢迎程度有关。有的靠数量取胜，有的凭质量占优，当然有的二者兼顾。大部分网络作家除了写作，还有另一个职业，原因是写作收入不稳定，不够养家糊口。绝大多数作家只能依靠另一职业来养家，以写作来成就自己的爱好。有一些比较幸运的体制内作家，他们或者是作协成员，有一份正常的工资与各种补贴；或者是被聘的专业作家，除了写作收入外也有比较固定的工资收入。传统作家虽然收入差别很大，但生活状态基本上是良性循环的。网络写作是一个完全商业化的职业，无门槛，从业人员多，竞争性很大，收入完全由市场说了算。我们观察到网络作家们的生活生态有以下几种特点：

创作者的身份地位对他从事网络写作影响不大。网络作家凭作品说话，读者是否阅读完全由自己的喜好所决定，既无人引导，也不会听从宣传。这样，阅读的随机性较大，只有符合读者胃口的作品才会得到大量读者；只有读者多，作家收入才会增长（收费、免费作品都如此）。这几年，许多省市都成立了网络作家协会，有些出道早的人当上了网络作协领导，有的地方还评定了网络作家职称，但是领导的身份在网络吸引读者上并无明显优势。我们发现，如果没有符合市场消费需求的作品，当什么样的领导都没用，读者不买你的账，收入也就会直线下降。职称对作品的受欢迎度更无影响，你可以宣称自己是一级作家，但如果你的作品不优秀，不仅吸引不了读者，还会受到讽刺。

早先出道的作家有衰颓的倾向。网络写作是非常残酷的，需要天天更新，天天在线，只要你没有作品让读者点击，他们很快就会把你遗忘。当然，并不是说一些多年前的好作品没人读，这些作品读者还是有的，但跟正在连载作品的热度是不一样的。原有作品即使读也与传统作品阅读一样，大家只是默默读，没有什么人去讨论，与正在连载的被热火朝天讨论的作者完全不能相比，这就是网络文学市场选择的规律。但一个作家的写作总是有起伏的，不可能永远有那么高涨的热情与灵感。人的精力也是有限的，成名的作家往往社会活动多，花在写作上的时间相对少。这就造成早出道的成名作家在写作上会表现出一定衰颓迹象。如天下霸唱、南派三叔等就再也没有能与他们早期小说相媲美的作品出现。即使像唐家三少、烽火戏诸侯等一些早期名声大噪的作家，近年也呈现出衰颓的倾向。当然并不是说这些作家生活困难，他们早期收入巨大，即使是现在，作品的收入也不少，生活依然是优渥的，只是在业界的名气没有以前高了。

底层作家的流量非常有限，生活困难。就网络文学来说，绝大多数作者是底层写作者，真正能站在塔尖上的人不多，也就几百人，与网络文学庞大的作者数量比，只能是九牛一毛。因此大多数人的收入有限，难以养家糊口。曾经有一个作者向我们诉苦说他以前是一个企业的策划人员，月收入有2万多，后来辞职开始网络创作，开始还能赚点钱，现在是越来越差了，基本没有什么流量，收入少得可怜。他跟我们抱怨说自己已经写了6部长篇，都是反映现实生活的正能量作品，符合国家倡导的主流价值观，但只有一部作品拿了6万块钱，其他的每部作品只有2—3万块钱，生活都维持不下去了，老婆也跑了，希望我们能帮帮他。他的状况应该是绝大多数底层网络作者的真实写照，甚至有很多"扑街"作者还不如他。但这又有谁能帮到他呢？网络写作就是这么残酷，不能成为头部，就只能趴在底层，成为垫脚石，优胜劣汰是市场的铁律。

3. 网络写作正成为海外青年新职业

经过多年的努力，中国网络文学开始在海外生根发芽，打出了一片天地，而随着中国网络文学在海外的发展，网络写作也逐渐成为海外青年就业的新选择。据上观新闻报道：记者从阅文集团获悉，在起点国际（WebNovel）上，海外网文作家超过30万名，遍布世界各地。截至2022年底，起点国际已上线约2900部中国网络文学的翻译作品，培养海外网络作家约 34 万名，推出海外原创作品约 50 万部。其中，美国、印度、菲律宾、印度尼西亚、英国是海外作家数量最多的国家。

一个网文作者深有体会地说："我已经写了 4 年，我的梦想就是写作，一直到再也写不出来为止。" 29 岁的菲律宾女作家光点（the Blips）说，"作为一个有两个年幼、倔强、活泼的孩子的母亲，写作是对现实世界的一种放松"。

光点从 25 岁时开始读中国网络小说，喜欢武侠、无限流和玄幻等门类，后来又喜欢上现代言情小说。说起最欣赏的作品，她能熟练地报一大串，蝴蝶蓝的《全职高手》、顾漫的《微微一笑很倾城》、我吃西红柿的《盘龙》——在国内，这些也是深受读者欢迎的小说。这些经翻译后出海的中国网络文学，正在成为海外青年踏上写作之路的启蒙作品。

在成为网络文学作家之前，光点一直期待着当律师。她参加了法律预科课程，去了法学院，但因为个人情况没能完成学业。"大学毕业后，我辗转于各个呼叫中心工作。当我开始写作时，已经是兼职的虚拟助理了。"她告诉记者，当时由于刚生育完，所以不能工作很久。

对光点来说，写作最初是一种爱好，在读了越来越多言情小说后，她开始厌倦一再重复的"少女落难"情节，"我想读到不需要被拯救的女性的故事，我想写一个自信而美丽的女人在生活中游刃有余的故事。"她开始创作《恶棍之妻》，作品登上起点国际后一炮而红，她也从全职主妇成为家庭的经济支柱。2019 年 9 月，菲律宾国际书展期间，马尼拉的电视台还曾对她进行了专访。"我以为自己早晚会回到法学院。但我没有，我太喜欢写作了，我每天可以写一万字。写作真的令人振奋！""光点"的笔名来自孩子，她觉得做 B 超时，孩子看上去就像一个"光点"，于是把这个英文单词改成复数后用作笔名。在如今的光点看来，写小说是个再好不过的工作，"写作让我养家糊口，它改变了我的生活和我看待生活的方式，我真的很幸运能从写作中获得报酬，并有时间和孩子们在一起"。

一个作者说："以前，如果一个人想成为一名作家，他必须找到出版商、编辑和校对人员。有了网络文学，一切都变了，任何人都可以成为作家。" 25 岁来自印度的作者不朽先生（Mister Immortal）说："我认为中国网络文学真的推动了行业发展。"

随着网络文学"狂飙"出海，这种依托于互联网的文学样式已经成为东南亚、北美等地区备受年轻人青睐的重要文娱内容。这群年轻人不仅热爱阅读网文，还从中学习中国文化，甚至开启了创作网文之旅，"网文作家"成为海外青年就业的新选择。

二、网络作家年度重要活动

1. 网络作家的集体活动

2023 年，各级政府与部分网站组织网络作家开展了丰富多彩的行业活动，有培训提升、作品研讨、学术论坛、网络征文、文学采风等。代表性的活动有：

1月18日，中国作协网络文学中心"党的二十大精神"线上专题培训班结业。来自30家省级网络文学组织和50家重点网络文学网站的2549名网络作家及网络文学相关从业人员参加学习。

3月11日晚，首期《文学夜话》"她力量——聚焦网络文学中的女性创作"主题读书讲座沙龙在浙江丽水景宁的畲乡网络文学村举办，网络作家蒋离子、随侯珠、茹若、洛施应邀出席。活动以线下沙龙+线上直播的方式进行，现场20余名观众与直播间内一千多名网友共同参与。

3月24日，第六届中国"网络文学+"大会开幕式暨高峰论坛在北京亦创国际会展中心举行。李洱、徐则臣、唐家三少、何常在等作家，网络文学企业代表、专家学者、部分行业代表和新闻媒体代表近400人参加了活动。

4月12日上午，中国网络作家著作捐赠仪式在中国现代文学馆隆重举行。全国政协委员、中国作协全委会委员、作家蒋胜男，浙江省网络作协副主席、杭州市网络作协主席、作家烽火戏诸侯，中国作协全委会委员、浙江省网络作协副主席、作家天蚕土豆，茅盾新人奖·网络文学奖获奖作家紫金陈，分别将各自的文学著作《天圣令》《雪中悍刀行》《元尊》《长夜难明》捐赠给中国现代文学馆。中国作协网络文学中心主任何弘参加捐赠仪式，中国现代文学馆常务副馆长王军、副馆长计蕾接受捐赠，并向捐赠人颁发入藏证书和纪念品。

4月28日上午，番茄小说、纵横文学与畲乡网络文学村签订共建作家基地协议。文学村目前拥有大神树屋12栋、作家驿站2幢、文学民宿14间、共享办公空间400平方米、中型会议室1间、网络文学展览馆1座、大型广场空间1座，已具备创作生活、闭门改稿、作品研讨、团建年会、活动沙龙和项目孵化等功能，是景宁畲族自治县培育以网络文学为源头的新型业态，搭建网络文学产业基地的重要组成部分。随着此次共建"作家基地"协议的签订，畲乡网络文学村将充分发挥自身资源优势，与番茄小说、纵横文学在今后的作家培训、作品研讨、团建活动、年会沙龙、大神采风等方面开展更广泛和深入的合作。

6月14日，文化和旅游部恭王府博物馆举办"阅见非遗"网络文学作家采风活动，邀请狐尾的笔、裴不了、慈莲笙等十余名阅文集团知名作家走进恭王府博物馆参观交流学习。此次采风活动举办期间，正值文化和旅游部恭王府博物馆与中国昆剧古琴研究会共同主办的第十六届"良辰美景·恭王府非遗演出季""泰山北斗映蓝天——古琴名家名曲专场"在恭王府大戏楼上演，国家级非物质文化遗产项目（古琴艺术）代表性传承人吴钊、赵家珍、龚一、丁承运等多位大师悉数登台，演奏了《关山月》《广陵散》《忆故人》《神人畅》等古琴名曲。

6月21日，新时代十年百部中国网络文学榜单在杭州第十九届中国国际动漫节上发布。齐橙的《大国重工》、吉祥夜的《写给鼹鼠先生的情书》、卓牧闲的《朝阳警事》等入选现实类网文佳作；爱潜水的乌贼的《诡秘之主》、管平潮的《仙风剑雨录》、血红的《巫神纪》等入选幻想类网文佳作；酒徒的《烽烟尽处》、蒋胜男的《燕云台》、南派三叔的《盗墓笔记》等入选综合类网文佳作；阿耐的《大江东去》（《大江大河》）、猫腻的《庆余年》、关心则乱的《知否？知否？应是绿肥红瘦》等入选 IP 改编与海外传播类网文佳作。

6月30日至7月2日，中国作协网络文学中心在京举办首期网络文学国际传播培训班，来自全国各地、活跃在创作一线的40位网络作家参加培训。

7月10日，为期一周的中国作协网络文学上海研究培训基地第七期高级研修班"网络作家文化传承发展高研班"开班，来自全国的近120位网文作家齐聚上海参加了研修。

7月19日，2023首届"阅文创作大会"在成都召开。发布会上，阅文公布了全新升级后的多项创作扶持举措，发布了国内网络文学行业首个大模型"阅文妙笔"，以及基于这一大模型的应用产品"作家助手妙笔版"。这些举措旨在为作家打造包括作家服务、数据运营、技术工具等在内的网文创作"新基建"，依托平台和技术赋能，持续帮助作家创作好作品。此次大会不仅是阅文对 AIGC（AI Generated Content，生成式人工智能）赋能原创的积极探索和成果展示，也是 IP 生态增效提质的重要举措。

8月5日，阅文集团发布了2023年新晋"白金大神"名单。其中，晨星LL、纯洁滴小龙、偏方方、我会修空调、西子情、志鸟村6名作者获得"白金作家"称号，凤嘲凰、关关公子、画笔敲敲、海底漫步者、狐尾的笔、南瞻台、裴不了、卿浅、玉楼人醉9名作者摘得"大神作家"荣誉。至此，阅文旗下白金大神作家人数达458位。

8月15日，中国文艺理论学会网络文学研究分会第八届学术年会暨"人工智能发展与中国网络文学未来"学术研讨会在无锡江南大学召开。此次会议由中国文艺理论学会网络文学研究分会、江南大学、中南大学网络文学研究院、《文学评论》主办，江南大学人文学院承办，《江海学刊》《南方文坛》《江苏社会科学》《南京社会科学》《江南大学学报》（人文社会科学版）协办，130余名全国科研院所及行业专家学者出席此次会议。

8月25日，河北省网络文学工作推进会在石家庄召开。中国作协网络文学中心主任何弘，省委宣传部文艺处处长孙雷，省作协党组书记、副主席高天出席会议并讲话。省作协党组成员、副主席刘宝书主持会议。全省各地市网络作家代表、重点文学网站负责人等有关人员参加会议。

8月29日，甘肃网络文学高质量发展座谈会在兰州举行。中国作协党组成员、书记处书记胡邦胜，甘肃省文联党组成员、副主席王正茂出席并讲话。来自全省各地的近30名网络作家参加座谈会。会议由甘肃省作协常务副主席、省网络作协主席滕飞主持。

9月13日至16日，由山东省作协、泰安市委宣传部主办，山东省网络作协、泰安市文联（作协）承办的山东网络文学高质量发展专题研讨班在泰安市举办。中国作协有关负责同志莅临指导，山东省委宣传部、山东省作协、泰安市委及有关部门负责同志出席，山东省网络作协理事会成员等参加。

10月16日上午，鲁迅文学院第二十二期网络文学作家培训班开学典礼在北京举行。鲁迅文学院常务副院长徐可出席并讲话，中国作协网络文学中心主任何弘出席并致辞。鲁迅文学院副院长周长超和鲁迅文学院培训部、图书馆教师及第二十二期网络作家班的全体学员参加开学典礼。开学典礼由鲁迅文学院副院长李东华主持。

11月中，"仙境张家界"2023年网络文学交流采风周暨网络作家高级研修班在张家界市举办。此次活动为期5天，由番茄小说、上海网络作家协会、湖南省网络作家协会及张家界市网络作家协会推荐的50余名网络作家参加学习交流。主办方组织与会作家前往武陵源景区、天门山景区采风，创新以网络文学助力景区宣传的方式方法，拓展了网络文学和旅游产品互动融合的路径渠道。

11月17日晚，"2023中国文学盛典·茅盾文学奖之夜系"列活动之"推动新时代网络文学高质量发展——网络作家座谈会"在浙江乌镇召开。唐家三少、血红、烽火戏诸侯、蒋胜男、丁墨、蔡骏、爱潜水的乌贼、会说话的肘子、匪我思存、天蚕土豆、天瑞说符等22位网络文学界顶流作家齐聚一堂，围绕网络作家如何提升创作水平，网络作协如何开展工作，行业上下游如何推动网络文学主流化、精品化、国际化等话题畅谈。

11月27日，黑龙江网络文学高质量发展座谈会在黑龙江省牡丹江市召开。座谈会由黑龙江省作协党组成员、副主席赵儒军主持。黑龙江省牡丹江市委宣传部常务副部长齐淑伟致辞。黑龙江省作协创研室主任姜超，黑龙江省作协组联处处长徐一星，牡丹江市文联党组书记、主席聂志军，牡丹江市文联党组成员、副主席李彩秋，以及网络作家、评论家、文化传媒企业代表等20余人参加会议。座谈会上，网络作家、评论家和文化传媒企业代表三方热烈交流，分享创作经验，探讨网络文学发展趋向和IP转化途径，踊跃为龙江创意产业和网络文学事业高质量发展建言献策，为网络文学高质量发展提出了富有针对性的意见建议。

12月4日至6日，2023第三届海南自贸港网络文学论坛将在海南陵水举办。活动包括两场分论坛、圆桌会议、主论坛、考察参观等，有来自全国各地的网络作家、专家、网络平台及相关产业代表、媒体等100余人参会。

12月8日下午，由重庆市网络作家协会与重庆工商大学共建的重庆市网络文学传播研究院正式挂牌成立。研究院依托文学与新闻学院成立的实体性科研教学机构，是一个面向重庆、辐射全国的开放性科研教学平台。

12月14—16日，由中国作家协会主办的"2023中国网络文学论坛"在河北石家庄举行。论坛以"学习贯彻习近平文化思想，推动网络文学高质量发展"为主题，发布网络文学国际传播项目，中国作家协会遴选出《雪中悍刀行》《芈月传》《万相之王》《坏小孩》4部作品，使用英语、缅甸语、波斯语、斯瓦希里语，通过在线阅读、广播剧（有声剧）、短视频、推广片4种方式，向全球进行推介。来自全国各地的网络文学作家、专家、平台负责人、文化产业代表等上百人出席活动。

2. 网络作家的年度表彰与奖励

每年的评奖活动是许多网络作家最为期待，也是网文读者非常关心的网络文学盛事。2023年代表性的奖励主要有：

1月3日，阅文旗下的起点读书公布2022年月票年榜前十，《夜的命名术》以225W+票稳居榜首，打破起点单月月票纪录，成为起点全站首部单月百万票作品。《择日飞升》《灵境行者》《不科学御兽》等热门作品均在榜。

1月10日，2022年度网络文学榜样作家"十二天王"榜单（以下简称"十二天王"）发布。狐尾的笔、出走八万里、一蝉知夏、酒剑仙人、怪诞的表哥、情何以甚、南瞻台、阴天神隐、这很科学啊、南腔北调、关关公子、头顶一只喵喵12名作者摘得"天王"荣誉，成为2022年度网络文学创作"新星"。其中，情何以甚作品《赤心巡天》成为首次入藏大英图书馆的16部中国网络文学作品之一。

2月15日，首届起点科幻"启明星奖"名单揭晓，《深海余烬》获特等奖，《深渊独行》《保卫南山公园》《从大学讲师到首席院士》等分获金、银、铜奖。"启明星奖"是阅文旗下起点读书App推出的年度科幻大奖，由业内专家评选优质作品和新人作家，鼓励作者创作出更多优秀的科幻小说，让更多读者感受到科幻的魅力。

2月15日，豆瓣阅读"百变幻想"征文活动揭晓了最终获奖名单。2022年9月至2023年2月，豆瓣阅读举办了"百变幻想"主题征文活动，并特邀合作方猫耳FM选择1部作品签约广播剧，特邀合作方时代文艺出版社选择一部作品签约出版。本次活动共收到1684部作品投稿，经过5个月的激烈角逐，最终，莫妮打的《骤雨》被评选为"优秀作品奖"，由猫耳FM推荐，顺利签约广播剧。居尼尔斯的《大宋Online》被评选为"优秀作品奖"，由时代文艺出版社推荐，顺利签约出版，该书曾入选"网文青春榜"月榜。同时，编辑部从短名单中评选出5部"潜力作品奖"作品，分别是蛋炒熊的《此刻禁止生还》、西橙橙的《长生》、慕遥而寻的《多米诺》、吉良的《笑面村》、壹佰萬的《入夜有鬼》。

2月22日，"最江南"主题网络文学作品征文大赛产生了20部优秀现实题材作品。其中顾七兮的《你与时光皆璀璨》、吉祥夜的《旧曾谙》两部作品获一等奖；蒋牧童的《星火长明》、萧茜宁的《身如琉璃心似雪》、尼莫小鱼的《舌尖上的华尔兹》三部作品获二等奖；黑鹭的《姑苏繁华里》、坐酌泠泠水的《茗门世家》、圣妖的《后来遇见他》、今嬗的《玫瑰之下》、尚启元的《刺绣》等五部作品获三等奖；另有10部作品获优秀作品奖。

3月1日，"中国网络文学影响力榜（2021年度）"发布仪式在湖南长沙举行。这是中国作协网络文学中心推出的第八届榜单，包括网络小说榜、IP影响榜、海外传播榜、新人榜。2021年榜单原定2022年发布，因疫情原因改在2023年发布，经过严格初评、复评、终评，30部网络文学作品和10位新人作家上榜。来自全国各地的网络文学作家、评论家、网络文学平台负责人、文化产业公司代表、网络文学爱好者等近200人参加发布仪式。

5月8日，2023年中国作家协会网络文学重点作品扶持项目共收到225项有效申报选题。经重点作品扶持项目论证委员会论证，报中国作家协会书记处书记办公会审核，确定40项选题入选。

5月8日，第八届广西网络文学大赛在广西壮族自治区图书馆报告厅颁奖。其中，彭敏艳的《未来之城》获得长篇小说类一等奖，欧华鹏的《分水岭》获得散文类一等奖，彭晓华的《陌生人》获得网络剧剧本类一等奖。

5月16日，第十四届华语科幻星云奖13日晚在四川广汉三星堆揭晓。天瑞说符的《我们生活在南京》获长篇小说金奖，并同时摘取2020—2022年度新星金奖桂冠；昼温的《解控人生的少女》获中篇小说金奖；迟卉的《不做梦的群星》获短篇小说金奖；春喜翻译、金草叶［韩］著的《如果我们无法以光速前行》获翻译作品金奖；吴岩、贾立元、任冬梅、肖汉、姜振宇、王瑶的《20世纪中国科幻小说史》获非虚构作品金奖；姚利芬的《〈大国重器〉：时代科幻文学——为科学家提供"脑洞氧气"》获评论金奖。

5月19日，由上海市作家协会指导，上海七猫文化传媒有限公司（以下简称"七猫"）主办，华语文学网协办，上海张江（集团）有限公司、上海文学创作中心为支持单位的"2023第三届七猫中文网现实题材征文大赛"颁奖典礼在上海举办。此次大赛以"注目家园，书写时代荣光与梦想"为主题，下设"家园与过去""家园与现在""家园与未来""家园与自然"四大题材方向，旨在聚焦与中华民族休戚与共的"家园意识"，鼓励网络文学创作者描绘生动的家园画卷、谱写家园建设新成就。最终，评委们从超5000部投稿中评选出33部高质量的获奖作品，包括"金七猫奖"1部、"最佳IP价值奖"2部、"最佳IP潜力奖"3部、"分类一等奖"4部、"分类二等奖"8部、"优秀作品奖"15部，累计发放奖金超100万元。

6月10日，第二届"天马文学奖"评审结果公示，骁骑校的《长乐里：盛世如我愿》、爱潜水的乌贼的《诡秘之主》、志鸟村的《大医凌然》、匪迦的《北斗星辰》、黑山老鬼的《从红月开始》为本届五部获奖作品。

6月11日，第二届"网文青春榜"年度榜单发布暨起点读书"字在青年"全国高校新锐作家选拔赛启动仪式在北京大学举办。《道诡异仙》《我本以为我是女主角》《寄生之子》《寰宇之夜》《这游戏也太真实了》《魏晋干饭人》《我的细胞监狱》《恐树症》《江湖夜雨十年灯》《剑阁闻铃》《花夜前行》《我在精神病院学斩神》《不科学御兽》《请公子斩妖》14部作品脱颖而出，入选第二届"网文青春榜"年度榜单。入选作品兼顾多种类型，涉及各个文学网站，囊括了表达范式更新、影响力突出的作品，彰显了"Z世代"独特的阅读风貌与文学表达。

6月13日，第二届扬子江网络文学最具IP潜力榜在秦淮区发布。一度君华的《不醒》、冰天跃马行的《敦煌：千年飞天舞》、白马出凉州的《漠上青梭绿》等10部作品榜上有名。

6月26日，由上海市新闻出版局支持，阅文集团主办的第七届现实题材网络文学征文大赛（以下简称"大赛"）在上海展览中心举行颁奖典礼。大赛共评出14部获奖作品，侧写我国卫星导航事业发展进程的《只手摘星斗》获得特等奖，以盲人视角展现世间百态的《茫茫白昼漫游》获得一等奖。

8月28日到30日，由青海省作家协会网络文学委员会、青海羲和旅游开发有限公司联合举办的首届中国（青海）昆仑英雄网络文学奖颁奖系列活动在西宁举行。此次评奖分为"后羿奖"（玄幻仙侠类）、"女娲奖"（女性情感类）、"精卫奖"（现实题材类）、"夸父奖"（科幻悬疑类）、新人奖等类。最后横扫天涯的《镜面管理局》等20部作品获奖。

8月30日，阅文集团旗下起点中文网现实频道（以下简称"起点现实频道"）举办的春季征文大赛公布评选结果，社会悬疑题材作品《十七岁少女失踪事件》斩获首奖，《茫茫白昼漫游》《猪之舞》《美味关系》《我的游戏没有AFK》四部作品获得佳作奖。

10月9日，文化和旅游部恭王府博物馆与阅文集团在北京举办"阅见非遗"第一届征文大赛及音乐创作大赛颁奖仪式。第一届"阅见非遗"征文大赛共收到网络作家投稿作品63974部，题材涉及京剧、木雕、造纸技艺、狮舞等127个非遗项目。《我本无意成仙》获金奖，《炽热月光》《一纸千金》《大明英华》获银奖，《一梭千载》《相医为命》《娇娥》《轻吻小茉莉》《金玉流年》《守一人》获铜奖。

10月19日，作为2023成都世界科幻大会的重要部分，第34届中国科幻银河奖正式发布。刘慈欣、罗伯特·索耶等中外科幻作家、学者、爱好者以及业界人士出席活动。今年的银河奖包括最佳中篇小说奖、最佳短篇小说奖、最佳网络文学奖、最佳原创图书奖、最佳引进图书奖、最佳相关图书奖、最佳少儿科幻短篇奖等奖项。其中有两部网络文学作品获奖，由阅文白金作家我会修空调创作的《我的治愈系游戏》斩获最佳原创图书奖，阅文大神作家滚开创作的《隐秘死角》获得了最佳网络文学奖。

10月末，中国作家协会网络文学中心在广东广州发布中国网络文学影响力榜（2022年度）。该榜单分为网络小说榜、IP影响榜、海外传播榜、新人榜4部分，29

部网络文学作品和8位新人作家上榜。来自全国各地的网络文学作家、评论家、平台负责人、文化产业行业代表等近300人参加发布仪式。本次评审突出主流化、精品化创作导向，同时关注作品海外传播情况。网络小说榜上榜作品中，《关键路径》《上海凡人传》等作品紧扣时代脉搏、书写现实生活；《我们生活在南京》《夜的命名术》等展开绚丽想象，探索科幻题材边界。IP影响榜上榜作品题材多元、类型丰富，电视剧《小敏家》、网剧《开端》、动漫《星域四万年》等，全方位展示网络文学影视改编潜力。海外传播榜上榜作品充分展现人类命运共同体意识，《星汉灿烂，幸甚至哉》《光阴之外》等传递中华传统文化魅力，"出海"多个国家和地区，引发外国读者共鸣。新人榜上榜作家平均年龄28岁，创作潜力大，创新能力强。

11月8日，中南大学网络文学研究院、中南大学资源循环研究院联合七猫纵横、番茄小说，以"美丽中国"为主题，面向全国开展了网络小说征文活动。该活动于2023年3月16日启动，经过网站平台初评、专家复评和终评，于2023年11月1日完成评选，分别评出一等奖1部：奕辰辰的《慷慨天山》；二等奖2部：童童的《洞庭茶师》、柏夏的《航向晨曦》；三等奖3部：关中老人的《秦川暖阳》、赢春衣的《翠山情》、乱世狂刀的《山花烂漫时》。

11月16日下午，第五届扬子江网络文学作品大赛颁奖暨现实题材网络文学创作分享会在南京师范大学举办，会上为7部获奖作品以及南京市新闻出版局等4家优秀组织单位颁奖。此次荣获一等奖的是懿小茹的小说《我的西海雄鹰翱翔》。

三、年度活跃作家

年度活跃作家的遴选是一个颇为困难的工作，因为网络作家实在是太多了，年度有成就的作家也是一个惊人的数字。要从这么多人中选出100个左右实至名归的有实在贡献者实在不容易，很多人难以割舍，但限于篇幅与视野，只能挂一漏万。今年我们选择网络作家的主要依据是：中国作协扶持的网络文学作品的创作者、中国小说协会推荐的网文作品作者，重要网络文学年度奖获奖者、阅文集团新晋白金大神作家，以及其他一些关注度较高的网络文学作者。对已成名多年的各路网文大神，如果今年没有特殊贡献，我们暂且割舍，没有收录，敬请谅解。以下作家的排列方式以作者名字（多为笔名）的首字母为序。

爱潜水的乌贼 男，本名袁野，别名乌贼娘，起点中文网签约作家，阅文集团白金作家。中国作家协会第十届全国委员会委员。代表作有《灭运图录》（原名是《成仙途》）《奥术神座》《一世之尊》《武道宗师》《诡秘之主》《长夜余火》《宿命之环》等。2017年11月，荣获第二届"中华文学基金会茅盾文学新人奖·网络文学新人奖"。2018年5月，荣获第三届"橙瓜网络文学奖"百强大神。2019年《诡秘之主》获第四届"橙瓜网络文学奖"十大作品及第四届"橙瓜网络文学奖"最具潜力十大游戏IP；2023年，获上海市第二届"天马文学奖"。2020年，荣获橙瓜见证·网络文学 20 年十佳奇幻大神。《长夜余火》入选阅文集团 2021 年度好小说；2021 年，荣获"未来文学家"大奖，2023 年入选"中国网络文学影响力榜"。

八宝饭 男，原名朱延峰，湖南人，起点中文网作家。2012 年开始网络创作，已创作 1300 万字左右。开始时写历史文，成绩一般，受到乌贼与风笑的启发，开始写修仙，受到读者欢迎。作品有《大唐新秩序》《鸿隙》《重生七零甜蜜蜜》《道长去哪了》《道门法则》《一品丹仙》《乌龙山修行笔记》等，其中《道门法则》成绩最好，获百万推荐。2023 年完本的《一品丹仙》登上起点封推。

白木木 女，七猫免费小说作者。目前只有一部小说连载在七猫小说网，名为《全师门就我一个废柴》，风格幽默搞笑，描写细腻，在七猫大受欢迎。2023 年 1 月被七猫评为七猫 2022 年女频必读榜 TOP10 之第二。

宝妆成 女，四川成都人，出生于 1988 年。现纵横中文网女频签约作家。主要作品《重生八零：媳妇有点辣》《林家有女初修仙》《科举逆袭：最强女首辅》以及《魔法世界的女符师》《重生之不负韶华》等。2021 年被评为纵横中文网年终盘点最受欢迎作家；2022 年其作品《不负韶华》入选"喜迎二十大"优秀网络文学作品，同年获书旗金榜女生原创第一名，本人入选纵横小说第一届大神训练营导师，该书 2023 年 1 月被七猫评为七猫 2022 年女频必读 TOP10 之第三。

本命红楼 男，原名张启晨，90 后。江苏省作协签约作家，淮安青年文艺家协会副主席，涟水作协副主席，鲁迅文学院学员。作品有《我为读书狂——一个 90 后的读书笔记》《信中书》《玉堂酱园》《博弈：伪钞风云》《流动的历史——图说中国大运河》等。其中《玉堂酱园》入选北京市艺术基金项目，并被中国"网络文学+"大会遴选为首批海外输出作品，翻译为阿拉伯文；《信中书》入选江苏淮安市第十届精神文明建设"五个一工程"奖。《风华时代》入选中国作协 2022 年网络文学重点扶持作品，2023 年 4 月该书获江苏省"第五届扬子江网络文学大赛"二等奖。

冰可人 原名王敏，河南人，曾用麦苏、度寒等笔名。中国作协会员，广东省网络作家协会理事兼副秘书长，广东省作家协会网络文学委员会副主任，鲁迅文学院学员，广东长篇报告文学创作签约作家。先后创作《你若一直在》《爱你若如初相见》《我们复婚吧》《下堂将军》《乞丐皇妃》《女检察官》《寰宇之夜》等作品。2020 年，《华强北——深圳奇迹的创造者》获得广东重大现实题材和红色文学创作题材扶持，2021 年作品《女机长》，入选中国作协及广东省网络文学重点扶持现实题材作品。另在起点中文网有作品：《嫁给帝君之后》《总有妖妃想篡位》《我携秋水揽入星河》《朝朝是你》《穿成了山里汉的恶毒小娘子》等。其中《女检察官》入选 2022 年中国作协重点扶持作品，《寰宇之夜》上榜 2023 年第二届"网文青春榜"。

伯乐 男，原名李松，安徽阜阳人。鲁迅文学院第十届网络文学高研班学员，安徽省作协第六届网络文学专业委员会委员，安徽省网络作家协会副秘书长，阜阳市作协网络文学委员会会长。自2014年以来，陆续创作《超级天才狂少》《冰山总裁的贴身狂医》等网络小说1000余万字，其创作的军事类作品《我的1938》，2019年5月入围"鹤鸣杯"网络文学奖2018年度军事作品，并入选2020—2021阜阳市第一批重点文艺项目。新作《飞翔在茨淮新河》入选中国作协2023年重点扶持作品。

不吃小南瓜 男，起点中文网签约作者。2014年开始网络创作，目前已创作2200余万字。主要作品有《超级训练大师》《超级运动专家》《超级预言大师》《我就是能进球》《我在足坛当主角》《规则系学霸》《败家系男神》《从大学讲师到首席院士》，以体育类作品为主。2023年2月，《从大学讲师到首席院士》荣获第一届起点科幻"启明星奖"铜奖。

辰东 男，原名杨振东，北京人，出生于1982年，毕业于中国石油大学，现为阅文集团白金作家，中国作协会员。辰东崛起于网络文学青铜时代，在首届网文之王评选中位列五大至尊之一和十二主神之一。其代表作品有《不死不灭》《完美世界》《遮天》《长生界》《神墓》《深空彼岸》等。《完美世界》荣登"2016中国泛娱乐指数盛典"中国IP价值榜——网络文学榜榜首。《圣墟》入选2018年中国作家协会重点作品扶持选题名单，高居速途研究院"2018中国网络文学男作家影响力TOP50榜"第二，2019年获第二届茅盾文学新人奖·网络文学新人奖。2020年，辰东入选橙瓜见证·网络文学20年十大玄幻作家，百强大神作家，百位行业人物。《深空彼岸》位列起点2022年度榜前10，2023年继续受到读者追捧，成为当年网红作品。

沉金 女，80后，小名沉公子、小狼，现居武汉，湖北作协会员。早期主要从事游戏策划，现专事写作。短篇作品散刊于《今古传奇·奇幻》《今古传奇·武侠》《飞霞·公主志》等杂志。其中武侠小说《任侠》曾获"U-80"新武侠大赛优秀作品奖项。2009年1月和5月由朝华出版社先后出版长篇架空历史小说《凤鼓朝凰》上、下两部。同年7月江苏文艺出版社出版国内首部直击网络写手原生状态的长篇小说《任寻我心》。《人生十二味》入选2023年中国作协重点扶持网络作品（美好生活类）。

陈楸帆 男，广东汕头人，出生于1981年，毕业于北京大学中文系中国语言文学专业，同时辅修艺术学院影视编导专业，获双学位，现任中国作家协会科幻文学委员会副主任。中国更新代科幻代表性作家之一，以现实主义和新浪潮风格而著称，被视为"中国的威廉·吉布森"，出版作品众多，曾多次获中国科幻小说银河奖、全球华语科幻星云奖最佳长篇小说金奖、科幻奇幻翻译奖短篇奖等国内外奖项。作品《盖亚算法》入选2023中国作协网络文学重点扶持作品（科技创新和科幻类）。

晨星LL 男，阅文集团大神作家，著有《星界游民》《学霸的黑科技系统》《这游戏也太真实了》等作品。《学霸的黑科技系统》于 2019 年 6 月 7 日累计获得五十万个收藏，入选第四届橙瓜网络文学奖百强作品，同年获第四届橙瓜网络文学奖暨见证·网络文学 20 年十佳科幻大神提名奖，第四届橙瓜网络文学奖暨见证·网络文学 20 年百强大神提名。《这游戏也太真实了》位列起点 2022 年度榜前十，2023 入榜"网文青春榜"。2023 年晋升阅文集团白金作家。

出走八万里 男，真名不详，此前从事编剧工作，现从事网络写作。一书成神的又一网络写作代表人物。《我用闲书成圣人》2021 年在起点中文网连载。2023 年 1 月入选阅文集团公布的 2022 年阅文年度榜样作家十二天王，被封为仙侠儒道流王者。

穿黄衣的阿肥 男，真名不详，起点中文网签约作家。初始笔名"恐怖的阿肥"，入驻起点后改现笔名，有书两本，一是《我的细胞监狱》，该书于 2023 年 7 月入选"网文青春榜"榜单。该榜由《青春》杂志联合国内几个重要高校网络文学研究机构共同推荐，代表网文学院风。另有作品《终末的绅士》正在连载中。

纯洁滴小龙 男，江苏南通人。起点中文网签约作家，阅文集团大神作家。著有《魔临》《深夜书屋》《明克街 13 号》《妙笔计划：对手》《我打造了科学魔法》《老婆，今生请多指教》《从反派专业户到全能巨星》《霍格沃茨之血脉巫师》《模拟考古：开局挖祖坟，你可真刑》《老婆你矜持点》等。其中《深夜书屋》获第四届橙瓜网络文学奖年度百强作品，《明克街 13 号》荣登 2022 年起点年度榜前十。2023 年晋升阅文集团白金作家，进入等级网络作家行列。

慈莲笙 女，北京人，00 后。高中时开始创作，著有《云霄雨霁彩彻区明》《浮华尽少年归》《海晏河清四时天》《春雨夏花》《盛世铸青春》《生若星辰：顶峰》《星光映夕照》《一梭千载》《狮醒东方》等。《一梭千载》2023 年入选中国作协网络文学重点扶持项目（中华优秀文化主题）。

梵鸢 女，原名王思思，湖北人。中国作家协会会员，二级作家，毕业于鲁迅文学院第十三期；中国网络作家村会员，鲁迅文学院第十三届讲师；橙瓜码字"网络文学薪火计划"网文学堂第 59 期荣誉讲师。全职创作 11 年时间，共计 2000 多万字。主要作品有《倾世锦麟谷雨来》《国宝副本》《动物管理局》《御姊攻略》《国宝风云之敦煌密档》《假日暖洋洋》《狂傲七小姐》等。擅长甜宠悬疑风格的言情小说，运用悬疑布局来塑造人物。作品《国宝风云之敦煌密档》2023 年获中国（青海）首届昆仑英雄网络文学奖之"夸父奖"（科学悬疑类）。

匪迦 男，上海人。七猫中文网签约作家，上海网络作家协会会员，鲁迅文学院第二十一期网络文学作家培训班学员，航空航天业专家，是近年崛起的航天领域的网络作家，第 21 届浦东十大杰出青年提名奖获得者。主要作品有：《北斗星辰》《画天为牢》《关键路径》《中国，起飞》《迷雾苍穹》等。其中《北斗星辰》2023 年 7 月获上海第二届天马文学奖；同年 10 月《关键路径》荣登中国作协网络文学中心推出的2022年度"中国网络文学影响力榜"榜首。

风圣大鹏　男，原名申大鹏，陕西人。网络作家，中国作家协会会员，陕西省网络作家协会主席。橙瓜见证·网络文学20年百强大神作家。橙瓜码字"网络文学薪火计划"网文学堂第41期荣誉讲师。主要作品有：玄幻类《乡村修道士》《苍穹之主》《吾乃截教大师兄》《绝世狂徒》《桃运修真者》《超级修真强少》《剑道诛天》《独霸万古》等，现实类《山人行》《卧牛沟》等，有多部作品点击过亿。2018年5月，入选第三届"橙瓜网络文学奖"十二主神。2023年作品《卧牛沟》获第六届柳青文学奖。

风晓樱寒　女，原名李宇静，广东江门人。晋江文学城原创网签约作者，中国作协会员，江门市作家协会网络文学创作委员会主任。著有《你给的甜》《沉睡的方程式》《精灵与冒险》《非卿不可》等作品。其中多数出版中文简、繁体书，部分改编为网游作品。《沉睡的方程式》获"庆祝中国共产党成立100周年"网络文学主题征文大赛三等奖；《逆行的不等式》获第二届"中国·襄阳岘山网络文学奖"最佳现实主义题材作品奖，并获第四届（2022）辽宁网络文学"金桅杆"奖，入选中国作协2022年网络文学重点扶持作品。2023年《逆行的不等式》荣登中国网络文学影响力榜网络小说榜（2022年度）。

风月　男，阅文集团大神作家。写文较早，2011年即已开始。主要作品《钢铁王座》《天驱》《寂静王冠》《天启预报》《长安：青莲剑歌》等。作者凭《天启预报》加封阅文2020年新晋大神，该作品在2023年仍受追捧，成为热搜作品之一。

凤嘲凰　男，起点中文网写手，阅文集团大神作家。主要作品有《诸天尽头》《在港综成为传说》《同时穿越了99个世界》《修仙就是这样子的》《重启神话》等。2023年7月凭《修仙就是这样子的》晋升阅文大神作家。

佛前献花　男，江西南昌人，阅文集团大神作家。主要作品有《聊斋大圣人》《神秘复苏》。据说以前有作品《穿越到聊斋世界》《驾驭鬼湖》《穿进聊斋后我无敌》，但都湮灭在网络中。《神秘复苏》目前还没有完结，网友认为是媲美《大奉打更人》的玄幻作品，目前已获50万收藏，凭此作品晋升2022年阅文集团大神，该作品2023年仍为热搜作品。

怪诞的表哥　男，广西人。2017年开始网络创作，以历史题材见长。主要作品有《满唐华彩》《终宋》《我非痴愚实乃纯良》《来寻》等。阅文集团公布的2022年榜样作家中，《终宋》获历史爆款王，成为2022年阅文十二天王之一。另外，《我非痴愚实乃纯良》入选探照灯书评人好书榜。

关关公子　女，起点中文网写手，阅文集团大神作家。主要作品有《太莽》《逍遥小都督》《世子很凶》《仙子很凶》《女侠且慢》等。阅文集团2022年十二天王榜样作家中，作者凭《女侠且慢》入选玄幻武侠最强新秀，成为2022年阅文十二天王之一，2023年7月晋升阅文大神。

关心则乱 女，原名郑怡，1980年生人，浙江人。晋江文学城签约作者，舟山网络作协主席。橙瓜见证·网络文学20年百位代表人物。从2009年开始在晋江文学城连载小说，代表作品有《HP同人之格林童话》《知否？知否？应是绿肥红瘦》《星汉灿烂，幸甚至哉》《江湖夜雨十年灯》等。《知否？知否？应是绿肥红瘦》入围"2019年度中国网络文学排行榜"之"中国网络文学IP影响排行榜"，2020年入选第二届泛华文网络文学"金键盘"奖影视改编类获奖作品，并入选国家新闻出版广电总局"优秀网络文学原创作品"推介榜单。《江湖夜雨十年灯》入选2023年"网文青春榜"。

关中老人 男，原名郭智鹏，陕西渭南人，现居西安。纵横文学专栏作家，中国作协会员，陕西作协会员，鲁迅文学院第十六届网络作家班成员。主要作品有《最强逆袭》《狂鳄海啸》《混世刁民》《雪尽春来》《般·若》《秦川暖阳》《一脉承腔》等。其中《混世刁民》，获2016年中国网络文学年度好作品奖。现实题材《一脉承腔》入选由国家新闻出版署、中国作家协会组织的"庆祝新中国成立70周年"主题网络文学作品暨2019年优秀网络文学原创作品，并在2023年荣获第六届柳青文学奖。《秦川暖阳》2023年7月入选中国作协网络文学重点扶持作品（新时代山乡巨变类），该作品在2023年"美丽中国"网络征文中获三等奖。

鹳耳 男，广西桂林人，现居上海。现主职为影视编剧，同时致力于文学创作和翻译。已创作小说数百万字，另有短篇散见于《萌芽》等杂志。曾翻译整本约翰·阿什伯里（John Ashbery）诗集。豆瓣阅读的新晋作者，已发布《双宿时代》《血色逃逸线》《恐树症》等作品。曾用笔名Camg于其他网站创作魔兽同人作品《乔贞案卷》，深受网友喜爱。其作品特色是颇具想象力的设定和戏剧性十足的故事情节。《双宿时代》获豆瓣阅读第二届长篇拉力赛幻想组冠军。2023年7月，《恐树症》入选"网文青春榜"榜单（2022年）。

光头强 男，本名万建宏，四川省网络作家协会会员。主要作品有《我做主播的那些年》《秦人餐馆》《片警小高》《盼春归》《彩虹丝路》《扶贫元宝村》《醉南江》《老兵新村官》《云端上的川途》《兽医扎次》等多部作品。《兽医扎次》获2023年"第五届扬子江网络文学作品大赛"三等奖

滚开 男，原名何庆丰，贵州人。中国作协会员，阅文集团大神作家，遵义市作家协会网络作家分会第一届理事会名誉会长。2020年，入选橙瓜见证·网络文学20年十大奇幻作家。主要作品有：《剑道真解》《巫师世界》《神秘之旅》《永恒剑主》《极道天魔》《召唤梦魇》《万千之心》《十方武圣》《我的属性修行人生》《末世法师》《隐秘死角》等。《极道天魔》曾火爆全网，在阅文集团旗下各网站的累积总收藏超过100万、总推荐票超过400万、总点击超过1亿，位列起点仙侠畅销榜前3名数月之久，并售出漫画、繁体、泰文翻译等版权，成为其最具知名度的代表作。2023年10月，《隐秘死角》获得第34届中国科幻银河奖最佳网络文学奖。

海底漫步者 男，山东淄博人。起点中文网签约作家，阅文集团大神作家。主要作品有《重生日本当神明》《临时监护人》《我的女友是恶女》《绝对一番》《在下壶中仙》《我可不是侦探》等。凭《绝对一番》于2019年登阅文集团年度十二天王之"都市海外题材精品王"，2023年晋升阅文大神作家。

和晓 女，上海人。起点中文网签约作家。主要作品有《颜控蜜恋史》《小众婚恋实录》《周末夫妻》《爱情冒险家》《爱情初遇见》《月姐黄》《大城小家》《眺望时光里》《远嫁而来》等。《上海凡人传》获起点中文网第六届现实题材网络文学征文大赛一等奖；该作还入榜2023年10月公布的"中国网络文学影响力榜网络小说榜"（2022）。

红刺北 女，1987年出生于江西南昌市。晋江文学城签约作者。作品众多，主要作品有《砸锅卖铁去上学》《不要乱碰瓷》《第九农学基地》《将错就错》《反串》《身娇体软男omega》《借我温柔》《我凭美貌勾搭大佬》《单身狗的春天》《暴力输出女配》等。其中《第九农学基地》入选2023中国作协网络文学重点扶持选题专项（科技创新和科幻主题）。

狐尾的笔 男，本名胡炜，生于1991年11月，江西余江人。阅文集团大神作家。主要作品有《艾泽拉斯变形大师》《太吾传人响当当》《道诡异仙》《诡秘地海》等。2023年1月阅文集团公布了2022年阅文12大榜样作家，狐尾的笔凭《道诡异仙》位列第一，成为该年度现象级破圈王；在同年的中国小说协会推荐的小说中，该作品同样位列其中；还入榜"网文青春榜"（2022年度），该年作者顺利晋升阅文大神。

狐颜乱语 男，原名曹小宁，湖北人。湖北省作家协会会员，湖北省网络作家协会理事，武汉作协网络作家专业委员会秘书长，鲁迅文学院第十四期网络作家培训班学员。2011年触网写作至今，高产2000余万字，尤以医生文见长。2016年签约塔读文学，代表作《绝品神医》全网点击过十亿，收藏过百万，常年在各大网站榜单排名前列，已改编漫画、听书。现签约七猫中文网，连载《盖世神医》，又成爆款，2023年入选七猫2022年男频必读榜年度必读书籍TOP10，名列第二。

画笔敲敲 女，成都人，曾从事餐饮行业，机缘巧合进入网文界，现为阅文集团大神作家，擅长写古代言情文、种田文。主要作品有《重生之掌家嫡女》《胎穿九岁嫡女》《十里稻花香》《穿越成嫡女随身空间种出精米赈灾》《国库亏空皇帝向一个小丫头借钱》等。2023年8月晋升阅文大神。

姞文 女，本名周斌，南京人。南京市文化名家工作室领衔名家，江苏网络文学谷首位入驻作家。其作品"姞文江苏故事系列网络小说"（其中"秦淮故事Nanjing Stories"十部）均以江苏名胜古迹为题材，一书一景，获20余项文学奖，包括国家新闻出版署和中国作家协会的优秀网络文学原创作品奖、国家新闻出版署优秀网络文学出版工程奖、中国出版政府奖、中国工业文学奖、全球华文文学星云奖等。在旅居加拿大期间，成为加拿大北岸作家集合唯一入选中国作家，被海内外读者亲切地称为"南京的文化使者"。作品《熙南里》获2023年"第五届扬子江网络文学作品大赛"三等奖。

子与二 男，本名云宏，起点中文网白金级作家，网络文学知名历史作家。代表作有《唐砖》《大宋的智慧》《银狐》《汉乡》《明天下》《我不是野人》《唐人的餐桌》等。2018年5月，第三届"橙瓜网络文学奖"评选中位列十二主神。2019年，位列首届甘肃网络文学八骏，2020年荣获橙瓜见证·网络文学20年十佳历史大神。2021年作品《我不是野人》入选阅文年度好小说。2023年新作《唐人的餐桌》入选中国作协网络文学重点扶持作品（中华优秀文化主题）。

净无痕 男，阅文集团白金作家，网络文学知名玄幻作家，江西省网络作家协会主席。主要作品《绝世武神》《太古神王》《伏天氏》《7号基地》等。2018年5月，净无痕入选第三届"橙瓜网络文学奖"百强大神。2019年2月至10月，其连载作品《伏天氏》于起点中文网稳居男频月票榜前十名，获第四届橙瓜网络文学奖最具潜力十大游戏IP。2020年获橙瓜见证·网络文学20年十佳玄幻大神，《伏天氏》冲进百度热搜十大网络小说。2023年《7号基地》获起点中文网第一届起点科幻"启明星奖"最佳风格奖。

九戈龙 男，本名成龙，河北定州人。中国作家协会会员，河北省网络作协副主席，河北省文艺评论家协会理事，定州市作家协会副主席兼秘书长，鲁迅文学院河北高研班结业，2021年获得第五届河北省德艺双馨文艺工作者称号。他是全国最早进行网络文学创作的作家之一，从2000年至今笔耕不辍，出版、发表长篇小说、儿童文学10余部，散文、随笔、短篇小说上百篇，总计超过1000万字。主要作品有《大唐旭日》《掌心》《第三类任务》《神行机甲》《绮梦天堂》《彼岸之游戏》《空贼王》《勇士之路》等。新作《家庭阅读咨询师》入选2023年中国作协网络文学重点扶持作品（美好生活主题）。

酒剑仙人 男，起点中文网签约作家。现有作品《都市酒仙系统》《开局账号被盗，反手充值一百万》《你这律师不对劲》。第一本《都市酒仙系统》登上起点首页中封推；《开局账号被盗，反手充值一百万》获50万收藏，凭此书获封2022年榜样作家十二天王之都市先锋王者。

赖尔 女，原名周丽，江苏南京人，中国作家协会会员。已出版长篇小说40余部，售出数部影视版权，作品被翻译成多国语言，远销海外。长篇儿童文学《我和爷爷是战友》入选中国第十二届"五个一工程奖"角逐，获贡献奖。长篇魔幻小说《圣诞的魔法城》动漫、游戏、影视全产业链打造，根据小说改编的主题公园于2016年起在南京、秦皇岛等地相继开业。长篇科幻小说《全息陨落》获2016年新浪小说大赛二等奖、年度燃烈作品奖。长篇青春小说《看上你了不解释》《母亲大人是萝莉》将由乐视影业改编同名网络剧。长篇都市悬疑小说《无声之证》，被改编成手机游戏。《女兵安妮》2023 年获南京第八届紫金山文学奖（网络文学作品）。

老宏　男，本名范海平。主要作品有《国企重生》《传世琉璃》《密藏沉浮录》等。《传世琉璃》2023 获第五届扬子江网络文学大赛三等奖、最佳故事情节奖。

历史系之狼　男，原名艾力塔姆尔·排尔哈提，维吾尔族，新疆人，95 后。起点中文网签约作家，阅文集团大神作家，新疆作家协会网络作家分会第一届理事会理事。主要作品《捡到一本三国志》《捡到一只始皇帝》《家父汉高祖》《历史系之狼》。其作品风格幽默诙谐，笔下角色刻画生动，并形成了独特的"翻译体"文风，备受读者喜爱。《家父汉高祖》一经上网，立即风靡网络，均订破 5 万，作者月收入破百万，长期霸占历史向榜首。作者凭此作晋升阅文 2022 年大神。

林特特　女，本名杨颖，1979 年生，安徽合肥人，毕业于中国人民大学清史研究所，做过教师、编辑，在国内多家报纸、杂志开设专栏，国内新晋畅销书作家。著有《以自己喜欢的方式过一生》《爱人与仇人都会老去》《仅记住所有快乐》《你的委屈，终成治愈》《世界那么大，我想去看看》《烟火向星辰，所愿皆成真》。作品《雨过天晴：我回家上班这两年》入选 2023 年中国作家协会网络文学重点作品扶持选题名单（美好生活主题）。

灵犀无翼　女，原名任佳英，四川南充人。四川作家协会会员，南充市作协影视专委会委员，擅长历史、现实类题材，已出版十余部文史作品、小说。主要作品《堇色无恙芰荷香》《寻常巷陌》《江海潜寻》《长安未歇》《遇见文创师》《金缕词》《春雨——大国绅商张謇》《寻常巷陌》等。《春雨——大国绅商张謇》入选中国作协 2021 年网络文学重点扶持作品；《寻常巷陌》入选中国作协 2023 年网络文学重点扶持作品（美好生活主题）。

流浪的军刀　男，原名周健良，又名最后的游骑兵。著有长篇小说《终身制职业》《愤怒的子弹》《使命召唤》《血火流觞》《极限拯救》《逆火救援》等。其作品摒弃了传统军事小说的写作方法，着重描述特种作战及超限战理念下的小规模精确突击。有大批铁杆粉丝，是铁血文学的扛鼎斗士。2019 年 5 月，在"2018 年中国网络小说排行榜"评选中，作品《血火流觞》入选未完结作品榜单。2019 年，被授予 2018 年度湖南十大网络文学作家荣誉称号，2020 入选橙瓜见证·网络文学 20 年十佳军事大神、百强大神。《逆火救援》入选中国作协 2023 年网络文学重点扶持作品（美好生活主题）。

榴弹怕水　男，起点中文网签约作者，阅文历史大神作家。已完成的作品《韩娱之影帝》《覆汉》《绍宋》《黜龙》等。2021 年被华东师范大学主办的"未来文学家"大奖遴选为十大未来作家之一。《黜龙》入选中国作协 2023 年网络文学重点扶持选题名单（中华优秀文化主题）。

柳千落　原名王冠慈，辽宁盘锦人，可能是陕西宝鸡钢管厂职工。已知的小说三部：《制作人攻略：我是 90 后》《我的相亲对象都是奇葩》《百炼钢与绕指柔》。

其中《百炼钢与绕指柔》入选 2023 年中国作协网络文学重点扶持项目（中国式现代化主题）。

龙升云霄 一个默默前行的写作者，以科幻为主。已知作品有《港综 1986》《万界唯一》《残酷生存系统》《电影世界穿梭门》《影视先锋》《诸天从茅山开始》《降临诸天世界》《诸天新时代》《我有一个仙道世界》。其中《电影世界穿梭门》获 30 万推荐票；《诸天从茅山开始》被网友评为 2023 年最受欢迎作品之一。

路远 男，原名官亚兵，江西金溪人，70 后。凤凰网、网易、番茄小说网签约作家，鲁迅文学院十四期网络文学作家培训班学员，首届好故事训练营暨中国网络作家高级培训班学员，首期全国网络作家在线学习培训班优秀学员，中国小说学会会员，江西省作家协会会员，抚州市作家协会理事，抚州日报特约撰稿人。先后在《人民日报》、新华社、中央人民广播电台、《江西日报》《中国研究生》《国家电网报》等媒体上发表散文、诗歌、消息、通讯等体裁文章 2000 多篇。《市长返村记》入选 2023 年中国作协网络文学扶持专项（仅两项）。

乱世狂刀 男，原名李国瑞，陕西人。2014 年中国作协鲁迅文学院第一届网络作家高研班成员。中国作协会员，陕西省青年文学协会副主席，纵横中文网签约白金级大神作家。主要作品有《足球修改器》《国王万岁》《刀剑神皇》《御天神帝》《圣武星辰》等。曾获纵横中文网 2016 年最受欢迎作家奖，第二届陕西青年文学奖，2016—2017 年最具价值网络大电影等荣誉。2018 年 5 月，第三届"橙瓜网络文学奖"评选中位列百强大神，作品《圣武星辰》荣获年度百强作品奖，2019 年 7 月，入选"首届甘肃网络文学八骏"。2023 年，作品《山花烂漫时》获"美丽中国"征文三等奖；《刀剑神皇》入选网络文学海外传播榜。

洛明月 男，东北农业大学遗传作物学博士、中国网络作家村成员、掌阅科技签约作家，著有《荒魂塔克木》《重楼》《三十年河西》《沉默之觉醒》《粮战》《问稻》等作品，多次获得国家新闻出版署、中国音像与数字出版协会的重要奖项。《荒魂塔克木》曾获首届掌阅文学大赛一等奖。作品《问稻》2023 年入选中国作协网络文学扶持选题名单（中国现代化主题）。

卖报小郎君 男，居上海。2017 年开始在网上发表作品。主要作品有《九州经》《我的姐姐是大明星》《原来我是妖二代》《古妖血裔》《大奉打更人》《灵境行者》等。因《大奉打更人》晋升阅文 2020 年十二天王之仙侠探案爆梗王，晋升大神。2022 年《灵境行者》位列起点年度榜榜眼，作者成功晋升阅文集团白金作家，2023 年该书获起点第一届科幻"启明星奖"之最佳 IP 潜力奖，同时获第 33 届"中国科幻银河奖"之最具改编潜力奖。

喵喵大人 女，七猫中文网签约作者。已知作品有《第一瞳术师》《傲娇帝尊独宠我》。作品《第一瞳术师》入榜七猫 2023 年公布的 2022 年七猫必读作品女频 TOP10 第一。

喵太郎 女，知乎签约作家。已知作品有《十年之后，我们一定会再次相遇》《我本以为我是女主角》等。后一作品入榜2023年第二届"网文青春榜"。

南派三叔 真名徐磊，男，1982年生人，浙江嘉兴人。主要作品有《盗墓笔记》系列、《大漠苍狼》系列、《怒江之战》系列、《藏海花》系列、《沙海》系列、《黄河鬼棺》系列等。2013年曾宣布封笔，但2014年因版权纠纷再次露面，并成立杭州南派投资管理有限公司，专业从事IP生态运营开发业务，现已启动《盗墓笔记》《老九门》等IP大计划。2015年微博开更《老九门》和《勇者大冒险》。新作《花夜前行》入榜2023年第二届"网文青春榜"。

南腔北调 男，天津人，95后。毕业于土木工程专业，业余跟风热点进行过创作，但成绩一般。经过游戏文案、剧本杀锻炼后，后投身起点中文网，先后创作了《我在秋斩刑场当缝尸人那些年》《俗主》等作品，皆获巨大成功。2023年1月获封阅文集团榜样作家十二天王之2022"科幻创意王"。

南瞻台 男，出生于1995年，是阅文新晋大神作家。2019年开始创作，出道即巅峰，《我有一棵神话树》在起点获100万推荐。第二本《当不成赘婿就只好命格成圣》同样大受欢迎，目前已获百万推荐。凭此两部作品，2023年晋升2022年阅文集团榜样作家十二天王之"玄幻反套路王者。"

裴不了 男，阅文签约作家，一书封王的又一人。2020年7月开始网络写作，书名为《我不可能是剑神》，这是一本无厘头的仙侠情景喜剧作品，上架不久即受追捧，连续5个月位列起点品类月票前十，获50万收藏。凭此书作者获阅文2021年度十二天王之"95后爆笑仙侠新人王"。后又创作了《请公子斩妖》，继续爆款，2023年晋升阅文集团大神作家。

裴屠狗 男，起点中文网签约作家。创作以玄幻为主，主要作品有《大道纪》《诸界第一因》《诸天大道宗》《诸天投影》《道爷要飞升》等。作品颇受欢迎，有三部登上起点封推，《道爷要飞升》更受欢迎，并凭此作品荣登2023年阅文集团榜样作家十二天王之古典玄幻复兴王者（2024年1月公布）。

偏方方 女，阅文潇湘书院签约作家。代表作品有《仵作医妃》《侯门弃女之妖孽丞相赖上门》《神医娘亲之腹黑小萌宝》《首辅娇娘》等。其文风简洁大气，情节环环相扣、引人入胜；擅长悬念和伏笔描写，作品极具创新气息。多部作品已出版。2021年晋升阅文大神作家，2023年晋升阅文白金作家。

彭湃 男，1989年出生，湖南浏阳人。《紫色年华》签约作者及编辑。2010年左右开始创作，著有长篇小说《再见，彭湃》《空城少年》《我送你的年华还留着吗》《女孩不哭》《猎能者》以及《当我们的青春渐渐苍老》《当我们的青春无处安放》《当我们的青春渐行渐远》青春三部曲。2022年开始创作的网络小说《异兽迷城》大受欢迎，成为2023年网络爆款作品。

卿浅 女，出生于1998年，研究生，阅文集团大神作家。著有作品《灵妃倾天之妖帝已就擒》《真千金她是全能大佬》《被夺一切后她封神回归》《我曝光前世惊炸全网》等。2023年晋升阅文大神。

轻泉流响 男，1999年出生，阅文集团大神作家。2017年开始网络写作，代表作品有《宠物小精灵之庭树》《精灵掌门人》《不科学御兽》《御兽之王》等。《不科学御兽》上架之后，就一直稳定在起点月票榜、畅销榜前十，目前均订成绩4.7万，创造了起点御兽文的最高纪录。也因此获阅文集团2021年十二天王之"95后玄幻新锐爆款王"，该作品2022年位列起点年度榜前十，并让作者成功晋升阅文集团大神作家，2023年该作品入榜第二届"网文青春榜"，并入榜中国作协网络文学海外传播榜。

情何以甚 男，起点中文网签约作者，一书成王的又一例证。2019年开始在起点中文网创作《赤心巡天》，得到众多读者的认可，变得大热，目前已更新750万字，还在连载中，暂列起点中文男频月票第二。阅文集团2023年1月公布的2022年榜样作家十二天王中，作者凭该书夺得"古典仙侠王者"。

群星观测 晋江文学城签约作者，于2021年开始连载《寄生之子》，共177万字。该书在2023年第六届晨曦杯获奖者名单中排名第一，开局即获奖。

如涵 女，起点中文网签约作者。主要作品有《我的爱只为你营业》《玉容娇》《满城花开只为君》《童心无惧》《你是冰上暖阳》《心有万里星海》《芳心案许》《心有琉璃瓦》等。《心有琉璃瓦》获第一届阅见非遗征文大赛优秀奖，入选2023年中国作协网络文学重点扶持项目名单（美好生活主题）。

如水意 男，阅文集团大神作家，军事题材代表作家。著有《佣兵的战争》《间谍的战争》《末日之最终战争》《火力法则》《坠落》《火力为王》等。2013年开始网文创作，目前已更新1700万字。2023年完结的《火力为王》获百万推荐，均订达4.7万，有成王潜力。

三百斤的微笑 男，起点中文网签约作家。主要作品有《饲养全人类》《我的头发能创造妖国》《人类大脑牧场》《我在黄泉当教主》《我的瓶中宇宙》《这群玩家比诡更诡》等。2019年开始网络创作，已更新1000多万字。《我的瓶中宇宙》在2023年起点中文网举办的第一届科幻"启明星奖"中获"最佳创新奖"。

三九音域 男，1999年生，2022年中国作协网络文学青年创作骨干培训班学员，江苏省网络作协会员，番茄网签约作者。主要作品有《超能：我有一面复刻镜》《戏鬼回家》《大厦将倾，我屹立于文明废墟》《我在精神病院学斩神》《我不是戏神》等。《超能：我有一面复刻镜》入选中国网络文学影响力榜（2021年度）新人榜。《我在精神病院学斩神》入选2023年7月公布的第二届（2022年）"网文青春榜"榜单，现出版、漫画、海外、有声、动漫等版权已售出，成为现象级作品。本人也因此入选番茄小说2023年度"殿堂作家"。

三生三笑 女，1984年生，广东省作家协会会员，鲁迅文学院第十三期网络文学高级研修班学员。代表作《粤食记》《我不是村官》《甘霖》《白衣暖阳》（原名《我们都是天使》）等。擅长现实题材创作，关注基层工作者，擅长把文化文旅、民俗风土融入故事，刻画富有人情味的民间百态风情画。《我不是村官》入选国家新闻出版署2021年"优秀现实题材和历史题材网络文学出版工程"。《粤食记》入选2022年中国作家协会网络文学重点作品扶持项目。《逾鸿沟》入选2023年中国作家协会网络文学重点作品扶持选题（中华优秀文化主题）。

杀虫队队员 男，1991年生，山东青岛人。番茄小说金番作家，擅长悬疑幻想类题材，设定新颖，多重反转，笔下人物鲜活立体。代表作《传说管理局》《十日终焉》等。《十日终焉》居番茄悬疑榜TOP1，上架1年累计千万读者阅读，超21万读者打出9.8的评分，追更人数300万+，长期蝉联番茄总阅读榜TOP1，其网络影响力已成功"破圈"，作品已改编广播剧，出版实体书，售出动漫、影视版权。

善水 男，温州市作协会员，中国作家协会会员，鲁迅文学院第九期网络作家进修班学员，温州市网络作协主要筹备人之一。于2008年开始从事网络文学创作，十多年来累计完成作品十几部，总字数近千万，主要代表作品有《宅妖记》《逼良为妖》《召唤大领主》《史上第一妖》等。2020年9月，《书灵记》入选"2019年度中国网络文学排行榜"之"中国网络小说排行榜"；2021年获第四届茅盾新人奖·网络文学奖。2023年《女儿来自银河系》入选2023年中国作家协会网络文学重点作品扶持选题（科技创新和科幻主题）。

上山打老虎额 男，原名邓健，起点中文网签约作者，阅文集团大神作家。中国作协会员，江西省网络作家协会副主席，宜春市网络作家协会主席。橙瓜见证·网络文学20年十大历史作家，百强大神作家。2011开始入行，已有作品3400万字，主要作品有《娇妻如云》《明朝好丈夫》《士子风流》《公子风流》《唐朝小官人》《庶子风流》《大文豪》《明朝败家子》《唐朝贵公子》《锦衣》《我的姐夫是太子》等。

尚启元 男，山东人，曾用笔名"浪子行者""小七"。中国大陆90后作家代表人物之一，编剧，导演。山东省网络作协第一届秘书长。多家杂志专栏作家，多次获文学艺术大奖，曾一度被评为"90后最有人情味的作家"和"传统文学的最后一道防线"称号。主要作品有小说《帝国宝藏》《大门户》《芙蓉街》等，散文随笔《你若不伤，岁月无恙》等，影视剧《少年范仲淹》《乱》等。其中《芙蓉街》获2018—2020年度英国普利茅斯文学奖。网络小说《微风吹拂过的时光》《刺绣》《长安盛宴》《川藏玄镜》等。其中《刺绣》获第三届（2021）辽宁网络文学"金桅杆"奖。2022年获第四届辽宁网络文学"金桅杆"奖新人奖。2023年《戏角儿》入选中国作家协会网络文学重点作品扶持选题（中华优秀文化主题）。

时镜 女，晋江文学城签约作家。笔耕不辍，作品众多，被誉为宝藏级作家。主要有《剑阁闻铃》《坤宁》《我不成仙》《贫僧》《我本闲凉》《物色》《我的印钞机女友》《大清厚黑日常》《神鉴》《和珅是个妻管严》《废后复仇》《票房毒药翻身记》《道场》《组团当山贼》《姜姒虐渣攻略》《天天被读者扎小人的坑神你伤不起!》等。2023 年《剑阁闻铃》入榜第二届"网文青春榜"。

时音 女,真名裴凯茹,中国作家协会会员。代表作《长安秘案录》《大宋小宅门》《侍女谋》《九重抄》《布衣公主》等。《侍女谋》2015 年获得宿迁市首届金鼎文学艺术奖。2023 年《长安秘案录》荣获江苏省第八届紫金山文学奖。

树下小酒馆 女,起点中文网女频签约作家。主要作品有《山河灯火》《十八城》《三十且慢》《冷链二十年》《潮海人间》等。作品不少,但字数不多,一般在 20 万字左右。《山河灯火》入选中国作协网络文学 2023 年重点扶持项目(新时代山乡巨变主题)。

双鱼游墨刘钰 女,本名刘钰,身份众多,编剧、作家、编辑。代表作品《中国式合伙人》《我不能恋爱的女朋友》《致我们暖暖的小时光》《米其安得林大厨》等。新作《格但斯克的午夜阳光》入选 2023 年中国作协网络文学重点扶持项目(中华优秀文化主题)。

睡觉会变白 男,起点中文网作家,阅文集团大神作家,都市题材代表作家。神秘低调,因为常常腰疼请假被书友称之为少妇白,但写文常与社会热点事件挂钩,被称为老司机。作品多变,有文艺,有仙侠,也有都市。代表作品有《文艺时代》《顾道长生》《从 1983 开始》《这不是娱乐》《重生之我要冲浪》,真正开始火是《从 1983 开始》,给我们还原一个八十年代,是经典的年代文了。

素衣凝香 女,本名李琳,黑龙江人。中国作家协会会员,鲁迅文学院第十三期高研班学员。主要作品有《糖是怎样恋成的》《重生之点翠妆》《长恨宫》《艾米追爱记》《冰魂》《茶魂》等。其中多部出售影视改编版权或国外出版权。《冰魂》获"新时代的中国"第二届网络文学现实题材主题征文大赛二等奖;《糖是怎样恋成的》获起点中文网全球华语原创文学大展"最具商业价值作者"奖。《茶魂》获江苏省 2023 年第五届扬子江网络文学大赛二等奖。

唐甲甲 男,网上传言原名唐四方。现为起点中文网签约作家。名下作品有《相声大师》《戏法罗》《北平说书人》《大医李可》等;入起点后名唐甲甲,作品有《中医许阳》《中医高源》。新作《中医高源》入选中国作协 2023 年重点扶持项目(中华优秀文化主题)。

天瑞说符 男,原名何健,1996 年生人,阅文大神作家。中国作协会员,九江市网络作家协会主席。代表作品有《死在火星上》《泰坦无人声》《佛说不可曰》《我们生活在南京》等。2019 年 11 月,《死在火星上》荣获第 28 届中国科幻银河奖"最佳网络文学奖"。2020 年 9 月,《死在火星上》又荣登"2019 年度中国网络文学排行榜"之"中国网络小说排行榜"。2021 年《我们生活在南京》被阅文推为年度好书,同时晋升大神作家,该书 2022 年获中国小说协会年度网络好小说奖,同时入选中国作协 2022 网络文学重点扶持作品。2023 年《保卫南山公园》获第一届起点科幻启明星奖银奖。《我们生活在南京》获晨曦杯"地球末日版新海诚奖",同年 10 月入榜"中国网络文学影响力榜"(2022 年度);《泰坦无人声》获第 33 届银河奖"最佳原创图书奖"。

听日 男,起点中文网签约作家,阅文集团大神作家。2018 年开始网络小说创作,主要作品有《日娱浪人》《日娱假偶像》《小世界其乐无穷》《新手村村长》《你很强但现在是我的了》《术师手册》等。《术师手册》是一本爆梗奇幻轻喜剧,上架即受热捧,登起点月票榜前十,连续 6 个月居起点品类榜前十,稳居品类畅销榜前列,获 50 万收藏。作者也凭此书获阅文 2021 年十二天王之"奇幻轻小说最强新秀",2022 年凭此晋升大神作家,该作品 2023 年仍受追捧。

头顶一只喵喵 阅文集团签约作家,擅长历史类,2022 年新晋天王。作品有《大秦:不装了,你爹我是秦始皇》《家父李世民,我来发动玄武门之变》。《大秦:不装了,你爹我是秦始皇》获 50 万收藏;《家父李世民,我来发动玄武门之变》虽未完结,但已获一千张月票,凭两书,作者晋升阅文 2023 年榜样作家十二天王之"历史文畅销新人王"。

文抄公 男,阅文集团大神作家。主要作品有《香火成神道》《巫界术士》《主神崛起》《逍遥梦路》《问道章》《超凡黎明》《诸世大劫主》《神秀之主》《神秘之劫》《苟在妖武乱世修仙》等。2014 年开始网文创作,已完成 2300 万字,非创新型作家,但有自己的风格,作品多,读者也多,每一本作品都有较高评价和众多读者。真正的网络大神之一。

我会修空调 男,原名高鼎文,1993 年生,代表作《我有一座冒险屋》。该作品荣获第四届橙瓜网络文学奖年度百强作品。《我有一座冒险屋》是眼下起点中文网悬疑推理类作品的人气第一。该小说上线半年后,仅在起点中文网就收获超过 9000 万的点击、数十万条评论、100 多万名粉丝,一举打破起点中文网 13 年来新人月票纪录。2019 年,荣获第四届橙瓜网络文学奖暨见证·网络文学 20 年十佳灵异大神提名。作品《我的治愈系游戏》2021 年被阅文推为年度好书,2023 年获 34 届中国科幻银河奖最佳原创图书奖。

吾谁与归 男,起点中文网签约作家。2019 年开始网络创作,默默耕耘,5 年时间完成 1000 万字,作品表现稳定。主要作品有《北宋振兴攻略》《皇明天子》《重启 2009》《朕就是亡国之君》《朕真的不务正业》等。2023 年完结的《朕就是亡国之君》广受读者喜爱好评,均订达到一万;新书《朕真的不务正业》继续保持良好势头。

梧桐私语 原名吴琼,出生在东北,中国作家协会会员。作品众多,出版了《原来,我在这里等你遇见我》《在开始的地方说再见》《若我不曾忘记你》《遇见最好的你》等作品。网络出版了《逝者之证》(原名《命定终笙》)、《如沐春光》

《如果从未爱上你》（原名《给你点儿颜色看看》）、《祸到请付款》等。2023年5月，作品《嵘归》入选2023年中国作家协会网络文学重点作品扶持选题名单（美好生活主题）。

误道者 男，阅文集团签约作者，仙侠小说顶级作家。2008年开始网文创作，但仅完成三本，《异世盗皇》《大道争锋》《玄浑道章》，《天人图谱》还在连载中。《大道争锋》2012年开始连载，2019年才完成，历时7年，750万字，广受读者好评，获数百万推荐，有人赞为《凡人修仙记》的升级版。《玄浑道章》也有720万字，获近500万推荐，成为2023年重要的仙侠小说之一。

西门瘦肉 男，湖北人，居武汉。阿里文学签约作家。著作有灵异小说《剪灯诡话》《午夜麻将馆》《胡易道李木子》《世界异化物语》等，搞笑小说《我把桃花切一斤》，悬疑小说《罚罪》，探案小说《天师神探之旌阳案》《神探江湖》，科幻小说《三杯侠》，短篇故事《怪谈》《采风》《江城故事》《回光者》《婚葬歌手》《怪谈协会》等。作品诡异多变，语言干净利落。作品《怪谈协会》在第二届（2022）中国襄阳·岘山网络文学奖中获最佳类型作品奖。《梦回梨园》入选2023年中国作家协会网络文学重点作品扶持选题名单（中华优秀文化主题）。

西子情 女，天津人，为潇湘书院金牌作者。已出版作品《妾本惊华》《卿本惊华》《纨绔世子妃》《京门风月》《粉妆夺谋》《青春制暖》《花颜策》等。2018年，加入中国作家协会。2019年，获得第四届橙瓜网络文学奖暨见证·网络文学20年百强大神提名。2023年晋升阅文白金作家。

希行 女，原名裴云，阅文集团白金作家，女性网络文学超人气作者。生于燕赵之地，以笔编织五彩灿烂的故事为平淡生活增添几分趣味，爱有一技之长的女主，希望读者女子们能悦之一笑。主要作品有《名门医女》《药结同心》《重生之药香》《回到古代当兽医》等。作品大多简繁出版，其中《娇娘医经》《君九龄》已出售影视权。作品《第一侯》入选第四届橙瓜网络文学奖百强作品。2020年入选橙瓜见证·网络文学20年百强大神。《楚后》被阅文推为2021年度好书。《洛九针》入选2023年中国作家协会网络文学重点作品扶持选题名单（中华优秀文化主题）。

骁骑校 男，原名刘晔，中文在线17K小说网签约作家，中国作家协会会员。曾在鲁迅文学院参加培训学习，第一届网络文学联赛导师。主要作品有《铁器时代》《武林帝国》《橙红年代》《国士无双》《春秋故宅》《匹夫的逆袭》《罪恶调查局》《好人平安》《长乐里：盛世如我愿》等。2019年12月，荣获第二届茅盾文学新人奖·网络文学新人奖。2020年，骁骑校入选橙瓜见证·网络文学20年十佳历史作家、百强大神作家。2021年作品《长乐里：盛世如我愿》被中国小说学会推为年度好小说，同时入选中国作家协会2021重点扶持作品，2023年获上海第二届天马文学奖。

萧西宁 女，苏州市作协会员。文字细腻，行文流畅，笔下故事结构丰满，跌宕起伏。代表作《婚战：只结婚不说爱》已在中国台湾出版繁体字版，另有《门当户对》《婚战：梦寐以囚》《婚战：复仇女神》《双魂记》《这辈子还能在一起吗》等多部小说在网络连载。《身如琉璃心似雪》2023年获得"最江南"主题网络文学作品征文大赛二等奖，并在第八届紫金山文学奖评选中再次获奖。

燕北 男，番茄小说签约作者。主要作品有《绝世无双》《顶级强者》《谢少，宠婚请低调》《禁欲男神，想爱请抓紧》《天神殿》等。2023年作者凭《天神殿》入选番茄殿堂作家。

小呆昭 男，阅文集团签约作家。2018年开始网络创作，6年完成4本，约700万字。主要作品有《我的一天有48小时》《仙丹给你毒药归我》《修真界失恋康复指南》《打工先知》等。作品内容丰富深受广大读者喜爱。第一本《我的一天有48小时》获广泛好评，为其后面的创作奠定了基础。最有代表性作品《打工先知》均订阅量达2万，成为2023年网络流行作品之一。

言归正传 男，阅文集团大神作家。2017年开始网络小说创作，目前共有4部作品。它们是《洪荒二郎传》《地球第一剑》《我师兄实在太稳健了》《这个人仙太过正经》。言归正传的作品思维缜密，语言平实，出道即受欢迎。第一部作品获10万收藏，第二部作品获20万收藏，这在新作家中是很少见的。凭《我师兄实在太稳健了》作者晋升2020阅文新大神，该书被中国小说学会推为2021年度好小说；而作品《这个人仙太过正经》被阅文推为2021年度好书。2022年晋升阅文集团白金作家。

叶语轻轻 掌阅科技签约作家，曾在师范学院毕业后担任过5年乡镇村官。从事写作8年，累计创作超过600余万字，著有《天使会降临》《山里飞来金凤凰》《地里种出幸福菜》等十余部作品。其中，《地里种出幸福菜》曾获批"北京宣传文化引导基金——优秀网络出版项目"。《三孩时代》入选2023年中国作家协会网络文学重点作品扶持选题名单（美好生活主题）。

一蝉知夏 女，阅文集团签约作者。2022年2月开始入行，目前已经完成的作品是《我家娘子，不对劲》，作品400余万字，2023年11月完结，历时21个月。凭该书，作者入选阅文集团2023年公布的榜样作家十二天王（2022）之轻语小说王者。新书《明日拜堂》正火热更新中。

一刀斩斩斩 男，起点签约作者。重要的幕后流作者之一。2018年出道，目前创作700多万字。主要作品《我是幕后大佬》《我绑架了时间线》《我的玩家能成神》《谁动了我的韭菜》等。第一本《我是幕后大佬》登上起点首页大封推，均订也是过万，不错的成绩。2023年完结的《我绑架了时间线》受到很多读者欢迎，成为当年重要的小说之一。

伊朵 女，新疆人，网络作家。有作品《王牌校草独家爱》《王牌校草独家爱2》《国民校草宠翻天》《法医新妻不好惹》等言情类作品。现实主义作品《奔腾的绿洲》入选2023年中国作家协会网络文学重点作品扶持选题名单（新时代山乡巨变主题）。

奕辰辰 男，新疆作家协会网络作家分会副秘书长，第一届理事会理事，纵横中文网签约作家。2021年纵横中文网年终盘点荣誉作家，2022年参加纵横中文网第一届大神训练营培训。代表作有《边月满西山》《慷慨天山》等。作品《慷慨天山》入选"喜迎二十大"优秀网络文学作品，2023年入选中国作家协会网络文学重点作品扶持选题名单（中国式现代化主题），并于2023年11月获得中南大学网络文学研究院等单位举办的"美丽中国"网络小说征文一等奖。

懿小茹 本名廖乙入，壮族。青海省作家协会会员。从事网络文学创作多年，入选中国网络文学影响力榜（2020年度）新人新作榜。长篇小说《永不言弃的麦小姐》获全国首届网络小说现实主义大赛三等奖；现实题材长篇小说《我的草原星光璀璨》入选2020中国作家协会网络文学中心重点扶持作品，2023年获第五届扬子江网络文学作品大赛获奖者一等奖。

阴天神隐 男，阅文集团签约作者。2015年开始网络创作，目前已创作1500多万字。主要作品有《燃钢之魂》《怪物被杀就会死》《高天之上》《永镇天渊》等。2023年凭《高天之上》入选起点榜样作家十二天王（2022）之基建冒险王，成为起点新一代天王。

银月光华 男，原名李邀，沈阳人，纵横中文网签约作家。代表作有《再战之缘（2006中日战争）》《天空奇迹》《钢流》《爱之轮回》《失落的世界之天兵》《哨兵出击》《代号：和平卫士南北殇》等。2023年5月，作品《大国蓝图》入选2023年中国作家协会网络文学重点作品扶持选题名单（科技创新和科幻主题），并获第三届七猫中文网现实题材征文大赛"金七猫奖"。

赢春衣 女，本名徐小琴，80后，新疆人，职业作家。2007年开始文学创作，出版有《永不放弃的灵魂》《蓝乌鸦》《始爱不渝》《曲爱同径》等作品。在番茄网有《阴花灼》《医女临朝之凤屠至尊》《翠山情》等作品。作品《翠山情》入选2023年中国作协"新时代山乡巨变创作计划"，同年获"美丽中国"征文三等奖。

羽轩W 晋江文学城签约作者。主要作品有《女神成长手册》《绑定生活系统后》《女配她一心向道》《荣耀王座》《我靠美食征服娱乐圈》《满级女配在田园综艺爆红》《现代修仙日常》《星际第一造梦师》等。2023年《星际第一造梦师》入选中国作家协会网络文学重点作品扶持选题名单（科技创新和科幻主题）。

玉楼人醉 女，阅文集团签约作者，大神作家，以甜宠文为主。主要作品有：《异能萌妃抱一抱》《人鱼娇妃要抱抱》《弃妃，你又被翻牌了！》《我为暴君画红妆》《穿书后，我被摄政王娇养了！》《娘娘是个娇气包，得宠着！》等。2023年8月晋升阅文大神。

郁雨竹 女，阅文集团签约作者，大神作家，以种田文为主。主要作品有《农家小福女》《终归田居》《林氏荣华》《从现代飞升以后》《魏晋干饭人》《正良缘》《童养媳之桃李满天下》等。2021年6月3日,第六届阅文原创IP盛典在上海揭晓了年度重磅原创IP榜单,郁雨竹《农家小福女》入选年度女频人气十强,作者也因此在2022年晋升阅文集团大神作家。《魏晋干饭人》位列2023年起点月票年赛第三,2023年7月入榜"网文青春榜"(2022)。

御井烹香 女,阅文集团签约作者。主要作品有《庶女生存手册》《嫡女成长实录》《皇后别闹了》《妃常难搞》《再梦红楼》《萌系大陆》《出金屋记》《海洋之心的回归》《豪门重生手记》等。2023年《买活》获第六届(2022)晨曦杯高质量书评辩论奖。

月光码头 男,本名王金瑞。鲁迅文学院第二十一期网络文学作家培训班学员,江苏省作家协会会员,中汇影视签约编剧,七猫免费小说大神作者。《蔬果香里是丰年》荣获2021年上海市作家协会"现实题材重点创作项目(网络文学)"扶持项目。

远瞳 男,原名高俊夫,阅文集团新晋白金作家,河北省网络作家协会理事。擅长恢宏壮阔世界的搭建,代表作有《异常生物见闻录》《希灵帝国》《黎明之剑》《深海余烬》。2019年1月,《黎明之剑》入选第四届橙瓜网络文学奖年度十大作品、获第四届橙瓜网络文学奖暨见证·网络文学20年十佳科幻大神提名奖,本人获第四届橙瓜网络文学奖暨见证·网络文学20年百强大神提名。《黎明之剑》获中国小说协会2022年度网络好小说奖。2023年,《深海余烬》获起点第一届科幻启明星奖特等奖、第33届中国科幻银河奖"最佳科幻网络小说",入选中国作家协会网络文学重点作品扶持选题名单(科技创新和科幻主题)。

云峰 男,七猫免费小说签约作者。主要作品有《北派盗墓笔记》《绝世鬼医》《我当土夫子的那些年》《诡盗奇谈》《妙手通神》《神医凶猛》《村野小医圣》等。2023年《北派盗墓笔记》大火,并入选"2022年七猫必读榜必读书籍TOP10"之第三。

宅猪 男,原名冯长远,阅文集团白金作家,网络文学知名作家,文笔老到,故事精彩,深受读者喜爱。著有《野蛮王座》《独步天下》《帝尊》《人道至尊》《牧神记》《临渊行》《择日飞升》等。《临渊行》2019年12月16日于起点中文网累计获得十万个收藏。2019年,《牧神记》获得第四届橙瓜网络文学奖最具潜力十大动漫IP,入选第四届橙瓜网络文学奖百强作品,荣获第四届橙瓜网络文学奖暨见证·网络文学20年十佳玄幻大神提名奖,第四届橙瓜网络文学奖暨见证·网络文学20年百强大神提名奖。《择日飞升》位列2022起点年度榜探花。

这很科学啊 男,阅文集团签约作者。2019年开始进入网文界,已完成1000万字的创作。主要作品有《HP黑暗时代》《我在霍格沃茨氪金变强》《什么叫游走型中单啊》《什么叫六边形打野啊》等。2023年1月,凭《什么叫六边形打野啊》

入选阅文集团2022年度榜样作家十二天王之"热血电竞人气王",晋升年度天王。

志鸟村 男,称号万人迷,阅文集团白金作家,文风多变,精通多种类型的小说。著有《时空走私从2000年开始》《未来图书馆》《唯我独法》《超级能源强国》《重生之神级学霸》《大医凌然》《国民法医》等作品,累计字数超过2000万,涉猎医学、科技、玄幻、重生、商战、科幻等多个题材。其中《重生之神级学霸》荣获第一届网络原创文学现实主义题材征文大赛优胜奖,一度掀起学霸流的热潮。2018年,凭借《大医凌然》一举跻身于速途研究院"2018中国网络文学男作家影响力TOP50"榜,并位列"最具影响力TOP5网文男作家"。该书2021年被中国小说学会推为年度好小说。2023年晋升阅文白金作家,《国民法医》入选中国作家协会网络文学重点作品扶持选题名单(美好生活主题)。

竹已 女,晋江文学城签约作家,言情小说新代表之一。2016年开始网络创作,主要作品有《声声引你》《总有颗星星在跟踪我》《她病得不轻》《多宠着我点》《奶油味暗恋》《败给喜欢》《偷偷藏不住》《难哄》《折月亮》等。《奶油味暗恋》获晋江文学城2018年现代言情年度盘点十佳作品,《偷偷藏不住》获晋江文学城2019年现代言情年度盘点十佳作品,《难哄》获晋江文学城2020年现代言情年度盘点十佳作品,并入选中国网络文学影响力榜(2020年度)IP改编影响力榜。其作品多有出版和改编。新作《折月亮》获中国小说协会2022年度网络好小说奖。

(聂庆璞 执笔)

第四章 热门作品

网络文学作为衡量中国当代文学发展取得突破性成就的重要维度，在政府机构、网站平台和读者、市场等多方力量规制下，其作品数量、质量、影响力和社会关注度在不断攀升。2023年，我国网络文学现实题材和科幻题材持续向好。随着网络技术与新时代气象结合越来越紧密，网络文学负担着日益重要的价值使命。作家创作继续向深度挖掘，呈现出对中国传统文化的更新与再造。网络文学创作呈现多种特点、趋势和变化的同时，也存在市场化、商业化模式之下的某些不足。网络文学需要更多的规范和引导，以确保其内容质量不断提升。同时，技术的不断进步也将为网络文学创作带来新的挑战和机遇，需要创作者不断探索，推进新的变革，实现可持续发展。

一、年度作品概观

1. 网络小说年度概况

（1）"网络性"与"新时代"结合，强化价值引领

网络小说的"网络性"一方面侧重技术属性，另一方面则要归结于网络文学的通俗性。在技术性方面，网络文学的文本是超文本，经由网页链接实现文本的跳跃；另外，网络小说是基于粉丝经济、消费文化而生的，能够在影视、动漫、漫画、游戏、有声剧等领域实现跨媒介生产，有较强的变现能力。网络小说的通俗性则主要表现在主题的通俗化、语言的通俗化和题材的类型化。

网络小说的"网络性"是伴随互联网的发展而来的。"新时代"则是来源于党的十八大有关中国发展的历史定位。网络小说的"新时代"立足于网络强国、精神文明建设的需要，强调网络小说作为文化建设的重要一环，日益发挥着重要作用。2023年8月28日发布的《中国互联网络发展状况统计报告》显示：截至6月，我国网民规模达10.79亿人，较上年12月增长1109万人，互联网普及率达76.4%。网络文学的用户规模较2022年12月增长3592万人，增长率达7.3%。[①] 互联网的迅猛发展值得关注，早在2015年政府部门就印发《中共中央关于繁荣发展社会主义文艺的意见》，鼓励推出优秀网络原创作品，承担丰富人民美好精神生活的使命。同时，网络小说所承载的意识形态属性，与网络文明建设息息相关，因而构建良好

---

① 数据来源：第52次《中国互联网络发展状况统计报告》，中国互联网络信息中心（CNNIC）。

的网络小说生态格局，促进主流化、精品化建设势在必行。网络小说"网络性"与"新时代"结合，即是在新时代语境下，充分利用互联网平台，增强网络小说的造血功能，推进网络文学向精品化、主流化发展。

网络小说追求积极乐观、奋发向上的精神气质。网络文学得益于国家大力发展的网络基础设施，并凭借媒介变革的东风，创制出了自己的生产机制。随着国家政策、网站平台积极导向，网络文学的快速发展激发了媒介的潜能，也展现出了网络小说蓬勃的生产力。网络小说每日上线、更新的字数远远超过传统纸媒文学，可谓泥沙俱下，大浪淘沙。但网络小说并非洪水猛兽，其中也不乏精品之作。2023年2月，中共中央、国务院发布《数字中国建设整体布局规划》提出"大力发展网络文化，加强优质网络文化产品供给，引导各类平台和广大网民创作生产积极健康、向上向善的网络文化产品"。① 从这一规划可以看出网络文学拥有的文化力量。2023年9月19日第二十届百花文学奖首次将网络文学纳入评选范围，匪迦的《北斗星辰》、骁骑校的《长乐里：盛世如我愿》、天瑞说符的《我们生活在南京》获得网络文学奖。其中《北斗星辰》全面展示北斗卫星导航系统走过的发展历程，展现了献身航空航天事业的年轻人攻坚克难、不畏艰险、坚守初心的精神，他们将自己的宝贵青春奉献给了成功组网的天罡三代，最终研发、建造了属于中国的卫星导航系统。《北斗星辰》以人物的成长、主角的进步模式书写着新时代的"英雄"，他们身上积极乐观、昂扬向上的时代风貌也表达着新时代人们对美好生活的日益追求。具有类似精神气质的作品还有许多。例如，不同于《北斗星辰》的英雄书写，《秦川暖阳》（关中老人）巧妙地运用短视频元素为古老的秦川乡村注入新的活力，既反思了乡村老人的弱者形象，又捕捉到了他们潜在的精神匮乏。主人公云风通过直播带货助力乡村建设、振兴乡村，获得了成长，也收获了千万张农村老人幸福温暖的面孔。小说植入新时代新农村建设的发展理念，展现出积极向上的时代新风。此外《山花烂漫时》（乱世狂刀）以大学生耿浩的视角，展开了乡村教育、青年成长、乡村脱贫等一系列主题。小说讴歌了以耿浩为代表的乡村教师们响应国家号召，积极服务大山，为乡村教育事业贡献自己的能量。

女频小说中的"大女主文"成为网络小说中的一大气象。年度女频文中，无CP成为起点女频标签热度榜第三，这类作品的女主角不热衷于组CP，而是选择一心一意为事业。如正在连载中的《祝姑娘今天掉坑了没》（我想吃肉）反叛传统的大家闺秀形象，打破男性主导的官场，她们不热衷于追求爱情，而是选择纵横朝堂。青青绿萝裙的《我妻薄情》书写女主角程丹若的朝堂进阶之路，她从现代社会的医学生穿越到古代社会，从一介孤女到女官、淑人、夫人、一品夫人、国夫人、顾命

---

① 观研报告网：中国网络文学行业发展趋势研究与投资前景分析报告（2023—2030年）. https://www.chinabaogao.com/baogao/202311/672135.html，2023年11月5日查阅。

大臣、封侯，青史留名。女主角一步一个脚印，利用自己的专业技能，探索医学事业，造福百姓民生，实现自己的人生追求。还有江月年年的《独秀》在行业文中一枝独秀。楚独秀身无所长，唯有单口喜剧的脱口秀能拿得出手。她意外闯入脱口秀的世界，并凭借着稳扎稳打的心态，一步步参加节目、签约公司，最终收获了自己的脱口秀天地。这些大女主作品无不透露出奋发向上的精神气质。

网络小说洋溢着爱国主义情感。爱国主义情感并非空洞的，而是与具体的生活内容、故事背景、情节相联系。有许多网络小说因为架空历史、想象天马行空，并不都以现实的故事发生来讲述故事。梳理网络小说发展走过的30年历程发现，早年国内的网络小说处在萌芽期，作品以异世魔幻风格为主，受到网络游戏、西方魔幻作品的影响较大。随着网络小说的发展，有网文作者开始注重故事背景设定的现实感、真实性，开始踏实写种田文，也是此时形成了中文网文的一大流派。近年来，网络小说的主人公开始具备救世主的光环，以"我"为主，拯救世界依靠的是实事求是的正义思想。因此，网络小说中透露出的爱国热情并非凭空诞生，而是随着网络小说的逐渐发展而来。如《国运：人家在求生，你在薅羊毛》（瑾三儿）直接将国家与国家的竞争变为一场直播，每个国家选择一个代表玩家进入战场为国家争取资源。龙国获得开挂随后获得腾飞发展。小说"龙国"的命名与中华民族有着直接渊源，中华儿女自古被称为龙的传人，有着龙的图腾崇拜。"龙国"的兴盛传递着作者明显的民族自豪感、自信心。《科技：为了上大学，上交可控核聚变》（古藤）是一部以科技加穿越的爽文，写主人公姜凡穿越到平行世界，发现祖国科技面临着强国技术封锁，最终姜凡一路过关斩将学有所成，成功化解科技危机，使祖国成为科技霸主，透露出作者浓厚的家国情怀。爱国情感并非作者自我情感的陶醉，也并非创作者主题先行，而是来自个体视域对社会的观照。如《我为中华修古籍》（黑白狐狸），写中国流失文物信陵缶在英国拍卖，主人公通过古籍，找到了关键证据，证明文物是中国的，救回了宝贵文物。小说以"他者"视野为参照，通过巧妙的情节构思，勾起读者对国家民族的关怀之心。

网络小说不止于讲好中国故事，更进行文化反思，提升作品精神内涵。网络小说要肩负将时代精神融入具体的文学实践的责任，除了在类型上要不断突破，实现破圈式发展，还要致力于让网络小说提供时代引导、价值引领。讲好中国故事，贴近人民生活，捕捉时代精神，塑造一批具有时代感、精气神的小说人物。2023年1月6日，中国作家协会公布"新时代文学攀登计划"第二期名单，《何日请长缨》网络小说入选。《何日请长缨》是齐橙工业题材系列的第四本小说，聚焦于国有企业的改革，展现30年以来中国民族工业从自主、自立到自强的发展道路，不断克服技术上的困难，树立中国工人的力量与骨气。这部小说作为一种想象中国的方式，有着深刻的时代背景。20世纪90年代是中国机床产业的至暗时刻，正如中国面临的芯片光刻机技术难题，中高端机床也被国外技术垄断，作品中的周衡、唐子风、秦仲年、韩伟昌、肖文珺、于晓惠、宁默、苏化等工人迎难而上，开展技术革新，尝试各种方法，最终解决了国防尖端机床的"卡脖子"问题。另外，《少年且前行》（李想想）、《县长秘书》（天猪大师）、《向阳年代》（隔壁老六）等一大批网络小说，通过讲述新的时代故事，将社会发展和日常生活所带来的变化付诸新的故事内容，给读者呈现出新的感受和想象。

同时，网络小说在讲好中国故事时，也反思如何提升作品的思想韵味。国家科技、个人事业发展等展现出积极向上的良好创作心态，正能量、主旋律的优秀网络小说作品能够带来精神的熏陶。随着全球气候日益变暖，生物多样性不断减少，生存环境日益恶化，网络小说对这些问题进行了反思。如《大江鲟影》（慕十七）聚焦于濒危物种长江白鲟，关心长江流域自然生态环境状况，体现着浓厚的忧患意识，以及人与自然如何相处等问题。作者认为良好的生态环境才是人类的未来。《恐树症》（鹳耳）中以变异植物霸占地球反思人类对地球造成的不可挽回的伤害，最终这种伤害会反噬到人类自身。该小说体现出人与环境共生共存的观念。《终点是曾被叫做上海的世界尽头》（狂奔的提琴），写上海成为世界的尽头，地球上我们耳熟能详的城市都成为废墟，人口也呈现出断崖式的下降。人类原本的骨骼不断衰弱下去，只能依靠金属支撑才能行动。小说末世景观的呈现独具创意，别具一格，体现出作者对人类命运和未来的担忧。网络小说的价值不仅在于精湛的语言艺术表达能力，也在于小说的思想内涵。网络小说对生态、人类命运的关注，蕴含着现代性的反思，具有相当的警示意义。

网络小说塑造平静从容的精神空间。这在"种田文"作品中有充分体现。"种田文"多指以古代社会为背景，反映家长里短，并不以爱情叙事为中心。它作为网络小说火爆的类型创造，体现着新时代人们在现代生活进程中田园理想的社会心理。田园寄托着理想的社会方式，从故事讲述方式、人物塑造到作品风格都较为恬淡朴素。随着种田文的发展逐渐脱离古代社会情境，发展到现代社会，此种类型小说的共同点，就在于营造了一份诗意盎然的美好空间。比如南极蓝的《天灾第十年跟我去种田》，写夏青熬过核污染水排海、全蓝星火山大爆发和伽马射线暴之后的天灾，走出安全区后的第一选择就是去种田。此外还有《农门继母》《在古代做个小县官》《将军，夫人喊你种田了》《沙漠直播：开局捡到小耳廓狐》《皇家金牌县令》《超一线城市：从村委书记开始》《重活1979》等小说，这批小说文风较为轻松，多运用大量笔墨来展现主人公劳动的场景、过程，故事的地点设置在远离城市人烟的乡村、沙漠等地方。种田文的一大特色就是以劳动为美，传递出劳动创造价值的观念，其中蕴含着原始农耕文明存在的意义。

网络小说有许多价值观端正的优秀作品，同时也存在一些正能量引领不强的作品。比如有的作品热衷于营造"富豪""霸总"人设，不仅与普通人的生活相距较远，在价值导向上也不够健康，且具有反逻辑的特点。因此，塑造出贴近生活，符合现实情境，有丰富细节的现实题材作品仍需网文界共同努力。

（2）内容优化升级，现实题材和科幻题材作品持续走热

正如《2022中国网络文学发展研究报告》所揭示的："随着网络文学题材转向，现实、科幻、玄幻、历史、古言成为五大标杆题材。"2023年的网络小说，首推现实和科幻两类。现实题材是网络小说近年来的主导趋势之一，之所以具有如此的吸引力，主要在于现实题材是网络小说积极书写时代精神的一种路径。网络小说精品化、经典化之路离不开现实题材，现实题材一方面满足了读者通俗浅近的审美趣味，另一方面也给人以精神的启迪和阅读的审美享受。科幻题材则是网络小说另一个面向，如果说现实是贴近日常生活、具有现场感、真实感，科幻小说则是主导幻想和想象，是现实的另一种呈现方式。

第一，现实题材持续发力是当前网络小说发展的一大特色。现实题材与生活密切相关，具有及物感。现实题材的蓬勃发展，离不开对各行各业知识性的全面展示，读者阅读此类小说能够尽可能地了解行业真相、行业经验。如写我国卫星导航事业发展进程的《只手摘星斗》获阅文集团第七届现实题材网络文学征文大赛特等奖。小说作者扫3帝并非职业网络小说作家，而是中国最早从事卫星导航事业的工程师。他从事与国家导航卫星"北斗"相关的工作已有30年。小说展示了北斗卫星国产化的两部分历程，一是卫星建设，二是地面接收站的建设。卫星导航事业的起步阶段主要依靠国外进口，后来逐渐过渡到部分依赖进口。北斗卫星顺利升空后，中国很快在卫星导航生产终端占据主导地位。小说对卫星导航专业知识的展现应有尽有，现实题材与专业知识的结合成为一种选择和趋势，作者将相关专业知识与人物形象塑造、思想主题阐发等交融在一起，凸显现实题材网络小说的深度类型化。另外，《滨江警事》（卓牧闲）书写警察行业，《洞庭茶师》（童童）书写一群年轻人从放弃城市的高薪工作回乡创立自己的茶饮品牌"茶师"，《航向晨曦》（柏夏）书写主人公们尽情追梦航海梦想；还有《茫茫白昼漫游》（眉师娘）书写假装成盲人按摩师的正常人，反映了正常人的心理诉求、人生抉择，"盲"是一种伪装，也是保护。只有借助盲人的身份，他在城市的奋斗和挣扎才不那么刺眼和醒目。作者抓住了这种微妙的心理，也刷新了读者对盲人按摩师新的理解和想象。

现实题材网络小说人物血肉丰满，形象立体。人物与小说之间是一种生死契约的关系。网络小说中的人物能增光添彩，使小说更加深入人心。签约作者奕辰辰的《慷慨天山》讲述了以刘振华为首的驻疆部队战士们克服万难，终让沙海变绿洲的故事。小说重点描绘了边疆生存环境的艰难，生活生产条件的落后。小说主人公就是在这样的背景下，不断转变自己的思想，改变思路，一步步磨合适应。小说中的刘连长为了筹办庆功会忍痛卖掉自己心爱的马，看似矛盾，其实符合军人以服从命令为天职的形象塑造。还有《不负韶华》（宝妆成）中成为律师的闻樱回想过去的人生：她中考失利，父母矛盾也越来越大，最终她没能成为一名公务员。小说在这

样的铺垫下让主人公拥有了再一次选择的机会。小说人物因生病、与父母发生矛盾导致人生截然不同的设置，使得人物塑造真实可感，容易与读者产生共鸣。一般而言，网络小说的主角是推进故事情节发展的主要推手，配角多为任务而设置。随着网络小说文体的不断发展，配角也承担着独立的人设和使命，不再沦为简单的恶毒反派和无知人物。成功塑造的配角形象可以使网络小说人物呈现出群像特点。有研究表明，2023 年，起点读书 App 星耀值增长数 TOP20 的角色中，近 50% 是配角。①配角也拥有着丰富细腻的故事背景，人物生动、鲜活。如芸渔歌的《国泰民安》以余振生为中心，同时讲述了雷家、张芳等人的故事，关注主角生命中的主要配角，塑造子女教育、老人赡养等普通家庭中的各种问题，展现人物群像的心路历程、人生起伏。《河山锦绣》（牛肉泡馍王）聚焦大型纺织厂中工人、管理层等人物，通过各色人群群像，展现市场经济改革中传统老厂面临的困境。

现实题材网络小说注重人物与时代环境的密切关系。时代与人物互为镜像，人物的选择往往反映了时代的影响和境况。《寰宇之夜》（麦苏）书写流量为王的时代里，一群年轻人在戏曲、舞蹈、国画等方面的坚守，并最终以自身的力量继承和发扬中华优秀传统文化。《白山县怎么还没上热搜》（扶他柠檬茶），以"热搜"点明主人公所处白山县的时代背景，即互联网时代。葛升卿为了白山县的孩子们能够脱贫，努力扫除黑恶势力。《十二度团圆》（蒋蛮蛮）主人公相其言因职场性骚扰被迫离京。小说书写如何一步步解决问题，而不是随意赋予主人公以金手指。小说里的离城返乡契合了一代年轻人的选择，即"逃离北上广"。重新回到家乡的她也获得了再次成长。年轻人返乡是城市发展到一定程度的选择，也蕴含着年轻人成长过程中的诸多辛酸与疼痛。《海上风云》（尚南山）更是蕴含着民族征程中九一八、国共合作、西安事变等重大历史发展，以此鲜活地刻画主人公心怀家国的形象。

第二，网络科幻小说成为网络文学不可忽视的新动力。2023 年 3 月 29 日，首届中国"网络科幻"高端论坛在南京召开。网络科幻小说成为新的文学增长点。科幻与各种悬疑、游戏、穿越等类型结合呈现出百花齐放的特点，表现不俗。具体而言表现在三个方面：

网络科幻小说体现想象的魅力。科幻小说不同于现实题材小说的空间、时间设置，故事多发生在未来时空，而且小说凭借各种设置使得故事新奇、陌生。科幻小说尤其考验作者的创造力、想象力。例如鹿人戛《神明模拟器》借助神明、游戏、模拟器等设置，一个现实的打工人通过游戏成为一位神明，小人儿们对他进行祈祷，直到有一次他无意赐予了小人儿们一颗大蒜，没想到真实的大蒜居然和他一起回到了游戏之中。小说看似是信仰流、模拟器流小说，却试图建构一个文明之树，主人公发现他回应的祈祷，信徒的物品会回到现实之中。小说打通了游戏和现实之间的

---

① 资料来源：《2023 年网络文学十大关键词出炉》，《阅文集团》微信公众号，2023 年 12 月 27 日查询。

巨大鸿沟，通过丰富的细节、较强的逻辑赋予真实感、可信感，小说作者颇有纵横现实与小说世界的想象能力。2023年10月19日，第34届中国科幻银河奖颁奖典礼在成都举行。滚开凭借作品《隐秘死角》荣获最佳网络文学奖。《隐秘死角》广受读者好评，包含了科幻、惊悚、机甲等元素。主人公李程颐因接触到黑色花丛，意外穿越到异世界。他出入的空间看上去跟平常的并无什么不同，但是如果找不到出口，就会遭空间吞噬，失去生命。这一设定脑洞大开。当李程颐神奇获得"花鳞衣"，激活了恶之花的金手指。他也逐渐明白集一种花就代表一种能力，只有集齐十二种花才能真正获得蜕变与成长。此外，小说《末日乐园》（须尾俱全）设定末日席卷了所有的世界，所有的人都会在一个世界存活14个月后送去下个末世，不断进入轮回之中。《佯谬的拐点》（王朝禾）将调查案件作为故事的开端，悬疑与科幻结合，故事贯穿虚拟与现实，颇具巧思。《因赛克特谎言》（长安猫叔）融合了《星河舰队》和《阿凡达》的创意。小说的"昆虫折叠基因"设置让人眼前一亮。可见，想象力在科幻小说中依靠各种设定，往往能打造出奇特的故事创意。丰富的想象力在巧思、哲思的加持下，更能提升科幻小说的阅读体验。

网络科幻小说赋予科学技术以人文关怀的力量。科学技术是一把双刃剑，既能带领人类走向文明发展高峰，也能将人类拉入万丈深渊。《大国蓝途》（银月光华）是一部将机器人与时代发展主线紧密结合的科幻小说作品。机器人研发的过程，伴随着中国的改革开放、中日中美建交、苏联解体等重大历史变革和事件，这说明作者看到了机器人研究与世界局势的紧密关系，作者怀着忧国忧民的心情，刻画着一个个勇于拼搏的人物。小说传递出科技发展与人民生活息息相关的大局意识。《盖亚算法》（陈楸帆）延续了《零碳中国》里的观念，主张生命是行星现象，要深刻理解天人合一，人与自然万物要和谐相处。《深海余烬》（远瞳）拥有着幽灵船、克苏鲁、诡秘流、收容物等重大标签，其小说设定的人类城邦是一段被抛弃和误会的历史。人改造环境，环境也改造人。只有打破虚幻的历史回到现实才能拯救一切。这说明了保护生存环境的重要性。《造神年代》（严曦）不同于豆瓣上许多软科幻，而是一本硬核科幻小说。该小说2022年4月连载于豆瓣阅读，2023年初ChatGPT引爆AI革命，两者一个是概念诞生，另一个则是与概念随之而来的实践性的人工智能潮流。小说并不局限于AI的历史，而是以全面的眼光去除AI发展的神秘与魅惑。实际上AI进化的过程，也无法脱离人类世界的种种道德、人性、情感等法则。

网络科幻小说聚焦人类命运共同体。网络科幻小说不仅书写中国的故事，也以"科幻"书写人类共同的命运，关注人类过去、现在和未来的前途与发展。2023年10月19日，科幻世界杂志社联合中国科幻研究院共同发布了《中国科幻文学IP改编价值潜力榜（2023）》，本次榜单共有包括《隐秘死角》《末日乐园》《中国轨道号》《星域四万年》《造神年代》《深渊独行》在内的12部作品上榜。其中，《深渊独行》（言归正传）是一部科幻加游戏的类型，讲述杨泠进入高维文明世界并帮助地球文明不断演变的故事。小说不是站在地球人视角,而是以高维宇宙观探讨人类文明的发展和未来,颇具宏观意识和使命意识。另外,其他科幻小说也以文明的视角关怀人类共同的命运。如《修真四万年》(卧牛真人)构建了修四宇宙、父文明和祖文明的框架。主人公李耀并非一路崛起成为人类文明的守护者,而是反思文明的发展,聚焦于宇宙与文明的问题,如小说深刻描写的真人类帝国,并存在真人和原人的社会等级。小说还提到一种已经消失在历史中的血纹族,可以将种族同化,甚至改变星球环境。这是否是一种罪恶?同样值得思考。2023年10月30日第三季"谜想故事奖"科幻悬疑中短篇征文比赛,《献给大雨中的瑞尔》(徐是)获得中篇组三等奖。小说关注科技入侵人类生活,引发一系列的科技伦理问题,思考人类在科技巨大发展面前何去何从。

总体而言,网络小说在现实和科幻两大能量的注入下,日益发挥出空前的创造力、影响力。网络科幻小说也与现实有着密不可分的关联。以巫哲的《桃花源》为例,这部科幻小说描述的是生化体危机、未知的灾难降临之后人类在危机面前挣扎求生的过程,探讨的是人类生存问题,以及在灾难背后人与自然、人与人之间复杂的关系,充分体现了网络科幻小说的现实关怀。

(3) 中华传统文化的创造性书写与重塑

《中华人民共和国国民经济和社会发展第十四个五年规划和2035年远景目标纲要》提出实施文化产业数字化战略,加快发展新型文化企业、文化业态、文化消费模式,指出了数字文化建设的具体发展方向。中共中央办公厅、国务院办公厅印发的《关于实施中华优秀传统文化传承发展工程的意见》,提出要推动网络文学、网络音乐、网络剧、微电影等传承发展中华优秀传统文化。2023年,网络文学创作在弘扬优秀传统文化、书写多彩生活、表达美好愿景、满足人民群众美好生活需要的征途上,正发挥更加积极的作用。

非遗与网络小说双向奔赴、双向成就。网络小说借助非遗元素进行创作,既实现中华传统元素的再生,也促进网络小说的多元化发展。2023年10月9日,文化和旅游部、恭王府博物馆与阅文集团主办的"阅见非遗"第一届征文大赛及音乐创作大赛颁奖仪式在恭王府大戏楼举办,其中半数的获奖作品来自90后及00后作者,通过书写非遗文化,激发了他们的创作活力。网络文学一等奖作品《我本无意成仙》的作者金色茉莉花说:"作品里的木雕、二十四节气等元素,是我将旅途中的一些见闻搬进了故事里,希望读者能够感受到非遗的丰富多彩与蓬勃生机。"[①] 另外,主办方还在恭王府博物馆举办了展现征文大赛成果的"阅见非遗"光影展,实现网络小说与非遗的双向互动。非遗与网络小说线上线下联动,构筑情感体验和生

[①] 光明网,《让非遗添彩精雅生活》, https://feiyi.gmw.cn/2023-11/23/content_36984383.htm, 2023年11月23日查阅。

活美学。花天下的《悟性逆天，我在三国建永恒运朝》的主角苏玄，穿越到汉末，一觉唤醒前世记忆，得母星馈赠，获得满级悟性天赋。他以逆天悟性打破界限，完善气血武道和劲力武道，创气运法，争霸天下。小说涉及华佗传授五禽戏，创造出内家锻体法、五形锻体法、易筋锻骨功、养生延寿法·五禽养生功。此外还有《唐人的餐桌》(孑与2)聚焦中华传统美食，《画春光》(意千重)着意刻画中华瓷器的精湛技术和精巧的创新，《一梭千载》(慈莲笙)聚焦杭罗织造技艺，《我为国家修文物》(十三闲客)的主人公穿梭于千年的文物国宝之间领略中华五千年的灿烂文明。《梦回梨园》(西门瘦肉)展现了汉剧、楚剧、京剧、昆曲、黄梅戏等中华古典戏曲风采。以非遗为重要元素进行书写的网络小说，在青年亚文化中传递中国传统美学的价值，也重塑作者与读者的文化主体性，表达中华民族的文化认同。

幻想类作品以神话、传说等为支撑，成为网络小说创作的重要资源。2023 年暑期档热播电视剧《长相思》改编自桐华的同名网络小说，其中有不少山海经的元素。同样地，《赤心巡天》也涉及了《山海经》这一中国古典神话体系。小说并非只是借助神话外壳，而是采撷了神话古典悠长的韵味，其中"山海境"构造遵循了《山海经》中对夔牛、黄贝、蠃鱼等的设置。另有《不可思议的山海》(油炸咸鱼)，写地质专家云旭穿越到人神混居的远古山海时期，作者凭借着《山海经》和三皇五帝时期的历史资料与文学作品，重新描绘了上古神话时期的瑰丽世界。上古神话体系也是玄幻题材网络小说热衷表现的。《兔子必须死》(一梦黄粱)作为典型的仙侠、神话修真小说，写现代青年穿越成为上古凶兔，在嫦娥传说的框架中，不断解锁月亮上的吴刚等典型角色。嫦娥或生活于月亮之上，或生活于天宫之上，有时又出现在天庭，而天庭也是中国传统神话传说体系中的一个重要空间。网络小说将故事背景置于天庭的十分普遍，如《我在天庭做仙官》(憨憨道人)以官场文来写天庭的职场纵横，虽是穿越却具有现实观照。《别让玉鼎再收徒了》(菠萝小吹雪)主人公穿越成为上古洪荒世界阐教十二金仙中的玉鼎真人，看似法力无边，其实原身修为尽废，但是徒弟们资质不错，一个个自学成才。小说诙谐幽默，"大闹天宫"设置也颇具亮点。

中华民族的发展史、奋斗史为网络小说创作提供了取之不尽的丰富素材。网络小说严肃对待重大历史事件和历史人物，有利于传播中华文化，树立正确的历史观、民族观。如七月新番的《新书》不同于其他只是借助历史的框架来编织男女主人公的爱情故事，而是重点书写历史本身。该小说书写王莽篡汉之后东汉何去何从，是一部书写沉重历史的大书，也是一部正确对待历史过往的网络小说。作者赋予了王莽真实的血肉，试图将王莽置于新朝满目疮痍的历史背景下。王莽偏执、一意孤行，他想使用新政改革沉疴旧制，却始终覆水难收。不论是王莽还是想为百姓博出新路的刘秀，都不过是历史的过眼云烟。历史是属于劳动人民的历史。普通人才是真正的英雄。还有《国姓窃明》(浙东匹夫)写主人公朱树人回到明朝崇祯十二年(1639 年)，试图力挽狂澜拯救大明王朝。《终宋》(怪诞的表哥)写现代世界的击剑冠军穿越到南宋末年，依靠智慧，从一个死囚脱身到抗击蒙元，把控川蜀军政大权，自立为秦王后，成功灭掉元朝，建立盛世王朝。《大秦：不装了，你爹我是秦始皇》（头顶一只喵喵）主人公赵浪穿越到秦国，成为秦始皇的儿子，将秦国的文化书籍传播到战败国，使那些国家认为秦国文化才是优秀文化。就这样一步步，兵不血刃，完成了天下统一。小说书写历史，传递出文化自信的重要性。尽管小说与真实的历史有一定的偏差，但能感受到作者对特定朝代和历史的喜爱。

总体而言，2023年网络小说创作不断迸发活力，充满生机和动能，逐步提高内容生态向心力，日益发挥着价值引领的作用。其中，现实题材以硬核的专业技术知识、立体的人物群像感受时代脉搏；科幻题材依靠幻想生成、文化反思，谱写人类命运共同体和情感共同体。传统文化的转化成为网络小说创作一大助力。

2. 网络诗歌年度概况

网络诗歌不同于网络小说能带来诸多商业利益，但是网络诗歌在抚慰心灵、演绎日常生活的诗意美学等方面有着不可替代的作用。网络诗歌作为新世纪网络文学中的独特产物，存在着与传统纸媒诗歌互生共融的特点，也日益向精品化之路迈进。

（1）网络诗歌与传统纸媒诗歌互补互融

2023年，网络诗歌与传统纸媒诗歌的共融成为一种趋势，主要存在以下两个特点：

从语言内容而言，网络诗歌与传统纸媒诗歌具有一致性。这主要表现为：优先在网络平台发表，或优先在传统媒体发表。众多诗歌写作者在哔哩哔哩弹幕、评论区、抖音、快手、小红书、微信公众号、喜马拉雅、荔枝、诗歌网站等平台竞相发表自己的诗歌作品。如《每一次路过贵阳北站》（苏仁聪）首发于《诗发现》微信公众号，后刊登于《诗刊》2022年12期上半月刊，改名为《贵阳北站》，虽进行了少量修改，并不难看出这两首诗是同一首诗。《原创诗歌｜同呼吸的万物享有共同的悲喜》（温州健健）2023年3月20日首发于小红书平台，后以《纳帕海，或依拉草原》发表于《延河》下半月2023年第1期。值得一提的是，作者先在网络诗歌平台发表后转战传统纸媒早有例子，如康雪的《村庄》《良性循环》《寂静》等诗歌首发于微信公众号《诗同仁》后在《十月》上发表。同时，《诗刊》《扬子江诗歌》《星星诗刊》《草堂》《诗歌月刊》《诗选刊》《绿风》《诗潮》《诗林》《草堂》《散文诗》等杂志都办有杂志的微信公众号。长江文艺出版社、广西师范大学出版社等出版社也推出了微信公众号。其中《星星诗刊》创办了自己独家的App。像偶尔发表诗歌的《收获》杂志也创办了自己独家的App，强调跨界创作。这些传统的期刊在微信公众号发布新一期的目录，随后会推出新一期或往期杂志上的诗歌作品。例如《扬子江诗刊》2023年7月8日推文《青春风暴｜李海鹏、茱萸、许天伦、曾鹏程×在梦境中擦除梦境》就曾是《扬子江诗刊》2023年第2期发表的作品。《诗刊社》微信公众号2023年11月18日推送《今晚的月亮看上去仍然明亮丨张曙光》，这是发表于《诗刊》2023年第19期"方阵"栏目的诗歌作品。

网络诗歌与传统纸媒诗歌相互促进。2023年，网络诗歌与传统纸媒诗歌的互动进一步深入人心，不少诗人都是在网络上走红后得到传统纸媒平台的肯定。例如王计兵、惊竹娇、谢健健、王苈远、燕七等。网络平台诗歌的走红带动传统纸媒诗歌的销量。2023年春节期间，惊竹娇"你一句春不晚，我就到了真江南。"在网络上迅速走红。2023年6月推出诗集《君不见》。快手基于平台上60万以上的网络诗歌用户创作的诗歌，联合单读推出诗集《一个人，也要活成一个春天》①。哔哩哔哩推出网友在弹幕、评论区所创作的网络诗歌集《不再努力成为另一个人》。燕七《鲸鱼安慰了大海》出圈，越来越多的事件使诗歌的生产不再是停留在以前的案例上，而是创造了新的可能。从网页、博客、微博到微信公众号、抖音、快手、小红书，网络诗歌不断出圈适应着人类的情感需要，是疲惫生活的安心之地。另外，网络诗歌的出圈与纸质诗集的出版也表明，纸媒诗歌依旧具有相当的认可度。

(2) 精品化成为网络诗歌创作共识

网络诗歌处理个体与时代、心灵与现实之间的关系，以精品力作塑造新时代的诗歌美学。

网络诗歌打通新媒体与传统媒体，进一步在出版界和学术界获得了"存在感"。网络诗歌相比那些在技巧间流转、运用反讽、解构等后现代方式写作的诗歌不同，更侧重于日常生活凡俗的一面。这在2023年的网络诗歌中体现得十分明显。例如，"小红书诗歌联盟"作品《初秋的夜晚》（陈登）："已经是初秋了/初秋，常有遥远的汛期/另一侧的台风身后/我途经的行人/都被河水般的路灯/潺潺洗净了脸庞。"②没有过于绚丽的技巧，也没有太多高超的技术，也不再有与诗歌史、文学史对话的焦虑。诗歌把真实的细节融入情感，形成了诗歌的日常美学。《日落》（忘坐道）："日落是个很庄严的事/半个星球的人/将要为之沉睡。"③诗歌简洁有力地表达了对日落这一自然现象的感受。《春天回到鄱阳湖》（波尔的小飞蟹）："羊群闻香而来/小羊在草汁和乳汁间左右为难/青蛙的歌咏比赛还未决出高低/鱼的婚恋已惊心动魄/野鸭和水牛的疆土不断延展/有人和蜜蜂一起迷失回家的路"以视频和诗歌结合的方式展现了春天把雨水还给鄱阳湖的景象。

网络诗歌体现互联网写作时代的诗性品格。网络诗歌区别于传统纸媒诗歌的一点，就在于网络诗歌具有较强的互动性。名为"上层阶级"的网友在哔哩哔哩 up

---

① 快手：《我们收集了200多首快手老铁的诗，将它们交给春天》，https://mp.weixin.qq.com/s/9wbwdZDDxQwCO0wiDuUu_Q，2023年9月15日查阅。

② 陈登：《 "梦见我傍，忽觉在他乡"》，http://xhslink.com/cLbrXw，2023年11月12日查阅。

③ https://www.bilibili.com/video/BV1yX4y1y73r/?spm_id_from=333.337.search-card.all.click&vd_source=ddfa095a927345834069acd0d8234245，2023年11月24日查阅。

主有山先生评论区写下诗歌:"路上有个小孩在踩影子/我觉得好幼稚/所以绕开了/我怕他踩到我的影子。"① 笔者先在手机的新浪网站《疫情风暴中,7000万人陷入危机,但他们用这件小事,治愈了自己……》② 一文中看到这首诗,随后在iPad的哔哩哔哩视频评论区阅读到并进行了点赞。这种状态是不断变化的。网络诗歌使得诗歌创作者与读者能够及时互动。同时,网络诗歌的每日发表数量更是无法统计,《中国诗歌网》栏目"每日好诗"中筛选的诗歌就是全部来自网络投稿。作者先在网站上投稿,由网站诗歌编辑进行初选后,再由读者投票。如2023年11月16日就筛选出了《父亲的马》《虚幻的真实》《父亲死的那年,哥哥和我》《突厥雀》《一束稻米在秋天有话想说》5首诗歌作品。有读者评论道:"父亲的马,是其理想的追求,最终随着父亲的离世而燃烧。"③ 有读者评论说明读者对该诗有着及时的反馈。网络诗歌在各种平台全面开花,给人目不暇接之感,这是网络特性带给诗歌的,也是网络诗歌走精品化道路才能出圈的理由之一。

网络诗歌除了具有互联网的特性,也日益与人工智能结合。2023年,随着ChatGPT的出现,人工智能写诗已经相当普遍,不少诗人跃跃欲试。AI在线写诗主要有三种方法:一是输入几个关键词;二是上传图片;三是可以按照平台需求自动生成。目前已有百度的文心一言、阅文集团的阅文妙笔、中文在线的中文逍遥,还有微软小冰、九歌、乐府、搭画快写、诗三百等AI写作平台。然而AI写诗的情感问题和创作主体归属问题却始终悬而未决。

(3) 网络诗歌创作生态持续改善

首先,青年诗歌写作者成为网络诗歌创作的中坚力量。网络诗歌热潮是立足互联网平台、新媒体的发展东风而造就的"全唐诗"现象。2023年3月21日是世界诗歌日,澎湃新闻邀请大约20位80后、90后诗人,以及三位生于2000年的诗人,进行访谈。其中就有徐钺、侯磊、更杳、伍德摩、李照阳、张小榛、陈琰枫、李玥涵、岑灿、曹僧、里所、拉玛伊佐、陶火、王年军、姜巫、punkpark、严彬、张雪萌、苏拉、牧苏、张二棍、李昀璐、张铎瀚等。

其次,网络诗歌创作与视频平台相遇。网络诗歌创作日益强调视频、图像式的展现,以此强调诗人的精神境界和文化涵养。中国诗歌网从"每日好诗"栏目中选取一首好诗,邀请诗歌评论家、诗人共同在中国诗歌网直播平台上直播。这已经成为中国诗歌网的常驻栏目。与此同时,更多的诗歌借助视频的呈现送达人们面前。

---

① 有山先生:《b站网友写诗,一首比一首猖狂!!——哔哩哔哩》,哔哩哔哩 https://b23.tv/S1HO5ud,2023年9月19日查阅。

② 李月亮、小黄同学:《疫情风暴中,7000万人陷入危机,但他们用这件小事,治愈了自己……》,新浪网 http://k.sina.com.cn/article_3474574632_cf19cd28019014lgq.html,2023年2月19日查阅。

③ 中国诗歌网:《每日精选 | 苏卯卯、戴长伸、柏永、乌良、紫雾》https://mp.weixin.qq.com/s/gZOoj4Y4VDVEr-q9E9U8gg,2023年11月21日查阅。

如2023年2月26日,"春天送你一首诗"主场活动在中国现代文学馆举办,推出"春天送你一首诗"诗歌专辑并朗诵,整场活动以直播形式面对众多读者和观众,将春天的祝福送达千家万户。2023年9月21日在河南艺术中心大剧院举行第七届中国诗歌节,以诗歌朗诵、情境表演、声乐、舞蹈、戏曲等多种艺术形式呈现了一场精彩的诗歌盛宴。全程同样以直播形式进行。

当然,网络诗歌生态正在改善,但因为审美标准的多元化存在着不少乱象。带有裸露身体器官写作的诗歌一方面是诗歌写作者的自由,另一方面也成为读者批评诗歌低俗、庸俗的主要攻击点。网络诗歌平台尽管对诗歌创作的不良现象如抄袭等现象有所监督,但此类问题仍不同程度存在。

3. 网络散文年度概况

2023年是中国散文创作取得长足进步的一年,为丰富网络散文创作的新经验做出了贡献。在大数据的加持下,网络散文传播方式不断拓宽,散文网站向微博、微信公众号及各类短视频平台等媒体扩散,社交自媒体更是成为网络散文的重要阵地。2023年网络散文整体延续了2022年良好发展的趋势,众多散文网站持续更新优质作品,举办大型散文赛事。同时网络散文主题更加多元化,许多作品关注当下社会和时事问题,风格更为多元化。

(1) 风格扩展,融合多种文学元素

2023年的网络散文在传统散文的基础上吸纳和融入诗歌、小说、戏剧中存在的多种文学元素,即诗性的语言、严密的结构、多样化的主题等,展示其多样化的文学风格。从栏目上看,中国散文网在作品栏目中单独拎出不同栏目,按照创作群体划分,有"青年散文""女性散文",按照创作文体划分则有"杂文随笔""散文诗界"等。宣成凤的《脱贫颂》以诗性的语言,慷慨激昂地赞美脱贫攻坚的奇迹。周广以意识流的手法创作《泱泱华夏,巍巍中华》,思绪在故宫、长城、兵马俑彷徨游荡,缓缓回忆父母的时代,迸发出浓烈的爱国情怀。李纯洁的《我的浪漫爱情故事》,在细腻悠长的叙事中讲述了在核桃仁加工厂遇见的爱情故事。这些网络散文具备各自的风格特色。

随着散文创作队伍的不断壮大,网络散文的创作队伍也在不断地扩大,中国散文网涌现出了像梧闽(郑亚水)、胡德明、李少华等一批优秀的创作者,梧闽创作有《梦里百花正盛开》《"过故人庄"还有多少〈龙江颂〉》《作文不昧自己的良知》等一系列作品,叙议结合,追溯古今,历史考据翔实。在自由写作者聚集地——简书,则是涌现出鄂佛歌、野狐狸、三儿王屿、念远怀人等一批媒体写作人。鄂佛歌创作了《论一个朋友的死去》《我妈的养鸡事业》《我的爱情》等画面感强烈的散文,而他本人已在简书创作131万字的原创文章,粉丝众多。念远怀人在简书持续更新《怪物札记》,追溯古今怪物,图文结合,对引用的典故均做了相关注释，论述扎实。

在传统文字叙述的基础上，网络散文在传播中加入了图像、音频和互动元素。新浪微博、今日头条、简书等平台都是图文结合，微信公众号的内容功能更加丰富，可以插入音乐，还可以采取听书模式，进一步方便了读者对文章内容的获取。图像、音频和文字的互动，增强了视觉体验，比如四川省散文诗学会创办的公众号《散文诗世界》，发布会员写作的散文、散文诗、诗歌评论等，排版精致，插入的图片充满油画元素。又如《西部散文选刊》公众号则是以蓝色为底色，大多配风景图。这些都创造出更加丰富的多媒体阅读体验，提升读者的参与感和感知效果。

（2）主题多元化，关注当下社会和时事问题

网络散文作品的主题开始呈现出多元化的趋势。除了传统的爱情、友情、亲情等，更多的作者开始涉足政治、历史、哲学、文化等更为广泛和深入的领域。这些主题往往与现实生活密切相关，反映了作者对社会问题的关注和思考，同时也为读者提供了更丰富、更深入的阅读体验。

例如，一些网络散文作品开始探讨人类命运共同体的问题。这些作品从全球化的角度出发，探讨人类面对环境、经济、社会等共同问题时应该如何团结一致共同应对。同时，作品往往以深情的笔触描绘出人类命运共同体的美好愿景，激发读者对人类未来的信心和期待。公众号卢克文工作室，集中发表时事散文，关注世界大事与国际动向。2023年发表了《英国的逻辑》《国之大事，在祀与戎》《中国人的血脉》《一切都是时代大势》《出乌克兰记》《他们做牛做马、他们无声无息》等文章，作为议论说理性散文，阅读量均10万以上。比如面对2023年河南南阳迷笛音乐节偷盗事件，卢克文理性指出要探索事物的内核，去理解认知一项事物，不要轻易将一件事情标签化、简单化，在分析了南阳的地理环境、人口数量和经济状况后，呼吁在了解他们的经济生态后，理解南阳人民，用科学的方式规范部分人的行为，并且给他们多一些生存的空间。

另外，一些网络散文作品也开始涉及历史和传统文化，通过对历史事件的解读和对传统文化的挖掘，为读者揭示出历史和文化的深厚底蕴和价值。众多高校教授入驻自媒体，在上面发表所思所想，具有代表性的是复旦大学骆玉明教授，在美丽古典公众号带领读者一同领悟古典诗词之美，了解历史文化传统。如《闲情，一种与生俱来的伤感》以"闲情"为切口讲述冯延巳的诗歌；此外还有《黄昏时分，以生命珍爱着的一切向身边归聚》《用什么来"对抗"焦虑》等，借古人之事给现代人的生活浇上清泉。

此外，一些网络散文作品还涉足哲学领域，通过对人生、价值、意义等问题的探讨，引导读者思考生命的意义和价值。罗翔在哔哩哔哩讲述刑法，也在公众号更新相关读书心得、人生体会，以自省和谦卑的姿态广受关注。如《我在这本书中看

到正直的愤怒》《失望常有，但希望永在》《培根：科学是通往乌托邦之路》《何为对他人的损害》等。

同时，有些关注现实的散文融合了多种文学元素。例如，"乡村+美丽乡村""历史+文化自信""文化+时事评论"等混合文体。所谓"乡村+美丽乡村"，是指作家们对精准扶贫、乡村振兴战略、美丽中国等政策指引下乡村发生的巨大变化进行书写。例如，罗明的《嘎达村的文化扶贫二三事》、王长贵的《穿溪越坝追乡愁》、张粟山的《冀中风物美》、徐荣斌的《大爱凝结文化情——讲述李欣馆长引领文化下乡服务群众的感人故事》等作品，这些作品在散文网站上较为常见，回忆着过往乡村的贫瘠或生活的困苦，赞扬现实乡村的变化之大。作品大多由网站用户发表，虽然文笔生硬，但具有朴素的爱国主义情怀。而所谓"历史+文化自信"，是通过书写历史上的人或事来反映现实。例如，骆玉明的《从我们的时代看屈原》、指尖的《神仙居处》、周良林的《怀念东坡》等作品。这些作品跨越古今，追溯过往，具有浓厚的文化基础和观照现实的精神，大多转载自各大报刊。网络散文更加关注社会和时事问题，如果以乡村为题材，便将乡村生活与传统文化、历史相结合，追溯古今变化，回顾现实发展。

（3）社交自媒体成为网络散文重要阵地

网络散文相对于网络小说而言，篇幅较短，一般不超过5000字。这种小而美的特点让网络散文在感人、唯美、思考等方面有着出色的表现，但由于其作品体量小，商业化运作困难，因此产业化程度相对较低，市场窄化，故而很多网络散文作者往往仅凭业余时间写作，他们往往难以获得商家和出版机构的支持。这样的情况导致了网络散文市场相对萎缩，市场份额逐年减少。随着智能手机和平板电脑的普及，网络散文适应了碎片化阅读的趋势，篇幅短小、内核鲜明的特点使得读者可以在短暂的碎片时间内迅速阅读完一篇散文作品，这种快速获取信息和阅读的方式为网络散文的流行提供了便利。社交自媒体作为当下的主流传播渠道之一，越来越多的作者入驻微信公众号、微博、今日头条等自媒体平台，将自己的作品推向更广泛的受众。这种变化不仅扩大了网络散文的传播范围，还为网络散文作品提供了一个更广阔的创作舞台。

与此同时，在自媒体平台创作散文也能给作者带来一定的收入，公众号的广告收入和带货收益、今日头条的阅读收益，还有网络平台的创作者分成，是让创作者涌入自媒体平台的潜在原因。毕竟长期的"为爱发电"不易持续。

以微信公众号为例，浏览量是微信公众号的重要评判指标之一，有浏览量就会接到相应的广告和带货的订单，如何让读者心甘情愿买单，是自媒体需要思考的问题。公众号散文主要是叙事散文、议论散文和抒情散文。叙事散文通过讲述故事，利用人们对故事的喜爱和需求来促进消费。例如"六神磊磊读金庸"通过讲述和解说金庸的故事，创造出独特的叙事风格。议论散文类似于杂文和随笔的写法，它常以新闻事件、社会热点、社会见闻、历史典籍等为引子,阐发作者对社会、历史、人生的认识和见解。这类公众号居多,如"十点读书""上官文露读书会""每日人物",还有一些政府机构公众号如"文艺报1949""人民网""央视网""中国教育报""中国青年报"等。抒情散文则追求的是文字的美感和情感表达,通过优美的意境和隽永的语言营造出情感氛围,潜在地呼唤出受众与产品的情感共鸣,例如"文学报""简单心理"等。

逐渐转向自媒体平台的网络散文,虽然结构散漫化,却更加贴近读者的生活和情感。它们不再是被束之高阁的精英文学,而是与大众息息相关的平民化艺术,通过自由跳跃的情感表达和反复回旋的叙述方式,让读者在阅读中感受到一种轻松、自由和多样化的审美体验。与传统文学相比,网络散文的审美情趣更加强调个人的当下感受和情感体验。它们极少关注时代、社会的大命题,而是关注个人的生活、情感和思想。这种转变使得网络散文更加具有真实性和亲和力,也更加符合现代人的生活节奏和思维方式。

二、热门作品一览

1. 年度作品榜单盘点

(1) 探照灯书评人好书榜2022年度十大中外类型小说

2023年1月5日,探照灯书评人发布2022年度十大中外类型小说,"探照灯好书"由阅文集团主办,QQ阅读、微信读书、腾讯新闻协办,探照灯书评人协会承办。探照灯书评人好书榜2022年度·网络小说如表4-1所示。

表4-1 探照灯书评人好书榜2022年度·网络小说

作品	作者	网站
《我们生活在南京》	天瑞说符	起点中文网
《长夜余火》	爱潜水的乌贼	起点中文网
《小阁老》	三戒大师	起点中文网
《新书》	七月新番	起点中文网

(2) 2022年度"十二天王"榜单

2023年1月10日,阅文集团公布2022年"十二天王"榜单,如表4-2所示。"十二天王"品牌由阅文集团创立于2016年,每年从数以百万计的优秀创作者中遴选十二位,"十二天王"的评选十分注重品类的拓展或题材的创新,并关注各赛道涌现的新人。

表 4-2　2022 年度网络文学"十二天王"榜单

天王称号	作者	作品
2022 现象级破圈王	狐尾的笔	《道诡异仙》
2022 仙侠儒道琉王者	出走八万里	《我用闲书成圣人》
2022 古风轻小说王者	一蝉知夏	《我家娘子，不对劲》
2022 都市先锋王者	酒剑仙人	《开局账号被盗，反手充值一百万》
2022 历史文爆款王	怪诞的表哥	《终宋》
2022 古兴仙侠王者	情何以甚	《赤心巡天》
2022 玄幻反套路王者	南瞻台	《当不成赘婿就只好命格成圣》
2022 奇幻基建冒险	阴天神隐	《高天之上》
2022 热血电竞人气王	这很科学啊	《什么叫六边形打野啊》
2022 科幻创意王	南腔北调	《俗主》
2022 玄幻武侠最强新秀	关关公子	《女侠且慢》
2022 历史文畅销新人王	头顶一只喵喵	《大秦：不装了，你爹我是秦始皇》

（3）2022 年七猫原创盘点

2023 年 1 月 10 日，七猫免费小说发布"2022 七猫原创盘点"，本次盘点主要包括"在线阅读"和"版权运营"两个部分。2022 年七猫中文网年度作品如表 4-3 所示。

表 4-3　2022 年七猫中文网年度作品

奖项	作者	作品
金七猫奖	伴虎小书童	《苍穹之盾》
年度风云作品	佛系和尚	《我和软萌女友的恋爱日常》
	狐颜乱语	《盖世神医》
	北川	《寒门枭士》
	黑白仙鹤	《吞噬古帝》
	浮生三千	《在他深情中陨落》
	棠花落	《王妃她不讲武德》
	恋简	《你的情深我不配》
	尘沐沐	《逆天狂妃》

（4）番茄小说第二届网络文学大赛

2023 年 1 月 12 日，番茄小说第二届网络文学大赛共收到 17 万+投稿作品，9000+作品成功签约，69 部优秀作品脱颖而出获得晋级赛月度新星/潜力新星奖励，现揭晓总决赛人气王/品类之王获奖作品，如表 4-4 所示。

表 4-4　番茄小说第二届网络文学大赛获奖名单

奖项	作者	作品
人气王	骁骑校	《特工易冷》（男频）
	爱吃兰花蟹	《狂妃靠近，王爷在颤抖》（女频）
品类之王	沐潇三生	《天渊》（男频玄幻）
	小小旺仔	《一哥》（男频都市）
	曲不知	《原来你是这样的林秘书》（女频现言）
	卿我意	《清穿：贵妃娘娘她灭了德妃成太后》（女频古言）

（5）"最江南"主题网络文学作品征文大赛

2023年2月22日，"最江南"主题网络文学作品征文大赛经外聘专家、学者、文学教授、资深网络研究员等大赛评审委员会不记名投票产生了20部优秀现实题材作品，获奖名单如表4-5所示。

表 4-5　"最江南"主题网络文学作品征文大赛获奖名单

奖项	作者	作品
一等奖	顾七兮	《你与时光皆璀璨》
	吉祥夜	《旧曾谙》
二等奖	蒋牧童	《星火长明》
	萧茜宁	《身如琉璃心似雪》
	尼莫小鱼	《舌尖上的华尔兹》
三等奖	黑鹭	《姑苏繁华里》
	坐酌泠泠水	《茗门世家》
	圣妖	《后来遇见他》
	今婳	《玫瑰之下》
	尚启元	《刺绣》
优秀奖	李小糖罐	《钿带长中腔》
	卓牧闲	《老兵新警》
	何常在	《奔涌》
	童童	《大茶商》
	狐小妹	《人间重晚晴》
	冰可人	《女机长》
	风晓樱寒	《逆行的不等式》
	江左辰	《凤栖苗乡》
	灵犀无翼	《金匠》
	顾天玺	《尖锋》

（6）第33届中国科幻银河奖

2023年3月25日，第33届中国科幻银河奖在四川荥经揭晓，13部网络文学作品入围并最终斩获4项大奖，获奖名单如表4-6所示。

表4-6 第33届中国科幻银河奖·网络文学获奖名单

奖项	作者	作品
最佳科幻网络小说	远瞳	《深海余烬》
最佳原创图书奖	天瑞说符	《泰坦无人声》
最具改编潜力奖	卖报小郎君	《灵境行者》
	会说话的肘子	《夜的命名术》

（7）第五届扬子江网络文学作品大赛

2023年4月4日，由中国音像与数字出版协会、中国新闻出版传媒集团指导，江苏省委宣传部、江苏省新闻出版局、江苏省作协主办，江苏凤凰文艺出版社承办的"第五届扬子江网络文学作品大赛"公布获奖名单，如表4-7所示。

表4-7 第五届扬子江网络文学作品大赛获奖名单

奖项	作者	作品
一等奖	懿小茹	《我的西海雄鹰翱翔》
二等奖	素衣凝香	《茶魂》
	本命红楼	《风华时代》
三等奖	老宏	《传世琉璃》
	光头强	《兽医扎次》
	姞文	《熙南里》
	月光码头	《春暖临山》
最具影视改编潜力奖	懿小茹	《我的西海雄鹰翱翔》
最佳故事情节奖	老宏	《传世琉璃》

（8）2023年中国作家协会网络文学重点作品扶持

2023年5月8日，中国作家协会网络文学重点作品扶持项目共收到225项有效申报选题。经重点作品扶持项目论证委员会论证，确定40项选题入选，如表4-8所示。

表 4-8　2023 年中国作家协会网络文学重点作品扶持选题名单

（按作品名称首字笔画排列）

主题	作者	作品
新时代山乡巨变主题（7 部）	段王爷	《大尧山寻宝记》
	树下小酒馆	《山河灯火》
	伯乐	《飞翔在茨淮新河》
	路远	《市长返村记》
	一恋青诚	《圣湖之畔》
	伊朵	《奔腾的绿洲》
	关中老人	《秦川暖阳》
中国式现代化主题（3 部）	柳千落	《百炼钢与绕指柔》
	洛明月	《问稻》
	奕辰辰	《慷慨天山》
科技创新和科幻主题（8 部）	银月光华	《大国蓝途》
	善水	《女儿来自银河系》
	羽轩 W	《星际第一造梦师》
	秉辉，明璐	《逐梦云帆向蔚蓝》
	红刺北	《第九农学基地》
	陈楸帆	《盖亚算法》
	远瞳	《深海余烬》
	言归正传	《深渊独行》
美好生活主题（10 部）	沉金	《人生十二味》
	叶语轻轻	《三孩时代》
	如涵	《心有琉璃瓦》
	煜素	《江渔》
	灵犀无翼	《寻常巷陌》
	林特特	《雨过天晴：我回家上班这两年》
	志鸟村	《国民法医》
	流浪的军刀	《逆火救援》
	九戈龙	《家庭阅读咨询师》
	梧桐私语	《嵘归》

续表

主题	作者	作品
中华优秀文化主题（12部）	慈莲笙	《一梭千载》
	何木颜	《大明万家医馆》
	金铃	《千金方》
	唐甲甲	《中医高源》
	尚启元	《戏角儿》
	孔凡铎	《面人儿精》
	希行	《洛九针》
	双鱼游墨刘钰	《格但斯克的午夜阳光》
	子与2	《唐人的餐桌》
	西门瘦肉	《梦回梨园》
	三生三笑	《逾鸿沟》
	榴弹怕水	《黜龙》

（9）第三届七猫中文网现实题材征文大赛

2023年5月19日，第三届七猫中文网现实题材征文大赛颁奖典礼在上海张江科学会堂举办。本届大赛由上海市作家协会指导，上海七猫文化传媒有限公司主办，华语文学网协办，上海张江（集团）有限公司、上海文学创作中心为支持单位。第三届七猫中文网现实题材征文大赛获奖名单如表4-9所示。

表4-9 第三届七猫中文网现实题材征文大赛获奖名单

奖项		作者	作品
金七猫奖		银月光华	《大国蓝途》
最佳IP价值奖		黑白狐狸	《我为中华修古籍》
		白马出凉州	《漠上青棱绿》
最佳IP潜力奖		苏果	《幸福小流域》
		竹正江南	《天年有颐》
		圆月四九	《哈啰，熊猫饭店》
分类一等奖	家园与过去	有酒一壶	《路就在脚下》
	家园与现在	灵犀无翼	《寻常巷陌》
	家园与未来	慕十七	《大江鲟影》
	家园与自然	王文杰	《生死守卫》

续表

奖项		作者	作品
分类二等奖	家园与过去	月半弯	《老家》
		榕荔	《春花向阳》
	家园与现在	瑚布图	《苍山耳语》
		子兮 Lori	《火光独行者》
	家园与未来	金裘花马	《十二矩阵》
		飙魂	《深空返航》
	家园与自然	人间风尘	《林域守》
		妃小朵	《崇左守望者》
优秀作品奖		古黎	《桃华》
		黎庶	《一路向阳》
		牧三斗	《月照新河》
		哈尼歌者	《飘扬的红丝带》
		陌上醉	《白衣使命》
		司南木	《窗口》
		夏荒灿	《银白时代》
		陌缓	《心灵守门人》
		君子世无双	《仪表唐糖》
		枯荣有季	《息族源起》
		琅翎宸	《雾语者》
		匪迦	《中和之道》
		玉帛	《国境之南》
		存叶	《遇见长江》
		胡说	《天路》

(10) 浙江"志摩故里奖"第一届现实题材网络文学征文大赛

2023年6月1日，浙江"志摩故里奖"第一届现实题材网络文学征文大赛获奖名单公布，如表4-10所示。该奖项由海宁市委宣传部、海宁市文联、海宁市城市发展投资集团有限公司联合举办，经专家评审共有19部作品获奖。

表 4-10 浙江"志摩故里奖"第一届现实题材网络文学征文大赛获奖名单

奖项	作者	作品
一等奖	蓝红燕	《山与川与海》
二等奖	齐冰	《钱塘江》
	谢乙云	《花间行》
	杨卫华	《用我的真诚打动这个世界》
三等奖	王基诺	《马兰赞歌》
	赵容华	《丝路青山》
	李宇静（风晓樱寒）	《逆行的不等式》
	许晨、臧思佳	《大鱼山》
	许甜甜（身言书判）	《柔判》
	郭凌晨	《世纪初的童话》
优秀奖	刘艳（一源）LL	《楼外青山》
	刘鹏飞	《林向阳的核时代》
	朱瑾洁	《侯迁闸》
	杜瑀峤	《我的缺失症男友》
	李荣华	《愈加明亮的生活》
	李丛峰	《皮吐皮》
	郑福娥	《精神之树》
	殷建中	《热爱生活》
	达墨	《还没来得及青春》

(11) 第二届"天马文学奖"

2023年6月6日，第二届"天马文学奖"的评审结果发布。最终共评选出五部获奖作品，如表4-11所示。

表 4-11 第二届"天马文学奖"获奖作品

作品	作者	推荐网站
《长乐里：盛世如我愿》	骁骑校（刘晔）	番茄小说网
《诡秘之主》	爱潜水的乌贼（袁野）	起点中文网
《大医凌然》	志鸟村（高晨茗）	起点中文网
《北斗星辰》	匪迦（张栩）	七猫中文网
《从红月开始》	黑山老鬼（石瑞雷）	小说阅读网

(12) "网文青春榜"2022年度榜单

2023年6月11日，第二届"网文青春榜"年度榜单在北京大学发布，共14部作品上榜，如表 4-12 所示。

表 4-12　第二届"网文青春榜"年度榜单

作者	作品
狐尾的笔	《道诡异仙》
喵太郎	《我本以为我是女主角》
群星观测	《寄生之子》
麦苏	《寰宇之夜》
晨星LL	《这游戏也太真实了》
郁雨竹	《魏晋干饭人》
穿黄衣的阿肥	《我的细胞监狱》
鹳耳	《恐树症》
关心则乱	《江湖夜雨十年灯》
时镜	《剑阁闻铃》
南派三叔	《花夜前行》
三九音域	《我在精神病院学斩神》
轻泉流响	《不科学御兽》
裴不了	《请公子斩妖》

（13）第二届扬子江网络文学最具 IP 潜力榜

2023 年 6 月 13 日，第二届扬子江网络文学最具 IP 潜力榜入选作品（如表 4-13 所示）平台涉及阅文集团、晋江文学城、七猫中文网、咪咕阅读、塔读文学、豆瓣阅读等国内重要网文平台网站。作品类型包括现实、传统文化、科幻、古代言情、都市幻想、都市言情、悬疑、奇幻等多个类型。

表 4-13　第二届扬子江网络文学最具 IP 潜力榜

作品	作者	网站
《不醒》	一度君华	晋江文学城
《朋友的那个完美妻子》	东坡柚	豆瓣阅读
《重庆公寓》	僵尸嬷嬷	晋江文学城
《菩提眼》	漠兮	云起书院
《一生悬命》	陆春吾	豆瓣阅读
《北镇抚司缉凶日常》	永慕余	每天读点故事 App
《24 小时拯救世界》	司绘	塔读文学
《有依》	清扬婉兮	咪咕阅读
《敦煌：千年飞天舞》	王熠（冰天跃马行）	咪咕阅读
《漠上青梭绿》	白马出凉州	七猫中文网

（14）2023年度"谜想故事奖"悬疑长篇征文比赛

2023年度"谜想故事奖"长篇征文比赛，自2022年8月29日开始报名，至2023年4月28日完赛，共收到937部作品，2023年6月公布遴选结果，如表4-14所示。

表4-14 2023年度"谜想故事奖"悬疑长篇征文比赛获奖名单

奖项	作者	作品
金奖	陈子苋	《生与死和杀戮山脉》
银奖	伏見鹿	《淹没》
	AKA不高兴	《命运轮》
"悬疑+"特别奖	逆桑	《遗骸拼图》
	钱一羽	《出山》
	CPU	《须弥游戏》
其他入围奖	辛逢	《暴雪镇》
	黄裔	《被唤醒的X》
	何祈铭	《毕业旅行与向日葵花海》
	老邪	《光头道士》
	贺兰邪	《猎罪告白书》
	贰柒	《魔女的夜宴》
	闲倾	《匿生》
	三千河	《噬夏》
	唐玥君	《他的倒影与湖》
	小花生吖	《蛙鸣时》
	城末者	《厌根》
	风来君相忆	《追凶十谈》

（15）第二届江苏省"金本奖"剧本演绎创作大赛

2023年6月23日，第二届"金本奖"剧本演绎创作大赛公布获奖名单，如表4-15所示。该项比赛由江苏省网络作家协会、南京市网络作家协会、中共秦淮区委宣传部共同指导，江苏网络文学谷主办。

表4-15 第二届"金本奖"剧本演绎创作大赛获奖名单

奖项	作者	作品
一等奖	谢尚伟、朱乾	《等春来》
二等奖	陈炳旭	《向日葵美术班》
	林俊权、刘昊钦、葛滢瑾	《浮沙之路》

奖项	作者	作品
三等奖	魏维	《豆腐西施》
	王静怡、文静、高正蕾	《朵朵的生日派对》
	田燕琪	《明月昭》
优秀奖	陈炳旭	《我是厂长》
	陈欣芯	《蒲台风雨》
	杜海玉	《捉迷藏》

(16) 第七届现实题材网络文学征文大赛

2023年6月26日,由上海市新闻出版局支持,阅文集团主办的第七届现实题材网络文学征文大赛在上海展览中心举行颁奖典礼。本届大赛的主题是"好故事照见人间烟火",共吸引36696人参赛,同比增长26%,参赛作品38092部。最终,大赛共评出14部获奖作品,如表4-16所示。

表4-16 第七届现实题材网络文学征文大赛获奖名单

奖项	作品	作者
特等奖	《只手摘星斗》	扫3帝
一等奖	《茫茫白昼漫游》	眉师娘
二等奖	《炽热月光》	荆泽晓
	《滨江警事》(第一卷)	卓牧闲
三等奖	《伊伊的选择》	宗昊
	《奔现》	衣山尽
	《双面利刃》	徐婠
	《山河灯火》(第一卷)	树下小酒馆
	《行商坐医》(第一卷)	山樵守护者
	《大城小家》	和晓
	《左舷》(第一卷)	步枪
	《恋爱圆周率》	小蜗鱼
	《职场孕妈清醒记》	海豚李伊
	《添丁之喜》	猫熊酱

(17) "100个好故事计划" 第二季获奖名单

2023年8月6日,由每天读点故事App发起的100个好故事计划公布了第二季的获奖名单,如表4-17所示。此次评选分为"我的新生活"和"危险之家"两个主题。

表 4-17 "100 个好故事计划"第二季获奖名单

主题	奖项	作者	作品
我的新生活	一等奖	桃乐不丝	《热气腾腾》
	二等奖	荆 0	《新手》
		石头记买	《乌云之下》
	三等奖	哇哟哈	《向阳奔跑》
		水生烟	《春天奔流而来》
		乔托麻袋	《靴子》
	入围奖	琥珀指甲	《如你所愿》
危险之家	一等奖	—	—
	二等奖	玄鹩	《莲华》
		三分钟小姐	《沉默的反杀》
	三等奖	夏荒灿	《稻草》
		周阿拙	《她是谁》
		kiki 拉雅	《沉默在尖叫》
	入围奖	陆茸	《包袱》

(18) 番茄小说×芒果 TV 联合影视征文活动

2023 年 8 月 8 日，番茄小说×芒果 TV 联合影视征文活动公布了获奖作品名单，如表 4-18 所示。经芒果 TV、番茄小说从影视化可行性角度的考查评选，从两个赛道分别评选出了前两名的作品。

表 4-18 番茄小说×芒果 TV 联合影视征文活动获奖作品名单

赛道	作者	作品
人间冷暖、万家灯火	南孤雁	《寒冬渐远》
	文可归	《越线》
轻偶现实、都市情感	柏夏	《航向晨曦》
	无二生	《长欢之野》

(19) 第五届豆瓣阅读长篇拉力赛

2023 年 8 月 23 日，本届长篇拉力赛第五届豆瓣阅读长篇拉力赛获奖名单公布，如表 4-19 所示。比赛设有"言情""女性""悬疑""幻想"四个组别，共收到 5178 部投稿，其中 663 部作品顺利完赛。

表 4-19　第五届豆瓣阅读长篇拉力赛获奖名单

奖项	作品	作者
总冠军	《沪上烟火》	大姑娘浪
新人奖	《因何死于兰若寺？》	给大家讲一下事情的经过
	《非典型循环》	柯布西柚
分组冠军	《浪漫反应式》	诀别词
	《沪上烟火》	大姑娘浪
	《她所知晓的一切》	桑文鹤
	《乌小姐卷入神奇事件》	居尼尔斯
分组亚军	《跟我结婚的那个骗子》	淳牙
	《今天过得怎么样》	大芹菜
	《银色铁轨》	京洛线
	《这个宇宙讨厌告白》	油奈
分组季军	《老狼老狼几点钟》	芦苇芭蕉
	《离婚冲动期》	走走停停啊
	《天黑请换人查案》	不明眼
	《十味香》	君芍
特定主题作品奖	《春癫》	木鬼衣
	《终点是曾被叫做上海的世界尽头》	狂奔的提琴
潜力作品奖	《绵绵》	美华
	《一碗水》	南山
	《温良夜》	秋池鹿
	《上岸游戏》	琉璃灯灯

（20）首届中国（青海）昆仑英雄网络文学奖

2023 年 8 月 28 日，首届中国（青海）昆仑英雄网络文学奖颁奖典礼在西宁举行。此次颁奖典礼为二十部以刻画人性、歌颂英雄为题材的网络文学作品分别颁发了后羿奖、女娲奖、精卫奖和夸父奖，并推选出 5 位新人奖，获奖名单如表 4-20 所示。

表 4-20　首届中国（青海）昆仑英雄网络文学奖获奖名单

奖项	作者	作品
后羿奖【玄幻仙侠类】	横扫天涯	《镜面管理局》
	青鸾峰上	《一剑独尊》
	雨魔	《我的一日猴王梦》
	沉默的糕点	《我在坟场画皮十五年》
	乱世狂刀	《剑仙在此》

续表

奖项	作者	作品
女娲奖【女性情感类】	烟波江南	《乔岁有座山》
	顾七兮	《璀璨风华》
	三生三笑	《粤食记》
	白小葵	《油城浮世》
	飘荡墨尔本	《小生意》
精卫奖【现实题材类】	懿小茹	《雪域密码》
	麦苏	《寰宇之夜》
	何常在	《奔涌》
	胡说	《天路》
	奕辰辰	《慷慨天山》
夸父奖【科幻悬疑类】	玄本夜	《青海密码：天珠密藏》
	梵鸢	《国宝风云之敦煌密档》
	格桑花下	《赛什腾密码》
	黑天魔神	《虎警》
	月半墙	《013号凶案密档》
新人奖	蔡炜（钧霆）、张启晨（本命红楼）、纳玉琼、孙涛（惊蛰落月）、马楚珺（猫说午后）	

（21）第十五届纵横中文网作者大会

2023年9月7日，第十五届纵横中文网作者大会在澳门举办，共邀请43位纵横中文网优秀作家参加。本次大会共八个奖项，获奖名单如表4-21所示。

表4-21 第十五届纵横中文网作者大会获奖名单

奖项	作者	作品
年度最佳畅销作家奖	青鸾峰上	《我有一剑》
年度最受欢迎作家奖	宝妆成	《不负韶华》
	火星引力	《逆天邪神》
年度最佳动漫改编奖	月如火	《一世独尊》
	一叶青天	《盖世帝尊》
年度最强更新奖	六道沉沦	《大造化剑主》
	乱步非鱼	《假千金疯狂作死后渣哥们人设全崩了》
年度最佳有声改编奖	十阶浮屠	《末日刁民》
	平生未知寒	《武夫》
	全是二	《颜先生的小娇宠》

续表

奖项	作者	作品
年度最具改编潜力奖	铁马飞桥	《太荒吞天诀》
	萧瑾瑜	《剑道第一仙》
年度荣誉作家奖	半世琉璃	《服软》
	繁朵	《继女荣华》
	墨春花	《原来我才是霍先生的白月光》
	阿酥	《重生八零幸福生活》
	不听	《渣前夫总想抢我儿砸》
	水笙	《她凭演技称霸江湖》
	夜恋凝	《凰后归来》
	灵犀蝌蚪	《闪婚娇妻又甜又野》
	更俗	《将军好凶猛》
	烟斗老哥	《医路青云》
	李闲鱼	《绝世神医》
	知白	《全军列阵》
	莫问江湖	《过河卒》
	超爽黑啤	《都市古仙医》
	奕辰辰	《一品》
	Cuslaa	《宰执天下》
	随散飘风	《踏星》
	关中老人	《一世如龙》
	亲亲雪梨	《相逢少年时》
	我爱小豆	《灰烬领主》
	我本疯狂	《绝世强者》
	烈焰滔滔	《最强战神》
	步行天下	《国民神医》
	西风紧	《大魏芳华》
	纯情犀利哥	《太初灵魂》
年度最佳新人奖	少侠爱喝酒	《万古天骄》
	步履无声	《此地有妖气》
	轻浮你一笑	《我有一尊炼妖壶》
	沙漠	《日月风华》
	六如和尚	《陆地键仙》
	食堂包子	《大荒剑帝》

(22)"微博文化之夜"盛典

2023年9月19日,由微博主办的首届"微博文化之夜"盛典在河南郑州举行,会聚非遗传承人、博物馆馆长、作家、文化名人等为代表的百余位业界大咖莅临活动现场,通过线上线下结合的方式,在多个文化领域展开深层次传播和交流,探讨华夏文明的使命、探寻中国文化的轴线、讲述中国文化故事。2023年微博文化之夜荣誉名单如表4-22所示。

表4-22 2023年微博文化之夜荣誉名单

奖项	作者	作品
微博年度突破作家	蒋胜男	—
微博影响力作家	匪我思存	—
微博年度网络文学IP	会说话的肘子	《夜的命名术》
微博年度网络文学IP	她与灯	《观鹤笔记》
微博年度十大文学IP	《盗墓笔记》《道诡异仙》《观鹤笔记》《诡秘之主》《黑莲花攻略手册》《将门嫡女》《龙族》《全职高手》《我在精神病院学斩神》《哑舍》	

(23)第二十届百花文学奖

2023年9月19日,由天津市委宣传部指导、天津出版传媒集团主办、百花文艺出版社承办的第二十届百花文学奖颁奖典礼在天津举行。本届百花文学奖有3部作品获网络文学奖。获奖名单如表4-23所示。

表4-23 第二十届百花文学奖获奖名单(部分)

奖项	作者	作品
科幻文学奖(3部)	凛	《逆旅浮生》
科幻文学奖(3部)	任青	《来自近未来的子弹》
科幻文学奖(3部)	王诺诺、羽南音	《画壁》
影视剧改编价值奖(1部)	骆平	《我用一生奔向你》
网络文学奖(3部)	匪迦	《北斗星辰》
网络文学奖(3部)	骁骑校	《长乐里:盛世如我愿》
网络文学奖(3部)	天瑞说符	《我们生活在南京》

(24)中国网络文学影响力榜(2022年度)

2023年10月12日,中国网络文学影响力榜(2022年度)发布仪式在广州举行。中国网络文学影响力榜由中国作协网络文学中心主办,每年评选一届,设置"网络小说榜""IP影响榜""海外传播榜""新人榜"四个榜单,经过严格初评、复评、终评和读者线上投票，此次有29部网络文学作品和8位新人作家上榜，如表4-24所示。

表4-24 中国网络文学影响力榜（2022年度）

奖项	作品	作者
网络小说榜（共10部）	《关键路径》	匪迦
	《洞庭茶师》	童童
	《上海凡人传》	和晓
	《逆行的不等式》	风晓樱寒
	《我们生活在南京》	天瑞说符
	《夜的命名术》	会说话的肘子
	《寄生之子》	群星观测
	《长夜余火》	爱潜水的乌贼
	《黎明之剑》	远瞳
	《永生世界》	伪戒
IP影响榜（共9部）	《开端》	祈祷君
	《云过天空你过心》（改编剧：向风而行）	沐清雨
	《小敏家》	伊北
	《烽烟尽处》	酒徒
	《萌妻食神》	紫伊281
	《九天玄帝诀》	傲天无痕
	《星域四万年》	卧牛真人
	《超级神基因》	十二翼黑暗炽天使
	《清穿日常》（改编剧：卿卿日常）	多木木多
海外传播榜（共10部）	《星汉灿烂，幸甚至哉》	关心则乱
	《遇见你余生甜又暖》	沐六六
	《他从火光中走来》	耳东兔子
	《光阴之外》	耳根
	《不科学御兽》	轻泉流响
	《一剑独尊》	青鸾峰上
	《战尊归来》	在云端
	《只有我能用召唤术》	竹楼听细雨
	《宇宙职业选手》	我吃西红柿
	《刀剑神皇》	乱世狂刀
新人榜（共8人）	本命红楼、阁ZK、听日、我最白、我爱小豆、裴不了、退戈、奕辰辰	

(25)科幻文学 IP 改编价值潜力榜(2023)

2023 年 10 月 19 日,科幻世界杂志社联合中国科幻研究院共同发布了《中国科幻文学 IP 改编价值潜力榜(2023)》,如表 4-25 所示。

表 4-25　中国科幻文学 IP 改编价值潜力榜(2023)

作者	作品	形式
滚开	《隐秘死角》	网络文学
须尾俱全	《末日乐园》	实体出版
卧牛真人	《修真四万年》	网络文学
严曦	《造神年代》	实体出版
言归正传	《深渊独行》	网络文学
井上三尺	《如果房子会说话》	杂志刊载
藤野	《隐形时代》	杂志刊载
黑山老鬼	《猩红降临》	网络文学
净无痕	《7 号基地》	网络文学
杨键	《鄢红》	杂志刊载
苍月生	《傻子》	杂志刊载

(26)"100 个好故事计划"第三季获奖名单

2023 年 10 月 31 日,由每天读点故事 App 起的 100 个好故事计划公布了第三季的获奖名单,如表 4-26 所示。此次评选分为"BE 美学"和"开局即高能"两个主题。

表 4-26　"100 个好故事计划"第三季获奖名单

主题	奖项	作品
BE 美学	一等奖	—
	二等奖	《他的喜欢是一场骗局》
	三等奖	《淮南旧事》
		《再无归期》
		《谁人过情关》
	入围奖	《大梦初醒》
开局即高能	一等奖	—
	二等奖	《查无此案:灭门》
		《长公主为何爱发疯:生死交锋》
	三等奖	《捡到秘密的那一天》
		《狩猎》
		《福星太子妃》
	入围奖	《失踪的她》

(27)"美丽中国"网络小说征文活动

2023年11月1日,"美丽中国"网络小说征文活动是中南大学网络文学研究院、中南大学资源循环研究院联合七猫纵横、番茄小说面向全国开展的网络小说征文活动,旨在贯彻落实党的二十大精神,鼓励广大网络文学创作者书写人与自然和谐共生,反映人才与创新的史诗篇章。"美丽中国"网络小说征文活动获奖名单如表4-27所示。

表4-27 "美丽中国"网络小说征文活动获奖名单

奖项	作品	作者
一等奖	《慷慨天山》	奕辰辰
二等奖	《洞庭茶师》	童童
	《航向晨曦》	柏夏
三等奖	《秦川暖阳》	关中老人
	《翠山情》	赢春衣
	《山花烂漫时》	乱世狂刀

(28)"古籍活化,传承书香"联合征文活动

2023年11月8日,由国家图书馆(国家古籍保护中心)及抖音集团主办、国家古籍保护中心办公室及番茄小说承办的"古籍活化,传承书香"联合征文活动,旨在探索古籍内容在网络文学中活化的可行性,让古籍中的故事在网络文学中焕发新的活力。"古籍活化,传承书香"联合征文活动获奖名单如表4-28所示。

表4-28 "古籍活化,传承书香"联合征文活动获奖名单

作品	作者	活化古籍
《鄱阳湖君传》	左断手	《子不语》
《王羲之的鹅》	关中闲汉	《世说新语》《子不语》
《长安香》	三文不吃鱼	《长生殿》
《老夫范进,在大明退休养老》	山的那边	《儒林外史》
《剑暮点灯人》	油子吟	《子不语》
《相思绕》	一定更	《世说新语》
《不语镇》	倚剑听风雨	《子不语》
《子不语:盛世之下》	吴半仙	《子不语》
《乱青丝》	一口一个桃儿	《阅微草堂笔记》
《子不语:幽灵人间》	墨绿青苔	《子不语》
《锁魂缘》	鱼书不至	《阅微草堂笔记》
《画像》	风雨如书2020	《牡丹亭》
《世说新语,鹤仙》	情殇孤月	《世说新语》
《炽情难灭》	香吉士	《长生殿》

（29）第五届大湾区杯（深圳）网络文学大赛

2023年，深圳市作家协会和香港作家联会、澳门基金会联合举办第五届大湾区杯（深圳）网络文学大赛。12月8日，深圳市作家协会评选出10部第五届大湾区杯（深圳）网络文学大赛获奖作品，获奖名单如表4-29所示。

表4-29 第五届大湾区杯（深圳）网络文学大赛获奖作品（按姓氏笔画排序）

作者	作品	题材/体裁
牛文贤	《地星危机》	科幻题材
刘艳	《生活有晴天》	现实题材
刘吉刚	《诡秘之上》	仙侠题材
李泽民	《左舷》	军事历史题材
李杰	《强国重器》	现实题材
张思宇	《我在规则怪谈世界乱杀》	悬疑科幻
张柱桥	《北京保卫战》	现实题材
周密密	《归宿》	现实题材
尚启元	《长安盛宴》	现实题材
简洁	《数千个像我一样的女孩》	长篇小说

（30）第四届辽宁网络文学"金桅杆"奖·优秀评论（研究）奖

2023年12月16日，第四届辽宁网络文学"金桅杆"奖·优秀评论（研究）奖颁奖典礼在大连大学举办，获奖名单如表4-30所示。辽宁网络文学"金桅杆"奖是由辽宁省作家协会主办、辽宁作协网络文学研究中心承办的网络文学专项奖。

表4-30 第四届辽宁网络文学"金桅杆"奖·优秀评论（研究）奖获奖名单

作者	篇目
吴金梅	《以网络文学创作繁荣发展新时代辽宁文化事业和文化产业》
韩传喜、郭晨	《嵌入、联结、驯化：基于可供性视角的网络文学媒介化转向考察》
郑熙青	《中国网络文学创作中的原创性和著作权问题》
房伟	《时空拓展、功能转换与媒介变革——中国网络小说的"长度"问题研究》
唐伟	《从"文学+网络"到"网络+文学"》

（31）江苏省第八届紫金山文学奖

2023年12月20日晚，由江苏省作协主办的江苏省第八届紫金山文学奖在南京颁奖。本届紫金山文学奖的评奖范围是2020—2022年正式发表出版的作品及涌现的优秀文学编辑、文学新人；评奖工作于2023年3月启动，经初评、终评两个阶段，最终评出48部（篇）获奖作品，3部网络小说获奖。获奖名单如表4-31所示。

表 4-31　江苏省第八届紫金山文学奖获奖名单（部分）

奖项	作者	作品
网络文学奖（3部）	赖尔	《女兵安妮》
	时音	《长安秘案录》
	萧茜宁	《身如琉璃心似雪》

（32）首届"创想+"计划中文在线&花城联合征文大赛

2023年12月22日，经过中文在线、花城出版社的编辑多轮严格筛选，以及优酷、柠萌影业等影视评审团成员的专业评审，最终选出金奖1名、银奖1名、铜奖2名、特别关注奖2名、优秀作品奖5名，获奖名单如表4-32所示。

表 4-32　首届"创想+"计划中文在线&花城联合征文大赛获奖名单

奖项	作者	作品
金奖	童童	《完美的妻子》
银奖	拟南芥	《千狐百怪之宴》
铜奖	文一森	《重门余音》
	南风语	《谁在算计》
特别关注奖	冷胭	《卿本孤芳》
	李维励	《客自不须还》
优秀作品奖	洪水	《大书斋》
	柏银	《大雪无痕》
	匠人	《铁子》
	曹给非	《水龙吟》
	凝佳恩	《梦正乘舟行》

（33）中国小说学会2023年度中国好小说

2023年12月24日，由中国小说学会主办、江苏省兴化市委宣传部承办的中国小说学会2023年度中国好小说研讨会在兴化召开。来自全国各地的28位专家、学者，在前期长达几个月的小说推荐和阅读的基础上，经过认真、细致的遴选和充分、深入的讨论，最终推出45部获奖作品。狐尾的笔的《道诡异仙》等10部网络小说入选，获奖名单如表4-33所示。

表 4-33　中国小说学会 2023 年度中国好小说名单（部分）

类别	作者	作品	发表/完结平台
网络小说（10 部）	狐尾的笔	《道诡异仙》	起点中文网 2023 年 5 月完结
	辰 东	《深空彼岸》	创世中文网 2023 年 6 月完结
	我会修空调	《我的治愈系游戏》	小说阅读网 2023 年 3 月完结
	知 白	《全军列阵》	纵横小说 2023 年 8 月完结
	三九音域	《我在精神病院学斩神》	番茄小说 2023 年 9 月完结
	希 行	《洛九针》	起点女生网 2023 年 8 月完结
	羽轩 W	《星际第一造梦师》	晋江文学城 2023 年 5 月完结
	银月光华	《大国蓝途》	七猫中文网 2023 年 3 月完结
	妖怪快放了我爷爷	《拥抱星星的天使》	掌阅 2023 年 5 月完结
	何常在	《向上》	七猫中文网 2023 年 6 月完结

2. 年度代表作品举隅

网络小说年度代表作品参考了年度内有关网络文学的政府榜单、各大平台发布的网络小说排行榜、获奖作品名单等，兼顾多个平台和多种网络小说类型，选出 50 部男频小说代表作和 50 部女频小说代表作作为 2023 年度网络小说代表作品。这些作品以 2022 年中之后开书，并且在 2023 年持续更新，或者 2023 年内完结的作品为主，重点考察作品的价值和在 2023 年度的影响力。作品按照男频小说和女频小说分类列出，排序方式以作品的首字母为序。

（1）50 部男频小说代表作

《1941 重启波斯》，可乐不加冰，塔读文学网

《阿婵》，丁墨，起点中文网

《庇护所游戏：我能无限合成》，神刺，飞卢小说网

《冰河末世，我囤积了百亿物资》，记忆的海，番茄小说网

《不科学御兽》，轻泉流响，起点中文网

《不许在阳间搞阴间操作!》，米青礻申犭犬态，起点中文网

《赤旗》，赵子日，塔读文学网

《大国蓝途》，银月光华，七猫中文网

《大英公务员》，青山铁杉，起点中文网

《代晋》，大苹果，塔读文学网

《道诡异仙》，狐尾的笔，起点中文网

《风起龙城》，伪戒，17K 小说网

《封地 1 秒涨 1 兵，女帝跪求别造反》，夏小秋，番茄小说网

《高手下山,我家师姐太宠了》,求求你让我火吧,番茄小说网

《恭喜你被逮捕了》,Iced 子夜,起点中文网

《光阴之外》,耳根,QQ 阅读

《寒门仕途》,骏命不易,塔读文学网

《洪荒历》,zhttty,起点中文网

《鸿蒙霸体诀》,鱼初见,七猫中文网

《皇家金牌县令》,板面王仔,番茄小说网

《极品皇帝》,青红,七猫中文网

《极品戒指》,淮阴小侯,七猫中文网

《进化的四十六亿重奏》,相位行者,起点中文网

《开局账号被盗,反手充值一百万》,酒剑仙人,起点中文网

《全军列阵》,知白,纵横小说网

《少年且前行》,李想想,塔读文学网

《深空彼岸》,辰东,创世中文网

《神级进化动物杀手团》,九把火,七猫中文网

《神明模拟器》,鹿人戛,起点中文网

《十日终焉》,杀虫队队员,番茄小说网

《术师手册》,听日,起点中文网

《死医永恒》,南妖叔,塔读文学网

《太初神瞳》,一条想飞的鱼,七猫中文网

《天启预报》,风月,起点中文网

《万道龙皇》,牧童听竹,QQ 阅读

《网游之全服公敌》,黑白相间,七猫中文网

《我的治愈系游戏》,我会修空调,小说阅读网

《我在精神病院学斩神》,三九音域,番茄小说网

《雾都侦探》,虾写,起点中文网

《箱子里的修仙界》,妙言妙语,17K 小说网

《向上》,何常在,七猫中文网

《向阳年代》,隔壁老六,塔读文学网

《逍遥小贵婿》,堵上西楼,17K 小说网

《修仙就是这样子的》,凤嘲凰,起点中文网

《隐秘死角》,滚开,起点中文网

《择日飞升》,宅猪,起点中文网

《只手摘星斗》,扫 3 帝,起点中文网

《终宋》,怪诞的表哥,起点中文网

《重活1979》，年末，塔读文学网

《重生全能学霸》，熊猫胖大，起点中文网

（2）50部女频小说代表作

《白日谎言》，刘汽水，豆瓣阅读

《被夺一切后她封神回归》，卿浅，QQ阅读

《春棠欲醉》，锦一，七猫中文网

《大小姐她总是不求上进》，燕小陌，起点女生网

《地下城连环失踪案始末》，冯玉新，豆瓣阅读

《灯花笑》，千山茶客，起点中文网

《第九农学基地》，红刺北，晋江文学城

《第一卿色》，懒橘，七猫中文网

《独秀》，江月年年，晋江文学城

《多雨之地》，玛丽苏消亡史，豆瓣阅读

《好时辰》，周板娘，豆瓣阅读

《红妆十里花期十年》，明月晞，红袖添香

《沪上烟火（二部）》，大姑娘浪，豆瓣阅读

《花醉满堂》，西子情，QQ阅读

《皇城司第一凶剑》，饭团桃子控，起点中文网

《剑出鞘》，沉筱之，晋江文学城

《将军，夫人喊你种田了》，偏方方，潇湘书院

《骄阳似我》，顾漫，番茄小说网

《金吾不禁，长夜未明》，伊人睽睽，晋江文学城

《军婚高甜：八零小辣媳被兵王宠哭了》，椰果粒，17K小说网

《洛九针》，希行，起点女生网

《没有橡树》，没有羊毛，豆瓣阅读

《末日乐园》，须尾俱全，起点女生网

《末世天灾：我在空间搞养殖》，揍趴长颈鹿，七猫中文网

《千屿》，白羽摘雕弓，晋江文学城

《窃情》，木鬼衣，豆瓣阅读

《权臣的在逃白月光》，西西东东，潇湘书院

《日偏食》，喜酌，豆瓣阅读

《三嫁》，水无盐，豆瓣阅读

《试婚男女》，墨书白，晋江文学城

《宋檀记事》，荆棘之歌，起点女生网

《桃花源》，巫哲，晋江文学城

《天灾第十年跟我去种田》，南极蓝，起点中文网
《偷吻小月亮》，厘子酱，塔读文学网
《我的神秘拍档》，兰思思，豆瓣阅读
《我妻薄情》，青青绿萝裙，晋江文学城
《香归》，寂寞的清泉，潇湘书院
《小怪物，你走错片场了!》，风流书呆，晋江文学城
《星际第一造梦师》，羽轩W，晋江文学城
《玄巫秦耳》，易人北，晋江文学城
《夜莺不来》，玛丽苏消亡史，豆瓣阅读
《拥抱星星的天使》，妖怪快放了我爷爷，掌阅小说网
《悠唐在路北》，南雨知槿花，飞卢小说网
《玉谋不轨》，扬了你奶瓶，七猫中文网
《月亮在怀里》，囧囧有妖，起点女生网
《在逃离》，奵芊，长佩文学城
《长门好细腰》，妪锦，潇湘书院
《折青梅记》，江南梅萼，晋江文学城
《智者不入爱河》，陈之遥，豆瓣阅读
《重回嫁给知青那年》，有梦想的小蚂蚁，塔读文学网

三、网络创作新趋势

1. 主流化与精品化是网文创作的发展方向

2023年，国家引导网络作家创作新时代山乡巨变、中华民族伟大复兴、科技创新和科幻、优秀历史传统、人类命运共同体等主题的作品，重点扶持现实、科幻等题材的创作。

（1）传统的重要文学奖项纷纷增加"网络文学奖"

2023年，"网络文学奖"首次被纳入"百花文学奖"参评中。第二十届百花文学奖增设"网络文学奖"为常设子奖项，并评选出三部兼具现实性与可读性的网文佳作。这是百花文学奖在拓宽文学关注视野、助力文学新领域方面迈出的崭新一步，至此，百花文学奖成为涵盖小说、散文、科幻文学、影视文学、网络文学等门类的综合性文学奖。网络文学奖获奖者骁骑校感言："这一届百花文学奖增设网络文学奖，使得网络文学这棵树扎根在了文学百花园中。从此，百花齐放、万紫千红中，有了网络文学的一抹葱绿。"

2023年12月24日由中国小说学会主办、江苏省兴化市委宣传部承办的中国小说学会2023年度中国好小说研讨会推出45部作品，其中狐尾的笔的《道诡异仙》、

辰东的《深空彼岸》等10部网络小说入选。江苏省第八届紫金山文学奖，作为1997年设立至今，并在文学界具有较高知名度和美誉度的文学大奖，评选出《女兵安妮》《长安秘案录》《身如琉璃心似雪》等3部获得网络文学奖。

同时，传统的出版机构与网络文学平台合作，鼓励作者创作更多高质量的主流化作品。自2015年开始，在上海市新闻出版局和社会各界的支持下，阅文集团至今已经举办8届现实题材网络文学征文大赛，参赛作家和作品屡创新高，作品的文学质量、社会价值以及版权开发带来的商业价值也得到越来越多的关注和肯定，涌现了众多具有代表性和巨大影响力的作品。大赛获奖作品《投行之路》《故巷暖阳》入选国家新闻出版署2021年"优秀现实题材和历史题材网络文学出版工程"，更多的获奖作品入选了中国国家图书馆、上海图书馆和大英图书馆的永久典藏名单。在商业价值方面，越来越多的作品得到了实体出版、影视改编等版权开发机会。

在结束的第七届现实题材网络文学征文大赛中，首次出现了社会悬疑题材的获奖作品，女性议题形成了自身的特色、青年题材得到更多鼓励。扫3帝的《只手摘星斗》、眉师娘的《茫茫白昼漫游》、卓牧闲的《滨江警事》、荆泽晓的《巨浪！巨浪！》等一批获奖作品，代表着现实题材的迅速发展，从各种维度映照出我们这个时代的宏大历史进程和更细微、具体的现实生活。作家来自五湖四海、各行各业，用脚步丈量和感受着世界，用好故事与时代同频共振。

（2）"网络文学征文"引导主流化和精品化创作

网络文学平台逐渐探索有效的激励机制，激发作家创作热情。2023年11月，中南大学网络文学研究院联合七猫纵横等平台，开展以"美丽中国"为主题的征文活动，鼓励网络文学作者书写人与自然和谐共生的动人画卷。很多平台也以各种方式鼓励作家创作精品，例如晋江文学城从2012年至今陆续增设了千余个榜单，并设置开展了每月一次的"幼苗培育"活动，鼓励读者自发挖掘优秀的新作者。①

2023年6月26日阅文集团发布"总有奇遇发生"起点现实频道秋季征文活动，鼓励现实题材的"新视角"，让创作与生活相遇、与奇想相逢。9月28日起点开始科幻征文·第二期，围绕"基因革命"，鼓励引导作者思考未来的世界，讨论基因的编辑、复制和转移，探讨百年内的未来模样。番茄免费小说开展番茄小说×芒果TV联合影视征文，征文主要围绕现实题材的创作，展现生活中的酸甜苦辣，人生路上的大事小事，获奖作品有《寒冬渐远》《越线》《航向晨曦》《长欢之野》，展现了小人物的奋斗与悲欢。

中国作家协会以评选为契机，推动网络文学创作进入主流化、精品化的新时代，启动了网络文学重点扶持项目，扶持"新时代"的优秀作品。2023年2月，中国作

---

① 《中国网络文学蓬勃生长（文化市场新观察）》，《人民日报》，2023年11月29日，https：//wap.peopleapp.com/article/7272107/7111304。

协发布《2023年度中国作家协会网络文学选题指南暨重点作品扶持征集通知》，选题围绕新时代山乡巨变、中国式现代化、科技创新和科幻、美好生活、中华优秀文化等主题，传达中华文明的气质与精神价值，弘扬中华优秀传统文化，讲好中国故事，彰显中国精神。扶持项目在内容、题材、艺术等方面对网络文学作品进行系统梳理，在扶持方式上坚持扶优扶强，对优秀网络文学作品和作家进行重点扶持，以引导和鼓励创作，为网络文学的发展营造良好氛围。

2. "破圈式"创作成为网络文学创新的突破口

"破圈"通常指打破某个领域或特定领域的局限，突破传统模式或固有观念，开拓新的领域或思维方式。在网络文学创新领域，破圈意味着摆脱传统的创作模式、审美观念或表现形式，开拓创作思路和表达方式。这包括跨界创作、融合不同艺术形式、突破传统创作模式或探索新的创作范式等。网文作者具有很强的创新意识和创新能力，能够不断地从题材、设定以及叙事方式、精神内核等方面实现创作上的创新与破圈。

（1）题材与故事套路的创新与破圈

2023年，一些网文作者通常致力于挑战传统题材和故事套路，尝试超越既有题材框架，摒弃传统的类型限制，突破传统题材的设定，追求跨越多种题材的创新内容，使作品呈现出更富新颖性和超越性的特点。这种题材上的创新能力是根植于网络文学创作的底层逻辑中的，在网络文学发展的不同时期都能有所体现。传统的网络小说分为众多类型和流派，如玄幻、奇幻、武侠、仙侠、都市、现实、历史、军事、游戏、体育、科幻、诸天无限、悬疑、言情、轻小说等。随着网文的不断发展，相对固定的套路不能再牢牢吸引读者的兴趣。面对这一局面，不少网文创作者采取了题材融合的模式去破局。如起点中文网连载的卖报小郎君的《灵境行者》，虽然在网文平台的分类是科幻频道，可它的内容还涵盖了都市以及仙侠的范畴，即在科幻的大背景下，把其他题材的套路包络到一起，形成背景不断切换的格局，降低读者的审美疲劳。《灵境行者》因此取得了很好的成绩，自上线以来，目前已连载371.35万字，获得了556.13万总推荐，并长期出现在榜单前沿。

番茄免费小说中《我在修仙界搞内卷》《别卷啦！隔壁仙门都上四休三啦》《我靠摆烂拯救了全宗门》等小说，虽然属于传统仙侠题材，但是融合了当下的一些社会热点话题"躺平""摆烂""内卷"，将当代年轻人的一些心态融入修仙故事之中使人耳目一新，所以这一类小说都收获了9.6的高分。又如潇湘书院中一路烦花新文《开局就被赶出豪门》，一如既往地延续了她在现代言情中"扮猪吃老虎"的风格，又夹杂了重生、豪门、双强的爽文模式，占据了潇湘票榜和新书榜的榜首。墨泠《欢迎来到我的地狱》在悬疑侦探的基础上又加入了无限流，而《十万个氪金的理由》将科幻空间与时光穿梭相结合。起点中文网全力全开的《苟道修仙，网友比我更惜命》将仙侠与时代背景下的直播带货结合到一起，并设定了一个疯癫又修仙求长生的主角形象，让人啼笑皆非，令粉丝大呼过瘾。红袖添香荆棘之歌《宋檀记事》、YTT桃桃《我家直播间通古今》也是此类作品……时下的网络小说，仅靠沿袭"打怪升级""菜鸟逆袭"或"甜宠虐恋""腹黑宫斗"的传统套路已难以出头，"破圈"创新才是新的"王道"。

近两年涌现了"次元系""动漫风""游戏粉""治愈系"等热门元素，同时无限流、末日流、废土流、种田流、长生流等类型还在不断发展，"破圈"融通已奔逸绝尘，成为打开"头部之门"的密钥。

（2）叙事方式的创新和文学元素的融合

网络作家尝试将不同的叙事手法和文学元素融合，打破传统叙事模式的约束，创造出更具独特性和超越性的叙事风格。有网络文学创作者大胆进行叙事方式的创新，比如起点中文网占据主要书写方向的是玄幻，其中涵盖上古神话、上古巫话、中古仙话、中古志怪、近古神魔小说、近现代仙侠小说、新武侠小说等类型文学。它依赖于"洪荒天地观""扶桑天地观""西游三界观"等世界观，强调"变形""修行""长生""逆天"等叙事语法，涵盖"大荒""大道""世界树""轮回"等原型意象。上古神话为"东方玄幻"小说提供了宏大世界背景和丰富的神祇鬼怪的人设素材，同时也为其创造世界背景和人设提供了创作方法。中古志怪的"万物有灵观"成为玄幻小说人设建构的基础设定观念。

2023年，玄幻小说涌现了一批长生文，它更换了传统的修仙求长生的逻辑，反而先赋予主人公以长生，再让其在长生的基础上修仙，参悟人生体验，对叙事逻辑进行创新。这类作品有起点中文网日云暮兮的《造化长生：我能具现无尽天赋》，番茄免费小说酸宝的《你巅峰时我退让，你衰老时我骑脸》、紫灵风雪的《系统赋能我长生，活着终会无敌》等一批2023年新涌现出来的长生文。

除此之外，还有从其他类型的非网络文学作品中选取文学元素进行融合，为网络文学引入了新元素、新活力。这种跨类型融合的创作手法，使得网络文学不再局限于传统的文学形式，而是更加丰富多元。网络文学通过与非网络文学作品的互动，拓展了自身的创作空间；通过与其他艺术形式的结合，探索了新的表现形式。如宅猪的《择日飞升》就在开篇大胆地化用柳宗元的《捕蛇者说》，将主角设定为一个被官吏压迫的捕蛇者的形象，从古文中为主角赋予精神内涵，引起了读者极大的阅读兴趣。起点中文网天梦流彩的《黑神话：快跑，唐僧来了！》《救宋：从捡三个皇帝开始》两本小说，借助中国传统文化元素，将其引入奇幻背景的小说创作中，为作品赋予了反转与解构。

2023年，许多网络作家创新思维和范式，接纳并引入不同领域的创意、思维和元素，如科技、历史、文化等，为文学作品增添新的元素和魅力，通过跨界、跨媒体的创作方式打破了传统文学创作的界限，拓展了作品的表现形式和传播方式，促进了作品的商业化和价值提升,同时也为创作者带来更多的创作灵感和创新思维。

3. IP市场倒逼网络文学创作转型

网络文学是"影漫游"创作的重要IP来源之一。IP改编的常见形式有:有声书、漫画、影视剧、动漫以及游戏。有声书和漫画通常被认为是IP改编的前哨站,一方面是网络文学作品改编成这两种形式较为容易,另一方面它们可以快速地展现出一个IP是否具有一定体量的人气,是否值得资本方去进行更高投入的"影漫游"改编。IP市场在很大程度上影响了网络文学创作的转型。IP市场的快速发展倒逼着网络文学创作者采取多种策略以适应市场需求,具体表现如下:

(1) 创作者需求变化

过去的一年里,科幻板块更容易得到资本方的青睐,特别是《三体》电视剧改编获得巨大成功后,大量科幻题材的网络小说改编的影视作品得到了上映,并获得了很好的市场反馈,如《开端》。一些比较敏锐的网络文学创作者开始迎合市场的需求,转战科幻题材,如三天两觉创作有《纣临》,陈词懒调的《未来天王》,远瞳的《异常生物见闻录》《希灵帝国》《深海余烬》,黑山老鬼的《从红月开始》,我吃西红柿的《吞噬星空》《宇宙职业选手》,育的《九星毒奶》,晨星LL的《学霸的黑科技系统》,骷髅精灵的《机武风暴》等。这些老牌的大神、白金作者都纷纷推出自己的科幻作品,并在各种榜单中获得亮眼的成绩。

另一方面是多元化创作。创作者开始更多关注多样化的创作内容,不仅着眼于文学作品本身,也注重跨界拓展,例如影视化、游戏化等,以寻求更广泛的IP价值。2023年暑期档内,上线了多款由网络文学改编的剧集,其中不乏《长相思》《莲花楼》等爆款,网文已逐渐成为影视剧重要内容来源之一。现如今,作者在连载中的网络文学作品的书评区去推荐该作品的改编衍生作品是常见的事。这种跨界合作不仅可以去推广漫画或者影视作品,再通过衍生作品的知名度去其他平台引流、反哺网文本体,达成双赢的局面,更提高了IP的知名度,为作者在后续潜在的具有更高经济价值的影视游改编权谈判增加了筹码,有助于作者获利最大化。

(2) 平台策略调整

面对如火如荼的IP改编市场,网络文学平台开始注重IP孵化,并进行了大量的策略调整经营理念,提供更多支持IP化发展的政策和服务。一方面为网文创作者提供更好的IP发展环境,推出了大量的IP开发基金、IP孵化计划,探索新的商业模式,如授权、衍生品开发等,以增加作品的商业化收益。在这个过程中,一些新兴的商业模式也应运而生,如虚拟偶像、短视频营销等,平台通过打造虚拟偶像的形象和故事,吸引粉丝的关注和喜爱,授权给其他商家进行合作,开发衍生品等手段,实现商业价值的最大化。这些新兴的商业模式不仅为平台带来了新的商业机会,也为创作者提供了更多的变现方式,以帮助作品更好地转化为有商业潜力的IP。

随着市场的火爆，IP 改编的范围不再局限于这些饱受读者认同的经典网文，市场对新兴的排行榜热门连载作品也表现出相当的青睐与包容，一些网络文学作品还没结束连载就得到了 IP 改编的橄榄枝。2023 年 1 月 3 日，阅文旗下起点读书公布了 2022 年月票 TOP10 榜单，《夜的命名术》《灵境行者》《择日飞升》《明克街 13 号》《不科学御兽》《星门：时光之主》《光阴之外》《这游戏也太真实了》《深空彼岸》《机武风暴》10 部作品上榜。这些新锐作品就已经进入了 IP 改编环节，《夜的命名术》《灵境行者》《不科学御兽》《星门：时光之主》《这游戏也太真实了》《深空彼岸》等都被改编为有声剧，此外，《夜的命名术》《不科学御兽》《星门：时光之主》还推出了同名漫画作品。从数据来看，这些已经在网文市场经历首轮检验的作品，都有着不俗的表现。《夜的命名术》有声剧在喜马拉雅平台的播放量超 10 亿，同名漫画在哔哩哔哩漫画新作榜排名第二；《这游戏也太真实了》同名有声剧播放量超 2 亿；《不科学御兽》同名漫画在腾讯动漫的人气超 9300 万。目前，这些作品上线时间最长的也仅一年，长尾效应实则仍未凸显。网络文学作品的 IP 价值得到了充分的展现，IP 改编市场呈现出一派生机勃勃、万物竞发的气象。

4. ChatGPT 开始赋能网络文学创作

　　ChatGPT 通过分析大量的数据和文本，从中提炼出潜在的创作灵感和主题建议。它可以进行当前创作环境下写作热点的趋势分析，即通过分析热门话题、读者喜好和趋势，识别出当前热门话题或社会关注点，为创作者提供写作灵感。同时，ChatGPT 也能够分析市场中热门作品下读者的情感倾向，了解受众对特定主题或情感的偏好，为作家提供写作主题建议，快速准确地找到读者感兴趣的题材，同时避开大多数观众反感的"雷区"情节。

　　（1）ChatGPT 助力网络文学质量提升

　　首先，ChatGPT 可以帮助创作者与读者进行更好的沟通，网络文学通常存在"评论区"，供读者向网络文学创作者提出意见，可一些热门作品的评论动辄数万条，创作者很难在这繁杂混乱的评论中找出最能代表广大读者意愿的评论，并从中总结出读者的诉求。而 ChatGPT 可以通过拉取评论区的评论，利用大数据进行分析，总结出广大读者的真实意愿，实现网络文学创作者与读者之间的高效、方便的沟通。作者可以根据读者的真实反馈来及时调整作品的剧情走向。

　　其次，ChatGPT 通过对海量数据的分析，为作家提供多样化的创作素材和情节构思。ChatGPT 能够搜索和筛选大量写作素材和信息，提供多样化的创作素材，包括文本、图像、视频等，为作家们提供丰富的创作参考。随着 ChatGPT 技术的发展，帮助网络文学创作者进行更深层次的创作已经成为现实。ChatGPT 已经能够帮助作者进行情节构思、角色设定、对话设计等具有一定"原创性"的工作。通过大数据分析，ChatGPT 能够识别和分析故事情节的构成要素，提供情节发展的建议和可能性，协助作家构思和完善小说情节。ChatGPT 也能根据数据分析提供各种人物设定的建议和类型，包括性格特点、背景故事等，帮助作家塑造更立体、丰富的小说人物。基于数据分析和模型学习，ChatGPT 能够提供人物设定的建议，帮助作家塑造更具深度和复杂性的角色，生成合理、流畅的对话内容，根据不同人物的设定和情节背景，提供对话语境的建议，辅助创作者书写真实、生动的对话。总之，ChatGPT 技术能够从数据中挖掘出潜在的创意和构思，为作家们提供丰富的创作素材和构思方向。ChatGPT 不仅能够提供创意和主题建议，还能辅助作家进行内容构思和人物塑造，帮助作家更快速、更有针对性地完成小说创作。

再次，ChatGPT 为网络文学的新形式提供可能。在轻小说的作品类型中，精美的插画就是作品的重要组成部分，不仅可以方便读者理解作品内容，更可以给读者提供一种新颖的审美体验，而插画师昂贵的作品价格限制了插画的应用范围。基于最新的图像生成技术，ChatGPT 可以根据用户的描述快速而经济地生成相应图像，无论是人物绘图、景色描绘、还是生成一个复杂的场景。这就为实现图文并茂的网络文学创作的新形式提供了可能。而且，随着 ChatGPT 技术的不断迭代，以音频和视频为对象的生成式 ChatGPT 也在紧锣密鼓的准备中，相信随着 ChatGPT 技术的进步，网络文学作品将呈现出"视听文"全方面、多感官的体验形式，为网络文学的发展注入新的活力。

最后，ChatGPT 在格式的规范化、自动校对、文本整洁化、语言规范化等方面对作品质量的提升起到了关键作用。它可以自动化检查语法错误、拼写错误等，纠正语法和拼写错误，提高作品的语言质量。ChatGPT 通过自动化工具检测并修正拼写错误、语法错误、标点使用等，确保作品语言表达更加规范和准确。ChatGPT 对文本进行清理和整理，使得作品排版更加整洁，减少排版错误，提升整体可读性。通过 ChatGPT 的语法检查，作品的语言表达更符合标准语法，可以提高作品的专业性和可信度。

（2）ChatGPT 的局限性

欧阳友权在《ChatGPT 不是网络文学创作的技术天敌》[1] 一文中指出："ChatGPT 创作有两个'短板'，一是'数据峡谷'屏障，二是文学原创力掣肘。"

所谓"数据峡谷"是指数据库存语料资源的有限性对 ChatGPT 网文创作功能的制约。ChatGPT 的工作原理是对已有大数据模型进行自我训练，以形成对语料信息的模型整合与选择性匹配，其有效度取决于语料数据库海量储备的丰富性与多样性，以及数据模型的训练水平。如果供 ChatGPT 程序使用的数据信息不够"海量"，甚至出现"信息缺口"或"语料短缺"而训练不足，就将导致"Chat"时回应无果或出现"正确的废话"。

---

[1] 欧阳友权：《ChatGPT 不是网络文学创作的技术天敌》，《文艺报》2023 年 8 月 23 日，第 6 版。

ChatGPT 的对话式表达是从已有的语料资源中寻求最佳答案,它的写作能力不仅受限于大数据训练模型,还取决于人的提问水平。即使 ChatGPT 能回答高水平的问题,它能做的也只是从 1 到 99 的拓展,而不是从 0 到 1 的突破,其创新度十分有限。当下的 ChatGPT 仍属于弱人工智能,它可能在某些方面比人"聪明",但没有人的感情和自主意识。

除此之外,ChatGPT 还存在缺乏创造力局限。虽然它可以生成连贯的文本,但通常只能根据已有的知识进行推理和生成,无法像人类一样产生全新的想法或者进行创新。ChatGPT 理解能力有限,对于一些复杂的问题和概念理解肤浅,无法更加深入地把握问题的本质和含义,在回答时可能会出现偏差或者误解。并且,ChatGPT 还缺乏情感理解,无法理解情感和情绪,因此在处理情感类的问题时可能会出现困难。由于它无法感知人类的情感和情绪,因此无法像人类一样做出适当的情感反应。其中最重要的是隐私和安全问题:在使用 ChatGPT 的过程中,用户需要向模型提供一些个人信息或者数据,这些信息可能会被用于进一步的研究或者商业目的,从而引发隐私和安全问题。

尽管存在这些局限性,但是 ChatGPT 仍然具有广泛的应用前景,它可以帮助人们快速获取信息,在解决问题、提高工作效率等方面发挥重要作用。

5. 网络文学平台分流导致创作分层

(1) 免费阅读平台与付费阅读平台的共存

随着网络文学平台的发展,付费阅读逐渐成为一种阅读习惯。从最初的免费小说到付费小说,再到网文付费,网络文学平台也在不断发展,吸引着更多的读者加入。从 2003 年起,起点中文网便推出了付费阅读服务,该年 9 月,起点中文网推出了 VIP 制度,首次对作品进行收费;2013 年 5 月,腾讯文学旗下的 QQ 阅读宣布开放平台,同年 9 月,QQ 阅读正式上线。然而近年来,免费阅读悄然兴起,如七猫免费小说、番茄免费小说等出现众多免费阅读 App,免费阅读平台与付费阅读平台的发展呈现出此消彼长的态势。在初期,免费阅读平台凭借自身的优势吸引着大批读者的加入,在这一时期,由于免费阅读只需要依靠流量吸引读者即可获取收益,并不需要太多投入和建设成本就能实现盈利,所以吸引了大量新作者加入。

事实上,免费阅读对付费阅读并不会构成过多的抢占付费阅读用户或者直接竞争,更多是转换非阅读用户和盗版用户,带来的是数字阅读的绝对增量。平台通过广告获得收益,读者只需观看广告就可以免费阅读海量作品,作者通过读者的阅读数据获得广告分成,并且可以自行推荐广告,获得额外收益。故而免费模式也构成了完整的产业链,读者付出的不是实际的金钱,而是在广告上面耗费的时间成本。

但在现实情况中,免费阅读与付费阅读仍有很多不同之处。比如在免费阅读平台中,作品版权问题一直是一个备受关注的话题,另外就是付费阅读与免费阅读也会有一些重合的地方，即免费小说作者和付费小说作者都会在某一个作品类别上进行创作。

免费阅读平台为了吸引更多的用户，不断优化界面设计、加强内容筛选和个性化推荐，以强化用户体验。付费阅读则更注重版权保护，避免盗版内容的泛滥，以维护良好的内容生态；付费小说更加注重内容的质量和深度，并将不同类型的小说进行细分，以满足不同读者的阅读偏好。不过，无论是免费阅读，还是付费阅读，它们都注重与作者的合作关系，为作者提供更好的合作环境和待遇，吸引更多的优秀作者，以鼓励他们创作出更多的优秀作品。总的来说，免费阅读平台和付费小说都会朝着更加精细化、品质化方向发展。

（2）读者与作家的分层

网络文学作为大众文学，一直有着庞大的读者群体：其中，高学历、高收入、高消费能力的年轻读者，是网络文学最重要的消费群体，也是网络文学作品受益者。这群读者有能力消费，也愿意消费网络文学作品。随着网络文学的发展，受众群体变得更加多样化，有的读者从网络文学中获得了愉悦感、满足感；有的读者因为经济实力、审美体验、阅读爱好等原因，在不同平台之间流动。

从受众角度看，不同平台之间的分流导致了他们之间的分层和流动。对于一部分读者来说，他们为自己喜欢的作品付费；而对于另外一部分读者来说，他们流动到免费小说平台进行阅读。

从网络文学作者角度来说，他们需要选择一个最适合自己作品推广、收益最大化的平台进行创作。这一选择的结果可能是一个新的作者出现了，也可能是一个更加模式化、类型化、商业化作者的诞生。

由于网络文学平台分流导致读者阅读分层、作者创作分层、作品推广分层等情况出现，这对于网络文学行业来说也是一件好事。不同平台的创作分层，是网络文学作品质量高低的体现。在免费阅读平台，读者有许多免费作品可以选择，尽管佳作较少，需要精挑细选，才能接触到更优质的作品。在付费阅读平台，读者也会被一些质量一般的作品吸引，但是接触到优质作品的可能性更大。比如在起点中文网，读者会先被《诡秘之主》等优质作品吸引，这些作品是作者在平台深耕多年，呕心沥血不断打磨出来的精品之作。因此，在付费阅读平台上，优质作品的重要性不言而喻。读者愿意花费金钱购买优质作品，那是因为他们知道这些作品是经过精心雕琢，能够带给他们阅读的愉悦和满足。在这个信息爆炸的时代，只有优质作品才能在激烈的竞争中脱颖而出，赢得读者的青睐。

这些平台上的写作分层，促使网络作家不断寻找更好的创作出路，通过持续更新、不断提升自己作品质量来实现创作价值最大化。他们不断努力学习，提升自己的写作水平，以期能够在各个平台上获得更多的认可和支持。通过不断的积累和沉淀，他们希望能够创作出更多更优质的作品，让更多的读者喜欢和认可自己的创作。

这种创作分层的现象在一定程度上激励着网络作家不断进步，不断追求更高的创作境界。因此，网络文学作品的质量高低不仅仅取决于平台的选择，更取决于作者自身的创作实力和努力程度。

综上所述，2023年网络文学创作的新趋势主要体现在以下五个方面：第一，网络文学创作的主流化和精品化发展趋势日益明显。第二，"破圈式"创作成为网络文学创新的关键突破口，推动着网络文学的边界不断拓展，为读者带来全新的阅读体验，这种创新不仅体现在内容上，还体现在形式和表达方式上，使得网络文学更加丰富多彩。第三，IP市场的兴起对网络文学创作产生了深刻影响，随着IP市场的繁荣，网络文学创作者们更加注重作品的创意和独特性，以吸引更多的读者和观众。同时，IP市场的兴起推动着网络文学的转型和升级，使得网络文学更加具有商业价值和市场竞争力。第四，ChatGPT等人工智能技术的兴起为网络文学创作提供了全新的支持和优化。这些技术可以自动生成文章、故事等文本内容，提高创作效率，同时还可以根据用户反馈和数据分析来优化作品，提高作品的质量和受欢迎度。第五，网络文学平台的分流现象导致了创作的分层现象，不同平台根据自身特点和优势，形成了各自独特的创作风格和受众群体，这种分流现象使得网络文学更加丰富多彩，同时也为创作者提供了更多的选择和发展空间。网络文学创作需要更多的创新和多样化，以满足不同读者群体的需求。这要求创作者不断探索新的表达方式和叙事技巧，推动网络文学的繁荣发展。

（胡游、严梦静　执笔）

第五章　网络文学阅读

2023年，网络文学用户数量迎来可喜增长。网文阅读渠道进一步全平台化，吸引了不同层次读者，成效显著。中国网络文学的海外影响力持续扩大，越来越多的文学作品被海外读者追更，而且提取中国网文元素拍摄的短视频作品也风行海外。阅文等平台有心用情持续深耕网文社区，推出"阅文名场面"等活动，在网文读者中引发巨大反响。书友们继续妙语如珠，在评论区展现自身才华。如此多方发力，使得本年度网络文学阅读接受层面亮点多多，热度不减。

一、网络文学阅读与 IP 消费总貌

从接受层面看，受网文IP产业链化运作的影响，网络文学阅读与相应的IP消费存在密切互动，结合相关机构和网络文学重点网站发布的数据，这里拟从网络文学读者用户概括、IP市场消费和网络文学海外传播与接受三个方面来概述2023年度的网络文学阅读状况。

1. 网络文学读者用户及阅读概况

根据中国互联网络信息中心（CNNIC）第52次《中国互联网络发展状况统计报告》，网络文学的用户规模已达5.28亿人，较2022年12月增长了3592万人，增长数量最大，增长率为7.3%。[①] 2022年12月至2023年6月各类互联网应用用户规模和网民使用率如图5-1所示。

2023年网络文学用户实现较快增长，这无疑是一个惊喜。我们推测，实现增长有如下原因：网民规模的拉动作用；免费阅读模式的吸引作用，如《2022年度中国数字阅读报告》表明，订阅营收在中国数字阅读市场营收占比持续下滑，但是广告及其他营收占比则超过了30%[②]，这从一个侧面反映了免费阅读模式的影响力；其三是短视频内容传播的辩证作用，尽管它们一方面抢占了数字文化消费市场的份额，但另一方面由于它们有许多内容取材网络文学作品，也使部分受众回流成为网文消

[①] 中国互联网络信息中心：《第52次〈中国互联网络发展状况统计报告〉》，https://cnnic.cn/n4/2023/0828/c199-10830.html，2023年12月17日查询。

[②] 搜狐快讯：《〈2022年度中国数字阅读报告〉发布！数字阅读市场订阅营收225.89亿元》，https://www.sohu.com/a/669895152_121123872?scm=1102.xchannel：325：100002.0.6.0，2023年12月17日查询。

应用	2022.12 用户规模（万人）	2022.12 网民使用率	2023.6 用户规模（万人）	2023.6 网民使用率	增长率
即时通信	103,807	97.2%	104,693	97.1%	0.9%
网络视频（含短视频）	103,057	96.5%	104,437	96.8%	1.3%
短视频	101,185	94.8%	102,639	95.2%	1.4%
网络支付	91,144	85.4%	94,319	87.5%	3.5%
网络购物	84,529	79.2%	88,410	82.0%	4.6%
搜索引擎	80,166	75.1%	84,129	78.0%	4.9%
网络新闻	78,325	73.4%	78,129	72.4%	−0.3%
网络直播	75,065	70.3%	76,539	71.0%	2.0%
网络音乐	68,420	64.1%	72,583	67.3%	6.1%
网络游戏	52,168	48.9%	54,974	51.0%	5.4%
网络文学	49,233	46.1%	52,825	49.0%	7.3%

图 5-1　2022 年 12 月—2023 年 6 月各类互联网应用用户规模和网民使用率
（图片来源：第 52 次《中国互联网络发展状况统计报告》）

费者；其四是新的推广宣传方式的作用，这其中包括了各大视频平台发布的荐书人视频，以及各种网文作品推广音视频的跨平台传播，它们都在一定程度上推动了网络文学受众群体的扩大；其五是阅读全平台化趋势推动，豆瓣、知乎等布局网文领域取得显著成效，吸引了更多层级的读者。

不过应该看到的是，近年来网络文学用户规模变化并非直线型增长。网文用户规模的上一个峰值是 2022 年 6 月的 5.02 亿人，相较于此，2022 年 12 月的网络文学用户规模则减少了近 0.1 亿人。因此，如果就两次峰值比较，网络文学用户规模的实际增长并没有那么快，只有 0.26 亿人左右。但无论如何，这也是网文用户近两年来较大幅度的增长了，令人惊喜。

数字阅读市场的情况基本能与之印证。2023 年 4 月 24 日中国音像与数字出版协会发布的《2022 年度中国数字阅读报告》显示，2022 年我国数字阅读市场总体营收规模为 463.52 亿元，同比增长 11.50%。至 2022 年 12 月，我国数字阅读用户规模 5.30 亿人，同比增长 4.75%。数字阅读用户规模与网民规模的变化趋势基本保持一致。在我国数字阅读用户中，男女用户数量差距在逐渐缩小，占比分别为 55.87% 和 44.13%，且 19—45 岁是数字阅读用户主力（占比为 67.15%），并向"银发族"和青少年群体不断延伸。其中，网络文学作品阅读的用户偏好前 3 位题材保持稳定，灵异科幻和武侠仙侠取代古言现言和青春校园，成为 2022 年用户偏好 TOP5 的网络文学题材类型。2021—2022 年数字阅读用户网络文学作品题材偏好排名如图 5-2 所示。而且相较 2021 年，付费用户比例略有下降，付费意愿整体趋于平稳。①

排名	2021年	2022年
TOP1	悬疑推理	玄幻奇幻
TOP2	新类型小说	新类型小说
TOP3	玄幻奇幻	悬疑推理
TOP4	古言现言	灵异科幻
TOP5	青春校园	武侠仙剑

图 5-2　2021—2022 年数字阅读用户网络文学作品题材偏好排名

（图片来源：《2022 年度中国数字阅读报告》）

2023 年，网文阅读全平台化趋势更加明显，更多网络平台布局网文领域，并取得不错成效。继听书阅读后，短视频成为触达文学阅读的新媒介方式，抖音等视频平台开始关注文学阅读。4 月 13 日，"抖音和 ta 的朋友们"在北京举行读书专场活动，邀请了包括"@1379 号观察员"在内的 4 位嘉宾分享和阅读有关的故事。活动当天，抖音还发布了《2023 抖音读书生态数据报告》（以下简称《报告》），从内容创作、视频偏好等维度介绍平台生态。《报告》显示，过去一年，抖音上书香浓厚，时长超过 5 分钟的读书类视频发布数量同比增长达 279.44%，读书类视频播放量同比增长 65.17%、收藏量同比增长 276.14%，直播观看人次则同比增长近一倍。《报告》显示，截至 2023 年 2 月，入驻抖音的出版社超 300 家。在抖音最受欢迎的新书 TOP10 中，《生死疲劳》《长安的荔枝》等文学类书籍占据了"半壁江山"，《南明史》《蔚商》等人文社科书的入选，既是以抖音为首的短视频平台在摆脱了最初的跑马圈地式的野蛮生长之后，向优质内容延伸的重要举措，同时也是经典文学、网络文学等作品的一次出圈、跨界、跨媒介传播的重要契机。

经多方尝试，豆瓣阅读已经成为豆瓣的盈利主力（核心的书影音评价体系本身并不赚钱），甚至，豆瓣阅读已经隐然崛起，有望成为继晋江文学城、阅文集团以外的第三大 IP 重镇。据北京大学"媒后台"微信公众号所做的扫文调查分析，豆瓣阅读有三方面特点：一是言情居多。在连载榜和畅销榜的 23 本书中，共有 20 本是言情小说或涉及 BG 剧情，占 87.0%。二是现代背景居多。榜单中有 17 本为现代

---

① 搜狐快讯：《〈2022 年度中国数字阅读报告〉发布！数字阅读市场订阅营收 225.89 亿元》，https://www.sohu.com/a/669895152_121123872?scm=1102.xchannel：325：100002.0.6.0，2023 年 12 月 17 日查询。

背景，占73.9%。三是现实向居多，幻想要素较少，以现实向小说为主。本次扫文范围内有19本是现实向，占扫文书目的82.6%。① 豆瓣阅读崛起的原因，可以说是及时抓住了当下的市场风向。与各平台相比，豆瓣阅读的特色是较为鲜明的。平台一直定位于"有门槛的创作、有门槛的阅读"，倡导"严肃写作"。豆瓣阅读App主界面清爽简洁，大部分作品都很难只凭书名和简介猜到故事内容。就用户群体来看，豆瓣阅读的核心用户群是具有良好教育背景的文艺青年，尤其热衷女性与悬疑题材，言情作品的受众也偏向熟龄，作者本身的丰富阅历提供了真实的创作土壤，更能激起观众的共鸣。豆瓣阅读的创作和阅读群体均具有比较高的受教育水平，像在知名作者中，伊北毕业于北师大、易难毕业于斯坦福大学、柳翠虎毕业于北大……作者的高文化水平在一定程度上决定着其审美门槛，保障了作品不会无底线下沉。豆瓣阅读的特色在于其书写"接地气"的真情实感，写的是带有严肃性的"非虚构"文学。这种面向现实的警惕和反思，让女性故事跳出了言情框架，同时也使得女性视角成为切入故事的起点，而非终点。不少小说改编为剧集后，收获了更广泛年龄阶层的受众。

知乎同样是数字阅读的后起之秀。知乎很多IP起源于网友的脑洞提问，这种脑洞大开、极具反转的问答设定，基本贯穿知乎平台上90%的网文。也因此，反套路、具有创新意识的故事内核，就成了知乎网文最鲜明的标签之一。当前，越来越多的网友开始集中在知乎，分享阅读感受、讲述脑洞大开的故事、吐槽网文弊旧的套路。故此，2023年3月，知乎正式上线原创短篇故事阅读平台盐言故事，目前反响良好，"钱景"不错。在这里，读者可以读到言情、现实、情感、惊悚、悬疑、科幻、脑洞等主流网文类型，包含了虐文、重生文、复仇文以及暗恋、高岭之花、追妻火葬场等各类热门题材。

不止于此，2023年，继京东图书与当当两家图书电商携手后，两家数字阅读单位也开始联手——华为阅读与阅文集团近日正式达成合作协议。阅文集团旗下超过10万部网络文学作品将上线华为阅读，包括《琅琊榜》《庆余年》《盗墓笔记》《斗罗大陆》等多个用户耳熟能详的爆款IP。双方的优势，是本次合作的先决条件。与华为硬件深度融合的华为阅读，和掌阅、微信读书等数字阅读客户端相比内容优势不明显，然而其服务的对象是数量庞大的硬件用户，由于品牌情怀的加持，未来竞争力也不容小觑。至于阅文集团，作为国内网文头部企业，内容的优势自然不遑多让，在产业链的深度开发上也颇有话语权。② 由此看来，网文阅读全平台化的趋势仍在扩展中。

---

① 媒后台扫文前线：《豆瓣阅读扫文报告：当文青开始写网文》，https：//mp.weixin.qq.com/s/ayI06iWdn0576sK9dwyWow，2022年11月3日查询。

② 北京阅读季：《数字阅读升级｜"华为+阅文"：强强"握手"天地宽》，https：//mp.weixin.qq.com/s/4YSqpgQMRRBYk7f5VfK1ww，2023年12月17日查询。

当然，专业的网络文学网站的表现同样可圈可点。在广大读者的支持下，2023年阅文集团多部作品创下网络文学新纪录。例如，爱潜水的乌贼的《宿命之环》上线24小时收藏量创起点历史新高；上线2小时收获100位盟主，打破网文评论最快百万纪录；上线28天评论百万，打破全网首订纪录；24小时首订179704条。卖报小郎君的《灵境行者》打破起点最快20万均订纪录。狐尾的笔的《道诡异仙》成为起点中文网2023年度首部连载期间10万均订爆火作品，现象级破圈，是中式克苏鲁扛鼎之作。

截至2023年12月，晋江文学城注册用户数超6467万人，其中注册作者超264万人，月活用户数约在500万人次左右。晋江文学城在女性向原创文学网站领域排名第一。该站平均每一分钟有一篇新文章发表，每5秒钟有一个新章节更新，每一秒钟有一个新评论产生，每一天就会有两部晋江的小说得到出版，截至目前，累计代理签约大陆简体出版作品超5800部、繁体&海外出版代理签约超4500部，其他改编形式代理签约2000部。用户平均在线时间长达1小时以上。

为抵制内容同质化，提升读者阅读体验，晋江通过技术手段，分析当前榜单上作品名中出现的可代表题材特点的高频词，并特意对含有高频词的作品在展示上降权，通过这种方式，人为降低同质化内容的热度。为了鼓励新作者创作，晋江策划并开展了每月一次的"幼苗培育"活动，让读者从自身喜好角度去发掘优秀的潜力作者，参与这些幼苗期作品的成长；并且积极引入各类新技术，辅助专业编辑发掘更多优质作品，给予优秀现实题材作品更多展示。

2023年，正值晋江文学城创立20周年。在日常和用户沟通中，晋江发现，随着身份的转变，许多伴随网站一同成长的老用户开始有了希望有适合儿童的故事阅读的需求。因此，他们立项建设了小树苗文学站，面向孩子家长，以"增进亲子交流，加深幼儿和父母的情感"为目的，专为亲子阅读设立睡前读物项目。同时，开展护苗主题专项宣传活动，多次组织有奖征文，助力儿童心理健康成长，增进亲子关系。截至目前，小树苗文学站已发掘了诸多优秀作品，积累了近万部儿童文学作品。

免费阅读平台方面则略有波动。纵观网文市场的发展历程，商业模式一直是争论的焦点。从最初的免费阅读到起点读书开创网文付费模式，付费订阅、打赏等变现手段推动了产业的高速发展。然而，随着七猫、番茄等免费小说的出现，广告成为商业网文的一个重要变现手段，一时间免费模式成为新风向。但是，2023年以来，国际经济增长降速的大周期使得广告主纷纷选择节衣缩食、缩减开支。CTR媒介智讯数据显示，2023年1—9月广告市场同比减少10.7%，免费小说平台将面临广告变现的压力。① 因此，部分免费小说平台又再次重走付费模式的路子。七猫小说和番茄小说已经在 App 内加入 VIP 包月服务，包括小说阅读和听书无广告的权益，另外，番茄小说更是在 2022 年一口气推出了十余款付费小说应用，并且在作者的番茄小说后台，划分出付费收入。免费小说产品中加入付费模式，不仅仅是为了丰富服务生态，实际上也有着缩减成本开支、提升投入效能等原因。

2. 网络文学 IP 市场消费状况

在网络文学 IP 影视改编方面，晋江文学城的成绩令人瞩目，许多作品广受受众追捧。2023 年 4 月 6 日，作者藤萝为枝的作品《黑月光拿稳 BE 剧本》改编的网络剧《长月烬明》在优酷视频播出，受到观众的广泛关注和热议。该剧凭借超高的人气，带动网络热梗城市蚌埠再次走进公众视野。剧中女主角是一位勇敢善良的"蚌族公主"，由于遭遇灭族危机引发观众共情。"桑酒别怕，蚌族在此！"网友纷纷秀出花甲、蛤蜊照片为角色助力，也带火了"花甲粉"外卖。4 月 16 日，在热心网友喊话下，蚌埠文旅局官方回应，即将举办美食节，邀请大家去做客。4 月 21 日，蚌埠市人民政府发文称，紧抓热点推动文旅产业高质量发展。文中表示，随着《长月烬明》带火蚌埠，该区"两山一湖"夜市经济集聚区各景点日均接待突破 12 万人次。受热点影响，青创集市每日人流量达 5 万余人次，日营业额近 100 万元。除了在国内的超高人气外，《长月烬明》也凭借高燃剧情和敦煌风造型吸睛无数，其海报空降纽约时代广场，超大屏幕播放，引起路人纷纷驻足拍摄，可见中国风在海外的影响。2023 年 6 月 18 日，作者墨书白同名小说改编的电视剧《长风渡》登陆爱奇艺视频，并于 6 月 26 日在 CCTV-8 播出。该剧以轻松的喜剧风格和鲜明的现代意识成功破圈，收视率一路领先，受到人民网评的好评，并指出了其内在的中华优秀传统文化的精神内涵和价值突破，正是引发观众共鸣的原因。2023 年 11 月 7 日，作者时镜的作品《坤宁》改编的网络剧《宁安如梦》在爱奇艺视频播出，播放仅十余天，平台便热度破万，占据"骨朵热度指数排行榜"——电视剧全网热度榜排名前三。

截至 2023 年 12 月，发表在晋江的作品已超过 590 万部，签署出版、影视、动漫、游戏等各类改编权的作品万余部，成功拓展了包括泰国、越南、日本、韩国、缅甸、马来西亚、德国、法国、意大利、俄罗斯、葡萄牙、土耳其、匈牙利、巴西、西班牙、新加坡、哈萨克斯坦、斯里兰卡等亚洲、欧洲、美洲在内的国家和地区，总计输出 4600 余部次。输出形式包括海外实体书出版、海外电子书版权合作、网文在国内改编成其他版权形式后在海外传播以及直接授权海外合作方进行包括广播剧、电视剧、电影、舞台剧等形式的改编。这些都取得良好效果，推动了中华文化的海

---

① 陈桥辉：《网文下半场：起点读书 DAU 同比增长 80%，免费小说也开始收费了》，https://mp3.weixin.qq.com/s/upYZZcsyqta5t_koovHcaQ，2023 年 1 月 5 日查询。

外传播。

豆瓣阅读的用户基数和活跃度虽然远远不如晋江文学城与阅文集团，然而在影视改编的 IP 变现上也有着相当亮眼的表现。豆瓣阅读 2021—2022 两年出售的影视版权也达到 70 部左右。2013 年才正式上线原创连载的豆瓣阅读有如此成绩，确实令人刮目相看。2023 年暑期档的最大黑马，充分彰显了职场人"精致穷"和恋爱极限拉扯的《装腔启示录》，豆瓣评分达 8.0 的古装悬疑剧《九义人》，2023 年唯一一部跻身腾讯视频 30000 热度值的都市题材剧集《好事成双》……这些原创 IP 都来自豆瓣阅读。芒果 TV 开发的豆瓣 IP 基本都放在了季风剧场，其篇幅和风格本身就与季风剧场的短剧调性十分适配。

从改编情况来看，豆瓣阅读上的这些女性故事很多都流向了腾讯视频。腾讯视频上半年公开了专注女性议题与治愈力的"萤火单元"，面向 25 岁以上的女性，与豆瓣阅读熟龄、文艺的女性风不谋而合。腾讯青睐豆瓣阅读的女性类别作品，目前开发成剧集的豆瓣女性 IP 类型呈多元化趋势，既有全民向的家族女性群像，也有反套路的真情博弈，以及不同职业背景的生活流言情。爱奇艺则瞄准了豆瓣阅读的泛悬疑大类，故事新颖度和班底吸引了很多关注。

比起晋江文学城、豆瓣阅读等平台，知乎 IP 影视化进程则要缓慢得多。当前知乎付费专栏"盐选故事"已经有近百部作品与优酷、爱奇艺、芒果 TV 等平台达成版权合作。另外，《活在真空里》《消失的凶手》《同学少年》《花市街》等知乎网文也都已经进入影视化进程，近百部作品与优酷、爱奇艺、芒果 TV 等平台达成版权合作。除此之外，已播的知乎 IP 改编剧以微短剧为主，如腾讯视频播出的《嘘！看手机》和快手播出的《红袖暗卫》等。

客观来说，豆瓣阅读、知乎盐言故事以及其他非主流阅读平台加速影视化进程是大环境决定的。过去的十几年里，晋江、起点，以及后来的阅文、掌阅作为剧集市场的 IP 供货大户，基本承包了现偶、古偶、玄幻的大半壁江山，但近年来偶像剧集的市场反馈不及预期，观众对现实题材的呼声却越来越高，呼唤着能够提供更好、更新的内容平台入场。恰好，豆瓣阅读、知乎盐言故事与传统网文平台形成了内容互补。

尽管热度不减，但是 2023 年的网络文学 IP 改编，最大的一个特征在于几乎难以见到能够破圈的大 IP，像几年前《全职高手》《甄嬛传》《择天记》《三生三世十里桃花》《隐秘的角落》那种全民 IP 基本上销声匿迹了，尽管各个平台纷纷推出自己的热门作品和热播影视剧，但最终都未能破圈成为国民大 IP。其中有现实题材的圈层面向、短剧对生态位的侵占等原因，而众多平台的崛起导致小而美难出破圈之作，也是一个重要的原因。

微短剧、短视频是 2023 年网络文学 IP 改编的现象级表现，年度内中国网络微短剧市场规模为 373.9 亿元。微短剧吸金程度令人瞠目结舌。《哎呀！皇后娘娘来打工》上线24小时用户充值金额破1200万元;《闪婚后,傅先生马甲藏不住了》24小时充值金额破2000万元。制作成本仅50万元的爆款微短剧《无双》上线8天充值破1亿元。据调查,短视频的受众,大多生活在三四线城市,以较低学历的中年人为主。可能是保安,可能是外卖员,可能是家政阿姨,可能是全职妈妈。他们工作忙碌,没有那么多的时间,且多以体力活为主,需要强冲突满足精神需求……随着短剧越做越精致,不少20多岁的年轻人,也开始刷了起来……①再来看看网站方面的情况。作为免费阅读网文平台的代表,背靠字节的番茄小说、大手笔收购纵横中文的七猫中文网,以冲突性强的狗血爽文主攻下沉市场。基于资源优势和风格定位,它们的IP影视化项目自然集中在微短剧领域。例如在番茄小说中,号称"一纸婚约惹总裁,替身千金遇真爱"的《首富家的白月光超凶超飒》改编为微短剧《进击的沐小姐》,《捡来的少女是大佬》改编自《偏执大佬怀里的掌心娇美又飒》,还有如改编自同名小说的《他的小炙热》、改编自《厌食总裁的食神娇妻》的《家有甜妻》等。七猫网文改编的微短剧《我的医妃不好惹》《盛宠娇妻》《赘婿无双》《战斗吧,娘子》《王妃每天想和离》等,则多是以甜宠女频为主,还有少部分是由男频爽文改编。

值得注意的是,微短剧、短视频改编不仅引来了广泛关注,而且迎来了更为严格、规范的治理。2023年2月,25300多部低俗微短剧被下架。2023年11月15日,国家新闻出版广电总局宣布将多措并举,持续开展微短剧治理工作。治理工作涉及七个方面,包括加快制定《网络微短剧创作生产与内容审核细则》,研究推动网络微短剧App和"小程序"纳入日常管理等重点举措。据悉,专项整治期间,已有超1000部违规短剧被禁止投流或下架。如抖音发布短剧类小程序内容审核要求,快手拟于近期切断第三方微短剧小程序的商业推广和投放,以及此次微信对短剧小程序收取保证金等。业内人士表示,各大平台正在逐步规范网络微短剧市场。②

3. 网络文学海外传播与接受概况

2023年12月5日,由中国音像与数字出版协会支持的《2023中国网络文学出海趋势报告》发布。报告显示,中国网络文学行业2022年海外营收规模达40.63亿元,同比增长39.87%。中国网络文学作品的翻译语种达20多种,涉及东南亚、北美、欧洲和非洲的40多个国家和地区。截至2022年底,中国网络文学共向海外输出作品16000余部,包括实体书授权超过6400部,上线翻译作品9600余部,并已形成15个大类100多个小类,都市、西方奇幻、东方奇幻、游戏竞技、科幻成为前

---

① 乌鸦电影:《7天狂赚一个亿!被封杀,被下架,也挡不住观众连夜排队送钱……》,https://mp.weixin.qq.com/s/I5A2nWCeKMqgL_1iTN4TMQ,2023年12月28日查询。

② 光明网:《微信发布通知:短剧小程序收取保证金》,https://mp.weixin.qq.com/s/GZE96OFi_c1NWwoCq0o82w,2023年12月17日查询。

五大题材类型。2023年，中国网络文学海外市场继续保持了良好的势头。

首先，从平台情况来看，呈现出由中国网络文学企业领头，德国和韩国紧随其后的局面。这里的数据来源为2023年的App Store图书类应用收入榜单①，并在原始App Store全球图书类榜单基础上，剔除了提供传统文学、漫画和听书等服务的企业。选择App Store的理由是，iOS系统的应用内付费必须通过App Store的充值实现，而Android系统的应用内付费可以绕过Google Play，数据不完整；选择收入榜单的理由是下载量容易存在刷榜行为，其数据不如收入榜真实有效；受限于数据收集时间，具体数据获取区间为2023年1月1日—10月31日。

全球网络文学企业收入排名如表5-1所示。排名前十的公司分别是新阅时代、星阅科技、畅读科技、Inkitt、Joyread、Kakao集团、起点国际、掌阅科技、点众科技和Tapon。中国企业有七家，分别位列第一、第二、第三、第五、第七、第八、第九，收入和达到1.19亿美元，占前十收入的81.41%；德国有一家，位列第四，收入达1468万美元，占前十收入的10.03%；韩国有两家，分别位列第六和第十，收入合计达1252万美元，占前十收入的8.55%。整体来看，中国网络文学处于领头地位，并获取了该市场大部分的收入；德国和韩国紧随其后。

表5-1　2023年全球网络文学类App Store收入榜TOP10

所属国家	母公司	代表平台	收入（美元）	收入排行
中国	新阅时代	GoodNovel	44803112	1
中国	星阅科技	Dreame	25808024	2
中国	畅读科技	MoboReader	22148176	3
德国	Inkitt	GALATEA	14686200	4
中国	Joyread	Joyread	11039513	5
韩国	Kakao集团	Tapas	9231315	6
中国	腾讯	WebNovel	5836897	7
中国	掌阅科技	iReader	5668564	8
中国	点众科技	Webfic	3863436	9
韩国	Tapon	Tapon	3287889	10

注：收入排行为剔除了本国收入后的排行。

从每个大洲来看，网络文学类企业大多来自中国，其中新阅时代和畅读科技在每个大洲均位列前五，星阅科技除了非洲外均位列前五，Joyread除了美洲地区外均位列前五。德国的Inkitt表现也较强势，除了亚洲和非洲外，均位列前五。韩国的Kakao集团仅在北美洲上榜。不过非洲区域比较特殊，位列第三和第四的掌阅科技

---

① 数据来源为点点数据和App Annie，均是监测App数据全球表现的网站。

和新陌科技均未在其他区域出现，如表 5-2 所示。

表 5-2　2023 年不同区域网络文学类 App Store 收入榜 TOP5

	所属国家	公司	代表平台	收入排行
亚洲	中国	Joyread	Joyread	1
	中国	畅读科技	MoboReader	2
	中国	新阅时代	GoodNovel	3
	中国	星阅科技	Dreame	4
	中国	点众科技	Webfic	5
欧洲	中国	星阅科技	Dreame	1
	德国	Inkitt	GALATEA	2
	中国	畅读科技	MoboReader	3
	中国	新阅时代	GoodNovel	4
	中国	Joyread	Joyread	5
非洲	中国	新阅时代	GoodNovel	1
	中国	畅读科技	MoboReader	2
	中国	掌阅科技	iReader	3
	中国	新陌科技	NovelCat	4
	中国	Joyread	Joyread	5
北美洲	中国	新阅时代	GoodNovel	1
	中国	星阅科技	Dreame	2
	中国	畅读科技	MoboReader	3
	德国	Inkitt	GALATEA	4
	韩国	Kakao 集团	Tapas	5
南美洲	中国	畅读科技	MoboReader	1
	中国	新阅时代	GoodNovel	2
	中国	星阅科技	Dreame	3
	中国	凤鸣轩网络	Amolivro	4
	德国	Inkitt	GALATEA	5
大洋洲	中国	新阅时代	GoodNovel	1
	中国	星阅科技	Dreame	2
	中国	畅读科技	MoboReader	3
	德国	Inkitt	GALATEA	4
	中国	Joyread	Joyread	5

其次是内容出海方面。本部分选择全球收入最高、语种最丰富的 GoodNovel 和

最有代表性的起点国际作为分析对象,并获取每个平台的题材分布情况。

(1) GoodNovel:"爽文"是主流

GoodNovel 平台涵盖了英语、法语、菲律宾语、俄语、马来语、泰语和韩语七种语言。涉及主要题材有 19 个,分别为狼人、霸总、浪漫、幻想、黑手党、重生、青少年、LGBTQ+、超自然、都市/现实、悬疑/惊悚、恶魔、系统、后宫、历史、科幻、游戏、战争和鸡仔文学。不同语种区的基本情况如表 5-3 所示。

表 5-3 GoodNovel 平台不同语种下的网络文学概况

语种	网络文学数量(部)	题材数量	标签	最受欢迎的小说
英语	>10000	19	婚姻、CEO、浪漫、狼人、亿万富翁、男女 CP、爱情、复仇、富有、甜蜜	《了不起的查理·韦德》(入赘逆袭文,4910 万阅读量)
法语	>300	11	乐观、美丽、勇敢、独立、富有、傲慢、有趣、占有、机械手、甜蜜	《我的丈夫是百万富翁》(先婚后爱霸总,17.3 万阅读量)
菲律宾语	>3340	13	总裁、爱情、乐观、独立、勇敢、操控、亿万富翁、甜蜜、强权、占有	《所有人都尊敬的丈夫》(入赘逆袭文,820 万阅读量)
俄语	>1150	13	美丽、可爱、大胆、占有、有趣、爱情、操纵、独立、敏感、狂热	《惠特曼先生有罪的妻子》(女性复仇文,6.55 万阅读量)
马来语	>9570	11	富有、勇敢、操纵、浪漫、强权、美丽、总裁、情感、男性主导、保护	《哈维·约克的爆炸力量》(入赘逆袭文,3320 万阅读量)
泰语	>60	4	扭曲、聪明、乐观、美丽、富有、敏感、误解、爱情、勇敢、亿万富翁	《哈维·约克的爆炸力量》(入赘逆袭文,86.15 万阅读量)
韩语	>90	4	复仇、温馨、甜蜜、欲望、女婿、婴儿、财阀、军人、后悔男、亿万富翁	《拿走我纯洁的是我丈夫吗?》(霸总文,71.39 万阅读量)

数据来源:2023 年 11 月 30 日的 GoodNovel 平台。

英语区霸总类言情网文是主流,带有狼人和复仇元素的网文比较受欢迎。法语区针对女性的霸总言情和针对男性的复仇逆袭网文是主流。菲律宾语区霸总言情最受欢迎。俄语区多样化的言情文或逆袭文是主流。马来语区男性主导的总裁文或逆袭文比较受欢迎。泰语区多样化的复仇文和霸总言情比较受欢迎。韩语区霸总言情和复仇逆袭最受欢迎。整体来看,GoodNovel 平台不同语种的受欢迎题材虽有细微差别,但是霸总言情、女性复仇、男性逆袭、男性复仇等"爽文"最受欢迎的题材类型,说明这类故事可以跨越国界,引起全世界读者共情。

(2)起点国际:男女读者偏好分明

《2023 中国网络文学出海趋势报告》显示,截至 2023 年 10 月,起点国际的访问用户数突破 2.2 亿人,为三年前同期的 3 倍。这些用户来自全球 200 多个国家及地区,可谓"凡通网络处,皆有网文读者"。2023 年法国的网文用户增速最快,接下来是突尼斯和希腊等。同时,年轻人成为网文阅读的绝对主力。在起点国际的用户中,Z 世代占比近 80%。

整体来看,中国网文作品《抱歉我拿的是女主剧本》总评论数超 158 万条,位居所有作品首位。目前,起点国际上阅读量超千万的作品达到 238 部。其中,《许你万丈光芒好》《抱歉我拿的是女主剧本》《天道图书馆》等 9 部翻译作品的阅读量破亿,《许你万丈光芒好》更是以破 4.5 亿的阅读量独占鳌头。

从不同语种来看,男频文中逆袭、复仇和系统是最主要的题材;女频文中不同类型的言情是主要题材。英语区排名前十的标签,男频是动作、冒险、逆袭、系统、浪漫、修炼、轮回、进化、后宫、电子游戏;女频是总裁、喜剧、浪漫、复仇、积极、占有欲、双枪、逆袭、神秘、打脸、美丽。说明海外男读者最喜欢的网文是带有冒险、系统、修炼等元素的逆袭文;海外女读者最喜欢的是以霸总为代表的言情文,带有喜剧、复仇元素的网文也受欢迎。起点国际平台不同语种下的网络文学概况如表 5-4 所示。

表 5-4 起点国际平台不同语种下的网络文学概况

语种	近一年最受欢迎的小说	
	男频	女频
英语	《我的吸血鬼系统》 (系统文)	《嫁给了魔鬼之子》 (冒险言情文)
西班牙语	《前夫原来令人印象深刻》 (逆袭复仇文)	《分手后变美》 (逆袭复仇文)
葡萄牙语	《投胎为蛇》 (系统文)	《公爵的厚脸皮妻子》 (霸总言情文)
越南语	《卡大师》 (修炼逆袭文)	《只有我一个人》 (双强言情文)

续表

语种	近一年最受欢迎的小说	
	男频	女频
泰语	《奥斯塔之神》 （逆袭复仇文）	《爱在心中的影子》 （言情文）
印尼语	《众神之王》 （修炼逆袭文）	《试婚丈夫》 （言情文）

再次是网络文学改编影视出海。本部分从 MyDramaList 获取 2023 年网络文学改编影视出海最受欢迎的 10 部，具体如表 5-5 所示。排名前十的网络文学改编影视剧中，《偷偷藏不住》《当我飞奔向你》《你给我的喜欢》《我的人间烟火》《独家童话》《三分野》改编基础均是现代言情文，包含了校园言情和都市言情；《长月烬明》《星落凝成糖》《护心》《玉骨遥》的改编基础均是仙侠言情文。

以《偷偷藏不住》YouTube 下的评论为基础，结合其他现代言情的表现，可以看出以《偷偷藏不住》为代表的现代言情受欢迎的原因主要有两点：一是演员的选择，包括演员的颜值、演技以及与角色的贴合度；二是以"甜"为核心剧情的安排，包括剧情的节奏和剧情基本设定，不少评论提到"《偷偷藏不住》没有误会、没有恶毒女配的干涉，只有两人的恋爱，非常纯粹和甜蜜"。

以《长月烬明》YouTube 下的评论为基础，结合其他仙侠言情的表现，可以看出以《长月烬明》为代表的仙侠言情受欢迎的原因主要有三点：一是视觉效果，一些评论提到"服装、造型和 CG 特效都非常震撼，令人印象深刻"；二是以"虐"为核心的剧情，不少评论中提到"曲折的剧情让人痛心和共情，非常期待第二季，带来一个圆满的剧情"；三是中国式的背景设定，一些评论提到"故事里善恶终有报的轮回让人感叹"。

整体来看，出海作品中比较有影响力的都是女性向作品，这可能是由于影视剧本身受众多是女性。从具体内容来看，视觉享受、甜虐的剧情和中国式的背景设定是网文改剧的主流。

表 5-5 网络文学改编影视 TOP10

排名	影视剧	网络文学 IP	出海平台
1	《偷偷藏不住》	竹已《偷偷藏不住》	奈飞
2	《当我飞奔向你》	竹已《她病得不轻》	奈飞、Viki
3	《长月烬明》	藤萝为枝《黑月光拿稳 BE 剧本》	奈飞、Viki、LINE TV
4	《你给我的喜欢》	施定柔《你给我的喜欢》	WeTV、Viki、Prime Video
5	《我的人间烟火》	玖月晞《一座城，在等你》	Viki

续表

排名	影视剧	网络文学IP	出海平台
6	《独家童话》	忆锦《兔子压倒窝边草》	Viki
7	《星落凝成糖》	一度君华《星落凝成糖》	Viki
8	《护心》	九鹭非香《护心》	Viki
9	《玉骨遥》	沧月《朱颜》	WeTV、奈飞
10	《三分野》	耳东兔子《三分野》	WeTV、Viki

二、网络文学阅读的年度热点

2023年不仅读者用户数量增长，而且在多方的推动下，在受众群体中也形成了不少热点。本章选择了其中几个热点试加分析，尽管难免挂一漏万，但也能窥见各类网文受众的动向。

1. 网文填坑节

起点中文网成立20年，孵化的众多优秀作家作品已经伴随很多人的成长深入群体记忆。以《全职高手》为例，已完结逾8年，仍有近20万书粉投票表示"想看"再更新番外"填坑"，光是起点读书站内"网文填坑节"的专属社区讨论量就超过百万。"填坑"文化在网络文学中由来已久，"填坑"是指更新连载或续写小说中未交代完整的情节，旨在以不同主题的"填坑"，满足书粉的"意难平"。在起点中文网成立20周年之际，为激活IP，激发流量，网站发起了"网文填坑节"活动，希望通过这个活动，唤醒读者群体20年的"追更"回忆。

（1）2022年填坑节的余绪

2022年12月，阅文集团旗下起点读书App首届"网文填坑节"活动收官。2022年再更新的百部作品，均来源于起点用户的许愿榜单——活动前期起点读书邀请全网读者一同许愿，呼唤网文作者为完结、连载作品"填坑"，超百万用户进站投票。2022年填坑节主打"更新番外免费看"。相关数据显示，"网文填坑节"参与活动人数累计破7000万，活动书籍阅读量破亿，番外人均阅读时长达77分钟，展现了经典网文IP的生命力和持续价值。①"填坑"旨在对IP内容全方位地开发，将书粉的愿望表达与追更、经典IP的内容续更、作家的回应与创作整合在起点读书这一内容场景中。"爷青回""有生之年"是2022年四季度网文圈被百位起点作家集体填坑的消息"炸翻"后的读者心声。书单作品时间横跨2003年至今，贯穿网络文学20年发展历程，涵盖《斗罗大陆》《盗墓笔记》《凡人修仙传》《回到明朝

---

① 亚文化资讯：《一周热点事件》（12月11日—12月17日），https://mp.weixin.qq.com/s/xat9S4OdlETS6ir-AHKKsA，2023年12月17日查询。

当王爷》和《诛仙》等经典作品，完结最久作品《邪风曲》距今已有16年，热门连载《道诡异仙》《家父汉高祖》《这个游戏太真实了》《镇妖博物馆》等也位列其中。包括《诡秘之主》《斗罗大陆》《盗墓笔记》等共102部经典作品集体再更新，共更新50万字，超7000万用户参与，阅读量破亿。对于爱潜水的乌贼、蝴蝶蓝、南派三叔、唐家三少、萧鼎等成名已久的网文作家以及历史系之狼、裴不了、轻泉流响等95后新秀作家，在社交媒体对"填坑"的回应，书粉纷纷在社交媒体表示这是"网文最大规模爷青回"。

2022年"填坑节"收获空前成功。据悉，阅文集团副总裁黄琰通过个人的微信朋友圈，表达了对起点读书"网文填坑节"圆满收官的祝贺，提到了起点读书2022年的日活跃用户数据：起点读书App创下成立以来的日活跃用户数历史新高，同比去年增长80%。①

（2）2023年"填坑节"的指向

2023年的起点读书515"十大名场面"活动吸引了超800万用户积极打卡，进而推动了阅文自有平台在线业务收入环比上升2.6%。毫无疑问，传世精品级别的网文IP具备了历久弥新的市场号召力和可持续的商业价值。2023年12月，起点发起了第二届"网文填坑节"，主打为"配角"填坑，书写丰富多彩的配角故事。该活动不仅是为了了结读者群体的心愿，也是向在生活中默默发光的人传达敬意，鼓励大家活出自己的人生态度。

对网文中角色的关注是起点的一大亮点。起点读书App在2018年上线了"角色"功能，读者可以通过给角色"比心"、建立标签、配音或以二创的形式为角色增加星耀值，从而形成了一套围绕角色设定的IP孵化功能体系，让越来越多的配角可以被看见。第二届"填坑节"抓住"网文配角"这一切入口，旨在用人气配角的故事激活网站内部内容生态。

故事中的主角总是最惹眼的，可那些配角们过得怎么样了？每一部作品都会有主角和配角，一般而言，大量的注意力被放在主角身上，有些配角甚至只起到服务主角的工具人作用。不过群像刻画得好的作品，就会出现一些令读者们意难平的"白月光"配角。读者们会关注他们的下落与处境，提出一些好笑又真切的问题，本次"填坑节"旨在对这些奇思妙想的问题做出回应②：

"主角火烧客栈顺利脱身，那客栈老板还好吗？"起点书友@刘洪昭在《道诡异仙》48章中的评论。

"主角毅然裸辞选择自由的生活，他的同事现在还在加班吗？"@兰拉在《全职

---

① 王倩：《阅文集团：如何打造IP的长期主义?》，https：//mp.weixin.qq.com/s/lnqENRj7I cbYFG-fzN7wF5A，2023年5月8日查询。

② 瑞秋：《起点读书携手李雪琴，宣传片拍得很另类》，https：//mp.weixin.qq.com/s/Y6qRZMsS Wyo-gWYk6WODFOw，2023年12月6日查询。

高手》第 2 章的评论。

"主角变身，释放出刺眼的光芒，他搭档的眼睛还好吗？"《斗罗大陆》332 章的评论。

"主角刻苦练功，1 个打 10 个，一战成名，那 10 个人，现在怎么样了？"《斗破苍穹》334 章的评论。

"趁反派话多，主角高下对决。反派是 E 人吗？E 人是不是不适合做坏人？"《凡人修仙传》142 章的评论。

这些话题大多来自书中那些脑洞大开的评论，诙谐幽默之余，也引发观众的思考：主角金手指打开，荡平一切困难、耀眼夺目的时刻，那些被视作绊脚石或者空气的配角，最后又有着怎样的结局呢？没有金手指、也不能开挂，平凡人如何过好普通的一生呢？起点读书洞察到广大受众的心理，秉持"小人物也有着墨点"的理念，将"网文填坑节"中的配角概念延伸至我们身边的每个普通人，他们是你，是我，也是他和她……主角的光环虽然明亮，但普通人同样有"我们"的平凡史诗，与时代情绪共振的读者们将配角推上了"起点网文填坑节"的主场，这是对时代情绪的回应，也是对"我们"每一个普通人的体察和抚慰。①

2023 年度"填坑节"，旨在书写丰富多彩的配角故事。"填坑"的作品及角色，均源于起点用户的许愿榜单——活动前期，起点读书邀请全网读者一起许愿，呼唤网文作者为读者喜爱的、意难平的配角书写故事，吸引了超百万用户进站投票。平台还携手流量明星李雪琴发布宣传片《他们是谁，他们好吗？》，带观众走进配角们的故事世界，致敬网文中的万千配角，也致敬每一个默默发光的人生。这些人间清醒的文字引发了不少网友的共鸣。北大广告系毕业的李雪琴活跃在各大社交平台，她不仅自带光环，而且她在综艺节目中的发言也常常被转发、分享。起点发起"填坑"活动，邀请人气网文作家为配角续写番外，还携手 20 余位明星荐书官共同向大众推荐好书，其中除了李雪琴，还有郭京飞、邱心志、殷桃等。有了这些知名艺人的加入，使得"网文填坑节"势头更猛，赚足了流量。

随着第二届"网文填坑节"活动收官，共 50 余部优秀作品集体再更新，均是已完结或正在连载的热门作品。唐家三少、南派三叔、天下霸唱等众多知名网文作家参与，为配角撰写番外"填坑"。据介绍，该活动吸引了 9000 万次用户参与并贡献了亿级阅读量，更新番外的人均阅读时长近 90 分钟。② 而被填补"高光时刻"的配角，既有经典作品中《斗罗大陆》的比比东、《盗墓笔记》的王胖子、《凡人修仙传》的墨大夫等角色，也有当下火热连载的人气角色——《赤心巡天》的左光烈与

---

① 亚文化资讯：《一周热点事件》（12 月 11 日—12 月 17 日），https://mp.weixin.qq.com/s/xat9S4OdlETS6ir-AHKKsA，2023 年 12 月 17 日查询。
② 《第二届起点读书"网文填坑节"收官》，https://mp.weixin.qq.com/s/U0le-YL0s7elNyVOA7m7_w2，2023 年 12 月 20 日查询。

苦觉、《满唐华彩》的杜五郎、《我本无意成仙》的云琴。

据统计，第二届"填坑节"最受读者欢迎的番外 TOP10 分别是《赤心巡天》《都重生了谁谈恋爱啊》《苟在妖武乱世修仙》《谁让他修仙的！》《深海余烬》《衣冠不南渡》《御兽之王》《唐人的餐桌》《万古神帝》《这游戏也太真实了》。与此同时，"配角"这一话题吸引了众多书粉的关注与讨论。书粉"青玉"表示，此次活动最喜欢的番外及角色是《斗罗大陆》的比比东，这次活动"给了很多网文原著中优秀配角第二春"。截至目前，起点读书 App 社区内"网文填坑节"话题词已沉淀出 11 万条用户留言的配角"高光时刻"。

同时，对于作家来说，"填坑"配角的番外也是对故事主线的补充。阅文集团大神作家狐尾的笔表示，配角"红中"其实在《道诡异仙》书中主线没有正面出现过，一直在暗线中隐约出现，没想到受到大家的欢迎。在书完结后，"红中"这一角色终于通过番外的形式把之前在书中的坑填掉。①

2. 女频短故事化

2023 年，随着知乎、抖音等"非典型"网文阅读平台的不断发展，网文短故事化趋势再升级，其中女频网文短故事化趋势更为显著。从番茄小说网 2023 年 6 月发布的征稿信息可以看出，与抖音深度绑定的番茄小说，当前收稿重心已瞄准适合年轻读者阅读的女频第一人称短故事。② 在类似网文圈 MCN 机构的约稿函中也看到了一些提法，例如"时事热点相关类女频短篇：结合最近 1 周内各主流平台（如微博、知乎、小红书等）热度榜上被网友广泛讨论的娱乐八卦、社会吃瓜等热点事件（政治事件除外），根据热点事件的背景、相关人物等重新虚构创作短篇小说，情绪一定要到位，有爽点"③。由此可见，短故事不仅借助短视频进行推广，而且短故事的灵感与爆款元素均来源于短视频。例如 2023 年 3 月，"网红保姆被辞退与总裁发生纠纷"一事，也被改编成了"保姆变网红后她飘了"的打脸爽文。不同于传统网文，更"接近时事生活""时效性更强"的短故事涌入读者视野，围绕"婆媳矛盾""室友矛盾""重男轻女"等话题创造的短故事获得了关注与讨论。

此外，短故事更利于"小说推文"。在抖音、哔哩哔哩、微信视频号等平台都可以看到 AI 生成的"小说推文"。推文博主先将小说内容转化为音频，再匹配解压视频、游戏视频、美食视频或 AI 生成的动画视频，且这类视频也不一定与小说内容相关，由此就完成了一条"推文视频"的制作。这类内容看似"粗糙"却拥有较大

---

① 《第二届起点读书"网文填坑节"收官》，https：//mp.weixin.qq.com/s/U0le-YL0s7elNyVOA7m7_w，2023 年 12 月 20 日查询。

② 番茄小说网：《稿费高至 4 万！女频短故事征稿开启，签约即享 20%额外分成奖励》，https：//fanqienovel.com/writer/zone/article/7235831950554955813，2023 年 12 月 24 日查询。

③ 写作投稿约稿平台：《约稿丨每千字 50 元起，女频短篇小说收稿》，https：//mp.weixin.qq.com/s/_uz9NEseeGs3zCvF8ED9Dg，2023 年 12 月 24 日查询。

用户需求量。以抖音平台为例，话题"一口气看完系列"获得360亿次播放，话题"小说推文"也拥有高达344.4亿的播放量。① 比起传统的文字阅读，2023年也有很多用户开启了"边看边听"的阅读模式。一部分内容是通过把故事的精彩开头部分制作成5—10分钟的短视频来为小说和平台引流，例如由于短视频的助推，一些知乎短故事在抖音的平台火了起来，也有一些推文内容封面配有"一更到底""全文x分钟"等字样，用户无须焦急等待更新或者寻找后续，可以一次"听爽"。不过因为短故事的写作模式，作者往往会把最精彩的剧情、最密集的爽点铺陈在开头，写到后半程偶尔会陷入"叙事乏力"的困境，难以延续开头的精彩。

2023年，抖音上线了"抖音故事"模块，推文视频可以直接挂上小说链接。推文博主无须再"顶风作案"地进行站外引流，就可以获得收益，读者也可以一键触达想看的小说，免去了切换平台检索关键词的麻烦。抖音故事也与传统网文有一定的区别，前者篇幅更短、主题争议性更强，旨在短时间内抓住用户注意力。在可以预见的未来，抖音平台的"故事"将与"短剧"形成更加强大的协同作用。② 作为短故事IP富矿的知乎，在"短故事"到"短剧"的转化之路上似乎并不顺畅。业界人士分析，知乎IP虽然占据体量与类型优势，但劣势同样明显。由于市场环境等原因，短故事不可避免陷入同质化与套路化的困境。如果只有"设定"一个突出的亮点，片方并不一定需要购买IP。目前，短剧并不像长剧与电影那样，对IP的光环有比较强的依赖性。③ 由此可见，短故事化的网文IP想要成为短剧改编的"样料库"，就需要挣脱出"同质化""套路化"的叙事模式，以"独特性"杀出重围。这一点与传统网文比较相似，纵观过去的爆款网文IP，大多是挣脱套路后的某一类型的"开山鼻祖"。

3. 类型混杂与阅读快感迭代

网络文学按照其内容类型和读者偏好，随着形成了具有固定题材和类型的网络文学。这些属于同一题材和叙事设定的网文作品，往往享有类似的故事结构、人物设定和背景设定。因此如果读者喜欢某一题材和类型的网络文学，他可以快速地进入和熟悉到同一类型网络文学的故事情境中，在作品中获得爽感。例如，天蚕土豆的《斗破苍穹》《大主宰》《武动乾坤》等作品作为玄幻小说的经典之作，其逆袭的剧情设定和功法、丹药、斗技等故事设定开始受到后来的玄幻小说、修仙小说的普遍认可和遵循。当读者阅读过《斗破苍穹》等作品后，他可以很轻松地阅读同类作品，进入相同类型的语境里。这是网络小说降低阅读门槛，帮助读者迅速获得阅

---

① 数据来源抖音App，2023年12月24日查询。
② 电商头条：《抖音无孔不入，已经上线小说频道》，https://mp.weixin.qq.com/s/8RHFtc7JySOn0ZH6UJIm9w，2023年12月24日查询。
③ 雪豹财经社：《短剧的火，能烧热知乎的短故事吗？》，https://mp.weixin.qq.com/s/kpzIvzqTSryF3XJBZlNUug，2023年12月24日查询。

读快感的传统主流方式之一。但随着网络文学的发展日益成熟，优秀网络文学作品的日益增多，读者也并非只阅读某一种或几种类型的网络小说，而更可能对多种类型的优秀爆火作品都有所了解。于是，读者阅读的前作语境逐渐发生变化，网络文学在写作和读者互动中的类型界限开始模糊，不同类型作品间的套路和设定相互融合、共享，最终引发了网络文学的类型走向多元和混杂。

目前，在背景设定和关键桥段设定进行融合是网络文学类型常见的混杂形式。例如在起点中文网中，2023年2月上架的《我设计的妖魔世界》就讲述了一个游戏设计者进入自己设计的历史游戏的故事。该作品在背景设定上就同时涉及古风、仙侠、玄幻等故事类型。2023年1月上架的《亮剑：平安大战，我带个团帮场子》则以架空历史军事小说《亮剑》为底本，讲述了主角穿越到这段架空历史，参与到抗战过程，运用现代知识和先进武器改变原本小说走向和历史进程的故事。因为融入了历史架空、穿越、科幻等多种类型元素，《亮剑：平安大战，我带个团帮场子》极大程度满足了读者对亮剑、抗战、穿越等故事中的"意难平"，从而其在《亮剑》系列的二创小说中脱颖而出。许多的在过去彼此泾渭分明的网络类型小说，现在逐渐走向了混杂和融合的趋势。

网络小说的另一种混杂来自小说创作本身和现实生活娱乐之间的交互与融合。当现实生活中的话题和讨论延伸入网络文学，一定程度上解构了网络文学改变了网络文学以虚为本、以爽为本的单一价值定位，而赋予其接入多元社会价值的可能性。某些社会娱乐热点和新闻引起人们关注和讨论时，讨论会自然走向"如果可以……那么这件事可以变成……"式的幻想式讨论。随着这种讨论和幻想日益丰富，以满足这种幻想为初衷的网络小说也应运而生。例如，随着围棋AI的破圈式影响，知乎平台出现许多关于围棋话题的假设性幻想问题，包括"如果我能百分之百击败围棋九段，但无法战胜九段以下会怎么样？""如果我有超能力，围棋对局锁定胜率50%，我能在世界大赛中取得什么名次？"2023年4月于起点中文网上架的作品《围棋：我和AI五五开》便利用了这种遐想，将网络社区的幻想话题导入自身的作品里，完成了现实话题进入幻想故事的类型融合。无独有偶，知乎话题下对诸葛亮北伐的"意难平"同样诞生出许多架空幻想问题，如"如果给蜀军提供不限量的肯德基和麦当劳，诸葛亮选择哪款快餐才能更快击败曹魏？"等。这些诞生于网友娱乐式的幻想问题便启发了2023年9月上架的《穿越诸葛亮，将士每餐一份猪脚饭》等历史穿越题材网络文学作品。

网络文学类型的混杂化造成了网络文学阅读快感的进化和迭代。过去网络文学的阅读快感主要来源于对某种心理愿望的满足，读者类似于是在理解和认同这种满足的虚拟性的情况下进行"梦游"与遐想，而当下网络文学的阅读快感多来源于生活中和现实里真实故事的延伸，这种延伸令网络文学的阅读快感不再是上不得台面的"自娱自乐"，而成为生活娱乐的一部分被正常化和常态化。尽管网络文学的混杂化尚未明显产生出新的内容和快感，但在快感的接受语境下，网络文学的发展促进了快感机制的迭代。而这种迭代背后也意味着网络文学在社会文化中的主体性地位不断增强。

4. "斗破"动漫改编的粉丝表现

《斗破苍穹》作为网络文学中极具代表性的小说，在影响力、点击量、粉丝基础上都取得了较为突出的成果。在过去两年里，有很多关于《斗破苍穹》漫改的消息，其中舆论反响最强烈的当数今年10月有关《斗破苍穹》动漫魔改的话题一度冲上了微博热搜。在这次广泛激烈的讨论中可以发现，针对此次"魔改事件"，粉丝的表现主要分为三类：一是反对动漫魔改；二是支持动漫魔改；三是表示退坑。

首先，关于反对魔改的呼声最高，该部分网友认为动漫改编删掉或魔改了部分小说原本的高光时刻、关键的人物剧情以及人物设定。例如，美杜莎怀孕之事被魔改。原著中美杜莎是怀了萧炎的孩子，但到了动漫中变成了两股力量相冲，这可能导致后期两人的孩子萧潇不存在。此番操作引起了大量粉丝的不满，尤其是原著党表示出了更为强烈的愤怒情绪，纷纷在微博留言发表评论表示反对，更有读者直接表示"说来直接下架比较好"。在粉丝读者看来，动画公司制作一部作品最重要的是尽可能将原著还原呈现给观众。粉丝读者希望看到的是一部既有代入感，又有剧情的动画作品。如果一味地将小说中的东西魔改，那么动漫改编与原作就没有任何关系了。

其次是支持魔改的粉丝，这类粉丝数量较少。在这部分粉丝看来，《斗破苍穹》中部分的剧情内容存在一些不好的行为，可能会给未成年人带来不好的影响。例如，有的读者认为原著中主角萧炎是一夫二妻，影视化后受众群体更加广泛了，对于一些心智尚未成熟的青少年来说是这是一种错误引导。但有的粉丝则认为，看动漫不需要代入太多现实。

最后是关于退坑。造成这一部分粉丝读者退坑的主要原因除了剧情崩坏之外，还有漫改制作方一直存在的溜粉行为。有网友发出评论"预告放得飞起，正片一剪梅，玩儿不起一开始就别放预告来溜粉"。溜粉这一行为不仅让书迷感到愤怒，同时也引起了部分想要观看动漫的路人的不满。此外，这部分粉丝还认为萧炎的建模"太丑"。当小说可视化后，尽管原本读者心中对人物的设想各不相同，但在此刻也变得具体化了。因此，对于这部分粉丝读者来说，动漫改编后主角的"颜值"也是他们关注的一部分，当展现出来的人物面貌没有达到自己预想的期望时，自然而然便会降低对该动漫的期待，甚至直接失去兴趣。

可以看到，造成大量粉丝群体对漫改作品不满的原因主要是，动漫改编与自己印象中的《斗破苍穹》不太一样。那么，这背后的深层原因又是什么呢？其实主要就是粉丝的怀旧心理驱动与集体记忆凝聚的表现。《斗破苍穹》作为玄幻类小白文的开山鼻祖，属于玄幻小说划时代的产物，它开启了现代玄幻热血类型文的篇章，也可以说是一代人的记忆。然而,如今被改编成动漫的《斗破苍穹》与大家心目中的模样大不一样,因此便产生了巨大的落差感。

在动漫开播之后,许多粉丝在弹幕上表示"爷青回"和"打卡名场面"。"爷青回"即"爷的青春又回来了"的缩写,用来表达人在变化后的环境中,面对曾经熟悉的人和事物时,油然而生的一种喜悦之情。"打卡名场面"表示的是在剧情中的经典场面留下自己"印记"。而粉丝群体的这两种行为正是他们追寻自己"美好记忆"的一种表现。而如今动漫的魔改,使得粉丝的"美好记忆"被破坏,再也不能找寻看书时带给自己的感觉,甚至那些被删掉的高光情节,让粉丝们根本无法"打卡名场面",这才使得大量的粉丝在微博上表示对动漫的抗拒。

网络小说改编成动漫一直以来都受到广泛关注。随着改编热潮的持续升温,如何正确处理好动漫与小说、粉丝之间的关系,实现三方共赢成为一道难题。笔者认为,在将小说影视化的过程中,要时刻牢记"原著是根基"这一原则,应该在尊重原著的基础上进行适当的改编,以达到吸引观众的眼球的目的。不能为了追求经济效益,而不顾原著的整体布局和人物关系,只有这样才能更好地实现三方共赢。

三、网文读者年度热评分析

网文读者评论最能体现他们的喜怒哀乐,最真切地反映他们对待作品的态度,是对读者阅读状况定性分析的有力参照。这里选取晋江文学城、起点中文网和番茄小说网三家网站用户的评论,他们分别是女频、男频和免费阅读三个向度最具代表性的网站。主要选取依据是评论被点赞的次数。通过对这些"热评"的分析,或可把握年度的阅读情感动向。

1. 晋江文学城读者热评

在晋江文学城搜寻整理获得可用读者评论282条,其中,获1000次以上点赞的评论共59条。

所有读者评论中,获赞最多的是月渡寒塘所写的《规则类怪谈扮演指南[无限]》中的一条读者评论:"收藏了,复仇计划说来听听,不说取收了。""取收"的意思是"取消收藏"。该条评论类似于"催更"——催促作者更新,而且是明确要求接下来的小说叙事要围绕"复仇计划"展开,毋宁说,这是在给作者写作"建议"了,而且,是用"取收"来"威胁"作者一定要按照这个方向写。用"取收"来"威胁"作者,其实反映的是该读者追更的迫切心情。当然,一旦作者真按这个方向写,则这条评论又可能被人当作"抄书评"的"实锤"证据了。该条评论共获赞4187次,如此高的点赞量说明有相同关切和类似迫切追更心理的读者不在少数。

宿星川所写《穿成师尊,但开组会》的书友则贡献了两条高获赞量的评论。其中一条内容为"大一生·眼神透着清澈的愚蠢·在看乐子,感到亿丝丝寒意"的评论获赞3147次，全站排名第二。这条评论的突出之处在于它熟练地运用了流行的网络语汇和网络表达方式。"眼睛里清澈的愚蠢"是近一两年来网络上突然爆火的描述，它被用来专门调侃大学生，指大学生还没有被社会所污染，眼睛的神韵中透着一丝天真。当然，这并非说大学生真的愚蠢，而是说他们涉世未深，有一种不圆滑不懂人情世故的青涩感。"清澈"与"愚蠢"悖论性地交织在一起，准确地描述了大学生的心理状况，既显得新奇，又显得十分贴切，产生了非常有喜感的表达效果。"亿丝丝"是另一个网络流行表达方式，它戏仿"一丝丝"的组词方式，用"亿"代"一"，其实是表达非常多的意思。不过，当"亿丝丝"的表达出现时，它往往与"一丝丝"叠音共现于受众的认知中，使"极少"与"极多"两个意思混搭共现，同样形成一种意想不到的有喜感的表达效果。而该条评论同时运用了这两条网络流行语进行表达，使得评语的喜感效果翻倍。该评论再一次印证了当前网络文学在线评论存在的"玩梗化"的倾向，凸显了网络文学读者在线批评在话语层面的原生性。对于同样熟悉网络语言环境的其他书友而言，这样的评论当然也很容易产生共鸣。因此，该条评论能获得3000多次的点赞数，也就不奇怪了。

另一条高获赞的评论是，"是在看文前做好心理准备还是会被邪恶狸花邪恶到的程度"。该条评论获赞2747次。它也采用了当下网络流行句式进行表达，内容指向则是本人的阅读心理。做好了心理准备，还是会被"邪恶"到，体现了既符合读者期待视野、又在程度上超出了读者期待的阅读心理状态。2000多次的点赞表明，有同感的读者不在少数。作者"邪恶"的书写能力，由此亦可见一斑。

此外，一个非常值得关注的现象是，一些作品的读者评论与互动十分活跃，会同时涌现多条获赞量很高的评论。不只宿星川的《穿成师尊，但开组会》，还有流初的《我竹马才是人形天灾》、马户子君的《臣好柔弱啊》、夜夕岚的《卧底系统抽风后我改刷怀疑值》、魔法少女兔英俊的《女装招惹龙傲天后》等作品都产生了类似的评论效应。其中，尤以淮上的《洄天》的相关表现最为突出。截至2023年12月19日，该书获709981次收藏，被书友用晋江文学城专属互动道具"营养液"灌溉2565298次，在霸王票榜占据第21位，评论区产生540144条评论，其中获千赞的评论就有27条，为全站之冠。这其中的多条评论都十分精彩，试举两例。

其一是有读者写道：

"小刀：爸你看，我在这场大战中提供了战神血清褚雁；爸你看，我在这场大战中提供了暴君发动的关键信息日成；我在这场大战中，因为纠结我到底是沈监察的啥，给敌人提供了带走沈监察的机会。"这是一种在网文读者在线评论中非常常见的评论方式。读者代入书中人物，演绎对白，产生诙谐的言说效果，以一种常见的"吐槽"方式传达读者的阅读愉悦感。

其二是有读者评论道：

天鹅是飞得最高的鸟，飞行高度可达9千米，能飞越世界最高峰——珠穆朗玛峰。除此之外，天鹅是终身一夫一妻制，一旦认定了自己的伴侣，便终身形影不离，就算有一方失踪或者死亡，另一方也会永远单身下去。

沈监察代表了人类智力的巅峰水平，同时拥有绝佳的作战能力，独自用 HRG 悬起和平的达摩克利斯之剑。他强大到曾经无人可以比肩，却在 29 岁那年遇到能够携手一生的头狼。于是天鹅可以收敛独抵寒风的白羽，依偎在头狼的怀中取暖。他们会一直一直并肩走下去，直到墓碑上铭刻他们携手一生的事迹。

沈酌他是全世界最优秀的人类，也是头狼的天鹅。

该条评论展示了读者本人精彩的文笔。其用优美的语言描述了小说的情感主线，也很好地传达了读者对主人公的喜爱。

高质量的作品引发高质量的评论，高质量的评论产生高频率的书友互动，看来的确如此。

当然，网站之外，我们也发现一些有趣的破圈评论。如 2023 年 8 月 2 日，#晋江文学 2017 年分水岭#登上微博热搜，读者评论道："2017 年成为晋江的分水岭"，"（当下）晋江的文都是给小学生看的。"纵观晋江文学城的发展历程，在 2017 年以前晋江推出了《甄嬛传》《凤求凰》《琅琊榜》等不少主流精品网文。在 2017 年后，晋江的主推作品转向了偶像甜宠类。对此，不少网友也纷纷认为，"晋江文学在 2017 年《她的小梨涡》爆火后，主流文风转向了现代甜宠"。"现在的晋江，已然不是多年前那个百花齐放的平台了。现言榜充斥着'软妹×校霸'的红眼掐腰给命文学，古言到处是'误解发疯''追妻火葬场'的套路堆砌，现实题材则常被吐槽'作者没上过班'……"

上述评论属于典型的粉丝吐槽式评论。他们以自身感受为据，攻其一点，不计其余。如果从晋江全网站的情况来看，则能发现他们其实更注重整体生态，关爱中层作者的生存与发展，让更多人受益的良苦用心。一些情况颇能与之佐证，如晋江下力气调整榜单规则，把更多流量和收益分给中层作者；如 2017 年之后晋江文学城作品获得各地各级奖项的有 100 多部，2017 年之后也涌现了《开端》《星汉灿烂》等出圈的作品。因为有这些成绩，所以也有粉丝对上述评论进行反吐槽："你再说断崖式下跌，置我们《陈情令》《山河令》《默读》《知否知否》《亲爱的热爱的》等等好文于何地……"① 不管批评还是反批评，这些粉丝评论对晋江的关爱之情都溢于言表，值得重视。

2. 起点中文网读者热评

由于平台的运行设置，起点中文网评论区的突出现象就是"打卡做任务"的盖楼帖、活动帖占比十分大。盖楼帖、活动帖的盛行一方面能直观看出作品的人气，

---

① 潮新闻：《IP 改编不灵了？网文界"扛把子"只有老文值得看？》，https://tidenews.com.cn/news.html? id=2552030，2024 年 1 月 12 日查询。

引导读者做出更多的优质评论、增加作品的讨论度，但也容易掩盖真正的"评论帖"，这是由于各平台的不同设置形成的。因此在起点平台中，我们无法忽略盖楼帖的重要性。下文会选取较为有价值的盖楼帖简单分析，当然也不会忽略读者自身产出的高质量评论帖的重要性。

纵观2023起点中文网的高赞评论，不难发现高赞的评论帖与排行榜上靠前的作品契合度很高。可以说，读者评论的数据好坏与作品的受欢迎程度密不可分。

在相关热门作品的读者评论中，由爱潜水的乌贼所写的《宿命之环》的高获赞量不容忽视。《宿命之环》作为热门作品《诡秘之主》的第二部，其高热度不可否认是得益于《诡秘之主》。《宿命之环》其中一条高点赞量评论是这样的："——替奥萝尔痛击乐之子——每日打卡直到复活。"这条评论表面与其说是对故事情节发表的看法，毋宁说它更是一种"写作建议"，当读者自认为对作品内容有着更好的安排、补充和想法时，会在评论区给作者提出建议。该评论用建楼互动的方式暗示作者一定要按照"复活该人物"的方向写，其背后凸显的是读者对该情节的强烈愿望，也隐有向作家"施压"的意味。该条评论获得了3451的高赞，6260次的"打卡"回复，是一条典型的盖楼帖。如此高的点赞和回复量则更说明对该情节表示赞同心理的读者数量并不少。

情何以甚写的《赤心巡天》的书友则贡献了高质量的在线评论帖及其与盖楼帖结合的高赞评论帖。对于高质量的在线评论，这里试举一例：

其一《亦放翁》：僵卧孤村不自哀，尚思立心除余害。道贼人牲无终日，钉头七箭宁骨骸。其二《有余》：慈悲总爱念我佛，纵享盂兰落（là）普罗。不贪不杀西牛贺，养气潜灵狮驼国。庄王高美洞真者，放任人牲自理得。大圣青羊如夜火，金鹏振翅是常歌。

该条评论是读者为小说所作的两首诗。一方面，该条评论充分体现了读者深厚的文字功底和素养，其恰如其分的遣词造句凸显了小说的内核主旨，另一方面该条评论获赞数高达1198次，也是当下网络文学读者批评走向专业化、高质量化的印证。

同样，《赤心巡天》的高赞盖楼帖也举一例：

这太真实了，真实得让赤心世界更加丰满，也令读者更痛心入骨。我泪流不止，辗转难眠。随后我满怀悲痛地翻开第八卷感言，试图寻找着什么。我看到了阿甚在本卷好评如潮后的放松；看到了他如何填坑，如何写作；总结里提及了很多角色，左光殊，尹观，乌列，甚至明光大爷……然整整14页，不见林有邪。由此是否能窥得一二，作者对于有邪或也仅仅停留在怜惜，在推动了剧情的死得其所？也或许是我小气，是我心有不满。恨自己还要读研，若已工作我定把名字改成"阿甚狗贼还我有邪"，然后一个白银盟砸他脸上，让全站看看。我知道林有邪这个角色不被很多读者喜欢，就像在书中一样。但她是那么勇敢，执着，担当，默默付出着。我知道人类的悲欢并不相同，而我只能做好自己的事。今日立斯楼，永怀林捕头。一楼十币，千币一结，上不封顶。小黑猫只来得及碎在心雀的眼眸，而在生命的最后，这个傻女孩想对姜望说的话又是什么呢？谁也永远无法知道……也希望大家有空，去给有邪的角色点点赞吧。

  这条长评并非通常形式的盖楼帖，而是融入了读者对故事情节看法的评论，集盖楼帖与评论帖于一体。它道出了读者阅读作品的心路历程和对小说中"林有邪"人物的支持与喜欢。超过1700次的点赞也表明，对该读者感受表示认同的书友不在少数，也表明了在线评论与盖楼结合的评论帖的高人气。

  此外，作家错哪儿了所写的《都重生了谁谈恋爱啊》一书，常霸起点各周榜、月榜、畅销榜，其读者评论区的趣味催更评论现象也值得关注。如："抄袭！绝对抄袭！别反驳我，不接受反驳！我看的那一本字数比你多，内容一样。你现在多更新二三十章证明一下自己，看看谁抄袭谁。其实你也知道，大家还是相信你的，但是口说无凭，你先更新二三十章，有证据什么都好说。"该条评论的语言叙述风格近一年来在网络上很火，它的结构通常为强调性语气（反面事件）+核心观点的输出。在该条评论里中，前面"抄袭！绝对抄袭！别反驳我"的强调性语气一开始就抓住了有共同阅读趣味的书友的眼球，而后文又说"大家还是相信你的，但是口说无凭，你先更新二三十章，有证据什么都好说"，非但不会造成书友的反感，反而通过制造前后语气的反差，形成了一种意想不到的喜感的表达效果，从而反向刺激作家进行更新，达到趣味催更的效果。这种催更也是"玩梗"的另一种形式。该条评论的点赞量也达到了567次，且极易引起其他书友的共鸣。由此可见，这种反差式催更的在线批评话语在当下网络原住民中的受欢迎度可见一斑。

  不难看出，网络文学读者批评的特征和质量与当下瞬息万变的网络环境和网络用语习惯息息相关。趣味性、高质量作品往往会激发读者更强烈的评论、更多的书友互动。

3. 番茄小说网读者热评

  查阅番茄小说11个榜单上榜（推荐榜、完本榜、口碑榜、阅读榜、巅峰榜、高分榜、追更榜、热评榜、黑马榜、热搜榜、人气榜）小说及热门评论，发现在众多榜单中评论区热度比较高的主要是推荐榜、巅峰榜和完本榜。

  首先排在巅峰榜第一的小说为三音九域的《我在精神病院学斩神》。该小说热度最高达到了9646万巅峰值，同时评论也是最多的，总评论数量达到34.2万条，其中长评就有3000条。在长评中一位名叫"虞知夏"的读者发出评论表示："看到小说中许许多多个默默无闻的守夜人在负重前行，在千万万人身前起誓，真的浑身热血沸腾……"此评论为长评中获赞次数最高的一条，为1216次。评论者对小说中人物的经历表达了共情，其1216次高的点赞数量侧面反映出不少的读者有着同样的心理感受。现今，大多数人在快节奏的生活以及繁忙的工作中，或许逐渐被生活与工作磨平棱角，在这样的状态下，网络小说不仅给了他们一方净土，也让他们在疲于生活、忙于工作时依然保持一颗赤诚的心。就像该网友在评论中说的"可能是这个世界里有冷漠的人在行走，可我依然坚信每个人身上都有一个终不可战胜的夏天"。

其次是推荐榜，该榜是根据实时阅读热度进行排名，排行第一的作品为沐潇三生的《天渊》，其热度高达9357万，评分9.5，总评论数量为2.4万条，其中共有长评144条。而在这之中我们可以看到，长评中点赞数量最高的评论是位名叫"时空管理局编号1"的网友所写的：

"当我行走于天地间，骄阳烈日，明月当空，得问我一句，这本小说足够看爽否？不太够？当我行走于江湖上，大江汤汤，河水滚滚，得问我一句，这本小说足够过瘾否？不够！当我行走于群山之巅，琼楼玉宇，云海仙人，得问我一句，这本小说更新足够快否？不够不够！远远不够！章节不够，速度内容不够！都不够！"

该条评论点赞数达到1111次。这位书友（读者）用短短几句话表达出了他对该小说的喜欢与诉求。首先问"这本小说足够看爽否？"表示评论者对小说其实是很喜欢的，希望能够看个"爽"。其次问"这本小说足够过瘾否？"表达出评论者对小说内容的满意，觉得很"上头"。再次问"这本小说更新足够快否？"表达出评论者希望作者能够加快更新，也就是所谓的"催更"。最后网友用多个"不够！"再加上排比的句式，强烈地表示了自己对本书的喜爱，并获得了同样喜欢本书读者的喜爱获得较高点赞。此外另一位叫"老色181"的书友（读者）发出的评论也十分有趣，他评论道："本想积极评论奈何本人才华不高，此书越看越上头，熬夜对身体不好，所以此书特别适合通宵"。该网友用调侃的语气简单明了地向我们打出了"直球"，告诉大家此书真的很值得一看，也算是对本书做出了较高的评价。从这些评论我们能够看出这部分读者对本书有着极高的热情，引起了大家的共鸣，纷纷表示赞同。

最后完本榜也是根据实时阅读人气进行排名的，排名第一的是星梦辰缘的《网游：我的毒能屠神》。本书相较于《我在精神病院学斩神》《天渊》人气相对较弱，但总评论也达到了2万条。其中一位名叫"评论人20年老书虫"的网友发出的评论让人哭笑不得：

"作者，你好！首先，请您不要紧张，我不是来催更的，因为，我相信在我有生之年，我是能看得到它的结局……我只是个无聊的闲人，漫无目地点开这篇小说，并没有抱着读完它的心情，但你成功地让我很快就读完了。现在，只有感慨万千！唯有，在评论中留言，才能稳定我此时此刻的心情，抱着侥幸心理，希望您能看到……"

该评论者用看似漫不经心、毫不在意的态度，开头先告诉作者自己不是来催更的，从字里行间可以看出该评论者迫切的心态，加之"有生之年"一词隐隐指向作者更新太慢之意，最后表示希望作者能看到，其实也就是在向作者表达"我很喜欢你的书，你能否尽快更新"，这其实也是一种变相的"催更"行为。

我们可以发现，当下语句幽默有趣的评论相较于严肃正经的评论似乎点赞数更高，更受网友的欢迎。但我们应该警醒的是，在一味追求搞笑、娱乐的同时，不能忽视那些对小说作出正经、诚恳的评价。否则长期如此，那些对小说质量、作者文笔给予评价的评论会逐渐淡出大众视野，使得真正有文学鉴赏力和审美能力的人不愿再作出评论。

四、网络文学阅读特点与趋势

2023 年，网文阅读全平台化趋势明显，除了传统的文学网站外，知乎、豆瓣等都在布局网文，吸收用户。其中，付费阅读已现卷土重来之势，免费阅读则主攻短剧市场。网文题材短视频已经爆火于海内外，更是年度内不容错过的亮点。当然，其热度能持续多久，仍有待观察。

1. 网文全平台化中的阅读圈粉

随着各种互联网应用跑马圈地式的开疆拓土告一段落，变现、盈利在烧钱拉客户、补贴换流量之后，单纯的"赔钱赚吆喝"式的恶性竞争暂时告一段落，平台及文化产业从业者开始深度挖掘产品的盈利能力。对于网络文学业态来说，其产业链大致可以归结为三类：一是文本自身的盈利；二是 IP 转化；三是产业周边。对于七猫、番茄等主打免费阅读的网文平台来说，观看广告免费读网文看起来诱人，但很难凝聚起忠实用户，反而因广告跳转而流失了用户的关注，这无疑是自毁长城。并且，免费阅读的文本，很难在质量上形成口碑。免费阅读的初衷，在于打开下沉市场，然而文学阅读的下沉市场，已经与短视频如抖音、快手等的用户高度重合，文学阅读作为单一媒介行为依然存在门槛，难以与之抗衡。而借助网文获取 IP 的初衷，在数年的产业实践中，已宣告不利。仅就 2023 的影视数据来看，付费阅读网文的优质 IP，仍然稳稳站住了平台的热播榜。以下为爱奇艺热播榜数据，如图 5-3 所示。

从爱奇艺热播榜可以看出，年度热播剧中，除了《狂飙》（先剧后文）之外，其余均来自付费阅读的网文 IP 改编。

从 2015 年至今，IP 影视化势头持续强劲，但在 2023 年度，随着晋江 "2017 分水岭" 的吐槽，豆瓣、知乎等平台的悄然崛起，网文的 IP 影视化似乎来到一个转折点。2023 年的网文 IP 改编潮里，知乎、豆瓣阅读两家平台成了显眼的存在。随着《装腔启示录》《九义人》《好事成双》《为有暗香来》等剧的热播，豆瓣阅读和知乎正走上网文 IP 影视化的快车道，网文江湖再度暗流涌动。

图 5-3　爱奇艺 12 月电视剧必看榜单

（图片来源：2023 年 12 月 20 日爱奇艺 App 截图）

　　网文影视改编方面，晋江文学城无疑是最亮眼的存在。2023 年，各大长视频平台的几部热剧《长风渡》《偷偷藏不住》《安乐传》《我的人间烟火》《长相思》《白日梦我》《七时吉祥》等，其网文 IP 都来源于晋江文学城。阅文集团旗下的云起书院、起点女生网、潇湘书院、红袖添香等平台，也有不少热门的女频作品。

　　号称网文中的"严肃写作"的豆瓣阅读也越来越受市场青睐。明确的平台定位、类型化的创作模式、颇具情怀的文青读者、视角独特的小众表达，加上有植根于现实的观察与思考，使得豆瓣阅读抓住了"现实题材""短剧""科幻"的风口，很快跃升为影视改编的 IP 基地。尤其是这几年，精品短剧的浪潮崛起，豆瓣阅读的不少作品的体量（中长篇），刚好适合改编成短剧。《装腔启示录》是豆瓣阅读改编相对理想的一个范本 IP：体量不必太大，类型化特征明显，具有独创性的主题和风格，不追求下沉市场的渗透率，不奢求在下沉市场有多么亮眼的表现……尤其是，豆瓣阅读提供了不同气质的 IP，也为影视改编提供了不同的方向。像很多大 IP，仍是适合走大制作大投资搭配顶流的 S+ 制作，而豆瓣阅读的影视改编则仍可以保持豆瓣的人文特色，小而美，并找到属于它的稳定受众。豆瓣网文改编的几部电视剧都获得不错的市场反响：《装腔启示录》拍出了都市社畜的精致与疲惫，成为近期都市剧的口碑扛把子；《好事成双》中原配与第三者的合谋让人看到女性联结的新可能；讲述复仇故事的《九义人》，将性侵案的发生与翻盘搬进了古装领域。这三部剧都在既有类型中向前迈了一小步，其叙事和故事都不落俗套。

与豆瓣阅读类似的阅读平台后起之秀还有知乎，它号称以"让人们更好地分享知识、经验和见解，找到自己的解答"为品牌使命，现在已经"下沉"到网文圈。知乎出品的网文作品以反套路著称，其第一视角叙事、篇幅短小精悍的特色，更容易与读者产生情感连接。在影视化开发上，短平快的小故事在改编时也非常省事，相当于它们已经做好了一个完整的故事大纲，只需要往里填充情节细节就可以了。比起晋江、豆瓣阅读等平台，知乎 IP 影视化进程要缓慢得多，当前知乎付费专栏"盐选故事"已经有近百部作品与优酷、爱奇艺、芒果 TV 等平台达成版权合作。另外，《活在真空里》《消失的凶手》《同学少年》《花市街》等知乎网文也都已经进入影视化进程。除此之外，已播的知乎 IP 改编剧以微短剧为主，如腾讯视频播出的《嘘！看手机》和快手播出的《红袖暗卫》等，都取得了不错成绩。

作为免费阅读网文平台的代表，背靠字节的番茄小说、大手笔收购纵横中文的七猫中文网，目前仍以冲突性强的狗血爽文主攻下沉市场。基于资源优势和风格定位，它们的 IP 影视化项目更多出现在微短剧领域。微短剧《进击的沐小姐》改编自番茄小说签约作品《首富家的白月光超凶超飒》，"一纸婚约惹总裁，替身千金遇真爱"是该剧的宣传标语。主打社区生活的外卖巨头美团，也在 App 内上线了小说赚钱频道，并在短视频板块增设短剧内容。美团从本地生活出发，将触角衍生至泛文娱、游戏等领域，目前已经成为一个超级 App。美团小说业务从 2022 年就开始测试，其美团书城比较简洁，没有玄幻、修真等复杂的小说分类，只分男频、女频和出版。在出版专区，美团用户可以阅读到一些经典文学作品。此外，美团书城同样上线了听书专区。"和拼多多差不多，美团书城也是一样的看书赚金币。"在"看小说赚金币"频道中，用户通过做任务即可获得金币，金币兑换成人民币后即可提现，当然，也能在美团打车、商城、外卖等业务中使用。此外，美团短视频内还增加了"看剧"功能，主要是以合集类的短剧内容为主。短剧能够覆盖各年龄层的人，特别是中老年用户。同样，刷美团短视频也可赚取金币。据了解，美团的小说书城内容其实来自得间小说（得间小说是掌阅于 2018 年推出的一款免费小说阅读软件），美团只需要开放相关接口就可以获利。只要用户在小说上有花费，美团就能从中赚走分成。①

随着全平台阅读的进一步扩展、IP 的全产业链变现，网络文学日益成为一种媒介形式，日益与日常生活紧密连接在一起，成为日常生活的一部分。短视频平台不乏大量富含网文思维的短视频，日常生活也常见跟穿越、重生、开挂、系统等相关的网文表述，且日益成为日常生活的一种表达。伴随着"日常生活审美化"的是网文思维的日常化，导致网文下沉到生活的各个方面，成为日常生活图景，最终导致网文成为生活背景，庸常但难出爆款。

晋江、起点虽然仍是影视生产的 IP 供应"双雄"，但在监管加强、现实转向、短剧冲击多重局面的影响下，IP 供应已见颓疲之势。起点男频侧重修仙幻想和升级打怪，很难为现实题材输血。晋江女频一直是剧集市场的供货大户，承包了现偶和古偶的半壁江山，但随着读者分化和价值观流变，晋江 IP 本身低幼、悬浮等问题在影视化过程中也逐渐显现。

在这种"两超多强"的格局下，相信 IP 影视化的未来还会有更多故事可讲。

2. 短视频冲击与网文 IP 受众

目前，网络文学产业的发展已经形成了较为成熟的产业链，一部优秀的网络文学作品会被封装成热门 IP，进行影视改编、动漫改编和音频改编等不同跨媒介改编，把一部超级 IP 打造成立体传播矩阵，实现作品的知名度和 IP 的文化产业价值最大化。短视频作为跨媒介改编中制作门槛最低、受众范围最广的改编形式，尤其受到网络改编的青睐。

短视频的飞速发展对网络文学的冲击与挑战已经不可小觑。从某种意义上讲，网络文学作为一种内容产品已经成为短视频创作的素材，无论是直接介绍网络文学作品和作家的短视频、复刻和模仿网络文学的经典桥段，还是借鉴网络文学的风格元素进行短视频二次创作，都是短视频积极模仿和引入网络文学的方式。在抖音、快手、哔哩哔哩、微信视频号等短视频热门平台里，借助网络文学的热度和元素进行创作也逐渐成为短视频创作的新潮流。

在对网络文学作家和作品的介绍方面，有些读者用户缺乏追更的时间但又好奇故事的发生情节。在这种需求下，对小说剧情总结复述和"代替阅读"的短视频博主便应运而生。在抖音平台，"小虫聊网文""书海老鱼""老王聊网文""写网文的女人"等短视频博主，专门制作"代替阅读"视频收获粉丝已达到百万数量级。复刻与模仿网络文学经典剧情和桥段的高质量短视频作品也层出不穷。例如，哔哩哔哩特效视频 UP 主"特效小哥 studio"，利用自身特效技术，重现网络小说的经典场景和故事，经典网文人物唐三、萧炎、韩立等，均是其作品中常客。例如其在

---

① 首席商业评论：《美团上线小说、短剧业务，王兴在打什么算盘？》，https://mp.weixin.qq.com/s/7lHv1Gjtbm1rqJ4fktKwqA，2023 年 12 月 24 日查询。

2023年12月发布的网文元素短视频作品《转生小说还是太保守了，唐僧跨次元对战蟹老板！》成为哔哩哔哩246期"每周必看"节目，作品截图如图5-4所示。

图5-4 短视频作品《转生小说还是太保守了，唐僧跨次元对战蟹老板！》截图①

UP主"3锅儿团队"则以土味风格去复刻《斗罗大陆》中的经典场景，以素人演员出演、以农用工具和机器作为场景和道具布置，反而具有忍俊不禁的独特魅力。复刻与模仿类短视频创作往往以其技术精湛或独到模仿满足了许多读者对网文场景的幻想，也带动了网络文学作品IP的跨媒介传播和推广。

短视频对网络文学IP的跨媒介传播与推广起到了积极作用，即使在传统的动漫、电影等传统长视频跨媒介改编中，采用SP、首宣、花絮等宣传形式已然成为作品IP宣传的常用手段。不仅如此，短视频凝练了网文作品中的经典情节和用户口味，集中制作的作品是屡屡成为爆款。"歪嘴龙王"系列短视频长期占据热搜霸榜，甚至引起了国外短视频制作团队对中国网文IP的借用。国外的短视频制作团队模仿中国网文IP中经典的"逆袭"套路，在TikTok上发布短视频系列作品 *Goodbye, My CEO* 和 *The CEO's Contract Wife* 以及《亿万富翁丈夫的双面人生》等，受到国外用户的追捧与喜爱，并被各类社交媒体广为模仿、传播和再生产。短视频作品 *Goodbye My CEO* 的海报如图5-5所示，短视频作品《亿万富翁丈夫的双面人生》的播放界面如图5-6所示。

---

① 特效小哥 studio：《转生小说还是太保守了，唐僧跨次元对战蟹老板！》，https：//www. bilibili. com/video/BV1D64y177Am/？share_source=copy_web&vd_source=c31ac6177c1c6c8fd2134c817f4fd050，2023年12月20日查询。

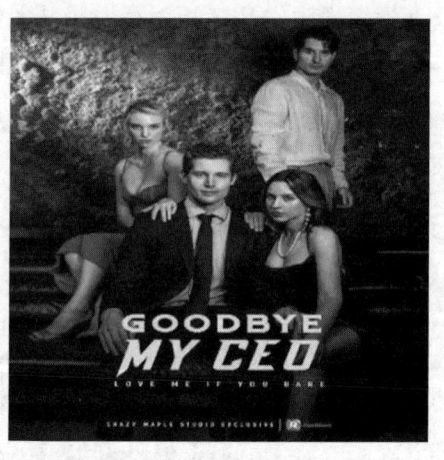

图 5-5　短视频作品 Goodbye, My CEO 海报

（图片来源：乌鸦电影《7天狂赚一个亿！被封杀，被下架，也挡不住观众连夜排队送钱……》）

图 5-6　短视频作品《亿万富翁丈夫的双面人生》播放界面

（图片来源：乌鸦电影《7天狂赚一个亿！被封杀，被下架，也挡不住观众连夜排队钱……》）

但另一方面，短视频对网络文学创作同样造成了一定冲击。短视频对网文IP的二度创作和改编，其巨大的流量和关注度引起了许多网络文学创作者的注意。以短视频的风格和套路写作网文，寻求短暂快捷的读者认同和吸引，并积极为短视频改编而调整自身作品的文章架构，这些尝试与调整自然具有积极的意义。但在短视频二度创作和改编尚未形成较为系统的内容生产模式下，这些尝试与调整对于网络文学作品IP的推广或许还不能产生更为有效的助力。

总体上看，短视频作为一种多模态表达的媒介形式，其短小直白的叙事模式十分符合对网络文学的宣传与提炼。网络文学作品在叙事时需要考虑到读者的阅读注意力，其信息冗余较高，如果将大段的文字内容改编为直接精简的短视频作品，反而在表现上具有爆发力，能够引起观看者对视频内容的兴趣，进而关注视频背后的网络文学 IP。

尽管短视频对网文作品 IP 的推广与接受具有重要意义，但网络文学创作仍然需要以读者为中心，不能被短视频的传播能力所迷惑，转向以短视频改编作为创作设计的初衷。目前，以网络文学为内容载体的短视频之所以能够频频爆火，在于网络文学的高度成熟已然建构出较为完整的叙事范式和背景情境设定，这些叙事范式和背景情境设定在网络文学的长期发展中深度浸淫，成为观众可以迅速理解的常识。有赖于此，许多基于网络文学作品的短视频才能为观众所接受和喜爱，获得较高的传播力与知名度。因此网络文学作品的 IP 生产与转化，更多需要保持"守正创新"的态度，在创作过程中以网文读者和网文写作为本位，以丰富的叙事情节和引人入胜的创作内容作为跨媒介改编的基础，让短视频成为推动网络文学作品宣传、IP 出圈的一支"奇兵"，最终达成网络文学与短视频产业的双赢。

（陈海燕、鲍远福、刘怡君、蔡悦、康雯沁、荣杨、周兴杰　执笔）

第六章　网络文学产业

作为互联网时代的文艺创新形式，网络文学从极具活力的文学新锐，逐渐成为中国文化走向世界的生力军。2023年，网络文学产业化程度显著提升，继续保持了强大的社会影响力。中国网络文学市场规模已达389.3亿元，同比增长了8.8%。在出版方面，现实题材和科幻题材创作率迈入"黄金时代"，"非遗"等优秀传统文化传承、"一带一路"等，成为讲好中国故事的主要内容。此外，中国网络文学以媒介变革、文化更新为契机，建立路径创新、持续发展的IP转化机制，在多元化、品质化发展的同时，不断升级迭代，精品化成为文化产业的强劲增长点。

一、网络文学线上产业

1. 付费免费双核驱动，营业模式进入新循环

（1）付费：用户意愿仍然强烈

付费阅读一般有会员订阅、打赏、单章/单本付费这些收费模式。平台将作品分为免费的公众章节和付费阅读的VIP章节，根据VIP章节的字数进行收费，从用户给作者的打赏中抽佣，用户也可以选择购买月卡/季卡/年卡会员来免除广告，购买会员还可以阅读一些非会员无法享受的流行独家作品。据统计，网络文学作家数量累计超过2278万人，读者和作者继续呈年轻化趋势发展，从用户、作者数量快速增长，内容质量决定了用户是否愿意为喜欢的作品付费。近年来，网络文学蓬勃发展，人们付费阅读意愿逐渐提升，付费用户的增加和收入是成正比例关系的，这又会吸引更多作者加入，激励作家创作出更优良的内容，进一步提高人们付费观看意愿，让行业形成良性的正增长模式。

过去几年，免费阅读对付费阅读造成了一定冲击，但从阅文集团的增长情况来看，这种影响正在逐渐回弹。2023年中期业绩报告显示，阅文集团于2023年上半年共实现创收32.8亿元，线上业务收入为20.4亿元，占到了总收入的一大半。在线业务收入方面，主要包含在线付费阅读、网络广告以及在平台上分销第三方网络游戏所得的收入，2023年上半年该项收入为20.39亿元，占总收入比62.1%，同比

减少11.6%。① 版权运营及其他收入，主要包含来自制作及发行电视剧、网络剧、动画、电影、出售版权，运营自营网络游戏及销售纸质图书的收入，2023年上半年该项收入为12.44亿元，占总收入比37.9%，同比减少30.1%。对于两项主营业务收入的下滑，根据阅文集团做的回应，其主要为了提升运营效率并更好地实现未来的高质量增长，减少了用于获取低投资回报率用户的营销支持，导致相关产品的收入受到负面影响。

与免费阅读用户追求的"消磨时间"不同，付费阅读用户则更侧重于对喜爱作品的支持，以及对于某一类网络文学类型的偏好。由于付费阅读用户投入了更多金钱成本，包括受到订阅机制的影响（会员每月可选择喜爱的作品投出免费月票/推荐票），内容质量成为这些用户是否愿意支付内容费用的关键因素。近些年，中国的网络文学市场呈现出健康发展良性循环态势，用户对于付费阅读的接受度逐渐增高，付费用户数量的增加正比例反映在收入上。阅文集团2023年上半年的业绩报告显示，该集团线上业务占比超过一半。从利润角度看，集团的经营利润为3.1亿元，同比上升了23.8%，经营利润率提高了3.4个百分点。盈利增长促使更多作者加入，进一步提升内容质量，增加了用户的付费意愿，有利于推动整个行业的正向增长。2023年上半年，阅文集团新增了约20万名作家和35万部小说，新增的字数超过195亿。在新晋"白金大神"名单中，90后和95后作家占比达到60%，显示出新生代作家的崛起。阅文集团专注于高质量内容的发展，通过改善分销渠道和减少对低投资回报率用户的营销支出来提升运营效率。集团持续遵循质量优先的策略，将打造经典IP作为战略重点，进一步提升运营效率。由于聚焦优质内容、有效实施反盗版措施及社区运营的持续提升，2023年的优质内容得到了显著增长。

从月均付费用户和ARPU值的回升来看，网文平台付费阅读生态的竞争力有明显增强。如2023年上半年阅文在线业务的MPU达到了880万，同比增长了8.6%，环比提升了12.8%；在线业务收入达20.4亿元，自有平台产品收入占比超过80%，环比上升了2.6%。② 在付费阅读市场竞争力不断增强的背景下，线上创作和内容生态持续繁荣。

总的来说，网络文学的产业经营主要仍是以付费为核心。面对免费阅读盈利的巨大蛋糕，文学网站平台独立的产品营销仍有一定困难，整体来看渠道推广增长较为缓慢。

（2）免费：阅读模式活力十足

2023年度，网络文学免费阅读市场呈现出新的发展特点和趋势。在数字技术的

---

① 阅文发布半年报告，https://baijiahao.baidu.com/s?id=1773840344850657450&wfr=spider&for=pc. 2023-08-10 19：13. 来源：半两财经。

② 《阅文2023年上半年财报》，https://news.sohu.com/a/710612839_115060. 2023-08-10 17：45，来源：搜狐新闻。

推动下,网络文学的市场规模不断扩大,在内容的丰富性和创新性方面也取得长足进步。网站平台积极回应市场需求,特别是针对年轻用户群体,推出了许多符合他们口味和兴趣的作品。如番茄小说涌现了现象级作品《我在精神病院学斩神》,古装题材作品《星河白鹭起》《缚春情》等,还有知名网文作者骁骑校的《长乐里:盛世如我愿》,现实主义风格的《小镇做题家》《山河志》《少年行》,以及年代小说《七十年代吃瓜群众的自我修养》等作品。2023年,七猫平台共收录包括《狂飙》《长相思》《莲花楼》《云襄传》《三体》《曾少年》等多部S+级大剧原著,同时自有IP也在持续进行影视化输出。QuestMobile数据显示,截至2023年9月,七猫免费小说App日活跃用户规模超2000万,较2020年同期增长22.0%①,免费阅读已深度融入用户日常生活,活跃时段峰值集中在早晚通勤高峰、午休及晚间娱乐时段。

免费阅读以网文作品作为流量来源,以流量获取能力为筛选标准,吸引没有付费阅读习惯的用户使用。像番茄小说、七猫、米读、连尚等网络文学界的流量巨鳄,其共同点是拥有着体量大、阅频高的流量产品。同时,这些平台越来越重视高质量内容的培育和推广,以此吸引和维系更广泛的用户群体。2023年番茄小说在首届创作者大会上官宣了IP创作者扶持计划——"和光计划"。该计划由番茄小说IP衍生业务发起,通过创作培训、创作大赛、流量扶持等政策协同激活作者创作力,为潜力作者和优质作品提供影改机会、平台资源和宣传推广等服务。在商业模式方面,"免费阅读+广告"仍是主流模式,但更多平台开始尝试多元化的盈利途径。例如,一些平台通过提供付费会员服务、虚拟物品交易、作者打赏等方式来增加收入。此外,与影视、游戏、动漫等其他媒介的跨界合作也日益频繁,许多热门网络小说被改编为电视剧或电影。截至2023年11月,番茄小说IP衍生共售出75部小说版权,与头部视频平台、头部制作公司、近百家影视公司进行了深入合作。番茄小说网原创口碑佳作《星河白鹭起》是一部古装悬疑类作品,与SMG尚世影业首次签约,共同孵化优质作品。当然,版权保护和内容监管是网络文学免费模式面临的两大主要问题。随着市场的成熟,人们对网络文学的版权保护意识逐渐增强,平台和创作者更加重视版权的合法使用和保护。

今年,"信息流广告"的引流模式在网络文学领域迅速崛起。"信息流广告"主要是由"爽文主要内容+专业演员+极致夸张的表演风格+渠道分发"而形成的宣传短片,通过几十秒的快速剧情,将网文的爽点精华集中展现,从而吸引潜在用户的注意力,引导其走进网络小说世界。相较于传统的"图文广告"引流模式,短视频信息流广告的下载量转化率在10%—20%,普遍高于图文广告平均值。短视频信息

---

① 2023中国互联网核心趋势年度报告,https://www.163.com/news/article/IMDKLCRE00019UD6_pa11y.html.2023-12-20 14:53.来源:网易新闻。

流广告在网文领域的崛起效果显著，属于"免费+广告"模式带来的连锁反应。当短视频和免费阅读两大下沉市场利器合体进化，信息流广告的发展前进就更加广阔了。

总的来说，2023年的网络文学免费阅读市场在持续增长的同时，展现出内容多元化、推广模式前瞻性和合作模式创新性等特点。尽管仍存在版权和监管等挑战，但整体上看，这一市场仍充满了活力和发展潜力。

(3) 网文在微短剧中"重生"

网络爽文曾一度在文学界耀眼夺目，现正以全新形式强势回归。诸如"霸道总裁爱上我""××之战神重生""逆袭从××开始"等类型的故事，融合了各种典型的玛丽苏情节和逆转剧情，被巧妙地浓缩进几分钟短暂的微短剧里，不断刺激着观众的视觉和情感。这种以"简短"和"迅速"为核心的微短剧，正逐渐成为众多人消磨时间的新宠。

微短剧的流行程度如何？国家广播电视总局的数据显示，2021年全年仅有398部微短剧进行备案，而到了2022年，这一数字激增至近2800部，呈现出惊人的600%的同比增长率。《2023中国网络视听发展研究报告》指出，截至2022年12月，中国的短视频用户已达到惊人的10.12亿人，平均每人每天使用短视频的时间超过2.5小时。根据国家广播电视总局公告，获得发行许可的网络微短剧数量从今年二季度的116部增加至三季度的150部，供给数量提升趋势显著，近半为都市题材。与此同时，短剧受众群体逐渐扩大，根据《2023中国网络视听发展研究报告》，2022年的10亿短视频用户中，约50.4%的用户观看过3分钟以内的微短剧。显然，在快节奏的生活中，能迅速抓住观众对"快速直接"的内容需求的微短剧，无疑具有巨大的吸引力。在形式上，微短剧起源于传统的长视频平台。业界普遍看法是，2013年优酷推出的《万万没想到》系列标志着微短剧的起源。自2020年8月国家新闻出版广电总局发布《关于网络影视剧中微短剧内容审核有关问题的通知》，各大视频平台开始积极布局。如快手面向微短剧创作者推出的"星芒计划"；抖音和优酷分别推出的"新番计划"和"扶摇计划"等。各大平台纷纷升级对微短剧的支持机制，包括资金支持、流量扶持和分账模式，旨在鼓励创作者生产更高质量的内容。快手率先爆红的微短剧是由仟亿传媒制作的《这个男主有点冷》，此剧最终以8亿的播放量结束，主角粉丝增长超过500万人，宣告了网文变微短剧的阶段性成功。到2023年初，抖音和柠萌影视联合出品的微短剧《二十九》在抖音上线，3集播放量破亿，总播放量超14亿。这种轻量级、快节奏、充满转折的剧集确实符合部分观众的口味。《2023—2024年中国微短剧市场研究报告》显示，2023年中国网络微短剧市场规模为373.9亿元，同比增长267.65%。该行业处于快速增长期。

微短剧市场也显示了"快穿""重生""复仇"等主题的再次流行，但快速生产的同时也带来了剽窃和抄袭的问题。虽然微短剧众多，但质量上乘的作品并不多见,一些低俗的内容却时有出现。国家广播电视总局对此发布了《关于进一步加强网络微短剧管理实施创作提升计划有关工作的通知》,将微短剧与网络剧、网络电影同等管理,并特别针对色情低俗、血腥暴力、格调低下、审美恶俗等内容的"小程序"类网络微短剧进行专项整治,这标志着微短剧走向更加规范化的发展道路。

2. AI助力创作,优质内容引领消费

(1) AIGC助力网文生产方式变革

随着人工智能(AI)和生成式内容创作(GC)技术的发展,AIGC(AI-generated content)技术已成为推动网络文学生成方式变革的重要力量。AIGC的核心优势在于它的高效率和创新能力,使得网络文学创作过程中的许多环节得到了极大的优化和提升。在2023年举办的首次"阅文创作大会"上,阅文集团推出了引人注目的阅文妙笔大模型及其应用——妙笔版作家助手,成为会议的一大亮点。此外,阅文还宣布了一系列针对作家的服务升级,包括数据分析和新品类支持等。阅文的目标是通过升级AIGC技术,打造一个多模态、多品类的内容平台,构建一个完整的IP生态系统。AIGC技术可以为作家提供强大的辅助工具,帮助他们快速而准确地搜集信息、核实资料,减少了创作过程中繁杂的前期准备工作。这样一来,作家可以将更多的时间和精力专注于故事情节的构思和人物角色的深度挖掘上,进而提高作品的质量和创新性。阅文妙笔大模型旨在辅助作家创作,其精确的市场定位自然规避了多数常见问题。作为一款深谙网络文学的工具,被誉为"网文界的博学者"。在创作大会的现场演示中,阅文妙笔对《庆余年》《全职高手》等著名作品的情节、角色、行业知识等问题给出了精准的回答,并与通用大模型进行了对比,显示出其更符合网络文学作家的需求和预期。AIGC在内容生成方面展现出惊人的能力,能够根据作家设定的参数和风格自动生成文本,从而为作家提供丰富的灵感来源。这种技术的应用不仅可以拓宽作家的创作视野,还能激发出更多新颖独特的创意,加速网络文学作品的创新步伐。作家助手妙笔版这一应用,通过深度学习算法对大量网络文学作品进行分析,从而为作家提供关于流行趋势、读者偏好等方面的精准建议。这种数据驱动的创作支持可以帮助作家更好地把握市场脉络,创作出更符合读者期待的作品。作家的机械性工作时间将被大大缩短,使他们能够将更多精力投入剧情构思和作品打磨上,从而显著提高作品的更新效率。同时,随着行业的不断成熟,将吸引更多的创作者和版权方加入,共同促进网络文学的兴盛。预计随着AIGC技术的整体提升和阅文自身大模型的不断优化,未来网络文学产业在内容产出、IP开发效率、平台吸引力等关键方面将实现显著提升。

(2) 网文造星能力持续升级

网络文学造星即通过网络平台使不为人熟知的作家或作品快速成名,这是一个平台、作者及读者三方的协作过程。对平台而言,其责任在于营造一个有利环境,

促进优秀作品的曝光和推广。对于作家而言，不仅需要独特的才华和创新思维来创作吸引人的作品，还需要与读者之间建立良性互动，将作家"人设"也作为作品影响力的一部分。在 2023 年，6 位作家荣获"白金作家"称号，他们是晨星 LL、纯洁滴小龙、偏方方、我会修空调、西子情和志鸟村；9 位作者获得"大神作家"荣誉，包括凤嘲凰、关关公子、画笔敲敲、海底漫步者、狐尾的笔、南瞻台、裴不了、卿浅和玉楼人醉。最新统计显示，网络作家的数量已突破 2278 万。这个领域的作者和读者年龄均趋于年轻化，这是一个持续发展的趋势。在最新一批"白金大神"中，年轻化成为他们的首要特征，15 位作家中有 9 位是 90 后和 95 后，占比达 60%。90 后作家狐尾的笔的《道诡异仙》在多个平台上引发热议，微博话题阅读量超 1.4 亿人次。95 后晨星 LL 以《这游戏也太真实了》跻身起点月票 2022 年榜单前十，还入选中国作家协会网络文学中心的"中国网络文学影响力榜"。新一代网络文学作家带来了新的观念和更广泛的话题讨论。志鸟村的《国民法医》获得第二届"天马文学奖"，并被列入 2023 年中国作家协会网络文学重点作品扶持名单。志鸟村之前的作品覆盖了能源、生物、医学等多个领域，其中《大医凌然》被国家图书馆永久收藏，也是大英图书馆首批收录的中国网络文作品之一。同时，《道诡异仙》《灵境行者》《深海余烬》《宿命之环》等作品在平台上不断刷新纪录，展示了新作品和新作家的持续涌现。网文造星能力的持续升级，标志着这一行业不仅在内容创作上取得了巨大进步，同时在塑造和推广文学明星方面也展现出了强大的力量。这种能力的提升，不仅是行业自身发展的必然结果，更是技术进步和市场需求变化的直接反映。

（3）打造优质内容付费的消费环境

网络文学市场规模庞大，并逐渐进入良性循环蓬勃发展模式。根据《2022 年中国网络文学发展研究报告》的数据，2022 年中国网络文学作家的数量已超过 2278 万人，网络文学的用户规模更是达到了令人瞩目的 4.92 亿人。这一庞大的数字不仅证明了网络文学在大众中的广泛接受度，也反映出人们对高质量内容的付费意愿正在逐步提升。具体来看，根据阅文平台发布的数据，2023 年上半年，该平台的在线业务付费用户数量达到 880 万人，较去年同期增长 8.6%，环比增长 12.8%。在线业务整体实现收入 20.4 亿元，其中自有平台产品的收入达 17.6 亿元，环比上涨 2.6%，占在线业务总收入超过 80%。2022 年的市场规模已达 389.3 亿元，充分表明网络文学消费已成为文化消费的重要组成部分。

在内容消费方面，以 IP 为核心的作品依然是推动网络文学消费的主要动力。IP 转化过程呈现出稳健、创新、多元的特点，既向着精品化、高质量目标迈进，又不断突破传统路径，形成文化产业的新增长点。特别值得一提的是，男性用户对文娱消费的需求正得到越来越多的满足。各大主流长视频平台纷纷加大男频内容在项目中的比重。例如，2023 年腾讯视频经典畅销榜 TOP5 中，《斗罗大陆》《斗破苍穹年番》《吞噬星空》等均源自阅文 IP。优酷平台中重点剧集改编自男频 IP 的作品达 17 个，同比增长了 750%；腾讯视频有 11 个，同比增长了 37%。阅文集团优化了全链条、全生命周期的开发体系，推出了多部优质作品，包括电视剧《平凡之路》《纵有疾风起》，以及《星辰变》和《全职法师》的动画续作。同时，阅文集团在 AIGC 技术上进行了重大投入，将 AI 技术全面融入业务流程中，以提升 IP 生态质量和效率。AI 技术的引入为内容创作带来了新的潜力。为了把握好 AIGC 带来的机遇，阅文集团对公司的组织架构进行了重大调整，通过四大事业部的架构重塑业务流程，以增强内容与平台的联动，提高 IP 挖掘和生产的效率。

然而，在网络文学的过度商业化过程中，也出现了一些消费陷阱，如网络小说内容"注水"、强制续费、诱饵式消费等，这些问题受到了读者的广泛批评。一些小型平台缺乏有效内容监管措施，为吸引读者而使用违禁作品来增加订阅收入。此外，盗版和侵权等问题仍在破坏网络文学消费市场的健康发展。因此，加强版权保护和监督模式的建立，成为维护网络文学消费业态健康发展的关键。

3. 优化广告投放模式，深耕内容营销创新

（1）"免费+广告"依然是免费阅读主流变现模式

在 2023 年度数字阅读市场中，免费阅读应用程序呈现出用户黏性强、日均启动次数多（平均 5 次）以及日均阅读时长长（平均超过 100 分钟）等显著特性。这些应用程序凭借庞大的用户基数，为广告投放提供了稳定的平台，使广告收入成为网络文学平台的主要盈利来源之一。最为常见的广告模式就是"IAA+IAP"模式，AA 指的是广告变现，用户可以通过观看一定时长的广告来解锁剧情；IAP 则是付费变现，用户可以通过付费解锁的方式观看剧集。晋江文学城通过吸引众多用户和提供高品质内容，为广告主创造了宝贵的流量入口。它通过运用多样化的广告形式，如横幅、插屏以及原生广告等，实现了广告与用户阅读体验的有效融合，从而提高了广告的点击率和转化率。晋江还通过与知名品牌合作，开展一系列品牌营销活动，进一步增强了其在免费阅读广告市场的盈利能力。"免费+广告"模式已成为免费阅读类应用程序商业变现的主流方式。在这种模式下，应用程序通过内置广告来产生收益。

在同质化竞争下，如何在进行广告变现的同时平衡用户体验并确保用户留存，成为开发者面临的一个主要挑战。免费阅读用户愿意通过观看广告来换取免费阅读的权限，这使得开发者可以根据用户的阅读行为和偏好来选择合适的广告植入场景和设计广告样式。在广告投放形式上，常见主要有开屏广告、横幅广告、插屏广告，以及流动悬浮广告等。这些广告都具有频次高、亮点足、曝光量大等特点。因此，如何寻找广告与用户体验的平衡点，通过内容开发实现用户增长与留存，实现用户价值最大化，便成为商家要解决的首要问题。

首先，用户精细化运营成为解决这一问题的重要手段。媒体可以通过构建用户画像——根据用户的阅读偏好、兴趣和阅读场景进行针对性的广告投放，这样可以减低用户对广告的排斥力度。

其次，通过"常规+特殊"的广告入口来拓宽投放空间，例如开屏广告、悬浮图标、阅读页插页广告等。

最后，为了兼顾用户体验，严格控制广告的展示频次至关重要。鉴于阅读类应用中单个用户的日均请求次数较多，高频广告位的展示频次需要精心设置。对于流量大的页面，虽然广告展示效果好，但同时也可能对用户造成更大的干扰，这就需要通过广告频控来限制。例如，开屏广告的展示可以设定为单个用户每日最多4次。据统计，免费阅读应用的主要用户群体集中在二、三、四线城市，而一线和五线及以下城市的用户占比较少。开发者需要运用精细化的运营策略，根据用户的阅读习惯和兴趣进行精准的广告投放，以实现流量价值最大化。通过精准的广告投放，不仅能够提升广告效果，还能实现更高的广告转化率。

（2）构建广告投放的"精准化"流程

免费阅读网站通过广告投放为小说创作者提供了一项稳定的收入来源。其中，点击率和转化率广告的收益分成比例是重要指标，在广告投放过程中，时机、投放方式都决定着广告的点击率和转化率。因此，精准化、标准化的投放流程就显得非常重要。以番茄小说网为例，该网站的投放过程主要分为四个步骤：第一，围绕产品制订相应投放计划，通过市场分析选择最佳推广方式。保证在合适的场景将合适的广告产品以合适的方式推送与合适的人，有效帮助广告主拓展客户，达成交易。第二，定向人群区域，优化准备工作，测试账户稳定性和持续性，将用户精准分类，进行标签化、年龄化、地区化、性别、爱好等进行精准区分。帮助广告主快速高效定位受众人群。第三，对原生信息流广告与站内链接、文字、图片的内容审核、优化。第四，制定投放策略和每日预算，投放跟踪效果，人群优化。该网站则通过数据分析和用户画像，提供精准的数据支持，帮助投放商家更好地了解目标用户，以制定更有效的品牌推广策略。这种精准投放和数据支持的方式，不仅能够提高广告的效果，还能够为商家节约投放成本。总的来说，番茄小说网站的广告"精准化"流程的特点在于，可以根据客户的年龄、性别、爱好等情况对受众进行定位，根据产品受众情况的不同，可选择特定的时间段、特定地域段进行投放。这种投放方式的优势在于，可以更加贴合用户的阅读习惯，有助于用户产生认同的心理，从而与产品达成深度互动。

"七猫免费小说"是七猫旗下的数字阅读平台，该软件自2018年8月正式上线，以"免费看书100年"为噱头，吸引了大批阅读用户。七猫小说拥有庞大的用户基础，广告投放可以获得更多的曝光和潜在客户。七猫平台的广告投放费用通常采用预付费的方式。在投放之前，广告主需要提前充值相应的广告费用，系统将根据投放效果从预付费账户中扣费。广告样式主要包括信息流广告、搜索推广、视频广告等。计费方式通常以CPM（每千次展示付费）或CPC（每次点击付费）为主。整体的投放流程详细分为十个步骤，分别是：注册账户→账户审核→充值→新建推广计划→新建推广单元→新建推广创意→创意审核→广告竞价→展现竞价胜出的广告→产出推广报告。

相对于其他免费阅读网站，七猫是广告投放量最多的阅读App之一。根据用户反馈，在使用七猫看网络小说时，平均每四页就会出现一个广告，App中底部也会一直有广告。虽然影响到了用户体验，但在前期"买量"打下厚实用户基础上，一方面采用了"拉新"奖励和金币激励机制，激励更多的用户成为潜在阅读客户，另一方面依靠每日签到、观看广告等方式积累金币提现，营造了"看小说能赚钱"的营销模式，因此用户使用App时付出的大量时间与精力则被转化为流量与广告曝光率，带来高额的广告营收。

从商业模式看，广告是免费网文和付费网文最大的区别，免费网文平台用免费内容吸引用户，再将用户规模和时长以售卖广告的形式变现。免费阅读的广告投放方式展现了不断摸索创新的趋势。一方面广告市场的竞争日益激烈，用户对传统广告模式逐渐形成"免疫"，在现有模式上引入创新元素是大势所趋；另一方面广告同质化倾向可能会耗尽受众热情，想要稳住免费阅读的广告收入方式就要探索新的形式。

4. 出海共享中国故事，国际传播提质增效

（1）网文出海产业化，稳步扩大海外市场规模

中国作家协会网络文学中心在2023年5月发布的《中国网络文学亚洲传播报告》显示，2022年，中国网络文学出海市场规模突破30亿元，累计向海外输出网文作品16000余部，实体书授权与线上翻译作品比例为4∶6；海外用户超过1.5亿人，覆盖200多个国家，其中主要覆盖北美和亚洲地区。

总体来看，亚洲是中国网络文学传播最广泛的地区，网络文学在亚洲文化版图中占有十分重要的位置。2022年中国网络文学在亚洲海外市场规模达16亿元，约占全球市场的55%，其中东南亚约38%，其他亚洲地区约17%。随着实体书翻译、在线传播、IP改编等传播方式发展成熟，这一市场规模还将不断扩大。

中国网络文学在亚洲地区的传播呈现不同的区域特征：在东南亚地区，网络文学市场较为成熟，读者偏爱古言、都市、婚恋等题材，市场呈现出强女性向、泛娱乐化、付费稳定性高等区域特征；在东亚地区，日本、韩国等国家网络文学增速快、下游产业链完备，中企海外平台Webnovel、iReader、Webfic等实现了对地区市场的基本覆盖；在南亚地区，印度、巴基斯坦等国家本土创作潜力大，用户规模超2000万人，年龄在20岁到35岁之间的青年用户占比约73%，女性用户占比约55%；在

西亚地区，国内出海企业如欢澄互娱等，从当地盛行的语音聊天室着手，以社交、游戏、有声等形态尝试推广网络文学，取得了初步的市场成效；在中亚地区，受翻译能力不足等因素影响，网络文学市场开发程度较低，但《仙逆》《真武世界》《全职高手》等男频作品在当地仍反响热烈。

中国网络文学在海外的传播总体经历了 5 个阶段：中文发表出版阶段、翻译出版传播阶段、翻译在线传播阶段、IP 开发阶段、建立海外生态阶段。中国网络文学受到全球市场的关注，可以回溯到 1998 年，大陆网络作家如宝剑锋、玄雨等人的网络小说，通过港澳台地区出版繁体中文版向东南亚华语读者传播，这是中国网络文学在海外传播的最早形式。2001 年后，网络文学平台如幻剑书盟、起点中文网、盛大文学等相继成立，一批优秀网络文学作品以销售内容版权、翻译实体出版物的形式在东南亚、东亚等亚洲主要文化圈传播。2012 年起，Wuxiaworld、Gravity Tale 等国际网络文学平台和 Munpia、Narou、Rulat、Pratilipi 等亚洲网络文学平台相继创立，中国网络文学通过翻译、版权合作等方式，将热门网络文学作品陆续推广到海外文学平台，受到亚洲乃至全球市场的进一步关注。2016 年起，IP 全版权开发成为网络文学海外传播的重要手段，以单一版权贸易为主，改编后授权为辅，出售、改编、翻译的影视剧、动漫、游戏等新文娱形态作品数量不断加大，质量不断提升，覆盖更广泛的消费者群体。如今，中国网络文学在全球进入生态出海的重要阶段，不再局限于网络文学单一版权贸易，更聚焦于阅读创作一体化平台和多样化视听平台的搭建，推出国际化数字阅读应用。各企业也加大了海外投资力度，在多地成立跨国公司，投资网络文学平台，与文化企业建立战略合作关系。

从出海形态而言，中国网络文学在海外传播也有 5 种方式：实体书出版、翻译在线传播、IP 转化传播、建立本土生态、投资海外市场。实体书出版层面，截至 2023 年底，亚洲出版规模超 6000 部，晋江文学城对外授权出版实体书最多，输出超 4000 部作品；发行方面，东南亚市场相对较好，每本书在泰国的平均发行量大约 7000 册，越南大约 3000 册，东南亚地区发行量最高达到 3 万多册，一般在 4000 册到 6000 册之间。翻译层面，亚洲翻译作品数量超 9000 部，起点国际、推文科技、点众科技、畅读科技等企业平台，通过 AI 机翻、人工翻译、本土精翻等方式已实现在线翻译传播。IP 改编海外传播极大扩展了网络文学的影响力。改编动漫出海方面，《修真聊天群》《元尊》等数百部改编动漫上线亚洲平台，如《放开那个女巫》改编动漫长期位居东亚排行榜前列；《混沌剑神》在日本 Piccoma 动漫平台获人气榜第 1 名，单周流水达 200 万日元；《陌生世界》《都市捉妖人》等作品也与日本 DMM.com 网站签订合作协议。改编影视剧出海方面，《庆余年》《雪中悍刀行》《知否知否应是绿肥红瘦》等改编影视剧在东南亚地区收视率居高不下；《许你万丈光芒好》在越南的改编剧集掀起热潮；《赘婿》将翻拍权授权给韩国媒体平台 Watcha，由《坏小孩》改编的网剧《隐秘的角落》也将翻拍日影版；多部海外剧集开始采用中国网络文学的设定、叙事手法等。从 IP 作品出海、本土改编、海外翻拍到设定出海，实现了从作品出海到文化出海的跨越。

总体而言，中国网络文学行业加速布局海外市场，"网文出海"规模不断扩大，机制更加成熟，影响力进一步扩大，中国网络文学"圈粉"世界读者，成为越来越受关注的现象。

（2）好故事出海，着力传播中国元素

2017 年，阅文成立海外门户网站起点国际，正式开启中国网文的规模化翻译，出海战略从 1.0 升级到 4.0，见证了中国网文从内容出海到模式出海、从文本出海到 IP 出海的产业迭代。截至 2023 年，起点国际累计访问用户已经达到约 1.7 亿人，在推动中国好故事出海的同时，也将中国独创的产业模式带到了全球，培育起约 34 万名海外作家。在中国网络文学的影响下，许多海外作家成为中国故事的"自来水"，在创作中开始带着"中国风"。武功、道法等传统文化概念，熊猫、高铁等生活元素，都是海外作家擅长运用的中国符号。起点国际上读者讨论最多的中国话题，前五名分别是道、美食、武侠、茶艺和熊猫。网络文学开放的创作生态和互动社区，为中国文化的交流与共创培养了成熟的土壤。

《天道图书馆》是横扫天涯于 2016 年开始创作的作品，小说主人公张悬穿越到异界成为一名老师，脑海中出现神秘图书馆，他凭借超凡的记忆力和刻苦学习的精神，获得了异界的认可，并由此叱咤风云。小说传达了中国传统文化中尊师重教的传统，2017 年在起点国际（WebNovel）上线，先后被翻译成英语、德语、法语、土耳其语、越南语、韩语、西班牙语、印度尼西亚语、马来西亚语、印第语、菲律宾语等十几个国家的语言。截至 2023 年 5 月 31 日，《天道图书馆》英文翻译作品总阅读量达 1.79 亿次，英文漫画版本总阅读次数 600 万次，有 85.8 万读者收藏，82.9 万读者评论。"中华民族的文化特色加上正确的故事才是这本书成绩不错的原因，民族的才是世界的，只有文化自信才能向世界展示出更美好的自己。"横扫天涯认为，国外文化背景、生活习惯和国内不太相同，但文字和语言的核心内容没有变，感动我们的东西依旧存在，同样可以引起精神共鸣。更重要的是，优秀的故事无论到哪里都可以绽放光彩。"中华文明五千年有太多传承和优秀的故事，承载了太多人的智慧，把这些故事写出来，天然就会让人产生好奇与向往。"横扫天涯这样说。在《天道图书馆》中贯穿全文主线的孔师，就是以孔子为原型的，小说融合了中国传统文化，老师为人师表，学生谦恭敬重，师生和睦，正是这样如同亲人的关系深深打动了读者。

（3）扩大市场布局，勇于探索"无人区"

2023 年是晋江文学城成立 20 周年。从 2011 年与越南合作方签订第一份合同至今，晋江已向泰国、越南、韩国、日本、马来西亚、加拿大、美国、俄罗斯、匈牙利、德国、巴西等十余个国家和地区、200 多家合作方输出了 4200 余部作品，涵盖

12个语种。晋江在东南亚国家输出的作品量占网站输出海外国家作品的70%，目前海外网文发展较好的国家，以泰国、越南、韩国、日本等为主。这些国家有良好的阅读及为文学娱乐消费的意愿，此外，它们的文化背景和中国较为相近，许多读者喜欢中国的历史文化，接受起来也更容易。玄幻、仙侠、穿越时空、宫廷争斗、江湖侠义等作品更容易受到日本、韩国、泰国、缅甸等国家出版方的青睐，爱情题材在东南亚地区则一直备受欢迎。近年来，科幻、恐怖、推理、悬疑等原本受欧美市场关注的题材也开始逐渐受到东南亚国家和地区读者的欢迎。

中国网络文学的海外用户主要覆盖北美和亚洲地区，但这并不意味着其他地区是中国网文的"无人区"。我们知道，阿拉伯语为18个阿拉伯国家和地区的官方语言，以阿拉伯语作为母语的人数超过2.6亿人，全球范围内使用者总计突破4.4亿人。由于阿拉伯世界拥有相对独立和独特的文化、宗教和语言，中国网文在阿拉伯世界的出海有比较大的难度。欢澄互娱公司就此做了早期"试水"。阿拉伯语地区有口述分享知识和经验的传统，欢澄团队就安排故事主播以口述的形式讲述《微微一笑很倾城》《何以笙箫默》《三生三世十里桃花》《庆余年》等小说的剧情。他们发现，听众对小说情节很感兴趣，也有较强的代入感。女性作者对《微微一笑很倾城》和《何以笙箫默》两部言情题材的接受度非常高；男性对历史题材和英雄主义主题作品更感兴趣，《庆余年》就受到当地众多男性听众的欢迎，他们对比较陌生的世界观和不同文化的表现方式有较强的接受度。有了中国网文能被接受的基础，团队就可以在网文翻译、改编短剧、改编游戏等方面深化尝试。

（4）传播形式多样化，助力全新增长点

除了地域开拓，网文的海外传播同样在形式上求新求变。中国IP的核心是网络文学作品，日本IP的核心是漫画，由此孕育了两种市场。和雅文化公司通过调查方发现，日本的网络漫画市场发展比较迅速，每年平均递增30%，其中网络漫画的市场大概是200亿元人民币左右，占整体电子书市场的83%，文字型的网络小说只占11%，这说明日本的网络漫画市场远大于网文市场。如果直接以作品翻译的方式在日本推广网文，市场小，翻译费高，得不偿失；而网文在题材、文化属性、产能上适合做条漫，以条漫形式进入日本市场就有较好的机会。日本的网络漫画主要有黑白页漫和彩色条漫两种形式，前者是纸质版黑白的页漫扫描到网络上发行；条漫是彩色的，适合手机阅读，有更好的视觉冲击力。在日本，尽管网络漫画发展迅速，但条漫品类发展非常滞后，而中国网文数量庞大，具有故事性优势，玄幻、热血、恋爱等题材更适合制作条漫。在产能方面，中国的网文和条漫的制作也有着流程化、工业化的成熟模式。于是，我们便发挥网络文学内容优势，加强对日条漫传播，以新的增长点助力网文出海扩大规模。

2023年，从文本出海、IP出海、模式出海到文化出海，网络文学将中国故事传播到世界各地，日益成为世界级文化现象。中国网络文学一方面表现出多方面汲取世界优秀文明，呈现出对于古今中外文化的开放性和包容性；另一方面，在书写新时代，讲述"新世代"的生活经验和观察思考，拥抱数字化思维的创造力等维度也展现出了先锋性的引领倾向，比如后人类、循环时空、平行宇宙等，在时空设定上增强新的体验和表征。尽管当下人工智能、数字技术正在冲击或改变人类的文明进程，国际文化产业竞争也愈加激烈，在新的数字文明语境下，谁能掌握文学的想象力，谁就能掌握文化创造的主动权。现在，中国网络文学不只满足于出海数量的增加，精品意识也在逐步增强，越来越多优质的网络文学作品和 IP 转化产品不断涌现。

二、网络文学线下出版

1. 2023 年度网络文学线下出版总览

多年来，网络文学线上的蓬勃发展促进网络文学线下出版业态的大力发展，网络文学也逐渐成为出版业的热点。网络文学的题材和内容呈现出愈加多元的趋势，逐渐形成玄幻、仙侠、都市、现实、科幻、历史等 20 余个大类型、200 多种内容品类，不仅迎合了不同读者的偏好，还满足了各圈层的需求，更与传统文学作品共同丰富了纸质阅读市场。网络文学作品不断探索其作为 IP 运营的各种可能，从内容保护到知识产权迭代、从版权输出到模式输出转变，可以说，线下出版是帮助游走于赛博空间的网络文学走入真实社会的有效途径，这些形形色色的网络文学出版物极大地丰富了文学作品市场，满足不同消费者的阅读偏好，让线下读者有了更多的选择。2023 年，网络文学的影响力继续由线上扩展到线下。线下出版作为线上出版的延续，与其共同铸就了网络文学产业的持续繁荣。

当当网从 1999 年建立至今，已成为国内经营图书商品种类最全的图书零售网站。2022 年，当当网销售总额高达 103.4 亿元，年销售 15 亿册图书，销售额实现两位数增长，保持线上零售图书市场份额 30% 以上。2023 年当当网深耕图书行业，年活跃顾客数 6484 万，较上一年同比增长 19%。2023 年 11 月，当当网官宣累计图书销售破 100 亿册。鉴于当当网在网络图书市场上具备图书正版、品类齐全、更新及时等优势，我们选取当当网数据为样本（统计数据截至 2023 年 12 月 31 日）对 2023 年网络文学作品线下出版后的网上市场销售情况进行分析。

据统计，2023 年 1 月到 12 月，网络文学作品线下出版新书总数量分别是 69 部、75 部、99 部、71 部、68 部、90 部、81 部、57 部、63 部、33 部、50 部、15 部。在当当网中，网络文学作品线下出版后的图书主要被归入青春文学系列或小说系列，其中，涵盖绝大部分网络文学作品的类别有 9 个，分别为青春爱情、古代言情、仙侠/玄幻、青春校园、穿越/重生、轻小说、悬疑/惊悚、热血/成长、爆笑/无厘头。

2023 年，网络文学作品荣登 1 月新书热卖榜 TOP 前 500 的图书有 47 部，荣登 2 月新书热卖榜 TOP 前 500 的图书有 43 部，荣登 3 月新书热卖榜 TOP 前 500 的图书有 32 部，荣登 4 月新书热卖榜 TOP 前 500 的图书有 17 部，荣登 5 月新书热卖榜 TOP 前 500 的图书有 25 部，荣登 6 月新书热卖榜 TOP 前 500 的图书有 30 部，荣登 7 月新书热卖榜 TOP 前 500 的图书有 44 部，荣登 8 月新书热卖榜 TOP 前 500 的图书有 49 部，荣登 9 月新书热卖榜 TOP 前 500 的图书有 38 部，荣登 10 月新书热卖榜 TOP 前 500 的图书有 28 部，荣登 11 月新书热卖榜 TOP 前 500 的图书有 22 部，荣登 12 月新书热卖榜 TOP 前 500 的图书有 42 部。

通过对各月新书热卖榜 TOP500 的进一步分析可知，网文作品改编的网剧热播能够带动网络文学纸质书畅销，甚至可与众多种类的畅销书一较高下。例如，桐华的《长相思》在 7 月 24 日同名网剧上线后，随之便在 8 月新书热卖榜荣登第 5 位。一度君华的《星落凝成糖》于 2023 年 2 月 1 日出版，在 2 月的新书热卖榜 TOP500 中并未上榜，而当同名改编电视剧于 2 月 16 日在江苏卫视、浙江卫视和优酷视频同步播出后，随着电视剧热度不断上涨，3 月《星落凝成糖·上》《星落凝成糖·中》《星落凝成糖·下》在当月新书热卖榜中分别排名第 186、251 和 462 名。类似因影视剧热播而销量上涨的作品还有《长月无烬》（剧名《长月烬明》）《凛冬之刃》（剧名《漫长的季节》）《当我飞奔向你》《偷偷藏不住》《吉祥纹莲花楼》（剧名《莲花楼》）《灼灼风流》《坤宁》（剧名《宁安如梦》）《南风知我意》《错撩》（剧名《以爱为营》）和《与凤行》等。

大热 IP《法医秦明》在 2016 年首播同名网剧，在播出 7 年后仍持续散发影响力，其 2023 年出版的新作在 2023 年 1 月、2 月、4 月、5 月、6 月、7 月、8 月新书热卖榜 TOP500 中均榜上有名，其中 7 月荣登第 21 名。《庆余年》在 2019 年网剧首播，在播出 4 年后也推出新作，在 2023 年新书热卖榜中 1 月、2 月、6 月、7 月、8 月均榜上有名。《三生三世十里桃花》的 2023 年新作更是在 2 月新书热卖榜中荣登第 8 名。

除此之外，系列丛书的销量表现依旧不俗。唐家三少的《斗罗大陆》系列书籍在 2023 年新书热卖榜 TOP500 中 1 月、2 月、4 月、5 月、9 月、10 月累计上榜 10 次，天蚕土豆《斗破苍穹》和南派三叔《盗墓笔记》也多次上榜。

2. 2023 年网络文学线下出版趋势

2023 年线下出版的网络文学作品中，言情类题材占据绝大部分，玄幻、仙侠、都市、现实、科幻、历史等各类题材均有涉及，其中，现实类题材异军突起不容忽视。近年来，网络文学不断朝着"经典化"方向迈进，观照现实成为其创作的重要风向。

2023 年 6 月，由中国作协网络文学委员会指导的新时代十年百部中国网络文学作品榜单揭晓，该榜单的推选活动旨在展现"新时代十年"间网络文学的良好风貌与发展路径，围绕"新时代网络文学"进行整体性盘点，探索建设新时代文艺评价体系。在榜单发布的作品名单中，现实题材作品占比高达40%，齐橙的《大国重工》、吉祥夜的《写给鼹鼠先生的情书》、卓牧闲的《朝阳警事》等现实类网文佳作入选。上榜的现实类网文佳作广泛而深刻地反映了新时代十年国家建设和人民生活的方方面面，大力叙写了乡村振兴、脱贫攻坚、民族工业、共同富裕、创新创业等内容，打破了网络文学一味娱乐化的格局，出现了生动、厚实、扎根土地和贴地飞行的质地，为新媒介语境中现实主义文学的发展提供了新的可能。

第20届百花文学奖中，获得网络文学奖的《北斗星辰》（匪迦）是第一部全面展示北斗卫星导航系统发展历程的长篇小说，旨在展现一代又一代科研人员为了实现中华民族的伟大复兴、追寻中国梦而殚精竭虑的心路历程。该作品以北斗卫星导航系统研发为主线，涉及相关产业链和国际合作等方面，将人物成长、技术发展、行业壮大与我国实力以及国际地位的转变相结合。小说主人公从过来人眼中不切实际的毕业生成长为坚持梦想、有所作为的航天骨干的过程，与我国航天事业发展历程同步，作品的正面价值为该图书的热销奠定了基础。

观照现实的作品还有很多，例如，徐婠《生活挺甜》聚焦80后职场与家庭日常，展现琐碎生活之下藏着的无数小确幸，该作品摘得第四届现实题材网络文学征文大赛特别奖。令狐与无忌的《与沙共舞》，以极为细腻的笔法塑造了一家中国公司在开拓中东、北非电信市场历程中的青年群像，讲述了他们是如何由青涩到成熟、由弱小到强大，从而为民族博取声誉、为祖国赢得荣光的故事，获得第四届现实题材网络文学征文大赛一等奖。麦苏的《生命之巅》以紧急医疗救援中心惊心动魄的急救故事为线索，聚焦中国医疗救援一线，刻画了年青一代医务工作者群像，展现了他们在应对突发事故、紧急救援时所表现出的专业性和优秀品格，是极具现实性和主题性的行业类网文。它以"生命"为题眼，书写了年轻医护人员如何在拯救生命中"成长"与"自我和解"，以"可拆解性"的文体结构形成独特的"多声部共振回环"效果，富于现实温度。齐橙的《何日请长缨》聚焦国企改革，史诗般地描写了我国改革开放后重工业发展的历程，用文学的方式反映了我国科技创新、制造业发展的成就和亮点。书中塑造了老党员周衡和年轻党员唐子风两个不同时期的优秀党员干部形象，同时描摹出在国企转型困难时期听党指挥、迎难而上、勇于担当的国企职工群像，入选中国作家协会新时代文学攀登计划第二期支持项目名单。

以《北斗星辰》《生活挺甜》《与沙共舞》《生命之巅》《何日请长缨》等为代表的众多现实题材网络文学作品发挥了优秀作品的示范引领作用，记录了国家发展的伟大历程、讲述了人民奋斗的生动故事、描绘了时代发展的恢宏气象，为广大读者提供着震撼人心的精神力量，它们之所以成为出版界热门网文作品的原因也就不难理解了。

从出版情况来看，网络文学作品题材同质化问题依然存在，仙侠、玄幻、穿越、言情等题材作品举不胜举，各种套路化的写作手法使得读者的审美疲劳，网络文学的发展陷入混沌。网络文学"经典化"的呼吁为其突破困境找到了一条正确的道路，越来越多的网络文学作品融合现实、历史、谍战、侦探推理、传奇、科幻甚至游记等多种题材表现形式，更有深度与温度、更具思想与情怀、更引人欣赏与共鸣。以现实题材为代表的优质网络文学作品通过反映社会现实、展现时代精神、抒发人文关怀、彰显民族文化，具有涤荡人心的深刻力量，构建起全新的文学审美，提供了丰富的文化内涵。

总而言之，随着网络文学经典化的不断推进，能够反映时代精神、传播时代价值的优秀网络文学作品不断涌现，其线下出版的方向也随之愈加明晰。与此同时，站在当代中国文艺发展新时代新征程的历史方位下，线下出版的繁荣与传播也将进一步引领和推动网络文学的精品化发展。

3. 网络文学作品年度线下出版作品名录

（见本章附录）

三、网络文学跨界运营产业链

2023年，网络文学跨界运营持续发力，带动跨媒介多元化版权开发热潮，逐渐成为推进文化自信自强的重要力量。5月4日，《人民日报》刊发时评《网络文学大有可为也大有作为》，指出"网络文学正联动影视、动漫、游戏、文旅等下游产业，共同构成全产业链体系"。纵观网络文学跨界运营产业，网文改编剧连续五年占据影视剧播放榜半壁江山，IP手游呈现"上线即爆款趋势"，以《斗破苍穹》《斗罗大陆》为代表的网文改编电影更是成为网站热度贡献主力。网文产业价值持续放大。与此同时，IP转化也面临着迭代升级，从内容的生产运营、用户与市场的需求以及IP衍生等多方面都呈现出了发展的新态势。

1. 网络文学影视改编

"强势复苏"成为2023年度影视行业发展的响亮口号，在这一口号的引领下，中国影视剧市场迎来发展的新征程。以网络文学为代表的原创IP以其丰富的内容储备、多元的叙事品类以及较低的创作成本优势，成为影视剧改编的活水之源，同时也为影视行业复苏提供了强劲助力。IP改编影视去粗取精，行业生态明显改善，包括《三体》《玉骨遥》《长月烬明》在内的高品质IP改编电影、剧集不断涌现，精品内容持续爆发，逐步以内容驱动取代流量驱动，推动改编剧集进入高质量发展阶段。

（1）网络小说改编电视剧

如果说过去几年，在主管部门和影视生产者的协同下，主题创作占领了品质高地，那么2023年无疑是"多元化"趋势走强的一年，无论是网播剧集还是台网联动剧集，不同题材的剧集内容都涌现出了代表作品。年初有《三体》在一众古装改编剧的怪圈中突围，开辟出一片科幻剧的新蓝海；暑期档有国内首部"种田轻喜剧"——《田耕纪》接棒，为种田文、系统文翻拍提供了新样本，也让观众看到了喜剧的力量；而随后的《长风渡》《莲花楼》则颠覆了传统"恋爱"模式，加入了个人成长、家国情怀等精神内核，打开了古装偶像剧的格局……从不同类型剧高分作品的集体迸发，到不同档期精心排播的荦荦大餐，形成了现实、科幻、玄幻、历史、古言五大"标杆题材"，国剧的创作活力被持续激发，生产者的信心不断增强。

腾讯视频无疑是2023年改编剧集行业当之无愧的领跑者。年初上映的科幻剧开山之作——《三体》，尽管还未开播，其词条便已经冲上微博热搜榜第2，讨论量超120万，预约量也超过300万。开播之后，该词条更是迅速冲微博榜首，讨论量超过300万。上线1小时，腾讯视频站内热度值突破2.5万，成为腾讯视频开播热度最快破2万的剧集，打破腾讯视频剧集首日热度值纪录。此外，改编剧仍然占据腾讯视频热播榜的半壁江山，以大IP"鬼吹灯"系列续作《南海归墟》、展现女子独立思想的大女主古装剧《乐游原》、反映都市青春浪漫爱情的《对你不止是喜欢》以及宅斗剧《岁岁青莲》、征战宫廷奇幻剧《山有木兮木有心》等剧均有不俗的播放量，充分体现了腾讯视频"拥抱多元，尊重艺术，追求精品"的发展理念。

2023年，爱奇艺的影视剧集成功引爆各个圈层。开年即领跑的剧作《狂飙》，全网累计上榜热搜话题达到1233个，其中拿到TOP1的次数多达181次，累计在榜时长超过430个小时。与播放量相得益彰的是其爆棚的口碑，在豆瓣App上，该剧评分9.1分，意味着超过60%的人给这部剧打出5星好评。暑期档的黑马剧《莲花楼》同样表现不凡，不仅成为爱奇艺第十部内容热度值破万的剧集，该剧的长尾效应显著，在热播期后也一度高居云合热播排行榜第一。同时，由该剧衍生推出的演唱会更创造了230个热搜话题，并吸引超过3.2亿点赞；围绕该剧开发的衍生品销售额超过1800万元。除《莲花楼》之外，本季度还上线了《云之羽》《不完美受害人》《消失的十一层》等多类型剧集。内容的优异表现带动了会员和广告业务的有力增长。爱奇艺日均订阅会员数达1.075亿，同比增长6%。在加更礼、IP演唱会、视听体验升级等多项措施的共同助力下，第三季度，爱奇艺月度平均单会员收入（ARM）达15.54元，创历史新高。

网文IP改编剧同样成为优酷视频的流量主力军，平台播放量最高的10部电视剧中，有9部改编自网络小说，包括《风起西洲》《治愈系恋人》《为有暗香来》《长月烬明》《偷偷藏不住》《护心》《一念花开》《星落凝成糖》《锁爱三生》。与爱奇艺、腾讯视频多类型同步开花的发展策略不同，优酷则将重点放在了甜宠剧垂直赛道，内容覆盖青春校园、古装武侠、都市轻喜剧等多个题材，力图横向发力，囊括全领域甜宠剧目标市场。

与前些年如火如荼的平台战不同，"共赢"成为2023年各视频平台运营的又一主题。多平台联播剧逐渐增多，告别恶性竞争后，剧集行业生态也随之改善，长短视频平台握手言和，共同寻找利益共同点和内外商业合作的契机。台网合作日益紧密，各平台在贯彻实施降本增效策略的同时，助力作品播出效果的最大化，既避免了恶性竞争的浮躁气氛，也使得网络文学改编剧质量显著提高，在春节、暑假等各个重要档期接连涌现出高品质高热度剧集，形成了平台"高原式"内容排播带，为影视行业的高质量发展注入健康的血液。

2023 年网络小说改编的电视剧作品如表 6-1 所示。

表 6-1 2023 年网络小说改编电视剧名录（77 部）

剧名	原作品	原作者	首播时间	出品公司	播出平台
妙手	妙手小村医	了了一生	2023.01.05	优酷、好酷影视	优酷
虫图腾	虫图腾	狼七	2023.01.06	东阳映月	腾讯视频
择君记	两只前夫一台戏	电线	2023.01.11	企鹅影视、深蓝影业	腾讯视频
三体	三体	刘慈欣	2023.01.15	企鹅影视、三体宇宙、灵河文化	腾讯视频、咪咕视频
君子盟	张公案	大风刮过	2023.01.30	企鹅影视、工夫影业、工夫小戏	腾讯视频
我的老板为何那样	余生请别乱指教	苏素	2023.02.03	北京译心文化传媒、耐飞影视、霍尔果斯两比特	爱奇艺、随刻、奇异果 TV
人设	人设	李尚龙	2023.02.07	京东承影视文化有限公司、华夏聚德影视传媒（北京）有限公司	腾讯视频、爱奇艺
听说你喜欢我	听说你喜欢我	吉祥夜	2023.02.10	耀客传媒、火花传媒	腾讯视频
夏花	他站在夏花绚烂里	太后归来	2023.02.13	企鹅影视、江苏稻草熊影业有限公司	腾讯视频
重紫	重紫	蜀客	2023.02.15	剧浪影视	腾讯视频
星落凝成糖	星落凝成糖	一度君华	2023.02.16	完美世界影视、幸福蓝海影视集团	优酷
他跨越山海而来	他跨越山海而来	虫小扁	2023.03.10	魔瞳影业、美霖文化、二狐文化、爱奇艺文学	爱奇艺
归路	归路	墨宝非宝	2023.03.14	厦门市影视产业服务中心有限公司	爱奇艺、芒果 TV
花琉璃轶闻	造作时光	月下蝶影	2023.03.15	企鹅影视	腾讯视频

续表

剧名	原作品	原作者	首播时间	出品公司	播出平台
101次抢婚	101次抢婚	叶非夜	2023.03.17	优酷、海宁原石文化、霍尔果斯领誉影视	优酷
武林有娇气	武林有娇气	白泽	2023.01.29	优酷	优酷
春闺梦里人	春闺梦里人	白鹭成双	2023.03.21	企鹅影视、华策克顿旗下剧芯文化、爱你影业	腾讯视频
长月烬明	黑月光拿稳BE剧本	藤萝为枝	2023.04.06	獭獭文化	优酷、TrueID平台、网飞
尘封十三载	黯夜之光	娄霄鹏	2023.04.06	爱奇艺、九野时代	爱奇艺
欢乐颂4	欢乐颂	阿耐	2023.04.07	东阳正午阳光影视有限公司	央视八套、腾讯视频
青春之城	从这里开始	旷达、潘秋婷	2023.04.12	深圳市镜屏文化传媒有限公司	腾讯视频、爱奇艺
凌云志	大泼猴	甲鱼不是龟	2023.04.13	世像传媒、优酷、唐德影视	优酷
无眠之境	邪恶催眠师	周浩晖	2023.04.23	湖南快乐阳光互动娱乐传媒有限公司	芒果TV
你给我的喜欢	你给我的喜欢	施定柔	2023.04.24	上海腾讯企鹅影视文化传播有限公司	腾讯视频
云襄传	千门	方白羽	2023.05.01	爱奇艺	爱奇艺、腾讯视频
护心	护心	九鹭非香	2023.05.09	优酷、好奇心（北京）影业、完美世界影视	优酷
三分野	三分野	耳东兔子	2023.05.22	华策影视克顿传媒、上海克顿影视有限责任公司、蜜橙工作室	腾讯视频
白色城堡	白色城堡	王成钢	2023.05.31	芒果TV、洞察娱乐、稻草熊影业、小白杨影视	芒果TV、湖南卫视、小白杨影视
花戎	误长生	林家成	2023.06.01	爱奇艺	爱奇艺
照亮你	时光如约	筱露	2023.06.02	企鹅影业、海棠果影业	腾讯视频
雪鹰领主	雪鹰领主	我吃西红柿	2023.06.21	企鹅影视、丝芭影视	腾讯视频
武神主宰	武神主宰	暗魔师	2023.06.14	杭州若鸿文化创意有限公司	优酷

续表

剧名	原作品	原作者	首播时间	出品公司	播出平台
长风渡	长风渡	墨书白	2023.06.18	安全员、烈火影视、盛葛影视	爱奇艺、CCTV-8、TVB翡翠台
偷偷藏不住	偷偷藏不住	竹已	2023.06.20	哇唧唧哇文化传媒（长沙）有限公司	优酷
繁花似锦	误入浮华	不经语	2023.06.25	尚世影业、合宽影视、优酷	优酷、东方卫视
玉骨遥	朱颜	沧月	2023.07.02	腾讯视频	腾讯视频、Netflix
尘缘	尘缘	烟雨江南	2023.07.02	爱奇艺、北京战友文化	爱奇艺
我的人间烟火	一座城，在等你	玖月晞	2023.07.05	芒果TV、北京凯悦影视、上海儒意影视制作	芒果TV、湖南卫视
消失的十一层	掩盖	武和平	2023.07.09	爱奇艺、新力量文明	爱奇艺
曾少年	曾少年	九夜茴	2023.07.10	中央电视台、腾讯科技（北京）有限公司、北京爱奇艺科技有限公司、江苏凤凰联动影业有限公司	腾讯视频、爱奇艺
安乐传	帝皇书	星零	2023.07.12	上海影视传媒股份有限公司	优酷
郎君不如意	太子妃升职记2：公主上嫁记	鲜橙	2023.07.20	优酷、北京造梦机影视传媒有限公司	优酷
莲花楼	吉祥纹莲花楼	藤萍	2023.07.23	欢瑞世纪公司	爱奇艺
长相思（第一季）	长相思	桐华	2023.07.24	企鹅影视、星莲影视	腾讯视频
独家童话	兔子压倒窝边草	忆锦	2023.07.27	三只喜鹊、齐嘉影视	爱奇艺
七时吉祥	一时冲动，七世不祥	九鹭非香	2023.08.10	爱奇艺、恒星引力	爱奇艺
白日梦我	白日梦我	栖见	2023.08.12	江苏稻草熊影业有限公司	芒果TV、湖南卫视

续表

剧名	原作品	原作者	首播时间	出品公司	播出平台
装腔启示录	装腔启示录	柳翠虎	2023.08.18	芒果TV、湖南卫视、芒果超媒	芒果TV、湖南卫视、咪咕视频
灼灼风流	曾风流	随宇而安	2023.08.19	腾讯视频、龙果映画	腾讯视频
不一样的萧先生	萧医生的两副面孔	小香颂	2023.08.22	爱奇艺小说、馨禾盛世、奇风控股	爱奇艺
西出玉门	西出玉门	尾鱼	2023.09.07	上海腾讯企鹅影视文化传播有限公司、北京杨梅果影视传媒有限公司、喀什西出影视传媒有限公司	腾讯视频
锦鲤是个技术活	钟此一人——锦鲤是个技术活	唐欣恬	2023.09.13	厦门世纪居泰、上海乐喷文化、北京融影秀传媒、东方嘉彩电视院线传媒	爱奇艺、随刻、奇异果TV
九义人	九义人	李薄茧	2023.09.15	企鹅影视、善为影业	腾讯视频
金牌客服董董恩	金牌客服董董恩	布衣麻七	2023.09.15	爱奇艺、哇唧唧哇、趣阅科技	爱奇艺
那些回不去的年少时光	那些回不去的年少时光	桐华	2023.09.16	湖南快乐阳光互动娱乐传媒有限公司、北京小糖人文化传媒有限公司	芒果TV
好事成双	双喜	郎朗	2023.09.19	上海西嘻影视文化传媒有限公司	腾讯视频
拥抱未来的你	拥抱未来的你	潼舞	2023.09.30	优酷、真合时代、稻草熊影业	优酷
梅花桃红	梅花四，红桃五	倪学礼	2023.10.11	上海耀客文化股份有限公司	北京卫视、东方卫视、腾讯视频、爱奇艺
为有暗香来	洗铅华	七月荔	2023.10.13	车阳欢娱影视文化有限公司	优酷、酷喵TV
田耕纪	重生小地主	弱颜	2023.10.14	爱奇艺、中文奇迹	爱奇艺、随刻、奇异果TV
一念花开	师兄总是要开花	韩易水	2023.10.23	优酷	优酷、酷喵TV
岁岁青莲	岁岁青莲	解语	2023.10.23	企鹅影视	腾讯视频

续表

剧名	原作品	原作者	首播时间	出品公司	播出平台
我要逆风去	我要逆风去	未再	2023.10.30	爱奇艺、上海东方娱乐传媒集团有限公司、上海恒星引力影视传媒有限公司	爱奇艺、东方卫视
极速悖论	极速悖论	焦糖冬瓜	2023.11.01	芒果TV、湖南卫视、芒果超媒	芒果TV、湖南卫视
治愈系恋人	治愈者	柠檬羽嫣	2023.11.02	中央电视台、优酷、四川星空影视文化传媒、上海粼辣影视文化传播有限公司	央视八套、优酷
以爱为营	错撩	翅摇	2023.11.03	东阳烈火影视传媒有限公司	芒果TV、湖南卫视
风起西州	大唐明月	蓝云舒	2023.11.04	陕西文投（影视）艺达文化传媒有限公司	优酷、陕文投艺达
乐游原	乐游原	匪我思存	2023.11.06	企鹅影视、琪铄影业、歆光影业、战友文化	腾讯视频
宁安如梦	坤宁	时镜	2023.11.07	欢瑞世纪公司	爱奇艺
猎罪者	猎罪者	道门老九	2023.11.24	浙江东阳信风影视有限公司、北京信风影业	爱奇艺
对你不止是喜欢	对你不止是喜欢	陌言川	2023.11.25	蓝港影业、芒果TV	腾讯视频、芒果TV
南海归墟	鬼吹灯之南海归墟	天下霸唱	2023.11.27	腾讯视频、万达影业、7印象	腾讯视频
一念关山	一念关山	左阳	2023.11.28	上海柠萌影视传媒股份有限公司	优酷视频
很想很想你	很想很想你	墨宝非宝	2023.11.30	企鹅影视、琪铄影业、歆光影业	腾讯视频
斗破苍穹之少年归来	斗破苍穹	天蚕土豆	2023.12.08	万达影视传媒有限公司、腾讯视频	腾讯视频
神隐	神隐	星零	2023.12.11	北京西嘻影视文化传媒有限公司、上海西嘻影视文化传媒有限公司	腾讯视频、芒果TV
脱轨	脱轨	Priest	2023.12.14	优酷、星河工作室	优酷

（2）网络小说改编微短剧

尽管以网络剧和网络大电影为代表的长视频改编目前仍是网络文学IP的主要流向，但势头迅猛的微短剧已经成为长视频的重要补充。2023年2月25日，中国互联网络信息中心（CNNIC）在京发布的第49次《中国互联网络发展状况统计报告》指出，"网络文学+短剧"成为网络文学IP改编的热门赛道。

网络短剧成为市场热门，与网络文学的免费阅读机制关系密切，其商业模式主要依赖广告收入转移支付，某种意义上是广告创意性与网络文学故事类型的融合。网络文学短剧化的核心依然基于文学的变局。新媒体文的短剧化，促使文学性向创意化方向转变，主要表现为每一集基本上都有一个贴近生活的"梗"，吸引受众追剧，这符合网络文学的用户黏性特点；为了便于观众接受，故事更注重现实性，语言以口语化、平实性语言为主，同时强调传播的便捷度、互动性，设置标签、点赞、评论、收藏和转发等功能，跟短剧节奏相吻合，于是便逐步形成了网文平台提供文学IP、短视频平台制作播出的模式。

随着近几年的发展，那些单靠爽点、反转、土味内容走红的网络微短剧因其内容低俗、过度商业化，不能提升作品文化内涵的短板已全面暴露。2023年11月27日，国家新闻出版广电总局召开了《网络微短剧创作生产与内容审核细则》（征求意见稿）座谈会，围绕网络微短剧的导向、片名、内容、审美等方面加大管理力度，细化管理举措。现在，微短剧正在逐步走出"野蛮生长"阶段，围绕"内容为王，创新开放"，芒果TV、腾讯视频、优酷、爱奇艺、快手、抖音等平台都在积极推介微短剧重点项目和关键计划。芒果TV发布首部千万级短剧《难寻》，它取材中国传统"连理枝"的宿命原型，试图打造传统的中国式浪漫。还有《一梦枕星河》，献礼中新工业园区建立三十周年，描摹正能量时代画像。此外，芒果TV联动澳门社会文化司共创国内首部澳门题材短剧。腾讯视频以"烟火气、少年气、新鲜气"三大方向，通过分账为主的合作模式与全链路的生态政策为精品内容孵化提供全面的支持，发布了聚焦粮食安全的《南繁一家人》，提升年轻人文化自信的《恭王府》《赵小姐的笔记本》等。优酷推介了《皎月流火》《风月如雪》等剧，表态将基于微短剧题材广泛化、品质精品化、制作规范化、投入规模化、变现多元化的洞察，让更多的内容价值实现更好的社会价值。爱奇艺介绍了云腾S短剧计划，表示未来将向市场开放一个由200多部具备影视开发所有必要条件的精品IP池，加强行业合作。快手与抖音作为短视频平台代表，带来了基于自身平台特点的内容项目与微短剧运营方法论。快手发布了女性职场题材的《实习生莱莱》与现实主义题材的《屋檐下》，并表示将继续鼓励多元化内容创作，促进平台评级更加公开、透明、公平，提升内容商业化水平，让更多微短剧从业者从中受益。抖音发布了《柒两人生》《秋蝉》《刺杀小说家》，将以创新好故事为目标，不断推出多元化和创新的短剧。中国电视剧制作中心制作的《梨园醉梦》《津门诡事录》等短剧内容也相继亮相。

艾媒咨询《2023—2024年中国微短剧市场研究报告》显示，2023年中国网络微短剧市场规模为373.9亿元，同比增长267.65%。以坐拥海量IP优势的中文在线集团股份有限公司为例，公司在2020年开始探索中短剧市场，2022年新增开拓小程序微短剧业务。"短剧剧本主要来源于网络小说改编，公司拥有550万种IP，可源源不断地提供优质的短剧IP改编剧本。"中文在线证券事务代表杨帅表示，2022年公司小程序短剧（付费视频剧）收入已超3亿元，预计微短剧市场规模仍将高速增长。

2023年度网络小说改编微短剧作品如表6-2所示。

表6-2 2023年网络小说改编微短剧名录（42部）

微短剧名	原著名称	原作者名称	播放平台	首播时间	呈现方式
开局一座山	我有一座山寨	蛤蟆大王	腾讯视频	2023.01.17	横屏
爱在梦醒时分	最美不过遇见你	网陆酒儿	腾讯视频	2023.01.24	横屏
二见钟情	二见钟情	花时玖	腾讯视频	2023.01.28	横屏
偶然互换的一天	天才酷宝火爆妈咪	谁家MM	腾讯视频	2023.02.11	横屏
进击的白小姐	战爷追妻夜夜撩	游客仙	优酷	2023.02.23	竖屏
奶爸的科技武道馆	奶爸的科技武道馆	一梦几千秋	腾讯视频	2023.03.08	横屏
我的鲛人弟弟	鲛人弟弟咬我了	木头兮	腾讯视频	2023.03.09	横屏
倾世小狂医	战王宠妃之倾世小狂医	会云珠	腾讯视频	2023.03.11	横屏
武林有侠气之白叶苍苍	武林有侠气	白泽	优酷	2023.03.20	横屏
我叫叶圣凌	都市至尊豪婿	亚光	优酷	2023.02.09	横屏
我有一份逃生指南	我有一份逃生指南	一粒灰烬	腾讯视频	2023.03.29	竖屏
幻梦情缘	隐婚甜妻：陆总又失忆了	柳清湄	腾讯视频	2023.04.07	横屏
你是我的夏至未央	顾先生的第一宠婚	丰家小七	腾讯视频	2023.04.14	横屏
我的23岁美女邻居	我的23岁美女邻居	樱花墨墨	腾讯视频	2023.04.16	横屏
前妻别跑	婚入心扉之前妻别跑	盛朵	腾讯视频	2023.04.20	横屏
战斗吧，娘子	我是旺夫命	五贯钱	腾讯视频	2023.04.21	横屏
佳偶自天成	佳偶天成	薇薇一点甜	腾讯视频	2023.04.26	横屏
悬疑作者求生指南	悬疑作者求生指南	果玉蛮	腾讯视频	2023.05.05	横屏
我被沐总宠哭了	穿书后我被大佬宠哭了	寻茵	腾讯视频	2023.05.13	横屏
风起云舒	冲喜丑新娘	似此星辰	腾讯视频	2023.05.23	横屏
谁动了我的爱情	离婚后陆总他真香了	一如初见	腾讯视频	2023.06.17	横屏

续表

微短剧名	原著名称	原作者名称	播放平台	首播时间	呈现方式
锁爱三生	少帅，你老婆又双叒叕被人撩了	尚梓垚	优酷	2023.05.26	横屏
让一让，公主	谋妻	小柴崽子	腾讯视频	2023.07.03	横屏
校草是女生	校草是女生：捡个男神宠回家	颜言	腾讯视频	2023.07.10	横屏
风月变	风月变	小米唐罐WT	芒果TV、搜狐视频	2023.07.12	横屏
前妻不准逃	腹黑帝少：前妻不准逃	卿小柠	腾讯视频	2023.07.20	横屏
余生唯你	余生唯一的你	灭绝	优酷	2023.06.29	横屏
灵魂医师	灵魂医师	安东尼	优酷	2023.08.09	横屏
从离婚开始的爱情	重生后，这个总裁夫人我不当了	乔栩栩	腾讯视频	2023.08.10	横屏
皇妃为何那样	狂女重生：纨绔七皇妃	香网红果果	腾讯视频	2023.08.27	横屏
月上心辰	在醋王夫君怀里撒个娇	梧桐清	腾讯视频	2023.07.24	横屏
贵妃生存法则（第二季）	贵妃你又作妖了	十里长街	腾讯视频	2023.03.21	横屏
江湖探案传奇	江湖探案传奇	朱小川	腾讯视频	2023.09.10	横屏
江湖绝色录	江湖绝色录	苏苏不酥	腾讯视频	2023.09.16	横屏
王妃万福	王妃万福	大漠酒鬼	腾讯视频	2023.10.07	横屏
我亲爱的白月光	装修实习生	心恋一生	芒果TV	2023.10.27	横屏
金牌主簿	皇家金牌县令	板面王仔	芒果TV	2023.11.01	横屏
当家小娘子	穿成四个拖油瓶的恶毒后娘	池金银	优酷视频	2023.12.05	横屏
梅府有女初长成	梅府有女初成妃	梅开芍	腾讯视频	2023.11.07	横屏
夺娇	夺娇	轻松	腾讯视频	2023.12.06	横屏
倾城天下	妖颜天下	夏小微凉	腾讯视频	2023.12.16	横屏
前男友成了我的上司	公司被前男友收购以后	知渔	腾讯视频	2023.12.25	横屏

（3）网络小说改编电影

从"极寒之地"重回万家灯火，2023年是中国电影产业全面复苏的关键之年。历数全年各个关键档期的票房表现，可以说中国电影正在强势归来。

春节档为2023年开了个好头。《满江红》《流浪地球2》等多部题材类型各异的影片集中上映,产出票房超 67 亿元,收获春节档期历史第二的好成绩。中国电影市场一扫上一年的颓势,展现出强劲的持续复苏势头。年中,电影市场又迎来一个火热的夏天。《封神第一部》《长安三万里》《孤注一掷》等持续发力,全国单日票房连续 72 天破亿元,也刷新了全国单日票房连续破亿纪录。一批才华横溢、个性鲜明的青年创作者未来可期。国庆档票房稳中有升。大众观影需求持续被释放,异地观众购票占比、下沉市场票房成为亮点……2024 年 1 月 1 日,国家电影局发布统计数据显示,截至 12 月 30 日,2023 年全年总票房为 549.15 亿元,城市院线观影总人次为 12.99 亿,国产影片票房为 460.05 亿元,国产影片市场份额为 83.77 %。全年票房过亿影片 58 部,其中国产影片 50 部,进口影片 23 部。在全年的院线电影中,改编自网络小说的仅有《深爱》《念念相忘》《这么多年》,但票房和口碑却参差不齐。

2023 年第一部登入院线的网络文学改编电影——由张新成、孙千主演的《这么多年》,于 4 月 28 日全国上映。该片改编自八月长安"振华中学"系列中的同名小说。讲述了小镇少女陈见夏和跋扈校霸李燃在漫长的成长岁月中彼此依赖互成铠甲,与世界和命运相抵抗的故事,是此系列小说的最终章。不同于"振华三部曲"里生长在爱中的女主角故事,这部电影所呈现出的浪漫爱情底色,更多带有阴郁色彩的原生家庭问题,也引发了更多观众的思考与共鸣,得到了"治愈系""非典型青春片""东亚女孩的成长缩影"的评价,同时也获得了 8.6 分的成绩,在近几年的网络文学改编电影中遥遥领先。

由张皓宸畅销作品《我与世界只差一个你》改编的电影《念念相忘》也同样有着优秀表现,这部影片一反传统"校园片即爱情片"的套路,真实地展现了高中生纯粹且单纯美好的校园生活,以学习为重,暗恋的小心思为辅,干干净净又甜得自然束手,让人梦回自己的高中时代。在竞争激烈的七夕档中,刘浩存和宋威龙主演的《念念相忘》取得票房 4097 万,成为新票房冠军,而同档期由新加坡导演陈哲艺执导、周冬雨和刘昊然主演的《燃冬》票房仅为 1435 万,其他新片票房则未破千万。

但《深爱》则没那么幸运,这部改编自老男孩的《深圳,没有勇气再说爱》的影片,讲述了一群年轻人在深圳追梦、恋爱的故事。曾是天涯情感栏点击率总排行第一的文章,并荣获天涯文学 2014 年度最佳作品,曾引得数十家出版商加入版权抢夺大战,经过无数轮角逐,最终花落花城出版社。但与作品 IP 的火爆不同,其改编上映的电影表现却不尽如人意,上映 8 天这部电影就跌破了 1 万票房,仅有 3502 元票房收入,上映第 19 天,全国电影票房收入仅有 1086 元,只能草草下线。上映 19 天来,《深爱》的累计票房只有 513 万,豆瓣评分更是低至 3.6 分,可以说票房口碑双双"扑街"。

由三部电影不同的境遇不难看出,优质的 IP 核心与庞大的粉丝群体,已不再是电影口碑的"救命稻草",随着观众的审美品位提高,以及影视行业的不断内卷,如何在原著的基础上进行有效改编，形成稳定的美学风格和合理的叙事节奏，才是网文 IP 改编类电影未来的发展方向。

2023 年度网络小说改编的电影作品如表 6-3 所示。

表 6-3　2023 年网络小说改编电影名录（3 部）

电影名称	原作品	原作者	首映时间	出品公司
深爱	深圳，没有勇气再说爱	老男孩	2023.08.13	深圳前海君胜米伦影视传媒有限公司
这么多年	这么多年	八月长安	2023.04.28	北京光线影业有限公司
念念相忘	我与世界只差一个你	张皓宸	2023.08.22	上海亭东影业有限公司、上海淘票票影视文化有限公司、中国电影股份有限公司

（4）网络小说改编网络电影

作为电影视听艺术与网络新媒介的融合，网络电影日益侵入受众的娱乐消费之中，在体验方式、心理感受、互动模式等方面都呈现出独有的特点。但不同于院线电影以一部部爆款电影预示着行业的复苏，2023 开年以来网络电影市场显得格外冷清。

2023 年网络电影的"开局乏力"从第三届网络电影春节档的哑火可见一斑。自 2021 年爱奇艺、腾讯视频、优酷三大视频平台联合开启首届网络电影春节档以来，档期概念在网络电影中逐渐成形，但 2023 年网络电影春节档和前两届相比，无论是影片上线量还是整体热度均不及此前。2023 年春节期间三大平台共上线了 10 余部新片，不及 2022 年的 20 多部以及 2021 年的 40 多部，其中以 PVOD 模式发行在三大平台联合上线的影片仅《天龙八部之乔峰传》一部，该片由演员甄子丹担任总导演，主演阵容包括甄子丹、陈钰琪、刘雅瑟等，虽然会聚了不少实力派演员，但和 2022 年王晶执导，古天乐、文咏珊、林峯等主演的《倚天屠龙记》（上、下）相比还是缺乏一定声量，更不及首届网络电影春节档中《少林寺之得宝传奇》《发财日记》所取得的热度及票房成绩，《天龙八部之乔峰传》豆瓣评分 4.9 分，也很难体现出其作为 2023 年三大平台力推的头部影片在质量上的跨越性突破。春节期间另外两部三大平台联合上线的《狙击之王：暗杀》《抬头见喜》从影片票房及观影人次来看，表现也不算突出。

相较于头部影片在内容题材及市场表现上较为显见的表现不佳，2023 年网络电影一季度还暗含着行业断崖式减量后如何提质的难题。2023 年全年上线网络电影 245 部，相较 2022 年的 388 部下降了 36.8%。与此同时，2023 年网络电影通过备案数量和去年同期相比下滑严重。与影片整体上线量下降相呼应的是网络电影赛道"玩家"的减少，国家新闻出版广电总局监管中心数据显示，2022 年网络电影出品机构 1305 家，比

2021年的1611家减少了306家；制作机构403家，比2021年的521家减少了118家，由此可见，在"提质减量"背景下，行业淘汰赛仍在加速进行。

当然，有人在撤退，也有人在入局，网络文学的特性与AI时代的同步契合，令网络小说改编的网络电影在整体疲软的市场中杀出重围，在高质量发展道路上阔步前行。都市动作电影《三线轮洄》改编自尾鱼同名小说，实现了口碑突围，无论是紧张刺激的追逐戏码，还是拳拳到肉的动作设计，都给观众留下了深刻的印象，硬核实力让观众直呼"够爽够畅快"！荣获"视听率TOP榜"榜首之位。2023年，悬疑和冒险仍然是网络电影改编的两大热门题材，改编自天下霸唱"鬼吹灯"系列的盗墓冒险电影《仙王虫谷》、记录法医探案现实生活的悬疑电影《法医秦明之雨中协奏曲》和改编自南派三叔大IP《盗墓笔记》的惊悚冒险电影《介子鬼城》，分别斩获爱奇艺、优酷和腾讯视频移动端视听率榜头筹。可见具有核心竞争力的网文IP依然是带动网络电影上下游产业发展的不竭动力。

2023年度网络小说改编的网络电影如表6-4所示。

表6-4 2023年网络小说改编网络电影名录（14部）

电影名称	原作品	原作者	首映时间	出品公司	播放平台
黑楼怪谈	凶宅笔记	贰十三	2023.03.25	上海腾讯企鹅影视、陕西广电影、北京盛世文和、北京奥创纪元	爱奇艺、腾讯视频
阳神之太上忘情	阳神	梦入神机	2023.03.28	金色世纪、万维仁和、天津阅文影视	爱奇艺、腾讯视频
三线轮洄	三线轮洄	尾鱼	2023.04.01	上海腾讯企鹅影视、上海淘票票影视文化有限公司	腾讯视频、优酷
这么多年	这么多年	八月长安	2023.04.28	北京光线影业有限公司	院线、爱奇艺、优酷、腾讯视频
遮天：禁区	遮天	辰东	2023.07.21	成都星辰原力网络科技有限公司	腾讯视频
暗杀风暴	死亡通知单：黑暗者	周浩晖	2023.08.18	银都机构、广东昇格传媒股份有限公司、上海淘票票影视文化有限公司	爱奇艺、腾讯视频、优酷

续表

电影名称	原作品	原作者	首映时间	出品公司	播放平台
念念相忘	我与世界只差一个你	张皓宸	2023.08.22	上海亭东影业有限公司、上海淘票票影视文化有限公司、中国电影股份有限公司	院线、爱奇艺、优酷、腾讯视频
献王虫谷	鬼吹灯	天下霸唱	2023.09.22	新片场影业	爱奇艺、腾讯视频
黄河守墓人	黄河禁地	牛南	2023.10.11	山西万凯传良文化有限公司、诚意（北京）文化有限公司、深圳点澄光文化传媒有限公司	芒果TV、爱奇艺、优酷、腾讯视频
法医秦明之雨中协奏曲	法医秦明	秦明	2023.10.24	北京佳桐互娱传媒、中国公安部金盾影视	爱奇艺、腾讯视频
斗破阴阳宅	斗破阴阳宅	一碗大头鹅	2023.11.06	天津大有脑洞、上海七猫、麦奈影视、北京幻想纵横、厦门哲象	爱奇艺、优酷
斗破苍穹·觉醒	斗破苍穹	天蚕土豆	2023.11.17	圣世互娱影视、东阳华夏视听影视、爱奇艺、上海腾讯企鹅影视	爱奇艺、腾讯视频
寻龙诀：生死门	鬼吹灯	天下霸唱	2023.12.09	杭州银汉天河文化传媒有限公司	腾讯视频、爱奇艺、优酷视频
斗破苍穹·止戈	斗破苍穹	天蚕土豆	2023.12.21	圣世互娱影视科技有限公司	腾讯视频、爱奇艺、优酷视频

2. 网络小说的游戏改编

近年来，IP游戏一直都是推动手游行业发展的中流砥柱。伽马数据显示，自2017年开始，国内IP改编产品的收入逐年递增。尤其在全球用户红利退潮、营销费用激增、市场竞争越发激烈的大环境下，随着降本增效成为行业主旋律，网文IP游戏更加受到厂商重视。

2023年11月10日，"2023年度游戏IP生态大会"在苏州圆满举办。会上，中国音像与数字出版协会第一副理事长、游戏工委主任委员张毅君在主题会议上正式对外发布《2023年度移动游戏产业IP发展报告》。报告显示，截至2023年9月，移动游戏IP市场实际销售收入为1322.06亿元，在我国移动游戏整体市场中占比77.70%，其中原创IP占比42.69%，引进授权IP占比28.18%，跨领域IP占比

6.83%。在我国移动游戏 IP 市场中，国产 IP 产品流水占比 60%，同比上升 5.86%。移动游戏 IP 核心用户与泛用户规模持续扩张，已拥有超过 1.9 亿核心用户与 2.3 亿泛用户群体。报告指出，自 2023 年 4 月开始，随着高质量 IP 改编新品的陆续推出，近年来积压的产能得到释放，中国移动游戏 IP 市场开始快速回暖。在当前趋势下，2023 年 IP 改编移动游戏市场规模有望达到历史新高，并成为年内中国移动游戏市场的主要增量。

作为起点最火爆的网文之一，《凡人修仙传》天马行空的想象力和文字叙事，为 IP 游戏化提供了一个完美的蓝本。2023 年 5 月 24 日，同名游戏《凡人修仙传：人界篇》空降 App Store 免费榜，直到 30 日才被挤下，霸榜持续一周。畅销榜方面，游戏表现同样稳健，曾冲上 iOS 畅销榜第 4 名，一个月后依旧稳扎 iOS 畅销榜前 20，甚至偶尔还能冲上前十。据估计这款游戏首月流水在 5 亿元到 7 亿元，整个 6 月的流水则在 4 亿元到 5 亿元，取得了相当突出的成绩。改编自刘慈欣科幻小说《三体》的建造类游戏《星球·重启》也在公测首日登上免费榜首，更火的是它还获得全球华语科幻幸运奖的"最佳科幻游戏创意"奖，为中国游戏市场的复苏贡献了一份重要的力量。

根据 GameLook 监测和统计数据，截至 2023 年 11 月，新游戏总收入已占据整个市场年度大盘的 30%，其中包括《凡人修仙传：人界篇》在内的 IP 游戏更是起到了相当大的助力。在新游戏，尤其是 IP 新游主导下，未来很长一段时间内，背靠"动画化+网文 IP"打法的产品或将成市场最大潜力股。这也意味着，如《斗破苍穹》《全职高手》《诡秘之主》《宿命之环》《深海余烬》等正在进行或有明确动画开发计划的网文 IP，从人气和内容上来看，都具备相当高的游戏改编潜力。

2023 年度网络小说改编的网络游戏如表 6-5 所示。

表 6-5　2023 年网络小说改编网络游戏名录（12 部）

游戏	原著	原作者	厂商	详细动态	游戏平台
杜拉拉升职记	杜拉拉升职记	李可	沁游网络	1 月 12 日上线	移动
新凡人修仙传	凡人修仙传	忘语	凡盛网络	1 月 14 日不删档内测	移动
遇见尊上	遇见尊上	明凰	极音网络	1 月 18 日上线	移动
吞噬星空：黎明	吞噬星空	我吃西红柿	中手游	4 月 7 日不删档内测	移动
凡人修仙传：人界篇	凡人修仙传	忘语	37 手游	5 月 24 日不删档内测	移动
洪荒西行录	洪荒西行录	熊猫爬啊爬	趣依网络	5 月 29 日不删档内测	移动
九州山海	九州牧云记	江南	炫灵互娱	6 月 7 日测试	移动

续表

游戏	原著	原作者	厂商	详细动态	游戏平台
九州江湖情	九州缥缈录	江南	前海龙游科技	7月13日不删档内测	移动
引魂铃2破阵子	引魂铃	十日闲	勾陈一工作室	8月17日上线	移动
星球：重启	三体	刘慈欣	MMC SOCIETY	9月21日删档内测	移动、PC端
上阳赋	帝王业	寐语者	巴纳游戏	11月28日公测	移动
全职高手：重返巅峰	全职高手	蝴蝶蓝	海南雍森网络科技有限公司	12月25日获得版号	移动

3. 网络小说动漫改编

网络文学在向影视延伸的同时，触角也伸向了动漫。2015年的《莽荒纪》动画上线，获得票房口碑双丰收。而后，各大平台纷纷下场，在2020年底，腾讯动漫联合阅文启动"300部网文漫改计划"，加大动漫IP开发力度。哔哩哔哩在国漫赛道也频频发力，2022年哔哩哔哩共推出106部国创作品，其中网文IP改编的《天官赐福》打破了平台单集最快破千万播放的纪录，成功破圈。玄幻、热血竞技等一系列网络文学作品开始启动动漫化。包括《择天记》《灵域》《从前有座灵剑山》《女娲成长日记》《斗破苍穹》《全职高手》《斗罗大陆》《魔道祖师》《天官赐福》等作品涌现，并且大多跻身动漫头部作品行列。

以《斗罗大陆》和《凡人修仙传》这两大IP为例，《斗罗大陆》自2008年起在起点连载，多次获得月榜第一，2018年，《斗罗大陆》推出首部动画并连载至今，在腾讯视频站内多榜持续占领高位。同年7月16日年番2《斗破苍穹：决战云岚》接档年番1上线，腾讯视频热度超2.6万，登顶微博、抖音多个热搜，足见"斗破"影响力之大。另一大IP《凡人修仙传》自2007年开始连载，2020年改编为动画并成为哔哩哔哩国创动漫历史上第一部年番作品。

此后，网络文学改编动漫不断发展，2023年人气动漫排行榜中，包括《师兄啊师兄》《炼气十万年》《神澜奇域无双珠》《百炼飞升录》《雾山五行》《凡人修仙传：星海飞驰篇》《斗罗大陆Ⅱ绝世唐门》等网络文学改编作品纷纷上榜，占据榜单半壁江山。与此同时，各大平台持续发力，布局IP改编动漫。8月8日腾讯视频动漫大赏会上，一口气公布了续作、新作、原创三大篇章共计上百部动漫作品。据统计，其中由网文改编的动画数量最多，包含《斗破苍穹》《斗罗大陆Ⅱ》《吞噬星空》《天影》等热门作品53部，开启全新多元世界。其中《诛仙》作者萧鼎书写的又一力作——《天影》，不仅月票多次排名前列，得到起点文学网强烈推荐，同时也具有极高的粉丝基础。其预告一经发布就引发线上线下二次元爱好者的如潮好评。而在国创发布会上，哔哩哔哩进一步发布68部动画片单，IP改编作品数量同样可观,其中起点白金大神宅猪的力作《牧神记》,同样拥有相当高的人气。原作诙谐幽默、不乏文化内涵,人物刻画鲜明,曾荣获最具改编潜力IP。该作的动画将由推出过《秦时明月》《斗罗大陆》的玄机科技操刀,引发读者和粉丝的高度期待。

网络文学与动漫的深度联动是相互选择的结果。对于网文IP来说,跨媒介、多渠道的内容转化,是实现商业价值的主要方式。如今,网文IP在影视市场已然实现全面开花,而想要占领二次元领域,吸引更多Z世代受众,那么动漫是绕不过去的市场。网文IP由于经历较长发展期,不光自身内容量巨大,还积累了海量的不同年龄段用户,不仅可以为动漫提前沉淀高活跃的核心用户,也能持续与动画形成联动效应,进一步推高IP热度。

2023年度网络小说改编的动画如表6-6所示。

表6-6 2023年网络小说改编动漫名录

作品名称	原作品	原作者	载播时间	出品方	制作方
师兄啊师兄	我师兄实在太稳健了	言归正传	2023.01.19	优酷	杭州玄机科技信息技术有限公司
百炼飞升录	百炼飞升录	虚真	2023.03.24	杭州索以文化传播有限公司	爱奇艺
她不当女主很多年	她不当刁民很多年	蓝艾草	2023.04.22	哔哩哔哩幻电科技	湖南立羽文化发展有限公司
赘婿	赘婿	愤怒的香蕉	2023.04.23	哔哩哔哩	天工艺彩
九天玄帝诀(第四季)	九天玄帝诀	傲天无痕	2023.05.01	杭州若鸿文化创意有限公司 优酷	优酷
遮天	遮天	辰东	2023.05.03	企鹅影视、成都星阅辰石文化发展有限公司	腾讯视频
全职法师Ⅵ	全职法师	乱	2023.06.16	阅文集团 企鹅影视	腾讯视频
剑骨	剑骨	会摔跤的能猫	2023.06.18	爱奇艺	爱奇艺
沧元图	沧元图	我吃西红柿	2023.06.22	优酷 天使文化 神漫文化	优酷
斗罗大陆Ⅱ绝世唐门	斗罗大陆Ⅱ绝世唐门	唐家三少	2023.06.24	企鹅影视 玄机科技	腾讯视频
十方剑圣	十方神王	贪睡的龙	2023.07.01	企鹅影视 云漫文化	腾讯视频

续表

作品名称	原作品	原作者	载播时间	出品方	制作方
盖世帝尊	盖世帝尊	一叶青天	2023.07.30	优酷 小明太极	东尧动漫
斗破苍穹：决战云岚	斗破苍穹	天蚕土豆	2023.07.16	幻维数码	腾讯视频
第一序列	第一序列	会说话的肘子	2023.07.19	哔哩哔哩 腾讯动漫	君艺心
隐居十万年（第二季）	隐居十万年，后代请我出山	馋身不馋心	2023.08.26	优酷	优酷
逆天邪神	逆天邪神	火星引力	2023.09.23	爱奇艺	爱奇艺
仙武传（第二季）	仙武帝尊	六界三道	2023.09.24	优酷、小明太极	东尧动漫 水牛动漫
仙逆	仙逆	耳根	2023.09.25	企鹅影视	河北铸梦文化传播有限公司
修罗武神	修罗武神	善良的蜜蜂	2023.09.26	腾讯视频 中文在线	江苏原力数字科技股份有限公司、北京若森数字科技有限公司
独步万古	万古邪帝	子莫谦	2023.09.29	杭州索以文化传播有限公司 优酷	优酷
傲世九重天	傲世九重天	风凌天下	2023.10.01	哔哩哔哩 阅文动漫	福煦动漫
三十六骑	三十六骑	念远怀人	2023.10.09	优酷 哔哩哔哩 中影年年	中影年年
正经少主的幸福生活	这个人仙太过正经	言归正传	2023.10.22	哔哩哔哩	福煦动漫
少年歌行：海外仙山篇	少年歌行	周木楠	2023.10.25	优酷 哔哩哔哩 中影年年	中影年年
剑域风云（第三季）	剑域风云	入夜无声	2023.10.29	杭州若鸿文化创意有限公司 优酷	优酷
十方武圣	十方武圣	滚开	2023.11.10	哔哩哔哩	福煦动漫
近战法师	网游之近战法师	蝴蝶蓝	2023.11.02	腾讯视频	腾讯视频

续表

作品名称	原作品	原作者	载播时间	出品方	制作方
九天玄帝诀（第五季）	九天玄帝诀	傲天无痕	2023.11.20	杭州若鸿文化创意有限公司 优酷	优酷
神藏	神藏	打眼	2023.11.07	腾讯视频 阅文集团	腾讯视频
哑舍（第二季）	哑舍	玄色	2023.11.10	哔哩哔哩	杭州玄机科技信息技术有限公司
不死不灭之少年出山	不死不灭	辰东	2023.11.16	腾讯视频 阅文集团	腾讯视频
从红月开始	从红月开始	黑山老鬼	2023.12.25	腾讯视频	腾讯视频
大王饶命（第二季）	大王饶命	会说话的肘子	2023.12.30	企鹅影视、腾讯动漫	大火鸟文化

4. 网络小说改编有声书

移动互联网时代，信息容量急速扩张，分割人们的注意力、令其更为碎片化，也给需要投入更多注意力的视觉感官带来极大压力。填补、缝合读者的碎片化时间，解放人们的视觉及活动范围，具有强伴随性的听觉阅读方式强势回归，有声书应运而生，在便捷化的技术加持下，实现了跨越空间的"时时阅读，处处阅读"的线性阅读模式。2020年我国有声读物市场规模从2015年的19.6亿元增长至80.8亿元，2023年我国有声读物市场规模将有望突破100亿元。

在巨大的需求和音频基建愈加完善的基础上，有声书正成为文学触达更多受众的渠道，也成为文学IP开发的重要方式。几年间，中国有声书行业市场蓬勃发展，市场竞争格局已经基本形成。目前受众较多、影响较大的是综合音频平台和垂直听书平台，形成了以猫耳FM、喜马拉雅、蜻蜓FM及懒人听书、番茄畅听为代表的头部企业。有声书阅读的火热，也使得新入局者增多。当当、京东、腾讯、中信出版集团、起点网等商业平台和出版机构加入了有声读物市场的角逐，竞争越发激烈，得IP者得天下，正成为有声书行业中公认的制胜法宝。

在音频平台喜马拉雅"小说"VIP排行中，《斗罗大陆》《上门龙婿》《一剑独尊》《斗破苍穹》《鬼吹灯2》等网络文学IP排名前列。此外，以人物对话和解说为基础，并充分运用音乐伴奏、音响效果来加强气氛的广播剧，投资上千万、由二百多位演员参与配音的《三体》广播剧，是目前"三体宇宙"开发完成度最高也最成熟的作品。近日有消息称，这部作品随长征六号火箭搭载的"蓝星球"号卫星成功发射，成为全球首部登陆太空的中文广播剧。此前《魔都祖师》广播剧在2020

年 6 月播放量就已超过 4 亿，到如今已达到 4.9 亿。三季作品均为付费内容，巨大的播放量背后，证明了优质网文 IP 在有声书行业的强大吸金力。

在近年来大 IP+精品制作+明星效应模式下，听觉产品的商业化程度明显加强。如《白夜追凶》广播剧由影视剧原剧主演、知名演员潘粤明领衔配音，作品酷我畅听上线；《杀破狼》两季总播放量超过 700 多万；吴宣仪参与的广播剧《未来女友实验室》定价 99 元，依然有大量粉丝买账……音频剧、声音电影、私人听觉电影等新概念，让有声书市场开始了破圈之旅，在某些特定题材领域，广播剧的内容还原度甚至比影视作品更高。

2023 年度网络小说改编的广播剧如表 6-7 所示。

表 6-7　2023 年猫耳 FM 广播剧改编作品名录

作品名称	原作者	首集播出时间	版权	承制	出品方
竹马咬青梅	心裳	2023.01.13	晋江文学城	安沐声舟工作室	安沐声舟工作室 猫耳 FM
我想和你一起困告	夏子煦	2023.01.20	长佩文学网	Sandstorm 制作组	猫耳 FM
山海高中	语笑阑珊	2023.03.26	晋江文学城	耳朵拾糖工作室	猫耳 FM
坤宁	时镜	2023.03.27	晋江文学城	微糖工作室	猫耳 FM
幸存者偏差（第二季·上）	稚楚	2023.10.22	晋江文学城	听雨工作室	猫耳 FM 听雨工作室
一林霜路	竹家少爷	2023.06.07	晋江文学城	梦魂楼	梦魂楼
地球上线（第三季）	莫晨欢	2023.04.19	晋江文学城	瞬心文化	瞬心文化 猫耳 FM
好生开车	罗再说	2023.04.26	长佩文学网	音涛骇浪	声镜文化
烈火浇愁（第二季·上）	priest	2023.06.20	晋江文学城	边江工作室 声音气球	边江工作室 声音气球、猫耳
草莓印（上季）	不止是颗菜	2023.06.30	晋江文学城	商喜周文化工作室、微糖工作室	猫耳 FM
秉性下等	回南雀	2023.06.09	长佩文学网	三个半	猫耳 FM
有药	七英俊	2023.06.19	晋江文学城	星韵声研所	星悦文化、猫耳 FM

续表

作品名称	原作者	首集播出时间	版权	承制	出品方
魔道祖师（第三季）	墨香铜臭	2023.06.22	晋江文学城	北斗企鹅工作室 寻声工作室	猫耳FM
没有人像你	岁见	2023.06.22	晋江文学城	明天开工工作室	明天开工工作室
文物不好惹	木苏里	2023.06.23	晋江文学城	回声漫响工作室	猫耳
BE狂魔求生系统（第二季）	稚楚	2023.06.24	晋江文学城	星韵声研所 七尚文化	七尚文化
弦风在耳	陈隐	2023.07.20	长佩文学网	音熊联萌	音熊联萌 猫耳FM
残疾战神嫁我为妾后	刘狗花	2023.07.08	晋江文学城	玉苍红工作室	猫耳FM
太子	风弄	2023.07.16	起点文学网	言树文化	玉苍红工作室 猫耳FM
冰封玫瑰	望珂	2023.07.16	晋江文学城	猫耳	猫耳FM
诟病	池总渣	2023.07.17	长佩文学网	风音Studio	猫耳FM
长风渡（第三季）	墨书白	2023.07.26	晋江文学城	北斗企鹅工作室	猫耳FM
长街	殊娓	2023.07.28	晋江文学城	听雨工作室	猫耳FM
吞海（第二季）	淮上	2023.08.20	晋江文学城	万代嘉华工作室 魔渔队	猫耳FM
女主都和男二HE第一卷	扶华	2023.08.03	晋江文学城	微糖工作室	猫耳FM
着迷	阿司匹林不太甜	2023.08.30	晋江文学城	微糖工作室	猫耳FM
嫁给一个死太监（第一季）	零落成泥	2023.08.06	晋江文学城	寻声工作室	猫耳FM
女配没有求生欲	藤萝为枝	2023.08.07	晋江文学城	微糖工作室	猫耳FM
秋以为期	桃爷千岁 千千岁	2023.08.08	长佩文学网	自有定义工作室	猫耳FM
三嫁咸鱼（第一季）	比卡比	2023.08.09	晋江文学城	边江工作室	边江工作室 猫耳FM
三伏	巫哲	2023.08.18	晋江文学城	边江工作室	边江工作室 猫耳FM

续表

作品名称	原作者	首集播出时间	版权	承制	出品方
天官赐福	墨香铜臭	2023.08.22	晋江文学城	寻声工作室 鲸韵凯歌	猫耳 FM
加菲猫复仇记（下季）	金刚圈	2023.08.24	长佩文学网	好多家族	猫耳 FM 好多家族
双向哄骗	涩桃	2023.08.25	晋江文学城	大鸽工作室	咪波文化
精神病调查录	陈敬	2023.08.28	起点文学网	鹿蜀之声	猫耳 FM
衍化者	白九	2023.08.28	番茄小说	二九次元	觉醒时代
他和她的猫	唧唧的猫	2023.08.31	晋江文学城	微糖工作室	猫耳 FM
遇蛇	溯痕	2023.09.20	晋江文学城	磨铁数盟	云耶山耶工作室
小福晋	半缘修道	2023.09.05	长佩文学网	米拉禾工作室	米拉禾工作室 猫耳 FM
鬼知道我经历了什么	莫晨欢	2023.09.07	晋江文学城	鲸韵凯歌工作室	猫耳 FM
以你为名的夏天（第二季）	任凭舟	2023.09.09	晋江文学城	听雨工作室	猫耳 FM 听雨工作室
折月亮	竹已	2023.09.14	晋江文学城	磨铁数盟	磨铁数盟 猫耳
同桌令我无心学习	苏景闲	2023.09.26	晋江文学城	20HZ 工作室	猫耳 FM 野声文化
主要是他给的钱实在太多了	荒木泽代	2023.09.29	长佩文学网	腾韵文化 猫耳方糖工作室	猫耳方糖工作室
全世界都在等我们分手（第二季）	不是风动	2023.10.20	晋江文学城	浮声绘梦	浮声绘梦
有名	木更木更	2023.10.03	长佩文学网	声罗万象工作室	猫耳 FM 鲸韵凯歌
春江花月夜	多多	2023.10.04	起点中文网	觉醒时代 匠心音乐	猫耳 FM
女配心里只有学习	已入水渡	2023.18.30	长佩文学网	枕音工作室	猫耳 FM
她来听我的演唱会	翘摇啊摇	2023.10.08	晋江文学城	星韵声研所	猫耳 FM
上位（第一季）	萝卜兔子	2023.10.09	晋江文学城	小满文化	小满文化
放学等我（第一季）	酱子贝	1012.06.21	晋江文学城	魔渔队	猫耳 FM
台风眼（第二季）	潭石	2023.10.12	晋江文学城	三糙文化	三糙文化、猫耳

续表

作品名称	原作者	首集播出时间	版权	承制	出品方
德萨罗人鱼	深海先生	2023.10.13	晋江文学城	咪波文化	猫耳FM
桐花中路私立协济医院怪谈	南琅要减肥	2023.10.16	晋江文学城	声画国际	雁北堂
本色	白芥子	2023.10.18	长佩文学网	大鸽工作室	咪波文化
蛊人行（第一季）	唐蝈蝈	2023.10.19	晋江文学城	捕耳声音工坊 声创世界工作室	猫耳FM
梅夫人宠夫日常	扶华	2023.10.19	晋江文学城	微糖工作室 鲸韵凯歌	猫耳FM
金玉王朝（第一季）	风弄	2023.10.21	笔趣阁	玉苍红工作室 言树文化	玉苍红工作室 猫耳FM
剑名不奈何	淮上	2023.10.25	晋江文学城	斟酌文创	斟酌文创 猫耳FM
逆时针的吻	欣玥	2023.10.26	长佩文学网	欣玥玥影文化传媒	欣玥玥影文化传媒
带我上分	阿阮有酒	2023.10.29	长佩文学网	洱梵文化	洱梵文化
云间晨熙	南昌北盛	2023.11.06	晋江文学城	国宝声音工厂	蜜阅广播剧
凤囚凰（第一季）	天衣有风	2023.11.09	起点中文网	野声文化	野声文化 猫耳FM
如果失忆，你会爱我吗	最多六秒	2023.11.10	晋江文学城	盲盒剧场	猫耳FM 盲盒剧场
照见应许	希戎	2023.11.16	晋江文学城	春雨心笙工作室	春雨心笙工作室
过桥米线（第一季）	功夫包子	2023.11.19	晋江文学城	株木琅玛	火星小说
荒野植被	麦香鸡呢	2023.12.01	晋江文学城	言树文化	玉苍红工作室
甜氧	殊娓	2023.12.01	晋江文学城	明天开工工作室	明天开工工作室
夫君位极人臣后（第一季）	维和粽子	2023.12.05	晋江文学城	猫耳FM	猫耳FM
向师祖献上咸鱼	扶华	2023.12.08	晋江文学城	微糖工作室	猫耳FM
再世权臣（第一季）	天谢	2023.12.28	长佩文学	风音Studio	猫耳FM
霍总让我还他名声（第一季）	三千大梦叙平生	2023.12.22	晋江文学城	骁声文化	骁声文化
偷风不偷月（上季）	北南	2023.12.30	晋江文学城	玉苍红工作室	猫耳FM

5. 其他网文衍生产品

当前，我国网络文学已经成为文化创意产业的重要源头，精品化、主流化的进程不断加快，在海外传播中展示出强劲态势。从网络小说连载到电影、电视、戏剧、动漫、游戏、有声剧等多种形式的改编，网络文学的价值持续放大，营收纪录不断刷新。而《流浪地球2》衍生品众筹过亿，则证明了IP衍生品市场将大有可为。

由网络小说《黑月光拿稳BE剧本》改编的影视剧《长月烬明》的爆火，不仅提升了国产影视行业发展的高度，同时也拓宽了衍生品行业的广度。除了像手办、玩偶、鼠标垫、抱枕这些产品等比较常见的衍生品外，《长月烬明》还根据小说情节，推出了8个项目，众筹包括萱草银珠忘忧簪、重羽箜篌项链、澹台烬明夜轮回手绳等50款剧中同款道具，其中，同款明夜轮回手绳众筹金额超过1000万，是原定目标金额的万倍。与此同时，《长月烬明》还授权了汉服等相关产品，可以说其IP衍生品开发横跨了众多领域，在数量和质量上均有不俗表现。同样作为网络小说改编热剧的《莲花楼》，其衍生品开发实力同样不容小觑，打开阿里鱼造点新货的众筹页面，《莲花楼》的剧集衍生品最高的项目众筹金额已超过63万，其具体产品包括发簪、古风画卷、冰箱贴、古风小夜灯、金属徽章等。在淘宝锦鲤拿趣旗舰店里，李莲花手办和李相夷手办的众筹金额目标都是50万，在相关的手办热销榜上排名均很靠前。此外，像《安乐传》《护心》等电视剧也各自推出了属于自己的衍生品，这让整个影视IP衍生品市场越发热闹起来。因此，2023年也被网友们戏称为"IP爆款衍生品元年"。

此外，优质网文IP的影响力外溢到了线下，9月30日阅文IP《全职高手》参加广州动漫游戏展，与广州的粉丝们进行了一场久违的近距离接触。10月28日，现象级小说《诡秘之主》和《道诡异仙》主角克莱恩、李火旺分别闪现北京、上海等地开启主题活动，这种网络文学IP的线下快闪活动，打破了二次元与三次元间的次元壁，使IP价值不断放大，粉丝黏性逐步加强。网络文学IP的影响力同样体现在对于旅游业的促进上，如《狂飙》带火江门，《长月烬明》带火蚌埠，《人生之路》带火清涧。一本书、一部剧带火一座城，可见优质文化内容对城市文旅发展的加持作用正在显现，IP作品的高效宣发有助于带动城市影响力的提升。2023年网络文学作品出版名录如表6-8所示。

表6-8 2023年度网络文学作品出版名录

标题	作者	出版时间	出版社
潇潇雨声迟	孟栀晚	2023年1月	贵州人民出版社
扑火	巧克力阿华甜	2023年1月	贵州人民出版社
向着明亮那方	苏更生	2023年1月	湖南文艺出版社
我又初恋了	林绵绵	2023年1月	百花文艺出版社

续表

标题	作者	出版时间	出版社
星落凝成糖（上）	一度君华	2023年1月	江苏凤凰文艺出版社
星落凝成糖（中）	一度君华	2023年1月	江苏凤凰文艺出版社
天行晚	墨书白	2023年1月	江苏凤凰文艺出版社
公主切	春风榴火	2023年1月	江苏凤凰文艺出版社
蝴蝶与鲸鱼	岁见	2023年1月	百花洲文艺出版社
细细密密的光	马曳	2023年1月	湖南文艺出版社
怪咖奇异事件簿（死亡待定）	蔡必贵	2023年1月	贵州人民出版社
暗探·失落的真相	路晓	2023年1月	贵州人民出版社
妖怪奇谭·狐雨	张云	2023年1月	东方出版社
此生不负你情深（上下）	蓝莓爱芝士	2023年1月	贵州人民出版社
今夏	爱看天	2023年1月	天地出版社
庆余年第十二卷·风起蘋末	猫腻	2023年1月	人民文学出版社
濯枝	咬枝绿	2023年1月	江苏凤凰文艺出版社
思绪万千	高台树色	2023年1月	上海文化出版社
今日晴	北途川	2023年1月	四川文艺出版社
诡秘之主	爱潜水的乌贼	2023年1月	四川文艺出版社
茉莉胡同	正月初三	2023年1月	四川文艺出版社
瘾忍	慕吱	2023年1月	四川文艺出版社
吸引定律（全2册）	睡芒	2023年1月	四川文艺出版社
今夏（完结篇）	爱看天	2023年1月	天地出版社
长夜余火	爱潜水的乌贼	2023年1月	安徽文艺出版社
吞噬星空18	我吃西红柿	2023年1月	安徽文艺出版社
完美关系	羲和清零	2023年1月	广东旅游出版社
回档1995（上）	爱看天	2023年1月	广东旅游出版社
云野	一个米饼	2023年1月	广东旅游出版社
危险关系	白云孤扉	2023年1月	广东旅游出版社
只因暮色难寻	御井烹香	2023年1月	广东旅游出版社
此间，燃灯生莲（全2册）	江雪落	2023年1月	成都时代出版社
月亮山	不问三九	2023年1月	长江出版社
寒远（完结篇）	池总渣	2023年1月	长江出版社
我真不是女主	曲小蛐	2023年1月	长江出版社
乖，大神别闹	青梅酱	2023年1月	长江出版社
野红莓	Ashitaka	2023年1月	长江出版社

续表

标题	作者	出版时间	出版社
你哄我一下2	岁见	2023年1月	长江出版社
飞行士	静安路1号	2023年1月	长江出版社
旧雨重落2	稚楚	2023年1月	长江出版社
荼蘼不争春	七月荔	2023年1月	江苏凤凰文艺出版社
见野	宁雨沉	2023年1月	江苏凤凰文艺出版社
他不温柔	闻笙	2023年1月	江苏凤凰文艺出版社
水深火热	小花喵	2023年1月	江苏凤凰文艺出版社
公主切（全2册）	春风榴火	2023年1月	江苏凤凰文艺出版社
沉迷	殊娓	2023年1月	江苏凤凰文艺出版社
他不温柔2	闻笙	2023年1月	江苏凤凰文艺出版社
武神主宰1：学院大考	暗魔师	2023年1月	浙江文艺出版社
武神主宰2：灵池探险	暗魔师	2023年1月	浙江文艺出版社
武神主宰3：隐秘强者	暗魔师	2023年1月	浙江文艺出版社
九籖：岐风长歌	流牙	2023年1月	浙江文艺出版社
第七位囚禁者	葵田谷	2023年1月	浙江文艺出版社
择天记·战地黄花	猫腻	2023年1月	人民文学出版社
夜的命名术	会说话的肘子	2023年1月	人民文学出版社
三生三世步生莲叁：足下千劫	唐七	2023年1月	人民文学出版社
合久不分	鱼霜	2023年1月	三秦出版社
恃宠	臣年	2023年1月	九州出版社
难哄2	竹已	2023年1月	九州出版社
遇见你，余生甜又暖	沐六六	2023年1月	万卷出版公司
盗墓笔记重启1：极海听雷	南派三叔	2023年1月	北京联合出版有限公司
见春天	纵虎嗅花	2023年1月	北京联合出版有限公司
窦占龙憋宝：九死十三灾	天下霸唱	2023年1月	北京联合出版有限公司
寻他千百度	摩羯大鱼	2023年1月	华龄出版社
报君知	昱峤	2023年1月	华龄出版社
青稞青稞	向春	2023年1月	作家出版社
人间正道	周梅森	2023年1月	北京联合出版有限公司
绝对权力	周梅森	2023年1月	北京联合出版有限公司
天行晚（全3册）	墨书白	2023年1月	江苏凤凰文艺出版社
生命之巅	麦苏	2023年2月	海燕出版社
长乐里：盛世如我愿	骁骑校	2023年2月	上海文艺出版社

续表

标题	作者	出版时间	出版社
人鱼陷落2	麟潜	2023年2月	上海文化出版社
星落凝成糖（下）	一度君华	2023年2月	江苏凤凰文艺出版社
就等你上线了	羲和清零	2023年2月	天地出版社
云头艳	畀愚	2023年2月	人民文学出版社
侠隐行	忆笔生花	2023年2月	现代出版社
一颗两颗星	梦筱二	2023年2月	四川文艺出版社
暗恋这件难过的小事	孟栀晚	2023年2月	四川文艺出版社
冬天请与我恋爱	江小绿	2023年2月	四川文艺出版社
微光（全2册）	鱼霜	2023年2月	四川文艺出版社
画眉奇缘肆	童亮	2023年2月	四川文艺出版社
旷野之渡	金丙	2023年2月	四川文艺出版社
牧神记5	宅猪	2023年2月	安徽文艺出版社
纵我情深	木羽愿	2023年2月	安徽文艺出版社
何日请长缨·脱困（上）	齐橙	2023年2月	安徽文艺出版社
何日请长缨·脱困（下）	齐橙	2023年2月	安徽文艺出版社
何日请长缨·搏击（上）	齐橙	2023年2月	安徽文艺出版社
何日请长缨·搏击（下）	齐橙	2023年2月	安徽文艺出版社
何日请长缨·崛起（上）	齐橙	2023年2月	安徽文艺出版社
何日请长缨·崛起（下）	齐橙	2023年2月	安徽文艺出版社
何日请长缨·辉煌	齐橙	2023年2月	安徽文艺出版社
温暖的调律	姐婴	2023年2月	广东旅游出版社
新川日常	多木木多	2023年2月	广东旅游出版社
新川日常2	多木木多	2023年2月	广东旅游出版社
新川日常3	多木木多	2023年2月	广东旅游出版社
新川日常4	多木木多	2023年2月	广东旅游出版社
破产男配	春风遥	2023年2月	广东旅游出版社
别管我闲事	林七年	2023年2月	广东旅游出版社
住在我隔壁的侦探（全2册）	鹧鸪天	2023年2月	成都时代出版社
零日传说1：命运	陈虹羽	2023年2月	重庆出版社
零日传说2：长夜	陈虹羽	2023年2月	重庆出版社
千门·云襄传	方白羽	2023年2月	重庆出版社
我花开后百花杀	锦凰	2023年2月	青岛出版社
慢火炖师尊	写离声	2023年2月	青岛出版社

续表

标题	作者	出版时间	出版社
窗外的蜥蜴先生	龚心文	2023年2月	青岛出版社
我还没护住她	星球酥	2023年2月	青岛出版社
他的小刺猬长大了	沐笙箫	2023年2月	青岛出版社
狙击蝴蝶（完结篇）	七宝酥	2023年2月	长江出版社
难逃朝夕（全2册）	慕吱	2023年2月	长江出版社
水族馆冷艳火	岛顿	2023年2月	长江出版社
贺君恩	白芥子	2023年2月	长江出版社
三遇"咸鱼"	比卡比	2023年2月	长江出版社
最强王者（全2册）	南北逐风	2023年2月	长江出版社
印象失真	毛球球	2023年2月	长江出版社
袖手旁观	清明谷雨	2023年2月	长江出版社
一枝	绿山	2023年2月	长江出版社
躁动	苏寂真	2023年2月	长江出版社
暗烧	鹿葱	2023年2月	江苏凤凰文艺出版社
势均力敌	长宇宙	2023年2月	江苏凤凰文艺出版社
见野完结篇	宁雨沉	2023年2月	江苏凤凰文艺出版社
新宠	南绫	2023年2月	江苏凤凰文艺出版社
百无一用是缱绻	帘重	2023年2月	江苏凤凰文艺出版社
旷野之渡	金丙	2023年2月	江苏凤凰文艺出版社
山顶上是海	三三	2023年2月	江苏凤凰文艺出版社
玫瑰调	Fuiwen	2023年2月	江苏凤凰文艺出版社
有你，山海皆可平	桑玠	2023年2月	江苏凤凰文艺出版社
你说巧不巧	张不一	2023年2月	江苏凤凰文艺出版社
不过六千里	长安如昼	2023年2月	江苏凤凰文艺出版社
邻家哥哥2	图样先森	2023年2月	江苏凤凰文艺出版社
屋檐绊月	阿司匹林	2023年2月	江苏凤凰文艺出版社
你说人生艳丽，我没有异议	姑娘别哭	2023年2月	江苏凤凰文艺出版社
神印王座第二部：皓月当空1	唐家三少	2023年2月	湖南少年儿童出版社
神印王座第二部：皓月当空2	唐家三少	2023年2月	湖南少年儿童出版社
神印王座第二部：皓月当空3	唐家三少	2023年2月	湖南少年儿童出版社
你的心跳	Zoody	2023年2月	中国致公出版社
斗破苍穹	天蚕土豆	2023年2月	中国致公出版社
逞骄2	蓬莱客	2023年2月	九州出版社

续表

标题	作者	出版时间	出版社
小淮啾2	酒矣	2023年2月	北京燕山出版社
你是我的万千星辰	白茶	2023年2月	台海出版社
有朝一日刀在手	退戈	2023年2月	北京联合出版有限公司
戴好头盔谈恋爱	Zoody	2023年2月	华龄出版社
星落成海	挖坑萝卜	2023年2月	孔学堂书局
我等你很久了	酱子贝	2023年2月	广东旅游出版社
如果森林有童话	奈奈	2023年2月	湖南文艺出版社
与沙共舞	令狐与无忌	2023年3月	上海文艺出版社
北斗星辰	匪迦	2023年3月	浙江文艺出版社
似风吻玫瑰	岑姜	2023年3月	湖南文艺出版社
送君入罗帷	龚心文	2023年3月	湖南文艺出版社
灼灼烈日	退戈	2023年3月	湖南文艺出版社
一寸相思	紫微流年	2023年3月	广东旅游出版社
再遇	半截白菜	2023年3月	江苏凤凰文艺出版社
垂耳执事	麟落	2023年3月	湖南文艺出版社
如果再次相爱	周板娘	2023年3月	天地出版社
谎言之城1	楚寒衣青	2023年3月	中国言实出版社
谎言之城2	楚寒衣青	2023年3月	中国言实出版社
雪上一枝蒿	黄鱼听雷	2023年3月	百花洲文艺出版社
一个死后成名的画家又回来了	张寒寺	2023年3月	江苏凤凰文艺出版社
将进酒（终章）	唐酒卿	2023年3月	天地出版社
如果再次相爱（全2册）	周板娘	2023年3月	天地出版社
春野	清途R	2023年3月	安徽文艺出版社
流星	酒暖春深	2023年3月	广东旅游出版社
穿梭代码	风流书呆	2023年3月	广东旅游出版社
黎明之后	冰块儿	2023年3月	广东旅游出版社
他疾驰于风	海殊	2023年3月	花山文艺出版社
藏匿喜欢	修竹	2023年3月	花山文艺出版社
烈犬	江有无	2023年3月	花山文艺出版社
比可爱更可爱的你	川十一	2023年3月	花山文艺出版社
是针尖对麦芒的初恋了	子非鱼	2023年3月	花山文艺出版社
国色芳华	意千重	2023年3月	重庆出版社
余生有你	月初姣姣	2023年3月	重庆出版社

续表

标题	作者	出版时间	出版社
零日传说Ⅲ：弑神	陈虹羽	2023年3月	重庆出版社
春夜	伊人睽睽	2023年3月	青岛出版社
别为他折腰	容烟	2023年3月	青岛出版社
陷入我们的热恋	耳东兔子	2023年3月	青岛出版社
肆意予你	鹿灵	2023年3月	青岛出版社
窗外的蜥蜴先生	龚心文	2023年3月	青岛出版社
阿难	黍宁	2023年3月	青岛出版社
恂恂善诱	七颗糖	2023年3月	青岛出版社
我就喜欢惯着你	姒锦	2023年3月	青岛出版社
作家观察记录	空菊	2023年3月	长江出版社
咬梨	苏玛丽	2023年3月	长江出版社
神荼令	七小皇叔	2023年3月	长江出版社
北鸟南寄	有酒	2023年3月	长江出版社
你也很累吧	黄伟康	2023年3月	花城出版社
安心客栈	麻小云	2023年3月	花城出版社
和白月光重逢后（全2册）	青花燃	2023年3月	文化发展出版社
断水刀法	天山嘉遁	2023年3月	春风文艺出版社
晚风逐月	春与鸢	2023年3月	江苏凤凰文艺出版社
全世界都以为他暗恋我	容无笺	2023年3月	江苏凤凰文艺出版社
狂热	乌云冉冉	2023年3月	江苏凤凰文艺出版社
粉池金鱼	沈不期	2023年3月	江苏凤凰文艺出版社
许你万丈光芒好·初遇篇（全3册）	囧囧有妖	2023年3月	江苏凤凰文艺出版社
你怎么才来2	云拿月	2023年3月	江苏凤凰文艺出版社
寒夜星来	纪婴	2023年3月	江苏凤凰文艺出版社
昆仑雪	莫奈何	2023年3月	江苏凤凰文艺出版社
于春日热吻	礼也	2023年3月	江苏凤凰文艺出版社
得寸进尺	粥小九	2023年3月	江苏凤凰文艺出版社
春迟归（全2册）	起跃	2023年3月	江苏凤凰文艺出版社
致你解药	时玖远	2023年3月	江苏凤凰文艺出版社
不羁（全2册）	小乔木	2023年3月	江苏凤凰文艺出版社
几朵花	暮乐鸟	2023年3月	江苏凤凰文艺出版社
造作时光3	月下蝶影	2023年3月	江苏凤凰文艺出版社
吻合	林蒻	2023年3月	江苏凤凰文艺出版社

续表

标题	作者	出版时间	出版社
岁岁甜甜	几一川	2023 年 3 月	江苏凤凰文艺出版社
渭北春天树（全二册）	休屠城	2023 年 3 月	江苏凤凰文艺出版社
隐秘的真相	漾真	2023 年 3 月	江苏凤凰文艺出版社
许你一百八十迈	春与鸢	2023 年 3 月	江苏凤凰文艺出版社
晚风逐月（全 2 册）	春与鸢	2023 年 3 月	江苏凤凰文艺出版社
匿名情书	孟五月	2023 年 3 月	江苏凤凰文艺出版社
折桂令	阮郎不归	2023 年 3 月	江苏凤凰文艺出版社
馋心	君素	2023 年 3 月	江苏凤凰文艺出版社
我梦至南洲 2	南书百城	2023 年 3 月	江苏凤凰文艺出版社
与往日重逢	福宝	2023 年 3 月	江苏凤凰文艺出版社
指尖温热	遇时	2023 年 3 月	江苏凤凰文艺出版社
神印王座第二部：皓月当空 4	唐家三少	2023 年 3 月	湖南少年儿童出版社
万相之王 10：洛岚府祭	天蚕土豆	2023 年 3 月	中国致公出版社
靠岸	图样先森	2023 年 3 月	中国致公出版社
大奉打更人第一卷：税银风波	卖报小郎君	2023 年 3 月	人民文学出版社
大奉打更人第二卷：妖乱桑泊	卖报小郎君	2023 年 3 月	人民文学出版社
大奉打更人第三卷：云州迷踪	卖报小郎君	2023 年 3 月	人民文学出版社
大奉打更人第四卷：案起官城	卖报小郎君	2023 年 3 月	人民文学出版社
大奉打更人第五卷：佛意问心	卖报小郎君	2023 年 3 月	人民文学出版社
大奉打更人第六卷：天人之争	卖报小郎君	2023 年 3 月	人民文学出版社
大奉打更人第七卷：血屠千里	卖报小郎君	2023 年 3 月	人民文学出版社
生活挺甜	徐婠	2023 年 3 月	上海文艺出版社
子夜十	颜凉雨	2023 年 3 月	中国致公出版社
沉眠于渊下	鱼刺	2023 年 3 月	九州出版社
203 室的谭先生	不执灯	2023 年 3 月	中国言实出版社
法医秦明：众生卷	法医秦明	2023 年 3 月	江苏凤凰文艺出版社
按时长大	饶雪漫	2023 年 3 月	北京联合出版有限公司
有海	初禾	2023 年 3 月	北京联合出版有限公司
解甲	八条看雪	2023 年 3 月	北京联合出版有限公司
在古代上学的日子	微微多	2023 年 3 月	北京联合出版有限公司
婚痒	娜些年	2023 年 3 月	北京联合出版有限公司
爱上一座城：初心如故，总会相逢	杨戈	2023 年 3 月	北京联合出版有限公司
被迫嫁给男神（全 2 册）	车厘酒	2023 年 3 月	华龄出版社

续表

标题	作者	出版时间	出版社
十六和四十一	三水小草	2023年3月	孔学堂书局
和席先生协议之后	故筝	2023年3月	北京联合出版有限公司
唯有爱，让我们相遇	江晴初	2023年3月	北京联合出版有限公司
一不小心成了白月光2	纪婴	2023年3月	四川文艺出版社
燃烧的山川	宋小君	2023年4月	广东人民出版社
凛冬之刃	于小千	2023年4月	江苏凤凰文艺出版社
堕落	甜醋鱼	2023年4月	百花洲文艺出版社
一梦星河（下）	扶桑知我	2023年4月	百花洲文艺出版社
去见你	安随遇	2023年4月	百花文艺出版社
与凤行	九鹭非香	2023年4月	湖南文艺出版社
许你向星辰告白	花清晨	2023年4月	江苏凤凰文艺出版社
大觉醒	颜凉雨	2023年4月	湖南文艺出版社
给我一块面包吧	Uin	2023年4月	四川文艺出版社
江海不渡	吕亦涵	2023年4月	四川文艺出版社
小窃喜	川澜	2023年4月	四川文艺出版社
我只偷看他一眼	枝玖	2023年4月	四川文艺出版社
凤眼蝴蝶	严雪芥	2023年4月	四川文艺出版社
逃离图书馆2	蝶之灵	2023年4月	天地出版社
停云	刘狗花	2023年4月	广东旅游出版社
栖光	烟猫与酒	2023年4月	广东旅游出版社
传闻	余醒	2023年4月	广东旅游出版社
朝思慕暖	鱼霜	2023年4月	广东旅游出版社
一百分痴迷	北流	2023年4月	花山文艺出版社
如风轻吻你	亦落芩	2023年4月	花山文艺出版社
他说甜中有你	郝卫国、张凤奇	2023年4月	花山文艺出版社
同桌，一起学习呀	欢了个喜	2023年4月	花山文艺出版社
这题超纲了	木瓜黄	2023年4月	长江文艺出版社
误入浮华	不经语	2023年4月	长江文艺出版社
入戏之后	时星草	2023年4月	青岛出版社
小例外	慕凉决	2023年4月	青岛出版社
第三次冲动	大爱无痕	2023年4月	文化发展出版社
酉酉	折火一夏	2023年4月	江苏凤凰文艺出版社
橙花	怯喜	2023年4月	江苏凤凰文艺出版社

续表

标题	作者	出版时间	出版社
偏袒	樊清伊	2023年4月	江苏凤凰文艺出版社
隐婚（全2册）	半截白菜	2023年4月	江苏凤凰文艺出版社
与岁长宁	布丁琉璃	2023年4月	江苏凤凰文艺出版社
别对我动心（完结篇）	翘摇	2023年4月	江苏凤凰文艺出版社
南声函胡	裁石青	2023年4月	江苏凤凰文艺出版社
惊梨	躺春茶	2023年4月	江苏凤凰文艺出版社
他喜欢何知晓	彩虹糖	2023年4月	江苏凤凰文艺出版社
讨厌喜欢你2	今婳	2023年4月	江苏凤凰文艺出版社
难攀	南陵一别	2023年4月	江苏凤凰文艺出版社
迷迭香	殊娓	2023年4月	江苏凤凰文艺出版社
你是我的光芒3	水果店的瓶子	2023年4月	江苏凤凰文艺出版社
长相忆	晴夕	2023年4月	江苏凤凰文艺出版社
针锋相对	镜子	2023年4月	江苏凤凰文艺出版社
小声说爱他	戚拾酒	2023年4月	江苏凤凰文艺出版社
丝丝入骨	西方经济学	2023年4月	江苏凤凰文艺出版社
红酒绿	苏他	2023年4月	江苏凤凰文艺出版社
小清欢	云拿月	2023年4月	江苏凤凰文艺出版社
昆仑雪·完结篇	莫奈何	2023年4月	江苏凤凰文艺出版社
尤物	二喜	2023年4月	江苏凤凰文艺出版社
你如北京美丽（全2册）	玖月晞	2023年4月	江苏凤凰文艺出版社
霍太太，你马甲又掉了3	晴小天	2023年4月	江苏凤凰文艺出版社
与玫瑰重逢	礼也	2023年4月	江苏凤凰文艺出版社
神印王座第二部：皓月当空5	唐家三少	2023年4月	湖南少年儿童出版社
养子如虎	葛水平	2023年4月	作家出版社
糖（全2册）	多梨	2023年4月	北京燕山出版社
我本英雄	周梅森	2023年4月	北京联合出版有限公司
国家公诉	周梅森	2023年4月	北京联合出版有限公司
中国制造	周梅森	2023年4月	北京联合出版有限公司
我要我们在一起	饶雪漫	2023年4月	北京联合出版有限公司
恃靓行凶（全2册）	休屠城	2023年4月	北京联合出版有限公司
法医秦明：尸语者（全2册）	法医秦明	2023年4月	北京联合出版有限公司
当我在地铁上误连别人的手机蓝牙后	七宝酥	2023年4月	北京联合出版有限公司
人生中介有限公司	武士零	2023年4月	北京联合出版有限公司

续表

标题	作者	出版时间	出版社
她对此感到厌烦	妖鹤	2023年4月	北京联合出版有限公司
陌生人	陈研一	2023年4月	北京联合出版有限公司
寂寞的鲸鱼（全2册）	含胭	2023年4月	华龄出版社
遥遥许你	苏钱钱	2023年4月	北京燕山出版社
封疆	殿前欢	2023年4月	孔学堂书局
萌妻食神1：美食良缘	紫伊281	2023年4月	上海文艺出版社
萌妻食神2：终成眷属	紫伊281	2023年4月	上海文艺出版社
破云2	淮上	2023年4月	广东旅游出版社
蔷薇信号	艾姬	2023年5月	湖南文艺出版社
和白月光重逢后	青花燃	2023年5月	文化发展出版社
阴雷	李大发	2023年5月	江苏凤凰文艺出版社
月下桥	扁平竹	2023年5月	四川文艺出版社
于春日热吻2	礼也	2023年5月	四川文艺出版社
错位告白（全2册）	瓷话	2023年5月	四川文艺出版社
何以言欢	风流书呆	2023年5月	天地出版社
确有情	既望	2023年5月	天津人民出版社
观叶	联夏	2023年5月	天津人民出版社
朝俞（全2册）	木瓜黄	2023年5月	广东旅游出版社
人间试炼游戏	弄清风	2023年5月	广东旅游出版社
薄九	战七少	2023年5月	广东旅游出版社
余情可待（下）	闵然	2023年5月	宁波出版社
挽香月	黑颜	2023年5月	成都时代出版社
共酗	zoody	2023年5月	花山文艺出版社
谋爱谋生的路上	辰暖	2023年5月	重庆出版社
九州·死者夜谈	潘海天	2023年5月	重庆出版社
九州·澜州战争	塔巴塔巴	2023年5月	重庆出版社
新九州·荆棘之海（第1卷）	麟寒	2023年5月	重庆出版社
寄生谎言	余姗姗	2023年5月	花山文艺出版社
词话少年间	古潮	2023年5月	长江出版社
遇蛇2	溯痕	2023年5月	长江出版社
蜉蝣	冷山就木	2023年5月	长江出版社
林助理有话要说	苹果树树树	2023年5月	长江出版社
玻璃糖纸	荒川黛	2023年5月	长江出版社

续表

标题	作者	出版时间	出版社
默菲斯契约（完结篇）	妄鸦	2023年5月	长江出版社
金枪鱼	八千桂酒	2023年5月	长江出版社
饲犬	鸣銮	2023年5月	长江出版社
他怎么可能喜欢我	顾了之	2023年5月	长江出版社
原著误我·完结篇	扶桑知我	2023年5月	长江出版社
山河伴君侧	拉棉花糖的兔子	2023年5月	长江出版社
你听那夏日蝉鸣	许甜酒	2023年5月	江苏凤凰文艺出版社
小乖张	八月糯米糍	2023年5月	江苏凤凰文艺出版社
惊岁	谭以牧	2023年5月	江苏凤凰文艺出版社
你好，请借一生说话	杰西卡	2023年5月	江苏凤凰文艺出版社
关于我爱的人	李尾	2023年5月	江苏凤凰文艺出版社
他的情书	闲得无聊的仙女	2023年5月	江苏凤凰文艺出版社
如果有一天	鹿随	2023年5月	江苏凤凰文艺出版社
话痨小姐	姑娘别哭	2023年5月	江苏凤凰文艺出版社
第七年鹤归	碗泱	2023年5月	江苏凤凰文艺出版社
让春光	这碗粥	2023年5月	江苏凤凰文艺出版社
千窍芯（全2册）	桃花面	2023年5月	江苏凤凰文艺出版社
心动游戏指南	小央	2023年5月	江苏凤凰文艺出版社
浅尝一下	伏渊	2023年5月	江苏凤凰文艺出版社
朝朝	阿Q	2023年5月	江苏凤凰文艺出版社
真千金不好惹	半截白菜	2023年5月	江苏凤凰文艺出版社
匿名情书2	孟五月	2023年5月	江苏凤凰文艺出版社
剑来第六辑（36—42）	烽火戏诸侯	2023年5月	浙江文艺出版社
神印王座第二部：皓月当空6	唐家三少	2023年5月	湖南少年儿童出版社
小心说话（上）	疯丢子	2023年5月	中国致公出版社
小心说话（下）	疯丢子	2023年5月	中国致公出版社
至高利益	周梅森	2023年5月	北京联合出版有限公司
我主沉浮	周梅森	2023年5月	北京联合出版有限公司
黑客：暗夜守护人	丁一鹤	2023年5月	北京联合出版有限公司
心动陷落（全2册）	葫禄	2023年5月	北京联合出版有限公司
练习生2（完结篇）	萝卜兔子	2023年5月	北京联合出版有限公司
晚风	周晚欲	2023年5月	北京联合出版有限公司
月亮奔我而来	泊岸边	2023年5月	北京联合出版有限公司

续表

标题	作者	出版时间	出版社
炽夏	笑佳人	2023年5月	北京联合出版有限公司
模仿罪	发威	2023年5月	北京联合出版有限公司
五环外的女人	伊北	2023年5月	北京联合出版有限公司
折月亮	竹已	2023年5月	北京联合出版有限公司
一斛珠	尼卡	2023年5月	北京燕山出版社
不见上仙三百年（完结篇）	木苏里	2023年5月	中信出版社
惊封	壶鱼辣椒	2023年5月	广东旅游出版社
天官赐福（全3册）	墨香铜臭	2023年5月	广东旅游出版社
以你为名的夏天	任凭舟	2023年6月	敦煌文艺出版社
信任之瞳	冶文彪	2023年6月	江苏凤凰文艺出版社
午海颂礼	浮瑾	2023年6月	江苏凤凰文艺出版社
揽月	乏雀	2023年6月	江苏凤凰文艺出版社
你是不是想赖账	图样先森	2023年6月	湖南文艺出版社
暗潮	蓝鲸不流泪	2023年6月	湖南文艺出版社
饲渊	江为竭	2023年6月	湖南文艺出版社
法医秦明：白卷	法医秦明	2023年6月	江苏凤凰文艺出版社
坏小孩	紫金陈	2023年6月	湖南文艺出版社
长风渡（终结篇上下）	墨书白	2023年6月	青岛出版社
完美世界	辰东	2023年6月	山东画报出版社
桃气	周晚欲	2023年6月	百花洲文艺出版社
雪鹰领主	我吃西红柿	2023年6月	安徽文艺出版社
不匿名暗恋	葫禄	2023年6月	天津人民出版社
露水的夜	明开夜合	2023年6月	江苏凤凰文艺出版社
拾穗	春风榴火	2023年6月	四川文艺出版社
心动真理	八野真	2023年6月	四川文艺出版社
野鸟	江有无	2023年6月	四川文艺出版社
天知地知，我知而已	秦方好	2023年6月	四川文艺出版社
方格玻璃	帘十里	2023年6月	四川文艺出版社
他的纸飞机	艾鱼	2023年6月	四川文艺出版社
限定可爱	醉饮长歌	2023年6月	天地出版社
七天七夜	春风遥	2023年6月	天地出版社
没那种命	岛亦川	2023年6月	天津人民出版社
警探长1：破碎的凌霄花	奉义天涯	2023年6月	安徽文艺出版社

续表

标题	作者	出版时间	出版社
入迷（上）	今婳	2023年6月	安徽文艺出版社
一念永恒13	耳根	2023年6月	安徽文艺出版社
我只喜欢你的人设	稚楚	2023年6月	广东旅游出版社
南港	清途	2023年6月	广东旅游出版社
小夜曲	睡芒	2023年6月	广东旅游出版社
不露声色	阿阮有酒	2023年6月	广东旅游出版社
别管我闲事（完结篇）	林七年	2023年6月	广东旅游出版社
他在深海之中	杨清霖	2023年6月	花山文艺出版社
赘婿	愤怒的香蕉	2023年6月	青岛出版社
旧曾谙	吉祥夜	2023年6月	青岛出版社
遇箭	入眠酒	2023年6月	长江出版社
双卿	司念主	2023年6月	长江出版社
薄荷衬衣	初禾	2023年6月	长江出版社
恶龙的低语	微风几许	2023年6月	长江出版社
月亮为你失眠	今轲	2023年6月	长江出版社
心有邻兮	一蚊丁	2023年6月	江苏凤凰文艺出版社
余热	今日不上朝	2023年6月	江苏凤凰文艺出版社
暴雪将至	巫山	2023年6月	江苏凤凰文艺出版社
焰焰白日	有厌	2023年6月	江苏凤凰文艺出版社
揽月（全2册）	乏雀	2023年6月	江苏凤凰文艺出版社
注定一对	三日成晶	2023年6月	江苏凤凰文艺出版社
玫瑰与西服	夏蝉不烦	2023年6月	江苏凤凰文艺出版社
一吻偷心	半小九	2023年6月	江苏凤凰文艺出版社
灿烂！灿烂（全2册）	赵夏盈	2023年6月	江苏凤凰文艺出版社
草萤有耀	松风alge	2023年6月	江苏凤凰文艺出版社
营业而已	阮青鸽	2023年6月	江苏凤凰文艺出版社
反串（完结篇上下）	红刺北	2023年6月	江苏凤凰文艺出版社
七夜雪	沧月	2023年6月	江苏凤凰文艺出版社
春日颂2	小红杏	2023年6月	江苏凤凰文艺出版社
明队总是想谈恋爱2	深井冰的冰	2023年6月	江苏凤凰文艺出版社
偷吻荔枝	甜桃	2023年6月	江苏凤凰文艺出版社
橙汁	结因	2023年6月	江苏凤凰文艺出版社
明月漫千山（全2册）	蓝色狮	2023年6月	江苏凤凰文艺出版社

续表

标题	作者	出版时间	出版社
柠檬糖（全2册）	殊娓	2023年6月	江苏凤凰文艺出版社
剑来36：浩荡百川流	烽火戏诸侯	2023年6月	浙江文艺出版社
剑来37：只是朱颜改	烽火戏诸侯	2023年6月	浙江文艺出版社
剑来38：请君入梦来	烽火戏诸侯	2023年6月	浙江文艺出版社
剑来39：借取万重山	烽火戏诸侯	2023年6月	浙江文艺出版社
剑来40：风雪旧曾谙	烽火戏诸侯	2023年6月	浙江文艺出版社
剑来41：山青花欲燃	烽火戏诸侯	2023年6月	浙江文艺出版社
剑来42：观书喜夜长	烽火戏诸侯	2023年6月	浙江文艺出版社
神印王座第二部：皓月当空7	唐家三少	2023年6月	湖南少年儿童出版社
九州·飘零书	江南	2023年6月	人民文学出版社
江鱼	鱼霜	2023年6月	三秦出版社
逞骄	蓬莱客	2023年6月	九州出版社
庆余年：笑看英雄不等闲	猫腻	2023年6月	人民文学出版社
女将军与长公主2	请君莫笑	2023年6月	北京燕山出版社
错爱青春	张芙蓉	2023年6月	台海出版社
来路是归途	陆之南	2023年6月	北京联合出版有限公司
星中逐夏	七朗	2023年6月	北京联合出版有限公司
岁月两心知（全2册）	尼卡	2023年6月	北京联合出版有限公司
一门之隔（全2册）	殷寻	2023年6月	北京联合出版有限公司
鸟与荆棘	一只小火腿	2023年6月	北京联合出版有限公司
阿浮	昔邀晓	2023年6月	北京联合出版有限公司
星群灯塔	林知落	2023年6月	长江出版社
无证之罪	紫金陈	2023年6月	湖南文艺出版社
长夜难明	紫金陈	2023年6月	湖南文艺出版社
萌妻食神3：侯府风波	紫伊281	2023年6月	人民文学出版社
萌妻食神4：祸起宫墙	紫伊281	2023年6月	上海文艺出版社
法医秦明-万象卷	法医秦明	2023年6月	江苏凤凰文艺出版社
逢灯（上）	欠金三两	2023年6月	四川文艺出版社
龙骨焚香（全3册）	鱼尾	2023年6月	四川文艺出版社
月亮坠落	甜嘤	2023年7月	花山文艺出版社
人鱼陷落3	麟潜	2023年7月	上海文化出版社
同类	巫哲	2023年7月	上海文化出版社
反咬一口	丧丧又浪浪	2023年7月	江苏凤凰文艺出版社

续表

标题	作者	出版时间	出版社
她每天都记不住我是谁（全2册）	刀上漂	2023年7月	江苏凤凰文艺出版社
繁星降临	墨泠	2023年7月	江苏凤凰文艺出版社
朔月	玄色	2023年7月	湖南文艺出版社
我的奇妙男友	枝枝为只只	2023年7月	湖南文艺出版社
诱甜	小涵仙	2023年7月	湖南文艺出版社
你从天边来	濯足	2023年7月	湖南文艺出版社
向日葵之梦	林初	2023年7月	百花洲文艺出版社
陷地之城	天如玉	2023年7月	湖南文艺出版社
偷月亮给你	患者阿离	2023年7月	四川文艺出版社
怦燃心动	时玖远	2023年7月	四川文艺出版社
旧故春深（全2册）	是辞	2023年7月	四川文艺出版社
昼日成熟	清途	2023年7月	四川文艺出版社
傅知何	萝北二饼	2023年7月	天津人民出版社
当你微笑时	唐之风	2023年7月	花山文艺出版社
夜阑京华（上下册）	墨宝非宝	2023年7月	花山文艺出版社
白夜如昼	老谭	2023年7月	重庆出版社
晚风晓	世吹雀	2023年7月	花山文艺出版社
逆锋（全2册）	水千丞	2023年7月	长江出版社
吞雨	夏小正	2023年7月	长江出版社
逐风（完结篇）	漆环念	2023年7月	长江出版社
溺酒	奶口卡	2023年7月	长江出版社
神级召唤师：王者归来	蝶之灵	2023年7月	长江出版社
高温不退	三三娘	2023年7月	长江出版社
你迟到的这么多年（全2册）	沈南乔	2023年7月	花城出版社
傅知何	萝北二饼	2023年7月	江苏凤凰文艺出版社
今朝渡（上）	日日复日日	2023年7月	江苏凤凰文艺出版社
雪粒镇	屋里丝丝	2023年7月	江苏凤凰文艺出版社
你比星光耀眼	阿淳	2023年7月	江苏凤凰文艺出版社
不合	孟中得意	2023年7月	江苏凤凰文艺出版社
实用主义者的爱情	孟中得意	2023年7月	江苏凤凰文艺出版社
炽热	檀心	2023年7月	江苏凤凰文艺出版社
半子（全2册）	赵熙之	2023年7月	江苏凤凰文艺出版社
暗星	卿浅	2023年7月	江苏凤凰文艺出版社

续表

标题	作者	出版时间	出版社
繁星降临5	墨泠	2023年7月	江苏凤凰文艺出版社
岛屿日记	觅芽子	2023年7月	江苏凤凰文艺出版社
我能看到他的日记本	七颗糖	2023年7月	江苏凤凰文艺出版社
恂恂善诱	七颗糖	2023年7月	江苏凤凰文艺出版社
上上签	酒池兔窝	2023年7月	江苏凤凰文艺出版社
迟早	小北	2023年7月	江苏凤凰文艺出版社
般配	半截白菜	2023年7月	江苏凤凰文艺出版社
小浓情2	轻黯	2023年7月	江苏凤凰文艺出版社
心有怦怦然2	折杏	2023年7月	江苏凤凰文艺出版社
在你的世界降落2	执葱一根	2023年7月	江苏凤凰文艺出版社
惊梨2	躺春茶	2023年7月	江苏凤凰文艺出版社
玫瑰特调	殊娓	2023年7月	江苏凤凰文艺出版社
怦燃心动	时玖远	2023年7月	江苏凤凰文艺出版社
神印王座第二部：皓月当空8	唐家三少	2023年7月	湖南少年儿童出版社
地球众神：亡者归来	分形橙子	2023年7月	海天出版社
赢家圣地	陈楸帆	2023年7月	海天出版社
浮生一日	王诺诺	2023年7月	海天出版社
三日月	谭钢	2023年7月	海天出版社
我要上学2	红刺北	2023年7月	中国友谊出版公司
谪仙	九月流火	2023年7月	九州出版社
燕云台一	蒋胜男	2023年7月	作家出版社
燕云台二	蒋胜男	2023年7月	作家出版社
燕云台三	蒋胜男	2023年7月	作家出版社
燕云台四	蒋胜男	2023年7月	作家出版社
绝对权力	周梅森	2023年7月	作家出版社
我本英雄精装纪念版	周梅森	2023年7月	作家出版社
至高利益精装纪念版	周梅森	2023年7月	作家出版社
国家公诉精装纪念版	周梅森	2023年7月	作家出版社
我主沉浮精装纪念版	周梅森	2023年7月	作家出版社
人间正道精装纪念版	周梅森	2023年7月	作家出版社
中国制造精装纪念版	周梅森	2023年7月	作家出版社
罪妄书	向庸	2023年7月	北京联合出版有限公司
问你花园	许念念	2023年7月	北京联合出版有限公司

续表

标题	作者	出版时间	出版社
省委书记	陆天明	2023年7月	北京联合出版有限公司
大雪无痕	陆天明	2023年7月	北京联合出版有限公司
夜幕之下	三九音域	2023年7月	北京联合出版有限公司
海棠微雨共归途4	肉包不吃肉	2023年7月	广东旅游出版社
君子报恩5	囧囧有妖	2023年7月	三秦出版社
长夜有星光2	无影有踪	2023年7月	三秦出版社
君子报恩4	囧囧有妖	2023年7月	三秦出版社
昭奚旧草（全2册）	书海沧生	2023年7月	广东旅游出版社
君有疾否	如似我闻	2023年7月	广东旅游出版社
花滑	菌行	2023年8月	湖南文艺出版社
暗恋有回音	花间佳酿	2023年8月	湖南文艺出版社
漫长的旅途	卢思浩	2023年8月	湖南文艺出版社
特殊罪案调查组4	九滴水	2023年8月	湖南文艺出版社
特殊罪案调查组3	九滴水	2023年8月	湖南文艺出版社
有人跳舞	辽京	2023年8月	中信出版社
数千个像我一样的女孩	简洁	2023年8月	上海文艺出版社
吞噬星空21	我吃西红柿	2023年8月	安徽文艺出版社
警探长2	奉义天涯	2023年8月	安徽文艺出版社
私藏月光	穗雪	2023年8月	天津人民出版社
暗恋	雪莉	2023年8月	四川文艺出版社
春日偶成	桥上小菩	2023年8月	四川文艺出版社
坠落春夜	严雪芥	2023年8月	天津人民出版社
渡雅之宴	舍曼	2023年8月	广东旅游出版社
还潮	不问三九	2023年8月	宁波出版社
一世缘起	无心谈笑	2023年8月	宁波出版社
暖暖春风江上来	殷寻	2023年8月	重庆出版社
我炙热的少年	有厌	2023年8月	青岛出版社
失路	叹西茶	2023年8月	长江出版社
甜不止迟	入眠酒	2023年8月	长江出版社
销魂	不是风动	2023年8月	长江出版社
逐云墓场	今天全没月光	2023年8月	长江出版社
将阑	一丛音	2023年8月	长江出版社
深潮	白芥子	2023年8月	长江出版社

续表

标题	作者	出版时间	出版社
可一可再	反舌鸟	2023年8月	长江出版社
冬日焰火	甲虫花花	2023年8月	长江出版社
时辰诀	七小皇叔	2023年8月	长江出版社
海棠花下	舒远	2023年8月	江苏凤凰文艺出版社
许你万丈光芒好：热恋篇（全3册）	囧囧有妖	2023年8月	江苏凤凰文艺出版社
我只想你2	尼古拉斯糖葫芦	2023年8月	江苏凤凰文艺出版社
竹稚	江月年年	2023年8月	江苏凤凰文艺出版社
再冬	金丙	2023年8月	江苏凤凰文艺出版社
天下无双	十四郎	2023年8月	江苏凤凰文艺出版社
追凶者之扫黑行动	管彦杰	2023年8月	江苏凤凰文艺出版社
无声的世界，还有他	梦筱二	2023年8月	江苏凤凰文艺出版社
温乔入我怀（全2册）	请叫我山大王	2023年8月	江苏凤凰文艺出版社
迭代（全2册）	夏茗悠	2023年8月	江苏凤凰文艺出版社
不如奔向你	夏栀	2023年8月	江苏凤凰文艺出版社
偏偏喜欢你	李不言	2023年8月	江苏凤凰文艺出版社
勿扰飞升	月下蝶影	2023年8月	江苏凤凰文艺出版社
尘幻传说1：群英始现	捌贰零期	2023年8月	浙江文艺出版社
神印王座第二部：皓月当空9	唐家三少	2023年8月	湖南少年儿童出版社
当我飞奔向你	竹已	2023年8月	九州出版社
观鹤笔记2	她与灯	2023年8月	中国友谊出版公司
窈窈春日长	阿曜曜	2023年8月	中国致公出版社
为妃三十年（全2册）	她与灯	2023年8月	北京联合出版有限公司
藏龙诀2：蓬莱太岁	申示山人	2023年8月	北京联合出版有限公司
清安稚语	渲洇	2023年8月	北京联合出版有限公司
第十二颗星	黄鱼听雷	2023年8月	北京联合出版有限公司
苍天在上	陆天明	2023年8月	北京联合出版有限公司
娇瘾（上下册）	令栖	2023年8月	华龄出版社
金嘉轩去了哪里	徐徐图之	2023年8月	长江出版社
烈火浇愁（大结局）	Priest	2023年8月	广东旅游出版社
人间试炼游戏2	弄清风	2023年8月	广东旅游出版社
衡门之下（全2册）	天如玉	2023年8月	华龄出版社
望月	玄色	2023年9月	湖南文艺出版社
从善	定离	2023年9月	湖南文艺出版社

续表

标题	作者	出版时间	出版社
红鸾禧	大姑娘浪	2023年9月	江苏凤凰文艺出版社
朱雀桥	画七	2023年9月	江苏凤凰文艺出版社
春枝秋雨	帘十里	2023年9月	花山文艺出版社
候鸟夫妻	焦阳	2023年9月	重庆出版社
人间久别	旧月安好	2023年9月	青岛出版社
别装（完结篇）	林七年	2023年9月	长江出版社
沉火不眠	诗无茶	2023年9月	长江出版社
裂山海2	流水	2023年9月	长江出版社
宇宙第一可爱（完结篇）	叶涩	2023年9月	长江出版社
竭泽而渔	夜很贫瘠	2023年9月	长江出版社
治愈者	柠檬羽嫣	2023年9月	长江出版社
我靠捧哏翻了身（全2册）	马户子君	2023年9月	长江出版社
不要乱碰瓷（完结篇）	红刺北	2023年9月	长江出版社
撒野	巫哲	2023年9月	长江出版社
一见如故	一枚纽扣	2023年9月	长江出版社
废土时代	龚心文	2023年9月	长江出版社
难追	桃籽儿	2023年9月	江苏凤凰文艺出版社
一朵花开百花杀	维和粽子	2023年9月	江苏凤凰文艺出版社
她是第三种绝色	天在水	2023年9月	江苏凤凰文艺出版社
却爱她	伊人睖睖	2023年9月	江苏凤凰文艺出版社
何止钟意	萝北二饼	2023年9月	江苏凤凰文艺出版社
花刀烈酒（全2册）	许灵约	2023年9月	江苏凤凰文艺出版社
今朝渡 下	日日复日日	2023年9月	江苏凤凰文艺出版社
想听你讲宇宙	柔野	2023年9月	江苏凤凰文艺出版社
春日狂想	甜桃	2023年9月	江苏凤凰文艺出版社
野火玫瑰	周沉	2023年9月	江苏凤凰文艺出版社
本色	玄笺	2023年9月	江苏凤凰文艺出版社
愿得一颗星	袖刀	2023年9月	江苏凤凰文艺出版社
他的意中人	凉粥词	2023年9月	江苏凤凰文艺出版社
新婚燕尔	姜之鱼	2023年9月	江苏凤凰文艺出版社
我才不要关注你	姜之鱼	2023年9月	江苏凤凰文艺出版社
春风漫野	喜央	2023年9月	江苏凤凰文艺出版社
在逆光处	大大大大香菜	2023年9月	江苏凤凰文艺出版社

续表

标题	作者	出版时间	出版社
樱桃结	瑾余	2023年9月	江苏凤凰文艺出版社
痛觉障碍	许念念	2023年9月	江苏凤凰文艺出版社
请你坐在月明里（全2册）	勖力	2023年9月	江苏凤凰文艺出版社
嗜瘾	木羽愿	2023年9月	江苏凤凰文艺出版社
甜粥2	月寻星	2023年9月	江苏凤凰文艺出版社
第七年夏天	惟兮	2023年9月	江苏凤凰文艺出版社
她来听我的演唱会	翘摇	2023年9月	江苏凤凰文艺出版社
本色	玄笺	2023年9月	江苏凤凰文艺出版社
你听得到	桑玕	2023年9月	江苏凤凰文艺出版社
钟此一人（锦鲤是个技术活）	唐欣恬	2023年9月	浙江文艺出版社
神印王座第二部：皓月当空10	唐家三少	2023年9月	湖南少年儿童出版社
南风知我意	七微	2023年9月	湖南少年儿童出版社
顾楠的上下两千年	非玩家角色	2023年9月	中国友谊出版公司
献鱼	扶华	2023年9月	东方出版社
余烬	斑衣	2023年9月	中国致公出版社
燿野	燿野	2023年9月	中国致公出版社
人民的财产	周梅森	2023年9月	作家出版社
窃窃晚风	知稔	2023年9月	台海出版社
父母岁月（上下）	梁晓声	2023年9月	北京联合出版有限公司
粉黛	七英俊	2023年9月	北京联合出版有限公司
灼灼风流（全2册）	随宇而安	2023年9月	北京联合出版有限公司
高纬度战栗	陆天明	2023年9月	北京联合出版有限公司
为枝	沈逢春	2023年9月	北京联合出版有限公司
新锐法医2：迷雾	吕吉吉	2023年9月	孔学堂书局
逆袭的男二们1	扶华	2023年9月	东方出版社
逆袭的男二们2	扶华	2023年9月	东方出版社
别来无恙漾	北南	2023年9月	北京燕山出版社
七天七夜（完结篇）	春风遥	2023年10月	天地出版社
地球上线（完结篇）	莫晨欢	2023年10月	广东旅游出版社
落雪满南山	明开夜	2023年10月	广东旅游出版社
欲言难止	麦香鸡呢	2023年10月	长江出版社
咬一口甜梨	春不语	2023年10月	江苏凤凰文艺出版社
赴约	唐灯里	2023年10月	江苏凤凰文艺出版社

续表

标题	作者	出版时间	出版社
想你的时候我会关掉手机（全2册）	云水迷踪	2023年10月	江苏凤凰文艺出版社
一个适合聊天的下午	袁与年	2023年10月	江苏凤凰文艺出版社
霍太太，你马甲又掉了4	晴小天	2023年10月	江苏凤凰文艺出版社
象牙塔	吃草的老猫	2023年10月	江苏凤凰文艺出版社
我要你哄我	幼儿园的卡耐基	2023年10月	江苏凤凰文艺出版社
最后的天鹅	风荷游月	2023年10月	江苏凤凰文艺出版社
春泥	禾灼	2023年10月	江苏凤凰文艺出版社
摘星（全2册）	抱猫	2023年10月	江苏凤凰文艺出版社
昨日情书	姜厌辞	2023年10月	江苏凤凰文艺出版社
浪漫热季	金渝	2023年10月	江苏凤凰文艺出版社
暗恋回声	碗泱	2023年10月	江苏凤凰文艺出版社
一勺春	成仙	2023年10月	江苏凤凰文艺出版社
我在云端看见黎明	时白	2023年10月	江苏凤凰文艺出版社
剑拥明月	山栀子	2023年10月	江苏凤凰文艺出版社
乱神馆记：蝶梦	水天一色	2023年10月	浙江文艺出版社
神印王座第二部：皓月当空11	唐家三少	2023年10月	湖南少年儿童出版社
有个人暗恋我十一年	银八	2023年10月	北京联合出版有限公司
泥日	陆天明	2023年10月	北京联合出版有限公司
夏日焰火	帘十里	2023年10月	孔学堂书局
凤煮九天之风华初露	楚鲤	2023年10月	九州出版社
逢灯（下）	欠金三两	2023年10月	四川文艺出版社
斗罗大陆外传：斗罗世界	唐家三少	2023年10月	阳光出版社
一个钢镚儿2	巫哲	2023年10月	北京燕山出版社
一个钢镚儿3	巫哲	2023年10月	北京燕山出版社
半糖	墨西柯	2023年10月	北京燕山出版社
裴宝（全2册）	池总渣	2023年10月	北京燕山出版社
可爱过敏源（完结篇）	稚楚	2023年10月	内蒙古文化出版社
树下有片红房子（上下册）	小格	2023年11月	时代文艺出版社
逃离图书馆3	蝶之灵	2023年11月	天地出版社
希望你很好，未来都是暖色调	三倍糖	2023年11月	花山文艺出版社
他笑时风华正茂	舒远	2023年11月	江苏凤凰文艺出版社
凤荷举	桃籽儿	2023年11月	江苏凤凰文艺出版社
听闻远方有你	张不一	2023年11月	江苏凤凰文艺出版社

续表

标题	作者	出版时间	出版社
悸动	春天不见你	2023年11月	江苏凤凰文艺出版社
缚春情（全2册）	任欢游	2023年11月	江苏凤凰文艺出版社
港岛雾色	木梨灯	2023年11月	江苏凤凰文艺出版社
乌龙对白	禾灼	2023年11月	江苏凤凰文艺出版社
有可能的夜晚	殊娓	2023年11月	江苏凤凰文艺出版社
剑来第四辑—第六辑	烽火戏诸侯	2023年11月	浙江文艺出版社
吞舟	昔邀晓	2023年11月	中国致公出版社
半星	丁墨	2023年11月	阳光出版社
俺哥来自深山1	韩琰	2023年11月	阳光出版社
荷殇·半面妆	苏凌素心	2023年11月	重庆出版社
凉城	青颜如风	2023年11月	重庆出版社
一品医女	沧海明珠	2023年11月	重庆出版社
魅妃——恨倾城	忧然	2023年11月	重庆出版社
风华女战神	雪山小小鹿	2023年11月	重庆出版社
锦绣盈门	暗香	2023年11月	重庆出版社
京城刑狱司	季灵	2023年11月	重庆出版社
胭脂王朝	大梁如姬	2023年11月	重庆出版社
玉堂金阙	看泉听风	2023年11月	重庆出版社
御姐驾到——史上最彪悍剩女的麻辣生涯	乌小白	2023年11月	重庆出版社
锦绣嫡女1	醉疯魔	2023年11月	重庆出版社
复贵盈门（完结篇）	云霓	2023年11月	重庆出版社
好孕连连	俞菲尔	2023年11月	重庆出版社
神澜奇域：苍穹珠1	唐家三少	2023年11月	阳光出版社
一念永恒	耳根	2023年11月	阳光出版社
神澜奇域圣耀珠1	唐家三少	2023年11月	阳光出版社
神澜奇域圣耀珠2	唐家三少	2023年11月	阳光出版社
天醒之路1	蝴蝶蓝	2023年11月	阳光出版社
天醒之路2	蝴蝶蓝	2023年11月	阳光出版社
天醒之路3	蝴蝶蓝	2023年11月	阳光出版社
天醒之路4	蝴蝶蓝	2023年11月	阳光出版社
天醒之路8	蝴蝶蓝	2023年11月	阳光出版社
盘龙典藏版第12册	我吃西红柿	2023年11月	阳光出版社

续表

标题	作者	出版时间	出版社
盘龙典藏版第13册	我吃西红柿	2023年11月	阳光出版社
善良的阿呆	唐家三少	2023年11月	阳光出版社
仙娟	淡樱	2023年11月	青岛出版社
我的倾城谋划师	山涧清秋月	2023年11月	青岛出版社
嫡嫁千金	千山茶客	2023年11月	青岛出版社
斗罗大陆Ⅴ	唐家三少	2023年11月	阳光出版社
偷偷藏不住	竹已	2023年11月	青岛出版社
奶油味暗恋	竹已	2023年11月	青岛出版社
恰似寒光遇骄阳	囧囧有妖	2023年11月	青岛出版社
C语言修仙	蔚空	2023年11月	青岛出版社
说一万遍我爱你不如好好在一起	林熙	2023年11月	民主与建设出版社
你听得见	应橙	2023年11月	江苏凤凰文艺出版社
浪漫过敏	偷马头	2023年11月	广东旅游出版社
醒日是归时	含胭	2023年11月	广东旅游出版社
灼灼我意	望久	2023年12月	江苏凤凰文艺出版社
一生悬命	陆春吾	2023年12月	江苏凤凰文艺出版社
晚风忽起	韩安逸	2023年12月	江苏凤凰文艺出版社
财神春花	戈鞅	2023年12月	四川文艺出版社
笼中燕	白糖三两	2023年12月	青岛出版社
攻玉2	凝陇	2023年12月	青岛出版社
仙君难哄	韦恩	2023年12月	江苏凤凰文艺出版社
有风在野	苏一姗	2023年12月	江苏凤凰文艺出版社
金陵春	吱吱	2023年12月	重庆出版社
反义词	郑反	2023年12月	长江出版社
痴缠（上）	何缱绻	2023年12月	长江出版社
野红莓（完结篇）	Ashitaka	2023年12月	长江出版社
最好的我们十周年典藏版（全三册）	八月长安	2023年12月	湖南文艺出版社
和离	九鹭非香	2023年12月	湖南文艺出版社
暮色正浓	厘子与梨	2023年12月	湖南文艺出版社

（禹建湘、傅开、雷斓、陈雅佳　执笔）

第七章　研讨会议、社团活动与重要事件

2023年有关网络文学召开的学术会议、座谈会和行业峰会异彩纷呈，各省市区网络作家协会和相关机构积极举办各种行业会议、培训班和采风活动等。这些丰富多彩的活动，展现出网络文学蓬勃向上的生命力和强大的传播力；与此同时，网络作家的创作才能也得到全方面提升，他们的思想道德建设得到进一步加强。2023年网络文学的研讨会议，社团活动和一系列重要事件成为中国网络文学健康前行的重要标志。

一、网络文学年度会议

1. 年度网络文学会议清单

据统计，2023年度全国范围内共举办网络文学相关会议92次，其中网络文学行业发展相关会议37次，网络文学创作相关会议4次，地方网络文学发展相关会议34次，网络文学海外传播相关会议及线上作品研讨会3次，网络文学作品研讨会13次，网络文学理论研讨会1次。

根据会议主题与研讨内容，2023年度网络文学会议清单如下。

（1）网络文学行业发展相关会议

1月5日，北京，"聚焦新时代网络文学走出去"第二届出版融合发展国际化论坛；

1月11日，北京，中国作家协会召开全国重点网络文学网站联席会议；

1月12日，北京，中国科幻文学影视化之路论坛与科幻新时代：百年科幻，千年未来论坛；

2月27日，四川成都，第七届中国网络版权保护与发展大会；

3月2日，湖南长沙，网络文学高质量发展论坛；

3月24日至26日，北京，第六届中国"网络文学+"大会；

3月29日，江苏南京，首届中国"网络科幻"高端论坛；

4月6日至8日，上海，2023年全国网络文学工作会议；

4月23日，北京，全球语境下的中国故事书写专题研讨会；

4月24日，浙江杭州，以"数创未来·智享阅读"为主题的第二届全民阅读大

会数字阅读分论坛暨第九届数字阅读年会；

4月26日，北京，2023年网络文学版权保护研讨会；

5月25日，上海，中国作家协会调研阅文集团，开展以"学习贯彻二十大精神，推动网络文学高质量发展"为主题的座谈会；

6月5日，福建厦门，首届中国电视剧大会重点活动——文学与影视双向赋能高峰论坛；

6月16日，湖北武汉，第二届版权产业创新及知识产权保护东湖论坛；

6月16日，北京，首届网络出版发展论坛；

7月20日，北京，东南亚孔子学院联席会议；

8月5日，北京，晋江文学城二十周年庆典暨第五届作者大会；

9月8日至9日，北京，"文化传承发展中的网络文学与数智人文"学术论坛；

9月16日，北京，数字时代的文学生活——"奔跑在数字时代"网络征文大赛论坛；

9月19日，天津，南开大学以"新时代网络文学的经典化"为主题的第二十届百花文学奖网络文学论坛；

9月20日至24日，甘肃敦煌，第十三届中国数字出版博览会；

9月25日至26日，北京，首届北京网络视听艺术大会；

9月26日，江苏无锡，网络文学视听转化研讨会；

10月12日，广东广州，中国网络文学影响力榜（2022年度）发布仪式暨粤港澳大湾区网络文学高质量发展研讨会；

10月17日，湖南长沙，网络文学产业发展论坛；

10月18日至22日，四川成都，2023世界科幻大会；

10月27日，安徽合肥，虚拟与现实的对话——中国当代现实题材网络文学高峰论坛；

10月28日，网络文学IP动漫改编研讨会；

11月7日，安徽合肥，中国作协网络文学研究调研座谈会；

11月9日，浙江乌镇，2023年世界互联网大会乌镇峰会数字素养与技能提升论坛；

11月16日，江苏南京，第五届扬子江网络文学作品大赛颁奖暨现实题材网络文学创作分享会；

11月17日，浙江乌镇，学习贯彻习近平文化思想，推动新时代网络文学高质量发展——网络作家座谈会；

11月23日至25日，四川成都，第九届中国国际版权博览会暨2023国际版权论坛；

11月25日至27日，福建武夷，中国网络文学前沿问题研讨会；

12月5日至8日，上海，第二届上海国际网络文学周；

12月6日，北京，网络文学与中国出版学术研讨会；

12月14日至16日，河北石家庄，2023中国网络文学论坛。

（2）网络文学创作相关会议

5月30日，北京，2023第六届中国科普作家协会科幻创作研究基地年会暨学术论坛；

8月3日，江苏南京，网络文学如何更好创意写作——《网络文学创作实战》研讨会；

9月7日，澳门，"助力写作梦想"2023第十五届纵横中文网作者大会；

9月22日，甘肃敦煌，网络文学"智能新技术、创作新生力、鲜活新传播"主题创作论坛。

（3）地方网络文学发展相关会议

2月17日，河南南阳，南阳市作家协会首次网络文学座谈会；

2月18日，重庆，重庆市网络作家协会召开换届选举大会；

3月7日，河北石家庄，中国网络文学影响力榜（2021年度）河北上榜作家座谈会；

3月13日，广西钦州，钦州市作协网络文学创作委员会成立大会；

4月13日，陕西西安，西安市网络文艺家协会第一届第五次理事会；

4月20日，湖南长沙，湖南省网络作家协会第二届会员代表大会；

4月22日，内蒙古包头，包头市昆都仑区网络作家协会成立暨第一次会员代表大会；

5月28日，浙江桐乡，桐乡市网络作家协会成立大会；

6月18日，广东广州，广东省网络文学作家协会成立大会；

7月21日，浙江杭州，浙江省网络作家协会第三次代表大会；

7月29日，甘肃兰州，甘肃网络文学高质量发展座谈会；

8月1日，云南西双版纳，西双版纳澜湄网络文学协会成立暨第一次会员代表大会；

8月25日，河北石家庄，河北省网络文学工作推进会；

8月28日，青海西宁，首届中国（青海）昆仑英雄网络文学系列活动；

8月28日，青海西宁，网络文学与短剧表达分享会；

9月1日，江西南昌，南昌市网络作家协会第二次代表大会；

9月20日，四川成都，四川省网络作家协会第二届理事会第四次会议；

10月17日，贵州贵阳，2023年优秀网络作品创享交流会；

10月18日，湖南长沙，长沙市网络文学现实题材创作研讨会；

10月18日，重庆，重庆市网络文学作家协会第二届理事会第三次会议；

10月20日，浙江金华，金华市网络作家协会第二届第五次理事会；

10月21日，安徽池州，池州市作协网络文学专委第一次会议；

10月21日至22日，云南曲靖，云南网络作家作品研讨会暨"赓续云南文脉，书写时代华章"网络文学论坛；

10月25日，宁夏银川，宁夏江苏网络作家"文飞彩翼，心有灵犀"主题交流会；

10月26日，内蒙古呼和浩特，内蒙古网络文艺家协会主席团会议；

11月4日，江苏南京，首期江苏网络文学新锐作家作品研讨会；

11月7日，湖南长沙，"新时代 同发展 共繁荣"——湘赣两省网络文学交流座谈会；

11月23日，广东潮州，潮州作协网络文学创作委员会成立大会；

11月23日，四川南充，南充市网络作家协会年度汇报座谈会；

11月27日，湖南长沙，"人工智能对网络文学创作的挑战和机遇"报告会；

11月27日，黑龙江牡丹江，黑龙江网络文学高质量发展座谈会；

12月1日，四川成都，四川省2023网络文学作家作品研讨会；

12月5日至6日，海南陵水，第三届海南自由贸易港网络文学论坛；

12月14日，四川成都，网络文学艺术发展新趋势与新动力暨四川网络文学发展2022年度报告发布研讨会。

(4) 网络文学海外传播相关会议及线上作品研讨会

5月27日至29日，浙江杭州，2023年"中国国际网络文学周"中华文化走出去暨网络文学国际传播座谈会；

6月4日，线上举办中缅网络文学交流研讨会；

10月7日，波兰，"中国文学读者俱乐部"——中国网络文学分享会。

(5) 网络文学作品研讨会

4月15日，北京，"王晋康——中国科幻的思想者"王晋康创作30周年纪念研讨会；

6月11日，北京，"北京大学网络文学研究丛书"研讨会；

6月26日，北京，麦苏《生命之巅》研讨会线上举办；

8月3日，江苏南京，赖尔《网络文学创作实战》研讨会；

8月10日，骁骑校《长乐里：盛世如我愿》线上研讨会；

8月28日，青海西宁，懿小茹《我的草原星光璀璨》研讨会；

8月28日，何常在《三万里河东入海》线上研讨会；

9月12日，北京，天瑞说符《我们生活在南京》研讨会；

9月26日，蒋离子《糖婚：人间慢步》线上研讨会；

10月17日，红刺北《我要上学》线上研讨会；

10月31日，古兰月《酒坊巷》线上研讨会；

11月7日，风晓樱寒《逆行的不等式》线上研讨会；

11月23日，伪戒《永生世界》线上研讨会。

（6）网络文学理论研讨会

8月15日，江苏无锡，中国文艺理论学会网络文学研究分会第八届学术年会暨"人工智能发展与中国网络文学未来"学术研讨会。

2. 重要会议内容介绍

（1）"聚焦新时代网络文学走出去"第二届出版融合发展国际化论坛

1月5日，由中宣部进出口管理局、中国音像与数字出版协会指导，中国音数协出版融合工作委员会、数字阅读工作委员会和中国图书进出口（集团）有限公司联合承办的第二届出版融合发展国际化论坛在京以线上线下结合的形式举行。该论坛围绕深化网络文学海外传播进行了讨论，与会领导和专家表示，网络文学走出去要提高站位，坚持正确的出版导向；自信自强，坚持内容为王；向本土化迈进，打造网络文学IP国际市场体系。同时，多家网络文学企业集团负责人表示注重海外传播的技术革新，在传播过程中加强与国内网络文学企业合作，打通IP全产业链，通过对内容IP的深入发掘与衍生，结合元宇宙生态形成多元化的数字产品。①

（2）中国作家协会召开全国重点网络文学网站联席会议

1月11日，中国作家协会在京召开全国重点网络文学网站联席会议，学习贯彻党的二十大精神，研究部署2023年网络文学工作。来自50家网络文学网站负责人参加会议。中国作协党组成员、书记处书记胡邦胜提出，网络文学网站要引导各自平台网络作家书写新时代，创作出更多反映时代新变革、新发展的精品力作，推动网络文学主流化、精品化。中国作协网络文学中心主任何弘通报了2023年重点工作，如，举办系列专题培训班、改稿班；发布网络文学选题指南；扶持重点创作项目；加大现实题材创作引导力度；实施网络短剧创作计划；召开全国网络文学工作会议，加快筹备成立中国网络作家协会，完善重点作家联系制度，建立重点网络作家数据库等多项工作安排。与会人员一致认为，应把会议精神带回平台，狠抓落实，共同推动网络文学高质量发展，以实际行动将党的二十大精神落到实处。②

（3）第六届中国"网络文学+"大会

3月24日，第六届中国"网络文学+"大会开幕式暨高峰论坛在北京亦创国际会展中心举行。本届大会以"网抒新时代，文铸新辉煌"为主题，李洱、徐则臣、

---

① 中国出版传媒商报：《第二届出版融合发展国际化论坛在京举办》，http://www.cbbr.com.cn/contents/499/82877.html，2023年10月5日查询。

② 刘鹏波：《全国重点网络文学网站联席会议在京召开》，中国作家网，http://wyb.chinawriter.com.cn/content/202301/13/content68345.html，2023年10月10日查询。

唐家三少、何常在等作家，网络文学企业代表、专家学者、部分行业代表和新闻媒体代表近400人参加了活动。开幕式上，中国音像与数字出版协会发布了《2021年中国网络文学发展报告》。报告主要包括我国网络文学产业过去十年主要发展成就、2021年度基本情况以及未来趋势与展望等三个部分。开幕式后，大会全面展现中国网络文学经历二十余年的蓬勃发展，特别是新时代十年以来，逐渐步入有序发展轨道，持续主流化、精品化发展的成果。同时举办了网络文学创作和网络文学转化传播两场分论坛、网络文学新时代十年主题成果展、网络文学企业特色展、IP嘉年华、网络文学线上活动等多项活动。①

（4）首届中国"网络科幻"高端论坛

3月29日，由中国作家协会网络文学中心、江苏省作家协会指导，江苏省网络作家协会、南京市文学艺术界联合会、南京出版传媒集团、中国科普作家协会科幻专委会主办，扬子江网络文学评论中心、南京市作家协会、南京市文艺评论家协会、《青春》杂志社、南京牛首山文化旅游区管委会联合承办的首届中国"网络科幻"高端论坛在南京举行。中国作协网络文学中心副主任朱钢指出网络科幻努力向科学审美出发，为科学技术赋予人文关怀，在人类命运共同体的视野下进行叙述，让网络科幻有更丰富的中国叙述、更全球化的世界表达。江苏省作协党组书记汪兴国表示期待科幻作家通过科幻的形式，描摹和记录伟大的时代。网络文学作家、传统科幻作家和批评家表示赞同，并围绕网络科幻的发展与前景、"科幻+玄幻"的结构性探讨、纸媒科幻和网络科幻的互动等议题展开讨论。本次论坛是中国"网络科幻"再次辉煌和腾飞的再出发。②

（5）2023年全国网络文学工作会议

4月6日至8日，由中国作协网络文学中心主办的全国网络文学工作会议在上海举行。此次会议旨在深入学习宣传贯彻党的二十大精神，全面总结2022年网络文学工作，研究部署2023年重点工作。全国各省区市作协分管网络文学工作的领导、省级网络作协主席、重点网络文学平台负责人等80余人与会。中国作协党组成员、书记处书记胡邦胜指出面对高新科技革命的挑战，网络文学工作亟须转型升级，实现高质量发展。会议针对当前网络文学行业发展存在的问题仔细研讨，全面部署2023年网络文学重点工作。会议就多项工作达成共识，如成立网络文学维权委员会、海外传播工作小组、内容建设委员会和新科技挑战应对工作小组。大家一致表示，本次会议务实高效，明确了新一年网络文学工作的总体目标和工作重点，对于网络文学转型升级高质量发展具有重要意义。同时，会上发布了《2022中国网络文

---

① 虞婧：《第六届中国"网络文学+"大会开幕式暨高峰论坛在京举办》，中国作家网，http://www.chinawriter.com.cn/n1/2023/0326/c404023-32651322.html，2023年10月12日查询。

② 虞婧：《首届中国"网络科幻"高端论坛在南京举行》，中国作家网，http://www.chinawriter.com.cn/n1/2023/0404/c404023-32657533.html，2023年10月14日查询。

学蓝皮书》，新增"新时代十年网络文学发展的基本成就和基本经验"部分，全面总结新时代十年网络文学发展的成就与经验，强调了中国网络文学发展的文学史意义。①

（6）第二届全民阅读大会数字阅读分论坛暨第九届数字阅读年会

4月24日，以"数创未来·智享阅读"为主题第二届全民阅读大会数字阅读分论坛暨第九届数字阅读年会在杭州举行，围绕阅读产业热点话题开展交流。中宣部出版局副局长李一昕表示，数字阅读作为数字前沿技术创新的应用场所和实验场所，要坚持创新驱动，加强技术赋能，拓展行业发展边界，让更多热爱阅读的人从数字阅读中受益。全国政协委员、中国音像与数字出版协会理事长孙寿山表示出版工作应从提升全社会文明程度的高度，重视全民阅读活动和数字阅读工作，持续丰富产品类型，探索多种服务模式，重视新一代信息技术的应用，确保科技赋能和科技向善。同时会议期间，中国音像与数字出版协会第一副理事长张毅君发布了《2022年度中国数字阅读报告》（以下简称《报告》），《报告》指出，2022年，我国数字阅读用户规模达5.30亿人，同比增长4.75%，提升阅读体验和优化题材结构是数字阅读用户最为关注的内容，未来数字阅读行业需要更加关注用户需求、注重内容精品建设、规范版权市场、提升模式与技术创新。②

（7）2023年网络文学版权保护研讨会

4月26日，中国版权协会举行2023网络文学版权保护研讨会。中国版权协会理事长阎晓宏，中国版权协会常务副理事长于慈珂，中国作家协会社会联络部（权益保障办公室）主任李晓东，阅文集团总裁、腾讯平台与内容事业群副总裁侯晓楠与多家网络文学平台、生态企业负责人、高校学者、司法专家、网络文学作家代表等50余人参会。会议围绕网络文学版权侵害问题进行了深入的探讨，与会领导和专家表示网络文学受盗版侵害应由政府部门、执法部门、平台机构等共同努力形成多渠道保护，网络文学的版权保护不仅关系着作者和平台的权益，还关系着下一代的教育等问题。阅文集团表示平台将坚持对盗版"零容忍"的态度，一是大力投入技术创新，探索更加智能的反盗技术体系；二是在主管部门的指导下，通过刑事、民事等侵权打击，进一步遏制盗版的生存空间。③

（8）2023年"中国国际网络文学周"中华文化走出去暨网络文学国际传播座谈会

---

① 刘鹏波：《全国网络文学工作会议在上海举行》，中国作家网，http：//wyb.chinawriter.com.cn/content/202304/12/content69489.html，2023年10月17日查询。
② 靳艺昕：《第二届全民阅读大会数字阅读分论坛暨第九届数字阅读年会在杭州举行》，中国出版传媒商报，http：//www.cbbr.com.cn/contents/533/84615.html，2023年10月20日查询。
③ 徐美琳：《2023网络文学版权保护研讨会举行，行业共建版权保护新生态》，新京报，https：//www.bjnews.com.cn/detail/1682601077168289.html，2023年10月22日查询。

5月27日，由中国作家协会、浙江省人民政府、杭州市人民政府共同主办的2023中国国际网络文学周在浙江杭州开幕。来自世界多地的知名网络作家、网络文学行业代表、专家、读者等近300人参加。开幕式上，中国作家协会发布《中国网络文学在亚洲地区传播发展报告》，总结了网络文学国际传播发展情况，突出展示网络文学在亚洲各地传播现状、发展特点、传播路径等。同时还对在网络文学国际传播中做出突出贡献的网络作家和网络文学平台进行了表彰，文学周期间将举办网络文学国际传播论坛、中华文化走出去座谈会、网络文学产业博览会、网络文学国际传播工作协调推进会等活动。①

(9) 首届网络出版发展论坛

6月16日，在第二十九届北京国际图书博览会期间，由国家新闻出版署主办的首届网络出版发展论坛在北京成功举办。与会中外嘉宾聚焦"坚持开放创新 促进交流合作"主题进行深入探讨交流。中宣部副部长张建春在主旨演讲中指出，网络出版是文化交流和文化传播的重要载体，是互联网时代广有影响的文化业态，具有跨越国界的基因，有着共享发展的内驱动力。面对时代变革带来的新机遇新挑战，网络出版领域需要大力倡导美美与共，共同守护和传承人类优秀文明成果；大力倡导开放创新，推动网络出版在交流互鉴中实现高质量发展；大力倡导润心启智，让网络出版的发展成果更好地惠及各国民众；大力倡导共建共享，携手构建安全绿色、健康繁荣的网络出版空间。②

(10) 网络文学如何更好创意写作——《网络文学创作实战》研讨会

8月3日，"网络文学如何更好创意写作——《网络文学创作实战》研讨会"在南京大学出版社举行。会议由中国作家协会网络文学中心、江苏省作家协会主办，南京市作家协会、南京大学出版社、三江学院文学与新闻传播学院承办。《网络文学创作实战》以方兴未艾的网络文学为研究对象，既有对网络文学和网络文化产业的理论研究，又致力于为网络文学创作者提供一份"实操秘籍"。与会专家肯定了《网络文学创作实战》的创作出版意义，认为其相关调研数据有助于深化读者对中国网络文学发展实况的理解。同时多位专家结合自身经验，将网络文学的写作实践和教学实践纳入更宽广的视野，予以观察和思考，阐释了网络文学教学成果转化为教材的重要意义。③

(11) 晋江文学城二十周年庆典暨第五届作者大会

8月5日，晋江文学城二十周年庆典暨第五届作者大会在北京举办。大会以

---

① 刘阳：《2023中国国际网络文学周开幕》，http://ent.people.com.cn/n1/2023/0529/c1012-40000714.html，2023年10月25日查询。

② 人民网：《首届网络出版发展论坛在京举办》，http://politics.people.com.cn/n1/2023/0618/c1001-40016194.html，2023年10月26日查询。

③ 江苏作家网：《网络文学如何更好创意写作——〈网络文学创作实战〉研讨会在南京大学出版社召开》，https://www.jszjw.com/wap/topnews/20230808/1691460070548.shtml，2023年10月31日查询。

"同舟共济"为主题,旨在不忘初心,展望未来,直面挑战,自强不息,力求为读者们呈现更优秀的作品。多位领导、行业专家和网文作家出席,在本届大会上,晋江文学城站长、CEO黄艳明女士对近四年的网站经营业绩进行了回顾,重点介绍了网站的工作亮点和未来三年即将上线的新项目。版权海外输出是晋江的主体业务之一,2019年下半年至2023年上半年的签约量不仅占了累计输出作品总数的50%以上,更是完成了中东和中亚市场的开拓,晋江的海外输出版图还在持续扩大中。①

(12) 中国文艺理论学会网络文学研究分会第八届学术年会暨"人工智能发展与中国网络文学未来"学术研讨会

8月15日,中国文艺理论学会网络文学研究分会第八届学术年会暨"人工智能发展与中国网络文学未来"学术研讨会在江南大学召开。中国文艺理论学会秘书长王峰表示网络文学是现当代文学中最具有活力的部分,本次会议探索人工智能发展下网络文学的新方向具有前瞻意义。中国文艺理论学会网络文学研究分会会长欧阳友权介绍了本次会议论题"ChatGPT与网络文学未来"的选题缘由,并指出网络文学研究正从"边缘小众"走向"热门显学",已经是社会主义文学的一支生力军,是中国文化软实力世界传播的主渠道。主题报告中,王峰、欧阳友权、吴子林、邵燕君等9位专家依次报告,禹建湘进行评议并提出启示。5个分会场围绕人工智能相关话题进行了精彩的发言。本次会议对促进人工智能与中国网络文学研究具有重要意义,对人工智能深度介入网络文学实践与理论批评给予了及时回应。②

(13) 2023第十五届纵横中文网作者大会

9月7日,2023第十五届纵横中文网作者大会在澳门顺利召开。纵横小说高级副总裁许斌、百度数字阅读业务部总经理原志军、纵横小说副总裁苏小苏、纵横小说内容运营总监王珂等分享了对网文创作发展趋势的专业分析及纵横未来的内容生态建设目标。许斌表示,在网文创作方面,微创新不单是对已有创意的缝缝补补,更与社会风气息息相关,只有把握思想内核的变迁,才能真正创作出广受欢迎的作品。原志军介绍了百度小说AI应用在不同创作环节为创作者提供灵感、解答创作问题的能力,能与作者携手共建移动阅读内容新生态。会议还围绕泛娱乐生态建设、海外业务、版权保护等方面进行了探讨,平台创始人表示免费+付费双轮驱动模式为发展插上了翅膀,实现精品内容与海量用户的整合双赢。③

---

① 微博:《"同舟共济"——晋江文学城二十周年庆典暨第五届作者大会在京举行》,https://weibo.com/ttarticle/p/show?id=2309404932101123473671#_loginLayer_1701140124784,2023年11月2日查询。

② 项江涛:《中国文艺理论学会网络文学研究分会第八届学术年会暨"人工智能发展与中国网络文学未来"学术研讨会召开》,https://www.cssn.cn/skgz/bwyc/202308/t20230818_5680009.shtml,2023年11月5日查询。

③ 中央广电总台国际在线:《"助力写作梦想"2023第十五届纵横中文网作者大会圆满落幕》,https://ge.cri.cn/20230912/8eaf9f6b-9f70-345c-8678-6ef743b35d68.html,2022年11月8日查询。

(14)"文化传承发展中的网络文学与数智人文"学术论坛

9月8日至9日,本次论坛由中国社会科学院文学研究所、中国国家版本馆和山西师范大学联合举办,来自北京大学、清华大学、中国作协等机构的近百位专家学者、行业代表和作家代表参会。论坛围绕弘扬中华优秀传统文化这一核心议题,探讨网络文学与数智人文的发展。活动还分设"文化传承发展与新时代网络文学""版本文献与数字人文""文化传播与人工智能"三个分论坛。来自网络文学、数字人文、人工智能三个领域的专家学者们进行了深入讨论。①

(15)天瑞说符《我们生活在南京》研讨会

9月12日,"世界科幻的中国情怀——天瑞说符长篇小说《我们生活在南京》文学—影视研讨会"在北京举行。这是中国作协网络文学中心成立之后,第一次在作协为网络文学作家召开专业研讨会。与会各位专家从网络文学、科幻文学、影视改编等三个维度出发,深入探讨了《我们生活在南京》的叙事艺术、思想内容和影视改编价值。专家们充分肯定了《我们生活在南京》对人类和世界的深入思考,认为其开拓了科幻写作的新维度。小说为读者呈现了宇宙浩大、人类渺小的图景,末日设定与西方经典科幻中的废土设定有别,体现了东亚的文化特色和哲学审美。大家认为,小说采用扎实的现实主义叙事手法,以仿真化的世界设定、专业的科技知识和缜密的时空逻辑,为末世关怀主题的表达提供了坚实的基础,同时展现出有温度、有情怀的科学美感,具有很好的影视改编潜能。②

(16)网络文学"智能新技术、创作新生力、鲜活新传播"主题创作论坛

9月22日,以"智能新技术、创作新生力、鲜活新传播"为主题的网络文学创作论坛,在第十三届中国数字出版博览会期间举办。本次论坛分为"网络文学发展现状与趋势""聚焦新科技助力网文创作生态的变革""弘扬新时代中华民族现代文明""扬帆中华文化走出去新征程"四个专题,邀请管理部门、行业协会、网络文学平台相关负责人以及网络文学作家学者等分享了自己的实践和思考。与会专家表示要通过技术手段提高作家创作体验、丰富作品宣发方式,同时打造多元阅读体验。通过文学在互联网领域的创新应用,成为构建中华民族现代文明的重要形式。③

(17)网络文学视听转化研讨会

9月26日,由中国作家协会网络文学中心、江苏省作家协会主办的网络文学视听转化研讨会在江苏无锡召开。会上,中国作家协会网络文学中心副主任朱钢发布

---

① 新华网:《"文化传承发展中的网络文学与数智人文"学术论坛在京举行》,http://www.xinhuanet.com/politics/2023-09/11/c_1212266498.htm,2023年11月11日查询。
② 中国新闻网:《天瑞说符小说〈我们生活在南京〉研讨会在京举行》,https://www.chinanews.com.cn/cul/2023/09-14/10077524.shtml,2023年11月15日查询。
③ 尹琨:《网络文学迎来新技术新生力新传播》,中国新闻出版广电报,https://epaper.chinaxwcb.com/epaper/2023-09/26/content_99831837.html,2023年11月17日查询。

"网络文学IP创作扶持计划"。该计划聚焦中华优秀文化、人民美好生活、科技创新和科幻、人类命运共同体、经典之美五个主题,从资金支持、内容提升、IP支持等方面对创作者进行扶持。中国作家协会网络文学中心方面希望通过上述计划,充分发挥网络文学的内容引擎作用,推动网络文学向网络视听产品转化,推出一批优秀网络文学IP短剧,促进网络文学创作和网络视听产业繁荣发展,推进网络文学国际传播。[1]

(18)波兰"中国文学读者俱乐部"——中国网络文学分享会

10月7日,由中国作家协会、中国驻波兰大使馆文化处主办,中国图书进出口(集团)有限公司、中国教育图书进出口有限公司承办的"中国文学读者俱乐部"——中国网络文学分享会在波兰成功举办。中国驻波兰大使馆文化参赞魏姣、波兰作家协会华沙分会主席兹比科夫斯基、波兰著名汉学家马丁·雅各比教授及波兰科学院文学研究所安娜·纳斯沃夫斯卡教授等数十位嘉宾出席分享会。作家横扫天涯分享了自己的网络文学创作经历,向波兰读者介绍了中国网络文学的发展情况及国际影响力,呼吁波兰的作家朋友们能够关注网文行业,与中国作家一起书写故事,共同成长,共同进步,实现更深层次的文化交流。[2]

(19)中国网络文学影响力榜(2022年度)发布仪式暨粤港澳大湾区网络文学高质量发展研讨会

10月12日,中国网络文学影响力榜(2022年度)发布仪式暨粤港澳大湾区网络文学高质量发展研讨会在广州举办。研讨会上,中国作协党组成员、书记处书记胡邦胜在讲话中强调,全国宣传思想文化工作会议首次提出了习近平文化思想,明确了新时代文化建设的路线图和任务书。网络作家要勇于承担新时代新的文化使命,努力创作出有文化有内涵的精品。众多作家和平台负责人围绕网络文学创作、网文出海、IP转化等进行了发言,表示要坚定文化自信,秉持开放包容,推动中华优秀传统文化创造性转化和创新性发展,不断提升中华文化在海外的影响力。[3]

(20)2023世界科幻大会

10月19日,在2023世界科幻大会上,科幻世界杂志社联合中国科幻研究院共同发布了《中国科幻文学IP改编价值潜力榜(2023)》,榜单指出"中国科幻产业链,正站在成型与完善的奇点前夜",同时显示了三个科幻文学IP改编趋势:第一,科幻网络文学是近年来最引人注目的改编热点;第二,"科幻+"成为文学IP改编

---

[1] 中国新闻网:《"网络文学IP创作扶持计划"在江苏无锡发布》,https://www.chinanews.com.cn/cul/2023/09-26/10084773.shtml,2023年11月19日查询。
[2] 中央广电总台国际在线:《中国网络文学分享会在波兰成功举办》,https://news.cri.cn/20231009/3f408215-b55f-60c1-51bb-7438d3dae5c7.html,2023年11月19日查询。
[3] 中国作家网:《中国网络文学影响力榜(2022年度)发布仪式在广州举行》,http://www.chinawriter.com.cn/n1/2023/1012/c403993-40094121.html,2023年11月21日查询。

的一大特征；第三，网大、动画正在成为 IP 改编的持续增长点。①

(21) 宁夏江苏网络作家"文飞彩翼，心有灵犀"主题交流会

10 月 25 日，由宁夏文联、江苏省作协共同主办的宁夏、江苏网络作家交流会在银川举行，来自宁夏、江苏两地的近 50 名网络作家齐聚一堂，畅谈网络文学的未来与发展。此次交流会以"文飞彩翼·心有灵犀"为主题，旨在落实推进宁夏、江苏东西部文学协作发展，深化省际文学交流，拓展合作领域，形成"苏宁牵手、文学结对"的良好格局。在互动环节中，宁夏与江苏两地的作家围绕"网络文学的现实题材创作""网络文学的创新""人工智能对网络文学的影响"等 3 个方面进行对话。与会作家们围绕网络文学创作遇到的困难和问题、今后的创作方向等展开深入研讨。②

(22) 虚拟与现实的对话——中国当代现实题材网络文学高峰论坛

10 月 27 日 2023 中国黄山书会开幕当天，隆重举行了"虚拟与现实的对话——中国当代现实题材网络文学高峰论坛"。中国作家协会网络文学委员会副主任欧阳友权，安徽省文联党组成员、主席、书记处书记陈先发，时代出版传媒股份有限公司党委委员、副总经理兼副总编辑张堃分别致辞。论坛现场，马季、晨飒、童童、银月光华、顾天玺、刘沐晗等与主持人周志雄一起，围绕"虚拟与现实的对话"为主题展开对谈，共同探讨现实题材网络文学的创作，探索突破创作困境的方法，以及他们对现实题材网络文学未来的展望。③

(23) 数字素养与技能提升论坛

11 月 9 日，由中国作家协会主办的"数字素养与技能提升论坛"在 2023 年世界互联网大会乌镇峰会期间成功举办。中国作协党组成员、书记处书记胡邦胜出席并致辞。他表示网络文学是中国文学在互联网时代主动求新求变的产物，是中国作家拥抱数字时代、增强数字意识、提升数字技能的成果。爱潜水的乌贼以《网络文学向世界传播中国文化——故事与技术结合带来的爆发》为主旨发布演讲，表示故事与技术结合带来的爆发，这是互联网发展和技术革新带来的机会，也是网络文学创作者对故事极致追求和自身数字素养提升的结果。中国作协全委会委员、网络作家跳舞参加网络名人圆桌交流，大家围绕"共育数字素养 共建网络文明"议题展开深入研讨。④

---

① 欣闻：《〈中国科幻文学 IP 改编价值潜力榜（2023）〉发布》，中国作家网，http：//www. chinawriter. com. cn/n1/2023/1021/c404023-40100468. html，2023 年 11 月 23 日查询。
② 宁夏日报：《苏宁牵手，文学结对，这个网络作家交流会在银川举行》，https：//www. hubpd. com/hubpd/rss/cmmobile/index. html？contentId=5188146770733290254，2023 年 11 月 23 日。
③ 安文：《"虚拟与现实的对话——中国当代现实题材网络文学高峰论坛"亮相 2023 中国黄山书会》，中国出版传媒商报，http：//www. cbbr. com. cn/contents/533/894093. html，2023 年 11 月 23 日查询。
④ 欣闻：《中国作协成功举办"数字素养与技能提升论坛"》，中国作家网，http：//www. chinawriter. com. cn/n1/2023/1114/c404023-401180753. html，2023 年 11 月 25 日查询。

（24）学习贯彻习近平文化思想，推动新时代网络文学高质量发展——网络作家座谈会

11月17日，"学习贯彻习近平文化思想 推动新时代网络文学高质量发展——网络作家座谈会"在浙江乌镇举行。中国作协党组书记、副主席、书记处书记张宏森出席并讲话。中国作协党组成员、书记处书记胡邦胜主持座谈会，20余位来自全国各地、活跃在创作一线的网络作家，以及中国作协相关单位部门负责同志参加座谈会。张宏森指出，社会对网络文学的认识还有待深化，网络文学创作还存在诸多难题，艺术质量和创作质量还需进一步提升。广大网络作家和网络文学工作者要深入学习贯彻习近平文化思想，深刻领会习近平文化思想的真理伟力和创造活力，要加快网络文学主流化进程，致力于增强中国人民的精神力量，向世界讲好中国故事。同时蒋胜男、张威（唐家三少）等10位网络作家围绕网络文学如何传承发展中华文明、提升文学品质、提升海外传播力等话题，展开深入交流。①

（25）第二届上海国际网络文学周

12月5日，由上海市新闻出版局指导，上海市出版协会、阅文集团主办的第二届上海国际网络文学周正式开幕。本届网文周以"好故事联通世界，新时代妙笔华章"为主题，会聚了18个国家的网络文学作家、译者、学者和企业代表，共享中国网络文学发展新成果，共建数字时代文明交流互鉴新路径。上海市委宣传部副部长、市国资委副主任王亚元表示，自首届网文周举办以来，上海的网络文学出海事业取得了长足发展，为网文行业打开了更加广阔的全球视野和发展空间。目前，网络文学已进入"全球共创IP"的新阶段。不同国家和地区的创作者共同进行网络文学IP的培育及开发，开启了网络文学全球化的新一轮浪潮。②

（26）2023中国网络文学论坛

12月14至16日，由中国作家协会主办的"2023中国网络文学论坛"在河北石家庄举行。论坛以"学习贯彻习近平文化思想，推动网络文学高质量发展"为主题，发布网络文学国际传播项目，来自全国各地的网络文学作家、专家、平台负责人、文化产业代表等上百人出席活动。中国作家协会遴选出《雪中悍刀行》《芈月传》《万相之王》《坏小孩》4部作品，使用英语、缅甸语、波斯语、斯瓦希里语4个语种，通过在线阅读、广播剧（有声剧）、短视频、推广片4种方式，向全球进行推介。在论坛举办期间，近30位作家、评论家及网络文学平台以及游戏、动漫、网剧等企业的负责人进行了专题发言和系列对谈，同时还召开了河北省网络作家座

---

① 教鹤然：《中国作协在浙江乌镇举办网络作家座谈会》，中国作家网，http：//www3.chinawriter3.com3.cn/n1/2023/1118/c457895-401211853.html，2023年12月5日查询。

② 虞婧：《第二届上海国际网文周开幕，网文出海进入全球共创IP新阶段》，中国作家网，http：//www3.chinawriter3.com3.cn/n1/2023/1206/c404023-401332313.html，2023年12月12日查询。

谈会、河北省网络文学产业发展座谈会，举办了网络作家进校园活动。①

二、网络文学年度社团活动

1. 年度网络文学社团活动清单

据统计，2023年度全国范围内共举办网络文学活动226次，其中网络文学评奖和推介宣传活动109次，网络文学作家研修班活动40次，网络文学新设协会、社团机构活动32次，调研采风及其他活动45次。

按照活动主题与活动内容，2023年度网络文学社团相关活动清单如下。

（1）网络文学评奖和推介宣传活动

1月3日，阅文旗下的起点读书2022年月票年榜公布；

1月10日，2022年度网络文学榜样作家"十二天王"榜单发布；

1月13日，番茄小说网上精品中篇女频保底征文活动开启；

1月15日，科幻春晚，不存在科幻联合《青年文摘》杂志社和哔哩哔哩发起征文大赛；

1月16日，封面新闻"2022名人堂年度人文榜"之"年度新锐作家"榜单揭晓；

2月15日，豆瓣阅读"百变幻想"征文活动获奖名单公布；

2月15日，豆瓣阅读第五届长篇拉力赛预告发布；

2月16日，第五届扬子江网络文学作品大赛征稿启动；

2月16日，#亚洲好书榜#2023年1月榜单公布；

2月17日，番茄小说【他·青云】男频系列创作活动开启；

2月22日，"最江南"主题网络文学作品征文大赛获奖名单公布；

3月1日，中文在线数字出版集团股份有限公司、奇想宇宙科幻平台主办的奇想奖·戴森球征文大赛正式启动；

3月1日，第五届豆瓣阅读长篇拉力赛开放报名；

3月1日，菠萝包轻小说2023春季征文正式开启；

3月6日，番茄小说"百日万元"写作打卡计划复活赛上线；

3月8日，墨墨言情网发起"女性向"悬疑中长篇征稿；

3月9日，阅文集团主办，QQ阅读、微信读书、腾讯新闻协办，探照灯书评人协会承办的"探照灯好书"1、2月十大中外类型小说发布；

3月15日，中国作家协会第十一届茅盾文学奖评奖办公室发布"关于征集第十一届茅盾文学奖参评作品的公告"；

---

① 虞婧：《2023中国网络文学论坛召开 发布网络文学国际传播项目》，中国作家网，https：//www.chinawriter.com.cn/n1/2023/1219/c404023-40142239.html，2023年12月22日查询。

3月15日，豆瓣阅读#古风悬疑#年代爱情#有奖创作活动开奖；

3月20日，阅文女生与《遮天》版权方&动画出品方——星阅辰石携手，倾情推出"星阅杯"《遮天》女性角色同人征文大赛；

3月20日，起点现实频道启动春、秋季征文计划；

3月20日，"我是女王"七猫中文网女频第五季特色题材征文正式启动；

3月21日，"北斗第四星"青年作家扶持计划在起点读书正式发布；

3月22日，首届中国"昆仑英雄"网络文学奖征文启事发布；

3月31日，第三季"谜想故事奖"科幻悬疑中短篇征文比赛启动；

3月31日，纵横女生网新媒体保底征文活动开启；

3月31日，番茄小说热点向短故事征文活动获奖名单公示；

4月1日，"菠萝包轻小说"主题短篇小说大赛开启；

4月12日，LOFTER开启主题征文活动；

4月13日，阅文集团启动主题为"悬念起、幻象生"的"悬幻网文作品"征文活动；

4月13日，2023第九届滇云网络文学大赛征稿启事发布；

4月26日，晋江"五一劳动节"活动上线，"小树苗文学周年庆有奖征文"活动开启；

4月28日，奇妙小说网第四期征文"畅享直播"开启；

5月1日，中国作家网书单——2023年第一季度网络文学新作推介发布；

5月1日，第六届"话本杯"万元征文活动开启；

5月6日，起点读书"票选网文神级名场面"网络票选结果公布；

5月8日，广西南宁，2023年泛北部湾网络文学大赛启动仪式在广西壮族自治区图书馆报告厅举行；

5月10日，第三届读客科幻文学奖征稿活动正式启动；

5月15日，书旗男频"大国科技"月征文大赛正式开启；

5月25日，2023年度"谜想故事奖"长篇征文比赛入围名单公布；

5月29日，国家图书馆（国家古籍保护中心）、抖音集团主办，国家古籍保护中心办公室、番茄小说承办的"古籍活化，传承书香"联合征文活动启动；

5月29日，2023年度作家定点深入生活扶持项目公布；

6月1日，七猫中文网女频第七季特色题材征文正式启动；

6月3日，第三届"致未来文学奖·长篇小说奖"决赛名单公布；

6月7日，"新芒文学计划"征文大赛征稿启事发布；

6月7日，奇想宇宙科幻创作百万+稿酬计划开启；

6月8日，番茄小说上线第二期"百日万元"写作打卡计划——"海洋百日打卡奇旅"；

6月11日，北京，第二届"网文青春榜"年榜发布；

6月13日，江苏南京，第二届扬子江网络文学最具IP潜力榜发布；

6月21日，由中国科普作家协会指导，咪咕数字传媒有限公司主办的第二届"无垠杯"征文比赛启动；

6月21日，番茄小说联合湖南省文联、湖南省作协等以"守护好一江碧水"为主题，面向全国开展网络小说征文活动；

6月21日，2023年度"谜想故事奖"悬疑长篇征文比赛获奖名单公布；

6月23日，第二届江苏省"金本奖"剧本演绎创作大赛获奖名单发布；

6月26日，"堇地之光"网络悬疑微小说全国征文大赛启动；

7月6日，第五届"豆瓣阅读拉力赛"决选作品名单公布；

7月7日，每天读点故事App"新锐作者榜"开始评选；

7月7日，七猫中文网男频特色题材征文活动开启；

7月10日，番茄小说网"青春筑梦，电竞逐光"女频主题征文活动开启；

7月13日，七猫中文网举办女频特色题材第八季征文活动开启；

7月15日，2024年度"谜想故事奖"悬疑长篇征文比赛启动；

7月26日，由每天读点故事App发起的"100个好故事计划"第三季征文活动开启；

7月28日，纵横小说十五周年的预热活动"我们共同翻阅的回忆"征稿开启；

7月31日，中国作家网书单——2023年第二季度网络文学新作推介发布；

8月3日，起点读书"字在青年"全国高校新锐作家选拔赛争霸赛开启；

8月4日，阅文集团发布2023年新晋"白金大神"名单；

8月6日，"100个好故事计划"第二季获奖名单公布；

8月7日，豆瓣阅读第五届长篇拉力赛观察团选择作品正式公布；

8月8日，每天读点故事"短剧抢滩计划"连载征文获奖名单发布；

8月11日，番茄小说×芒果TV联合影视征文活动获奖作品名单发布；

8月11日，2023年度浙江省网络文学原创作品扶持申报工作的通知发布；

8月15日，"大武侠时代"古龙官方授权同人征文活动开启；

8月20日，浙江杭州，第四届两岸青年网络文学大赛正式启动；

8月23日，书旗小说发布"筑金计划"；

8月25日，鲜见创投FRESH! BANG!与七猫中文网联合推出"鲜柠七"计划；

8月28日，青海西宁，首届中国（青海）昆仑英雄网络文学奖颁奖；

8月30日，阅文集团旗下起点中文网现实频道举办的春季征文大赛公布评选结果公布；

8月30日，阅文集团旗下起点中文网现实频道举办的秋季征文大赛启动；

8月30日，七猫中文网首届短篇征文大赛启动；

9月1日，书旗小说筑金计划开始实施；

9月1日，七猫男频第一人称征稿活动启动；

9月27日，中国作协网络文学中心发布"网络文学IP创作扶持计划"；

10月9日，北京，"阅见非遗"第一届征文大赛及音乐创作大赛颁奖；

10月12日，广东广州，中国网络文学影响力榜（2022年度）发布；

10月19日，第34届中国科幻银河奖获奖名单公布；

10月21日，第一届"封神杯"江苏省高校网络文学大赛开启；

10月30日，"谜想故事奖"科幻悬疑中短篇征文比赛获奖名单公布；

10月31日，"100个好故事计划"第三季获奖名单公布；

11月1日，中国作家网书单——2023年第三季度网络文学新作推介发布；

11月1日，"美丽中国"网络小说征文活动评选结果揭晓；

11月2日，第七届冷湖奖征文公告发布；

11月2日，番茄小说2024年度"乘风计划"开启；

11月3日，山东济南，"济南情·黄河魂"第七届网络文学征文活动颁奖暨启动"追光"第八届网络文学征文活动成功举办；

11月7日，起点读书"网文填坑节"活动开启；

11月8日，"古籍活化，传承书香"联合征文活动获奖作品公示；

11月8日，四川网络作家现实主义题材作品出版扶持计划公告发布；

11月9日，第一届脑洞之王创作大赛获奖作品公示；

11月9日，晋江文学城"地域风情·京津冀"原创言主题征文开启；

11月10日，第五届"金熊猫"网络文学奖征集公告发布；

11月10日，番茄小说殿堂&金番作家名单揭晓；

11月15日，第四届辽宁网络文学"金桅杆"奖·优秀评论（研究）奖终评结果公示；

11月16日，江苏南京，第五届扬子江网络文学作品大赛颁奖暨现实题材网络文学创作分享会成功举办；

11月16日，2023年度中国作协网络文学理论评论支持计划评审结果公告发布；

11月20日，七猫女频定制征文第一期——【第一人称】主题征文正式开启；

12月9日，中国网络作家村六周年"村民日"活动暨第六次村民大会开幕；

12月16日，2023腾讯视频金鹅荣誉发布；

12月20日，豆瓣发布2023年度读书榜单；

12月21日，第九届滇云网络文学大赛颁奖仪式举行，20件优秀网络文学作品获奖；

12月25日，中国小说学会2023年度中国好小说评议结果揭晓；

12月25日，2023年江苏省主题出版重点出版物选题公布。

(2) 网络文学作家研修班活动

1月18日，中国作协网络文学中心"党的二十大精神"线上专题培训班结业；

2月28日，湖南益阳，"新时代山乡巨变创作计划"网络文学改稿班开班；

3月10日，贵州贵阳，由贵州省作家协会举办的网络作家培训班开班；

3月15日，江苏南京，江苏文学院第六期中青年作家高级研修班（小说专题）开班；

4月21日，湖北荆州，湖北省作家协会2023年度会员培训班开班；

6月10日，江苏徐州，第七届"雨花写作营"开营；

6月12日，江苏南京，第六期江苏网络作家研修班开班；

6月17日，北京，北京大学全国网络文学高级研修班开班；

6月30日，北京，首期网络文学国际传播培训班开班；

7月9日，上海，中国作协网络文学上海研究培训基地第七期高级研修班"网络作家文化传承发展高研班"开班；

7月10日，网络文学中心举办首期全国网络作家维权线上培训班；

7月10日，陕西西安，2023年第二期"百优"作家高级研修班开班；

7月11日，北京，鲁迅文学院湖南专题文学（小说）研修班举行开学典礼；

7月13日，河北石家庄，河北青年作家高研班开班；

7月15日，四川成都，2023年番茄小说首届作家高级研修班在阿来书房正式开班；

7月21日，浙江丽水，网络作家新生代培育工程"新雨计划"第三期培训班开班；

7月30日，中国作协网络文学中心举办的"全国网络作家学习党的二十大精神专题线上培训班"结业；

8月5日，福建安溪，2023年安溪第三期作家研修班开班；

8月9日，浙江杭州，"飞卢脑洞训练营"第八期中国网络作家村高级研修班开班；

9月3日，北京，中国作协新时代山乡巨变主题创作改稿培训班开班；

9月11日，上海，2023年上海网络文学高层次写作人才研修班开班；

9月11日，北京，2023"青社学堂"京津冀网络文学青年创作骨干培训班开班；

9月12日，湖南长沙，"长沙网络文学精英创作交流改稿班"开班；

9月13日，山东泰安，山东网络文学高质量发展专题研讨班在泰安举办；

9月18日，山西太原，鲁迅文学院山西中青年作家高级研修班开班；

9月26日，江苏无锡，"网络文学视听转化研讨会暨网络作家培训班"开班；

10月11日，河南安阳，郦道元文学院首届作家高级研修班开班；

10月15日，湖南长沙，湖南省第二十二期中青年作家研讨班开班；

10月16日，北京，鲁迅文学院第二十二期网络文学作家培训班开班；

10月28日，山东淄博，淄博作家"新时代山乡巨变"主题改稿培训班开班；

10月29日，浙江杭州，2023第二届纵横中文网大神训练营开营；

11月5日，湖南长沙，2023年江西网络文学创作培训研讨班开班；

11月11日，湖北武汉，"英雄城市 文学先锋"2023武汉文学季"山乡巨变 文学攀登"武汉作家高级研修班开班；

11月14日，江苏南京，"2023年度南京市网络文学编辑业务培训班"开班；

11月14日，江苏常州江苏作协"基层作家活动周"暨第八期基层骨干作家研修班启动；

11月15日，湖南张家界，"仙境张家界"2023年网络文学交流采风周暨网络作家高级研修班开班；

11月23日，湖南长沙，长沙青年网络作家文学创作研修班开班；

12月4日，肩负文学使命 讲好吉林故事——网络作家文学培训活动在长春举办；

12月10日，上海，"网络文学高质量发展·上海培训"于上海大学宝山校区开幕；

12月27日，江苏南京，江苏文学院第十二期青年作家读书班开班。

（3）网络文学新设协会、社团机构活动

2月2日，重庆市网络作家协会换届，新一届理事会成员产生；

2月3日，2023年度云南省作家协会网络作家会员发展工作公告发布；

2月11日，上海，上海网络作协新设新会员发展委员会、现实题材创作委员会和网络文学评论委员会；

3月1日，湖南长沙，中国作协网络文学中心与中南出版传媒集团在长沙马栏山签署战略合作协议，指导中南传媒主办《网络文学观察》期刊；

3月15日，知乎上线"盐言故事"App，布局短篇小说阅读；

3月16日，纵横中文网推出新版纵横作家中心；

3月18日，湖南长沙，中南大学网络文学研究院在长沙揭牌；

3月20日，第二十届百花文学奖组织委员会研究决定增设"网络文学奖"；

3月30日，江西省网络作家协会2023年新会员名单发布；

4月12日，2023年度天津作协网络文学专委会新会员公示；

4月20日，湖南长沙，湖南省网络作家协会第二届会员代表大会召开，选举产生了湖南省网络作家协会第二届主席团成员和主席团主席；

4月22日，辽宁阜新，阜新市文联网络作家协会召开主席团扩大会议；

5月4日，江苏省网络作家协会2023年度新发展会员名单发布；

5月28日，著名科幻作家刘慈欣应邀出任中关村网络作家协会主席；

5月30日，广东省网络作家协会筹备公告发布；

6月15日，第二十九届北京国际图书博览会，阅文展台增设"网络出版馆"；

6月18日，广东广州，广东省网络作家协会成立；

6月26日，浙江宁波，宁波（鄞州）网络作家部落揭牌；

7月2日，掌阅科技对话式AI应用"阅爱聊"发布；

7月11日，浙江杭州，浙江省网络作家协会第三次代表大会召开；

7月19日，四川成都，阅文发布行业首个网文大模型"阅文妙笔"；

7月22日，浙江丽水畲乡网络文学村开村，"浙江省网络作家协会景宁创作基地"揭牌；

7月29日，晋江文学城第五届作者大会参会作者名单公布；

10月17日，宁波市网络作家协会招新通知发布；

10月21日，云南曲靖，云南网络文学研究中心落户曲靖师范学院；

11月6日，番茄小说全新上线"巅峰榜"；

11月7日，上海网络作家协会2023年新会员名单公示发布；

11月9日，浙江省网络作家协会2023年度新会员名单公告发布；

11月24日，潮州作协成立网络文学创作委员会；

11月28日，广东省首个网络作家协会创作基地在江门市江海区龙溪湖阅读中心正式揭牌；

12月8日，江苏省作家协会2023年度新会员名单发布；

12月8日，重庆市网络文学传播研究院正式挂牌成立。

（4）调研采风及其他活动

2月22日，网络作家、江苏省网络作协副主席骁骑校赴徐州地铁开展定点深入生活；

3月8日，起点中文网举办"AI声音大比拼"活动；

3月18日，湖南长沙，"中国网络文学三十年"新书发布活动在中南大学文学与新闻传播学院学术报告厅举行；

4月1日，上海，"让好书生生不息"网络文学作家对谈活动举行；

5月13日，由起点读书App联合QQ音乐"你好，大学声"校园厂牌举办的"起点校园音乐节"圆满落幕；

5月16日，河北保定，桫椤文艺评论工作室举办文学志愿服务系列活动；

5月25日，中国作家协会党组成员、书记处书记胡邦胜，中国作家协会网络文学中心主任何弘等一行参观调研阅文集团，开展以"学习贯彻二十大精神，推动网络文学高质量发展"为主题的座谈会，并讲授专题党课；

6月11日，北京，由北京大学文学讲习所、扬子江网络文学评论中心、中国文联出版社联合主办的"北京大学网络文学研究丛书"研讨会在燕园举行；

6月14日，文化和旅游部恭王府博物馆举办"阅见非遗"网络文学作家采风活动；

6月25日，知名网络文学编辑刘英（笔名：血酬）去世；

7月15日，阅文集团回应小说被盗版更新；

7月17日，知名网络文学作家玖月晞回应抄袭质疑；

7月17日，由番茄小说联合阿来书房主办的"番见世界·云端山语"直播对谈在四川四姑娘山举行；

7月20日，助力中华文化走出去，阅文向中国国际中文教育基金会捐赠经典网文资源；

7月29日，南派三叔《盗墓笔记》八一稻米节开启；

7月31日，番茄小说捐资发起"番茄·网络文学爱心基金"；

8月7日，奇想宇宙的"2023百万+稿酬计划"推出自由创作津贴；

8月10日，飞卢小说网举行18周年品牌升级的发布会仪式；

8月11日，潇湘书院App开放测试"筑梦岛"；

8月14日，关于2023年度浙江省网络文学原创作品扶持申报工作的通知发布；

8月17日，阅文集团携手上海图书馆，举办"让好书生生不息"系列活动之"善恶之外，勇气之歌"；

8月17日，《何日请长缨》等作品入选第六届中国"网络文学+"大会优秀作品；

8月17日，上海，网络文学走进上海书展，《诡秘之主》《宿命之环》签约出版；

9月1日，腾讯视频V视界大会举行，2024剧集片单公布，多部剧集改编自网络文学IP；

9月17日，以"赓续传统文脉 谱写时代经典"为主题的天马文学奖交流会成功举行；

9月27日，知名网络作家七月新番（原名：李云帆）去世；

10月8日至13日，由中宣部文艺局指导，中国文联网络文艺传播中心、江西省委宣传部主办的"感受文化遗产魅力 促进网络文艺创作"网络文艺骨干研修采风活动在江西举办；

10月9日，北京，文化和旅游部恭王府博物馆与阅文集团在北京举办"阅见非遗"第一届征文大赛及音乐创作大赛颁奖仪式；

10月17日，阅文集团参加法兰克福书展开幕；

10月18日，中国网络文学亮相法兰克福书展，《庆余年》《全职高手》等实力圈粉；

10月19日，《我的治愈系游戏》《隐秘死角》获得第34届中国科幻银河奖；

10月19日，2023年中国作家协会网络文学理论评论支持计划征集公告发布；

10月21日，成都，雨果奖颁奖典礼在成都世界科幻大会举行；

10月22日，作家止庵参加以"从人和故事出发——推理文学的生命力"为主题的番茄文化客厅第二期座谈会；

10月31日，阅文短剧剧本征集开启；

11月3日，飞卢小说短剧剧本征集活动开启；

11月3日，2023中美电视节获奖名单公布，多部IP改编剧获奖；

11月8日，风云再起游戏征文开启；

11月12日，"网易LOFTER"征集女性视角爽文；

11月16日，阅文集团亮相第四届长三角国际文化产业博览会开幕；

11月17日，"网罗天地 融汇古今——网络文学IP展"在深圳图书馆正式开幕；

12月16日，第四届辽宁网络文学"金椀杆"奖·优秀评论（研究）奖颁奖典礼在大连大学举办；

12月18日，由咪咕数字传媒有限公司主办的智·爱2023咪咕文学之夜在北京举办；

12月22日，中文在线＆花城首届"创想+"征文大赛圆满落幕；

12月22日，第二届【阅见非遗】主题征文活动开启。

2. 重要社团活动介绍

（1）2022年度网络文学榜样作家"十二天王"榜单发布

1月10日，2022年度网络文学榜样作家"十二天王"榜单（以下简称"十二天王"）发布，狐尾的笔、出走八万里、一蝉知夏、酒剑仙人、怪诞的表哥、情何以甚、南瞻台、阴天神隐、这很科学啊、南腔北调、关关公子、头顶一只喵喵等十二位作者摘得"天王"荣誉。这些"新星"中，80%以上都是90后，酒剑仙人、南瞻台等95后占据榜单半壁江山，网络作家的年轻化趋势愈发明显。①

（2）湖南益阳，"新时代山乡巨变创作计划"网络文学改稿班开班

2月28日，由中国作协、省委宣传部主办，省作协、市委宣传部、益阳高新区管委会承办的"新时代山乡巨变创作计划"改稿班暨"网络作家清溪行"在益阳市举行。活动旨在深入学习贯彻习近平新时代中国特色社会主义思想和党的二十大精神，落实中国作协十代会工作部署，进一步繁荣网络文学创作促进产业发展，充分

---

① 荀超：《在传统文化中汲取创作营养 2022年度网文"十二天王"出炉》，封面新闻，https：//www.thecover.cn/news/fEpi5w72PtiH90qSdq8Jkw＝＝，2023年10月3日查询。

发挥优秀作家作品的示范导向作用，推动网络文学高质量发展。①

(3) 中南大学网络文学研究院在长沙揭牌

3月18日，中南大学网络文学研究院成立揭牌仪式暨"中国网络文学三十年"新书发布活动在长沙举行。业内专家、中国作协网络文学委员会委员、网络文学产业工作者和中南大学师生共150余人参加了揭牌仪式。②

(4) 第二届扬子江网络文学最具IP潜力榜发布

6月13日，第二届扬子江网络文学最具IP潜力榜在南京市秦淮区发布。本次榜单评选是在中国作协指导下，面向尚未完成IP转化的网络文学作品，邀请了广播电视局、影视公司、文化产业公司的专业人员，业内知名编剧、知名编辑，以及高校网络文学研究专家担任评委。经海选、复评和终评，最终有10部作品入选榜单。分别是一度君华的《不醒》（晋江文学城）、东坡柚的《朋友的那个完美妻子》（豆瓣阅读）、僵尸嬷嬷的《重庆公寓》（晋江文学城）、漠兮的《菩提眼》（云起书院）、陆春吾的《一生悬命》（豆瓣阅读）、永慕余的《北镇抚司缉凶日常》（每天读点故事App）、司绘的《24小时拯救世界》（塔读/番茄小说网）、清扬婉兮的《有依》（咪咕阅读）、王熠（冰天跃马行）的《敦煌：千年飞天舞》（咪咕阅读）和白马出凉州的《漠上青梭绿》（七猫中文网）。③

(5) 广东省网络作家协会成立

6月18日上午，广东省网络作家协会成立大会在广东文学艺术中心召开。大会的主题是：全面贯彻党的二十大精神，以习近平新时代中国特色社会主义思想为指导，深入学习贯彻习近平总书记视察广东重要讲话、重要指示精神和关于文艺工作的重要论述，认真贯彻落实省委书记黄坤明同志到省文联省作协调研讲话精神和中国作协党组书记、副主席张宏森同志在广东省作家协会成立70周年座谈会上的讲话精神，总结新时代以来广东网络文学发展成绩与经验，谋划今后一段时期广东网络文学发展蓝图，审议通过章程，选举产生广东省网络作家协会第一届领导机构。④

(6) 网络作家部落在宁波（鄞州）揭牌

6月26日，宁波市鄞州区浅水湾影视文化产业园正式开园，宁波（鄞州）网络作家部落举行授牌仪式。入驻园区的宁波（鄞州）网络作家部落，是宁波第一个以网络文学为主题的园区，提供集网络作家创作、文学交流、人才孵化、网络影视上

---

① 益阳市人民政府门户网站：《以网络文学书写新时代山乡巨变》，http：//yiyang.gov.cn/yiyang/2/3/73/content_1727419.html，2023年10月3日查询。

② 廖慧文：《为网络文学理论研究增添重要力量 中南大学网络文学研究院成立》，湖南日报，https：//news.csu.edu.cn/info/1062/155341.htm，2023年10月3日查询。

③ 江苏作家网：《第二届"扬子江网络文学最具IP潜力榜"重磅发布》，https：//www.jszjw.com/wap/topnews/20230614/1686800252230.shtml，2023年10月3日查询。

④ 广东作家网：《广东省网络作家协会成立大会在广州召开 胡邦胜张培忠出席会议并讲话》，http：//www.gdzuoxie.com/v/2023/06/17592.html，2023年10月3日查询。

下游一体化的综合性服务产业，并计划在 3 年内集聚网络作家 100 名，其中行业内知名作家不少于 10 人，并在网络文学 IP 改编、沉浸式剧本、短剧等内容上都有所突破。①

（7）首期网络文学国际传播培训班在北京开班

6 月 30 日至 7 月 2 日，网络文学中心在京举办首期网络文学国际传播培训班，来自全国各地、活跃在创作一线的 40 位网络作家参加了培训。培训班进行了有针对性的课程设置，邀请了网络文学和国际传播领域的专家进行授课。培训班还围绕"精品创作""网文出海"等话题进行深入交流，气氛自始至终非常热烈。大家反映，此次培训找到了家的感觉，建议各级作协多举办类似的活动，让大家有更多的方向感和归属感。②

（8）2023 年上海网络文学高层次写作人才研修班在上海开班

7 月 9 日至 15 日，"网络作家文化传承发展高研班"（中国作协网络文学上海研究培训基地第七期高级研修班）和"贯彻落实习近平总书记在文化传承发展座谈会上的重要讲话精神座谈会"在上海举行。本次活动由中国作协网络文学中心、上海市作家协会主办，华语文学网承办，上海文学创作中心、上海网络作家协会、上海作家俱乐部有限公司、七猫中文网、阅文集团、上海大学创意写作中心协办。研修班学员优中选优，实际招收网络作家学员 120 名。③

（9）网络文学中心举办首期全国网络作家维权线上培训班

7 月 10 日，中国作协网络文学中心举办首期全国网络作家维权线上培训班，各省级网络作协会员、全国重点网络文学网站签约作家及相关从业人员约 6000 人参加培训。本次培训针对广大网络作家集中反映的维权难点痛点问题，专门邀请知识产权领域资深专家以案说法，进行"网络作家的权利""网络作家遭遇侵权如何维权""数字时代背景下作家 IP 及人格权保护"三个板块的主题讲解。④

（10）2023 年番茄小说首届作家高级研修班在成都阿来书房开班

7 月 15 日，为期两天的 2023 年番茄小说首届作家高级研修班（成都站）在阿来书房正式开班。现场，阿来、李怡、流潋紫、月关、许苗苗等知名作家、学者、编剧，通过主题内容培训，与 25 位番茄小说签约作者共同探讨网络文学行业的现状、发展及未来。此次研修班活动由中国音像与数字出版协会、四川省委网信办指

---

① 朱军备、李德龙、谌洪梦：《"文学+影视+园区"宁波（鄞州）创新影视与网络文学融合发展新模式》，凤凰网宁波，https：//nb.ifeng.com/c/8QvYjQkhIsg，2023 年 10 月 3 日查询。

② 橙瓜网文：《首期网络文学国际传播培训班在京开班》，https：//www.chenggua.com/html，2023 年 10 月 7 日查询。

③ 罗昕：《新时代新使命，"网络作家文化传承发展高研班"开班》，新民晚报，https：//www.thepaper.cn/newsDetail_forward_23795241，2023 年 10 月 21 日查询。

④ 中国作家网：《6000 人参加首期全国网络作家维权线上培训班》，http：//wyb.chinawriter.com.cn/content/202307/21/content70963.html，2023 年 10 月 7 日查询。

导,四川省作家协会、番茄小说主办,四川川报上行文化发展有限公司、阿来书房承办,四川大学文学与新闻学院协办,旨在为网文作者提供一个行业交流的机会,培养和提升平台作家创作优质网络文学作品的能力,同时让网络文学与传统文学互相了解、共同发展。①

(11) 畲乡网络文学村开村,"浙江省网络作家协会景宁创作基地"揭牌

7月22日晚,景宁畲乡网络文学村开村仪式在浙江丽水景宁畲族自治县举办,中国作家协会网络文学中心主任何弘、浙江省作家协会党组书记、副主席叶彤,中共丽水市委常委、宣传部部长李一波,中共景宁畲族自治县委书记翁志鸿等人出席活动。②

(12) 第四届两岸青年网络文学大赛在浙江杭州启动

8月20日,第四届两岸青年网络文学大赛在浙江杭州启动。该大赛自2017年举办以来,为两岸文学创作者提供了文化交流与合作发展的平台,同时发掘优秀青年作者,促进两岸文学创作及相关产业链发展,加深两岸青年间的文化与情感认同。网络无远弗届,拉近了两岸的距离;文学直抵人心,加深了两岸的共鸣。③

(13) 2023"青社学堂"京津冀网络文学青年创作骨干培训班在北京开班

9月11日,由中国作家协会网络文学中心指导,共青团北京市委员会主办,北京市团校承办,北京青年文学协会协办的2023"青社学堂"京津冀网络文学青年创作骨干培训班在北京民政部培训中心开班,近百名三地青年网络作家创作骨干参加培训。团北京市委、团天津市委、团河北省委社会联络部负责同志共同启动了"京津冀网络文学青年人才培养计划"。④

(14) "网络文学视听转化研讨会暨网络作家培训班"在江苏无锡开班

9月26日,由中国作家协会网络文学中心、江苏省作家协会主办,无锡市委宣传部、滨湖区人民政府承办的"网络文学视听转化研讨会暨网络作家培训班"在无锡举行,为期2天。培训班邀请湖南省网络协会副主席丁墨、上海市网络作家协会会长血红、江苏省网络作协副主席骁骑校、九州文化黄程等知名网络文学作家和行业专家授课,中国作协党组成员、书记处书记胡邦胜作开班动员和总结讲话。⑤

---

① 荀超:《阿来流潋紫月关等名家授课 番茄小说首届作家高级研修班在成都举办》,封面新闻,https://www.thecover.cn/news/Q%2Ba6llx/f5qH90qSdq8Jkw==,2023年10月7日查询。

② 赵茜:《景宁畲乡网络文学村开村 以新业态赋能乡村振兴》,潮新闻客户端,https://baijiahao.baidu.com/s?id=1772449455235639487&wfr=spider&for=pc,2023年10月10日查询。

③ 中国新闻网:《第四届两岸青年网络文学大赛启动 两岸"Z世代"以文会友》,https://www.chinanews.com.cn/gn/2023/08-20/10064394.shtml,2023年10月10日查询。

④ 飞卢小说:《2023"青社学堂"京津冀网络文学青年创作骨干培训班在京开班》,搜狐网,https://www.sohu.com/a/720101808_120676993,2023年10月21日查询。

⑤ 张建波:《中国作协网络文学视听转化研讨会暨网络作家培训班在无锡举行》,扬子晚报网,https://wap.yzwb.net/wap/news/3253386.html,2023年10月21日查询。

(15) 中国作协网络文学中心发布"网络文学 IP 创作扶持计划"

9月27日,为充分发挥网络文学的内容引擎作用,推动网络文学创作向短剧产品转化,引导网络文学讲好中国故事,为建设社会主义文化强国提供高质量的文化产品,中国作协网络文学中心推出"网络文学 IP 创作扶持计划"。该计划聚焦中华优秀文化、人民美好生活、科技创新和科幻、人类命运共同体、经典之美五个主题,从资金支持、内容提升、IP 支持等方面对创作者进行扶持。具体而言,在资金支持方面,扶持网络文学 IP 短剧作品 50 部,其中重点选题 20 部、优秀选题 30 部,分别每部资助 5 万元、2 万元;在内容提升方面,组织专家改稿,提升作品的故事表现力、艺术感染力、价值引导力;在 IP 支持方面,协调知名影视公司对优秀的选题进行拍摄制作,加大作品评论推介和宣传力度,提升作品社会影响力。[1]

(16) 中国网络文学影响力榜(2022 年度)在广州发布

10月12日,中国网络文学影响力榜(2022 年度)发布仪式在广州举行。经过严格初评、复评、终评和读者线上投票,中国作协网络文学中心推出网络小说榜、IP 影响榜、海外传播榜、新人榜四个榜单,29 部网络文学作品和 8 位新人作家上榜。网络小说榜上榜作品中,《关键路径》《上海凡人传》等作品紧扣时代脉搏、书写现实生活;《我们生活在南京》《夜的命名术》等展开绚丽想象,书写浩瀚宇宙奇幻寓言,探索科幻题材创作边界。IP 影响榜上榜作品题材多元、类型丰富,电视剧《小敏家》、网剧《开端》、动漫《星域四万年》等,全方位展示网络文学改编价值潜力。海外传播榜上榜作品充分展现人类命运共同体意识,《星汉灿烂,幸甚至哉》《光阴之外》等作品展现中华优秀传统文化魅力,出海多个国家和地区,引发国外读者共鸣。[2]

(17) 鲁迅文学院第二十二期网络文学作家培训班开班

10月16日上午,鲁迅文学院第二十二期网络文学作家培训班开学典礼在北京举行。鲁迅文学院副院长周长超和鲁迅文学院培训部、图书馆教师及第二十二期网络作家班的全体学员参加开学典礼。此次培训班学员由中国作协网络文学中心推荐、鲁迅文学院审定,经中国作家协会党组书记处批准后录取。很多学员曾参与编剧工作,在网络文学 IP 转化方面成绩优秀,是创造性转化文学资源、成功推动文学"破圈"和"跨界"的中坚力量。为办好本次培训班,鲁迅文学院在广泛吸纳以往办学经验的基础上,对教学环节做了具有针对性的安排,邀请国内知名作家、编剧、学

---

[1] 孙权:《"网络文学 IP 创作扶持计划"在江苏无锡发布》,中国新闻网,https://www.chinanews.com.cn/cul/2023/09-26/10084773.shtml,2023 年 10 月 21 日查询。

[2] 中国作家网:《中国网络文学影响力榜(2022 年度)发布仪式在广州举行》,http://www.chinawriter.com.cn/n1/2023/1012/c403993-40094121.html,2023 年 10 月 21 日查询。

者授课,展开对话交流。①

(18) 云南网络文学研究中心落户曲靖师范学院

10月21日,由云南省作家协会、曲靖市文学艺术界联合会、曲靖师范学院三方共建的云南网络文学研究中心揭牌仪式在曲靖师范学院举行,标志着云南省首个省级网络文学研究平台正式成立。云南省文学艺术界联合会党组成员、副主席缪开和,曲靖师范学院党委委员、副校长郭丽红,曲靖市文学艺术界联合会党组书记、主席高兴文,共同为中心揭牌。②

(19)"美丽中国"网络小说征文活动评选结果揭晓

11月1日,为贯彻落实党的二十大精神,鼓励广大网络文学创作者书写人与自然和谐共生,反映人才与创新的史诗篇章,中南大学网络文学研究院、中南大学资源循环研究院联合七猫纵横、番茄小说,以"美丽中国"为主题,面向全国开展了网络小说征文活动。该活动于2023年3月16日启动,经过网站平台初评、专家复评和终评,于2023年11月1日完成评选,分别评出一等奖1部,二等奖2部,三等奖3部。一等奖为奕辰辰的《慷慨天山》,二等奖为童童的《洞庭茶师》和柏夏的《航向晨曦》,三等奖为关中老人的《秦川暖阳》、嬴春衣的《翠山情》和乱世狂刀的《山花烂漫时》。③

(20) 第四届辽宁网络文学"金榧杆"奖·优秀评论(研究)奖终评结果公示发布

辽宁网络文学"金榧杆"奖自2019年起,已连续举办四届,根据《辽宁网络文学"金榧杆"奖评奖办法》,经评委投票本届"金榧杆"奖·优秀评论(研究)奖产生了5篇获奖作品,分别是吴金梅的《以网络文学创作繁荣发展新时代辽宁文化事业和文化产业》,韩传喜、郭晨的《嵌入、联结、驯化:基于可供性视角的网络文学媒介化转向考察》,郑熙青的《中国网络文学创作中的原创性和著作权问题》,房伟的《时空拓展、功能转换与媒介变革——中国网络小说的"长度"问题研究》,唐伟的《从"文学+网络"到"网络+文学"》。④

(21) 2023年度中国作协网络文学理论评论支持计划评审结果公告发布

2023年度中国作家协会网络文学理论评论支持计划共收到符合规定的申报项目22个,包括3个专项与19个一般项目。经网络文学理论评论支持计划评审委员会

---

① 肖雯:《鲁迅文学院第二十二期网络文学作家培训班举行开学典礼》,中国作家网,http://www.chinawriter.com.cn/n1/2023/1017/c403993-40097045.html,2023年11月18日查询。

② 严彦、孔莲莲:《云南网络文学研究中心落户曲靖师范学院》,https://www.qjnu.edu.cn/contents/9260/161774.html,2023年11月18日查询。

③ 红网:《"美丽中国"网络小说征文活动评选结果揭晓6部作品获奖》,https://baijiahao.baidu.com/s?id=1781964834821680414&wfr=spider&for=pc,2023年11月18日查询。

④ 辽宁作家网:《第四届辽宁网络文学"金榧杆"奖·优秀评论(研究)奖终评结果公示》,http://www.liaoningwriter.org.cn/news-show-20791.html,2023年11月18日查询。

论证，确定10个项目入选（含3个专项）。分别是鲍远福的《现代神话、后人类叙事与中国式现代化书写——新世纪中国网络科幻小说论稿》、王婉波的《网络文学读者阅读行为的多维考察》、高翔的《当代网络文学的价值取向研究》、胡疆锋的《中国网络小说的现实品格》、周志雄与许潇菲的《中国网络文学行业发展状况调研报告》、翟传鹏的《网络时代的文学生产转型研究》、王冰冰的《网络微短剧的美学特征及其精品化路径》、中国作协网络文学中南大学研究基地的《中国网络文学年鉴（2023）》（专项）以及扬子江网络文学评论中心的《中国网络文学理论评论年选2023》（专项）和中国网络文学阅评计划（专项）。①

（22）广东省首个网络作家协会创作基地落户江门

11月28日，广东省首个网络作家协会创作基地在江门市江海区龙溪湖阅读中心正式揭牌。广东省网络作家协会创作基地落地江门，是继11月省作协在江门举行"文学赋能侨乡高质量发展主题志愿活动"后，又一实施文学赋能江门高质量发展的实招。一方面将借助省网络作家协会（江门）基地的组织优势和专业优势，深入江门城乡采风创作、记录新时代江门侨都高质量发展的生动实践提供创作素材。另一方面，将为华侨题材文学创作提供丰富的文化资源，为"侨文化"的创造性转化、创新性发展提供了新的创作动力，以网络文学解码江门"侨文化"。②

（23）重庆市网络文学传播研究院正式挂牌成立

12月8日下午，由重庆市网络作家协会与重庆工商大学共建的重庆市网络文学传播研究院正式挂牌成立。研究院依托文学与新闻学院成立的实体性科研教学机构，是一个面向重庆、辐射全国的开放性科研教学平台。其成立的目的是搭建网络文学研究、教学平台，组建网络文学科研、教学团队，共同育人、联合育人，共建重庆市全媒体传播现代产业学院，形成全媒体传播教学与现代产业结合的产教一体格局。③

（24）第九届滇云网络文学大赛颁奖仪式举行，共有20部优秀网络文学作品获奖

为充分展示优秀网络文学、挖掘优秀网络文学新人、推促昆滇地区网络文学的发展、服务和融入全省经济社会新发展格局，由中共昆明市委网信办、昆明市文联主办，昆明网络文学协会、昆明信息港彩龙社区承办的2023第九届滇云网络文学大赛于4月13日正式启动，并于9月30日截稿。通过评选，阿伍颂庚的《雨林神象》、郭兴聘的《月鸟》、心理咨询师雁北的《梦知道答案》获一等奖；哀牢后裔的

---

① 中国作家网：《2023年度中国作协网络文学理论评论支持计划评审结果公告》，http：//wyb.chinawriter.com.cn/content/202311/22/content72505.html，2023年11月18日查询。

② 澎湃新闻：《正式揭牌！广东省首个网络作家协会创作基地落户江门！》，https：//www.thepaper.cn/newsDetail_forward_25480664，2023年11月29日查询。

③ 中国作家网：《重庆市网络文学传播研究院正式挂牌成立》，http：//www.chinawriter.com.cn/n1/2023/1213/c404023-40137842.html，2023年12月15日查询。

《苍穹安答》、黑马子建的《眼睛里的刺》等 6 部小说获二等奖；单小秋的《枯木逢春》、远离尘嚣的《我们看塔去》等 11 部小说获三等奖。①

三、网络文学年度重要事件

1. 年度事件总貌

本次共统计 2023 年度网络文学重要事件 164 个，其中，网络文学行业发展事件 73 个，网络文学重要奖项评定 14 个，网络文学 IP 开发事件 67 个，网络文学年度报告 10 个，具体清单如下。

（1）网络文学行业发展事件

1 月 5 日，北京，第二届出版融合发展国际化论坛成功举行，发布《2021 年中国网络文学出海报告》；

1 月 11 日，北京，全国重点网络文学网站联席会议召开；

1 月 13 日，2022 咪咕内容创作者盛典线上举行；

1 月 13 日，华为阅读与阅文集团达成合作，十余万本精品网文上线华为阅读；

1 月 16 日，澎湃新闻与阅文集团联合发布《2022 网络文学十大关键词》；

1 月 16 日，番茄小说网上线多书名实验功能，同时开启 2023 新春爆更活动；

1 月 16 日，藤萝为枝的网络小说《黑月光拿稳 BE 剧本》、罗敏的《海兰珠传奇》等多起抄袭事件引发热议；

1 月 17 日，晋江文学城发布年度盘点，并发起多项春节活动；

1 月 18 日，阅文集团发布作家版 2022 年度盘点；

2 月 27 日，四川成都，第七届中国网络版权保护与发展大会召开，发布"剑网 2022"专项行动十大案件；

3 月 1 日，中国作协网络文学中心与中南传媒签署协议，要求指导主办《网络文学观察》期刊；

3 月 10 日，中国香港，阅文集团海外门户起点国际（Web Novel）举办"WSA2022 颁奖典礼暨 Web Novel2023 作家职业化发展计划启动仪式"发布仪式；

3 月 11 日，首期《文学夜话》"她力量——聚焦网络文学中的女性创作"主题读书讲座沙龙在畲乡网络文学村举办；

3 月 16 日，纵横中文网纵横作家专区永久下线，推出新版纵横作家中心；

3 月 16 日，百度预训练生成式大语言模型"文心一言"正式发布，中文在线与百度就接入"文心一言"达成合作意向；

3 月 16 日，阅文集团发布 2022 年业绩报告；

---

① 中共昆明市委网信办：《第九届滇云网络文学大赛圆满收官》，http://wxb.km.gov.cn/c/2023-12-25/4814610.shtml，2023 年 12 月 25 日查询。

3月18日，中南大学网络文学研究院揭牌成立；

3月20日，2023年度江苏省作家协会网络文学重点作品扶持征集通知发布；

3月24日，北京，第六届中国"网络文学+"大会在北京亦创国际会展中心开幕；

3月25日，四川成都，第33届中国科幻银河奖颁奖典礼成功举办，《科幻世界》联合四川大学中国科幻研究院共同发布了《中国科幻网络文学白皮书（2022）》；

3月29日，第六届中国"网络文学+"大会上，中国音像与数字出版协会发布《2021年中国网络文学发展报告》；

3月29日，江苏南京，首届中国"网络科幻"高端论坛成功举行；

3月30日，四川成都，第十届中国网络视听大会在成都开幕；

4月3日，甘肃省网作协、重庆市网作协获评中国作协"2023年文学志愿服务示范性重点扶持项目"；

4月7日，上海，全国网络文学工作会议举行，发布《2022中国网络文学蓝皮书》；

4月10日，中国社会科学院文学研究所发布《2022中国网络文学发展研究报告》；

4月12日，中国网络作家著作捐赠仪式在中国现代文学馆隆重举行，四名网络作家著作入藏中国现代文学馆；

4月21日，上海，阅文集团与上海图书馆共同举行"书香上海·阅读全球"主题合作发布会，上海图书馆、《中国新闻出版广电报》、阅文集团共同发布《Z世代数字阅读报告》；

4月25日，第二届全民阅读大会数字阅读分论坛暨第九届数字阅读年会正式召开；

4月26日，2023网络文学版权保护研讨会举行；

4月27日，国务院新闻办公室举行的新闻发布会高度强调关注网络版权问题，不断加大网络版权治理力度；

4月28日，番茄小说、纵横文学与畲乡网络文学村签订共建"作家基地"协议；

5月8日，2023年中国作家协会网络文学重点作品扶持选题名单公布；

5月10日，北京，爱奇艺世界大会文学分论坛——第二届文学新势力大会顺利举行；

5月15日，在起点读书举办的"起点515书粉节"活动中，百万书粉用千万投票选出"起点十大网文名场面"；

5月27日，"2023中国国际网络文学周"举办，发布《中国网络文学亚洲传播报告》；

5月28日，第28届上海电视节白玉兰奖入围名单揭晓，多部网络文学改编剧入围；

5月28日，著名科幻作家刘慈欣应邀出任中关村网络作家协会主席；

5月29日，2023年度作家定点深入生活扶持项目公布；

6月6日，福建厦门，《2020—2022年文学改编影视作品蓝皮书》发布；

6月11日，北京，起点读书联合北京大学网络文学研究中心等10所高校研究中心和学院，共同启动"字在青年"全国高校新锐作家选拔赛；

6月15日，北京，在第二十九届北京国际图书博览会上，阅文展台增设"网络出版馆"；

6月16日，湖北武汉，2022年度中国网络文学版权保护十大典型案例发布；

6月21日，"新时代十年百部中国网络文学榜单"发布；

7月2日，掌阅科技对话式AI应用"阅爱卿"发布；

7月19日，上海市新闻出版局支持，阅文集团旗下多家知名原创文学网站联合主办第八届现实题材网络文学征文大赛启动；

7月19日，番茄·网络文学爱心基金成立；

7月19日，国内AIGC领域出版商"次元书馆"的众筹出版平台"次元聚核"上线；

8月11日，阅文旗下潇湘书院App开放测试基于AI技术的一项全新网文场景功能"筑梦岛"；

8月17日，上海书展浦东新区分会场"数字阅读：开启阅读新体验"开幕式上，七猫百部现实题材作品正式入藏浦东图书馆；

8月18日，首届"观海杯"青岛网络文学大赛开启；

8月25日，鲜见创投FRESH! BANG!与七猫中文网联合推出"鲜柠七"计划，旨在孵化短剧项目；

8月25日，番茄小说网正式上线作者等级体系；

8月29日，国家版权局等四部门启动"剑网2023"专项行动；

9月1日，书旗小说"筑金计划"开始实施，启动全新升级版原创作家签约福利政策；

9月11日，第五届大湾区杯（深圳）网络文学大赛启动；

9月25日，中国作家协会网络文学中心、西南科技大学、绵阳市文联、绵阳市游仙区人民政府决定共同实施"2023年度中国网络科幻文学创作扶持计划"；

9月26日，第二十届中国动漫金龙奖获奖名单公布，《斗罗大陆》获最佳动漫IP奖，阅文集团获最佳动漫与游戏平台奖；

9月26日，文化和旅游部恭王府博物馆联合阅文集团举办"阅见非遗"光影展；

10月13日，中文在线发布全球首个万字创作大模型"中文逍遥"；

10月31日，阅文集团发布了"剧本征集令"，标志着阅文集团正式进军短剧赛道；

11月2日，番茄小说发布2024年度"乘风计划"；

11月10日，第五届"金熊猫"网络文学奖征文大赛开启；

11月20日，阅文集团与南都娱乐联合发布《2023 IP风向标》报告，总结了2023年IP产业的五大趋势；

11月22日，番茄小说首届创作者大会在北京召开，宣布"和光计划"，正式官宣成立"番茄影视""番茄动漫"两大厂牌，与爱奇艺携手，积极推进优质作品的IP改编；

11月30日，阅文集团举办2023作家创作沟通会，发布"恒星计划"；

12月1日，晋江文学城"无CP+"分站开启；

12月8日，第五届大湾区杯（深圳）网络文学大赛获奖公布；

12月20日，江苏省第八届紫金山文学奖颁布，3部网络小说获奖；

12月21日，第九届滇云网络文学大赛颁奖仪式举行；

12月25日，由国家图书馆（国家古籍保护中心）主办、番茄小说承办的"古籍保护与传承公益论坛"在国家图书馆举办；

12月27日，阅文集团与澎湃新闻联合发布《2023网络文学十大关键词》；

12月29日，中国音像与数字出版协会公布"2023年数字阅读作品（项目）"推荐结果，多部网络小说在列。

（2）网络文学重要奖项评定

1月13日，第七届"啄木鸟杯"中国文艺评论推优暨第三届网络文艺评论优选汇在京云发布；

2月9日，第二届"扬子江网络文学最具IP潜力榜"评选公告发布；

2月15日，起点中文网主办的第一届科幻"启明星奖"获奖名单公布；

3月1日，湖南长沙，2021年度"中国网络文学影响力榜"发布；

3月20日，第二十届百花文学奖组织委员会研究决定增设"网络文学奖"；

4月13日，纵横小说、番茄小说网联合中南大学网络文学研究院、中南大学资源循环研究院以"美丽中国"为主题，面向全国开展网络小说征文活动；

5月13日，四川广汉，第十四届华语科幻星云奖公布，天瑞说符的《我们生活在南京》获长篇小说金奖；

6月6日，第二届"天马文学奖"评审结果发布；

6月10日，重庆移通学院主办、钓鱼城科幻学院承办的首届百万钓鱼城科幻大奖获奖名单公布；

6月26日，第三届白马湖全国网络文学评论大赛获奖名单发布；

10月19日，第34届中国科幻银河奖获奖名单公布；

11月15日，第四届辽宁网络文学"金桅杆"奖·优秀评论（研究）奖终评结果公示；

11月16日，江苏南京，第五届扬子江网络文学作品大赛颁奖；

（3）网络文学IP开发事件

1月12日，"中国视听大数据"（CVB）统计数据发布，《雪中悍刀行》《天才基本法》《余生，请多指教》《风吹半夏》等多部IP改编剧上榜；

1月14日，根据发飙的蜗牛作品改编的动画《妖神记》第七季定档，在腾讯视频动漫频道播出；

2月21日，中文在线以自有IP打造的国内首个科幻主题元宇宙RESTART（重启宇宙）正式启动；

3月6日，根据阅文集团作家我会修空调的同名小说《我有一座冒险屋》改编的剧本杀在重庆首发；

3月10日，改编自墨宝非宝《归路》的有声剧上线，同名电视剧在湖南卫视、爱奇艺、芒果TV同步播出；

3月13日，由紫金陈小说《坏小孩》改编的网剧《隐秘的角落》将翻拍日影版，名为Gold Boy；

3月17日，根据叶非夜的小说《爱你，是我的地老天荒》改编的电视剧《101次抢婚》在优酷视频独播；

3月21日，根据白鹭成双同名小说改编的电视剧《春闺梦里人》在腾讯视频独家播出；

3月30日，根据中文在线旗下四月天小说网《民国复仇千金》改编的微短剧《招惹》在腾讯视频独播；

4月6日，改编自藤萝为枝的小说《黑月光拿稳BE剧本》的电视剧《长月烬明》在优酷视频独播；

4月6日，改编自绿野千鹤的漫画《两不疑》的电视剧《恩爱两不疑》在芒果TV、爱奇艺播出；

4月7日，改编自阿耐的小说《欢乐颂4》的同名电视剧在央视八套、腾讯视频同步播出；

4月11日，豆瓣阅读作品《白鸟坠入密林》和《一生悬命》售出影视改编权；

4月23日，北京，欢瑞世纪"名家共创IP计划"发布会在京举办；

4月28日，改编自八月长安"振华中学"系列中的同名小说的电影《这么多年》上映；

5月10日，她与灯的《观鹤笔记》官宣影视化；

5月13日，紫金陈凭《坏小孩》入围国际匕首奖总决赛，创造历史；

5月17日，根据法医秦明作品《无声的证词》改编的同名动画第二季开播；

5月25日，根据伊北的小说《熟年》改编的同名电视剧在央视一套与爱奇艺同步播出；

5月25日，IP改编剧《护心》热映中，编剧事件引热议；

6月2日，改编自筱露的小说《时光如约》的电视剧《照亮你》登陆江苏卫视幸福剧场首播，腾讯视频跟播；

6月9日，爱奇艺"云腾计划"微短剧第一期定标结果公布；

6月10日，改编自唐家三少的小说《斗罗大陆Ⅱ绝世唐门》的同名网络动画定档；

6月13日，改编自竹已的小说《她病得不轻》的同名电视剧在优酷播出；

6月18日，根据墨书白的小说《长风渡》改编的同名电视剧在CCTV-8播出；

6月19日，2023腾讯视频影视年度发布会开启，《庆余年（第二季）》《赘婿（第二季）》《大奉打更人》《斗罗大陆Ⅱ》等多部网文IP改编剧发布先导预告与海报，重点IP《恶魔法则》亮相；

6月20日，根据竹已的小说《偷偷藏不住》改编的同名电视剧在优酷播出；

6月21日，改编自我吃西红柿的小说《雪鹰领主》的同名电视剧在腾讯视频播出；

6月22日，根据我吃西红柿的小说《沧元图》改编的同名动画在优酷独家播出；

6月25日，根据丁墨的小说《如果蜗牛有爱情》（泰国版）改编的同名电视剧在腾讯视频独播；

6月30日，改编自天蚕土豆同名作品的动画《大主宰》在爱奇艺播出；

7月2日，根据沧月的小说《朱颜》改编的电视剧《玉骨遥》在腾讯视频播出；

7月5日，根据玖月晞的小说《一座城，在等你》改编的电视剧《我的人间烟火》在湖南卫视播出；

7月10日，改编自九夜茴的小说《曾少年》的同名电视剧在央视八套、腾讯视频、爱奇艺播出；

7月23日，根据自藤萍的小说《吉祥纹莲花楼》改编的电视剧《莲花楼》在爱奇艺播出；

7月24日，改编自桐华的小说《长相思》的同名电视剧在腾讯视频播出；

8月10日，根据九鹭非香的小说《一时冲动，七世不祥》改编的电视剧《七时吉祥》在爱奇艺播出；

8月12日，改编自栖见的小说《白日梦我》同名电视剧在芒果TV独播；

8月18日，改编自柳翠虎的小说《装腔启示录》的同名电视剧在湖南卫视、芒果 TV 播出；

9月2日，改编自郭敬明的小说《云之羽》的同名电视剧在爱奇艺播出；

9月7日，改编自尾鱼的小说《西出玉门》的同名电视剧在腾讯视频播出；

9月13日，改编自墨宝非宝的小说《在暴雪时分》同名有声剧在喜马拉雅上线；

9月16日，改编自桐华的小说《那些回不去的年少时光》的同名电视剧在芒果 TV 播出；

9月16日，根据南派三叔的小说《盗墓笔记》改编的电视剧《介子鬼城》在腾讯视频、爱奇艺、优酷上线；

9月19日，改编自耳东兔子的小说《他从火光中走来》的同名电视剧在央视八套、爱奇艺播出；

9月19日，根据朗朗的小说《双喜》改编的电视剧《好事成双》在央视八套播出；

9月26日，改编自爱潜水的乌贼的小说《宿命之环》的同名有声书在起点读书上线；

9月29日，改编自跳舞的小说《恶魔法则》的同名动画在腾讯视频播出；

9月30日，改编自会说话的肘子的小说《大王饶命》的同名动画在腾讯视频播出；

10月13日，根据七月荔枝湾的小说《洗铅华》改编的电视剧《为有暗香来》在优酷播出；

10月14日，根据弱颜的小说《重生小地主》改编的电视剧《田耕纪》在爱奇艺独播；

10月17日，改编自她与灯的小说《观鹤笔记》的同名多人有声剧在喜马拉雅上线；

10月19日，改编自狐尾的笔的小说《道诡异仙》的同名有声书在起点读书上线；

10月28日，根据南派三叔的小说《盗墓笔记》改编的电视剧《黑金古殿》在腾讯播出；

10月30日，改编自 fresh 果果的小说《花千骨》的同名电影宣布定档；

11月2日，根据柠檬语嫣的小说《治愈者》改编的电视剧《治愈系恋人》在央视八套、优酷播出；

11月3日，根据翘摇的小说《错撩》改编的电视剧《以爱为营》在芒果 TV 播出；

11月4日，根据蓝云舒的小说《大唐明月》改编的电视剧《风起西洲》在浙江卫视、优酷播出；

11月6日，改编自匪我思存的小说《乐游原》的同名电视剧在腾讯视频播出；

11月7日，根据时镜的小说《坤宁》改编的电视剧《宁安如梦》在爱奇艺播出；

11月30日，改编自墨宝非宝的小说《很想很想你》的同名电视剧在腾讯视频播出；

12月5日，根据池金银的小说《穿成四个拖油瓶的恶毒后娘》改编的电视剧《当家小娘子》在优酷播出；

12月11日，改编自星零的小说《神隐》的同名电视剧在腾讯视频、芒果TV播出；

12月14日，改编自priest的小说《脱轨》的同名电视剧在优酷播出；

12月14日，改编自水千丞的小说《深渊游戏》的同名动画在爱奇艺播出；

12月15日，改编自饶雪漫的小说《左耳》的同名电视剧在爱奇艺、腾讯、优酷播出；

12月21日，根据深蓝的小说《请转告局长，三大队任务完成了》改编的电视剧《三大队》在爱奇艺播出。

(4) 网络文学年度报告

1月5日，中国音像与数字出版协会发布《2021年中国网络文学出海报告》；

3月25日，《科幻世界》联合四川大学中国科幻研究院共同发布《中国科幻网络文学白皮书（2022）》；

3月29日，中国音像与数字出版协会发布《2021年中国网络文学发展报告》；

4月7日，中国作协网络文学中心发布《2022中国网络文学蓝皮书》；

4月10日，中国社会科学院文学研究所发布《2022中国网络文学发展研究报告》；

8月28日，中国互联网络信息中心发布第52次《中国互联网络发展状况统计报告》；

9月12日，36氪研究院发布《2023年中国网络文学行业洞察报告》；

9月20日，中国新闻出版研究院发布《2022—2023年中国数字出版产业年度报告》；

11月20日，阅文集团与南都娱乐联合发布《2023 IP风向标》报告；

12月5日，中国音像与数字出版协会发布《2023中国网络文学出海趋势报告》。

2. 重要事件内容介绍

(1) 1月5日，中国音像与数字出版协会发布《2021年中国网络文学出海报告》

《2021年中国网络文学出海报告》显示，中国网络文学用户增长到4.9亿人，"出海"营收规模达29.05亿元。2012年至2021年，中国网络文学产业在数量高速增长的同时，实现向质量提升的转型；中国网络文学"出海"营收规模增长明显，形成了从"作品出海"、"版权出海"到"模式出海"再到"文化出海"的发展路径。海外市场营收从2018年的4亿元增长至2021年的29.05亿元，2021年海外市场营收规模同比增长75.3%。①

（2）1月13日，第七届"啄木鸟杯"中国文艺评论推优暨第三届网络文艺评论优选汇在京云发布

第七届"啄木鸟杯"中国文艺评论推优的评委、优秀作者代表，第三届网络文艺评论优选汇的评委、优秀作者代表及优秀组织，文艺界嘉宾、新闻媒体记者等80余人现场参加云发布典礼活动。本届推优活动作品经过推荐单位按名额推荐和中评协会员自荐，共收到作品705份，其中著作76部、长评442篇、短评187篇。推选出优秀文艺评论著作5部、优秀文艺长评文章15篇、优秀文艺短评文章15篇。会上，第三届网络文艺评论优选汇同期发布成果。本届优选汇以"中国网络文艺这十年"为主题，吸引全国各高校、科研院所、文化机构和新文艺群体评论工作者积极参与，共有695个作品参评，其中长评335个、短评323个、微评37个。最终推选出优秀作品50个，其中长评33个、短评15个、微评2个，同时评选出3家优秀组织。②

（3）四川成都，第七届中国网络版权保护与发展大会召开，发布"剑网2022"专项行动十大案件

2月27日，第七届中国网络版权保护与发展大会在四川成都召开。会上，国家版权局、工业和信息化部、公安部、国家互联网信息办公室联合发布了《"剑网2022"专项行动十大案件》。此次公布的十大案件，包括天津谭某某运营盗版网络文学App案，山西郝某某制售侵权盗版"剧本杀"案，黑龙江钟某某等网络销售侵权教辅图书案，上海、江苏联合查办车载U盘侵权案，安徽邓某某网络传播院线电影案，福建刘某某微信小程序侵权案，浙江黄某网络传播电子书案，河南某文化传媒公司网络传播短视频案，重庆童某某盗录传播春节档院线电影案和宁夏朱某某网络传播盗版案。③

（4）百度预训练生成式大语言模型"文心一言"正式发布，中文在线与百度就接入"文心一言"达成合作意向

3月16日下午，百度正式发布新一代大语言模型生成式AI产品文心一言，并展示了其在文学创作、商业文案创作、数理推算、中文理解、多模态生成五个使用场景中的综合能力。文心一言是新一代知识增强大语言模型，是在ERNIE及PLATO系列模型的基础上研发的。其关键技术包括监督精调、人类反馈的强化学习、提示、知识增强、检索增强和对话增强。其中，后三项是百度已有技术优势的再创新，也

---

① 孙海悦：《2021年我国网文海外市场营收规模29亿元》，中国新闻出版广电报，http://www.chinawriter.com.cn/n1/2023/0110/c404023-32603337.html，2023年10月20日查询。

② 项江涛：《第七届"啄木鸟杯"中国文艺评论推优暨第三届网络文艺评论优选汇云发布典礼在京举办》，https://www.cssn.cn/skgz/bwyc/202301/t20230116_5583158.shtml，2023年10月20日查询。

③ 张建林：《"剑网2022"专项行动十大案件正式公布》，新京报，https://www.bjnews.com.cn/detail/167748832114566.html，2023年10月20日查询。

是文心一言未来越来越强大的基础。文心一言和生成式 AI 代表了一个新的技术范式，这种新的技术范式将会影响到网络文学创作。①

（5）3 月 25 日，《科幻世界》联合四川大学中国科幻研究院共同发布《中国科幻网络文学白皮书（2022）》

《中国科幻网络文学白皮书（2022）》数据显示，在 2022 年，起点中文网发布了 42080 部科幻网络文学作品，原创科幻网络文学作品签约量增长 30%，是热门品类增长的第一名，规模仅次于作为传统网文品类的玄幻与都市类别；科幻网文的 IP 开发方面，截至 2022 年底，入围本届"银河奖"的科幻网络文学作品中，IP 改编率近 50%。许多热门科幻网文被改编为有声剧、动漫、影视剧。在输出海外方面，白皮书指出，一批经典的国产科幻网络文学亮相国际平台、传播中国故事，成为中国文化出海浪潮中的"弄潮儿"。2022 年，以《地球纪元》《第一序列》为代表的一批中国科幻网络文学作品首次被收录至大英图书馆的中文馆藏书目。作为当下最重要的一种网文品类，科幻网络文学展现出"中国式现代化故事"未来叙事的无限可能。②

（6）4 月 7 日，中国作协网络文学中心发布《2022 中国网络文学蓝皮书》

《2022 中国网络文学蓝皮书》（以下简称《蓝皮书》）指出，全年新增作品 300 多万部，其中现实题材作品新增 20 余万部，同比增长 17%；科幻题材作品新增 30 余万部，同比增长 24%；新增历史题材作品 28 万余部，同比增长 9%。《蓝皮书》指出，网络文学取得巨大成就的同时，依旧面临一些问题与挑战："三俗"、同质化现象仍一定程度存在；网络文学海外传播缺乏统筹规划；应对人工智能等高新科技挑战不充分等。《蓝皮书》将其概括为 5 个方面：作品量大，类型丰富；成为文化产业重要内容源头；成为中华文化走出去的亮丽名片；评论研究不断加强；作家队伍迭代发展不断壮大。③

（7）中国社会科学院文学研究所发布《2022 中国网络文学发展研究报告》

4 月 10 日，中国社会科学院文学研究所在京发布《2022 中国网络文学发展研究报告》，报告以网络文学内容创作和改编市场现状为蓝本，从时代定位、行业趋势、IP 产业、版权保护、网文出海等层面，完整展现了网络文学行业的发展现状和新兴趋势。2022 年网络文学整体呈现哪些新气象？网络作家群体发生什么样的新变化？网文出海取得了哪些新成就？作为 IP 产业的重要源头，网络文学又有哪些值得关注的新现象？报告发布当日，专家学者、网络作家对报告进行深入解读阐释，并围绕

---

① 周雨萌：《续写〈三体〉、创作新闻、解析数学，百度生成式 AI 产品文心一言正式发布》，深圳特区报，https：//www.dutenews.com/n/article/7408417，2023 年 10 月 20 日查询。
② 中国网科技：《2022 中国科幻网络文学白皮书发布：科幻网络文学已成为年轻人书写和阅读科幻的主要渠道》，http：//tech.china.com.cn/roll/20230325/394983.shtml，2023 年 10 月 20 日查询。
③ 刘鹏波：《全国网络文学工作会议在上海举行》，中国作家网，http：//www.chinawriter.com.cn/n1/2023/0412/c404023-32662135.html，2023 年 10 月 20 日查询。

网络文学的热点问题展开探讨。①

（8）欢瑞世纪"名家共创 IP 计划"发布会在京举办

4月23日，由中国作家协会社会联络部、中国电视艺术家协会影视合作促进委员会指导，欢瑞世纪主办的"全球语境下的中国故事书写"专题研讨会暨欢瑞世纪"名家共创 IP 计划"发布会在京举办。本次会议重点探讨了三大议题：一是当前全球语境不断变化的大背景下，中国故事如何更好地书写与创新；二是 AI 数智化时代下，中国 IP 产业面临的机遇与挑战；三是中国网络文学 IP 化十年发展的变化与新十年的展望。与会嘉宾、专家学者和作者编剧畅所欲言，充分讨论了这三个对影视内容行业现阶段及未来发展至关重要的命题。②

（9）"2023 中国国际网络文学周"在杭州成功举办，发布《中国网络文学亚洲传播报告》

5月27日，由中国作家协会、浙江省人民政府、杭州市人民政府共同主办的2023 中国国际网络文学周，在杭州白马湖建国饭店和国际会展中心 A 馆开幕。"2023 中国国际网络文学周"以"多彩亚洲 精彩世界"为主题，以习近平新时代中国特色社会主义思想为指导，旨在提升网络文学国际传播能力，向世界更好讲述中国故事，更好展现可信、可爱、可敬的中国形象。同时，活动发布了《中国网络文学亚洲传播报告》，总结了 2022 年中国网络文学出海情况，并对网络文学在亚洲的传播现状进行了重点分析。③

（10）《2020—2022 年文学改编影视作品蓝皮书》在厦门文学影视双向赋能高峰论坛发布

6月6日，在由中国作家协会社会联络部、中广联合会电视剧编剧委员会联合主办的文学影视双向赋能高峰论坛上，中国作协社会联络部、中国传媒大学中国故事研究院共同发布的《2020—2022 年文学改编影视作品蓝皮书》，为行业发展提供强大的数据支持。截至 2023 年 5 月，在网络推荐评分平台上，共收录近 3 年播出的文学改编剧集 264 部，豆瓣评分 7 分以上的作品有 67 部，占 25.4%，文学改编剧集的平均评分人数高达 93054 人次，远高于近三年国产剧在豆瓣的平均评分人数 47331 人次，文学改编影视作品的热度正盛。④

---

① 李江伟：《现实题材创作持续走热——〈2022 中国网络文学发展研究报告〉解读》，光明网，https：//news.gmw.cn/2023-04/12/content_36490981.htm，2023 年 10 月 20 日查询。
② 马嘉悦：《欢瑞世纪"名家共创 IP 计划"发布会在京举办》，人民政协网，http：//www.rmzxb.com.cn/c/2023-04-24/3335127.shtml，2023 年 11 月 7 日查询。
③ 赵茜：《就在明天，白马湖畔，2023 中国国际网络文学周来了》，潮新闻客户端，https：//baijiahao.baidu.com/s?id=1766957428420807780&wfr=spider&for=pc，2023 年 11 月 7 日查询。
④ 徐莹：《视听盛宴的文学"味道"——首届中国电视剧大会侧记》，中国作家网，http：//www.chinawriter.com.cn/n1/2023/0607/c419388-40007822.html，2023 年 11 月 7 日查询。

(11) 6月6日，第二届"天马文学奖"评审结果发布

本届评委会收到了27家文学网站推荐作品，共计119部。评审工作历时2个月，组建了由19位全国知名网络文学专家参与的评审委员会，最终评选出：骁骑校的《长乐里：盛世如我愿》、爱潜水的乌贼的《诡秘之主》、志鸟村的《大医凌然》、匪迦的《北斗星辰》、黑山老鬼的《从红月开始》为本届五部获奖作品。①

(12) 2022年度中国网络文学版权保护十大典型案例在武汉"东湖论坛"发布

6月16日，在武汉召开的第二届版权产业创新及知识产权保护东湖论坛上，中南大学网络文学研究院院长欧阳友权发布了2022年度中国网络文学十大版权案例。②

(13) 6月26日，第三届白马湖全国网络文学评论大赛获奖名单发布

第三届白马湖全国网络文学评论大赛由评委进行匿名初评和复评后，评选出最终获奖篇目。获奖名单如下：一等奖（5篇）《网络改革叙事的精神同构与价值追索——〈浩荡〉评析与现实题材网文创作的反思》（作者：江秀廷）；《1990年代的社会转型与网络文化的变迁——论〈告别薇安〉的社会母题》（作者：张学谦）；《〈大连金州没有眼泪〉：中文互联网第一篇出圈的网络散文》（作者：王金芝）；《中国网络科幻小说的文体变奏与文本阐释——以五组代表性文本的分析为例》（作者：鲍远福）《虚拟与现实之间的多元构造——评失落叶的〈网游之纵横天下〉》（作者：邢晨）。二等奖10篇，三等奖20篇。本次大赛发挥了文艺批评引导创作、多出精品、提高审美、引领风尚的重要作用，促进了网络文学守正创新、高质量发展。③

(14) 8月28日，中国互联网络信息中心发布第52次《中国互联网络发展状况统计报告》

第52次《中国互联网络发展状况统计报告》（以下简称《报告》）显示，截至2023年6月，我国网民规模达10.79亿人，较2022年12月增长1109万人，互联网普及率达76.4%。我国数字基础设施建设进一步加快，资源应用不断丰富。《报告》指出，我国工业互联网基础设施持续完善，"5G+工业互联网"快速发展。一是工业互联网网络体系快速壮大，平台体系逐步完善；二是数据汇聚初见成效，安全保障日益增强；三是融合应用不断涌现，"5G+工业互联网"快速发展。《报告》同时显示，2023年上半年，我国各类互联网应用持续发展，多类应用用户规模获得一定程度的增长。一是即时通信、网络视频、短视频的用户规模仍稳居前三；二是网约车、

---

① 上海作家网：《第二届"天马文学奖"评审结果公告》，http://www.shzuojia.cn/plus/view.php? aid=3236，2023年11月8日查询。

② 龙文泱：《2022年度中国网络文学十大版权案例发布》，湖南日报，https://m.voc.com.cn/xhn/news/202306/18177700.html，2023年11月10日查询。

③ 中国作家网：《第三届白马湖全国网络文学评论大赛获奖名单》，http://www.chinawriter.com.cn/n1/2023/0627/c404023-40021971.html，2023年11月12日查询。

在线旅行预订、网络文学等用户规模实现较快增长。①

（15）8月29日，国家版权局等四部门启动"剑网2023"专项行动

国家版权局、工业和信息化部、公安部、国家互联网信息办公室四部门近日联合启动打击网络侵权盗版"剑网2023"专项行动，这是全国持续开展的第19次打击网络侵权盗版专项行动。国家版权局有关负责人表示，本次专项行动将突出查办案件，加大对网络侵权盗版案件的处罚力度，对人民群众意见强烈、社会危害大的侵权盗版分子一律依法从严查处。自2005年起，国家版权局等部门针对网络侵权盗版的热点难点问题，聚焦网络视频、网络音乐、网络文学等领域，连续开展专项整治，规范了网络版权秩序，得到了国内外权利人的充分肯定。②

（16）9月20日，中国新闻出版研究院发布《2022—2023年中国数字出版产业年度报告》

第十三届中国数字出版博览会上发布了《2022—2023中国数字出版产业年度报告》（以下简称《报告》）。《报告》数据显示，2022年中国数字出版产业整体收入规模持续增长，总收入达到13586.99亿元，比上年增加6.46%。《报告》显示，2022年中国传统书、报刊数字化收入呈现上升态势，互联网期刊、电子图书、数字报纸的总收入为104.91亿元，相较于2021年的101.17亿元，增幅为3.7%，但处于近三年来增速最低点。表明传统新闻出版单位还需要依靠资源、拓展新业务、探索新路径、拓展新模式，着力提升规模实力与发展能力。《报告》指出，2022年中国网络文学海外市场规模突破30亿元，海外用户超过1.5亿人。截至2022年底，中国网络文学共向海外输出作品16000余部，包括实体书授权超过6400部，上线翻译作品9600余部，并已形成了15个大类100多个小类，都市、西方奇幻、东方奇幻、游戏竞技、科幻成为前五大题材类型。③

（17）9月25日，中国作家协会网络文学中心、西南科技大学、绵阳市文联、绵阳市游仙区人民政府决定共同实施"2023年度中国网络科幻文学创作扶持计划"

为深入贯彻习近平新时代中国特色社会主义思想和党的二十大精神，中国作家协会网络文学中心、西南科技大学、绵阳市文联、绵阳市游仙区人民政府决定共同实施"2023年度中国网络科幻文学创作扶持计划"，加强科技创新和科幻题材网络文学创作，以更好展现前沿科学技术成果，展望人类未来发展可能，推出更多增强人民精神力量的优秀作品。重在扶持四个方面的选题：科技创新故事与科学家精神；

---

① 人民网：《第52次〈中国互联网络发展状况统计报告〉发布：我国网民规模达10.79亿人》，http://finance.people.com.cn/n1/2023/0828/c1004-40065362.html，2023年11月12日查询。

② 吴晓东：《打击网络侵权盗版！四部门启动"剑网2023"专项行动》，中国青年报，http://news.cyol.com/gb/articles/2023-08/29/content_Gqdy3Kizxw.html，2023年11月15日查询。

③ 邸文炯：《2022年中国数字出版产业总收入达13586.99亿元》，央广网，https://gs.cnr.cn/gsxw/kx/20230921/t20230921_526427579.shtml，2023年11月20日查询。

航空航天、核科技与新能源题材；人工智能题材；未来世界①。

(18) 9月26日，文化和旅游部恭王府博物馆联合阅文集团举办的"阅见非遗"光影展正式开展

2022年9月，"阅见非遗"恭王府博物馆×阅文集团网络文学创作大赛启动后，涌现了大量体现非遗传承、弘扬中华优秀传统文化的高质量网络文学作品。本次展览分为"时间宝藏""书籍密语""灿烂幻境"三大板块，旨在通过光影结合及内容设置体验，展示文学作品及其呈现的非遗元素，引发大众对于以非遗为代表的中华优秀传统文化的关注，从不同维度了解非遗、体验非遗、爱上非遗。②

(19) 10月12日，中国作协发布2022年度中国网络文学影响力榜

本次发布的影响力榜包括网络小说榜、IP影响榜、海外传播榜、新人榜四个榜单。突出强调网络文学的主流化、精品化创作和海外传播。网络小说榜上榜作品中，《关键路径》等作品书写现实生活，《夜的命名术》等展开想象，探索科幻题材创作边界；IP影响榜上榜作品题材多元、类型丰富，全方位展示网络文学改编价值潜力；海外传播榜作品充分展现人类命运共同体意识，《星汉灿烂，幸甚至哉》等作品展现中华优秀传统文化魅力，引发国外读者共鸣；新人榜上榜作家平均年龄28岁，创新能力突出。③

(20) 第五届扬子江网络文学作品大赛颁奖暨现实题材网络文学创作分享会

11月16日，第五届扬子江网络文学作品大赛颁奖暨现实题材网络文学创作分享会在南京举办。本次活动由中共江苏省委宣传部、江苏省新闻出版局、江苏省作家协会主办，江苏凤凰文艺出版社承办，南京师范大学协办，会上为《我的西海雄鹰翱翔》等7部获奖作品、南京市新闻出版局等4家优秀组织单位颁奖。④

(21) 12月5日，中国音像与数字出版协会发布《2023中国网络文学出海趋势报告》

《2023中国网络文学出海趋势报告》以阅文集团和行业调查材料为主要分析蓝本，总结了网文出海的四大趋势：一是AI翻译，加速网文"一键出海"；二是全球共创，海外网文规模化发展；三是社交共读，好故事引领文化交流；四是产业融合，打造全球性IP生态。《2023中国网络文学出海趋势报告》显示，中国网络文学行业2022年总营收达317.8亿元，同比增长18.94%；海外营收规模达40.63亿元，同

---

① 文艺报1949：《中国网络科幻文学创作扶持计划（2023年度）》，https：//mp.weixin.qq.com/s/iGUUrtMKpk7YArfdpZI0aA，2023年11月27日查询。
② 恭王府博物馆：《恭王府博物馆与阅文集团共同举办"阅见非遗"光影展》https：//www.pgm.org.cn/pgm/wfdt/202309/f1fdff6780bf4e48b975a8b098885aae.shtml，2023年12月8日查询。
③ 余俊杰：《中国作协发布2022年度中国网络文学影响力榜》，新华网，http：//www.news.cn/2023-10/12/c_1129913480.htm，2023年12月8日查询。
④ 王峰：《第五届扬子江网络文学作品大赛在宁颁奖》，南京日报，http：//www.njdaily.cn/news/2023/1117/5565505861672729682.html，2023年12月13日查询。

比增长39.87%。同期，中国网络文学作品累计总量达到3458.84万部，同比增长7.93%。中国网络文学作品的翻译语种达20多种，涉及东南亚、北美、欧洲和非洲的40多个国家和地区，网络文学正成为中国文化海外传播体系的重要组成部分。①

（22）12月27日，阅文集团与澎湃新闻联合发布《2023网络文学十大关键词》

阅文集团与澎湃新闻联合发布《2023网络文学十大关键词》，从网络文学的内容题材、行业趋势、文化使命等维度，全面呈现2023年网络文学发展的重要变化与趋势特点。种田、考研、无CP、坐忘道、全员上桌、智商在线、非遗、AI金手指、短剧、霸总全球化等热词榜上有名。"短剧""霸总全球化"等热词上榜，则标志着网络文学正搭建起更广泛的舞台。短剧的内容源头正是网络文学，后者为前者提供IP改编的鲜活素材；伴随着中国网文海外影响力的深化，"霸总全球化"成为网络文学新兴关键词，相关报告显示，都市言情已成海外读者最爱看的题材之一。②

（张琛笑、张亚璇　执笔）

---

① 虞婧：《〈2023中国网络文学出海趋势报告〉发布：网文IP全球圈粉》，中国作家网，http://www.chinawriter.com.cn/n1/2023/1208/c404023-40134471.html，2023年12月26日查询。

② 中国新闻网：《"2023网络文学十大关键词"出炉 "考研" "种田"等热词上榜》，https://www.chinanews.com.cn/cul/2023/12-27/10136156.shtml，2023年12月30日查询。

第八章　网络法规与版权管理

2023年网络文学版权行业发展状况良好，版权保护意识深入人心。政府部门高度重视网络版权保护，多方合力优化版权生态环境，形成保护合力。网络文学平台打响"反盗自卫战"，在科技反盗、侵权打击和行业战线上持续发力。就网络版权新业态新领域，在加强治理力度的同时，运用区块链、人工智能等新技术，提升新技术版权保护与服务能力。与此同时，版权保护国际化正持续推进，知识产权强国建设渐入佳境。

一、网络文学版权管理年度现状

版权治理始终是网络文学规范化、健康化发展的关键，打击盗版对提升网络文学的发展质量和发展效益具有重要作用，版权保护已上升为关乎中国文化国际竞争软实力的重大课题。第52次《中国互联网络发展状况统计报告》指出，截至2023年6月，我国网络文学用户规模达5.28亿人，较2022年12月增长3592万人，占网民整体的49.0%，与此同时，网络文学平台与视频网站进一步加深版权合作，游戏、漫画等领域对网络文学作品的改编火热进行，网络文学亟须有效的版权治理。生成式人工智能技术的应用为网络文学版权治理体系提出了新的监管需求，未获得授权的网络文学作品可能被生成式人工智能技术研发商在训练模型时采用，这就有可能导致版权纠纷。2023年，网络文学版权的产业生态持续完善，版权保护顶层建设持续加强，版权协会、作家协会等部门形成保护合力，版权生态环境进一步优化。对于侵权行为，不断通过研讨会从法律和文化角度进行精确解读，并开展"剑网2023"专项行动等反侵权行动打击违法犯罪。此外，中国高度重视知识产权保护，加强知识产权强国建设，形成了网络文学知识产权的全链条保护。

1. 多方合力，优化版权生态环境

2023年，网络文学发展持续火热，国家和政府部门高度重视网文版权问题，形成保护版权多方合力，版权生态环境不断优化，网络文学版权保护力度不断加强，网络文学向着更加健康有序的方向发展。

（1）加强版权保护顶层建设

党的十八大以来，以习近平同志为核心的党中央始终将宣传思想文化工作摆在重要位置。

2023年3月,第十四届全国人民代表大会第一次会议和政协第十四届全国委员会第一次会议分别在北京开幕。两会期间,有专家就知识产权相关问题做出提案,其中不乏与网络文学版权治理相关的内容。如全国人大代表戴茵提出"建立完整的网络反盗版立法体系"。她指出,随着互联网技术的发展,盗版内容的形式越来越多样化,获利也越来越隐匿化,对此,戴茵建议建立完整的网络反盗版立法体系,以法律为依据构建网络监管平台,对网络盗版信息进行统一管理。并建议同时运用技术手段防止网络盗版与非法复制,提前预防网络盗版行为的发生。还要加强版权文化教育宣传,提升全民版权意识。除了戴茵明确对网络版权治理提出建议,其他知识产权建议也与网络版权治理相关。如国家知识产权局副局长何志敏提出,要"建立数据知识产权制度,加快培育数据要素市场";全国人大代表王劲松提出"让变革性技术在法治轨道上健康发展";全国人大代表孙宪忠建议"及早设立国家知识产权法院";全国人大代表张涤提出"全链条打击侵犯知识产权犯罪";全国人大代表马一德提出要"加强立法保障,提高知识产权整体质效";全国政协委员顾青则建议"坚守学术出版,呼吁版权保护"等。

（2）协会部门形成保护合力

就网络文学版权问题,版权协会、作家协会等部门还举办专题研讨会,对网络版权健康发展的相关内容进行讨论。有版权协会从文化和法律的角度为网络文学版权治理献计献策,形成保护合力。2023年3月31日,网络著作权法律热点问题研讨会在武汉开展,该研讨会由湖北省委宣传部（省版权局）指导、湖北省版权保护协会主办,来自高校、司法机关、仲裁机构和行业的嘉宾代表共商网络版权健康发展之策。随着网络文学内容载体的变化,盗版方式也在不断变化,企业的版权保护迎来新挑战。2023年6月16日,湖北省版权保护协会、中南大学网络文学研究院、知产财经全媒体等联合主办的第二届版权产业创新与知识产权保护东湖论坛在武汉举办,对外发布2022年度中国网络文学版权保护十大典型案例,为网络版权保护敲响警钟。

2023年4月26日,中国版权协会举行2023网络文学版权保护研讨会,中国版权协会理事长阎晓宏、中国作家协会社会联络部（权益保障办公室）主任李晓东,以及中宣部版权管理局干部马力海等人都发表了关于网络文学版权保护的相关意见。经过多年发展,网络文学具有越来越高的版权价值,但同时,网络文学受盗版侵害的问题也需要被重视,网络文学的影响力日益增大。网络版权保护关系到下一代的教育等问题,而"侵权成本低,维权成本高"是网络文学版权保护面临的重大难题。面对版权保护需求大、难度高的情况,中宣部版权管理局不断加大版权治理执法力度,在加大打击侵权盗版力度的同时,通过加强源头治理和行业监管,进一步强化对网络文学作品的版权管理。政府部门、执法部门、平台机构等共同努力,形成合力，多渠道地保护网络文学的版权。

（3）版权保护的国际化道路

网络文学在海外的市场规模和影响力逐渐扩大，网络文学如何高质量"走出去"受到关注，版权保护在讲好中国故事、树立大国形象等方面具有重要作用。2023年4月26日，国家主席习近平向中国与世界知识产权组织合作五十周年纪念暨宣传周主场活动致贺信指出，中国始终高度重视知识产权保护，深入实施知识产权强国建设，加强知识产权法治保障，完善知识产权管理体制，不断强化知识产权全链条保护，持续优化创新环境和营商环境。中国作家协会作家权益保障委员会办公室认真学习贺信精神，坚定文化自信，把著作权保护工作放在更加突出位置，倍加珍视作家朋友丰沛的文学资源，力求让更多文学作品活起来，更好惠及广大作家和文学爱好者。

受海外盗版维权取证难、侵权内容监控难、小网站打击难等因素制约，中国网络文学企业进行海外维权的成本很高、压力很大，自身知识产权难以保障。对此，中国作协副主席阎晶明建议，应推动落实"黑白名单"制度，对侵权盗版网络服务商"黑名单"要做到定期公示。他认为，在提高盗版侵权行为的违法犯罪成本和盗版打击和惩赔力度的同时，还应为支持中国网络文学企业跨境维权提供专业力量。中国作协网络文学委员会委员桫椤则建议加强与海外市场所在国家和地区法律部门的沟通协调，为保护网络文学著作权提供法律保障。网络文学平台和作者应该进一步提高版权意识，主动采取相应的措施保护原创作品，例如联系涉外法律机构保护自身权益，为作品在相关机构申请著作权登记、依法完善版权交易程序、增加限制任意复制剪贴页面的功能等，最大限度降低盗版风险。版权保护的国际化道路固然存在许多困难，国家、平台和作者也在为海外版权保护不断努力。网络文学海外传播是文化输出的重要路径，有利于增强中华文明传播力影响力，应该做到传播内容优化和传播样式丰富，以便讲好中国故事、传播好中国声音，展现可信、可爱、可敬的中国形象。

2. 多措并举，精准打击网络文学侵权行为

保护网络文学版权，就要对侵权行为进行精准打击，2023年，网络文学版权治理在多措并举下取得长足进步，平台也参与到"反盗自卫战"中，网络文学盗版难题取得突破性进展。

（1）剑指盗版，打击违法犯罪

2023年8月，国家版权局、工业和信息化部、公安部、国家互联网信息办公室四部门联合启动打击网络侵权盗版"剑网2023"专项行动，针对网络侵权盗版的热点难点问题，以体育赛事、点播影院、文博文创为重点，以网络视频、网络新闻、有声读物为重点，以电商平台、浏览器、搜索引擎为重点，连续开展专项整治，有效打击和震慑了网络侵权盗版行为，规范了网络版权秩序。国家版权局有关负责人表示，本次专项行动加大对网络侵权盗版案件的处罚力度，四部门将推动网络企业积极履行主体责任，共同构建打击网络侵权盗版社会共治格局。通过一系列反侵权行为，盗版问题受到重大打击，这对网络版权治理和网络文学有序健康发展具有重大意义。

(2) 平台发力，打响"反盗自卫战"

2023年，许多网络文学平台自身发力，采用多种手段反对盗版。例如，阅文在科技反盗、侵权打击和行业战线上持续发力，在网络文学盗版难题上取得突破性进展。他们发现，在盗版最猖狂的时候，网站1分钟能收到8000次来自同一IP的访问攻击，一天要跟25个盗版团伙过招。为了防止盗版商通过技术手段窃取正版内容，阅文反盗系统在2022年上线200多个技术策略、迭代3000多次，拦截盗版访问攻击1.5亿次，相当于每天拦截41万次像"笔趣阁"这样的盗版网站的访问攻击，在解决自动化批量盗版的难题上取得重大突破。番茄小说通过技术手段，搭建了全网领先的反抄袭系统，可以精准识别绝大多数抄袭违规行为。对行业里常见的融梗、借鉴等违规方式，也组建了专门的定向的评估团队，对作者、读者及行业投诉的违规作品进行细致的对比，以此鉴定作品是否违规。同时在反盗版方面，番茄进行了上千万次盗版投诉，累计成功数十万次，帮助原创作者成功维权。

3. 跟进网络新业态新领域，加强版权治理

近年来，5G、区块链、人工智能、大数据、云计算等新技术迅猛发展，不仅改变着内容生产方式，极大丰富了作品的传播方式，催生了新的版权商业模式和平台，促进了版权创造、运用、保护、管理和服务能力的显著提升，也给版权管理和保护工作带来一定挑战。就网络新业态新领域版权治理，国家版权局主要采取了两方面措施。一方面，国家版权局不断加大网络版权治理力度，联合国家互联网信息办公室、工业和信息化部、公安部连续18年开展打击网络侵权盗版"剑网"专项行动。去年开展的"剑网2022"专项行动，严厉打击文献数据库、短视频和网络文学等重点领域的侵权盗版行为，强化数字藏品、"剧本杀"等网络新业态版权监管。同时，加大对网络侵权盗版惩戒力度，各地查办侵犯网络著作权案件1180件，删除侵权盗版链接84万条，关闭侵权盗版网站（App）1692个，处置侵权账号1.54万个。中宣部版权管理局负责人赵秀玲特别提到，黑龙江查获哈尔滨"6·22"网络销售侵权盗版图书案、鸡西"5·05"网络销售侵权盗版图书案，涉案金额均超过1亿元。山西查获郝某某制售侵权盗版"剧本杀"案，通过这个案件进一步厘清了"剧本杀"版权保护的边界，为新业态侵权案件查办提供了良好借鉴。

国家版权局积极推动区块链等新技术在版权领域的运用，提升新技术版权保护与服务能力。早在2021年9月，国家版权局就会同中央网信办启动"区块链+版

权"创新应用试点工作，确定了 12 个"区块链+版权"创新应用试点项目。同时，密切关注新技术发展，组织开展新技术在版权领域的应用课题研究，系统梳理新技术在版权创造、运用、保护、管理和服务等方面的应用情况，为版权保护工作提供有力技术支撑。

2023 年，国家版权局持续深化版权执法监管工作，对社会关注、群众关心的重点领域和重点问题开展深入调研，拿出切实有效的措施，充分发挥新技术在推进版权治理能力和治理水平现代化方面的重要作用，不断净化网络版权环境。

2023 年 6 月 8 日，在首届文化强国建设高峰论坛共建互联网版权新生态分论坛上，专家们立足挑战与机遇，探讨解决互联网版权保护的中国方案。

数字出版新技术正在颠覆传统的内容生产方式、存储方式、传播方式、阅读方式。数字出版前沿技术发展与应用分论坛上，中国新闻出版研究院院长、党委书记魏玉山表示，为适应技术变革，出版业应与技术企业加强合作，加快出版融合标准体系建设，加强复合型人才培养，合作建设技术研发中心或搭建技术型高水平实验室，促进科技成果高效转化。华为云中国区副总裁张东生认为，出版行业正在全面拥抱数字化，华为云将助力出版企业在内容生产和消费端进行全球布局。腾讯集团副总裁、腾讯研究院院长司晓认为，人工智能产品深刻改变了内容生产方式和传播方式，数字出版、数字影视、数字艺术、数字动漫等新型业态不断涌现，极大提升了文化产品的生产效率，也给版权保护带来了挑战。中央网信办网络综合治理局副局长、一级巡视员邱国栋表示，不断加强互联网版权保护，既是推进创新型国家建设、推动高质量发展的内在要求，也是全社会共同的声音。推动数据确权是推进文化数字化战略实施的重要措施，中国版权保护中心党委书记、主任孙宝林建议，大力推进大数据服务平台建设，为文化数字化提供版权支撑；加快构建版权新应用体系，激活文化数据要素价值；探索建立以数据确权为核心的数字版权标准，提升文化数字化标准化水平。

二、网络文学相关政策法规梳理

1.《互联网信息服务管理办法》，国务院，2000 年 9 月 25 日；

2.《最高人民法院关于审理著作权民事纠纷案件适用法律若干问题的解释》，最高人民法院，2002 年 10 月 15 日；

3.《互联网著作权行政保护办法》，国家版权局、信息产业部，2005 年 5 月 30 日；

4.《最高人民法院关于审理涉及计算机网络著作权纠纷案件适用法律若干问题的解释》，最高人民法院，2006 年 12 月 8 日；

5.《中华人民共和国侵权责任法》，全国人民代表大会常务委员会，2010 年 7 月 1 日；

6.《互联网文化管理暂行规定》,文化部(现文化和旅游部),2011年4月1日;

7.《最高人民法院关于审理侵害信息网络传播权民事纠纷案件适用法律若干问题的规定》,最高人民法院,2013年1月1日;

8.《中华人民共和国著作权法》,全国人民代表大会常务委员会,1991年6月1日,2020年11月11日第三次修正;

9.《中华人民共和国著作权法实施条例》,国务院,2013年3月1日;

10.《信息网络传播权保护条例》,国务院,2013年3月1日;

11.《最高人民法院关于审理利用信息网络侵害人身权益民事纠纷案件适用法律若干问题的规定》,最高人民法院,2014年10月10日;

12.《习近平在文艺工作座谈会上的讲话》,2014年10月15日;

13.《使用文字作品支付报酬办法》,国家版权局、国家发改委,2014年11月1日;

14.《关于推动网络文学健康发展的指导意见》,国家新闻出版广电总局(现国家广播电视总局),2014年12月18日;

15.《关于规范网络转载版权秩序的通知》,国家版权局办公厅,2015年4月17日;

16.《互联网视听节目服务管理规定》,国家新闻出版广电总局(现国家广播电视总局),2008年1月31日起实施,2015年8月28日修订;

17.《中共中央关于繁荣发展社会主义文艺的意见》,中共中央,2015年10月3日;

18.《关于规范网盘服务版权秩序的通知》,国家版权局,2015年10月14日;

19.《关于新形势下加快知识产权强国建设的若干意见》,国务院,2015年12月18日;

20.《移动互联网应用程序信息服务管理规定》,国家互联网信息办公室,2022年8月1日;

21.《中共中央国务院关于完善产权保护制度依法保护产权的意见》,国务院,2016年11月4日;

22.《关于加强网络文学作品版权管理的通知》,国家版权局,2016年11月4日;

23.《国务院关于印发〈"十三五"国家战略性新兴产业发展规划〉的通知》,国务院,2016年11月29日;

24.《习近平在中国文联十大、中国作协九大开幕式上的讲话》,2016年11月30日;

25.《国务院关于印发〈"十三五"国家信息化规划〉的通知》,国务院,2016年12月15日;

26. 《国务院关于印发〈"十三五"国家知识产权保护和运用规划〉的通知》，国务院，2016年12月30日；

27. 《版权工作"十三五"规划》，国家版权局，2017年1月25日；

28. 《文化部关于推动数字文化产业创新发展的指导意见》，文化产业司，2017年4月11日；

29. 《中华人民共和国网络安全法》，全国人民代表大会常务委员会，2017年6月1日；

30. 《关于规范电子版作品登记证书的通知》，国家版权局，2017年6月5日；

31. 《网络文学出版服务单位社会效益评估试行办法》，国家新闻出版广电总局（现国家广播电视总局），2017年7月1日；

32. 《网络文学出版服务单位社会效益试行评估指标和计量标准》，国家新闻出版广电总局（现国家广播电视总局），2017年7月1日；

33. 《国务院关于进一步扩大和升级信息消费持续释放内需潜力的指导意见》，国务院，2017年8月24日；

34. 《坚定文化自信，推动社会主义文化繁荣兴盛》，习近平在中国共产党第十九次全国代表大会上的报告，2017年10月18日；

35. 《关于加强知识产权审判领域改革创新若干问题的意见》，十九届中央全面深化改革领导小组，2017年11月20日；

36. 《知识产权认证管理办法》，国家认监委、国家知识产权局，2018年2月11日；

37. 《关于加强知识产权审判领域改革创新若干问题的意见》，中共中央办公厅、国务院，2018年2月27日；

38. 《关于开展打击网络侵权盗版"剑网2018"专项行动的通知》，国家版权局等，2018年7月20日；

39. 《关于开展2018年优秀网络文学原创作品推介活动的通知》，国家新闻出版署、中国作家协会，2018年10月23日；

40. 《关于进一步加强广播电视和网络视听文艺节目管理的通知》，国家广播电视总局，2018年10月31日；

41. 《公安机关互联网安全监督检查规定》，公安部，2018年11月1日；

42. 《2018年深入实施国家知识产权战略加快建设知识产权强国推进计划》，国务院知识产权战略实施工作部际联席会议办公室，2018年11月9日；

43. 《具有舆论属性或社会动员能力的互联网信息服务安全评估规定》，中央网信办、公安部，2018年11月30日；

44. 《关于对知识产权（专利）领域严重失信主体开展联合惩戒的合作备忘录》，国家发展改革委等38个部委，2018年12月4日；

45.《关于印发〈国家出版产业基地（园区）管理办法〉的通知》，国家新闻出版总署，2019年6月19日；

46.《关于加快推进公共法律服务体系建设的意见》，中共中央办公厅，2019年7月10日；

47.《印发〈关于依法加强对境外著作权认证机构常驻中国代表机构管理的意见〉的通知》，国家版权局，2019年10月17日；

48.《关于印发〈图书、期刊、音像制品、电子出版物重大选题备案办法〉的通知》，国家新闻出版总署，2019年10月25日；

49.《关于强化知识产权保护的意见》，中共中央办公厅、国务院办公厅，2019年11月24日；

50.《网络信息内容生态治理规定》，国家互联网信息办公室，2020年3月1日；

51.《网络安全审查办法》，网信办、发展改革委、工业和信息化部、公安部、安全部、财政部、商务部、人民银行、市场监督管理总局、国家广播电视总局、证券监督管理委员会、保密局、密码管理局，2022年2月15日；

52.《2020年地方知识产权战略实施暨强国建设工作要点》，知识产权局，2020年4月20日；

53.《2020年深入实施国家知识产权战略加快建设知识产权强国推进计划》，国务院知识产权战略实施工作部际联席会议办公室，2020年5月13日；

54.《关于进一步加强网络文学出版管理的通知》，国家新闻出版署，2020年6月5日；

55.《关于开展打击网络侵权盗版"剑网2020"专项行动的通知》，国家版权局、工业和信息化部、公安部、国家互联网信息办公室，2020年6月12日；

56.《〈关于进一步加强知识产权维权援助工作的指导意见〉的通知》，国家知识产权局，2020年6月16日；

57.《关于开展2020"清朗"未成年人暑期网络环境专项整治的通知》，国家网信办秘书局，2020年7月9日；

58.《关于印发〈广播电视和网络视听大数据标准化白皮书（2020版）〉的通知》，国家广播电视总局办公厅，2020年8月25日；

59.《关于印发〈知识产权信息公共服务工作指引〉的通知》，国家知识产权局办公室，2020年11月5日；

60.《关于修改〈中华人民共和国著作权法〉的决定》，全国人民代表大会常务委员会，2020年11月11日；

61.《关于发布第一批知识产权行政执法指导案例的通知》，国家知识产权局，2020年12月14日；

62.《中华人民共和国民法典》，全国人民代表大会常务委员会，2021年1月1日；

63.《关于启动〈2021"清朗·春节网络环境"专项行动〉的通知》，国家网信办，2021年2月4日；

64.《关于做好2021年全国知识产权宣传周版权宣传活动的通知》，国家版权局，2021年3月26日；

65.《视听表演北京条约》，世界知识产权组织，2020年4月28日；

66.《关于开展打击网络侵权盗版"剑网2021"专项行动的通知》，国家版权局、工业和信息化部、公安部、国家互联网信息办公室，2021年6月；

67.《中华人民共和国著作权法》生效，全国人民代表大会常务委员会，2021年6月1日；

68.《关于加快推动区块链技术应用和产业发展的指导意见》，工业和信息化部、中央网信办，2021年5月27日；

69.《中国作家协会关于进一步加强文学工作者职业道德建设的意见》，中国作家协会，2021年9月2日；

70.国家广电总局召开广播电视和网络视听文艺工作者座谈会，国家广电总局，2021年9月7日；

71.《关于印发〈知识产权强国建设纲要（2021—2035年）〉的通知》，国务院，2021年9月22日；

72.《关于印发〈"十四五"国家知识产权保护和运用规划〉的通知》，国务院，2021年10月9日；

73.《网络文学作家职业道德公约》，国家新闻出版署等，2021年10月11日；

74.《关于印发〈"十四五"国家知识产权保护和运用规划〉的通知》，国务院，2021年10月9日；

75.《习近平在中国文联十一大、中国作协十大开幕式上的讲话》，2021年12月14日；

76.《关于发布〈网络短视频内容审核标准细则（2021）〉》，中国网络视听节目服务协会，2021年12月15日；

77.《关于印发〈版权工作"十四五"规划〉的通知》，国家版权局，2021年12月24日；

78.《网络安全审查办法》，国家互联网信息办公室等十三个部门，2022年1月4日；

79.《国家知识产权局关于印发〈2022年全国知识产权行政保护工作方案〉的通知》，国家知识产权局，2022年1月20日；

80.《国家互联网信息办公室〈关于互联网信息服务深度合成管理规定（征求

意见稿）〉公开征求意见的通知》，国家互联网信息办公室，2022年1月28日；

81.《国家版权局关于开展2022年全国版权示范创建评选工作的通知》，国家版权局，2022年3月14日；

82.《对〈全国人民代表大会常务委员会关于专利等知识产权案件诉讼程序若干问题的决定〉实施情况报告的意见和建议》，全国人大常委会，2022年3月25日；

83.《国家知识产权局关于持续深化知识产权代理行业"蓝天"专项整治行动的通知》，国家知识产权局，2022年3月25日；

84.《中国作家协会2022年"著作权保护与开发主题月"启动》，中国作家协会，2022年3月31日；

85.《国家新闻出版署关于〈开展图书"质量管理2022"专项工作〉的通知》，国家新闻出版署，2022年4月7日；

86.《2022年知识产权强国建设纲要和"十四五"规划实施地方工作要点》，国家知识产权局，2022年4月8日；

87.《国家知识产权局关于印发〈推动知识产权高质量发展年度工作指引（2022）〉的通知》，国家知识产权局，2022年3月16日；

88.《最高人民法院关于第一审知识产权民事、行政案件管辖的若干规定》，2022年5月1日；《最高人民法院关于印发基层人民法院管辖第一审知识产权民事、行政案件标准的通知》，2022年4月20日；《中国法院知识产权司法保护状况（2021年）》，最高人民法院，2022年4月21日；

89.《关于推动出版深度融合发展的实施意见》，中共中央宣传部，2022年4月24日；

90.《最高人民检察院、国家知识产权局关于强化知识产权协同保护的意见》，最高人民检察院、国家知识产权局，2022年4月25日；

91.《文化和旅游部关于印发〈"十四五"文化和旅游市场发展规划〉的通知》，文化和旅游部，2022年5月17日；

92.《最高人民法院关于涉及发明专利等知识产权合同纠纷案件上诉管辖问题的通知》，最高人民法院，2022年5月20日；

93.《中共中央办公厅、国务院办公厅印发关于推进实施国家文化数字化战略的意见》，国务院，2022年5月22日；

94.《最高人民法院关于加强区块链司法应用的意见》，最高人民法院，2022年5月25日；

95.《关于印发〈广播电视和网络视听领域经纪机构管理办法〉的通知》，国家广播电视总局，2022年5月20日；

96.《国家知识产权局关于知识产权政策实施提速增效 促进经济平稳健康发展的通知》，国家知识产权局，2022年5月30日；

97.《国务院办公厅关于印发〈国务院 2022 年度立法工作计划〉的通知》,国务院办公厅,2022 年 7 月 5 日;

98.《国家知识产权局关于加强知识产权鉴定工作的指导意见》,国家知识产权局,2022 年 7 月 26 日;

99.《中共中央办公厅、国务院办公厅印发〈"十四五"文化发展规划〉》,中共中央办公厅、国务院办公厅,2022 年 8 月 16 日;

100.《关于办理信息网络犯罪案件适用刑事诉讼程序若干问题的意见》,最高人民法院、最高人民检察院、公安部,2022 年 8 月 26 日;

101.《关于公开征求〈关于修改《中华人民共和国网络安全法》的决定(征求意见稿)〉意见的通知》,国家互联网信息办公室,2022 年 9 月 14 日;

102.《国家知识产权局办公室、最高人民法院办公厅关于征集 2021—2022 年知识产权纠纷多元调解经验做法和案例的通知》,国家知识产权局办公室、最高人民法院办公厅,2022 年 10 月 11 日;

103.《推进文化自信自强,铸就社会主义文化新辉煌》,习近平在中国共产党第二十次全国代表大会上的报告,2022 年 10 月 16 日;

104.《工业和信息化部关于印发〈网络产品安全漏洞收集平台备案管理办法〉的通知》,工业和信息化部,2022 年 10 月 25 日;

105.《深入实施〈关于强化知识产权保护的意见〉推进计划》,国家知识产权局,2022 年 10 月 25 日;

106.《国家知识产权局办公室关于公布 2022 年知识产权信息服务优秀案例的通知》,国家知识产权局办公室,2022 年 11 月 9 日;

107.《国家广播电视总局办公厅发布关于进一步加强网络微短剧管理 实施创作提升计划有关工作的通知》,国家广播电视总局办公厅,2022 年 11 月 14 日;

108.《关于加强知识产权鉴定工作衔接的意见》,国家知识产权局、最高人民法院、最高人民检察院、公安部、国家市场监督管理总局,2022 年 11 月 22 日;

109.《国家知识产权局办公室关于完善知识产权运营平台体系有关事项的通知》,国家知识产权局办公室,2022 年 11 月 23 日;

110.《互联网信息服务深度合成管理规定》,国家互联网信息办公室、工业和信息化部、公安部,2023 年 1 月 10 日起施行;

111.《国家广播电视总局关于印发〈全国广播电视和网络视听"十四五"人才发展规划〉的通知》,国家广播电视总局,2022 年 12 月 30 日;

112.最高人民法院 最高人民检察院《关于办理侵犯知识产权刑事案件适用法律若干问题的解释(征求意见稿)》向社会公开征求意见,最高人民法院、最高人民检察院,2023 年 1 月 18 日;

113.《国家新闻出版署关于实施 2023 年度出版智库高质量建设计划的通知》,

国家新闻出版署，2023 年 1 月 19 日；

114.《国家广播电视总局关于发布〈三维声编解码及渲染〉广播电视和网络视听行业标准的通知》，国家广播电视总局，2023 年 2 月 1 日；

115.《国家知识产权局办公室关于印发〈知识产权维权援助工作指引〉的通知》，国家知识产权局办公室，2023 年 2 月 16 日；

116.《最高人民法院、国家知识产权局关于强化知识产权协同保护的意见》，最高人民法院、国家知识产权局，2023 年 2 月 20 日；

117.《国家知识产权局关于印发 2023 年全国知识产权行政保护工作方案的通知》，国家知识产权局，2023 年 3 月 1 日；

118.《国家版权局关于 2022 年全国著作权登记情况的通报》，国家版权局，2023 年 3 月 10 日；

119.《国家新闻出版署关于开展 2023 年出版物发行单位年度核验工作的通知》，国家新闻出版署，2023 年 3 月 15 日；

120.《国家知识产权局关于印发〈推动知识产权高质量发展年度工作指引（2023）〉的通知》，国家知识产权局，2023 年 3 月 23 日；

121.《国家知识产权局关于进一步深入开展知识产权代理行业"蓝天"专项整治行动的通知》，国家知识产权局，2023 年 3 月 31 日；

122.《关于开展 2023 年全国知识产权宣传周活动的通知》，全国知识产权宣传周活动组委会办公室（国家知识产权局代章），2023 年 4 月 3 日；

123.《关于做好 2023 年全国知识产权宣传周版权宣传活动的通知》，中央宣传部版权管理局，2023 年 4 月 11 日；

124.《国家知识产权局办公室、工业和信息化部办公厅关于组织开展创新管理知识产权国际标准实施试点的通知》，国家知识产权局办公室、工业和信息化部办公厅，2023 年 4 月 28 日；

125.《国家版权局关于开展 2023 年全国版权示范创建评选工作的通知》，国家版权局，2023 年 6 月 13 日；

126.《国家知识产权局办公室关于面向企业开展 2023 年度知识产权强国建设示范工作的通知》，国家知识产权局办公室，2023 年 7 月 14 日；

127.《国务院知识产权战略实施工作部际联席会议办公室关于印发〈2023 年知识产权强国建设纲要和"十四五"规划实施推进计划〉通知》，国务院知识产权战略实施工作部际联席会议办公室，2023 年 7 月 21 日；

128.《市场监管总局关于新时代加强知识产权执法的意见》，市场监管总局，2023 年 8 月 8 日；

129.《关于进一步加强网络侵权信息举报工作的指导意见》，中央网络安全和信息化委员会办公室，2023 年 9 月 15 日；

130.《国家知识产权局关于认定全国知识产权运营服务平台体系功能性平台的通知》，国家知识产权局，2023年9月5日；

131.《国家新闻出版广电总局关于印发〈广播电视和网络视听标准化管理办法〉的通知》，国家新闻出版广电总局，2023年9月5日；

132.《国家知识产权局、司法部关于加强新时代专利侵权纠纷行政裁决工作的意见》，国家知识产权局、司法部，2023年9月11日；

133.《国家知识产权局办公室关于印发〈知识产权行政保护技术调查官管理办法〉的通知》，国家知识产权局办公室，2023年9月15日；

134.《国家广播电视总局办公厅关于印发〈广播电视和网络视听统计调查制度〉的通知》，国家广播电视总局办公厅，2023年11月2日；

135.《关于推进出版学科专业共建工作的实施意见》，中宣部、教育部，2023年12月20日。

三、网络文学版权管理相关报告及学术文献

1. 网络文学版权管理相关报告

（1）中国社会科学院＆阅文集团发布《2022中国网络文学发展研究报告》[①]

2023年4月，中国社会科学院发布《2022中国网络文学发展研究报告》，以阅文集团年度数据和行业公开数据为主要分析蓝本，完整呈现了我国网络文学行业时代定位、行业趋势、IP产业、版权保护、网文出海等层面的发展状况。

本报告分为5章，从不同层面综合阐述网络文学2022年度的重要作用和发展态势。第一章关注网络作家队伍的壮大，指出90后作家已成为网络文学创作的中坚力量，00后作家成为新增主力，网络作家文化自觉的重要性和网络文学的主流化受到关注。第二章指出网络文学题材的进一步拓展优化，指出在2022年，现实、科幻、玄幻、历史、古言等题材成为讲好中国故事的标杆题材，与此同时表明现实题材在反映行业变迁和时代风貌的重要作用。第三章评点网络文学的产业价值，免费阅读与付费阅读共同繁荣的同时，IP转化也呈现出整体稳健、形式迭代、路径创新、持续发展的综合特征。第四章讲述版权保护生态共治的推进，对版权治理中国方案进行充分探索。第五章简述网络文学海外传播现状并对其前景进行展望，2022年，线上翻译作品持续发力，海外原创作家激增，初步形成生态出海格局。

网络文学的规范化、健康化发展，离不开对版权的保护，盗版始终是制约网络文学发展的一大障碍。报告指出，面对近年来网文IP全版权运营、网文出海等新形势，版权保护已然上升为关乎中国文化国际竞争软实力的重大课题，2022年，声势

[①] 中国社会科学网：《2022中国网络文学发展研究报告》，http：//mp.pdnews.cn/Pc/ArtInfoApi/article？id＝35022532，2023年11月29日查询。

浩大的打击盗版行动在多部门联合下展开,反盗版被推向新高度,版权环境趋势逐年向好,正在迈入"政府主导、行业自律、技术赋能、大众参与"的生态共治阶段,版权治理的中国方案在网文头部平台的积极探索下逐渐成形。版权保护共治、共享在政府主导和行业自律下持续推进,版权治理的"中国方案"在多措并举、精准打击下逐步探索成型,正版化助力文化产业整体创新与发展。

（2）国家质量强国建设协调推进领导小组办公室发布《中国打击侵权假冒工作年度报告（2022）》①

2023年4月26日,国家质量强国建设协调推进领导小组办公室发布《中国打击侵权假冒工作年度报告（2022）》（以下简称《报告》）。市场监管总局副局长甘霖在国务院新闻办新闻发布会上对《报告》进行解读,《报告》分析了2022年国际国内经济形势,并从顶层设计、法律法规、行政执法、司法保护、多元治理、宣传引导以及国际合作7个方面全面阐述了2022年中国打击侵权假冒工作的进展和成效。

当今世界经济复苏乏力,部分领域风险上升,全球创新持续推进,交流转化速度放缓,同时中国经济稳步前行、知识产权领跑全球。面对这样的国际国内经济形势,报告讲述了中国打击侵权假冒工作取得长足进展。报告认为,我国版权保护的顶层设计更加完善,政策指引强化,聚焦知识产权强国建设,加大统筹部署,提升打击侵权假冒合力,细化路径任务,落实知识产权纲要规划；法律法规更加健全,不管是法律和行政法规层面,还是部门规章层面,或是司法解释和规范性文件层面,版权保护的相关法律法规都进一步健全完善。报告指出,近年来,我国行政执法更加高效,进一步强化重点领域整治、重点产品整治以及重点环节整治；司法保护更加严厉,加大刑事打击力度、检察监督力度以及司法审判力度；治理方式更加多元,推进信用分类监管,强化部门协同保护,拓宽纠纷化解渠道,提升指导服务水平；宣传引导更加广泛,系统宣介更有成效,注重强化以案示警,主动引导行业自律,积极培育社会意识；国际合作更加深入,积极推进全球治理,持续参与联合行动,不断拓宽合作渠道。

（3）中国作家协会发布《2022中国网络文学蓝皮书》②

在2023年4月举办的2023年全国网络文学工作会议上,中国作协网络文学中心发布了《2022中国网络文学蓝皮书》（以下简称《蓝皮书》）,与新时代十年的伟大变革相呼应,全面总结新时代十年网络文学发展的成就与经验。

蓝皮书指出,2022年,我国网络文学主流化、精品化进程明显加快,取得了巨

---

① 中国政府网：《中国打击侵权假冒工作年度报告（2022）》,https：//www.gov.cn/lianbo/2022-04/27/5753402/files/0c24adf115014399822454blcacbbf55.pdf,2023年11月29日查询。
② 中国作家网：《2022中国网络文学蓝皮书》,http：//www.chinawriter.com.cn/n1/2023/0526/c457544-32695046.html,2023年11月29日查询。

大成就；现实题材创作进一步丰富，2022 年网络文学新增作品 300 多万部，其中现实题材作品 20 余万部，同比增长 17%。新时代十年，中国近百家重点网络文学网站的上百万名活跃作者，累计创作作品上千万部。《蓝皮书》还指出，2022 年，网络文学行业多元化发展态势显著，在增长放缓的大背景下，网络文学衍生转化寻求突破，创新运营模式，IP 市场进一步精品化、细分化。2022 年，网络文学的管理引导更具实效，理论评论继续壮大，通过构建适应网络文学特点的评论体系和评价标准，有力推动网络文学高质量发展；作家队伍迭代更新，网络文学组织化程度提升，网络作家凝心聚力，责任意识和担当精神不断提高。与此同时，网络文学的海外传播规模扩大，网络文学行业加速布局海外市场，机制更加成熟，影响力进一步扩大，呈现出良好发展态势。

《蓝皮书》还指出，网络文学高质量发展面临的问题与挑战，网络文学还一定程度上存在"三俗"、同质化现象，而竞争加剧也会影响到网络文学行业生态。除此之外，网络文学在海外传播时缺乏统筹规划，应对人工智能等高新科技挑战时也存在准备不充分的问题。

2. 网络文学版权管理相关学术成果

（1）学术期刊论文

江锦年：《版权保护强度对网络文学产业的影响及其适度性分析》，《湖北第二师范学院学报》，2023 年第 1 期。

朱开鑫：《中国网络版权保护与治理十年回顾》，《中国信息安全》，2023 年第 2 期。

汤天宇：《版权网络侵权之"转移"规则研究》，《黑龙江工程学院学报》，2023 年第 1 期。

王雪蕾：《我国网络平台版权过滤义务的引入与构建》，《电子知识产权》，2023 年第 2 期。

张大儒，叶同，段新煜，徐玮鸿：《基于双通证激励机制的网文版权运营体系研究——以"阅文合同事件"为视角》，《中国商论》，2023 年第 4 期。

郭玉新，胡晴雁：《非同质通证数字作品著作权侵权风险与应对研究》，《上海法学研究》集刊 2022 年第 22 卷——智慧法治学术共同体文集，2023 年。

王奥琪：《民法典背景下侵犯知识产权犯罪刑事对策——以著作权为分析路径》，最高人民检察院法律政策研究室，2023 年。

薛詠贤，杨勇：《国际化的中国网络文学全版权开发研究》，《出版广角》，2023 年第 4 期。

任晓敏，赵鑫莹：《我国网络版权治理的影响变量、运作模式与核心逻辑》，《中国编辑》，2023 年第 3 期。

黄飞，张瀚洋：《个人隐私保护背景下网络匿名作品保护研究（英文）》，《科技与法律（中英文）》，2023年第2期。

肖柏杨：《网络版权法中技术中立原则之检视》，《西南知识产权评论》，2023年第1期。

孙昊亮，宋景：《全媒体时代著作权法中的媒体规则及其变革》，《新媒体与社会》，2023年第1期。

舒菲：《网络文学IP全版权运营存在的问题与对策》，《采写编》，2023年第5期。

黄朝军：《网络时代版权犯罪行为类型的扩展路径》，《法律适用》，2023年第5期。

王丽婧：《数字化时代数字网络作品版权法律规约探析》，《传播与版权》，2023年第10期。

杨小兰，张潇怡：《数字文化产业发展的版权司法保护实证研究——以成都市为例》，《四川民族学院学报》，2023年第3期。

肖海，周瑞平，廖石昕：《网络爬虫生成物的著作权规制》，《滨州学院学报》，2023年第3期。

李亚兰：《作品非同质化代币纠纷中的著作权法适用问题研究》，《电子知识产权》，2023年第6期。

王亚静，刘宗义：《社群传播视角下网络文学版权运营的发展路径——以阅文集团为例》，《传媒》，2023年第12期。

仇金：《网络司法服务保障网络版权高质量发展的路径优化》，《传媒》，2023年第12期。

范语嫣：《版权数字化背景下网络著作权保护制度完善》，《法制博览》，2023年第19期。

郑熙青：《中国网络文学创作中的原创性和著作权问题》，《文艺研究》，2023年第7期。

宋姗姗，周毅，白文琳：《信息内容平台治理"洗稿"行为的路径及其优化研究——基于网络知识产权安全视角》，《情报杂志》，2023年第10期。

陈前进，刘世昌：《网络文学IP的衍生困境和优化路径》，《出版广角》，2023年第13期。

张启飞，虞纯纯：《网络著作权保护刑民"两法"衔接反思与重塑》，《中国出版》，2023年第14期。

焦娅菲：《算法推荐模式下网络平台著作权侵权责任认定研究》，《科技与创新》，2023年第1期。

宋建立：《著作权刑事保护趋势与实践思考》，《中国应用法学》，2023年第

4 期。

刘铁光：《著作权民刑保护之间的法域冲突及其化解》，《法律科学（西北政法大学学报）》，2023 年第 5 期。

郑薇：《〈此间的少年〉侵权案及其对网文版权保护的启示》，《阅江学刊》，2023 年 10 月 1 日。

张宏羽：《网文维权攻略》，《检察风云》，2023 年第 16 期。

土真玉：《网络爬虫行为的著作权问题研究》，《河南科技》，2023 年第 16 期。

刘玲武，曹念童：《网络文学版权治理困境及版权制度应对刍议》，《出版与印刷》2023 年 10 月 1 日。

李燕燕，张洪波：《创作之伞（长篇纪实连载）——中国文字著作权保护纪事》，《啄木鸟》，2023 年第 10 期。

江锦年：《网络文学 IP 版权保护的现实困境与出路》，《新闻前哨》，2023 年第 20 期。

刘建：《重混创作著作权保护的争议分析与调和路径》，《政法论坛》，2023 年第 6 期。

赵礼寿，杨佚琳，马丽娜：《我国网络文学产业价值链的组织协同管理研究》，《视听界》，2023 年第 6 期。

芮婧怡：《网络文学"融梗"行为侵权界定及对策探讨》，《市场周刊》，2023 年第 12 期。

（2）报纸文章

李婧璇：《迎接新挑战，形成版权大保护格局》，《中国新闻出版广电报》，2023 年 2 月 9 日。

李晓晨，阎晶明：《规范期刊用稿行为 加强网络文学版权保护》，《文艺报》，2023 年 3 月 8 日。

卢扬，韩昕媛：《网文版权保护 服务商过滤不可或缺》，《北京商报》，2023 年 3 月 8 日。

温婷：《加强版权保护 促进数字文化产业繁荣发展》，《上海证券报》，2023 年 3 月 8 日。

温婷：《推动"黑白名单"制度落地 夯实网络文学版权治理成果》，《上海证券报》，2023 年 3 月 12 日。

刘源隆：《网络版权保护助力新时代文化产业创新发展》，《中国文化报》，2023 年 3 月 14 日。

隋明照：《区块链在版权保护领域大显身手》，《中国新闻出版广电报》，2023 年 3 月 16 日。

隋明照：《聚焦两会强音 聆听版权"心声"》，《中国新闻出版广电报》，2023

年3月16日。

刘鹏波：《网络文艺如何健康发展？听听代表委员们怎么说》，《文艺报》，2023年3月22日。

汤广花：《保护网络版权 促进创新发展》，《中国新闻出版广电报》，2023年4月6日。

徐耀明：《内容产业版权治理问题亟待关注》，《中国新闻出版广电报》，2023年4月13日。

张羽：《数字版权刑事司法保护走向深水区》，《检察日报》，2023年4月25日。

袁于飞：《我国知识产权创造质量稳步提升》，《光明日报》，2023年4月25日。

方彬楠，袁泽睿：《网络新业态版权治理寻路"区块链"》，《北京商报》，2023年4月27日。

张昊：《最高检：强化知识产权综合保护 服务保障经济社会高质量发展》，《法治日报》，2023年4月27日。

徐平，张君成，李婧璇：《共建互联网版权新生态分论坛：顺势而动，建设网络版权保护新生态》，《中国新闻出版广电报》，2023年6月13日。

朱丽娜：《人工智能技术风口下，如何守护著作权？》，《中国新闻出版广电报》，2023年6月15日。

张丽：《加强视听产业版权保护，激发文化创造活力》，《人民政协报》，2023年6月17日。

余东明，张海燕：《文章刚更新就出现在盗版网站上》，《法治日报》，2023年7月26日。

戴雪晴：《图书版权出海，文化共通共融》，《南方日报》，2023年7月30日。

赖名芳：《不断强化版权专项整治 营造版权保护良好环境》，《中国新闻出版广电报》，2023年10月23日。

张维：《国家知识产权局：进一步加快建设知识产权强国》，《法治日报》，2023年11月17日。

尹琨：《版权护航，推动文学"出海"文明互鉴》，《中国新闻出版广电报》，2023年12月14日。

（3）版权管理学位论文

谭钧滔：《著作权侵权中算法推荐平台的注意义务研究》，硕士论文，中国政法大学，2023年。

梁伟：《网络文学作品著作权的法律规制问题探究》，硕士论文，青海师范大学，2023年。

林琳：《个性化推荐服务提供者的著作权共同侵权问题研究》，硕士论文，西南政法大学，2023年。

王林娇：《互联网环境中侵犯著作权罪的司法疑难问题研究》，硕士论文，辽宁大学，2023年。

王梓凡：《著作权技术措施保护及其例外研究》，硕士论文，辽宁大学，2023年。

岳晓榕：《算法时代网络版权侵权中的避风港规则研究》，硕士论文，兰州大学，2023年。

刘毅：《基于区块链技术的著作权集体管理制度完善研究》，硕士论文，兰州大学，2023年。

鲜岚洋：《著作权权利管理信息制度研究》，硕士论文，西南科技大学，2023年。

吴京瑾：《数字作品网络转售行为的法律规制研究》，硕士论文，西南科技大学，2023年。

费雪儿：《数字时代著作权法合理使用制度问题研究》，硕士论文，西南科技大学，2023年。

刘柄晨：《我国网络文学版权保护的边界问题研究》，硕士论文，沈阳师范大学，2023年。

尹潇婧：《网络内容分享服务平台的著作权侵权责任研究》，硕士论文，中国政法大学，2023年。

魏红敏：《中国网络文学写手的生存困境研究》，硕士论文，北京印刷学院，2023年。

夏璐琦：《数字作品发行权用尽原则的适用研究》，硕士论文，江西财经大学，2023年。

刘茹月：《民法典网络侵权避风港原则的解释路径》，硕士论文，天津师范大学，2023年。

何山：《基于区块链的NFT存储和版权保护方法研究》，硕士论文，长春工业大学，2023年。

杨凡：《数字网络环境下重混创作的著作权法保护研究》，硕士论文，兰州大学，2023年。

刘诗苑：《个体社会学视域下的网络出版研究》，硕士论文，广西师范大学，2023年。

郑新：《网络服务提供者著作权间接侵权行为认定研究》，硕士论文，广西师范大学，2023年。

杨潇：《基于区块链的数字内容知识产权保护技术研究》，硕士论文，辽宁师范大学，2023年。

四、网络文学版权管理相关会议

1. 2022年中国作协著作权保护与开发委员会年会暨文学作品鉴定委员会成立仪式①

2023年2月24日，2022年中国作协著作权保护与开发委员会年会暨文学作品鉴定委员会成立仪式在中国作家协会举行，中国作协社联部主任李晓东主持会议。

中国作家协会作为党和政府联系广大作家的桥梁和纽带，致力于加强对文学作品的保护、服务和利用，著作权保护与开发委员会近年来在以著作权推动行业发展、助力文化繁荣方面作出了许多有益探索，取得了一定成绩。在持续强化的著作权保护方面，为促进著作权法律法规体系建设，委员会撰写了《关于著作权法实施条例（修订草案征求意见稿）的意见》，为中宣部版权局制定相关法律法规和著作权法具体实施提供重要参考；持续深化开展"著作权保护与开发主题月"活动，提升作家维护自身合法权益的能力和信心；加大对红色经典作品、传统优秀作品、影视文学改编、网络文学作品等纠纷调解力度，切实维护广大作家权益。在新涉足的著作权开发方面，委员会积极搭建著作权开发体系，畅通文学转化影视的渠道，助力新时代文学深度融入现代传播格局。中国作协与国家广播电视总局签订全面合作协议，在国家新闻出版广电总局选题规划会和选题推进会重点推荐文学作品，引起影视制作机构的广泛关注和兴趣，先后有十余家机构就中国作协推荐的作品影视改编制作评估和版权转让进行沟通洽谈，其中《靠山》等三部影视改编协议已经签订，还有十多部作品在评估论证中，有的作品近期有望达成改编协议。

近年来，网络文学发展如火如荼，与此同时，因违法成本低，维权成本高，网络文学中侵权问题表现比较突出。在新技术助推下，网络文学盗版行为更为隐蔽，给维权造成了相当大的难度。在这次会议中，来自知名网文平台的多位专家表示，应充分重视网络文学不同于传统文学的特点，提高对"秒盗""融稿""洗稿"等常见的网文侵权形态的敏感度，对明显侵权行为敢于亮剑的同时，依靠调解的力量，处理一些边界尚不明确的纠纷。

会议还宣读并通过中国作协文学作品鉴定委员会委员名单及委员会章程草案。许超、李明德、张平、龙卫球、邓江华、南飞雁、冯骥、吕铮、张钵、周昱邈、陈涛、李兰玉、李亚梓等13位专家受聘成为首批文学作品鉴定委员会委员。

2. 第七届中国网络版权保护与发展大会②

2023年2月27日，第七届中国网络版权保护与发展大会在成都召开。中宣部

---

① 中国作家网：《建立完善保护机制 守护原创文学价值——2022年中国作协著作权保护与开发委员会年会暨鉴定委员会成立仪式在京举行》，http://www.chinawriter.com.cn/n1/2023/0226/c403993-32631539.html，2023年6月21日查询。

② 程文雯：《第七届中国网络版权保护与发展大会在成都召开》，《四川日报》2023年2月28日第2版。

副部长张建春出席大会并做主旨演讲，省委常委、宣传部部长郑莉出席大会并致辞，副省长胡云出席大会。

十三届全国政协文化文史和学习委员会副主任、中国版权协会理事长阎晓宏，中国文物学会会长、故宫博物院学术委员会主任单霁翔，中国法学会知识产权研究会名誉会长、中南财经政法大学原校长吴汉东，中国工程院院士倪光南，爱奇艺创始人、首席执行官龚宇，清华大学新闻与传播学院教授沈阳进行了主题演讲。

大会上，国家版权局、工业和信息化部、公安部、国家互联网信息办公室联合发布了《"剑网2022"专项行动十大案件》，推进使用正版软件工作部际联席会议办公室发布了《新时代软件正版化创新与发展大事记》，中国版权保护中心和中国人民银行征信中心就版权质权登记金融创新达成合作进行签约。

大会期间还举办了软件正版化创新发展论坛和网络视频、网络音乐、技术创新、区块链+版权、图书领域版权保护等多个配套活动。

3. 技术创新与版权生态变革论坛①

2023年2月28日，由中国电子学会、国家版权局网络版权产业研究基地主办的技术创新与版权生态变革论坛在成都举办。来自司法界、学术界、产业界的专家学者结合各自领域的工作实践，分享了他们面对技术创新带来的机遇与挑战，并就如何增强网络版权全链条保护工作、构建版权生态治理环境，如何推进网络版权产业高质量发展等问题做了深入探讨。

中国版权协会常务副理事长于慈珂在致辞中说，近年来，中国网络版权产业持续高速发展，一个很重要的原因在于不断强化与技术创新之间的双向互动关系，网络版权产业与信息技术之间的结合越来越密切，持续推进内容业态模式和应用布局的迭代创新。值得关注的是，网络版权产业海量的用户需求和旺盛的产业实践，又反向对科技创新形成助推效应。

四川省高级人民法院民三庭庭长杨丽介绍了"避风港原则"面临的司法困境。她认为，尽管面临网络服务提供者服务内容交叉融合、"明知""应知"判定标准缺乏统一性、必要措施的适度性审查标准难以统一等挑战，但作为规制信息网络传播权的基本原则，"避风港原则"应继续被遵循。她建议对这一规则进行完善，第一要完善网络服务商注意义务的规定，明确标准、技术、措施的适用；第二要区分技术中立原则与商业模式合法性；第三要兼顾激励创新与保护版权的关系。

北京知识产权法院审判委员会委员、审判监督庭庭长冯刚则分享了他对于侵害视听作品信息网络传播权损害赔偿数额计算方法的思考。他认为，对于网络平台侵权责任的判定，要考虑平台的主观故意、侵权行为的持续时间等因素。他建议在判

---

① 央广网：《技术创新与版权生态变革论坛在成都召开 推进网络版权产业高质量发展》，https：//baijiahao. baidu. com/s？id＝1759256711474848559&wfr＝spider&for＝pc，2023年6月21日查询。

定是否有主观故意情况时,可以借鉴《刑法》《民法典》等的有关规定。

2022年以来,受到广泛关注的《胖虎打疫苗》NFT数字作品侵权案,以二审维持一审判决,原告胜诉的结果落幕。来自此案一审法院杭州互联网法院互联网审判二庭副庭长叶胜男在论坛上分享了相关裁判指引,包括数字作品交易行为性质的判定、平台责任判定以及适用于新型数字作品的停止侵权方法等内容。叶胜男还结合短视频、网络文学领域两个版权案例,介绍了如何界定算法推荐服务提供者注意义务边界、计算惩罚性赔偿金额的经验。

中国人民大学国家版权贸易基地副主任李方丽介绍了网络视频版权侵权的主要形式、我国网络视频版权保护进展等内容。她认为,针对不同侵权情况,要采取不同措施,发挥行政+司法双轨制保护机制的优势,同时,社会力量也可以加入版权保护的事业中来。

中央广播电视总台总经理室版权运营中心主任严波、上海广播电视台版权资产中心副主任姚岚秋、优酷信息技术(北京)有限公司版权运营管理中心总监王冀、北京知识产权运营管理有限公司总经理郑衍松也分别分享了相关实践经验和观点。

4. 网络著作权法律热点问题研讨会①

2023年3月31日,由湖北省委宣传部(省版权局)指导、湖北省版权保护协会主办的网络著作权法律热点问题研讨会在武汉举办,来自高校、司法机关、仲裁机构和行业的嘉宾代表共商网络版权健康发展之策。

"磨铁旗下拥有图书、娱乐、文学、动漫等业务板块,我们的业务都是'长'在著作权上的。"研讨中,北京磨铁文化集团股份有限公司副总裁魏子熙介绍说,过去磨铁卖书主要依赖线下渠道,现在是线上占80%、线下占20%;过去的主要网络渠道是京东、天猫,现在抖音和快手成了其最大的自营渠道,随之而来的就是网络版权保护问题。"融媒体时代,从'剧本杀'到短剧再到数字藏品,内容载体不断迭代,盗版方式也在不断变化,这给企业的版权保护带来挑战。"魏子熙期待企业与网络平台方携手应对盗版,以区块链技术提升版权确认和公证的效力,对盗版类侵权诉讼建立更高效的诉讼机制。同时,推动网络判赔标准能够与行业发展相适应。

中南大学网络文学研究院院长欧阳友权认为,网络文学具有多重价值,但其价值的实现亟须版权保护,维权是网络文学的生存命门。好在,为了打击盗版,我国出台了一系列政策法规文件,采取了一系列行动,目前还可以借助高科技,运用区块链、人工智能、大数据监测等,打击网络侵权盗版行为。

为了助力解决网络著作权侵权问题,近年来,武汉市人民检察院创新推动知识

---

① 汤广花:《保护网络版权 促进创新发展——网络著作权法律热点问题研讨会上的声音》,《中国新闻出版广电报》2023年4月6日第7版。

产权检察精准服务。据武汉市人民检察院知识产权检察办公室主任叶镭介绍，武汉市人民检察院以挂牌督办为契机，统筹各方面的版权保护力量，整合保护资源，形成大安全保护格局，特别是案件办理期间针对网络侵权案件发现难、取证难，充分发挥检察责任，组织行政执法机关、侦查机关、特邀学者召开联席会议，针对搜集行政证据情况和公安机关侦查情况提出详细的意见，引导公安机关对案件全面侦查，追根溯源打击。此外，在加强队伍专业化建设、人才培养专门化的同时，将丰富的高校资源与专业化、职业化检察队伍联合，将法律理论与实践结合起来，实现了检校资源互补。

5. 2023 网络文学版权保护研讨会①

2023年4月26日，正值第23个世界知识产权日，中国版权协会举行2023网络文学版权保护研讨会。

中国版权协会理事长阎晓宏表示，网络文学经过多年发展，产生了一大批好的作品，具有很高的版权价值。同时，网络文学受盗版侵害的问题也需引起重视，应由政府部门、执法部门、平台机构等共同努力，形成合力，多渠道地保护网络文学的版权。

中国作家协会社会联络部（权益保障办公室）主任李晓东表示，目前网络文学在海内外和青少年一代中的影响力日益增大，网络文学的版权保护不仅关系着作者和平台的权益，还关系着下一代的教育等问题。

长期以来，"侵权成本低，维权成本高"是网络文学版权保护面临的重大难题。"在最猛烈的时候，我们1分钟能收到8000次来自同一IP的访问攻击，一天要跟25个盗版团伙过招。"阅文集团总裁、腾讯平台与内容事业群副总裁侯晓楠透露。

中宣部版权管理局干部马力海在发言中表示，近年来中宣部版权管理局不断加大版权执法力度，特别强化网络版权保护，通过"剑网"专项行动，联合有关部门督办了一批网络文学大案。在加大打击侵权盗版力度的同时，通过加强源头治理和行业监管，进一步强化对网络文学作品的版权管理。

6. 2023 文化强国建设高峰论坛共建互联网版权新生态分论坛②

2023年6月8日，2023文化强国建设高峰论坛——共建互联网版权新生态分论坛在深圳举行。

论坛聚焦数字版权助力数字中国建设，立足全球共同面临的互联网环境下版权挑战与机遇，联合生态各方共议共建互联网版权新生态。来自数字文化、互联网科

---

① 中国青年报客户端：《中国版权协会举行网络文学版权保护研讨会》，http://news.cyol.com/gb/articles/2023-04/28/content_ dqBNqAi07L.html，2023年6月23日查询。

② 人民政协网：《2023文化强国建设高峰论坛共建互联网版权新生态分论坛在深圳举行》，https://www.rmzxb.com.cn/c/2023-06-12/3360323.shtml，2023年9月10日查询。

技、版权及相关领域的专家学者、企业代表等,围绕互联网版权最前沿理论观点、技术创新与实践应用展示成果、交流经验,认为要以数据确权为基础支撑文化数字化战略,助力培育文化数字化新业态、催生文化消费新场景,为打造自信繁荣的数字文化,推进中国特色社会主义文化建设,建设中华民族现代文明提供互联网版权保护的中国式解决方案。

论坛上,南通市、潍坊市、佛山市及长沙市4个城市被授予"全国版权示范城市"称号。通过全国版权示范城市打造,将不断激发文化创新创造活力,让版权助力城市高质量发展,助推人民生活更加美好。

华为云数字人"云笙"与保利数字人"皮克"在论坛中携手亮相,展示了数字人及数字纪念品在数字空间中拥有的独一无二的"身份标识"——DCI。DCI作为数字版权唯一标识符,描述了数字空间与现实世界——映射的权属关系,支撑数字空间内数字内容价值进一步释放,助力国家文化数字化战略实施,推动数字文化产业高质量发展。

据悉,共建互联网版权新生态分论坛是2023文化强国高峰论坛组成部分之一,由中央宣传部版权管理局指导,中国版权保护中心、保利文化集团股份有限公司、华为云计算技术有限公司主办,中华版权代理有限公司、蚂蚁区块链科技(上海)有限公司协办,深圳市委宣传部、深圳市委网信办、深圳市市场监督管理局(深圳市知识产权局)、深圳报业集团、深圳市版权协会承办。

7. 第二届版权产业创新及知识产权保护东湖论坛[①]

2023年6月16日,第二届版权产业创新及知识产权保护东湖论坛在武汉举办。作为论坛开幕式的重要环节,2022年度中国网络文学版权保护十大典型案例对外发布。

据中南大学网络文学研究院院长、二级教授欧阳友权介绍,本次发布的网络文学十大版权案例,是从2022年度数百件案例中精选出来的。2023年春,中南大学网络文学研究院联合湖北省版权保护协会首次向社会公开征集案例,司法界、律师界和网络文学产业界积极参与投稿。这十大典型案例旨在聚焦重点、焦点,引起业界关注,推动网络文学版权保护整体水平不断提高。

据了解,网络文学是数字经济的一个特别种类。中国版权协会副理事长兼秘书长孙悦表示,数字经济是时代的潮流,在经济和社会发展中的贡献率日益增高。据统计,2022年数字经济的总量已达到46万亿元,占我国GDP总量的39.8%,居世界第二位,特别是数字经济的年增长率远远高于GDP的增长,平均增长高达16%。知识产权保护数字经济的发展,而数字经济又会对知识产权产生深远影响,包括版

[①] 中国知识产权资讯网:《第二届版权产业创新及知识产权保护东湖论坛聚焦产业热点问题》,http://www.iprchn.com/Index_ NewsContent.aspx? newsId=138229,2023年9月10日查询。

权在内的知识产权,是数字经济的重要内核,是发展数字经济的关键要素。在数字经济带来的变革之下,版权的新产业、新业态、新模式不断涌现,随之而来的新挑战、新问题也需引起行业的重视。

8. 第九届中国国际版权博览会暨2023国际版权论坛[1]

2023年11月23日,由国家版权局和世界知识产权组织主办、四川省版权局和成都市人民政府承办的第九届中国国际版权博览会暨2023国际版权论坛在四川成都举行,主题为"版权新时代,赋能新发展"。

本届版博会设置线下展和线上展。线下展面积达5.2万平方米,设置4个展馆、5大展区,重点展示音乐、动漫游戏、影视、网络文学、出版等领域优秀版权作品,集中展示我国版权业新成就、新产品、新模式、新技术,展位数量、展馆面积、展会规模等均创历史新高。2023国际版权论坛设置"中非版权合作"与"版权赋能文化传承发展"两个分论坛。

开幕当天,世界知识产权组织与中国国家版权局联合举行"2022中国版权金奖"颁奖仪式。图书"足迹"系列等6部作品获作品奖,中国工信出版传媒集团等5家单位获推广运用奖,北京知识产权法院审判监督庭等5家单位获保护奖,江苏省版权局版权管理处等4家单位获管理奖。国家版权局还举办了"全国版权示范城市"授牌仪式,温州市被授牌为"全国版权示范城市",2023年民间文艺版权保护与促进试点工作同步启动。

版博会现场,国家版权局主办的"版权助力建设中华民族现代文明主题展"亮相,全面展现了我国版权工作在新时代推动中华优秀传统文化创造性转化和创新性发展取得的丰硕成果。

五、网络文学版权管理相关行动

1. "清朗·2023年春节网络环境整治"专项行动[2]

2023年1月,为营造喜庆祥和的春节网上舆论氛围,中央网信办决定开展为期1个月的"清朗·2023年春节网络环境整治"专项行动。

此次专项行动开展至2月底,具体整治以下6方面:(1)持续巩固"饭圈"治理成果,切实维护良好网络文娱生态;(2)严肃查处网络炫富、宣扬暴饮暴食等问题,避免不良风气反弹回潮;(3)集中查处组织实施网络赌博、网络诈骗等违法违规行为;(4)加大封建迷信和不良现象整治力度;(5)严管网络欺凌、网络沉迷等

---

[1] 新华网:《第九届中国国际版权博览会暨2023国际版权论坛在成都举办》,http://sc.news.cn/20231124/06e93bd02583440cb0c52c98091d043e/c.html,2023年6月23日查询。

[2] 中国网信网:《中央网信办启动"清朗·2023年春节网络环境整治"专项行动》,http://www.cac.gov.cn/2023-01/18/c_1675676650690321.htm,2023年6月23日查询。

问题,加大未成年人保护力度;(6)深入整治虚假信息等问题,防止渲染灰暗情绪。

"清朗·2023年春节网络环境整治"专项行动成果丰硕,经过为期1个月的专项整治,重点平台累计拦截清理违法不良信息119万余条,处置违规账号、群组16万余个,查处借春节档电影挑起互撕对立、诱导明星粉丝刷票冲量等问题,有效防范粉丝群体互撕谩骂等问题反弹反复;处置恶意炒作炫耀服刑经历问题,有力遏制借炒作劣迹行为史打造"网红"的不良风气;严格管控编造虚假信息和虚假剧情问题,切实保障广大网民的合法权益;集中查处恶搞未成年人、诱导未成年人沉迷网络等问题,为青少年提供了文明安全的网络环境。

中央网信办相关负责人表示,此次专项行动有效遏制了网络乱象在春节期间反弹反复的势头,及时发现处置了一些网络生态新问题新苗头,整治工作取得预期成效。中央网信办将继续深入开展"清朗"系列专项行动,下大力气整治网上人民群众反映强烈的问题乱象,努力营造更加清朗的网络空间。

2. "2022年度中国网络文学版权保护典型案例"征集活动①

2023年4月12日,中南大学网络文学研究院联合湖北省版权保护协会,开展"2022年度中国网络文学版权保护典型案例"评选和发布活动,向社会公开征集2022年内对网络文学行业在版权保护领域具有示范引领和深远影响的典型案例。

3. 第三届"著作权保护与开发主题月"活动②

2023年4月,中国作家协会作家权益保障委员会办公室(以下简称"权保办")举办了第三届"著作权保护与开发主题月"活动。主题月活动牢牢把握学习贯彻习近平新时代中国特色社会主义思想主题教育"学思想、强党性、重实践、建新功"的总要求,致力于拓宽文学发展空间,激发文学创新活力。活动贯穿4月始终,涵盖了著作权保护与开发的各个方面,取得了丰硕的成果。

本届主题月在启动筹备阶段就引起了广泛关注,梁晓声、王跃文、徐则臣、刘亮程、李骏虎、王松、刘建东、葛亮、江子、铁流、蔡骏、蒋胜男等近200位作家与"中国作协社联部"微信公众号的热心粉丝,共同参加了权保办举办的签名征集活动,更有100余名粉丝在活动后台留言。这真实反映了广大作家和文学爱好者对于文学事业发展及著作权保护与开发工作的真心期盼和坚定支持。权保办将这些签名制作成签名墙,在中国作家网和微信公众号上发布,结合专门绘制的宣传海报,为主题月的启动拉开了生动的序幕。

主题月期间,权保办与国家广电总局电视剧司继续加大贯彻落实双方合作协议

---

① 国家版权局:《"2022年度中国网络文学版权保护典型案例"征集活动启动》,https://www.ncac.gov.cn/chinacopyright/2023xcz/12792/357681.shtml,2023年6月23日查询。
② 社闻:《"著作权保护与开发主题月"成果丰硕》,《文艺报》2023年5月31日第1版。

力度，就前一阶段推荐的文学作品转化影视积极沟通协调，推动更多文学作品向影视、网络剧、网络电影转化。4月9日，中国作协著作权保护与开发委员会与中国传媒大学中国故事研究院签署战略合作协议，双方将开展文学转化影视产品学术研究，征集中国故事主题相关作品，组织开展编剧、导演等人才培训，研讨当前文学影视转化状况和发展趋势，组织孵化成果推介等活动。4月21日，权保办和上海文化产权交易所基于国家级版权交易保护联盟链共建的全国文学作品著作权保护与开发平台正式启动。该平台自2022年3月上线试运行以来，已有近800位作者登记优秀作品近3000部。通过与国家广电总局、中国传媒大学中国故事研究院、上海文化产权交易所等机构的合作，打通文学与学术研究、文化市场的关系，通过作品征集、人才培养、版权保护、衍生转化等多种合作机制，为广大作家提供版权全链条保护和价值守护，推动文学文化市场新业态发展。

4月21日，在中国作协首届全民阅读季启动当天，首批通过全国文学作品著作权保护与开发平台转化的文学改编影视作品《靠山》《芬芳大地》《河豚计划》，首批数字出版作品《陇山塬》《红色的宣言》《孟婆传奇》等，经国版链登记分发与相关影视、出版企业签约。作为高质量作品的衍生转化地，著作权保护与开发平台有利于将优秀作品推向影视等其他内容产业市场，为文学作品的数字化开发提供强有力支撑。与此同时，举办了"新时代文学版权保护与开发"主题圆桌交流会，与会专家学者围绕文学版权保护与开发的现状与问题、机遇与挑战等展开深入交流探讨，并对全国文学作品著作权保护与开发平台给予高度评价和积极响应。在全民阅读季中举办版权开发活动，能够提升广大读者对文学作品衍生作品的关注度。多种艺术形式的开发转化，也能反哺文学"母本"，让更多人关注文学、爱上"阅读"，更好地彰显文学的价值。

4月22日至26日，全国基层作协组织负责人著作权保护与开发培训（华东片区）在浙江海宁举办。来自上海、江苏、浙江、山东、安徽等地的基层作协负责人齐聚一堂，共同学习探讨著作权保护与开发。此次培训邀请法学专家、资深律师、人工智能专家等为基层作协负责人讲授了著作权法、司法实践、人工智能及互联网等方面的知识，增强了基层作协负责人的法律意识，强化了他们在版权转化相关领域的知识储备。培训期间还举行了以"文学影视携手并进"为主题的座谈交流会，邀请知名作家、编剧、导演、制片人等分享了文学作品影视转化的成功经验和市场前景，交流了文学影视化面临的机遇与挑战，探讨了文学作品向其他艺术门类衍生转化的新思路、新办法。

权保办相关负责人表示，将以本届主题月活动为契机，进一步提升著作权保护与开发的专业水平和服务能力，为广大作家的文学创作保驾护航，为文学作品转化架桥铺路，为绘就更具活力的新时代文学图景贡献力量。

4. 四部门联合启动打击网络侵权盗版"剑网2023"专项行动[①]

2023年8月，国家版权局、工业和信息化部、公安部、国家互联网信息办公室四部门联合启动打击网络侵权盗版"剑网2023"专项行动，这是全国持续开展的第19次打击网络侵权盗版专项行动。自2005年起，国家版权局等部门针对网络侵权盗版的热点难点问题，聚焦网络视频、网络音乐、网络文学等领域，连续开展专项整治，有效打击和震慑了网络侵权盗版行为，规范了网络版权秩序，得到国内外权利人的充分肯定。

本次专项行动于8月至11月启动，聚焦版权领域人民群众最关心最直接最现实的利益问题和急难愁盼的具体问题，不断深化重点领域网络版权专项整治，充分发挥版权保护构建新发展格局、推进文化创新创造、满足人民文化需求、推动高质量发展的重要作用。

这次专项行动聚焦3个主要方面开展重点整治：一是以体育赛事、点播影院、文博文创为重点，强化专业领域版权专项整治，规范网络传播版权秩序。加强重点体育赛事节目版权保护，着力整治未经授权非法传播杭州亚运会和亚残运会等体育赛事节目的行为。加强对点播影院、私人影吧的版权监管。加大对博物馆、美术馆、图书馆等文博单位文化创意产品版权保护力度。二是以网络视频、网络新闻、有声读物为重点，强化作品全链条版权保护，推动建立良好网络生态。深入开展对重点视频网站（App）的版权监管工作，重点整治短视频侵权行为。深入开展新闻作品版权保护工作，着力整治未经授权转载新闻作品的违规传播行为。加强对知识分享、有声读物平台及各类智能终端的版权监管，着力整治未经授权网络传播他人文字、口述等作品的行为。三是以电商平台、浏览器、搜索引擎为重点，强化网站平台版权监管，压实网站平台主体责任，深入开展电商平台版权专项整治，重点规范浏览器、搜索引擎未经授权传播网络文学、网络视频等行为，推动重点网站平台企业开展版权问题自查自纠。

国家版权局有关负责人表示，本次专项行动将突出查办案件，进一步加大对网络侵权盗版案件的处罚力度，对人民群众意见强烈、社会危害大的侵权盗版分子一律依法从严查处。欢迎广大网民积极投诉举报，提供侵权盗版案件线索，国家版权局等四部门将推动网络企业积极履行主体责任，共同构建打击网络侵权盗版社会共治格局。

[①] 国家版权局：《国家版权局等四部门启动"剑网2023"专项行动》，https：//www.ncac.gov.cn/chinacopyright/contents/12227/358298.shtml，2023年10月22日查询。

5. 各省市网络文学版权管理相关活动

（1）安徽省版权保护协会发布版权保护倡议书[①]

2023年4月26日，安徽省版权保护协会发布版权保护倡议书呼吁社会各界携手共同加强版权保护。

织密版权保护"管理网"。倡议各级版权部门、司法机关、执法机构加强版权法治保障，健全完善版权协同保护机制，进一步加大版权保护力度、拓展版权保护范围、突出版权保护重点、增强版权保护实效，严厉打击各类侵权盗版违法行为，保护版权创作者、传播者、使用者等合法权益，维护版权领域公平竞争的市场秩序，营造有利于创新创业创造的良好发展环境。

传播版权保护"好声音"。倡议新闻媒体常态化开展著作权法律法规宣传，广泛普及版权知识，讲好版权保护故事，生动展现版权在构建新发展格局、推动高质量发展中的重要作用，在推进文化创新创造、坚定文化自信自强中的重要作用，在满足人民文化需求、增强人民力量中的重要作用，在维护国家安全、促进高水平对外开放中的重要作用，引导全社会增强版权意识，营造"尊重版权、崇尚创新"的良好舆论环境和社会氛围。

争当版权保护"优等生"。倡议广大人民群众遵守版权法律法规，尊重智力劳动成果，自觉抵制侵权盗版行为，做到不购买、不下载、不使用、不传播侵权盗版作品，积极举报、投诉并配合有关部门查处侵权盗版违法活动。各版权企事业单位和个人要争做版权保护的模范践行者，学好用好版权制度，管好用好版权资产，维护好自身权益，以版权保护激发创新创作热情，将版权优势转化为高质量发展动能。

（2）南通版权展馆亮相文博会[②]

2023年6月7日至11日，第十九届中国（深圳）国际文化产业博览交易会在深圳国际会展中心举行。作为新当选的"全国版权示范城市"，南通市以"南通好通 版权赋能"为主题，亮相"版权赋能城市高质量发展"主题展。省委常委、宣传部部长张爱军来到南通馆，听取南通市版权工作及参展企业情况介绍，给予充分肯定。

南通版权展馆围绕"浩淼江海共潮生"设计理念，集中展现了"江海明珠"南通包容汇通、凭海临风的气度和版权赋能城市发展的成绩。展馆内，围绕南通版权特色，按照不同功能，展示了南通市在数字版权的应用案例和成效、家纺花型版权的蓬勃生机、其他版权产业领域的综合发展三个方面的内容。江苏富之岛美安纺织

[①] 新华网：《安徽省版权保护协会发布版权保护倡议书》，http://ah.news.cn/2023-05/04/c_1129589032.htm，2023年11月24日查询。

[②] 新华网：《南通版权展馆亮相文博会》，http://js.news.cn/2023-06/09/c_1129681039.htm，2023年11月24日查询。

品科技有限公司、南通稿定了网络科技有限公司、南通承林木雕艺术馆、南通本蓝工艺品有限公司、南通神针沈寿刺绣传习馆等代表企业,分别带来数字版权交易平台、高档床上用品、红木小件、蓝印花布、一庄仿真绣等版权作品。

近年来,南通市致力于搭建完善全链条成果转化平台,具有南通特色的"民事调解、行政管理、司法介入"三位一体保护平台,高质量的版权服务平台。在展馆的数据中心地带,以"数"说版权的形式,细数了南通在版权创造、保护、运用上的丰硕成果。

(3) 兰州新区版权服务工作站挂牌成立①

2023 年 8 月 3 日上午,兰州新区版权服务工作站在新区知识产权服务专区正式挂牌成立,标志着新区在建设知识产权服务体系方面取得新进展。

为进一步实施文化强区和知识产权强区战略,推动版权运用转化,在省市场监管局、版权局、知识产权局等部门的大力支持与指导下,新区市场监管局与丝绸之路国际知识产权港有限责任公司签署战略合作框架协议,共同建设成立新区版权服务工作站,全面推动新区版权登记、维权保护、运营转化等工作,包括共建版权登记作品定期推优机制,充分展示新区版权创造、运用、保护等创新成果;共同开展数字文创及 IP 开发推广,围绕地方特色文化,开发艺术品、文物、非物质文化遗产等文化资源;开展版权智库服务,广泛开展文化与版权产业交流、对接、展览、展示等活动,推动版权产业发展。

版权服务工作站的挂牌成立将为各领域创新主体提供更加丰富多元、智慧便捷的知识产权服务,助力新区在四强行动中更好发挥国家级新区的示范带动作用。新区知识产权服务专区将聚焦打造省级知识产权保护示范区,建设"一站式"知识产权服务平台,全力推进新区知识产权工作提质增效。

(4) 西部国家版权交易中心新疆分中心落地霍尔果斯②

2023 年 8 月 18 日,在第十届中国西部文化产业博览会上,霍尔果斯北丝路数字文化有限公司与西部国家版权交易中心有限公司,签订了共建霍尔果斯数字版权交易中心暨设立西部国家版权交易中心新疆分中心合作协议,标志着国家对外文化贸易基地(伊犁)版权服务平台正式上线。

当日上午,霍尔果斯高新发展有限公司董事长顾疆磊、霍尔果斯北丝路数字文化有限公司总经理沈继宏一行与西部国家版权交易中心有限公司副总经理王晓磊就强化合作、资源共享,助推优秀影视作品走出国门等相关事宜进行洽谈。顾疆磊简要介绍了霍尔果斯的基本情况,希望双方能加强沟通协作,深化影视业务合作,形

---

① 新华网:《兰州新区版权服务工作站挂牌成立》,http://www.gs.xinhuanet.com/shizhou/2023-08/10/c_1129796339.htm,2023 年 11 月 24 日查询。
② 新华网:《西部国家版权交易中心新疆分中心落地霍尔果斯》,http://xj.news.cn/zt/2023-08/22/c_1129816651.htm,2023 年 11 月 24 日查询。

成常态化的交流机制。王晓磊从宣发的角度阐释了影视行业的特点，表示要充分运用资源输出适配行业需求，加快培养优秀影视行业人才。沈继宏表示，将加强人才培养力度，推动合作交流进一步深化，力争早日形成一批影视项目合作成果。

西部国家版权交易中心有限公司是陕西文化产业投资控股（集团）有限公司下属子公司，主要以我国西部地区为重心，有效整合全国版权市场资源和资本力量，着力建设国内一流版权要素市场。该公司建设运营的"丝路版权网"是西部地区首个一站式OTO版权贸易与保护平台，以版权综合服务为主要业务方向，借助大数据、云计算、区块链、人工智能等技术，为文字作品、图片作品、视听作品等提供版权登记、评估、交易、融资、监测、保护等一站式服务。

根据协议，双方将以"丝路版权网"为基础，设立西部国家版权交易中心新疆分中心，对接运营"丝路版权网"新疆分中心业务板块，借助国家级对外文化贸易基地（伊犁）优势，不仅为新疆区域文化企业和个人提供数字版权登记、交易和保护服务，还为对外文化贸易提供国际版权服务，推动版权贸易的规范化、数字化和国际化发展。

据悉，"丝路版权网"新疆分中心站点于当年9月前全面上线运营，开启了新疆本地数字化版权服务的崭新篇章。

（5）上海"砺剑2023"系列专项行动①

2023年8月31日，上海市公安局召开"砺剑2023"上海公安新闻发布会，通报上海警方打击整治网络乱象措施成效和典型案例。

按照公安部夏季治安打击整治专项行动部署，上海公安机关持续深入推进"砺剑2023"系列专项行动，聚焦与人民群众生产生活紧密相关的网络谣言、网络暴力、网络黑客、网络侵公、网络黑产等网络乱象，依法严厉打击各类涉网犯罪，全面清理违法有害信息，全力清除网络安全隐患，切实维护人民群众在网络空间的获得感、幸福感和安全感。

自"夏季行动"开展以来，侦破涉网违法犯罪案件1400余起，对在沪备案的互联网站开展安全监督检查4万余家（次），指导网络平台清理涉黄涉赌、涉嫌诈骗引流等网上违法有害信息10.8万余条，关停发布有害信息、编造谣言等违法账号3600余个。

上海警方表示，他们将坚持依法管网、依法治网，全力确保网络空间和谐有序；持续净化网络舆论空间，严厉整治网络谣言、网络水军、网络暴力等网络乱象；持续打击涉网违法犯罪，严厉打击黑客攻击、侵犯公民个人信息等网络犯罪，从严整治为涉网犯罪提供资金结算、引流推广、技术支持等黑灰产业链；持续强化互联网

---

① 警民直通车上海：《上海公安"砺剑2023"系列行动取得阶段性成效》，https：//mp.weixin.qq.com/s/C6fvRE7tE561vjM0lEbG2g，2023年11月24日查询。

平台综合治理，综合采取多种监管执法举措，指导督促本市互联网平台安全有效履行主体责任，全力营造风清气正的网络环境，坚决维护广大人民群众在网络空间的合法权益。

（6）中国版权保护中心海南分中心揭牌①

2023年10月23日，中国版权保护中心海南分中心揭牌仪式在三亚崖州湾科技城顺利举行。

中国版权保护中心成立于1998年9月，承担各类作品和计算机软件版权登记职责。作为我国唯一的计算机软件著作权登记、著作权质权登记机构，中国版权保护中心具体开展版权鉴定、监测维权、版权产业及版权资产管理研究咨询培训等专业服务。

海南分中心是中国版权保护中心在全国设立的首家分中心，与在各地设立的版权登记大厅有所不同，分中心直接隶属于中国版权保护中心。

未来，分中心将在中国版权保护中心的指导下，面向海南自由贸易港开展作品自愿登记、计算机软件著作权登记、著作权质权登记前端受理等服务，推进版权交易授权、纠纷维权和版权业务培训等工作；开展版权创新、版权价值挖掘等工作。同时，分中心将利用海南自贸港政策区位优势，发挥中国版权保护中心独特资源优势和虹吸引领效应，引导境内外版权资源和要素向海南聚集，以此带动国际版权贸易，促进版权输出。

六、年度网络盗版侵权典型案例

1. 罗森涉嫌传播色情网络小说案②

2022年12月20日，安徽淮北网安部门联合相山公安分局针对一起在违规 App 上销售色情网络小说的案件开展集中抓捕行动。

原因是，安徽淮北网安民警在工作中发现，有一部名为"御妖修仙传"的电子版玄幻小说在部分中学生群体中流传。然而仔细一看，里面竟是淫秽不堪的色情内容，属于典型的披着玄幻小说外衣，实际传播淫秽色情信息的小说。更令人发指的是，该小说为未成年人阅读方便，还提供了拼音版本，企图向更低龄群体大范围传播。

警方立即围绕"河×小说"App 开展侦查工作，发现该 App 上不仅有大量色情小说，背后还有一个组织严密、分工明确、共同分赃的犯罪团伙，廖某某和杜某某

---

① 新华网：《中国版权保护中心海南分中心揭牌》，http://hq.news.cn/20231024/6a78e5b2e65e49438ce4526e288c2411/c.html，2023年11月24日查询。

② 开源阅读：《实锤了……》，https://mp.weixin.qq.com/s/2Dfi-58rts7Hbk4F2ekAIQ，2023年11月24日查询。

为团伙主要负责人。廖某某系《风姿物语》作者罗森。罗森是中国玄幻武侠小说启蒙的发起人之一，笔名包括但不限于弄玉、古蛇、浮萍居主等。

通过细致的摸排侦查，警方最终查清整个犯罪链条。至此，一个集色情 App 管理人员、技术开发人员、色情小说作者、资金结算通道为一体的传播淫秽物品犯罪链条全部浮出水面。

警方在云南昆明、吉林长春、广东中山、河南南阳、浙江嘉兴、湖南怀化等地抓获犯罪嫌疑人 16 名。其中，管理人员 1 名，技术人员 3 名，小说作者 12 名。行动还缴获手机、电脑 40 余部，色情小说原文 800 余部，涉案金额 500 余万元。目前，案件还在进一步侦办中。

2. 林某等 4 人侵犯著作权一案[①]

2023 年 3 月，一名网络小说作家向某知名文学网站反映，自己的作品未经授权在某阅读类 App 上传播。该作家此前与网站签订独家刊载作品协议，读者通过该网站阅读相关作品需要支付费用。该网站相关负责人通过对涉嫌侵权的 App 上所展示的作品进行梳理，发现未经授权传播的网络小说数量惊人，遂向警方报案。

嘉定分局经侦支队接到报案后，发现该阅读 App 上有各种类型的网络小说，并精心制作了作品封面、作者介绍等。只要下载该 App，就可以免费阅读数千部网络小说，其中不乏许多圈内知名的网络作家热门作品。经查，该阅读 App 已吸引用户数量达到 29 万多人，其中近半年来的活跃用户数 3.2 万人，作品总点赞数达到 23 万次。该 App 还通过注册公众号的方式，吸引粉丝 9.6 万人关注。读者客户群体在该阅读 App 人数的不断壮大，导致授权网站和作者权益受损。

警方接到报案后，高度重视，成立专案组开展侦查工作。经缜密侦查，2023 年 6 月 28 日，嘉定警方在市局经侦总队指导下，在福建厦门、泉州两地抓获运营上述 App 的犯罪嫌疑人林某、严某、侯某、洪某等 4 名犯罪嫌疑人，涉案金额达 40 余万元。

据 4 名嫌疑人交代，为非法牟利共同开发该款阅读 App，在未经著作权方允许的情况下，通过互联网搜索大量盗版文字作品链接后"爬取"并上传至该 App，再通过技术转码实现在 App 上免费阅览。据犯罪嫌疑人林某交代，此前曾受到外省市一版权人的民事诉讼，被当地法院判处赔付巨额赔偿金。他们明知这种行为是侵犯著作权的违法犯罪行为，原想快速赚取一波流量后收手，但面对打赏费广告费源源不断地进账，迟迟没有收敛，直至落网。

目前，4 名犯罪嫌疑人已被警方采取刑事强制措施，相关 App 已被下架，案件正在进一步办理中。

---

① 中国新闻网：《侵权千余部网络小说、吸引用户近 30 万 落网嫌疑人：赚太多舍不得关》，http://www.chinanews.com.cn/sh/2023/07-20/10046631.shtml，2023 年 6 月 30 日查询。

3. 杜某等 30 余人侵犯著作权一案①

2023 年 3 月，上海闵行警方在全国 4 省 10 地开展同步收网行动，成功侦破一起侵犯文学作品著作权案，一举捣毁一个利用阅读软件发布侵权盗版小说、吸引用户点击广告从而赚取流量费用牟利的犯罪团伙，抓获犯罪嫌疑人 30 余名，涉案金额达 2.8 亿元。

2022 年 10 月，上海市公安局闵行分局接到某网络公司报案称，市面上出现了多款电子书阅读软件擅自发行该公司独家代理的热门书籍和网络小说，涉嫌侵犯公司合法权益。接到报案后，闵行警方迅速成立专案组开展立案侦查。

从涉案软件入手，警方发现这些侵权软件运营模式高度相似，内容大致趋同，运营方均注册在同一地方，且均与一杜姓男子有关。围绕涉案软件的信息流和涉案公司的资金流，专案组顺藤摸瓜、完整刻画出了一个以杜某为首的侵权犯罪团伙。

经查，自 2020 年起，犯罪嫌疑人杜某为牟取非法利益，伙同徐某、田某等人，注册成立多家公司，并在未经著作权人授权许可的情况下，通过非法手段获得正版电子书源后，在其备案运营的小说阅读 App 中发布展示，涉及侵权盗版小说 5000 余部。在此基础上，该团伙利用其注册的公司与多个广告平台签订广告推广合同，将相关广告植入阅读软件，在受众免费阅读侵权小说时强制跳出广告、产生广告流量，从而非法牟利，涉案金额达 2.8 亿元。

2023 年 3 月 1 日，上海警方根据公安部统一部署，在外省市警方的配合下，一举捣毁了这个涉及公司注册、运营推广等多个环节的侵犯著作权犯罪产业链。

目前，杜某等 3 名犯罪嫌疑人因涉嫌侵犯著作权罪已被警方依法执行逮捕，其余犯罪嫌疑人被依法采取刑事强制措施，案件在进一步侦办中。

4. 金庸诉江南《此间的少年》侵权案终审宣判②

2023 年 4 月 23 日，广州知识产权法院对"金庸诉江南同人作品侵权案"一案作出二审判决。

2016 年，金庸以江南的小说《此间的少年》擅自篡改其原著人物形象，侵害其改编权、署名权、保护作品完整权和构成不正当竞争为由，诉至法院。

2018 年 8 月，一审法院审理认定，被告未侵犯原告主张的改编权、署名权、保护作品完整权，不构成著作权侵权，但构成不正当竞争，判决被告停止实施不正当竞争，停止出版发行并销毁库存书籍，刊登声明公开赔礼道歉，赔偿 168 万元，北京联合出版有限责任公司、北京精典博维文化传媒有限公司连带赔偿其中的 30 万

---

① 中国扫黄打非网：《上海：涉案金额 2.8 亿 闵行警方侦破一起侵犯文学作品著作权案》，https：//www.shdf.gov.cn/shdf/contents/2423/453798.html，2023 年 6 月 30 日查询。

② 中国文字著作权协会：《"同人作品"第一案二审宣判》，https：//weibo.com/1564956194/N1JJDnMZP，2023 年 11 月 24 日查询。

元,并赔偿合理支出20万元。二审期间,金庸去世。

在著作权方面,二审法院认为,涉案作品在故事情节表达上,时空背景不同,推动故事发展的线索与事件、具体故事场景的设计与安排,故事内在逻辑与因果关系皆不同,不构成实质性相似,因此,《此间的少年》没有侵犯金庸四部小说中对应的故事情节的著作权。但认为,《此间的少年》多数人物名称、主要人物的性格、人物关系与查良镛涉案小说有诸多相似之处,存在抄袭剽窃行为,侵害了涉案作品著作权。在不正当竞争方面,二审法院认为,《此间的少年》在2002年首次出版时将书名副标题定为"射雕英雄的大学生涯",蓄意与《射雕英雄传》进行关联,引人误认为两者存在特定联系,其借助《射雕英雄传》的影响力吸引读者获取利益的意图明显,该行为构成不正当竞争。据此,广州知识产权法院认定被诉侵权行为分别构成著作权侵权和不正当竞争,判令江南立即停止不正当竞争行为,并登报声明消除影响,赔偿经济损失168万元及为制止侵权行为的合理开支20万元,北京联合出版公司、北京精典博维公司就其中33万元承担连带赔偿责任。

值得一提的是,二审法院考虑到《此间的少年》与金庸四部作品在人物名称、性格、关系等元素存在相同或类似,但情节并不相同,且分属不同文学作品类别,读者群有所区分。为满足读者的多元需求,平衡各方利益,促进文化事业的发展繁荣,采取充分切实的全面赔偿或者支付经济补偿等替代性措施的前提下,不判决停止侵权行为。《此间的少年》如需再版,则应向金庸作品权利人支付经济补偿。从《此间的少年》所利用的元素在全书中的比重,酌情确定经济补偿按照其再版版税收入的30%支付。

5. 全国首例制售侵权盗版"剧本杀"案[①]

2023年4月25日,由太原警方侦办的全国首例制售侵权盗版"剧本杀"案在山西省太原市迎泽区人民法院开庭审理。

近年来,"剧本杀"作为一种新型娱乐项目,在青年群体广泛流行。2021年1月,太原市公安局迎泽分局接到群众报警,自己以正版价格购买的"剧本杀"剧本是盗版产品。经过民警调查发现,疑似盗版剧本来源于某网店。警方对这一案件进行立案侦查。

侦查民警迅速前往上海调取了涉案网店的销售记录和发货记录,固定了违法犯罪证据。2021年12月,民警在山东省济南市长清区将涉案人员郝某臻抓获,捣毁其非法制造剧本的生产窝点,扣押作案机器6台,查扣涉案复制品5000余册,查封"网店"10余个,涉案价值500余万元,并成功追缴赃款11万元。

经查,2020年9月至2021年12月,犯罪嫌疑人郝某臻通过网络平台购进各类

---

① 王志堂:《犯罪嫌疑人复制正版剧本倒卖 全国首例制售侵权盗版"剧本杀"案一审开庭》,《法制日报》2023年4月29日第4版。

"剧本杀"文字作品200余部,为了牟取非法利益,在未取得著作权人许可的情况下,租赁民宅组织人员非法制作、打印各类剧本杀文字作品两万余件,通过网店以明显低于市场正规商品的价格对外销售,非法经营额200余万元。

迎泽区检察院以涉嫌侵犯著作权罪对郝某臻提起公诉。近日,迎泽区法院依法开庭审理此案。庭审中,公诉人围绕指控的犯罪事实依法对被告人郝某臻进行了针对性讯问,并采取多媒体示证方式,从定罪、量刑两方面分组进行举证质证。被告人及辩护人对指控的犯罪事实和罪名均无异议。

法庭辩论环节,公诉人就事实认定、证据采信、社会危害性等方面充分发表公诉意见,有力指控了犯罪,被告人郝某臻当庭表示认罪悔罪。

本案将择期宣判。承办检察官说:"保护知识产权就是保护创新。'剧本杀'作为一种文学作品、美术作品,其蕴含的文字表达、情节设计、游戏规则等均具有独创性,其著作权人的发表权、署名权、修改权、保护作品完整权、复制权、发行权等均受到法律保护。如果卖家未经著作权人许可自行印刷售卖,就构成了侵犯著作权的行为。"

6. 公众号"奥丁读书小站"侵犯电子图书著作版权案[①]

2023年7月12日,西安市公安局未央分局接到西安市文化市场综合执法支队未央大队线索,称有人非法侵犯电子图书著作版权,通过微信公众号引流赚取广告费非法盈利。未央警方高度重视,第一时间成立专案组,开展案件调查工作。专案组民警兵分两路,一路辗转浙江、广东等多个省市,与多家互联网平台公司联系沟通,历时2个月,通过取证、比对等各种方法,最终成功固定该案全部电子证据,为案件后期侦办工作打下坚实基础;另一路办案民警持续开展摸排走访等调查工作,最终于9月5日在西安未央区某小区将侵犯著作权嫌疑人李某抓获。

经查,2018年初,李某在看网络小说时,发现所看页面夹杂大量广告,大学修习网络软件工程的他,觉得这是个赚钱的好方法。于是自该年3月开始,李某先后建立网站、微信公众号,并租赁网盘云盘等用来存储从网上搜集到的电子书籍。在未经任何版权方许可,且明知所传播作品存在侵权的情况下,李某以免费提供电子书为噱头,将用户引流至其个人公众号"奥丁读书小站",通过回复相关内容,为用户提供免费下载电子书服务。

据李某供述,其个人公众号自2019年开始承接广告盈利,直至2023年其粉丝量已近百万,一条广告5天即可获利7000至8000元。几年来,李某累计侵权电子图书超过5000部,涉及100多家出版社,非法获利达60余万元。目前,犯罪嫌疑人李某已被检察机关批准逮捕。

---

① 光明网:《西安警方破获一起侵犯电子图书著作版权案》,https://baijiahao.baidu.com/s?id=1779435168195904602&wfr=spider&for=pc,2023年11月24日查询。

西安警方表示,按照全市政法机关服务高质量发展"两行动、两措施"要求,西安公安将不断加强对网络侵犯知识产权等违法犯罪变化规律的研究,全面创新具有更高针对性的技战术方法,对侵权盗版等违法行为保持高压严打态势,切实保护正版读物著作合法权益,努力净化网络空间,为群众创造良好的文化市场环境。

(张帆、张旭 执笔)

第九章 理论与批评

　　网络文学理论批评与网络文学创作一道，构成网文行业的两翼，它们相互关联，又彼此成就，共同推动我国网络文学的繁荣发展。2023年度的网络文学理论与批评秉持上一年度的发展态势，在学术成果、研究队伍、科研项目、硕博论文，以及学理建设和问题研究等方面，均取得新的成果与进展，可以说是网络文学理论与批评的丰收年。

一、理论与批评年度总貌

　　2023年，中国网络文学理论批评的关注度持续提升，关于中国网络文学的理论研究和批评也持续深入，相关的理论研究和文学批评也更加全面，涉及的内容更贴近了中国网络文学发展的历史进程，我们总结年度理论研究的热点、摸索研究发展的规律、反思理论批评存在的相关症候，旨在推动网络文学理论与批评走向新高度，展现新气象。在具体研究领域，在对上一年网络文学经典化研究、起源问题、评价体系与批评标准研究、网络文学与"元宇宙"概念发展、网络文学产业和网络文学海外传播等角度切入的研究成果基础上，2023年关于中国网络文学起点问题、网络文学"出海"传播问题、网络文学的版权与保护研究、经典化的研究与讨论、现实主义网络文学的发展问题、网络文学的叙事与话语分析、网络文学的产业化发展等问题得到了更多的关注和重视，涌现出一大批研究相关问题的高质量论文，网络文学的理论批评发展正处于精深与创新中。虽然本年度关于网络文学与媒介关系和发展的相关问题，以及中国网络文学起点的研究成果在数量上略有减少，但从整体上看，全年度理论研究呈现出持续向热的基本态势。

　　通过对知网收录文献的统计与分析，2023年，学术期刊发表网络文学理论与批评相关论文439篇。[①] 与2022年度445篇的数据相比，发表网络文学理论与批评的期刊文章数量基本持平。另有统计数据表明，2023年度发表网络文学理论批评相关论文在3篇及以上的期刊有50家，相较2022年度的56家有一定减少，减幅10.7%。此外，根据知网数据库统计结果，2023年我国报纸媒体发表网络文学理论与批评文章共计235篇，相较于2022年度报纸媒体刊载的195篇文章数量有一定提

---

① 因知网改版等，2023年度的网络文学理论评论文章该数据库未能收录完全（或完整）。

升。在博硕士论文方面，2023年度发表的与网络文学问题相关的博士学位论文和硕士学位论文总数量达到100部，相较于2022年度总量的91篇，在数量上略有提升，增幅为9.9%。此外，2023年度涌现出了一批推送网络文学相关研究的公众号平台，以《网文界》《安大网文研究》《扬子江网文评论》《中国作家网》《爆侃网文》《媒后台》等平台为代表的公众号全年累计推出1627篇与网络文学相关的学术成果（信息）推送。

在关于网络文学相关问题的科研项目上，2023年度共有18个项目获得国家社会科学基金年度项目立项，其中一般项目12项、青年项目4项、西部项目2项，总数量相较于2022年度21项略有降低，但在青年项目的数量上实现翻番，西部项目从去年0项增长到2项；2023年有关网络文学的国家社科基金后期资助项目、2023年国家社科基金后期资助结项项目和2023年国家社科基金结项项目分别为6项、6项和4项，与2022年度基本持平。国家社科基金艺术学项目方面，2023年度网络文学相关研究立项的国家社科基金艺术学项目共有6项，其中重点2项，一般项目4项，相较于2022年度的1项重点项目立项和2项一般项目立项，均在数量上翻番。

二、年度代表性学者及代表作

（一）年度代表性学者[①]

中国网络文学批评发展至今已30余年，在学院派批评、传媒批评家和文学网民的在线批评这三股力量的共同作用下，网络文学呈现出繁荣的发展态势。

学院派批评力量主要是来自高等院校和文学研究专门机构的学者。2023年，网络文学理论与批评队伍中不仅有在该领域长期深耕的学院派学者，还吸引了一大批年轻的学者，为网络文学研究注入了新鲜血液，从学术研究和理论建设方面为网络文学建立起扎实的学术基础。学院派代表性人物主要有[②]：欧阳友权、黄鸣奋、南帆、白烨、黄发有、谭天、陈定家、周志雄、邵燕君、黎杨全、夏烈、单小曦、何平、王祥、许苗苗、禹建湘、周志强、葛红兵、汤哲声、李玮、徐耀明、陈海燕、吴长青、周冰、周兴杰、王峰、祝晓风、谭旭东、汤俏、房伟、张颐武、胡疆锋、韩模永、龚举善、杨向荣、汪代明、谭旭东、高翔、鲍远福、刘亚斌、李盛涛、周根红、周敏、王泽庆、赵勇、吴俊、周根红、许道军、葛娟、聂茂、晏杰雄、纪海龙、聂庆璞、贺予飞、乌兰其木格、吴钊、张邦卫、曾军、龚岚、赖敏、王小英、

[①] 本排名不分先后，且不是完整名单，仅列举2023年度内在网络文学理论与批评领域发表成果较多的代表性学者。

[②] 这里所列学院派研究者，还有下文所列传媒批评工作者，仅为成果较多或年度较为活跃的网络文学理论评论（或负责组织工作）人员，可能挂一漏万，并非是全部人员名单，且排名不分先后，特此说明。

郑焕钊、范周、张永禄、张春梅、翟羽佳、张艳梅、欧阳婷、苏晓芳、李强、张学谦、温德朝、陈海、叶炜、马汉广、孙书文、李胜涛、赵静蓉、孔莲莲、闫海田、程海威、严立刚、吉云飞、王玉王、高寒凝、罗亦陶、陶东风、吴钊、邓祯、江秀廷、付慧青、王金芝、吴英文、李强、郑熙青、谢日安、罗亦陶、游兴莹、孟隋、曾一果、刘燕南、李忠利、王志刚、李阳冉、任雪婷、田淑晶、项蕾、邵璐、吴怡萱、金恩惠、唐冰炎、蔡翔宇、黄杨、徐亮红、王婉波、王宏波、黄平、王樱子、乔焕江、秦兰珺、郑薇、张慧伦、李玉萍、陈立群、蔡爽爽、许潇菲、陈经纬、颜术寻、黎姣欣、米若兰、杨春燕、姚婷婷等等。这个名单还可以列出很多，这里仅记录当下在网络文学理论批评领域发表过较多成果且比较活跃的学者。

在传媒批评方面，主要指在各级作家协会、各类传播媒体工作的网络文学理论批评学者，涌现了从事网络文学新闻报道、理论评论的工作者，他们为网络文学赋予了更广泛的社会影响力，推动了文学创作及网文产业的发展，使文学批评更加贴近大众，同时也为经典作品的传承和发展提供了更为广泛的平台。代表性人物有：胡邦胜、陈崎嵘、胡平、何向阳、何弘、朱钢、肖惊鸿、杪椤、庄庸、程天翔、张小童、唐伟、虞婧、王颖、贾国梁、李伶思、张路、马季、马文运、安亚斌、赵德志、张鹏禹、项江涛、余艳、谢宗玉、西篱、王金芝、易文翔、王国平、舒晋瑜、邱振刚、马征、袁欢、只恒文、黄尚恩、吴正俊、刘琼、刘鹏波、刘江伟、王雪瑛、采薇、王艳丽、马丽敏、张曦、曾攀、赵雷、李培艳、许旸、刘冰雅、张贺、李姝昱、李菁、安迪斯晨风、董江波、周志军、陈炜敏、贺成、李煦、臧军、刘硕、孙凯亮、马原、侯小强、何瑞涓、丛子钰、欣闻、魏沛娜、刘旭东、李永杰、李婧璇、杨毅、孙立军、夏义生、王晓娜、汪荔诚、傅小平、胡明宇、邱媛顾、乔燕冰、王琼等等。这些也只是从事网络文学专业组织和传媒批评的部分代表性人物，还有很多恕难一一列举。

数字媒介的发展为广大网络文学读者提供了发表意见的平台和权利，他们通过网络社区、论坛、豆瓣评分、书友圈、"本章说"以及微信公众号、微博、QQ等自媒体平台，实时发表了大量具体网络作家作品的长评、短评、跟帖等即时性评论，为网络文学提供了更广泛的参与和反馈，促进了文学的创作、传播和发展，是网络文学批评最接地气、最具现实针对性的批评力量。

2023年度网络文学研究领域的发表较多的学者及相关文章主要有①：

欧阳友权：《网络文学高质量发展的五大关系辨正》，《学习与探索》2023年第5期；《ChatGPT与网络文学的未来》，《江海学刊》2023年第5期；《网络文学批评：误区、难题与悖论纾解》，《中国文学批评》2023年第4期；《中国网络文学打造世界级文化现象的海外传播策略》，严立刚、欧阳友权，《出版广角》2023年第

---

① 这里仅收录2023年度内在重要报刊发表2篇以上有较大影响的网络文学理论评论文章的学者。

13 期；《中国网络文学从何处来，往何处去——中南大学欧阳友权教授访谈》，欧阳友权、姜瑀，《中国图书评论》2023 年第 6 期；《网络文学产业形态及其风险规制》，《湖北社会科学》2023 年第 7 期；《网络文学评价：体系与标准》，《贵州师范大学学报》（社会科学版）2023 年第 5 期；《网络文学起源的本义与延伸义》，《文化软实力研究》2023 年第 4 期；《坚定文化自信，促进文化交流》，《人民日报》2023 年 6 月 16 日；《深入现场，为网络文学评论探索了新路——李玮批评印象》，《文学报》2022 年 12 月 15 日；《我国文学网站发展的四个阶段——从萌芽到探索、从商业化转型到高效发展的三十二年历程》，《中华读书报》2023 年 3 月 29 日；《生命之巅的精神礼赞》，《人民日报》2023 年 3 月 16 日；《网络文艺的审美特征及其案例赏析》，《艺术广角》2023 年第 3 期；《ChatGPT 不是网络文学创作的技术天敌》，《文艺报》2023 年 8 月 23 日；《网络文学的 AI 赋能及其边界》，《中国社会科学报》2023 年 11 月 1 日；AI advances online literature, but has limitations, ChineseSocialSciencesToday, 中国社会科学报英文版论文 2023 年 11 月 30 日；《中国网络文学：把脉与精进》，何弘、周冰主编《中国网络文学研究》第二辑，成都时代出版社 2023 年 12 月；《网络文学因何成为中国故事的海外"扬声器"》，中新社采访，中国新闻 2023 年 12 月 22 日。

黎杨全：《以文为戏：数字时代文学的游戏批评范式》，《文学评论》2023 年第 1 期；《文艺大众化的中国经验与现代文艺观念的再反思》，《中国社会科学》2023 年第 1 期；《诗可以群：社交媒体时代文艺评论中国传统的重建》，《首都师范大学学报》（社会科学版）2023 年第 1 期；《从审美性到交往性：社交媒体语境下文艺批评的范式变革》，《社会科学辑刊》2023 年第 2 期；《二次元文化、数字交往与民族共同体意识的建构》，《湖北民族大学学报》（哲学社会科学版）2023 年第 2 期；《奥德修斯 3.0：新媒介现实与第三个神话时代》，《广州大学学报》（社会科学版）2023 年第 3 期；《从"讲故事"到"操控故事"：元宇宙与叙事学的转向》，《中国图书评论》2023 年第 6 期；《离域化、轨迹性感知和具身体验：保罗·维利里奥艺术批评中的"速度"话语》，何榴、黎杨全，《北京电影学院学报》2023 年第 7 期。

何弘：《新时代十年中国网络文学发展的基本成就和基本经验》，《南方文坛》2023 年第 5 期；《网络文学以新形态讲好中国故事》，《光明日报》2023 年 7 月 24 日。

朱钢：《网络科幻小说应从技术表达向科学审美进发》，《文汇报》2023 年 4 月 19 日；《传统文化是网络文学生生不息的动力》，《文艺报》2023 年 8 月 23 日；《网络作家民间性基因探源》，《粤港澳大湾区文学评论》2023 年第 4 期；《人类的科技，我们的情怀——评天瑞说符〈我们生活在南京〉》，《创作评谭》2023 年第 6 期；《浩荡与轻咏——何常在论》，《长江丛刊》2023 年第 11 期上。

单小曦：《专题：中国新媒介文艺批评》，《海峡人文学刊》2023 年第 1 期；

《存在即媒介——海德格尔的媒介存在论及其诗学效应》,《社会科学文摘》2023年第2期。

禹建湘:《网络文艺新形态的精神价值与创新发展》,《人民论坛》2023年第13期;《网络文学媚俗的后现代文化逻辑与现代性张力》,禹建湘、张琛笑,《长沙大学学报》2023年第1期;《阅读游戏与网络文学爱欲想象》,禹建湘、张琛笑,《长沙大学学报》2023年第6期;《网络文学写作凸显现实题材转向》,《中国社会科学报》2023年9月04日;《让人类文明穿越星际》,《文艺报》2023年10月30日。

许苗苗:《网络文学:互动性、想象力与新媒介中国经验》,《中国社会科学》2023年第2期;《新语言、新文化、新生活:从〈第一次的亲密接触〉开始》,《小说评论》2023年第3期;《两种穿越的讲法:跨次元现实与新媒介时代的现实主义》,《南京社会科学》2023年第7期;《网络文学中的空间变迁与时代征候》,《中州学刊》2023年第10期。

黄鸣奋:《走向元宇宙:科幻电影产业的公园形态》,《文艺论坛》2023年第1期;《意识、媒介与科幻:现实主义的多维考察》,《广州大学学报》(社会科学版)2023年第3期;《美好表现:科幻电影评价的艺术性标准》,《艺术学研究》2023年第3期;《从知识劳工到救世主:科幻电影中的程序员想象》,《中国海洋大学学报》(社会科学版)2023年第4期;《科幻电影创意视野下的伦理美》,《厦门大学学报》(哲学社会科学版)2023年第4期。

陈定家:《早期海外华文网络写作的文学史意义——以〈图雅的涂鸦〉为中心》,《世界华文文学论坛》2023年第2期;《从〈悟空传〉看传统"故事"网络"新编"的文化意义》,杨新宇、陈定家,《阅江学刊》2023年第5期。

马季:《向生命更"真"处漫溯——第四届辽宁网络文学"金桅杆"奖述评》,文艺报2023年1月30日;《"硬核"提升网络作家创作境界》,《光明日报》2023年2月26日;《中国网络文学起始年与源头辨析》,《文化软实力研究》2023年第4期;《网络文学如何书写新时代山乡巨变——笔龙胆〈东南风云〉读札》,《文艺报》2023年8月23日;《中国网络文学向世界提供全新阅读模式》,《中国文化报》2023年8月24日;《十位网络作家,十种风格》,《文艺报》2023年10月30日。

周志强:《游戏现实主义:"第三时间"与多异性时刻》,《南京社会科学》2023年第3期;《"处在痛苦中的享乐"——网络文学中作为"圣状"的爽感》,《广州大学学报》(社会科学版)2023年第3期;《游戏现实主义与现实主义的"游戏"——象征界真实、想象界真实与实在界真实》,《探索与争鸣》2023年第11期。

周兴杰:《论网络小说"爽感"与"虐感"的关联性》,康雯沁、周兴杰,《名作欣赏》2023年第15期;《网络文学排行榜:类型、功用及其批评形态建构》,《中州学刊》2023年第7期;《叙写真挚而深沉的情感力量:评网络小说〈长乐里:盛世如我所愿〉》,《光明日报》2023年5月27日。

周志雄：《融中西文化，著时代篇章——对提高网络文学创作质量的思考》，《中国艺术报》2023年3月17日；《现实主义精神的软着陆》，《中国新闻出版广电报》2023年3月17日。

李玮：《从类型化到"后类型化"——论近年中国网络文学创作的新变（2018—2022）》，《文艺研究》2023年第7期；《"盛世江湖"与漫长的"九十年代"——从金庸，"后金庸"到纯武侠的衰落》，《小说评论》2023年第1期；《网络文学拥抱中华优秀传统文化》，《光明日报》2023年5月27日；《多重主体的表征：中国网文如何想象后人类意义上的"人—自然"》，《文艺理论与批评》2023年第2期；《跨媒介的"叙事共生"：网文IP影视转化的新变（2020—2022）》，《江西社会科学》2023年第3期；《"中国式现代化"与数字时代的文学》，《现代中文学刊》2023年第2期。

胡疆锋：《事件研究与新媒介艺术批评的创造性生成》，《首都师范大学学报》（社会科学版）2023年第1期；《2022网络文艺：凿开通路，点亮星空》，胡疆锋、刘佳，《中国文艺评论》2023年第2期；《塑造和想象：当人工智能遇上网络文艺》，《人民论坛》2023年第15期；《精神自觉、多元诠释与叙事伦理——论中国科幻电影中的"人类命运共同体"》，柯璐、胡疆锋，《文艺理论与批评》2023年第6期。

吴长青：《现象学视域中的网络民族志文学批评——建构数字时代"大文化"语言情境的批评生态》，《南京师范大学文学院学报》2023年第1期；《少数民族网络文学创作中的民族共同体意识的塑造》，《民族文学》2023年第5期；《网络文学的文学范畴与类型化特征——兼谈网络文学的"终结"之思》，《出版广角》2023年第12期；《类型小说视野中的网络文学——以张永禄的〈现代性视野下的小说类型学研究〉为中心》，《网络文学研究》（辑刊）2023年第2期，总第6期；《互动、对话：剧本游戏中的文学性还原——以〈死穿白〉〈马戏团事件〉和〈脑梦〉为例》，《创意写作研究》（第10辑），上海大学出版社2023年；《民俗学中的"景观"研究——兼论"景观"作为传说类型文本的作者及其文化功能》，中国艺术报2023年9月29日；《对传统文化的勘探式打捞》唐四方小说评论，《文艺报》2023年10月30日。

桫椤：《优秀作品是网络文学高质量发展的重要标志》，《河北日报》2023年4月14日；《网络文艺繁荣发展须法治护航》，《中国艺术报》2023年5月19日；《网络文学的时代嬗变》，《河北日报》2023年7月14日；《价值追求不以长短论"英雄"》，《光明日报》2023年7月16日；《在"快乐阅读"中传递文化价值》，《中国文化报》2023年8月3日；《网文出海：握紧"中华性"这张"身份证"》，《文汇报》2023年8月9日；《网络文学闪耀中华文化之光》，《河北日报》2023年10月20日；《女性视角下的"围观"与"救赎"》，《文艺报》2023年10月30日；

《网文题材之变中的历史意识与时代精神》,《出版人》2023 年第 12 期;《彰显现实精神,回应时代感召》,《河北日报》2023 年 12 月 15 日;《网络文学评论要有本体意识与批评立场》,《文艺报》2023 年 12 月 22 日。

贺予飞:《网络文学对古典小说叙事的转化》,《中国文学批评》2023 年第 1 期;《从符号、装置到生产机制:网络文学数据库写作的变革及限度》,《中国现代文学研究丛刊》2023 年第 7 期;贺予飞:《网络类型小说的审美偏误》,《创作》2023 年第 4 期;《"网生"起源说的生态系统观》,《文化软实力研究》2023 年第 4 期;《2022 年度湖南网络文学创作综述》,《湖南文学蓝皮书(2023)》,湘潭大学出版社 2023 年;《二次元乙女游戏互动小说的沉浸美学》,贺予飞,廖婷,《网络文学研究》(第六辑),安徽大学出版社 2023 年;《超长篇网络小说成为阅读市场"香饽饽"》,《文艺报》2023 年 8 月 25 日;《〈风骨〉中的家国情怀与文化传承》,《湖南日报》2023 年 10 月 27 日。

王玉玊:《流动性与经典性不可兼得?——并与黎杨全〈网络文学的经典化是个伪命题〉一文商榷》,《文艺理论与批评》2023 年第 3 期;《网络文学的"游戏化"向度及其"网络性"——(数码)人工环境与网络文学的自我实现》,《文学》2023 年第 1 期;《想象与交互——技术手段革新带来的文艺新变》,《艺术广角》2023 年第 6 期。

李强:《在中层视野下发掘新经验——中国网络文学研究方法刍议》,《艺术广角》2023 年第 2 期;《"我"寄雄心与明月——论新世纪大众文艺中的晚明想象研究》,《网络文学研究》(第六辑),安徽大学出版社 2023 年。

吉云飞:《徘徊在文学史和文学批评的交汇处——谈徐勇的文学选本研究》,《文艺论坛》2023 年第 3 期;《研究网文是为了关注自己》,《艺术广角》2023 年第 2 期;《从粉丝翻译网站到商业网文平台——再访 Wuxiaworld 创始人 RWX》,《网络文学研究》2023 年第 1 期。

(二)年度学术期刊论文代表作

1. 欧阳友权:《ChatGPT 与网络文学的未来》,《江海学刊》,2023 年第 5 期。

2. 黄鸣奋:《走向元宇宙:科幻电影产业的公园形态》,《文艺论坛》,2023 年第 1 期。

3. 何弘:《新时代十年中国网络文学发展的基本成就和基本经验》,《南方文坛》,2023 年第 5 期。

4. 朱钢:《网络作家民间性基因探源》,《粤港澳大湾区文学评论》,2023 年 4 期。

5. 欧阳友权:《网络文学评价:体系与标准》,《贵州师范大学学报》(社会科学版),2023 年第 5 期。

6. 欧阳友权：《网络文学产业的文创形态及其风险规制》，《湖北社会科学》，2023 年第 7 期。

7. 北乔：《人类的科技，我们的情怀——评天瑞说符〈我们生活在南京〉》，《创作评谭》，2023 年第 6 期。

8. 北乔：《浩荡与轻咏——何常在论》，《长江丛刊》，2023 年第 11 期。

9. 单小曦：《专题：中国新媒介文艺批评》，《海峡人文学刊》，2023 年第 1 期。

10. 禹建湘：《网络文艺新形态的精神价值与创新发展》，《人民论坛》，2023 年第 13 期。

11. 禹建湘，张琛笑：《网络文学媚俗的后现代文化逻辑与现代性张力》，《长沙大学学报》，2023 年第 1 期。

12. 许苗苗：《网络文学：互动性、想象力与新媒介中国经验》，《中国社会科学》，2023 年第 2 期。

13. 许苗苗：《新语言、新文化、新生活：从〈第一次的亲密接触〉开始》，《小说评论》，2023 年第 3 期。

14. 许苗苗：《两种穿越的讲法：跨次元现实与新媒介时代的现实主义》，《南京社会科学》，2023 年第 7 期。

15. 黎杨全：《文艺大众化的中国经验与现代文艺观念的再反思》，《中国社会科学》，2023 年第 1 期。

16. 邵燕君：《"数码人工环境"与网络文学专业批评》，《中国文学批评》，2023 年第 4 期。

17. 黎杨全：《从"讲故事"到"操控故事"：元宇宙与叙事学的转向》，《中国图书评论》，2023 年第 6 期。

18. 黎杨全：《从审美性到交往性：社交媒体语境下文艺批评的范式变革》，《社会科学辑刊》，2023 年第 2 期。

19. 骆平：《影像叙事如何建构伦理秩序？——基于网络文学影视改编的跨媒介考察》，《北京电影学院学报》，2023 年第 10 期。

20. 欧阳友权：《网络文学批评：误区、难题与悖论纾解》，《中国文学批评》，2023 年第 4 期。

21. 聂茂，张旭：《网络作家的叙事策略与价值赋能——以中国作家网"网络文学名家谈写作"为考察中心》，《中南大学学报》（社会科学版），2023 年第 5 期。

22. 张斯琦：《中国当代文学的海外传播及其新闻的"文学性"话语》，《文学评论》，2023 年第 2 期。

23. 李玮：《从类型化到"后类型化"——论近年中国网络文学创作的新变（2018—2022）》，《文艺研究》，2023 年第 7 期。

24. 郑熙青：《中国网络文学创作中的原创性和著作权问题》，《文艺研究》，

2023 年第 7 期。

25. 贺予飞：《从符号、装置到生产机制：网络文学数据库写作的变革及限度》，《中国现代文学研究丛刊》，2023 年第 7 期。

26. 欧阳友权：《网络文学高质量发展的五大关系辨正》，《学习与探索》，2023 年第 5 期。

27. 李灵灵：《情感、体验与认同：网络文学 IP 与非遗的审美消费》，《民族艺术》，2023 年第 4 期。

28. 贺予飞：《网络文学对古典小说叙事的转化》，《中国文学批评》，2023 年第 1 期。

29. 裴幸子：《从网文到二次元：网络青年亚文化民族主义话语的转型》，《湖北民族大学学报》（哲学社会科学版），2023 年第 2 期。

30. 王飚，毛文思：《2022 年我国数字出版发展态势盘点及 2023 年发展展望》，《科技与出版》，2023 年第 3 期。

31. 敖然，李弘，冯思然：《我国网络文学出海现状、困境、对策》，《科技与出版》，2023 年第 4 期。

32. 肖映萱：《幻想的开拓："女性向"网络小说对科幻资源的继承与改造》，《中国图书评论》，2023 年第 1 期。

33. 叶欣欣，袁曦临，黄思慧：《基于用户画像的海外网络文学读者阅读行为研究——以 Webnovel 为例》，《图书馆杂志》，2023 年第 1 期。

34. 蒋晓丽，杨钊：《"可见即收益"：网络文学平台化生产的可见性研究》，《编辑之友》，2023 年第 2 期。

35. 叶慧君，王晔：《后现代语境下中国文化"走出去"的趋势与反思》，《上海翻译》，2023 年第 3 期。

36. 张富丽：《从作品出海到生态出海：中国网络文学国际传播现状》，《扬子江文学评论》，2023 年第 2 期。

37. 徐志伟，韩金桥：《从"人物"到"人设"——融媒体视域下的网络小说人物生成逻辑》，《当代作家评论》，2023 年第 1 期。

38. 王溥，黄丽坤：《双重规训：平台可见性与读者赋权——网络文学平台签约作者的数字劳动研究》，《湖南大学学报》（社会科学版），2023 年第 1 期。

39. 王一鸣：《中国故事国际传播视野下网络文学的本体结构与特性》，《编辑之友》，2023 年第 2 期。

40. 雷成佳：《数字人文与网络文学批评方法的建构》，《湖北大学学报》（哲学社会科学版），2023 年第 2 期。

41. 汤哲声：《中国网络文学的属性和经典化路径》，《中国文学批评》，2023 年第 1 期。

42. 周志强：《"处在痛苦中的享乐"——网络文学中作为"圣状"的爽感》，《广州大学学报》（社会科学版），2023年第3期。

43. 陈洁：《文化强国建设背景下的数字出版走出去进路》，《编辑学刊》，2023年第2期。

44. 韩金桥：《论当下中国网络文学的"内卷"现象》，《哈尔滨工业大学学报》（社会科学版），2023年第3期。

45. 钟祖流：《元宇宙时代网络文学的生产与消费》，《中国出版》，2023年第11期。

46. 闫伟华，王倩茹：《"共生共长"：网络文学核心粉丝群体的情感动员实践》，《传媒观察》，2023年第4期。

47. 陈忆澄：《论中国网络文学向传媒艺术改编的感官机制——视觉与听觉的角力》，《现代传播》（中国传媒大学学报），2023年第3期。

48. 李玮：《跨媒介的"叙事共生"：网文IP影视转化的新变（2020—2022）》，《江西社会科学》，2023年第3期。

49. 胡疆锋，刘佳：《2022网络文艺：凿开通路，点亮星空》，《中国文艺评论》，2023年第2期。

50. 王玉王：《流动性与经典性不可兼得？——并与黎杨全〈网络文学的经典化是个伪命题〉一文商榷》，《文艺理论与批评》，2023年第3期。

51. 邓丽君：《数字叙事视域下中国网络文学数字化翻译模式本体新探》，《解放军外国语学院学报》，2023年第3期。

52. 李玮：《多重主体的表征：中国网文如何想象后人类意义上的"人—自然"》，《文艺理论与批评》，2023年第2期。

53. 欧阳婷：《中国网络文学高质量发展及其实施路径》，《学习与探索》，2023年第5期。

54. 房伟：《复活的民间、亡灵的财富与话语的秩序——论网络盗墓小说的类型学发生》，《当代作家评论》，2023年第1期。

55. 朱斌：《"想象的民间"：论中国古装网络剧的故事世界与文化意涵》，《中国文艺评论》，2023年第4期。

56. 何志钧：《论现实题材网络文学的高质量发展》，《学习与探索》，2023年第5期。

57. 王小英，田雪君：《网络文学的界定与中国网络文学的起源》，《中州学刊》，2023年第6期。

58. 范玉仙，王晨：《平台经济下的劳动控制与抵抗——以网络文学平台的田野调研为例》，《当代经济研究》，2023年第6期。

59. 郭玮，徐臻：《网络文娱"走出去"的特点及对国际传播的启示》，《中国广播电视学刊》,2023年第1期。

60. 闫伟华,杨雅丽:《熵理论视角下网络文学正能量的生产与传播》,《传媒》,2023年第8期。

61. 王一鸣,张洁:《网络文学出版研究的概念、框架和范畴》,《出版科学》,2023年第3期。

62. 姚建华,刘君怡,胡骞:《数字出版平台内容生产的流量逻辑:批判与反思》,《中国编辑》,2023年第7期。

63. 何弘:《新时代十年中国网络文学发展的基本成就和基本经验》,《南方文坛》,2023年第5期。

64. 王祥:《网络文学的神奇叙事与情绪标记》,《中国文学批评》,2023年第1期。

65. 张晓红,雷婕:《"诗性正义"理论观照下的网络文学和公共生活》,《深圳大学学报》(人文社会科学版),2023年第2期。

66. 欧阳友权:《网络文学起源的本义与引申义》,《文化软实力研究》,2023年第4期。

67. 韩传喜,郭晨:《网络文学媒介化的情感逻辑》,《当代作家评论》,2023年第3期。

68. 马征:《用批评之眼透视文学风景——2022年中国当代文学批评综述》,《中国文学批评》,2023年第1期。

69. 南帆:《网络空间与文学批评谱系》,《中国文学批评》,2023年第2期。

70. 高寒凝:《数码复制时代的亲密关系:从网络直播到ChatGPT》,《广州大学学报》(社会科学版),2023年第5期。

71. 李斌:《媒介变革背景下数字文学的新文学特征》,《湖北社会科学》,2023年第5期。

72. 吴申伦,龙雨晨:《玄幻仙侠题材网络文学海外传播优势与路径研究》,《出版广角》,2023年第13期。

73. 王亚静,刘宗义:《社群传播视角下网络文学版权运营的发展路径——以阅文集团为例》,《传媒》,2023年第12期。

74. 张安然,胡疆锋:《文化研究:在对话中敞开自身——2022年度中国内地文化研究类图书盘点》,《中国图书评论》,2023年第4期。

75. 薛詠贤,杨勇:《国际化的中国网络文学全版权开发研究》,《出版广角》,2023年第4期。

76. 邢晨,李玮:《全球IP时代中的中国经验——论中国网络文学IP转化的发展路径》,《出版广角》,2023年第13期。

77. 彭民权:《回归传统:网文叙事的"去媒介化"》,《江西社会科学》,2023

年第 3 期。

78. 张慧瑜：《科幻题材网络文学与新的中国故事》，《人民论坛》，2023 年第 15 期。

79. 周敏：《网络文学与"90 年代"的连续性》，《文艺理论与批评》，2023 年第 3 期。

80. 尤达：《读者与观众：海外输出背景下受众跨媒介接受路径研究——网络文学与 IP 改编的序位效应考察》，《编辑之友》，2023 年第 8 期。

81. 赵勇：《作为生产者的写手——论网络文学生产的基本法则与深层动因》，《四川大学学报》（哲学社会科学版），2023 年第 4 期。

82. 高金萍，王喆：《中国网络文学出海的文化进路》，《出版广角》，2023 年第 13 期。

83. 周兴杰：《网络文学排行榜：类型、功用及其批评形态建构》，《中州学刊》，2023 年第 7 期。

84. 房伟：《当下青年写作的"四种症候"及其反思》，《扬子江文学评论》，2023 年第 2 期。

85. 陈前进，刘世昌：《网络文学 IP 的衍生困境和优化路径》，《出版广角》，2023 年第 13 期。

86. 李玮：《"中国式现代化"与数字时代的文学》，《现代中文学刊》，2023 年第 2 期。

87. 江秀廷：《网络文学原生评论的形态、特征与意义》，《中国文学批评》，2023 年第 2 期。

88. 邓韵娜：《论〈蜀山剑侠传〉在中国网络文艺生产中的源头性地位》，《当代文坛》，2023 年第 3 期。

89. 王珏：《平台语境下的青年文化实践》，《新闻与写作》，2023 年第 9 期。

90. 李澜澜，周冰：《侠客与江湖的当代网络书写——以武侠网络小说为例》，《当代文坛》，2023 年第 4 期。

91. 高翔：《消费主义视野中的"爽文学观"》，《南京社会科学》，2023 年第 9 期。

92. 严立刚，欧阳友权：《中国网络文学打造世界级文化现象的海外传播策略》，《出版广角》，2023 年第 13 期。

93. 杨晨，何叶：《网络文学，讲好中国故事的有力载体》，《出版广角》，2023 年第 13 期。

94. 高艳芳：《社会热点事件类网络民间文学的形成过程和舆论引导》，《西北民族大学学报》（哲学社会科学版），2023 年第 4 期。

95. 刘小源：《〈和玛丽苏开玩笑〉：一场空前的网络文学批评事件》，《南方文坛》，2023 年第 4 期。

96. 刘小源：《网络批评小说：一种全新的文学批评形态》，《东岳论丛》，2023 年第 8 期。

97. 马季：《赛博银河里的文学繁星——中国网络作家代际谱系观察》，《南方文坛》，2023 年第 4 期。

98. 李晓梅：《网络文学史概述及人工智能环境对网络文学的影响——评〈网络文学批评〉》，《中国教育学刊》，2023 年第 11 期。

99. 朱娜，王宏伟，范博禹：《热 IP 改编电视剧的开发运营体系探略》，《中国广播电视学刊》，2023 年第 10 期。

100. 陈忆澄：《论中国网络文学向传媒艺术改编的感官机制——视觉与听觉的角力》，《现代传播（中国传媒大学学报）》，2023 年第 3 期。

（三）年度报纸文章代表作

1. 欧阳友权：《提升网络文艺评论有效性的三条路径》，《中国艺术报》，2023 年 2 月 06 日。

2. 欧阳友权：《ChatGPT 不是网络文学创作的技术天敌》，《文艺报》，2023 年 8 月 23 日。

3. 欧阳友权，舒晋瑜：《我国文学网站发展的四个阶段》，《中华读书报》，2023 年 3 月 29 日。

4. 欧阳友权：《提升网络文艺评论有效性的三条路径》，《中国艺术报》，2023 年 2 月 6 日。

5. 欧阳友权：《网络文学的 AI 赋能及其边界》，《中国社会科学报》，2023 年 11 月 1 日。

6. 黄发有：《重组时光的艺术》，《文艺报》，2023 年 1 月 13 日。

7. 黄发有：《生态文学的地域特色》，《中国环境报》，2023 年 6 月 14 日。

8. 禹建湘：《让人类文明穿越星际》，《文艺报》，2023 年 10 月 30 日。

9. 许苗苗：《描形与会意：网络文学中的幻想和现实》，《中国社会科学报》，2023 年 9 月 04 日。

10. 禹建湘：《网络文学写作凸显现实题材转向》，《中国社会科学报》，2023 年 9 月 04 日。

11. 黎杨全：《"经典"观念与网络文学属性相冲突》，《中国社会科学报》，2023 年 9 月 15 日。

12. 李玮：《网络文学赋予"经典"观念新内涵》，《中国社会科学报》，2023 年 9 月 15 日。

13. 别君华：《生成式 AI 驱动下的文艺创新》，《中国社会科学报》，2023 年 8

月 08 日。

14. 魏李梅：《21 世纪"西游"系列电影改编新趋势》，《中国社会科学报》，2023 年 1 月 04 日。

15. 王传领：《新媒介游戏的文艺属性》，《中国社会科学报》，2023 年 8 月 08 日。

16. 查建国，陈炼：《建构数字时代的文艺新理论》，《中国社会科学报》，2023 年 10 月 11 日。

17. 郑琬铃，柴冬冬：《推进自媒体文艺批评伦理构建》，《中国社会科学报》，2023 年 8 月 04 日。

18. 刘鹏波：《让网络文学从文学的生力军成为主力军》，《文艺报》，2023 年 3 月 22 日。

19. 欧阳友权：《生命之巅的精神礼赞》，《人民日报》，2023 年 3 月 16 日。

20. 舒晋瑜：《众专家热议网络文学：主流化趋势进一步增强》，《中华读书报》，2023 年 4 月 26 日。

21. 赖睿：《网络文学主流化精品化加快》，《人民日报海外版》，2023 年 4 月 17 日。

22. 赵依雪：《中国网络文学市场规模十年间增长十倍》，《国际出版周报》，2023 年 4 月 03 日。

23. 韩秉志：《网络文学向阳生长》，《经济日报》，2023 年 4 月 09 日。

24. 张君成，李婧璇：《网络文学在政策引导下实现高质量发展》，《中国新闻出版广电报》，2023 年 4 月 03 日。

25. 张思毅：《剧版〈三体〉能否开启科幻影视改编新篇章？》，《南方日报》，2023 年 1 月 29 日。

26. 张熠：《网络文学出海，9 部翻译作品阅读量破亿》，《解放日报》，2023 年 3 月 23 日。

27. 白祖偕，邓霞，尹武进：《欧阳友权：网络文学因何成为中国故事的海外"扬声器"》，《中国新闻报》，2023 年 12 月 22 日。

28. 泽登旺姆：《网络文学有无可能反哺传统文学》，《成都日报》，2023 年 1 月 12 日。

29. 王美莹，牛梦笛，詹媛，等：《文学携手影视"国产科幻热"如何走得更远》，《光明日报》，2023 年 3 月 20 日。

30. 王琼：《网络文学精品创作与产业发展的融合之道》，《中国艺术报》，2023 年 3 月 10 日。

31. 赖名芳：《网文 IP 市场规模年增长预计超百亿》，《中国新闻出版广电报》，2023 年 4 月 12 日。

32. 杜蔚：《阅文集团首席执行官侯晓楠：AIGC 是重要技术变革，将对内容生产应用带来很大影响》，《每日经济新闻》，2023 年 6 月 08 日。

33. 宣晶：《小说+影视+游戏，如何从浅层联动转向深度融合》，《文汇报》2023 年 2 月 09 日。

34. 杨雪：《通过网络文学讲好中国故事》，《人民政协报》，2023 年 6 月 17 日。

35. 李婧璇，张君成，商小舟：《中国网络文学：迈向高质量发展新征程》，《中国新闻出版广电报》，2023 年 4 月 03 日。

36. 马李文博：《新时代十年网络文学榜单背后的评价体系——专家解读新时代十年百部中国网络文学作品榜单》，《中国艺术报》，2023 年 7 月 03 日。

37. 舒晋瑜：《2023：网络文学的发展方向和创作计划》，《中华读书报》，2023 年 1 月 18 日。

38. 刘江伟：《现实题材创作持续走热》，《光明日报》，2023 年 4 月 12 日。

39. 许旸：《现实题材迈入黄金时代，00 后成网文创作新增主力》，《文汇报》，2023 年 4 月 11 日。

40. 杨新华：《新时代文学批评中的中国话语构建研究》，《中国艺术报》，2023 年 5 月 12 日。

41. 舒晋瑜：《重构网络文学发生机制，推动主流化精品化》，《中华读书报》，2023 年 3 月 01 日。

42. 魏李梅，孙倩倩：《新世纪"西游"题材文学改编电影的审美演变》，《中国电影报》，2023 年 2 月 22 日。

43. 金鑫：《现实题材网络文学迈入黄金时代》，《中国新闻出版广电报》，2023 年 6 月 28 日。

44. 刘鹏波：《网络文艺如何健康发展？听听代表委员们怎么说》，《文艺报》，2023 年 3 月 22 日。

45. 邓媛：《网络文学成为中国文化海外传播名片》，《深圳特区报》，2023 年 6 月 09 日。

46. 孟妮：《网络文学成推动文化自信重要力量》，《国际商报》，2023 年 5 月 11 日。

47. 刘娜，蔡林燊：《传承优秀传统坚守文化自信》，《云南政协报》，2023 年 7 月 01 日。

48. 宋自容：《英国唯美主义文学改编电影的独特魅力》，《中国电影报》，2023 年 4 月 05 日。

49. 施芳，陈圆圆：《网络文学，向广阔处生长》，《人民日报》，2023 年 3 月 31 日。

50. 张鹏禹：《中国网文的"摆渡船"，海外作者的"孵化器"》，《人民日报海外版》，2023年3月23日。

51. 韩寒：《数字阅读为文化消费提供新选择》，《光明日报》，2023年4月25日。

52. 许莹：《推动网络视听在新征程持续高质量发展》，《文艺报》，2023年4月12日。

53. 袁传玺：《多位委员热议网络文学知识产权保护推动在线阅读行业健康发展》，《证券日报》，2023年3月09日。

54. 许旸：《文学母本在当下"圈粉"，谁的DNA动了》，《文汇报》，2023年8月05日。

55. 吴正丹：《中国网络文学走红海外》，《人民日报海外版》，2023年6月28日。

56. 史竞男，冯源：《"开卷有益"续写新的故事》，《新华每日电讯》，2023年4月25日。

57. 卢扬，韩昕媛：《网文变现众生相》，《北京商报》，2023年3月16日。

58. 冯圆芳：《"好故事"不再只意味着"爽"》，《新华日报》，2023年6月15日。

59. 李茹：《为时代发声彰显网络文学责任担当》，《长治日报》，2023年8月29日。

60. 陈妙然：《网络文学用户规模实现较快增长》，《中国新闻出版广电报》，2023年8月30日。

61. 李晓晨：《阎晶明：规范期刊用稿行为加强网络文学版权保护》，《文艺报》，2023年3月08日。

62. 仇宇浩：《年轻人爱写爱看中国科幻》，《天津日报》，2023年3月28日。

63. 黄启哲：《沉浸式体验〈三体·引力之外〉有啥不一样》，《文汇报》，2023年5月11日。

64. 温婷：《推动"黑白名单"制度落地夯实网络文学版权治理成果》，《上海证券报》，2023年3月12日。

65. 刘江伟：《网络文学主动作为"走出去"》，《光明日报》，2023年10月04日。

66. 刘晓立：《探索融合新模式，助力古籍活化》，《藏书报》，2023年6月12日。

67. 徐健，刘鹏波：《让更多人在阅读中不断成长收获幸福》，《文艺报》，2023年4月24日。

68. 李婧璇：《中国音像与数字出版协会第一副理事长张毅君：网络文学形成良序发展生态》，《中国新闻出版广电报》，2023年4月06日。

69. 余东明,张海燕:《文章刚更新就出现在盗版网站上》,《法治日报》,2023年7月26日。

70. 杨丽娅:《让优秀传统文化在网络文学中绽放》,《云南政协报》,2023年8月15日。

71. 许莹:《新时代 新创作 新阅读 》,《文艺报》,2023年11月20日。

72. 李永杰:《探索网络文学经典化道路 》,《中国社会科学报》,2021年3月19日。

73. 舒晋瑜:《起点读书联合十大高校举办全国高校新锐作家选拔赛》,《中华读书报》,2023年7月19日。

74. 袁传玺:《阅文集团CEO侯晓楠:加速"AI+IP"产业融合开启新一轮战略布局》,《证券日报》,2023年7月21日。

75. 陆青剑:《走出方寸天地阅尽大千世界》,《贵州日报》,2023年3月03日。

76. 陈鹤:《网络文学发展需要更好舞台》,《中国财经报》,2023年10月17日。

77. 谢雷鸣:《网络文学主流化精品化进程加快》,《中国贸易报》,2023年3月28日。

78. 许惟一,赵依雪:《整体规模增速放缓新兴板块势头良好》,《国际出版周报》,2023年2月20日。

79. 田诗雨:《南京网络文学发展风头正劲》,《南京日报》,2023年6月26日。

80. 王冰雅,宋喜群:《勾勒新技术时代出版融合发展图景》,《光明日报》,2023年9月26日。

81. 尹琨:《技术赋能数字阅读提质增效》,《中国新闻出版广电报》,2023年4月25日。

82. 丁舟洋:《"好故事"重新成为网络视听头等大事》,《每日经济新闻》,2023年3月31日。

83. 徐嘉伟:《"云"上阅读书香浓》,《人民日报海外版》,2023年5月22日。

84. 舒晋瑜:《富民、强国、科技、工业、奋斗正成为网络文学的常用标签》,《中华读书报》,2023年7月19日。

85. 杜蔚:《阅文集团CEO侯晓楠:用AI重构骨架打造未来感IP体验经济》,《每日经济新闻》,2023年7月25日。

86. 舒晋瑜:《年轻化与多元化持续,跨界书写引领行业潮流》,《中华读书报》,2023年5月24日。

87. 韩丹东:《看完一部软色情网络小说要一千七百多元》,《法治日报》,2023年9月23日。

88. 章红雨:《2022年我国数字出版产业总收入达13586.99亿元》,《中国新闻出版广电报》，2023年9月22日。

89. 周思同：《完善网文市场应规范先行》，《科技日报》，2023年7月28日。

90. 赖学沨：《媒介融合对文艺传播的影响》，《中国文化报》，2023年5月29日。

91. 郑星：《以声为媒用耳朵"阅读"与书香为伴》，《昆明日报》，2023年4月23日。

92. 欧阳友权：AI advances online literature, but has limitations，中国社会科学报英文版，*Chinese Social Sciences Today*，2023年11月30日。

93. 许旸：《中国科幻，正在"奇点"前夜蓄力》，《文汇报》，2023年10月22日。

94. 何晶：《共同指向网络文明形态下认知世界的方式》，《文学报》，2023年7月27日。

95. 张滢莹：《由"天马"奔向远方，让世界听懂中国的故事》，《文学报》，2023年10月12日。

96. 许健楠：《网络小说会不会消亡？好作品经得起考验》，《金华日报》，2023年6月04日。

97. 欧阳友权：《坚定文化自信，促进文化交流》，《人民日报》，2023年6月16日。

98. 郭萃：《海南网络文学：承载文化出海的先锋》，《海南日报》，2023年9月25日。

99. 章红雨：《出版人帮科幻作家打"文学+"组合拳》，《中国新闻出版广电报》，2023年9月15日。

100. 张意薇：《〈西出玉门〉：玄幻奇崛异世界》，《海南日报》，2023年10月16日。

（四）年度理论与批评著作

1. 欧阳友权主编：《网络文学榜单作品精读》，北京：中国社会科学出版社，2023年。

2. 欧阳友权主编：《网络文学三十年》，长沙：湖南文艺出版社，2023年。

3. 欧阳友权主编：《网络文学三十年理论评论典藏》，长沙：湖南文艺出版社，2023年。

4. 欧阳友权主编：《网络文学三十年研究成果目录集成》，长沙：湖南文艺出版社，2023年3月。

5. 欧阳友权主编：《网络文学三十年年谱（1992—2013）》，长沙：湖南文艺出版社，2023年3月。

6. 欧阳友权主编：《网络文学三十年年谱（2014—2021）》，长沙：湖南文艺出版社，2023年3月。

7. 欧阳友权：《当代中国网络文学批评史》英文版（*A History of Cyber Literary Criticism in China*, Routledge London and New York，伦敦：罗德里奇出版社，2023年。

8. 欧阳友权主编：《中国网络文学年鉴（2022）》，北京：新华出版社，2023年7月。

9. 黄鸣奋：《后人类生态视野下的科幻电影》，上海：上海光启书局有限公司，2023年。

10. ［韩］崔宰溶：《网络文学研究的原生理论》，北京：中国文联出版社，2023年3月。

11. 禹建湘：《网络文学批评的理论考辨》，北京：中国社会科学出版社，2023年6月。

12. 禹建湘、刘玲武：《网络文学研究视界》第3辑，长沙：中南大学出版社，2023年6月。

13. 许苗苗：《网络文学名家名作导读丛书·墨书白与山河枕》，北京：作家出版社，2023年5月。

14. 黎杨全：《中国语言文学一流学科建设文库·重组的文学场 新媒介与文学制度的转型》，北京：中国社会科学出版社，2023年5月。

15. 李玮：《江苏新文学史·网络文学卷》，南京：江苏凤凰文艺出版社，2023年2月。

16. 梁鸿鹰、何弘：《中国网络文学研究年编·2021》，合肥：安徽文艺出版社，2023年1月。

17. 王诺诺：《中国科幻新锐系列·浮生一日》，深圳：深圳出版社，2023年7月。

18. 马季：《任怨与〈神工〉》，北京：作家出版社，2023年8月。

19. 禹建湘：《六道与〈汉天子〉》，北京：作家出版社，2023年8月。

20. 汤俏：《唐欣恬与〈恩爱将求抱〉》，北京：作家出版社，2023年8月。

21. 乌兰其木格：《解语与〈盛世帝王妃〉》，北京：作家出版社，2023年8月。

22. 陈海：《暗魔师与〈武神主宰〉》，北京：作家出版社，2023年8月。

23. 李炜著：《解码网文IP》，南京：江苏凤凰文艺出版社，2023年12月。

24. 何弘、周冰主编：《中国网络文学研究》，成都：成都时代出版社，2023年12月。

25. 黄发有主编：《中国网络文学理论评论年选（2022）》，神州：海峡文艺出版社，2023 年 7 月。

26. 王峰、陈丹：《科幻乌托邦：迈向乌托邦诗学》，北京：北京大学出版社，2023 年 8 月。

27. 陈定家：《有无之间：网络文学与超文本研究》，宁波：宁波出版社，2023 年 11 月。

28. 庄庸：《网络文学青创爆款方法论》，宁波：宁波出版社，2023 年 6 月。

29. 马季：《中国网络文学简史》，宁波：宁波出版社，2023 年 11 月。

30. 周志雄主编：《大神的肖像》（第二辑），合肥：安徽文艺出版社，2023 年 12 月。

31. 周志雄、江秀廷主编：《中国网络文学大事记》，合肥：安徽大学出版社，2023 年 12 月。

32. 周志雄主编：《网络文学研究》（第六辑），合肥：安徽文艺出版社，2023 年 8 月。

33. 周志雄主编：《网络文学研究》（第七辑），合肥：安徽大学出版社，2023 年 12 月。

34. 桫椤：《安静的九乔与〈我在红楼修文物〉》，北京：作家出版社，2023 年 8 月。

35. 王金芝：《网络文学：媒介、文本和叙事》，广州：花城出版社，2023 年。

三、刊载成果的主要期刊、报纸及公众号

（一）发表网络文学论文的主要学术期刊

与 2022 年相比，一些核心期刊依旧是刊载网络文学研究成果的重要阵地，但 2023 年刊载网络文学理论与批评论文的学术期刊从 229 家减少到了 207 家。其中，2023 年度发表网络文学相关论文 3 篇及以上的期刊有 54 家，它们分别是《当代文坛》《文艺争鸣》《中州学刊》《出版广角》《编辑之友》《百家评论》《传媒》《当代作家评论》《电影文学》《东南传播》《江西社会科学》《今古文创》《科技传播》《科技与出版》《名作欣赏》《南方文坛》《南京师范大学文学院学报》《社会科学辑刊》《探索与争鸣》《外国文学动态研究》《文学教育》《文艺理论与批评》《戏剧之家》《新纪实》《新媒体研究》《粤港澳大湾区文学评论》《粤海风》《中国编辑》《中国当代文学研究》《中国图书评论》《中国文学批评》《中国文艺评论》《大连大学学报》《海外英语》《创作评谭》《出版与印刷》《出版发行研究》《东吴学术》《文学评论》《大众文艺》《汉字文化》《河北民族师范学院学报》《南京社会科学》《社会科学战线》《新闻传播》《新闻研究导刊》《江苏社会科学》《上海文化》《外国语文》《文化创新比较研究》《文艺理论研究》《西南科技大学学报（哲学社会科

学版）》《学习与探索》《中国出版》等。

下面是年度内刊发网络文学理论批评文章较多的部分代表性刊物：

《出版广角》

《出版广角》于 1995 年创刊，由广西新闻出版局主管、广西出版杂志社主办，以"与中国出版同步，为中国出版服务"为宗旨，定位于大出版文化，实现了学术性、实证性、可读性的统一。2023 年度刊载了《加强保护和创新，以中国式现代化推动版权产业高质量发展》（张洪波，2023 年第 2 期）、《国际化的中国网络文学全版权开发研究》（薛詠贤，杨勇，2023 年第 4 期）、《网络文学产业的基因、问题和发展趋势》（谢清风，2023 年第 12 期）、《网络文学的文学范畴与类型化特征——兼谈网络文学的"终结"之思》（吴长青，2023 年第 12 期）、《全球 IP 时代中的中国经验——论中国网络文学 IP 转化的发展路径》（邢晨，李玮，2023 年第 13 期）、《加强网络文学管理，提高网络文学精品产出率》（赵礼寿，杨佚琳，王梦颖，2023 年第 13 期）、《网络文学 IP 的衍生困境和优化路径》（陈前进，刘世昌，2023 年第 13 期）、《网络文学，讲好中国故事的有力载体》（杨晨，何叶，2023 年第 13 期）、《中国网络文学出海的文化进路》（高金萍，王喆，2023 年第 13 期）、《玄幻仙侠题材网络文学海外传播优势与路径研究》（吴申伦，龙雨晨，2023 年第 13 期）、《基于同业竞争者视角的海外网文平台发展分析》（郭瑞佳，吴燕，2023 年第 13 期）、《网络文学出版平台的内容生产集聚效应及其内在机制研究——以阅文集团为例》（江玉娇，邓香莲，2023 年第 15 期）等 12 篇有关网络文学的论文。

《中国文学批评》

《中国文学批评》由中国社会科学院主管，中国社会科学杂志社与中国文学批评研究会合办，以中国特色社会主义理论为指导，以发展中国特色社会主义文学理论话语体系为目标，重视理论的研讨和批评实践相结合，联系文学创作和鉴赏的实际，打造了一批品牌栏目。2023 年刊载了《网络文学的神奇叙事与情绪标记》（王祥，2023 年第 1 期）、《网络文学对古典小说叙事的转化》（贺予飞，2023 年第 1 期）、《中国网络文学的属性和经典化路径》（汤哲声，2023 年第 1 期）、《网络文学原生评论的形态、特征与意义》（江秀廷，2023 年第 2 期）、《网络空间与文学批评谱系》（南帆，2023 年第 2 期）、《融媒介文艺批评的特征和发展趋势》（凌逾，2023 年第 2 期）、《网络文学批评：误区、难题与悖论纾解》（欧阳友权，2023 年第 4 期）、《"数码人工环境"与网络文学专业批评》（邵燕君，2023 年第 4 期）、《走向跨次元批评——对当前"二次元"概念的反思》（黎杨全，2023 年第 4 期）等 9 篇网络文学相关论文。

《中国文艺评论》

《中国文艺评论》于 1984 年创刊，由黑龙江省文联主办，以"以马克思主义文艺观为指导，坚持文艺双百方针，追踪和研究当前的文艺创作和文艺理论研究的态势,研究本省文艺创作和理论研究的成就和不足,推动文艺创作和理论建设的健康发展"为办刊宗旨。2023年度刊载了《数字时代中国网络电影的人图关系》(田晔,2023年第1期)、《2022网络文艺:凿开通路,点亮星空》(胡疆锋,刘佳,2023年第2期)、《数字时代文艺批评的"圈层化"与"破圈"之道》(王亚芹,2023年第3期)、《有无:当代艺术的跨媒介方式与本质》(董丽慧,2023年第5期)、《中国传统艺术主题的跨媒介属性及其哲学基础》(王一楠,2023年第5期)、《网络亚文化失范与新媒体文艺评论网络暴力》(郑焕钊,2023年第10期)、《从"巫舞"到ChatGPT:艺术科技融合发展的历史与当下》(孙晓霞,2023年第10期)等7篇有关网络文学的论文。

《当代文坛》

《当代文坛》于1982年创刊,主要设有名家论坛、对话与交锋理论探索、创作研究小说面面观、作家与作品批评与阐释、诗歌理论与批评海外文坛、海华文学之窗散文艺术谭、女性文学论博士论坛、文艺论著评介影视画外音、艺术广角等栏目。2023年度刊载了《论〈蜀山剑侠传〉在中国网络文艺生产中的源头性地位》(邓韵娜,2023年第3期)、《主体性建构与多元化共生——网络科幻小说影视改编之困境与突围》(骆平,2023年第3期)、《侠客与江湖的当代网络书写——以武侠网络小说为例》(李澜澜,周冰,2023年第4期)、《始于1990年代的文学变局——再从〈萌芽〉新概念作文大赛说起》(吴俊,2023年第5期)、《大众接受效果与科幻文艺创作——以〈三体〉小说和电视剧的豆瓣评价为例》(周彦杉,2023年第5期)、《本事、筛选与改编——论〈小兵张嘎〉小说及电影文本的生成逻辑》(王雨,2023年第6期)等6篇有关网络文学的论文。

《文艺争鸣》

《文艺争鸣》杂志是由吉林省文学艺术界联合会主办,主要刊发文艺评论和文艺理论类论文的学术刊物。自1986年创刊以来,以新观点、新方法、新材料为主题,坚持"期期精彩、篇篇可读"的理念,扶植了一大批国内颇具影响力的中青年理论家和批评家,是文艺理论和文艺批评领域最具影响力的杂志之一。2023年刊载了《介入与融合:互动媒体作品的视觉叙事构建分析》(代钰洪,苑霄,2023年第1期)、《"伤痕"文艺的媒介共同体——以〈枫〉的"小说—连环画—电影"文本链为核心》(张小迪,2023年第2期)、《情感共振与记忆失焦:当下影视创作对记忆的双重阐释》(张煜,庄靖,2023年第4期)、《论生成式人工智能对文艺发展的冲击》(邓心强,2023年第7期)等与网络文学有关的论文。

《编辑之友》

《编辑之友》创办于1981年,由山西出版集团主办,创刊之初为《编创之友》,1985年正式更名为《编辑之友》,是国内创办最早的出版学编辑学学术刊物。2023年度刊载了《中国故事国际传播视野下网络文学的本体结构与特性》(王一鸣,

2023年第2期)、《"可见即收益":网络文学平台化生产的可见性研究》(蒋晓丽,杨钊,2023年第2期)、《技术图像时代阅读研究的问题与理论》(张文彦,2023年第4期)、《从内容到形式:数字阅读社群的公共性消解与重构》(陈瑞华,2023年第5期)、《从"作者中心"到"读者中心":读者概念的现代化抽绎与想象》(刘扬;周国清,2023年第8期)、《读者与观众:海外输出背景下受众跨媒介接受路径研究——网络文学与IP改编的序位效应考察》(尤达,2023年第8期)、《面对不确定性:亚马逊Kindle在中美电子书市场的差异境遇研究》(吴申伦,2023年第9期)、《群体趣味、文本形态与媒介网络:20世纪30年代中国城市的大众阅读》(郭恩强,高雁,2023年第9期)等8篇有关网络文学的论文。

《扬子江文学评论》

《扬子江文学评论》由江苏省作家协会主办,是展示当代作家作品研究成果的一个窗口。《扬子江文学评论》先后设立焦点话题、乡土都市文学与文化评论、名编视野、名刊观察等栏目,集中讨论和研究了诸如"阶层与文学""可持续写作""文学传媒""文学制度""反思90年代"等富有现实性、学术创新性的"真问题"。2023年发表了《从作品出海到生态出海:中国网络文学国际传播现状》(张富丽,2023年第2期)、《当下青年写作的"四种症候"及其反思》(房伟,2023年第2期)、《青年作家的形象呈现与人设建构》(霍艳,2023年第4期)等有关网络文学的论文。

《出版发行研究》

《出版发行研究》杂志创刊于1985年,是新闻出版总署主管、中国新闻出版研究院(其前身为中国出版科学研究所)主办的出版行业学术性刊物,它是为了适应我国出版体制改革、总结出版工作丰富的实践经验、开展出版学理论研究、加强国内外学术交流、探索出版工作规律的需要而创办的,对探索研究出版学科理论建设体系和出版教育发展,起到了促进作用。2023年发表了《纸托邦——中国文学作品海外出版和传播综合体》(石春让,张静,2023年第1期)、《中国数字出版业中的劳动研究进路与未来展望》(胡骞,姚建华,薛翔,2023年第2期)、《中国和巴西出版合作现状、问题与优化策略研究》(刘锐,2023年第3期)、《中国—东盟出版交流合作十年实践与思考》(梁媛,刘莹晨,2023年第5期)、《论数字阅读中的算法偏见及其治理》(于春生,董琺,2023年第6期)、《文学史视角下的中国网络文学走出去》(敬鹏林,耿文婷,2023年第7期)、《行动者网络视角下网络文学出海的出版生态与逻辑进路》(屈高翔,梅雨浓,2023年第8期)等7篇有关网络文学的论文。

《探索与争鸣》

《探索与争鸣》杂志创刊于1985年,是以"学术争鸣"为主要特色的综合性思想学术期刊。以"坚持正确方向、提倡自由探索、鼓励学术争鸣、推进理论创新"

为办刊宗旨，注重对学术前沿话题和社会热点问题作深层次的理论评析，强调人文性、思想性与争鸣性，是国内学术界进行理论探索、交流、争鸣的重要园地。2023年发表了《对话与重写：ChatGPT时代的文学》（严锋，2023年第5期）、《真批评的"假想敌"——对中国当下文艺批评现场的观察与反思》（李彦姝，2023年第9期）等有关网络文学的论文。

《南方文坛》

《南方文坛》于1987年创刊，现由广西文联单独主办，被誉为"中国文坛的批评重镇"。致力于充满活力的高品位的学术形象和批评形象的建设，设置具有前沿性的话题批评。本年度共发表关于网络文学研究的论文7篇，有《从小冰到ChatGPT：对人工智能与汉语诗学的一个考察》（文贵良，2023年第3期）、《赛博银河里的文学繁星——中国网络作家代际谱系观察》（马季，2023年第4期）、《〈和玛丽苏开玩笑〉：一场空前的网络文学批评事件》（刘小源，2023年第4期）、《算法文学的本质、文学性及审美属性辨析》（王万程，2023年第5期）、《新时代十年中国网络文学发展的基本成就和基本经验》（何弘，2023年第5期）、《绿皮火车、ChatGPT与文学批评》（周荣，2023年第6期）、《文学泛化现象初探——从文学阅读状况看新时代文学的新变》（纳杨，2023年第6期）等。

《中州学刊》

《中州学刊》创刊于1979年，是由河南省社会科学院主管、主办的以"崇尚科学、追求真理、提倡原创、打造精品"为办刊理念的综合性人文社会科学类国际学术交流期刊。本年度发表了《网络文学的界定与中国网络文学的起源》（王小英，田雪君，2023年第6期）、《网络文学排行榜：类型、功用及其批评形态建构》（周兴杰，2023年第7期）、《网络文学中的空间变迁与时代征候》（许苗苗，2023年第10期）、《再现、呈现与模拟：论网络文学与现实的三种关系》（韩模永，2023年第10期）等4篇有关网络文学的论文。

《社会科学辑刊》

《社会科学辑刊》于1979年3月创刊，由辽宁社会科学院主办，是一家坚持学理性、创新性、前沿性、现实性并重，突出问题意识和专题策划，注重基础理论研究和应用研究的学术刊物。2023年刊载了《从审美性到交往性：社交媒体语境下文艺批评的范式变革》（黎杨全，2023年第2期）、《社交媒体时代文艺评论的连接与反连接》（胡疆锋，2023年第5期）等有关网络文学的论文。

《文艺理论与批评》

《文艺理论与批评》创办于1986年，由文化部（现文化和旅游部）主管、中国艺术研究院主办，倡导以跨学科的、综合的文艺学和社会科学的理论框架来分析和评论中国以及世界的文艺现象和思潮。2023年共发表了6篇有关网络文学的论文，有《多重主体的表征：中国网文如何想象后人类意义上的"人-自然"》（李玮，

2023年第2期)、《网络文学与"90年代"的连续性》(周敏，2023年第3期)、《流动性与经典性不可兼得？——并与黎杨全〈网络文学的经典化是个伪命题〉一文商榷》(王玉玊，2023年第3期)、《数字时代的性——物质女性主义与尾鱼灵异小说的共鸣》(倪湛舸，2023年第4期)、《克苏鲁元素对升级流叙事的自反——以爱潜水的乌贼作品为例》(谭天，项蕾，2023年第5期)、《远读理论与常量分析——数字人文时代文学批评新方法》(凌建侯，2023年第5期)等。

《中国图书评论》

《中国图书评论》创办于1986年，由中宣部出版局主办，以"大张旗鼓地宣传好书，旗帜鲜明地批评坏书、实事求是地探讨有争议的图书"为办刊宗旨。2023年发表了《幻想的开拓："女性向"网络小说对科幻资源的继承与改造》(肖映萱，2023年第1期)、《文化研究：在对话中敞开自身——2022年度中国内地文化研究类图书盘点》(张安然，胡疆锋，2023年第4期)、《中国网络文学从何处来，往何处去——中南大学欧阳友权教授访谈》(欧阳友权，姜瑀，2023年第6期)等有关网络文学文章。

(二) 发表网络文学理论批评文章的主要报纸

根据知网数据库统计结果，2023年我国报纸媒体发表网络文学理论与批评文章共计235篇。① 刊发的主要报纸有：《人民日报》《光明日报》《文艺报》《文汇报》《中国社会科学报》《中国青年报》《新华日报》《中国新闻出版广电报》《中国艺术报》《中国文化报》《中华读书报》《文学报》《人民政协报》《解放日报》《北京日报》《湖南日报》《湖北日报》《重庆日报》《贵州日报》《黑龙江日报》《甘肃日报》《南方日报》《经济日报》《中国出版传媒商报》《深圳商报》等。

《文艺报》：2023年共刊载网络文学研究相关文章超百余篇：《"文学扩圈"之初体验》(苏沧桑，1月6日)、《以出版的高度追逐新时代文学的高度》(徐健，刘鹏波，2月3日)、《中国作家协会重点作品扶持工作条例》(2月15日)、《"90后"作家近作分享：探寻隐秘新生的文学现场》(2月15日)、《吴义勤：巩固盗版治理成果 促进数字文化产业繁荣发展》(王杨，3月8日)、《阎晶明：规范期刊用稿行为 加强网络文学版权保护》(李晓晨，3月8日)、《降低文学创作收入税负 加强保护编剧合法权益》(王杨，3月10日)、《努力交出高质量发展的文学新答卷》(徐健，王杨，黄尚恩等，3月10日)、《网络文艺如何健康发展？听听代表委员们怎么说》(刘鹏波，3月22日)、《让网络文学从文学的生力军成为主力军》(刘鹏波，3月22日)、《让文学精神在影视作品中实现"最大化"》(许莹，4月7日)等。

《光明日报》：《努力创作更多文艺高峰作品》(冯远征，杨桐彤，3月8日)、

---

① 因改版等原因，知网现今收录的报纸文章数较少，经多渠道数据搜集、统计可知，2023年我国报纸媒体发表网络文学理论与批评文章数超过200篇。

《繁荣文艺创作 更好满足人民群众精神文化需求》（韩寒，3月13日）、《展现文艺新气象 铸就文化新辉煌》（韩业庭，4月2日）、《电子书未来何去何从》（陈雪，邓白露，4月11日）、《现实题材创作持续走热》（刘江伟，4月12日）、《多种阅读方式齐头并进》（陈雪，4月24日）、《数字阅读为文化消费提供新选择》（韩寒，4月25日）、《网络文学以新形态讲好中国故事》（何弘，7月24日）等。

《中国新闻出版广电报》：《网络文学在政策引导下实现高质量发展》（张君成，李婧璇，4月3日）、《中国网络文学：迈向高质量发展新征程》（李婧璇，张君成，商小舟，4月3日）、《中国音像与数字出版协会第一副理事长张毅君：网络文学形成良序发展生态》（李婧璇，4月3日）、《网文IP市场规模年增长预计超百亿》（赖名芳，4月12日）、《我国数字阅读市场总体营收规模超463亿元》（尹琨，4月25日）等。

《中国艺术报》：《在漫天星斗下，聊与文学相关的事》（王琼，2月13日）、《文艺硕果盈枝 三湘毓秀流芳》（金涛，冉丹，2月27日）、《网络文学精品创作与产业发展的融合之道》（王琼，3月10日）、《新时代文学批评中的中国话语构建研究》（杨新华，5月12日）、《在新的历史起点上创造与建设中华民族现代文明相适应的新文艺》（李博，6月9日）、《发掘网络文艺现象独特而恰当的时代内涵》（马李文博，6月19日）、《新时代十年网络文学榜单背后的评价体系》（马李文博，7月3日）、《推动网络文艺在发展中华文明的现代形态中勇立潮头》（郑荣健，10月25日）等。

《中国文化报》：《全国政协委员田沁鑫：拓宽思路统筹联动 建设数字文艺作品规范业态》（刘淼，3月10日）、《网络文学精品创作与产业发展的融合之道》（王琼，3月10日）、《统筹制度建设和执法行动 护航文旅市场有序复苏》（孙丛丛，3月12日）、《新时代文学批评中的中国话语构建研究》（杨新华，5月12日）、《媒介融合对文艺传播的影响》（赖学渑，5月29日）等。

《中国社会科学报》：《文化包容引领数字人文发展》（刘雨微，1月30日）、《人文与科学互动关联的文学观照》（张清俐，吴楠，2月6日）、《空间视角开启文学研究新维度》（张杰，2月17日）、《挖掘香港报章文艺副刊的文学价值》（李永杰，6月13日）、《推动中国文学理论话语体系建设》（李永杰，陈子潇，7月10日）、《网络文学的AI赋能及其边界》（欧阳友权，11月1日）等。

《中国青年报》：《〈中国奇谭〉：神仙审美携奇境 入你我之梦》（沈杰群，1月12日）、《新职业如何成为就业"蓄水池"》（王豪，沈杰群，3月5日）、《用数字文化连接"中国文化的粉丝"》（沈杰群，3月8日）、《为强国建设、民族复兴贡献青春力量》（刘胤衡，3月16日）、《这届年轻人如何用网文讲好中国科幻》（沈杰群，3月30日）等。

（三）年度转发网络文学研究与评论的公众号

网络文学研究与评论的微信公众号作为中国网络文学前沿新声的创造现场，其信息的即时、高效且精准，是网络文学传播和推广的有效渠道，也为网络文学研究者和爱好者获取最前沿理论和资讯提供了便利，是推动中国网络文学健康发展不可忽视的重要力量。

2023年转发网络文学研究与评论的公众号主要有：《网文界》《安大网文研究》《扬子江网文评论》《中国作家网》《爆侃网文》《媒后台》等。

《网文界》：主办单位是中南大学网络文学研究院、中国作协网络文学中南大学研究基地、中国文艺理论协会网络文学研究分会。本年度共发表关于网络文学相关推文100篇。

《安大网文研究》：安徽大学网络文学研究中心的微信公众号，致力于新媒体和网络文学等各项研究。本年度共发表关于网络文学相关推文107篇。

《扬子江网文评论》：由中国作协网络文学中心指导，江苏作协、南京师范大学和南京秦淮区政府合作建设的全国首家网络文学评论中心"扬子江网络文学评论中心"于南京正式成立。本年度共发表关于网络文学相关推文328篇。

《中国作家网》：中国作家网是中国作家协会官方网站，由中国作家出版集团管理运营。平台致力于推介优秀作品，服务广大作家及文学爱好者，是"汇聚最多作家信息、发出最强作家声音、展示最美文学魅力"的重要平台。本年度共发表关于网络文学相关推文235篇。

《爆侃网文》：爆侃网文成立于2014年，是国内首家网络文学、数字阅读行业资讯媒体，平台专注最新网络文学行业动态、聚焦第一手网文圈、数字阅读行业资讯、为网文圈从业人员以及文学爱好者乃至行业外的人员提供最具公信力、中立及时、权威的网文行业资讯平台。本年度共发表关于网络文学相关推文189篇。

《媒后台》：媒后台是北京大学网络文学论坛的官方微信，致力于研究学术、文艺与新闻的运作机制，在新媒体与网络文学领域进行探索与实践。本年度共发表关于网络文学相关推文87篇。

《网文视界》：中国作家协会网络文学中心官方账号，旨在宣传党关于网络文学的理论方针政策，发布官方信息，推介作家作品，关注行业动态，进行服务培训等，引导网络文学主流化、精品化，实现高质量发展。2022年12月30日上线，本年度共发表关于网络文学相关推文142篇。

四、年度硕博论文和科研项目

（一）年度博硕士学位论文代表作

1. 游兴莹：《文化循环理论下女频网文IP改编研究》，博士论文，中南大学，

2023年。

2. 姜莉丽：《消费文化中的艺术生产问题研究》，博士论文，哈尔滨师范大学，2023年。

3. 陈洁：《BBS与中国早期互联网技术文化研究（1991—2000）》，博士论文，山东大学，2023年。

4. 张莹：《全民阅读事业与文化产业耦合协调发展研究》，博士论文，燕山大学，2023年。

5. 齐一放：《屏幕的本质与演化：技术文化史的阐释》，博士论文，山东大学，2023年。

6. 周庆岸：《中国文化产业数字化发展水平测度、影响因素及经济效应研究》，博士论文，江西财经大学，2023年。

7. 李婕婷：《我国大众-人民文艺观念嬗变研究》，博士论文，江西师范大学，2023年。

8. 张怡然：《新媒介语境下网络文学的主体间性研究》，硕士论文，山西大学，2023年。

9. 王美玲：《网络文学作品版权民事司法保护研究》，硕士论文，四川师范大学，2023年。

10. 杨赞晨：《贝克尔艺术社会学理论谱系及"中国化"探究》，硕士论文，西安音乐学院，2023年。

11. 贾宇飞：《ZY公司电子阅读App营销策略研究》，硕士论文，云南财经大学，2023年。

12. 赖婧怡：《基于交互逻辑的网文App设计研究——以OwO Novel为例》，硕士论文，南昌大学，2023年。

13. 李文哲：《网络悬疑小说的跨媒介传播研究——以晋江文学城为中心》，硕士论文，北京印刷学院，2023年。

14. 李真：《中国悬疑题材网络剧的空间叙事研究》，硕士论文，山东师范大学，2023年。

15. 陈辉光：《讲故事的艺术——中国网络玄幻小说研究》，硕士论文，广西师范大学，2023年。

16. 余淑珊：《新媒体时代的"女性向"文学圈层现象研究》，硕士论文，广西师范大学，2023年。

17. 苗旭：《"Z世代"背景下中文在线公司盈利模式研究》，硕士论文，哈尔滨师范大学，2023年。

18. 连川：《网络系统流小说的叙事研究》，硕士论文，石河子大学，2023年。

19. 刘滢：《自媒体对神话的利用与重构研究》，硕士论文，山西大学，2023年。

20. 魏红敏：《中国网络文学写手的生存困境研究》，硕士论文，北京印刷学院，2023年。

21. 范明坤：《中国网络文学海外传播的发展和困境》，硕士论文，北京印刷学院，2023年。

22. 王子燕：《公众号"真实故事计划"与新媒体平台中的非虚构写作》，硕士论文，山东师范大学，2023年。

23. 李阳乐：《游戏类网络小说研究》，硕士论文，闽南师范大学，2023年。

24. 詹伟：《网络打赏收入的税收流失征管问题研究》，硕士论文，上海海关学院，2023年。

25. 刘柄晨：《我国网络文学版权保护的边界问题研究》，硕士论文，沈阳师范大学，2023年。

26. 李新：《大陆女性新武侠小说研究》，硕士论文，山东师范大学，2023年。

27. 曹廷宇：《新世纪以来中国文学类畅销书研究——基于文学消费视角》，硕士论文，扬州大学，2023年。

28. 葛梦君：《阅读、对话与创造：网络文学生产与传播中的读者参与研究》，硕士论文，兰州大学，2023年。

29. 王玉蝶：《移动音频平台广播剧播放量的影响因素研究》，硕士论文，辽宁大学，2023年。

30. 常佳玥：《在"文学制度"与"文学价值"之间生长——"90后"作家与〈人民文学〉》，《"九〇后"专栏研究（2017—2022）》，硕士论文，辽宁大学，2023年。

31. 院帅超：《免费阅读平台用户持续使用意愿影响因素研究》，硕士论文，辽宁大学，2023年。

32. 白雪：《寻证翻译视角下网络小说翻译本地化讨论——〈和离后〉（1—86章）》，硕士论文，长江大学，2023年。

33. 吕原：《接受美学理论指导下的网络小说〈神墓〉（节选）汉英翻译实践报告》，硕士论文，天津师范大学，2023年。

34. 刘羿含：《新世纪网络文学疾病写作现象研究》，硕士论文，哈尔滨师范大学，2023年。

35. 张欣：《网络文学改编的影视著作权价值评估研究》，硕士论文，哈尔滨商业大学，2023年。

36. 刘钰洁：《传播奇观中的"表演"——网络文学的同人创作现象研究》，硕士论文，西南大学，2023年。

37. 王越：《中国网络文学的交往性研究》，硕士论文，西南大学，2023年。

38. 唐浩源：《网络历史小说评论的特征及影响研究——以流量评论为样本》，

硕士论文，四川省社会科学院，2023年。

39. 郝丽洁：《虚拟与现实："文青派"网络玄幻小说研究》，硕士论文，西南大学，2023年。

40. 梁伟：《网络文学作品著作权的法律规制问题探究》，硕士论文，青海师范大学，2023年。

41. 刘平：《紫金陈网络小说影视改编研究》，硕士论文，广东技术师范大学，2023年。

42. 胡馨楠：《网络文学在初中语文阅读教学中的应用研究》，硕士论文，天津师范大学，2023年。

43. 徐美君：《"女性向"网络文学创作的技巧研究》，硕士论文，南昌大学，2023年。

44. 刘雨洁：《当代重生小说生命建构的美学意蕴研究》，硕士论文，湖北师范大学，2023年。

45. 杨彤：《小说角色认同对初中生数学学业成就的影响：一般焦虑与数学焦虑的链式中介作用》，硕士论文，河北师范大学，2023年。

46. 李文硕：《喜马拉雅FM有声小说内容与受众研究》，硕士论文，重庆工商大学，2023年。

47. 国旗：《网络小说实体关系抽取技术研究与系统实现》，硕士论文，西北民族大学，2023年。

48. 医生莫：《中国仙侠剧跨文化传播探析——以〈陈情令〉在泰国传播为例》，硕士论文，西南科技大学，2023年。

49. 杨晶晶：《跨媒介叙事视角下网络小说影视化研究——以〈苍兰诀〉为例》，硕士论文，东华大学，2023年。

50. 罗尹伶：《网络小说成瘾与睡眠拖延的关系：消极情绪、核心自我评价及反刍思维的作用》，硕士论文，长江大学，2023年。

51. 冯莉然：《网络文学IP电影改编权价值评估——以〈少年的你〉为例》，硕士论文，山西财经大学，2023年。

52. 袁文涛：《大学生数字阅读支付意愿影响因素研究》，硕士论文，辽宁师范大学，2023年。

53. 杨策：《S线上阅读App营销策略优化研究》，硕士论文，北京建筑大学，2023年。

54. 赵玉香：《中读App数字付费订阅模式研究》，硕士论文，辽宁大学，2023年。

55. 段希娟：《陈彦作品影视传播及其效果研究》，硕士论文，西安工业大学，2023年。

56. 郝冰娜：《网络玄幻小说译后编辑实践报告》，硕士论文，北京第二外国语学院，2023 年。

57. 谢敏：《中国新媒介文艺时空观研究》，硕士论文，西南科技大学，2023 年。

58. 马延泽：《网络文学平台中粉丝的情感劳动研究》，硕士论文，吉林大学，2023 年。

59. 陈若希：《跨文化传播视野下中国网络言情小说北美传播》，硕士论文，西南科技大学，2023 年。

60. 庄葛：《〈嫌疑人 X 的献身〉的跨媒介传播解码研究》，硕士论文，西北民族大学，2023 年。

61. 赵书豪：《柳青到后柳青时代：陕西现实主义作家创作流变研究》，硕士论文，喀什大学，2023 年。

62. 文晓博：《现实题材电视剧叙事策略研究》，硕士论文，兰州财经大学，2023 年。

63. 蔡慧敏：《跨媒体叙事视域下〈秦时明月〉IP 内容运营研究》，硕士论文，云南财经大学，2023 年。

64. 王欣汀：《新世纪长篇小说女性身份建构研究》，硕士论文，哈尔滨师范大学，2023 年。

65. 李雨萌：《"剧本杀"游戏的文本研究》，硕士论文，山东师范大学，2023 年。

66. 丁香花子：《〈谐铎〉科举题材小说研究》，硕士论文，闽南师范大学，2023 年。

67. 刘倩：《文学文本的跨文化传播与流变：〈老人星之光〉研究》，硕士论文，北京外国语大学，2023 年。

68. 杨婉莹：《异化、抵抗与疗愈：小说〈书商手记〉的荣格无意识解读外》，硕士论文，北京外国语大学，2023 年。

69. 闫可心：《论新世纪小说中乡村人物的新面孔》，硕士论文，沈阳师范大学，2023 年。

70. 李皓明：《跨媒介叙事视角下侦探小说的 IP 化发展模式研究》，硕士论文，华东师范大学，2023 年。

71. 郝一蕾：《刘慈欣科幻小说的人性思考研究》，硕士论文，青海师范大学，2023 年。

72. 王文燕：《历史的重构——历史编纂元小说视角下的〈给樱桃以性别〉和〈日光之门〉》，硕士论文，河北师范大学，2023 年。

73. 周淑仪：《小说中的末日想象研究》，硕士论文，华东师范大学，2023 年。

74. 何璐瑶：《论韩松科幻小说中的"异托邦"建构》，硕士论文，上海师范大学，2023 年。

75. 徐涵：《科幻小说的新奇特征研究》，硕士论文，上海师范大学，2023 年。

76. 胡安娜：《从文字到图像：日本轻小说在中国的跨媒介传播研究》，硕士论文，湖北民族大学，2023 年。

77. 周育生：《跨媒介叙事视域下的伊恩·麦克尤恩小说影视改编研究》，硕士论文，吉林大学，2023 年。

78. 凌晨：《新时代脱贫攻坚题材小说农民形象研究》，硕士论文，扬州大学，2023 年。

79. 赵泽慧：《多元文化语境中少数民族文学传播与接受研究》，硕士论文，西北民族大学，2023 年。

80. 黄兰兰：《现实的彰显与传统的回归》，硕士论文，吉林大学，2023 年。

81. 姜雨佳：《在未来与现实之间》，硕士论文，吉林大学，2023 年。

82. 黄诗苑：《中国网络文学在俄语区的传播研究》，硕士论文，大连外国语大学，2023 年。

83. 杨凯：《网络文学作品影视化改编的版权价值研究》，硕士论文，重庆理工大学，2023 年。

84. 张倩：《情感类网络剧对女大学生恋爱观的影响研究》，硕士论文，山东理工大学，2023 年。

85. 柯贝多：《QD 网段评内容对移动阅读用户购买意愿的影响研究》，硕士论文，西安建筑科技大学，2023 年。

86. 穆贵毫：《女性向网络文学的读者批评研究》，硕士论文，贵州财经大学，2023 年。

87. 王云帆：《作为网络民间文学的"奶茶梗"研究》，硕士论文，山东大学，2023 年。

88. 王冠杰：《男频网络仙侠小说类型研究》，硕士论文，山东大学，2023 年。

89. 王宇超：《网络文学中的"中国制造"》，硕士论文，山东大学，2023 年。

90. 汪舒婷：《阅文集团网络文学 IP 开发中的侵权问题与对策研究》，硕士论文，华东师范大学，2023 年。

91. 李俞男：《网络文学海外传播影响因素探析》，硕士论文，湖北大学，2023 年。

92. 孙华月：《网络语境下的非职业同人创作文本与民间文学的新机遇》，硕士论文，山东大学，2023 年。

93. 任俊男：《网络小说超大文本研究》，硕士论文，广西民族大学，2023 年。

94. 李文硕：《喜马拉雅 FM 有声小说内容与受众研究》，硕士论文，重庆工商大学，2023 年。

95. 潘虹：《新媒介视域下文学发展趋势研究》，硕士论文，山东理工大学，2023 年。

（二）年度科研项目

1. 2023年国家社会科学基金年度项目

（1）面向具身交互技术的文学叙事理论研究，郭子淳，一般项目，北京化工大学，23BZW014。

（2）人工智能文艺的伦理问题研究，柴焰，一般项目，中国海洋大学，23BZW015。

（3）数字时代文艺理论的空间审美机制研究，裴萱，一般项目，河南大学，23BZW016。

（4）文学计算批评路径研究，刘洋，一般项目，重庆大学，23BZW017。

（5）数字叙事与当代叙事理论转型研究，周春霞，一般项目，北京联合大学，23BZW018。

（6）中国网络文学的类型变迁与发展趋势研究，李玮，一般项目，南京师范大学，23BZW162。

（7）中国网络文学的叙事伦理研究，周敏，一般项目，杭州师范大学，23BZW163。

（8）网络文学的数据库美学及其空间转向研究，韩模永，一般项目，南京林业大学，23BZW164。

（9）当代中国科幻小说的技术想象及其问题研究，詹玲，一般项目，杭州师范大学，23BZW165。

（10）新媒体语境中的口头文学研究，王威，一般项目，黑龙江社会科学院，23BZW166。

（11）中国科幻文学在西方的跨媒介传播研究，吴攸，一般项目，上海交通大学，23BWW016。

（12）人工智能时代数字出版业"反脆弱性"路径研究，程忠良，一般项目，安庆师范大学，23BXW102。

（13）中国网络文学跨媒介叙事研究，贺予飞，青年项目，湖南工商大学，23CZW061。

（14）次生口语文化视阈下的中国网络文学研究，翟羽佳，青年项目，山东理工大学，23CZW062。

（15）中国新媒介文艺中的声音问题研究，王樱子，青年项目，杭州师范大学，23CZW063。

（16）人工智能出版物的法律保护创新性研究，袁锋，青年项目，华东政法大学，23CXW030。

（17）媒介融合语境下中国网络科幻小说的阐释批评机制研究，鲍远福，西部项目，贵州民族大学，23XZW031。

（18）网络文学读者在线批评研究，周兴杰，西部项目，贵州财经大学，23XZW037。

2. 2023年度国家社科基金艺术学项目

（1）融媒时代文艺评论的话语阐释与公共空间构建，杨杰，重点项目，中国传媒大学，23AA002。

（2）人工智能技术与影视制作的融合创新研究，曾志刚，重点项目，北京电影学院，23AC005。

（3）当代中国数字艺术伦理问题研究，梁晓萍，一般项目，山西大学，23BA025。

（4）数字人文与中国特色电影史学建构研究，檀秋文，一般项目，中国电影艺术研究中心，23BC039。

（5）技术美学视域下虚拟现实艺术的叙事审美研究，汤晓颖，一般项目，广东工业大学，23BC048。

（6）我国网络视频节目传播效果与创新路径的大数据研究，刘鸣筝，一般项目，吉林大学，23BC50。

3. 2023年国家社科基金结项项目

（1）全球化语境中的网络文学海外传播与中国经验研究，周冰，西南科技大学，17XZW026。

（2）武侠网络游戏超文本叙事研究，郑保纯，华中师范大学，17BZW169。

（3）媒介场中基于文学主体的文学活动研究，赵玉，南京晓庄学院，17BZW049。

（4）基于媒介融合的文学生活研究，王文捷，广东财经大学，17BZW069。

（5）我国网络文学评论体系的理论与实践研究，重大项目，欧阳友权，中南大学，16ZDA193。

4. 2023年国家社科基金后期资助结项项目

（1）新媒介文学的审美经验研究，周才庶，南开大学。

（2）网络文艺生产规制研究，聂茂，中南大学。

（3）现代中国文艺的一种阐释：文学与图影的流转，高秀川，徐州工业学院。

（4）计算机艺术的形态发生，朱恬骅，上海社科院。

（5）数字虚拟时代的跨媒介叙事研究，施畅，暨南大学。

（6）跨媒介叙事研究，龙迪勇，东南大学。

5. 2023年国家社科基金后期资助立项项目

（1）人工智能美学通论，王峰，华东师范大学。

（2）新时期以来科幻小说流变研究，袁栋洋，陕西理工大学。

（3）现实转向：中国网络文学的创作突围研究，陈海燕，西华大学。

（4）数字媒介时代的阅读认知与文化效能研究，陈伟军，暨南大学。

（5）影游融合的媒介形态与传播图景研究，张李锐，浙江工业大学。

（6）中国网络电影产业发展研究，阮南燕，浙江传媒学院。

6. 2023年度中国作家协会网络文学理论评论支持计划入选名单

（1）《现代神话、后人类叙事与中国式现代化书写——新世纪中国网络科幻小说论稿》，鲍远福。

（2）《网络文学读者阅读行为的多维考察》，王婉波。

（3）《当代网络文学的价值取向研究》，高翔。

（4）《中国网络小说的现实品格》，胡疆锋。

（5）《中国网络文学行业发展状况调研报告》，周志雄、许潇菲。

（6）《网络时代的文学生产转型研究》，翟传鹏。

（7）《网络微短剧的美学特征及其精品化路径》，王冰冰。

（8）《中国网络文学年鉴（2023）》（专项），中国作协网络文学中南大学研究基地。

（9）《中国网络文学理论评论年选2023》（专项），中国作协网络文学山东大学研究基地。

（10）《中国网络文学阅评计划》（专项），扬子江网络文学评论中心。

五、年度理论批评点评

（一）网络文学研究年度热点及主要贡献

1. 中国网络文学起点的问题研究

从2020年底开始的有关中国网络文学起源问题的讨论，2023年依然在继续，并进一步引发了广大研究者和批评家的关注。具体表现为，一方面是以1991年为起点的中国网络文学30年发展背景下的争鸣持续成为讨论热点，另一方面中国网络文学成熟发展的过程，关于中国网络文学多样侧面的探究也都绕不开关于起源的探究。因此可以看到，中国网络文学批评在抵达了一个学界共识后，走向了更深层的研究，学者们也有了各自独立的反思和探究，而关于网络文学起源的研究论争也不再局限于网络文学起源究竟为何时的单纯争论，而是试图通过对网络文学起源的探析来拓展网络文学理论批评的多种视角。

《文化软实力研究》2023年第4期邀请了欧阳友权、马季、黎杨全、许苗苗、王金芝、吉云飞和贺予飞等专家、学者围绕网络文学起点问题进行专栏探究。欧阳友权认为，"网生"文学需要两个逻辑关联的基本要件：一是技术基础，二是文学制度。而只有1991年4月5日这个时间节点才能表征汉语网络文学这个"文学圣婴"的诞生，再也找不到其他任何一个如此具有表征力的历史节点，这个切合"起源"的本义，就是我们认定汉语网络文学起源、确证中国网络文学起点的客观依据。他强调无论网络文学走多远、飞多高，出发地依然是那个不变的原点，探讨它的起源仍然需要回到历史现场，回归起源的本义而不是延伸义，这样才能找到探析这一问题的正确路标。① 马季认为起始年的认定起码应该具备以下三个条件：网络文学业态初步形成、出现代表性作家和作品、标志性事件出现并引起文化界及主流媒体关注。并且指出"榕树下"作为行业的标志，从1997年文学主页的开通到1999年华语文学门户网站的转身，首创原创网络文学概念、推出"三驾马车"和"四大写手"，以及后期连续五年举办的网络文学大赛，实实在在确认了这个行业的社会存在，尤其相对主流文学，"榕树下"宣告了以互联网为载体的新文学形态的诞生。② 黎杨全认为讨论网络文学本质属性确实应以原创社区而不是作品为起点，但社区的重要性主要在于其蕴含中国网络文学的核心特征——交往性，并提出了中国网络文学的源头在海外华文网络文学之中，1993年的ACT论坛构成中国网络文学的起点。③ 许苗苗则认为，谈论网络文学起源，不必拘泥于某一部作品或具体年限，而可以将20世纪90年代的语境作为出发点。但同时也指出，如果一定要划定明确的节点，则应从新千年即2000年算起。这一年，网络文学的媒介属性充分显露，在公众认知中也由陌生新词变成一个相对稳定的概念。④ 王金芝认为，中国网络文学源于媒介变革，这是不争的事实，并指出了从1988年到1992年发生在海外的中国网络文学早期探索和尝试，都是不同于传统文学场的赛博文学公共空间，形成了与传统文学不同的生产、传播和接受机制。⑤ 吉云飞探究了中国网络文学海外传播的起点，并通过分析指出中国网络文学国际传播的起点只能是2014年12月22日网文英译网站Wuxiaworld的建立，而不宜再向前推进到晋江文学城和起点中文网的小说在东南亚的出版，抑或是中国网文首次在网上被粉丝自发翻译。⑥ 贺予飞认为对网络文学的认知可以尝试跳出一元论思维，不要将它看作一个孤立的客体，而是将网络文学与其所处的环境看作一个整体，以生态系统的思维方式来看待网络文学的发生与发展，并指出1991年，中国留学生的文学作品在北美触网而生，由此产生的生态效应，一方面引发了中文电子刊物在全球的创刊潮流，另一方面也带动了中文网络论坛的兴起，具备了网络文学的"网生"性。⑦

此外，周敏也总结了国内学界对中国网络文学起点的不同观点，并在研究中指出，网络文学作为新媒体文学，确实表现出了足够的新颖性，它不仅因技术基础与文学制度而整体上区别于纸媒文学，而且不能简单地看成传统通俗文学的"投胎转

---

① 欧阳友权：《网络文学起源的本义与延伸义》，《文化软实力研究》2023年第4期。
② 马季：《中国网络文学起始年与源头辨析》，《文化软实力研究》2023年第4期。
③ 黎杨全：《交往性与中国网络文学的起源》，《文化软实力研究》2023年第4期。
④ 许苗苗：《网络文学起于媒介转型》，《文化软实力研究》2023年第4期。
⑤ 王金芝：《中国当代文学与早期互联网文化的"互缘共构"和"交错互动"——再论中国网络文学的缘起》，《文化软实力研究》2023年第4期。
⑥ 吉云飞：《为什么中国网络文学国际传播的起点是Wuxiaworld》，《文化软实力研究》2023年第4期。
⑦ 贺予飞：《"网生"起源说的生态系统观》，《文化软实力研究》2023年第4期。

世"。如果从这一认识出发,确实应把本土网文的起源追溯到"金庸客栈"或者开创了世界设定与升级叙事的《风姿物语》。不过从网络文学的人物性格与内在精神看,却不可忽视20世纪90年代文学尤其是王朔式文学(也包括"大话文化",二者在精神上有相通之处)对它的深刻影响,而且从中也可以捕捉到2003年前后网络文学的一种内在一致性。因为尽管同是"升级打怪换地图",类型化网文那种去道德化的"理性经济人"式"打怪升级"主体,迥异于金庸的"侠客",也不同于《风姿物语》胆大粗犷的主人公,他们完完全全是从90年代文学与文化中生长出来的,讨论本土网络文学的缘起与特点,不可不注意这一延续性的维度。①何弘认为,中国网络文学发端于20世纪90年代后期。不论是主张"平台起源说"把1996年"金庸客栈"或1997年"榕树下"等平台的创办作为起点,还是主张"代表作起源说"把1998年痞子蔡创作的《第一次的亲密接触》作为起点,或者是主张"现象起源说"把1998年《第一次的亲密接触》走红作为起点,以及主张综合多种因素考量的"多起源说"等,从哪种观点看,中国网络文学发展都经历了20多年的发展历程。②马双子讨论了肇端于西方20世纪80年代的数字文学(Digital Literature),他将1996年戴夫·豪威尔(Dave Howell)创立的亚历山大数字文学(Alexandria Digital Literature)引入,提出语学界普遍认为数字文学是通过媒介命名的文学样式,从而将网络原创文学纳入数字文学题域的观点。③刘小源提出,网络批评小说是在中国网络文学30年的发展中衍化孕育而成的一种新的文学批评形态,集读者、作者、评者于一体,借助网络媒介的即时性、交互性、超链接等媒介特性,前所未有地实时介入网络文学的创作现场,直接影响着网络文学的创作实践。④

2. 网络文学传播"出海"的问题研究

从数字阅读"出海"情况来看,2022年中国数字阅读出海作品总量为61.81万部(种),较2021年增长超50%。数字阅读作品已成为新时代展现中国形象、提升中华文化影响力的新符号,成为提升中华文化海外传播力的重要力量。⑤ 面对如此快速发展的网络文学"出海"问题,理论与批评也在本年度呈现了较高的热度关注。《出版广角》在2023年第13期围绕网络文学出海等问题,邀请了专家和学者们进行研究和讨论。邢晨和李玮认为,视听时代的叙事趋势与协同作业的产业思维使网络文学IP概念融入全球范围内的IP时代,在纳入国际视野、应和时代思潮的

---

① 周敏:《网络文学与"90年代"的连续性》,《文化软实力研究》2023年第3期。
② 何弘:《新时代十年中国网络文学发展的基本成就和基本经验》,《南方文坛》2023年第5期。
③ 马双子:《数字文学概念辨析》,《文艺理论研究》2023年第5期。
④ 刘小源:《网络批评小说:一种全新的文学批评形态》,《东岳论丛》2023年第8期。
⑤ 赵依雪:《数字阅读产业规模增长"出海"作品量增5成》,《国际出版周报》2023年5月15日。

同时，助力中国网络文学成为"世界文化奇观"，传递中国之声。① 杨晨和何叶认为从区域到全球，从内容输出到原创模式的移植和本土化，再到联动各方共抓时代机遇、建立全球 IP 生态产业链，中国网络文学的出海之路不断进化。② 高金萍和王喆从斯图亚特·霍尔的接合理论出发，考察了中国网络文学在中华文化走出去和加速全球社会的双重语境下如何借用互联网模因，从审美共通、情感互动和文化接合三个层面完成与全球大众文化的接合实践，并为中国网络文学出海、中华文化走出去提供了对策建议。③ 吴申伦和龙雨晨则特别关注到了玄幻仙侠类别网络文学出海的问题，他们认为世界级文化现象不能是文化孤岛，而应当作为文化标杆，引领全球文化产业从创作题材到运营模式的模仿，并强调玄幻仙侠题材网络文学应努力成为这一标杆，让中国网络文学为世界网络文学的诞生提供"中国方案"。④ 郭瑞佳和吴燕则是重点探究了中国网络文学海外传播的平台与机制，通过对海外网文平台的发展历程和定位、运营体制和盈利机制进行分析，中国网文企业可以更好地了解全球网络文学市场竞争环境，制定相应的竞争策略，以期在激烈的全球网文市场竞争中占据优势地位。⑤

此外，刘桂茹通过以技术视角考察网络文学出海，一方面可呈现数字媒介语境下中国文化海外传播的技术优势与美学特点；另一方面也意在指出，技术逻辑下的网络文学海外传播可能面临的困境：技术赋权与技术依赖的悖反、海外网络文学原创性与网络文学数据库模型化的矛盾。⑥ 张富丽认为"网文出海"由最初单部作品的翻译出海，到海内外多层次、多形式商业平台成为传播主体，实现多样渠道传播、全产业链传播，覆盖面广、影响力大，使中国网文成为影响海外原创及文化产业的重要内容源头。⑦ 敖然、李弘和冯思然考虑到出海过程中存在的不足和隐忧，提出了内容生产精品化、出海队伍专业化、海外传播体系化以及出海推进协同化的对策及建议。⑧

3. 中国网络文学版权保护的问题讨论

网络文学的版权运营问题在本年度成为讨论热点，不仅受到文学研究专家和学者的关注，还在法律研究和版权的研究中关注到了中国网络文学的版权与保护问题。

《检察风云》在 2023 年第 16 期开设专栏，讨论了中国网络文学的版权与保护

---

① 邢晨、李玮：《全球 IP 时代中的中国经验——论中国网络文学 IP 转化的发展路径》，《出版广角》2023 年第 13 期。
② 杨晨、何叶：《网络文学，讲好中国故事的有力载体》，《出版广角》2023 年第 13 期。
③ 高金萍、王喆：《中国网络文学出海的文化进路》，《出版广角》2023 年第 13 期。
④ 吴申伦、龙雨晨：《玄幻仙侠题材网络文学海外传播优势与路径研究》，《出版广角》2023 年第 13 期。
⑤ 郭瑞佳、吴燕：《基于同业竞争者视角的海外网文平台发展分析》，《出版广角》2023 年第 13 期。
⑥ 刘桂茹：《技术视角下的网络文学海外传播》，《中国文化产业评论》2023 年第 1 期。
⑦ 张富丽：《从作品出海到生态出海：中国网络文学国际传播现状》，《扬子江文学评论》2023 年第 2 期。
⑧ 敖然、李弘、冯思然：《我国网络文学出海现状、困境、对策》，《科技与出版》2023 年第 4 期。

问题。该刊编辑部在专栏中指出，在我国，网络文学发展仅20余年。截至2022年底，我国网络文学用户规模接近5亿人，"出海"营收规模达29亿元，一度与美国好莱坞电影、日本动漫、韩国电视剧并称"世界四大文化现象"。只是网络文学蓬勃发展的过程中遭遇盗版、抄袭等侵权现象，让正青春的网络文学面临"成长的烦恼"①。徐明认为，一旦作品公开发表，任何人都能够以较低的成本对其进行传播或改编，由此易导致著作权侵权问题，并强调了盗版是制约网络文学发展质量和发展效益的一大障碍。他认为，如何规制著作权侵权现象，保障网络文学产业健康发展，成为立法、司法、学术、实务等各界关注的热点问题。②孙宇昊认为，维权难点在于侵权事实的固定、侵权人获利的计算依据等方面，当然如何证明侵权也是需要反复推敲的，此外维权成本高、举证难、赔偿低等弊端制约着权利人的维权之路。③梁春程也认为，维权成本过高、取证困难是困扰网络文学著作权保护的一大问题，并指出公众缺乏版权意识的问题也应引起重视。④李忠东认为随着互联网普及，网络盗版等知识产权侵权行为层出不穷，并通过分析法国、俄罗斯和新加坡等国家对知识产权的严格保护措施，指出法国、俄罗斯和新加坡为保护知识产权所有者合法权益，鼓励社会创新，均出台了严格法律，通过相关专业机构或组织遏制网络文学、音乐和影视作品的侵权行为。⑤

此外，郑熙青认为从知识产权制度的产生以及全球版权制度的现状角度可以发现，迄今为止与网络文学相关的主流叙事，包括行业内部和学术界的，都在很大程度上忽视了同人写作在网络文学中的重要地位。他通过梳理当下全球版权制度的法律和文化来源提出，在当下中国网络文学的观察、消费和改编中，原创性、有独立版权和具有文学审美特性，这几点性质被微妙地混淆了，并强调了讨论文学作品，必须警惕并审视这种具有偏见的"原创性"观念。⑥王彪和毛文思在研究中指出，数字版权价值评估体系将加速建立，现在要加快搭建数字版权管理服务平台，借助区块链等技术，为数字版权管理建立确权、鉴权、授权、交易、用权和维权机制，将推进数字版权使用、交易的合法合规，助力数字版权资产高质量发展⑦。薛詠贤和杨勇认为中国网络文学全版权开发一是要坚定不移地继续在国内外发展网络文学，尤其要强化网络文学作品积极正向的意识形态使命担当；二是要持续不断地升级创作方式和作品形态，在国际化、全媒体化的背景下加强"产学研一体化"，丰富网

---

① 《检察风云》期刊编辑部：《网络文学：成长的烦恼》，《检察风云》2023年第16期。
② 徐明：《网络文学：规制侵权之思》，《检察风云》2023年第16期。
③ 张宏羽：《网文维权攻略》，《检察风云》2023年第16期。
④ 张宏羽：《网文维权攻略》，《检察风云》2023年第16期。
⑤ 李忠东：《重拳维权》，《检察风云》2023年第16期。
⑥ 郑熙青：《中国网络文学创作中的原创性和著作权问题》，《文艺研究》2023年第7期。
⑦ 王彪、毛文思：《2022年我国数字出版发展态势盘点及2023年发展展望》，《科技与出版》2023年第3期。

络文学作品的呈现形态；三是要加强拥有国际化视野和能够满足全球化用户需求的网络文学作者队伍的建设①。王丽婧在对网络文学的产权保护问题研究中提出，相关部门需要引入版权代理制度、构筑版权保护体系、加大技术辅助力度、建设伦理制约场域，以加强数字网络作品的版权保护，推动我国数字出版事业健康有序发展②。刘玲武和曹念童从法律层面提出治理网络文学版权困境的策略：重构网络文学版权利益平衡机制、完善网络文学版权侵权赔偿制度、重视网络文学版权作品登记制度、强化对版权技术保护措施的立法保护，以建立符合时代发展的网络文学版权保护制度和规则，为网络文学的发展保驾护航。③

4. 网络文学经典化的研究与讨论

中国网络文学的快速发展，带来了一个"质"与"量"的不匹配问题，许多研究者将视野放在了网络文学的高质量发展的思考上，提出了中国网络文学经典作品的建构问题。特别是从黎杨全发表了《网络文学的经典化是个伪命题》以来，关于网络文学的经典化问题被学者们广泛关注并热烈讨论，赵静蓉和王玉玊等学者先后对此发表论著商榷。2023 年，围绕这一问题的讨论与关注更多。陈定家指出，单就中国作协主导的几次大型评审活动而言，真正具有经典潜质的作品可谓微乎其微，并认为"经典化"仍然具有多方面意义，如提升网络文学的艺术价值和技术水准，推动网络文学产业整体发展，挖掘作品的思想深度，反映社会现实，展现社会责任与人文关怀，凡此种种，都与网络文学"经典化"保持着同心同向的同频共振效应。④ 王玉玊认为，任何文学作品都具有双重属性，既是即时的、流动的文学事件，也是持存的、固态的文学文本，网络文学亦然。与现代文学相伴而生的文学经典化机制和经典化标准在今天呈现出僵化的趋势，难以适应网络文学经典化的需求。但恰是在这样的时刻，经典化作为一种凝聚社会讨论、增进社会共识的机制更需要被关注、反思与革新。⑤ 李玮则进一步发展了邵燕君的观点，重视"经典化作为一种凝聚社会讨论、增进社会共识的机制"，在反思和改变经典化进程中主体和标准等因素的基础上，认可网络文学的经典性，认为由此可促成更民主的文学，并提出也许这种多元发展、不断创新的"生成性"本身就能够使网络文学整体成为中国文学史上的一段"经典"⑥。同日，黎杨全也对此也再度发表文章回应，他指出"经典"观念与网络文学的属性构成了难以调和的冲突。"经典"隐含的客体、静止观念阉

---

① 薛詠贤、杨勇：《国际化的中国网络文学全版权开发研究》，《出版广角》2023 年第 4 期。
② 王丽婧：《数字化时代数字网络作品版权法律规约探析》，《传播与版权》2023 年第 10 期。
③ 刘玲武、曹念童：《网络文学版权治理困境及版权制度应对刍议》，《出版与印刷》2023 年第 4 期。
④ 陈定家：《网络文学经典化的方法与途径》，《中国社会科学报》2023 年 11 月 1 日第 5 版。
⑤ 王玉玊：《流动性与经典性不可兼得？——并与黎杨全〈网络文学的经典化是个伪命题〉一文商榷》，《文艺理论与批评》2023 年第 3 期。
⑥ 李玮：《网络文学赋予"经典"观念新内涵》，《中国社会科学报》2023 年 9 月 15 日第 4 版。

割了网络文学。① 此外，汤哲声也在今年初发表文章表示，中国网络文学经典化就是要让这个文类为中国文学留下点具有历史价值的作品，否则再怎么铺天盖地、再怎么气势磅礴都是过眼烟云，并认为经典化的过程是核心价值的评判、留存和发扬。② 何晓军则认为经典网络文学作品的诞生需要历经时间的筛选和沉淀，并接受人民的检验和选择，不可能一蹴而就，他指出我国网络文学的发展时间尚短，对处于转型升级期的我国网络文学界有优秀作品而缺少经典佳作的现状，我们应持有包容的态度。③

5. 现实题材创作与现实主义网络文学发展问题

网络文学的现实题材和现实主义创作是本年度网络文学理论研究的热点之一，同样也是在网络文学内容从"玄幻满屏"到现实题材升温的现实背景下的理论发展呼吁下的必然趋势。特别是禹建湘和许苗苗等学者都认为以网络文学为代表的文学作品，反映了现实主义的发展和演进。禹建湘认为网络文学写作的现实题材转向是必然，网络文学的流弊唤醒了读者的文化自觉和审美自觉，催生了读者审美新趣味，反向推动着网络文学创作的转型升级，而同时也强调了虽然网络文学正在进行着现实主义转向，但其有着与传统文学不同的现实旨趣。④ 许苗苗通过对比网络文学与传统文学在叙述穿越方面的语言，提出了网络文学将传统文学里超前的创新点无限放大、反复演绎，就是要让想象的虚构服务于大众最浅层最真实的现实欲望，并指出日益逼真、取代视觉和感知的媒介表征，使得数字时代不可触的网络现实与以往可感可触的物理现实融合混淆，因此现实主义在网络创作中也发生了新变。⑤ 有学者们关注到现实主义新的语义蕴含，韩模永详细分析对比了网络文学与现实的三种关系，他认为任何网络文学均具有现实性，而现实题材的再现性是现实主义的基本特征；呈现是主观现实的展示，代表形态为幻想型网络文学；模拟则是虚拟现实的沉浸，代表形态为"新文类"网络文学。⑥ 何志钧认为现实题材网络文学的迅猛发展既显示了现实主义文学的发展潜力，更是网络文学走向"主流化"的积极尝试，同时强调了现实题材网络文学是近年来网络文学领域引人注目的新势力，对于促进网络文学高质量发展，实现网络文学精品化、主流化发挥着重要作用，并指出了现实题材网络文学在发展中同样需要不断调整自身，提质增效，不仅要实现从玄想为王占尽风光到现实为王、多元共生的转变，更要实现从流量为王向内容为王、质量

---

① 黎杨全：《"经典"观念与网络文学属性相冲突》，《中国社会科学报》2023年9月15日第4版。
② 汤哲声：《中国网络文学的属性和经典化路径》，《中国文学批评》2023年第1期。
③ 何晓军：《中国网络文学的经典化建构及其当代反思》，《河池学院学报》2023年第1期。
④ 禹建湘：《网络文学写作凸显现实题材转向》，《中国社会科学报》2023年9月4日第7版。
⑤ 许苗苗：《两种穿越的讲法：跨次元现实与新媒介时代的现实主义》，《南京社会科学》2023年第7期。
⑥ 韩模永：《再现、呈现与模拟：论网络文学与现实的三种关系》，《中州学刊》2023年第10期。

为王的转变。① 王超和王晓岗也意在推动网络文学现实主义的底层逻辑转变，他们认为要想实现对多重实践限度的超越，必须对网络文学现实主义的底层逻辑加以重构。② 刘洋和王守仁在分析现实主义文学建构的逻辑时，提出了通往现实可以经由中介性的文学媒介，而跨媒介则通过混合、指涉、转换等方式提供更多渠道帮助读者抵达由意义符号构成的现实网络，他们认为学科交叉融合引领的跨媒介批评范式可以拓展现实主义文学研究的边界，有着良好的发展前景。③

6. 网络文学的叙事与话语分析

网络文学正处于提质升级的关键阶段，其叙事模式和叙事话语受到了一些学者的关注。黎杨全认为，在网络文学创作中，传统叙事故事的本真性让位于元宇宙的故事生成机器，在叙事方式上，叙事的重点从叙事时间转向叙事空间，而从叙事效果来看，呈现出从传统的幻觉制造、打破沉浸到元宇宙操控性沉浸的演变。④ 聂茂和张旭指出，出于对"故事"的高度重视和精心谋划，网络作家在选择内容、制造悬念、表现形式和个性化追求中形成了独特的书写经验，这些经验与网络作家的价值理念、创作动因和国家的政策导向融合在一起，形成了独具中国特色的网络文学叙事模态。⑤ 贺予飞提出，我国古典小说的叙事传统是中华民族传统文化的重要组成部分，研究网络文学如何继承和转化古典小说的叙事传统，不仅能揭示隐匿在叙事嬗变中的社会结构、民族情感以及文化特征，推动网络文学叙事学研究的本土化进程，而且可以促进中国古典小说叙事资源的创造性转化，为网络文学的创作和研究提供更为深厚的基础和广阔的路径。⑥ 王钦芝和金玉萍认为，数字文学在语言表达、精神情怀以及文学经典塑造等方面的变化，都是文学与新技术、新文学观念、新审美心理等因素相互碰撞的结果，尽管有些变化颠覆了人们对传统文学乃至我国网络文学的常规理解，但从文学发展大方向来看，这些都是为适应新时代、新精神需求所进行的大胆探索。⑦ 彭民权研究认为，由于媒介特性被无限放大，网络文学在文本容量、叙事模式、叙事风格等诸多方面发生了翻天覆地的变化，摒弃叙事技巧的小白文开始大行其道，同时他也强调了过于追求媒介特色，片面强调与传统文

---

① 何志钧：《论现实题材网络文学的高质量发展》，《学习与探索》2023年第5期。
② 王超、王晓岗：《网络文学现实主义转向的实践限度》，《沈阳师范大学学报》（社会科学版）2023年第4期。
③ 刘洋、王守仁：《论现实主义文学原理的构建》，《上海交通大学学报》（哲学社会科学版）2023年第1期。
④ 黎杨全：《从"讲故事"到"操控故事"：元宇宙与叙事学的转向》，《中国图书评论》2023年第6期。
⑤ 聂茂、张旭：《网络作家的叙事策略与价值赋能——以中国作家网"网络文学名家谈写作"为考察中心》，《中南大学学报》（社会科学版）2023年第5期。
⑥ 贺予飞：《网络文学对古典小说叙事的转化》，《中国文学批评》2023年第1期。
⑦ 王钦芝、金玉萍：《数字文学：概念辨析、论争及反思》，《文艺评论》2023年第5期。

学割裂、区分，也导致网络文学在文学性上远逊于传统文学。① 王金芝则指出在互联网时代迅猛成长的动漫、游戏成为网络文学叙事生产的新原料，催生了新类型，同时网络文学叙事生产成为游戏、影视、动漫、有声书的重要改编来源。② 尚源和刘坚认为，媒介文化视域下，世俗化、碎微化、平浅化、娱乐化、影视化的审美价值倾向，是审美活动适应新的媒介生态产生的变化，反映了在媒介文化浸染下当下的文学审美有别于传统文学审美的发展态势。③

7. 网络文学的产业化发展问题

2023 年 3 月发布的《2021 年中国网络文学发展报告》显示，过去十年，中国网络文学市场营收规模从 24.5 亿元增长到 267.2 亿元，作品规模从 800 余万部增长到 3200 余万部。④ 网络文学不仅是文学的作品，也是在文学生产产业中的组成部分，作为网络媒介的产物，其发展也与网络产业和文学生产产业有着密切关系。2023 年度关于网络文学的理论研究重点关注了网络文学产业相关的研究问题。欧阳友权认为，网络文学的商业基因及其产业绩效，为中国打造世界上独一无二的"网络文学帝国"提供了强劲的经济驱动，但产业化"利刃"在为网络文学开疆拓土的同时，其功能性偏锋也可能对文学的人文审美价值塑造产生自伤，他由此提出，如何让这一新兴文创产业基于"双效合一"的路径选择规避效用风险，以有效的正向功能助推行业健康前行，是"产业"施之于"文学"历史合法性的重要命题。⑤ 谢清风则探究了网络文学产业的内在发展逻辑和外在发展逻辑，指出创造力、阅读力遵循的文学逻辑和文化逻辑，是网络文学产业内在的发展逻辑；产出网络力、产业力的技术逻辑和经济逻辑，是网络文学产业外在的发展逻辑。⑥ 邢晨和李玮认为随着网络文学的快速迭代与 IP 开发路径的日益成熟，业已成为行业经济增长点与思维范式的网络文学 IP 发展模式走上了提质增效的道路。在数字媒介交融深化的当下，网络文学 IP 产业模式萌生新的发展态势。⑦ 欧阳婷认为造成网络文学总体质量不高的主要原因之一是商业化的生产体制和运营机制是网络文学赖以生存的"经济乳母"，却也是网络文学品质写作无以摆脱的外在桎梏，功利至上遮蔽了对文学的敬畏和进取。⑧ 姜振宇等学者也同时提醒，完善的科幻产业链条，需要实现核心 IP 在

---

① 彭民权：《回归传统：网文叙事的"去媒介化"》，《江西社会科学》2023 年第 3 期。
② 王金芝：《媒介视域下中国网络文学叙事生产的进路、特征和趋向》，《中国当代文学研究》2023 年第 4 期。
③ 尚源、刘坚：《媒介文化视域下文学审美价值倾向探析》，《社会科学战线》2023 年第 10 期。
④ 赵依雪：《中国网络文学市场规模十年间增长十倍》，《国际出版周报》2023 年 4 月 3 日第 1 版。
⑤ 欧阳友权：《网络文学产业的文创形态及其风险规制》，《湖北社会科学》2023 年第 7 期。
⑥ 谢清风：《网络文学产业的基因、问题和发展趋势》，《出版广角》2023 年第 12 期。
⑦ 邢晨、李玮：《全球 IP 时代中的中国经验——论中国网络文学 IP 转化的发展路径》，《出版广角》2023 年第 13 期。
⑧ 欧阳婷：《中国网络文学高质量发展及其实施路径》，《学习与探索》2023 年第 5 期。

影视、动画、漫画、游戏等各产业部门之间的自由流动。"中国科幻产业距离这样的成熟状态，还有一定提升空间，需要多方在'奇点'前夜持续蓄力。"①许旸也指出从世界科幻产业整体发展来看，成熟科幻产业链需向着"IP宇宙"方向进行衍生。但在"宇宙化"方向上，成功案例并不多，科幻领域中的"三体宇宙"也许是为数不多的大IP。②冯莉然则在硕士学位论文中指出在网络文学发展的20年里，它与影视、动漫、游戏、文创等文化产品行业相互渗透，相互融合形成了粉丝社群和巨大的商业价值，催生了IP产业链的运营发展，并尝试通过网络小说IP改编电影的视角，以电影票房为收益基础探索网络小说IP的价值评估方法。③

（二）网络文学研究的不足

1. 网络文学的特征与本质研究还需更加深入

当今学界已经形成一个基本共识，在网络文学发展的过程中，网络文学批评不能缺位。然而，作为一种新兴文学样式的理论研究，中国网络文学未形成充足和有力的理论观念建构。尽管关于包括中国网络文学起源问题、网络文学的叙事策略、网络文学读者研究以及网络文学的文本研究等问题，在过去几年的时间里引发了学界广泛关注，但这些问题大多还处于讨论之中，仍处于悬置的状态。与此同时，这些问题和研究也都无可避免地需要面对网络文学的本质与特征，尤其是网络文学与传统文学的差异性以及其独特性尚未得出有效的结论。2023年度对网络文学本质的特性的研究数量呈现出下降的趋势，热度也呈相对走低态势，在有力论证和独立探讨方面还是较少。因此，未来关于网络文学的本质和特性问题依然应当是理论批评关注的重点之一。

2. 网络文学的现实主义研究视角还需更加多元

近年来，关于现实主义网络文学的研究热度不断上升，这不仅得益于网络文学创作者创作出了更多的现实题材作品，还与当前受众、产业和理论批评等各方对网络文学现实主义转向的呼吁有着密切关系。与此同时，尽管关于网络文学的研究和理论批评已经多关注于现实主义题材，但与网络文学的巨大体量和增量相比，理论批评还需要更多关注到这一问题。近年来现实题材网络文学的体量剧增，作品的篇幅长、数量多，作品持续更新而长时间处于未完成状态，作者的更新与读者的回应共同生成了新的艺术形态，因此，以往文学研究中针对纸质文本的细读细评方式，在网络文学某些方面已不太适应。目前对网络文学现实主义的研究视角，仍然较多以文本分析，特别是单一作品或作者的分析为主。相较于其他问题的研究，现实主

---

① 许旸：《中国科幻，正在"奇点"前夜蓄力》，《文汇报》2023年10月22日第1版。
② 许旸：《中国科幻，正在"奇点"前夜蓄力》，《文汇报》2023年10月22日第1版。
③ 冯莉然：《网络文学IP电影改编权价值评估——〈以少年的你〉为例》，山西财经大学，硕士论文，2023年。

义网络文学的研究在其理论性、批评逻辑、历史发展等层面的关注较少，研究主体基本呈现出以少数头部研究专家为主的特征，在批评研究队伍建设上呈现出人员相对不足的现象。未来还需要更多关于对现实题材网络文学的研究，主动以客观、科学的批评推动现实题材网络文学的生产、传播和接受。由于现实题材网络文学的研究受制于作品研究的特点，研究在内容上相对较分散，缺乏宏观的理论视角，因而，这一问题研究仍有着较大的改进空间。

3. 网络文学的经典与经典化研究还需更加明确

2023年，有关网络文学经典化问题，网文研究界产生了热烈的讨论，关于网络文学经典化研究出现"有无经典"问题的讨论。当我们仔细研究这一问题的讨论，会发现各方学者对"经典"的定义不一而足。这一问题既与传统文学对"经典"的定义本身有不同程度和类型的认识有关，同时也与我们在研究网络文学相关问题时，多引用西方文论而产生的文化歧义有很大的关系："Classicization"和"Canonization"都有"经典化"的意思，但这两个词的侧重点却有明显的差异。"Classicization"和"Classic"的"经典化"与"经典"更侧重于广泛认可和普及，更多突出在"广泛"的接受，关注受众广度和影响力；而"Canonization"和"Canon"的"经典化"与"经典"更侧重于将事物正式纳入权威或权威的体系，更多突出在"权威"的建立，关注权威的认可。因此，网络文学的经典与经典化的问题研究，不仅需要讨论到底有没有"经典"的问题，还应该关注到对"经典"概念的差异性，以及未来网络文学的发展方向。

4. 网络文学与媒介关系的讨论还需更加全面

网络文学是依托于互联网技术发展而生产和发展的文艺样式，互联网技术的日新月异，让网络文学的生产过程与艺术风貌不断变革。2023年初，关于"ChatGPT"的讨论引发了来自不同学科的专家和学者们的关注和研究。与此同时，"ChatGPT"作为一种新媒介的形式，其创作模式以及其可能蕴含的未来互联网文学创作潜能在研究成果中有一定体现，但在广泛性和深度上还存在着一定的滞后性。网络文学的出现及发展，与其媒介载体的发展有着密切的关系。从早期互联网的诞生，到文学网站和相关平台建设，再到网络文学出版和改编的产业化发展，媒介在其中都始终扮演了重要角色，媒介的发展和变革多次为网络文学的发展提供了技术支撑和可能。因此，在面对以"ChatGPT"为代表的人工智能写作未来可能的发展前景和风险中，理论与批评也应当关注到这些媒介技术对文学创作带来的改变，以及我们需要面对的未来的风险及应对措施。一方面，理论研究应该要关注到媒介和人工智能发展对网络文学高质量发展提供的技术支持，看到文学创作者、产业从业者以及理论批判者能够在媒介发展中获得的帮助；另一方面，理论批评也肯定会关注到以"ChatGPT"为代表的人工智能带来的文学创作风险问题，这不仅包括了创作方面的伦理和版权问题，同样也对产业发展和理论批评等多方面形成新的考验。

5. 网络文学产业研究还需更加具体

网络文学产业对网络文学的发展产生着重要的影响，同时产业中的各个环节和要素对网络文学的评价也具有很强的参考性。目前国内关于网络文学产业化的研究在数量上相对较多，但由于网络文学的产业本身范围较广，因此也导致这一问题的研究相对广泛。从实际成果看，网络文学产业与产业化的研究往往集中在宏观层面的问题分析与对策建议，对具体的产业各部分、各要素的内部及各部分、各要素之间的关联关注较少。另外，在研究涉及产业各部分和要素的问题研究中，往往表现出单一问题的倾向，缺乏将其置于产业中，探究其作为产业这一系统中部分的问题，较少将其进行系统化分析，对具体问题与产业全局的关联研究较少。因此，未来对网络文学产业的发展与产业化问题还需将全局性问题与具体问题有效结合，并更多关注产业要素之间的内在关联。

（禹建湘、张浩翔、颜术寻、蒋佳琦　执笔）

第十章　中国网络文学海外传播

凭借独特的文化风貌和新颖的写作风格,"中国网文热"在世界范围内持续升温,现已成为全球文学领域的一股强劲力量。在政策支持、网文企业发力、学术界共同探索、技术引擎助力等驱动下,中国网络文学的海外本土生态已然成型,网文出海步入"大航海"新模式。中国网络文学海外传播覆盖地区由东南亚、北美辐射至全球,国际影响力不断提升。一方面,网文出海如同"春风化雨"般推动了中华文化的传扬,向世界展现了中华文化的魅力,更为世界文化交流构筑了沟通的桥梁,并持续突破文化圈层,推动中国文化产业做大做强;另一方面,受网络文学自身文体特性以及文学生产、传播、接受等多方面的影响,中国网络文学的海外传播也存在着"量大而质不优"的品相困境,不同文化圈发展不平衡,出海制度、出海队伍不够健全,翻译质量不高,海外读者接受存在困难等问题。妥善解决这些问题将推动中国网络文学的出海之路的步履更加坚实,进一步提升出海的速度与高度。

一、网络文学海外传播年度概况

根据中国社会科学院出版的《2022中国网络文学发展报告》,截至2022年底,网络文学海外用户访问量突破9亿人次,有16部中国网络小说被大英图书馆收录。网络文学在推动中国文化走出去的过程中已具备进军西方主流文化市场的实力。截至2022年底,中国原创网络文学作品授权数字出版和实体图书出版数量可观,市场囊括日、韩、东南亚地区,以及美、英、法、俄等欧美多地。线上译作新增3000余部,多部译作累计阅读量破亿,"中国"相关单词在用户评论中突破15万次。海外原创作家激增,年复合增长率达81.6%。海外阅读用户数量逐年增长,本年度累计访问用户高达1.68亿人,涵盖"一带一路"沿线所有国家,遍及200多个国家和地区。2023年,海外网络文学原创IP稳步孵化,许多优秀IP被开发成出版物、动漫、影视等多种形式,部分海外原创作品也已开始在国内同步上线,反哺国内数字文化网络发展①。

2023年3月25日,在第33届中国科幻银河奖颁奖典礼上,《科幻世界》联合

---

① 2022中国网络文学发展研究报告-中国社会科学网,https://www.cssn.cn/wx/wx_xlzx/202304/t20230411_5619321.shtml,2023年11月27日查询。

四川大学中国科幻研究院共同发布了《中国科幻网络文学白皮书（2022）》。在输出海外方面，白皮书指出，一批经典的国产科幻网络文学亮相国际平台、传播中国故事，成为中国文化出海浪潮中的"弄潮儿"。以《地球纪元》《第一序列》为代表的一批中国科幻网络文学作品首次被收录至大英图书馆的中文馆藏书目，《超级神基因》《超神机械师》等科幻网络文学也先后入选由中国作家协会主办的2021、2020年度中国网络文学影响力榜"海外传播榜"，凭借上乘的创作质量与鲜明的审美个性在北美、东南亚等地区"圈粉"无数。①

9月20日，在甘肃敦煌举行的第十三届中国数字出版博览会上，中国新闻出版研究院发布了《2022—2023中国数字出版产业发展年度报告》。报告提到，中国网络文学在提升中华文化国际传播力和影响力、增进文明交流互鉴方面展现出积极成效。截至2022年底，中国网络文学共向海外输出作品16000余部，包括实体书授权超过6400部，上线翻译作品9600多部，并已形成15个大类100多个小类，都市、西方奇幻、东方奇幻、游戏竞技、科幻成为出海作品的前五大题材类型。②

12月5日，《2023中国网络文学出海趋势报告》在第二届上海国际网络文学周开幕式上发布。报告显示，全行业海外营收规模高达40.63亿元，相比2021年增长了39.84%，翻译作品出海约3600部，翻译效率提升110倍，翻译成本降低约九成。截至2023年，网络文学海外作家约有40万名，其中00后占比高达42.3%。其中美国作家最多，菲律宾和印度紧随其后。海外原创作品约61万部，同比三年前增长280%，内容题材涵盖15个大类100多个小类。海外用户访问量约为2.2亿人次，其中Z世代用户高达80%，用户覆盖200多个国家和地区。在IP生态建设上，授权作品出版1000余部，合作海外出版机构66家，上线有声作品100余部，上线漫画作品1500余部。网文出海趋势逐年向好。③

1. 网络文学海外传播环境

（1）政策助推中国网络文学国际传播

2023年网络文学出海继续蓬勃发展，一系列政策措施稳步推进：2022年，中国共产党第二十次全国代表大会顺利召开，社会经济文化进入发展新时代，网络文学作为彰显中华智慧的原创性力量，发挥着弘扬优秀文化、展现民族风貌、讲好中国故事的重要作用。中国社会科学院文学所《2022中国网络文学发展研究报告》提出："网络文学是推进文化自信自强的重要力量。"党的二十大提出要加强全媒体传

---

① 《2022中国科幻网络文学白皮书》发布：年轻人成科幻网文创作主力—网络文学—中国作家网，http://www.chinawriter.com.cn/n1/2023/0326/c404023-32651316.html，2023年11月27日查询。

② 中国网络文学价值社会认同度提高 海外"Z世代"读者多—网络文学—中国作家网，http://www.chinawriter.com.cn/n1/2023/0921/c404023-40082243.html，2023年11月27日查询。

③ 《2023中国网络文学出海趋势报告》发布：网文IP全球圈粉—网络文学—中国作家网，http://www.chinawriter.com.cn/n1/2023/1208/c404023-40134471.html，2023年12月8日查询。

播体系建设,增强中华文明传播力影响力,加快构建中国话语体系和中国叙事体系,网络文学自然而然地承担起这一历史使命,展现出可信、可爱、可敬的中国形象,形成同我国综合国力和国际地位相匹配的国家话语权,深化文明交流互鉴,推动中华文化更好地走向世界。

2023年,中国政府部门与网络文学相关协会坚持不懈与多个国家开展双边、多边文学交流,完善"一带一路"文学联盟机制,积极推进各地"文学交流中心"建设,打造"Z世代"国际传播工程。2023年10月18日,第三届"一带一路"国际合作高峰论坛贸易畅通专题论坛期间,中国与多个国家共同发布《数字经济和绿色发展国际经贸合作框架倡议》。同时,数字和绿色国际经贸合作框架得到联合国贸发会议、联合国工发组织、国际贸易中心等国际组织的积极支持。2023年10月19日,中国作协在法兰克福书展中举行的"新时代文学攀登计划·扬帆计划"之"中国文学世界行"启动仪式暨图书版权签约仪式上推出"扬帆计划",着眼加快中国文学海外译介,使中国文学能够在更大、更自主的平台上与世界文学自信对话。2023年11月8日,国家主席习近平在向2023年世界互联网大会乌镇峰会开幕式发表的视频致辞中指出,我们要深化交流、务实合作,共同推动构建网络空间命运共同体迈向新阶段。① 2023年12月5日,在陵水举办的第三届海南自由贸易港网络文学论坛上,中国作协党组成员、书记处书记胡邦胜提出,网络文学国际传播正处于发展的关键阶段,要深入贯彻落实习近平文化思想,加强统筹设计,在现有基础上,实现四大转型升级:一是加强对受众和对象国的调查研究,从粗放式传播向精准传播转变;二是优化出海作品题材结构,从以一般性传统题材为主,向以反映当代中国的现实题材为主的内容生态转变;三是改进传播方式,由单一的文本阅读向以视频为代表的媒介融合传播转变;四是完善运营机制,由平台在国内向海外推送,向在海外本土化发展转变。②

此外,在网络文学规范化、健康化发展中,版权保护已然上升为关乎中国文化国际竞争软实力的关键要素。"剑网2022"专项行动,是全国连续开展的第18次打击网络侵权盗版专项行动,由国家版权局、工业和信息化部、公安部、国家互联网信息办公室四部门联合行动,有效打击了网络侵权盗版行为。随着知识产权法治建设的显著进展,版权环境逐年向好,逐步迈入"政府主导、行业自律、技术赋能、大众参与"的生态共治阶段。2022年至今,相关机构多部门联合,部署打击盗版行动。同步平台积极响应,推进先进技术应用,多方力量一同响应,共同探索版权治理的中国方案。2023年2月24日,文工委、文专委在北京举行2023年年会,重点

---

① 中国政府网:《习近平向2023年世界互联网大会乌镇峰会开幕式发表视频致辞》,https://www.gov.cn/yaowen/liebiao/202311/content_6914131.htm,2024年4月11日查询。
② 第三届海南自贸港网络文学论坛成功举办,https://mp.weixin.qq.com/s/X15EfOBHIoPmwOlGncPyww,2023年12月8日查询。

讨论了文学作品版权问题。

作为一种跨越国界、联通世界、直抵人心的交流方式，新时代网络文学在传承中华优秀传统文化、担负新的文化使命、增强国家文化软实力上发挥了更大作用。网文界聚焦党和国家战略所需，充分发挥文学对外交流的独特作用，积极探索新途径新机制，向世界推广更多反映当代中国发展进步的优秀作品，通达晓畅地讲好中国故事、生动鲜明地发出中国声音、亲切朴素地塑造中国形象，积极传播中国文化和价值理念，将网络文学入情入理、生动形象的优势转化为更多参与权、话语权、主导权，努力建设同我国综合国力和国际地位相匹配的国际话语体系，为推动中华文明更好走向世界、塑造人类文明新形态作出了贡献。

(2) 网络文学企业寻求拓展海外市场

2023年，网文企业持续发力，将网络文学作为一张中国名片，进一步拓宽海外市场。一方面，网络文学企业的海外布局迎来了新局面；另一方面，中国优秀文化也随着企业布局越来越拥有影响力。近年来，中国网络文学企业的海外市场产业链布局趋于成熟，在将网络文学跨文化传播的同时，同步推动当地网络文学自主发展，进一步促进海外市场反哺国内市场，盘活产业生态，实现海内海外市场双循环。在IP开发生态中，网络文学企业建立起健全的IP转化机制，在网络文学作品的基础上，打造漫画、电视剧、有声读物、广播剧等多种IP转化形式，保障作家权益，扩大网络文学影响。随着海外网文市场日渐成熟，各个企业也积极响应网文出海新政策，扩大海外布局，盘活文化基因，打造网文出海新浪潮。值得一提的是，在2022年年尾，AIGC（人工智能生成内容）风头正劲，对于整个网络文学行业来说，能够借助AIGC的力量进一步释放网文创作者的想象力，甚至替代某一部分只需要稳定"划水"的重复工作，网文行业或许将迎来一场全新的范式革命。基于此，各网文企业都在2023年里将AI技术作为破题点，用AI赋能网文出海，打造网文出海2.0格局。同时，有着AI技术的加持，IP翻译、IP作家培养都跨入新航道，跳出当前网文出海"稳定期"的困局，探索包括创意孵化、本土化进程、盈利模式多样化等多方面的产业发展新模式。下面看看几家代表性出海企业的表现。

阅文集团。2023年上半年，阅文继续坚持质量优先原则，以打造精品传世的IP为战略重点，推动运营效率持续改善。截至2023年6月30日，阅文集团海外阅读平台WebNovel向海外用户提供约3200部中文翻译作品和56万多部当地原创作品，并培养了约34万名海外网络作家，海外访问用户约1.7亿，覆盖英、法、俄、西、日、韩、泰等13个语种，在全球200多个国家和地区"圈粉"。同时，阅文的《大国重工》《赘婿》等16部作品被收录至大英图书馆的中文馆藏书目，这也是网络文学作品首次入藏，可见中国网络文学正成为极具时代意义的内容产品和文化现象。影视剧方面，2022年下半年的爆款电视剧《卿卿日常》在爱奇艺开播仅144小时热度值就破万，刷新了此前由《赘婿》创下的纪录。该剧热度值和播放量蝉联多个平台全年榜单第一，并在越南、马来西亚及欧美等地的主流媒体平台播出，收获了较高的热度。2023年4月21日，上海图书馆、《中国新闻出版广电报》、阅文集团在上海共同发布《Z世代数字阅读报告》。①《报告》对网文出海受众群体和相关行业发展做出分析后指出，在网文出海覆盖的国家和地区中，Z世代用户占75.3%，美国读者最多，巴基斯坦读者增速最快。在起点国际发起的WSA全球征文大赛，历届获奖作品获奖IP中已有约40%进行IP开发，"中国"相关词在海外评论区热议超15万次。2023年7月19日，阅文集团在首届"阅文创作大会"上公布国内网络文学行业首个大模型"阅文妙笔"和基于这一大模型的应用产品"作家助手妙笔版"。在AI产业发展的浪潮下，阅文集团全面拥抱AIGC，以AIGC全面赋能创作生态和IP生态。②

掌阅科技。掌阅国际版iReader App于2015年10月正式上线，标志着掌阅"走出去"战略正式开启。截至目前，国际版App覆盖全球150多个国家和地区，40多个"一带一路"沿线国家，向海外用户发售全球版权书籍，支持汉语（简体、繁体）、英语、西班牙语、泰语、韩语等语种。2020年掌阅国际增加了海外原创业务。同时，掌阅自主开发了协作式翻译平台和工具"掌阅翻译猿"，目前支持英语、法语、西班牙语、泰语等多个语种，平台注册用户超过2000人。这些举措正不断提高作品翻译速度和质量，优化读者阅读体验。2023年2月15日，掌阅科技宣布，将接入百度文心一言，成为其首批先行体验官，他们将体验文心一言的全面能力，探索提升公司内容创作效率、降低内容创作成本的有效路径，并利用公司丰富内容版权资源、创作者生态和海量用户资源等优势，持续创新人工智能与阅读行业相结合的行之有效的产品形态和商业模式。2023年6月30日，掌阅科技与国际出版集团企鹅兰登达成合作，持续引入海量英文原版电子书资源。双方将发挥各自优势，为广大用户提供优质的英文原版数字阅读体验。掌阅科技将走出去、引进来同步推进，探索出自己独特的商业模式。2023年，掌阅持续推进开发自己的AI"阅爱聊"，6月23日，"阅爱聊"封闭内测。在AI技术的加持之下，海外用户可以通过AI更好地满足检索、翻译、阅读等需求，为企业海外布局注入新的活力。

中文在线。2023年4月26日，中文在线发布的《2022年年度报告》③ 提出，他们将持续聚焦新阅读的需求变化，旗下的互动式视觉阅读平台Chapters已经拥有英语、德语、西语、俄语、法语、日语、韩语、波兰语等16大语种版本，覆盖全球主要的国家和地区，并陆续推出的动画平台Spotlight、浪漫小说平台Kiss、虚拟恋爱互动故事游戏产品My Escape等产品，覆盖多种类型的用户群体，形成了丰富的

---

① 《Z世代数字阅读报告》在沪发布，95后用户年均在读书籍超11本，2023年11月27日查询。
② 阅文净利增超六成，系列变革推进"AI+IP"中长期发展蓝图_腾讯新闻，https://new.qq.com/rain/a/20230810A06V7M00，2023年11月27日查询。
③ 公司公告_中文在线：2022年年度报告新浪财经_新浪网，2023年11月27日查询。

产品矩阵。2023年，中文在线开启海外业务2.0战略，公司已设立美国子公司COL MEDIA、COL PICTURE、COL STUDIOS，新加坡子公司COL WEB，并在日本设立了分支机构。公司充分利用既有优势，深度结合自有海量内容和优质IP，在全球范围内多点布局，一方面将结合所在国的强势产业与海外本土市场特征，输出符合当地文化背景的优质IP，另一方面也将强化国际业务之间信息与资源协同，为中国文化对外输出拓展海外业务奠定基石。中文在线重视AI技术的发展和应用，公司《2022年年度报告》显示，中文在线注重MWA（Metaverse、Web3.0、AIGC）科技驱动下的产业布局，着眼于构建AI产业上游生态，推进IP-AI多重布局，实现在MWA科技时代的网文价值增值。2023年6月29日，中文在线集团与MangaToon达成合作，将一系列由AI辅助创作完成的漫画作品推向海外市场，首批推出的漫画作品《招惹》《激活天赋后我主宰了灵气复苏》均改编自中文在线自有网络文学IP，由AI实现文字生成漫画，并将翻译为英语、印尼语、泰语、西班牙语、法语等7种语言，通过MangaToon平台发行到北美、欧洲、东南亚等全球数十个国家和地区。值得一提的是，2023年5月27日，在中国国际网络文学周的开幕式上，会议主办方对在网络文学国际传播中做出突出贡献的网络作家和网络文学平台进行了表彰。中文在线旗下作家张保欢（善良的蜜蜂）、刘庆忠（平凡魔术师）荣获"网络文学海外传播个人奖"，中文在线集团荣获"网络文学海外传播平台奖"。

新阅时代。自2020年进入网文出海的赛道之后，新阅时代一直发力于网文出海的前线。其下有GoodNovel、GoodFM、BueNovela、MegaNovel等多款小说App。有明确的投递入口，采用申请制的GoodNovel，在海外市场的布局中取得了非常明显的优势。2022年，GoodNovel分别位列iOS/Android阅读类应用收入TOP5和TOP2。尽管如此，在2023年中，网文从业者普遍的感受是，随着投放平台对于素材创意、素材合规的要求越来越高，买量带来的短期流量红利对网文App的收入贡献变得有限。在这样的市场前景之下，新阅时代将破圈之道落在了IP开发领域：在经历上一年GoodNovel的爆火之后，新阅时代在2023年将目标落在IP产业领域，瞄准微短剧的新市场，2023年6月，新阅时代上线了一款名为"GoodShort-Movies&Stream TV"的App。作为网文出海头部发行商，新阅时代将自身已经成熟的网文IP开发成国内快手抖音模式的微短剧，并将IP产业生态开发的重点布局在相对成熟的欧美和西语区网文市场。

晋江文学城。2003年创立的晋江文学城是目前国内最具影响力的女频网站，也是女性向网文海外传播布局较早的企业之一。目前，晋江文学城的用户已经覆盖200多个国家，海外用户的比例已超过10%。自2008年开始，晋江文学城就注重拓展版权对外输出业务，截至2023年9月，已成功拓展了包括泰国、越南、缅甸、马来西亚、韩国、日本、俄罗斯、匈牙利、葡萄牙、德国、巴西、法国、西班牙、意大利、新加坡、哈萨克斯坦、土耳其等在内的十多个国家和地区，总计输出4500余部次作品，涵盖了实体书出版、电子书版权合作、IP 成果转化生态出海等多种出海模式。晋江文学城的核心业务在版权和 IP 生态领域，作为女性文学头部企业，许多原创的网文 IP 在女性群体内有较大的曝光率，IP 转化成果较为丰富，2023 年 11 月，晋江文学城就有两部小说《错撩》和《坤宁》被改编为电视剧，分别在芒果 TV 和爱奇艺上线，同时旗下作家关心则乱的新作《夜阑卧听风吹雨》在一字未更的情况下也已卖出了影视版权。网文是 IP 开发的源头，晋江文学城在 IP 生态领域长期耕耘，从网文到全领域的 IP 版权联动将会继续作为这家企业的出海王牌。

字节跳动。2019 年 11 月，字节跳动公司的今日头条上线了旗下免费阅读 App 番茄小说网，在国内大获成功之后，字节跳动将视线瞄准了海外市场。2021 年 1 月 4 日，面向海外市场的应用 Fizzo 正式上线，主要瞄准印尼和北美地区。同时，番茄小说也开展了自身的出海布局，海外版应用 Tomato Novel 在 2023 年里登顶了全球下载榜第一名，全球收入榜第二十名。在海外布局中，字节跳动沿用了在国内已经成熟的 IP 矩阵部署，利用网文改编的短视频打开市场，将读者引入阅读 App 中，在网文 IP 成熟之后，同步推进多 IP 开发，进一步推进网文、微短剧、漫画同步上线，互相引流，提高用户黏性。2023 年，微短剧的爆火无疑给字节跳动带来了一个全新的契机，本身旗下应用 TikTok 在海外市场的火爆，加之运营多年的成熟 IP 矩阵，让字节跳动在网文出海领域异军突起，也对传统网文企业带来了巨大冲击。

除了这几个头部企业之外，星阅科技、知乎等多个企业也都在着力于海外市场的布局，2020 年到 2022 年，网文逐渐确立了从内容出海到生态出海的商业模式。许多网文生态发展较好的地区也已经转移到培养海外本土作家，依据当地市场口味生产海外原创内容的"生态出海"布局阶段。但舒适的商业环境只是暂时的，高收益引来各方关注，参与者越来越多，竞争也日趋激烈。许多 IP 开发下游厂商也开始探索网文领域，如以短视频见长的字节跳动，就凭借微短剧引流网文的模式打开网文出海口。这样的竞争带来挑战的同时，也创造了机会。中国的网文企业正在不断探索新模式，发展新技术，让网文出海越发生机勃勃。

（3）网络文学海外传播的学术景观

2023 年，网文出海尤其受到学界的关注。相较于前几年市场广阔、竞争对手少的"田园时代"，如今的网文出海已进入竞争激烈的"大航海时期"。海外本土企业的兴起、原创写手培养的瓶颈以及文化差异带来的困境，都在向学界提出新的问题，寻求新的答案。自 2017 年开始，我国学术界对网文出海这一话题的关注度就逐年增长，从最初的蓝海市场，到如今庞大的技术策略支撑，学界对网文出海的关注度一路高涨。以中国知网为例，2023 年，仅中国知网收录与网文出海、网络文学海外传播相关的文献就多达 60 篇，涵盖多学科多领域，包括民商法研究、文化产业、新闻传播、世界文学、中国语言文学、翻译和计算机技术等多个学科。探讨人才培养、传播模式、IP 产业、翻译策略、文艺理论、国际关系和政策、商业分析、计算机软件开发等多个领域。① 如今网文出海有着全领域的技术加持，相比于之前"野蛮生长"的出海生态，学界的关注将网络文学海外传播带入了一个成体系、成规模、成组织的健全生态体系之中。

2023年1月5日，中国音数协出版融合工作委员会、数字阅读工作委员会在北京举办第二届出版融合发展国际化论坛。在会议上总结了网络文学已成为讲述中国故事、传播中国声音的重要载体的定位，出现从"走出去"到"走进去"嬗变的发展前景。该论坛讨论了近年网络文学海外传播缺少具有思想内涵的精品力作、盗版问题严峻和复合型人才欠缺等方面的短板，提出了包括发展中国优秀文化等一系列发展建议。2023年4月7日至8日，由中国作协网络文学中心主办的全国网络文学工作会议在上海举行，会上发布了《2022中国网络文学蓝皮书》，总结出网络文学海外传播的最新情况和新着力点，提出了重视版权维护，探索ChatGPT和聚焦IP精品化的命题。2023年5月27日，中国作家协会、浙江省人民政府、杭州市人民政府以"多彩亚洲 精彩世界"为主题，举办中国国际网络文学周，共商推动网络文学国际传播，并倡导开展"网文出海"行动，统筹协调各重点网络文学平台，推动对外交流，以覆盖世界更多国家和地区。

2. 网络文学海外传播年度进程

（1）作品翻译持续发力

2023年4月7日在全国网络文学工作会议上发布的《2022中国网络文学蓝皮书》显示，截至2022年底，我国累计向海外输出网文作品16000余部，其中，实体书授权超5000部，上线翻译作品9000余部；海外读者用户超过1.5亿人，覆盖200多个国家和地区。在网络文学海外传播领域，译介系统已成为网文出海新的突破口。同时，蓝皮书还关注到新科技应用对网络文学发展带来的机遇和挑战，在2023年内，各企业都不约而同地注意到新技术对于网络文学海外传播的巨大赋能作用。

2023年1月17日，由中国外文局指导，中国翻译协会支持，外文出版社、中国外文局翻译院、当代中国与世界研究院联合主办的对外翻译与传播座谈会暨"译中国"文库首批图书发布仪式在北京举办，会上提出了对外翻译是促进文化交流，引导外国读者读懂中国的命题，推出了"译中国"文库首批图书，增添了许多重要作品。2023年2月23日，中国作家协会的新时代文学攀登计划"扬帆计划·中国文学海外译介"启动仪式暨在北京中国现代文学馆举行。截至当日，新时代文学攀登计划已支持了36项重要创作选题，其中17部作品已经出版和发表。主办成员中图公司发挥海外资源优势，对已出版的17部作品面向海外进行了广泛推介，现已达成了5部作品海外版权输出合作，涉及英语、法语、韩语等6个语种，另有10部作

---

① 计量可视化分析—检索结果，https://kns.cnkinet/kvisual8/article/center? language=CHS&uniPlatform=NZKPT，2023年11月27日查询。

品已得到海外出版社的积极反馈,达成初步合作意向。2023年4月3日,中国翻译协会年会在北京开幕,会议提出,要全力打造中国译协品牌矩阵,积极开展国际交流,提升协会和中国翻译界国际化水平和国际影响力。会上发布的《2023中国翻译及语言服务行业发展报告》指出,2022年,经营范围包含翻译及语言服务业务的中国企业为581913家,以翻译及语言服务为主营业务的中国企业为10592家,我国翻译人才队伍持续增长,总人数首次突破600万。

  网络文学海外传播,一方面要"走出去",另一方面也要"走进去"。各大网文企业也在探索这一翻译路径,不仅要将中国网文推出去,也要在翻译的过程中让网文扎下根来,形成适合不同文化圈的网文生态圈。2023年,阅文集团旗下的WebNovel向海外用户提供约3200部中文翻译作品。中文在线持续疏通航道,与MangaToon合作开发AI翻译系统,拓宽网络文学走出去的瓶颈。同时,民间也出现了一些自发的翻译组,在一些包括Wuxiaworld、Gravity Tales、Volarenovels、Webnovel、Flying Lines、TapRead等企业没有覆盖的地方,读者也会自发地通过一些渠道来翻译、阅读自己喜欢的作品。如在Note.com、Privatter等笔记、博客类网站上,粉丝会持续性发帖,对如何运用App、插件等翻译中文网络小说展开详细的教学指导。网文海外翻译市场虽已相对成熟,但仍然有巨大的市场空间等待挖掘。

  (2) 网文出海生态格局走入"大航海"模式

  自2023年开年,网络文学出海之路就呈现出和之前不同的景象,翻译作品持续发力的同时,国外本土生态已然开始成型,越来越多的"本土写手"凭借母语、文化背景等多种优势,在网络文学海外市场扎根生长,中国网文的确成功吸引了大批海外年轻人,但出海过后已经被当地网络写手飞速本地化,现在火爆的是"诞生于中国的网文体裁"而非"中国人写的网文"。2020年到2022年,中国的网文出海行业逐渐确立了"生态出海"模式。2023年,阅文集团旗下的WebNovel累计上架了约56万部当地原创网文。本土化的浪潮也对国内网文企业带来了冲击,根据App Annie的数据,在2023年,海外iOS系统电子阅读应用下载量排行中,前十名的Audible:Audio Entertainment、Libby, by OverDrive、Amazon Kindle、Goodreads: Book Reviews、Wattpad-Read&Write Stories、hoopla Digital、Barnes&Noble、Bible for Women&Daily Study、TBR-Bookshelf、Google Play Books&Audiobooks无一是中国网文出海企业。① 这些海外网文企业凭借更加贴近当地文化习惯的优势,将网文市场推入了"大航海时代"。

  消费习惯的差异也在网文出海的进程中有所体现。国内网文App常用的章节创作、单节购买的模式在国外市场遇到了一些阻力,海外作者在创作的过程中不太能接受国内"全勤打卡"的写作模式,他们更倾向于选择免费或者全书购买的消费平台。新入局的厂商在用户吸引力上变得更加游刃有余,截至2023年11月22日,字

---

① 今日热门应用商店排名 | data.ai, 2023年11月27日查询。

节跳动旗下的 Tomato Novel 登顶全球全平台阅读小说排行下载榜第一位，而与中文在线合作的 Seven Cats Novel 则位列第十位。老牌企业在用户黏性和生态本土化上则更加具有优势，data.ai 的数据显示，2023 年，WebNovel、Dreame、GoodNovel 等应用的平均每月使用时长在 28—30 小时，平均每次应用时间在 2.5—3 个小时之间。在收入排名上，这些有十足出海经验的厂商更具活力，2023 年 11 月的数据榜单上，GoodNovel 位列全球第 4，Dreame 位列全球第 11、WebNovel 位于全球第 18，它们依旧在出海网文应用中位居前列。

除了传统网文生态领域的竞争，在这场网络文学世界传播的"大航海"里，宗教阅读悄然登场，进入了线上阅读的竞争行列。截至 2023 年 12 月，全球阅读应用下载榜单中前十名有三个宗教阅读 App。其中中国厂商 Daily innovation 的 KJV Bible 位居全球第 10，美国 AppStore 图书类下载榜 TOP100 共有 7 款圣经阅读 App，其中除了 2023 年 4 月刚上线的新 KJV Bible 以外，还出现了针对不同用户的多元 App，如面向女性群体的圣经阅读 App Bible for Women&Daily Study、面向年轻人的 Glorify 和面向热衷于冥想用户的 Hallow。相对于传统网文阅读应用，这些 App 更直观地指向用户寄托心灵的需求，这让原本就竞争激烈的海外网文市场增加了新的变数。

（3）新赛道发力，IP 产业越发受到追捧

自 2017 年各大网文厂商出海以来，IP 产业生态就一直是重中之重，尤其在 2023 年，网文出海竞争加剧，新航道下的竞争不仅是模式之争，更是优质内容的核心竞争。用户黏性高、消费意愿强的核心用户，往往是某一个 IP 的忠实粉丝。因此，IP 产业矩阵的构建，成为网文出海企业的核心竞争力所在。据头豹研究院预测，到 2025 年，网文出海的用户规模有望达到 13.29 亿人，市场规模将达到 193.35 亿元。聚焦 IP 生态，在海外市场建立国内市场已经成熟的 IP 产业矩阵，显然会带来更大的网文出海红利。

在 IP 储备上，老牌网文出海企业显然更具优势。根据阅文集团 2023 年年中财报，2023 年阅文持续以 IP 为基础，建立 IP 产业链在不同领域的专业能力，并在影视领域进行系列化开发，如对《庆余年》《斗破苍穹》《赘婿》《大奉打更人》等超级 IP 的长线、系列化开发；还实施了跨产品形态联动，如《诡秘之主》系列盲盒，以及其他一系列 IP 的多种形态衍生品，以此开辟不同维度的生态链构建。中文在线在 2023 年也开展了自己的产业布局，"决胜 IP"作为中文在线的长期战略，他们在 2023 年 6 月在线收购了知名 IP《罗小黑战纪》，从而充分利用各自资源优势，进一步叠加和放大 IP 价值。同时，中文在线宣布与 MangaToon 达成合作，将自有网络文学 IP《招惹》《激活天赋后我主宰了灵气复苏》的作品开发成漫画翻译之后，上线 MangaToon 平台，并发行到北美、欧洲、东南亚等全球数十个国家和地区。

一些新兴的网文企业则有另一套 IP 出海模式。例如，凭借 TikTok 在海外的火爆，字节跳动摸索出一套短视频推广网文，网文反哺短视频的模式，这一模式可以

很好弥补缺乏成熟 IP 的短板。在 TikTok 上，运用短视频能够精练传达小说章节中最精彩情节的特点，吸引用户跳转至 Tomato Novel 试读，进而付费购买其中的优质小说。同时，一些热度高，流量大的网文则被改编为微短剧，进一步引流更多的读者，实现 IP 变现的良性循环。采用这种模式的还有头部企业中文在线面向美国市场的海外工作室 Crazy Maple Studio。2023 年 7 月，旗下应用 Kiss 在美国突然爆火，收入涨幅达 142%，营收超过 110 万美元。在这之后迅速将爆火网文上线微短剧应用 Reelshort，开发 Kiss 上的海外本土 IP，实现了短剧、网文和互动小说的 IP 协同效应。

2023 年，微短剧突然成为 IP 开发的新风口。相比于电视剧、漫画等 IP 开发模式，微短剧具有剧情紧凑，节奏较快的特点，观众更容易被拿捏。此外，微短剧的用户画像和网文用户画像高度重合。《中国网络视听发展研究报告（2023）》显示，2022 年重点网络微短剧上线量为 172 部，19 岁及以下年龄用户的收看微短剧的比例为 57.9%①，与网文市场 Z 世代热潮遥相呼应。微短剧 IP 开发采用和网文出海同样的模式，同步翻译国内成熟 IP 和开发海外已成熟的 IP，面向不同的海外文化市场。2023 年，许多网文厂商都瞄准了微短剧市场。2023 年初，TT TV 和 WeShorts 两款短剧应用上线，采用翻译国内已成熟 IP 的模式，面向中国港台、东南亚等汉文化比较浓厚的市场。2023 年 6 月新阅时代也上线了微短剧应用 GoodShort，大量拍摄以欧美演员为主的海外原创 IP，主要面向欧美市场。2023 年还有一些厂商入局微短剧 IP 矩阵，如畅读科技面向东南亚市场的 MoboReels，还有网易旗下以恋爱题材为主的 LoveShots。微短剧，正在成为 IP 生态的新蓝海，不仅国内厂商，韩国厂商 NAVER 和 KAKAO 也把视线瞄向了这一市场。微短剧，正在成为网文 IP 生态的新蓝海。但这一领域的竞争也更加激烈，除了网络文学大厂网文 IP 开发之争，许多视频厂商也纷纷入局微短剧，如优酷、腾讯都纷纷在海外市场上线自己的微短剧平台。

此外，"科幻"已成为网文出海的一个新的关键词。相比于其他 IP 的开发，科幻网文不仅站在了 AR 技术、AIGC 的风口，与生俱来的未来感、可玩性、包容性也使得科幻题材更能形成 IP 协同效应。科幻题材网文一直在 Z 世代中热度高涨，《科幻网络文学白皮书》数据显示，2022 年科幻品类的付费用户规模同比增长近 118%，付费阅读转化比高达 25%，入围"银河奖"的科幻网文作品中已有近 50% 进行了 IP 改编。2023 年 10 月 18 日，第 81 届世界科幻大会在四川成都举办，这是首次在中国举办，为全世界的读者带来一个了解中国科幻的重要渠道，也为中国科幻引入一条从科幻创作出海到科幻文创、科幻动漫、科幻游戏、科幻电影等全产业链出海的布局模式。科幻类 IP 的开发难度也比其他 IP 难度更大，对作者能力的要求高，后续

---

① 《2023 中国网络视听发展研究报告》发布 ZNDS 资讯，https：//news.znds.com/article/62906.html，2023 年 11 月 27 日查询。

开发也对产业链中各个环节都有着较高的技术要求，这对于网文创作者和网文厂商都是一个挑战。高投资、高回报的特点使得科幻类网文 IP 市场前景良好，但投资风险也极大。

（4）AI 赋能，出海业态更为丰富

2023 年，AIGC 技术带来了网文行业的新变局。首先，AI 技术本身就具有很大流量吸引力，ChatGPT 仅用 5 天时间，就完成从 0 到 100 万的用户积累。除了用户流量优势，AI 技术也极大简化了网文写作、网文翻译的烦琐流程。早在 2017 年，推文科技就注意到 AI 技术对于网文出海的巨大潜力和市场空白，并着手开发一款 AI 翻译软件用于网文出海。2023 年，许多网文头部企业都开始内测，用以进一步拓展网文出海市场。

AI 技术赋能虽处于起步期，但其战略价值有目共睹。根据艾瑞咨询发布的《2023 年中国 AIGC 产业全景报告》，2021—2023 年 AIGC 各模态融资热度分布中，文本领域占比为 22.6%。在 AI 技术的下游运用层中，大量网文厂商 App 都已将 AI 技术运用到 App 中。AIGC 技术在爆火之前，就已经有人探索它在写作领域的价值，如 2022 年 11 月，谷歌在纽约举行的谷歌人工智能活动上就宣布，他们开发了一款名为 Wordcraft 的模型写作编辑器，可以编写小说。在国内，从 2022 年 8 月开始，政府就下发了一系列支持、监管 AI 技术的文件。同时网文出海的成功也在很大程度上促进了 AI 技术的井喷，大量已经成熟的原创作品、翻译作品，都为更具针对性的网文辅助 AI 提供了学习样本。现如今，各大网文厂商的 AI 模型在技术迭代和产品成熟上同步发力，开发出更可靠的 AI 工具，以赋能网文创作和作品翻译。[1]

在 AI 创作领域，AI 技术起到了帮助作者润色语句、寻找灵感、帮助作者突破创作瓶颈的作用。2022 年 8 月，韩国电脑科学家兼作家金泰妍就运用 AI 模型 Birampung 撰写了长篇小说 *The World from Now On*，成为韩国首部 AI 创作长篇小说。同年，科幻作家刘宇昆在谷歌旗下 AI 模型 Wordcraft 的帮助下创作出一篇名为 *Evaluative Soliloquies* 的小说，同时 AI 模型 Imagen 还承担起了小说插图的绘制工作。2023 年，阅文集团上线了自己的 AI 模型，7 月 19 日，阅文集团在首届"阅文创作大会"上公布了首个大模型"阅文妙笔"，和基于这个大模型的应用"作家助手妙笔版"，意在从作家服务、数据运营、技术工具等多个维度进行创作生态升级，解决网文写作中重复的、消耗性的工作。10 月 13 日，中文在线发布全球首个万字创作大模型——"中文逍遥"大模型，用以全创作周期的功能辅助，帮助作家甚至是"新手小白"实现网文创作。

AI 技术在网文翻译方面取得了巨大成果。其强大的自然语言处理能力和深度学

---

[1] 2023 年中国 AIGC 产业全景报告-艾瑞咨询，iresearch.com.cn/Detail/report? id=4227&isfree=0，2023 年 11 月 27 日查询。

习技术使得翻译更加准确和快速。这不仅可以让全球读者更轻松地接触到各种语言的网络文学作品,也让作者能够更便利地推广作品至全球市场。AI 技术的发展为文学交流和跨文化交流带来了新的可能性,尽管目前仍需持续改进以满足不同语言的特殊需求,但它已经为消除语言障碍、促进文学作品流通提供了强大的支持。多年来,国内的海外出版企业推文科技专攻 AI 翻译业务,通过 AI 大数据模型,翻译作品不仅在语言上接近出海国使用习惯,也更容易让读者直观感受作品的文化内核。

在用户生态领域,AI 技术可以用于建立更良好的末端用户生态,同时增加用户黏性。这一类的 AI 模型被作为应用内的客户服务端口使用,AI 模型在使用的过程中可以根据客户需求,完成辅助检索、推荐网文作品等工作,极大增强了用户体验。2023 年 7 月 2 日,掌阅科技旗下对话式 AI 应用"阅爱聊"作为优秀案例,在北京市通用人工智能大模型行业应用典型场景案例发布仪式上发布。"阅爱聊"是一款以生成式人工智能驱动的小说 IP 对话交互应用,是国内阅读行业第一款对话式 AI 应用。通过这一技术,可以满足不同垂直细分领域用户的多元需求,为全民阅读的广泛推广提供助力。宗教阅读 App 在这一领域的需求性同样强烈,名为 Bible Mate 的宗教阅读 App 集成了生成式 AI,被誉为"AI 神父",有效增加了其产品用户的忠诚度。

在 AI+IP 协同开发领域,通过 AI 技术在不同领域的模型,包括漫画、短视频、有声书等多个 IP 衍生产品都可以在短时间内完成产品开发,减少由于 IP 开发不及时带来的用户流量损失,更好形成 IP 协同效应。中文在线是国内最早布局 AIGC 内容的公司之一,基于多年来各类 IP 衍生品制作技术的基础以及海量数字内容优势,中文在线在有声书、漫画、动漫、视频等模态领域均进行了积极的技术探索和布局。2023 年 6 月 12 日,中文在线凭借在 AI+IP 生态布局的前瞻性,入围"AIGC50"榜单。同时,中文在线还与 MangaToon 达成合作,运用 AI 技术将已有网文 IP 生成为漫画,上线 MangaToon 平台,并发行至北美、欧洲、东南亚等全球数十个国家和地区。字节跳动在 AI+IP 生态领域也在积极布局,旗下海外市场的应用 Tomato Novel,就通过 AI 生成有声书和漫画的短视频形式,与 TikTok 协同发力,迅速占领海外市场,登顶下载榜第一。

3. 网络文学海外传播年度布局

2023 年,中国网络文学海外传播势头依旧强劲。一方面在传统网文出海阵地蓬勃发展,构建更加稳定成熟的生态矩阵;另一方面,跟随"一带一路"发展战略的步伐,稳步辐射沿线国家,将中国网文逐步从东亚、东南亚传播到中亚、欧洲、非洲。东亚、东南亚和北美洲市场是传统的网文出海市场,市场生态相对更为成熟,除了推进网文出海,也同步进行原创生态、IP 矩阵、赛道开辟的全方位出海布局。《Z 世代数字阅读报告》显示,中国的网文出海已经覆盖全球 200 余个国家和地区,其中 Z 世代用户占比75.3%，美国读者最多，巴基斯坦读者增速最快。2023年是我国提出共建"一带一路"倡议十周年，借"一带一路"倡议的东风，网文出海扬帆起航，译介和传播的网络文学作品在中亚、非洲都取得了不小的成果，进一步拓宽了我国网络文学出海版图。中国作协网络文学中心发布的《中国网络文学亚洲传播报告》显示，2022年，中国网络文学出海市场规模突破30亿元，累计向海外输出网文作品16000余部，实体书授权与上线翻译作品比例为4:6。海外用户超过1.5亿人。

（1）东南亚地区

2023年5月27日，中国作家协会在2023中国国际网络文学周开幕式上发布了《中国网络文学亚洲传播报告》。该报告显示，亚洲是中国网络文学传播最广泛的地区，2022年中国网文在亚洲海外市场规模达16亿元，高于北美、欧洲等地区，约占全球市场的55%，其中东南亚约38%、其他亚洲地区约17%。[①] 中国网络文学在亚洲的传播总体经历了五个阶段：中文发表出版阶段、翻译出版传播阶段、翻译在线传播阶段、IP开发阶段、建立海外生态阶段。报告数据还显示，新兴出海企业在亚洲建立站点，开发运营海外网络文学平台，亚洲订阅用户总数已超1亿人。培养亚洲地区作者超20万人，签约作者约5万人，亚洲写作职业培训、编辑服务不断完善，推出亚洲本土化作品20余万部。亚洲地区海外读者年龄普遍在35岁以下，"Z世代"群体成为阅读主力军，占比超过一半。本科学历读者约占60%，女性读者约占60%。印度尼西亚、菲律宾、马来西亚、印度等东南亚、南亚国家读者占比80%以上。

尤其是东南亚地区，网文出海已经完成了海外生态的建设布局。许多东南亚地区的网文创作者都很热衷于在自己网文作品中引入中国元素，泰国网络文学作家齐堤萨克·空卡就将原创网文小说中主要场景之一的餐厅设置为中餐厅。截至2023年12月，东南亚地区图书类应用收入榜排名前十的应用中，有5个来自中国的应用程序，包括了Dreame、Hinovel、Romanread。而在排行的前100名中，大量的中国网文出海应用涵盖网文、漫画、有声书等全IP产业，同时，东南亚地区的网文出海App中包含一些根据网文题材，用户画像等特质精细化区分的应用，市场已经开始垂直细分赛道，建立起了完整的网文生态系统。2023年12月5日，在陵水举办了第三届海南自由贸易港网络文学论坛，论坛聚焦"网络文学对东南亚地区的传播"，探讨网文"破圈"和"出海"新路径。东南亚地区作为中国网文出海的"桥头堡"，是网文出海重点地区，也是网文出海产业发展最快最完备的地区，聚焦东南亚，能更好发挥网络文学的带动作用，讲好中国故事，传播中华优秀文化。

（2）欧美地区

欧美市场是中国网络文学跨文化传播最受关注的地区，不同的文化语境使得欧

---

① 海外市场订阅用户超1.5亿，中国网络文学"圈粉"世界_新闻_中国作家网, http://www.chinawriter.com.cn/n1/2023/0528/c403993-40000572.html, 2023年11月28日查询。

美市场的消费者在网文题材上更青睐本土原创小说。由于受读者、创作者习惯的影响，欧美市场网文工作室出海的成果相对显著，在海外建立的网文工作室为欧美创作者和消费者提供了更契合的网文生态。

2023年10月8日，阅文集团作为唯一一家中国网文企业参加法兰克福书展。自2018年起点国际开通原创功能之后，阅文集团在海外市场落地生根。截至2023年6月，起点国际已上线约3200部中国网络文学的翻译作品，培养约38万名海外网络作家，推出海外原创作品约56万部，累计访问用户量超过2亿人次。其中英国作家卡文创作的《我的吸血鬼系统》阅读人次超过7300万，并进行有声和漫画作品改编。

北美一直是网文出海的核心市场。2023年，北美市场在IP协同领域大放异彩，微短剧的爆火给网文出海创造了全新赛道，中文在线凭借旗下工作室Crazy Maple Studio开发的应用Kiss和Reelshort形成IP联动，形成一个全新的收入热潮，2023年Kiss的下载量约为31万，累计收入323万美元，Reelshort的下载量约为470万，累计收入约为1602万美元。字节跳动在这一领域也同样具有优势，它凭借TikTok不断为Tomato Novel造势，形成网文+微短剧的良性循环，2023年6月，新阅时代也布局这一领域，旗下GoodShort开始进军欧美市场。除了IP协同布局之外，北美市场还掀起了宗教热潮，吸引网文企业入局，Z世代寻求心灵慰藉的需求已不单单满足于网文和短视频，Daily Innovation旗下的KJV Bible在2023年里，累计下载量约为346万，累计收入约为23.6万美元。欧美市场百花齐放的情况，为网文出海生态布局创造了更多的机会，许多IP延伸产业在欧美市场前景光明。

（3）其他地区

除了亚洲和欧美两个已经成熟的市场，网文出海在其他地区也在稳步推进，辐射效应在2023年表现得越发显著。在大洋洲，网文市场的主要竞争者仍是中国网文企业，不同国家对于阅读形式的偏好有所差异，但是在大洋洲几个国家的网文应用畅销排名中，中国网文企业依旧坚挺。在澳大利亚，畅销前五名的网文应用中有四个来自中国，分别是GoodNovel、Dreame、MoboReader和起点读书。在大洋洲其他国家，Webfic、Mangatoon等应用也分别占据了一定的市场份额。在南美洲，畅读集团稳定发力，在几个主要国家的网文应用畅销排行中，阅文集团旗下的应用一直占据榜首的位置，如面向巴西市场的网文应用Lera：Livros Story&Audiobook，还有面向阿根廷、巴拉圭、玻利维亚等国家的Manobook：My Good Story Reader，畅读集团在南美洲的布局成绩斐然。在中东和非洲地区，受"一带一路"政策的影响，中国网文已经成为文化交流的生力军，国内网文企业在这些地区都有市场布局。网文出海的头部企业如新阅时代、中文在线、掌阅科技都在这些市场上线了自家的网文应用。当地用户在网文兴趣上和国内用户重合度较高。随着"一带一路"的政策推进，有许多优秀的网文作品在当地收获了许多粉丝。

二、网络文学海外传播年度业绩

近年来，中国网络文学的海外传播经历了从单一版权出海到生态出海的转变。随着时间的推移，中国网络文学的海外传播形式日趋多样化，包括对外授权出版、知识产权（IP）改编传播、海外平台投资等，传播范围涵盖亚洲、北美、欧洲、非洲等全球各地。以起点国际为代表的头部平台通过举办"全球作家孵化项目"等活动培育优质网文写手，产出优质网文作品，进一步探索、挖掘网络文学在海外新的生命力，构建全球网络文学链条的新生态。

1. 海外传播平台年度进展

网站平台建设是中国网络文学海外传播不可或缺的环节。目前网络文学海外传播平台主要分为两类：一是以阅文集团、掌阅科技等为代表的国内企业所搭建的"本土型"海外平台，如 webnovel、TapRead；二是以 Novel Updates、shushengbar 等为代表的海外翻译平台。此外，还涌现了许多针对垂直市场地区的中小型平台，如面向英语国家言情市场的 Dreame、面向印度尼西亚言情市场的 Innovel 等①。各类平台并行输送，共同建构外语语境下的东方文化，形成海外网文新市场。据统计，我国网文"出海"App 数量自 2020 年起呈倍数增长，中国网络文学正与美国好莱坞电影、日本动漫、韩国电视剧一起，被誉为"世界四大文化奇观"。同时，在作品生产的维度上，网文企业在出海后仿照国内已有的创作和译者体系搭建海外平台，于海外生根建立了一套职业作家培养模式，如起点国际实行"翻译孵化计划"，致力于培养扶植海外译者成长，目前已吸引和培育了 20 多万名海外创作者，涌现出约 37 万部原创作品。

下面将对中国网络文学海外传播的重要平台进行介绍。

（1）中国主导搭建的海外平台

起点国际（webnovel.com）。起点国际是阅文集团推出的国际化网文阅读平台，作为网络文学出海领域的先行者，它率先运作国内付费阅读模式，成功让中国网络文学"走出去"并从内容传播升级到模式输出。2017 年 5 月 15 日，阅文集团海外门户起点国际（WebNovel）正式上线，成为中国网络文学海外传播的第一个官方平台，并陆续在东亚、东南亚、非洲、欧美等地进行产业布局。目前起点国际以英文版为主打，逐步覆盖泰语、韩语、日语、越南语等多语种阅读服务，并提供跨平台互联网服务。除了 PC 端，Android 版本和 iOS 版本的移动 App 也已同步上线。2018 年 4 月 10 日，起点国际对用户开放了原创功能，使中国网文的国际发展模式从作品授权的内容输出提升到了产业模式输出，实现了网文创作生产的跨域际转化。根据

---

① 艾瑞咨询.2021 年中国网络文学出海研究报告，https://report.iresearch.cn/report/202109/3840.shtml，2023 年 11 月 2 日查询。

阅文集团发布的 2023 年中期财报,截至 2023 年 6 月 30 日,起点国际向海外用户提供约 3200 部中文翻译作品和约 56 万部当地原创作品。① 在 2023 国际网络文学周上,阅文集团获"网络文学海外传播平台奖",旗下作家爱潜水的乌贼、百香蜜、横扫天涯、囧囧有妖、齐佩甲、十二翼黑暗炽天使等获"网络文学海外传播个人奖"。在起点国际上,Z 世代作者占比超过 2/3,读者占比高达 75.3%,2022 年,读者评论中提及"中国"相关单词超 15 万次。② 在助推海外传播方面,2023 年 6 月,阅文发布组织升级规划,成立内容生态平台事业部、影视事业部、智能与平台研发事业部、企业发展事业部这四大事业部,其核心目的正是要打通"内容+平台",利用 AIGC 为 IP 孵化和生态增效提质,助力网文 IP 出海。这将大大加速 IP 全球价值的实现。组织业务升级一个月后,阅文发布了国内首个网文行业大模型"阅文妙笔"和基于这一大模型的应用产品"作家助手妙笔版",对创作效率提升和运营工具的升级产生积极作用,这也是阅文拥抱 AIGC、推动 IP 产业走向全新面貌的第一步。③ 在海外业务方面,重视在海外传播市场中的主动与核心地位,生态持续繁荣。除自有品牌 WebNovel,阅文还先后在东南亚、韩国、非洲地区开展了相关扶持与合作的计划,投资了海外头部的在线阅读平台:针对越南,实行了"群星计划"(Rising-Star);针对韩国,投资了韩国原创网文平台"Munpia";针对非洲,与传音控股合作,对当地的在线阅读市场进行了开发。这些举措能够更好地挖掘与培养有潜力的作者,借助在线阅读以及 IP 衍生等方式为作者及其作品的文化和商业价值提供全面增值服务。④

中文在线(www.col.com)。中文在线数字出版集团股份有限公司成立于 2000 年,是国内领先的数字文化内容产业集团。该集团以数字内容、版权分发、IP 衍生与知识产权保护为核心,以"夯实内容、服务产业、决胜 IP、双轮驱动"为发展战略,致力于科技与文化融合发展。⑤ 截至 2023 年 11 月,拥有超 550 万种数字内容资源,驻站网络作者超过 450 万名。⑥ 除公司原有的强势全品类平台 17K 小说网,还有四月天、奇想宇宙科幻站以及 2022 年重点发力的谜想计划悬疑站等垂直站,共同形成的多维度发展的内容平台矩阵构建出中文在线的内容壁垒。在 2023 年中国国际网络文学周上,中文在线旗下作家张保欢(善良的蜜蜂)、刘庆忠(平凡魔术师)

---

① 阅文集团:《一图看懂 2023 年中期财报:乘 AI 长风,好故事加速向前》,https://mp.weixin.qq.com/s?__biz=MzAxMzM1MzU5OQ,2023 年 8 月 10 日发布。
② 同上。
③ 猎云网:《阅文集团上半年营收 32.8 亿元,归母净利润 3.8 亿元同比增长 64.8%》,https://baijiahao.baidu.com/s?id=1773833763129126499&wfr=spider&for=pc,2023 年 8 月 10 日报道。
④ 未来智库:《2022 年阅文集团研究报告》,https://www.vzkoo.com/read/20220913b170fa01d788006f0acc9a9d.html,2022 年 9 月 13 日发布。
⑤ 中文在线,http://www.chineseall.coml,2023 年 10 月 12 日查询。
⑥ 中文在线,https://www.chineseall.com/,2023 年 11 月 3 日查询。

荣获"网络文学海外传播个人奖",中文在线集团荣获"网络文学海外传播平台奖"。中文在线积极布局国际化,陆续推出互动式视觉阅读平台 Chapters 等多类型产品,在海外市场细分领域居于行业领先地位。目前已在美国、日本、新加坡设立子公司及分支机构。同时,海外公司持续聚焦新阅读的需求变化,陆续推出动画产品 Spotlight、浪漫小说平台 Kiss,产品覆盖多类型用户群体,形成了丰富的内容矩阵,依托已上线的 UGC 功能,帮助用户创作,提升创作者经济。① 随着中国网络文学海外趋势的发展及 AI 生成内容领域的超前布局,中文在线充分利用既有优势,重磅发布全球首个万字创作大模型——"中文逍遥",入评第十二届中国数字出版博览会优秀数字渠道服务商、优秀展示单位以及中国"AIGC×泛内容"行业 50 家最有价值公司。结合自有海量内容和优质 IP,全球范围内多点布局,在美国、日本等地设立子公司及分支机构,启动"国际化 2.0 战略"探索。

掌阅国际(iReader App)。作为中国数字阅读企业出海的"先行者",掌阅科技于 2015 年开启"走出去"战略,推出掌阅 iReader 国际版,涉猎阅读出海业务,多次荣列"国家文化出口重点企业",成为文化出海企业的代表。目前,掌阅科技阅读出海业务累计用户已达 3500 万人,覆盖了全球 150 多个国家和地区,支持英、法、西、韩、印、泰在内的 10 多个语种,在多个国家的 Google Play 和 App Store 市场中,长期稳居前列。掌阅海外阅读报告显示,掌阅海外用户组成趋于年轻化,增速显著。其中,"一带一路"沿线国家和地区及非洲地区国家用户增长最为明显;用户日均在线时长同比上涨 25.97%,达 97 分钟,用户黏性进一步提升;从用户分布上看,美国、泰国、英国、澳大利亚、加拿大分列 App Store 用户占比前五位,泰国、印度尼西亚、马来西亚、美国、老挝分列 Google Play 用户占比前五位。② 2022 年 2 月,基于掌阅科技此前自研的基于神经网络的协作式 AI 翻译平台"掌阅翻译猿",成立了从事网络文学出海翻译相关服务的子公司北京海读科技,旨在为公司出海业务发展提供更有利的条件。通过翻译优质作品,掌阅开启了中国数字阅读出海的新阶段,在东南亚等新兴市场的布局日趋完善,本地化内容生态加快构建,优质作者和数量得以提升。2023 年 6 月,掌阅科技与国际出版集团企鹅兰登达成合作,持续引入海量英文原版电子书资源。双方将发挥各自优势,为广大用户提供优质的英文原版数字阅读体验。

晋江文学城(www.jjwxc.net)。晋江文学城创立于 2003 年,是中国大陆范围内具有较高影响力的女性向原创文学网站之一。20 年来,晋江文学城持续致力于网络文学多样化生态的建设,让多元丰富的小说类型有茁壮成长的可能性,鼓励创新和

---

① 界面新闻:《中文在线:蝉联〈2022 书籍与漫画应用市场洞察〉网文应用海外收入冠军》,https://www.jiemian.com/article/8270060.html,2023 年 10 月 20 日查询。
② 掌阅精选:《掌阅科技重磅发布〈2021 年度掌阅数字阅读报告〉》,https://mp.weixin.qq.com/s/6mNhrP6eAIhCQ245sJ9xgQ,2023 年 10 月 20 日查询。

"脑洞",让更多的灵感落地生根。并以好内容为基础做好版权开发衍生,持续提高网络文学优质内容的海内外影响力。① 全球有近 200 个国家和地区的用户访问晋江,其中美国、加拿大、澳大利亚等发达国家占到很大比重,海外用户流量比重超过 10%。自 2008 年起晋江文学城开始进行作品的繁体版权(中国台湾)输出,2011 年签署了第一份越南合同,正式开启了海外版权输出。至今已与包括泰国、越南、韩国、日本、马来西亚、加拿大、美国、俄罗斯、缅甸、匈牙利、德国等在内的十余个国家或地区的近百个合作方建立了版权合作渠道。目前正在积极开拓欧洲、美洲市场,晋江对外输出部门目前有专职的工作人员对作品文案进行包括但不限于英文、日文、韩文翻译,以每周不少于 10 篇作品向外国出版方进行推荐。版权海外输出是晋江的主体业务之一。截至 2023 年 8 月,已累计输出作品 4500 余部,积极拓展了亚洲、欧洲和美洲市场,与上百家合作方成功签约;2019 年下半年至 2023 年上半年的签约量不仅占了累计输出作品总数的 50% 以上,更是完成了中东和中亚市场的开拓,晋江的海外输出版图还在持续扩大中。① 为开拓国际市场,晋江独立研发的海外站也进入内测阶段,计划于未来三年内正式上线。

畅读科技(MoboReader)。畅读科技(集团)以互联网阅读为基础,内容驱动业务模型,旗下拥有八月居小说网、阅读小说网、游戏互动等创新型互联网+文娱品牌。早在 2017 年,畅读科技开始布局海外业务,陆续开发运营多款网文产品,相关 App Store 版本已经在 66 个国家取得畅销榜第一的宝座。目前,畅读已是国内网文出海第一梯队企业。在海外市场运营有繁体中文、英语、西语、葡语、法语等多种语言的网络小说业务,其多款产品在海外市场下载量居前,也助力公司在非游戏厂商出海收入榜中的排名不断上升。MoboReader 在 2017 年底在 Google Play 和 App Store 双端海外版同时上架,处于出海收入榜单前列。截止到 2022 年 11 月,双端累计收入 1800 万美元左右,App Store 营收略高于 Google Play;以 Google Play 平台数据为例,MoboReader 曾经进入过 15 个国家和地区的图书类畅销榜第一,87 个国家和地区进入过畅销榜前 5,最主要的海外市场是美国,营收占比超过 48%。②

无限进制(Dreame)。无限进制是星阅科技于 2018 年推出的阅读产品,主打女性向言情小说,借助对于海外市场的洞察和强大的原创内容能力,成功打入东南亚网络文学市场;2020 年,陆续输出产品打造差异化产品矩阵,进一步开拓全球市场扩大用户体量。Dreame 平台在 2021 年已冲顶 Google Play 的图书类畅销榜的第一名,近两年在 Facebook 上的全球下载量也已超过 4300 万人次,跻身于全球原创网络文

---

① 文学视界:《晋江文学城成立二十周年,累计向海外输出 4500 余部网文佳作》,https://rmh.pdnews.cn/Pc/ArtInfoApi/article?id=37165466,2023 年 8 月 8 日报道。

② Enjoy 出海:《网文出海正当时:市场规模两年增长超 100%,TOP 5 厂商出海成绩一览》,https://www.easemob.com/news/9499,2022 年 11 月 8 日发布。

学平台的前三之列，成为出海小说的头部应用之一。① 同时，海外投放地区出现明显的多样化趋势。例如，旗下的 Stary 针对小语种推出了专属的阅读 App：有专门为菲律宾语读者打造的女性网文阅读应用 Yugto，从东南亚市场发展到新兴的中东市场，并进入沙特、卡塔尔、科威特三国 Google play 图书畅销排行榜前十；以及面向印度尼西亚的 Innovel，面向西班牙语和俄罗斯语用户的 Sueovela 和 ЧитРом，这些软件在语种地取得了不俗的成绩，Innovel 目前在印尼图书应用下载榜第六名，Sueovela 在拉美众多国家的图书应用下载榜排名前三，ЧитРом 在乌克兰、摩尔多瓦、拉脱维亚图书应用下载榜排名前二。②

Pawpaw Novel。Pawpaw Novel 平台成立于 2021 年，以女频热文为主要卖点，同时关注科幻类、恐怖类以及针对 LGBT+性少数群体的小众网络文学作品。最热门作品的阅读人次达到 48 万人次，图书收藏量达 1 万次，积累了相当可观的读者人群。③ 目前，Pawpaw Novel 平台的目标市场以欧美市场为主，同时向东南亚、印度等海外市场拓展，阅读渠道以手机移动端为主，以适应当下碎片化阅读需求，吸引更多海外读者的关注。

（2）英译文学平台

武侠世界（WuXiaWorld）。该网站由美籍华人外交官赖静平（RWX）创办，于 2014 年 12 月 22 日正式上线。这是第一家中国网络文学翻译网站，第一年就收获了百万英文读者，并衍生出众多粉丝翻译网站和翻译小组，包括西班牙语、法语、俄语等多语种翻译，当前已成为全球最大的中文小说英译网站之一。读者地域分布在北美排第一，占比 24%，菲律宾、印尼分别占比 8% 和 6%，全球 100 多个国家和地区的读者来这里寻找他们喜欢的网络小说。读者总量 3000 万人左右，平均月浏览量约 1 亿次，日活跃用户约 30 万人次。WuxiaWorld 建立了一套虚拟货币系统，用户可以购买平台的虚拟货币 Karma 来解锁已完本小说。Karma 可以付费购买，也可以通过日常互动获取。针对版权问题，一方面，WuxiaWorld 尝试与其他中国网文平台建立合作，比如中文在线，并获得了中文在线旗下 17K 小说等网站的版权支持，而且，从 WuxiaWorld 的官网上可以看到，网站上还有纵横中文网、欢娱影视、咪咕阅读等平台授权翻译的小说。④ 根据专门提供网站流量全球综合排名的权威网站 Alexa Traffic Ranks 所提供的数据，近年来因为平台竞争，武侠世界网全球综合排名有所下滑，排名在 5922 位左右，但其历史排名曾稳定在 1000 位左右，每天点击量达数

---

① 艾瑞咨询：《2021 年中国网络文学出海报告》，https：//www.iresearch.com.cn/Detail/report?id=3840&isfree=0，2023 年 10 月 21 日查询。

② 白鲸出海：《这些外国人看得津津有味的小说软件 都是中国产的》，https：//baijiahao.baidu.com/s?id=1704087575542185168&%20wfr=spider&for=pc.，2021 年 7 月 1 日报道。

③ 李俞男：网络文学海外传播影响因素探析［D］. 湖北大学，2023.

④ 白鲸出海：《"武侠世界"被 Kakao 收购，编入韩国网文阵营》，https：//business.sohu.com/a/512197142_227984，2021 年 12 月 27 日报道。

千万,并通过壮大发展自身,逐渐收购了排名第三的 Volare Novels。① 2021 年 12 月 16 日韩国互联网巨头 Kakao 旗下负责娱乐业务的 Kakao Entertainment 宣布,通过其不久前收购的美国子公司 Radish Media 收购了 Wuxiaworld,来扩充其内容业务。

小说更新网(Novel Updates——Directory of Asian Translated Novels)。Novel Updates 是一个将亚洲地区小说的英文翻译汇总的导航网站。它最早的内容发布在 2006 年,早期主要是导向日本轻小说翻译网站,直到武侠世界网站建立,上面的中国网络小说才逐渐增加,并最终占据了主导地位。网站链接了 47 家翻译网站,提供 2000 余本小说的链接,是所有中国网络小说对外供应平台中内容数量最大、类型最全的网站。另外,除了中国网络小说,该平台还提供日本、韩国、菲律宾等亚洲国家的网络小说。它在首页按时间显示所有最近更新的译作,读者可以通过相应的链接直接跳转到翻译网站追更,同时它也为用户提供交流社区,展现了一种不同于翻译网站的新的传播和生产机制。

沃拉雷小说(Volare Novels)。2015 年 12 月,以北美受众为主的中国网文英译网站 Volare Novels(沃拉雷小说)成立,继 Wuxiaworld(武侠世界)和 Gravity Tales(引力传奇)之后,终于有一家专注女频的网站挤入了网文英译网站的 TOP3 行列。Volare Novels 翻译的中国网文以"另类"作品(如科幻、搞笑等)和女频小说为主。这些作品的翻译、编辑工作是由 30 多名译者和 30 名左右的编辑完成的。这些译者来自全球各地,包括北美、欧洲、东南亚等,大部分是华裔和外籍华人,少数是学了中文的西方人。读者则 30% 来自美国,5% 来自加拿大,17% 来自西欧,12% 来自东南亚。②

(3)其他文学平台

Ookbee U。Ookbee 是于 2012 年在泰国成立的公司,专注于东南亚的电子书店市场,目前在泰国、越南、菲律宾和马来西亚开展业务,拥有超过 1000 万用户。Ookbee 看到了机会,打造出不同平台迎合小说迷、漫画迷、音乐迷等人群,容纳各种用户创作内容(UGC),并在内容创作者和粉丝之间建立可持续的变现渠道。③ 2019 年 9 月,腾讯为拓展泰国网络文学市场,与泰国最大的数字平台之一的 Ookbee 合资成立 Ookbee U(简称 OBU),并持有其 42% 股份;同时阅文集团也宣布以 1051 万美元的总代价投资 OBU,持有其全部已发行股份的 20%。④ UGC 平台后期剥离并归入 Ookbee U。Ookbee 和 Ookbee U 目前共同为用户提供服务。

俄语集体翻译网站(Rulate)。Rulate 网站是一个建立于 2012 年的"社群自助

---

① 闫浩. 跨文化视域下中国网络玄幻小说在英语国家的传播与接受度研究[D]. 西北大学,2022.
② 邵燕君、吉云飞、肖映萱. 媒介革命视野下的中国网络文学海外传播[J]. 文艺理论与批评,2018.
③ Tencent Cloud. https://www.tencentcloud.com/zh/customers/detail/870,2023 年 11 月 6 日查询.
④ 郭瑞佳、段佳:《"走出去"与"在地化":中国网络文学在泰国的传播历程与接受图景》,《出版发行研究》2022 年第 9 期.

式"小说翻译网站，网站的名字就是"集体翻译系统"的意思，这是一个俄罗斯网民自发将海外网络文学作品翻译为俄文后发布的网络平台。网站主要翻译中日韩的流行文学，其中数量最多和最受欢迎的都是中国网络小说，直译和转译的中国网络小说为 3914 部，其中直译达 929 部，主题包括仙侠、穿越、言情、科幻等。Rulate 拥有稳定译者 12205 人，形成了 781 个翻译团队。它是由网站创建者、管理员及代理人组队。译者自己组成小组，或加入其他人召集的小组进行合作翻译。考虑到网站应对译员保持一定监管，Rulate 创立了一个指标——Karma，并设置隐私保护，若译员被发现私自破解 karma，试图获取个人评价等级信息，则立即对其封户，且直接降低其诚信度。需要指出的是，Rulate 译介机制和运营机制皆非其独创，而是脱胎于美国 Wuxiaworld（武侠世界）网站。① 在翻译—捐助体系之外，网站以章节为单位收取费用，一般每章 10 卢布（约合人民币 1 元），同时也提供免费章节吸引读者。此外，俄罗斯粉丝还制作出了数十部中国网络小说的有声读物。②

小说帝国。目前，小说帝国（L'Empire des novels）是法国最重要的网络小说翻译网站。网站资源主要来自武侠世界网站，法国网民在英译版本的基础上对小说进行再次翻译。在 L'Empire des novels 中，中国网络小说占据主流，《全职高手》《盘龙》《天火大道》《斗罗大陆》等备受欢迎。同时，网站也翻译部分韩国、日本的作品。虽然 L'Empire des novels 的翻译团队由爱好者组成，但已形成译者、编辑与校对的明确分工。为激励译者进行快速、优质的翻译，网站目前初步建立起了类似众筹的打赏机制，接受募集的热门作品多为中国网络小说。为满足读者的进一步需求，L'Empire des novels 开辟了创作区板块。法国网民在阅读中国网络小说之余，开始进行同人创作和风格模仿式的原创写作。③运营者们还开设了一个名为"引申资源"（Resources）的板块，用来解释网文情节中触及的中国传统文化相关词汇，例如，奉天承运的圣旨，金枝玉叶的意蕴内涵，中国的四大神兽（神明）青龙、白虎、朱雀、玄武等，令法国读者在阅读中国网络文学的同时能够洞察中华文明的历史底蕴。中国网络文学远渡重洋，与法国本土的网络小说创作相融合，形成了如今法国网络文学的独特风景。

元气阅读（Chireads）。Chireads 是全球最大的法语区中国网文论坛，2017 年由一些中法小说爱好者建立的网上社区，已经累积了不少法语区用户，月均活跃人数也将近百万。最初，创始人胡晓翀、周云峰和查尔斯·德威在取得原著作者的授权后，将一些小说翻译并发布到这个网站上供法语区的中国网文爱好者免费阅读。Chireads 上翻译和发布的作品主要是中国畅销的网络小说，比如 Relâchez cette

---

① 搜狐：《听说，俄罗斯网友也躲不过中国网络小说？》，https://www.sohu.com/a/588139731_121119390，2022 年 12 月 22 日查询。
② 邵燕君、吉云飞、肖映萱：《媒介革命视野下的中国网络文学海外传播》，《文艺理论与批评》2018 年第 2 期。

Sorcière（《放开那个女巫》）、La Voie Céleste（《天道图书馆》）等。此后粉丝纷纷加入，翻译和运营团队也逐渐壮大。Chireads还与起点中文网建立了合作伙伴关系，取得网文版权方的官方授权，保障了高质量的网络小说资源。与国内晋江文学城、起点中文小说网不同，Chireads目前上线的网文资源基本上是可以免费阅读的，但读者也可以付费提前解锁最近章节。同时该网站也推出了打赏模式鼓励优秀作品的译介。①

网络轻小说法语翻译网（LNR-Web Light Novel en Français）。网络轻小说法语翻译网是规模较大的中国网络文学综合性法译网站。截至2021年12月，此网站共推出180部法译版中国网络小说，题材几乎覆盖中国网络文学的所有大类。不仅如此，它还显露出法译体量大、更新篇幅多、受欢迎程度高的传播格局。此网站法译版更新章节超过1000的中国网络小说有143部，约占书目总量的80%。《武炼巅峰》的法译完成章节更是高达6046个，《最强升级系统》为5542个，《丹道独尊》为5426个。在这个网站上，每一本上线的法译中国网络小说均获得了法语读者的阅读与点赞，其中，4部法译中国网络小说点赞已超过1000次。在法译规模、传播力度与读者喜爱度等方面均取得不错成绩。②

KakaoPage。KakaoPage与韩国通用的社交工具Kakaotalk（地位类似我国的社交软件微信）相关联，以小说内容为吸引点，以IP孵化为手段获得收益。Kakaopage的小说论坛里，国民内容讨论的参与度非常高，这一点满足了Kakaopage本身的发展模式，助力其实现内容盈利。③ 在此基础之下，Kakaopage设立了新的分部进行其他IP的孵化，比如影视剧、游戏等等。例如，2018年人气极高的网文改编电视剧《金秘书为何那样》，当年获得了近乎200万读者的喜爱，IP孵化后的电视剧收益也在150万元以上人民币。除此以外还有我们熟悉的小说《云画的月光》Tempo《再婚皇后》等等。Kakaopage作为韩国最大的综合性网文网漫等发展平台，在"引流"方面，为网络文学作品的发展，IP孵化做出了巨大贡献。

除上述网文出海平台，有影响力的海外网文传播平台还有面向英语读者的Wattpad、番茄小说海外版Fizzo（字节跳动旗下的海外平台）、小米旗下的Wonderfic等，加速了网文出海的步伐。面向韩语读者的Joara、Munpia，面向法语读者的Team Dragonfly、Fyctia以及面向东南亚地区的Hui3r等网站平台，也在网文出海中发挥着重要作用。

2. "网文出海"代表作品

2023年4月7日发布的《2022中国网络文学蓝皮书》显示，2022年，网络文

---

① 法语人. https://mp.weixin.qq.com/s/1-s2maBSlRWxzPQ6It8JUQ, 2022年4月21日报道.
② 高佳华. 中国网络文学在法国的传播研究［J］. 中国出版, 2022.
③ 李怡. 中国网络文学在韩国的传播与启示［D］. 西南科技大学, 2021.

学国际传播更受重视,从文本出海、IP 出海、模式出海到文化出海,网络文学出海机制进一步成熟,"中国故事"的海外传播正日益成为世界级文化现象网文出海形式更加丰富多样。截至 2022 年底,中国网络文学海外市场规模突破 30 亿元,累计向海外输出网文作品 16000 余部,海外用户超过 1.5 亿人,覆盖 200 多个国家和地区。①

在文本出海方面,国内外流行的内容题材和类型模式出现同频共振态势,基于玄幻仙侠、奇幻言情仍是主要的题材。截至 2022 年底,中国原创网络文学作品授权数字出版和实体图书出版数量可观,涉及日、韩、东南亚地区,以及美、英、法、俄等欧美多地,仅阅文旗下授权作品就突破 900 部,如《鬼吹灯·精绝古城》英文版、《庆余年》与《凡人修仙传》韩文版、《全职高手》日文版、《诡秘之主》泰文版、《择天记》法文版等。② 同时,聚焦工业、科技、竞技体育等众多取材于现实并反映现实的题材也逐渐崛起,如《大国重工》《宇宙职业选手》等均受到了海外市场的欢迎,满足了海外读者差异化的阅读需求。

在作品外译方面,科技在网文出海方面引入的创新驱动力进一步增强,AI 翻译加速网文"一键出海"。截至目前,阅读超千万的作品 238 部,翻译作品阅读量破亿的有 9 部,人机协作正成为翻译质量的保证。据《2023 中国网络文学出海趋势报告》,全行业海外营收规模达 40.63 亿元,同比 2021 年增长 39.87%,翻译出海作品约 3600 部,同比三年前增长 110%;在 AI 协作下,翻译效率提升近 100 倍,翻译成本降低超 90%,英语、西班牙语、葡萄牙语、印尼语等多语种翻译扩大中国网文朋友圈。③ 海外用户通过网文阅读深入了解中华传统文化和当代中国的时代风貌,"中国"相关单词在用户评论中累计出现超 15 万次,"道文化""武侠""茶艺""熊猫"等中国元素关键词提及破万次。④

在网络小说 IP 改编方面,网文 IP 生态国内国际双循环格局初显,海外原创 IP 开发风生水起,并开始反哺国内内容生态。中国 IP 全方位出海,授权出版作品 1000 余部,合作海外出版机构 66 家,海外网络文学原创 IP 孵化稳步推进,多语种网络出版、有声、动漫、影视等是主要的开发形式。《星汉灿烂》《择天记》等 IP 剧集在全球上百个国家和地区产生影响,热度持续走高,并大力助推原著流量。自 2019 年起点国际举办全球年度有奖征文品牌活动(WSA)以来,已有约 40% 获奖作

---

① 文学报:《从文本出海到文化出海,中国网文海外用户超 1.5 亿》,http://www.chinawriter.com.cn/n1/2023/0415/c404027-32665155.html,2023 年 4 月 15 日报道。
② 文学视界:《2022 中国网络文学发展研究报告》,https://mp.pdnews.cn/Pc/ArtInfoApi/article?id=35022532,2023 年 4 月 12 日发布。
③ 阅文集团:《海外 00 后网文作家超 40%》,https://mp.weixin.qq.com/s?__biz=MzAxMzM1MzU5OQ,2023 年 12 月 15 日报道。
④ 阅文集团:《海外 00 后网文作家超 40%》,https://mp.weixin.qq.com/s?__biz=MzAxMzM1MzU5OQ,2023 年 12 月 15 日报道。

品进行 IP 开发，合作团队来自美、印、韩、泰等国家。其中，《沉迷之爱》《爱的救赎》等已在韩、泰网络出版，《沉沦爱的冠冕》《恶魔之剑的诞生》等已改编为有声作品；《龙王的不眠之夜》等多部海外网文改编的漫画作品已在腾讯动漫上线，反哺国内数字文化产业发展。① 值得注意的是，网文 IP 出海的成功还进一步巩固了外译授权合作优势，如《抱歉我拿的是女主剧本》《他从火光中走来》《吞噬星空》等名作，在多语种外译过程中都有不俗表现。

下面我们来看看几部"网文出海"代表性作品的具体情况。

《天道图书馆》。《天道图书馆》是由起点作家横扫天涯创作的玄幻类网络小说，作品讲述的是主人公张悬穿越到异界，脑海中出现神秘的图书馆，借此成为名师叱咤风云的故事。作品于 2016 年 11 月 1 日发行，2017 年被翻译至起点国际，英译名 Library of Heaven's Path（《在天堂道路上的图书馆》），随后连续霸榜，至今仍在排行榜前列。截至 2023 年 2 月，《天道图书馆》在起点国际上的粉丝数为 27.22 万人，全站粉丝数排行第三，阅读量 1.77 亿人次，有 27 万余粉丝投票支持，评论数据近 2 万，排行全站观看量第三，收藏量高达 160 万人次。② 作品充分融合了中国古代传统思想和主流玄幻元素，受到了东方和西方读者的共同喜爱。

《星汉灿烂，幸甚至哉》。《星汉灿烂，幸甚至哉》是由晋江文学城作家关心则乱创作的言情类网络小说，作品讲述了女主程少商与男主凌不疑在逆境中始终坚守内心的正义，在共同成长中携手化解国家危机，最终成就一段美好佳话的故事。作品于 2018 年 10 月 5 日开始连载，英译名为 Love Like The Galaxy（《像银河般灿烂的爱》）。2022 年 7 月，由网文 IP 改编成剧《星汉灿烂》《月升沧海》后，在 WeTV 的东南亚地区榜、葡萄牙语区榜、美国地区榜等热度居高不下，拿下 WeTV、Viu、Yahoo! 等多个网站 2022 年度的全球热播第一名。2022 年 10 月 17 日上线网飞后，热度进一步走高，拿下了该平台的年度热播亚军，受到许多观众的好评，是少有的走出国门后能得到世界认可的上星剧。剧集内容的出圈又可以让更多用户被原著本身吸引，从而带动海外传播的整体渗透率，入评 2022 年度中国网络文学影响力海外传播榜。

《清穿日常》。《清穿日常》是由晋江文学城作家多木木多创作的言情类网络小说，作品讲述了现代女李薇一朝穿越，被收进清朝四阿哥的后院，一路成长，最后成为皇后的故事。作品入评 2022 年度中国网络文学 IP 影响榜。由作品改编的电视剧《卿卿日常》在北美（iTalkBB）、印度（Rakuten VIki）、新加坡（ViuTV）、马来西亚（Astro 全佳）等国家流媒体平台发行，开播三天登顶泰国、马来西亚、新加

---

① 阅文集团：《海外 00 后网文作家超 40%》，https：//mp. weixin. qq. com/s? _ _ biz = MzAxMzM1MzU5OQ，2023 年 12 月 15 日报道。

② 网文科普君：《〈天道图书馆〉在海外的爆火的背后：无脑白文才是大多数人的选择》，https：//mp. weixin. qq. com/s? _ _ biz = MzkwNDQ0MTcxMw，2023 年 2 月 24 日报道。

坡、印尼、菲律宾、越南等 7 国的爱奇艺海外站 TOP1。在猫眼、骨朵、云和数据等其他平台的多个榜单也都荣登第一。

《宇宙职业选手》。《宇宙职业选手》是起点作家我吃西红柿创作的科幻类网络小说，作品讲述了元宇宙背景下，主角许景明从蓝星出发获得虚拟头盔，然后在虚拟世界里修炼提升实力的故事。作品于 2021 年 11 月 25 日发行，英译名为 Cosmic Professional Gladiator。作品自翻译至起点国际，便一直长居榜单前列，截至 2023 年 11 月 3 日，作品在起点国际平台总阅读量达 250 万人次，粉丝数 6728 人，榜一粉丝值 4.91 万，收藏量 1.49 万人次。同时，还入评 2022 年度中国网络文学影响力海外传播榜。

《光阴之外》。《光阴之外》是起点作家耳根创作的仙侠类网络小说，作品讲述了浩劫之后，万族崛起，男主角许青在"永恒的禁区"中倔强求生、不断成长的故事。作品甫一上线，不到 50 分钟首订就成功破万，并于 2022 年 10 月成为起点第十三本亿盟小说①，由小说改编的多人有声剧仅上线 45 天播放就破亿。同时，还入评 2022 年度中国网络文学影响力海外传播榜。

《不科学御兽》。《不科学御兽》是起点作者轻泉流响创作的玄幻小说，作品讲述了神话学者兼考古学家时宇穿越而来，为了探寻空白的历史与失落的神话，他选择踏上了一条极为不科学的御兽之路。作品于 2021 年 7 月 1 日发行，于 2022 年 1 月成为起点第十四本亿盟小说。作品长期居于国际榜前十，截至 2023 年 11 月 3 日，作品在起点国际平台总阅读量达 410 万人次，粉丝数 16433 人，榜一粉丝值 5.23 万，收藏量 2.46 万人次。同时，还入评 2022 年度中国网络文学影响力海外传播榜。

《诡秘之主 2：宿命之环》。《诡秘之主 2：宿命之环》是起点中文作者爱潜水的乌贼继《诡秘之主》后推出的续篇。作品于 2023 年 3 月 4 日发行，英文版同时被翻译至起点国际，英译名 Lord of Mysteries 2：Ciecle of Inevitability。24 小时内以收藏量超 82 万的成绩刷新新书上线首日收藏纪录，登上起点读书月票榜榜首，随后连续霸榜，至今仍在排行榜前列。② 截至 2023 年 11 月 3 日，作品在起点国际平台总阅读量达 590 万人次，国际粉丝数 12782 人，榜一粉丝值 11.9 万，第一百粉丝值 1.13 万，收藏量 3.25 万人次。2023 年 8 月 17 日，阅文集团与广州天闻角川动漫有限公司对此书进行实体出版签约。

《大医凌然》。《大医凌然》是由阅文集团签约作家志鸟村创作的都市职场小说，首发于起点中文网。小说讲述了医学院"校草"凌然，在进入医院实习后，以高超医术救死扶伤、克服各种危机走向更高目标的独特经历。书籍相关微博话题阅读量

---

① 亿盟指一个账号在某一本书中拥有 1 亿粉丝值，目前各家小说网站人民币与平台币汇率为 1∶100，即该作品打赏超百万人民币，用以体现作品的火热程度。

② 齐鲁壹点：《〈宿命之环〉开局破纪录，爱潜水的乌贼揭秘诡秘世界如何构建》，https：//baijiahao. baidu. com/s? id=1759670943970864635&wfr=spider&for=pc，2023 年 3 月 7 日报道。

超1亿,在读书榜话题热度排名前三,被评为第四届橙瓜网络文学奖年度百强作品。作为"起点中文网"评分9.0、推荐数450万+、点击数近6200万的优质网络小说,在国内备受欢迎的同时,在海外亦影响巨大。2022年,与《大国重工》等15本作品一起被收录进大英图书馆的中文馆藏书目之中。2023年7月11日,获评第二届"天马文学奖"。

《超级神基因》。《超级神基因》是由十二翼黑暗炽天使在2016年11月9日开始独家发布在阅文集团旗下起点中文网的玄幻小说,作品以遥远的未来世界作为背景,讲述了空间传送技术应用下的社会,英译名为 Super Gene。截至2023年10月8日,该书总阅读量1.39亿人次,起点国际粉丝数19.26万人,榜一粉丝值70156,第一百粉丝值41762,收藏量390万人次。起点真实粉丝数12.83万人,榜一粉丝值135万,第一百名粉丝值4.5万,收藏量35.98万人次。

《他从火光中走来》。《他从火光中走来》是由晋江作家耳东兔子创作的言情类网络小说,作品讲述了消防员林陆骁和国民艺人南初相知、相识、相守的爱情故事。作品于2016年12月起在晋江文学城连载,随即占据榜单前列。2023年由作品改编的同名电视剧上映,当天爱奇艺预约量就突破了460万,剧集播出后多次登顶骨朵网络剧日热榜,蝉联猫眼网络剧热度周榜,微博开分8.0,爱奇艺热度值破8500,在韩国等地掀起海外热潮。① 海外声势助推原著热度逆跌,作品入评2022年度中国网络文学影响力海外传播榜。

3."网文出海"年度重要事件

据统计,2023年度全国范围内共举办网络文学相关活动数十次,其中有关网络文学海外传播的事件共19次,按时间顺序排列主要有:

(1)3月2日,中国互联网络信息中心(CNNIC)在京发布第51次《中国互联网络发展状况统计报告》(以下简称《报告》)。《报告》显示,截至2022年12月,我国网络文学用户规模达4.92亿人,较2021年12月减少925万人,占网民整体的46.1%。② 相关平台积极吸纳传统文化元素,并取得良好的海外影响力,网络文学越发成为传承与弘扬传统文化的重要载体。

(2)3月10日,"WSA2022颁奖典礼暨WebNovel2023作家职业化发展计划"启动仪式在中国香港举办。同日,阅文集团与《环球时报》旗下环球舆情调查中心联合发布《2022中国网文出海趣味报告》(以下简称《报告》)。《报告》显示,截至2022年底,阅文集团旗下海外门户起点国际已上线约2900部中国网络文学的翻

---

① 燃影视观察:《〈他从火光中走来〉:消防题材剧集热度不断》,https://baijiahao.baidu.com/s?id=1780731836520048419&wfr=spider&for=pc,2023年10月25日报道。
② CNNIC:《第51次〈中国互联网络发展状况统计报告〉》,http://www.100ec.cn/index.php/detail—6625554.html,2023年3月2日报道。

译作品，培养海外网络作家约 34 万名，推出海外原创作品约 50 万部，吸引了约 1.7 亿访问用户，4 年增长 8.5 倍，成为提升中国文化竞争力的强劲力量。其中 Z 世代读者占比超过 75%，展现出中国网络文学在海外年轻人群体中的巨大吸引力。①

（3）3 月 25 日，《科幻世界》联合四川大学中国科幻研究院共同发布《中国科幻网络文学白皮书（2022）》（以下简称《白皮书》）。在输出海外方面，《白皮书》指出，一批经典的国产科幻网络文学亮相国际平台、传播中国故事，成为中国文化出海浪潮中的"弄潮儿"。② 以《地球纪元》《第一序列》为代表的一批中国科幻网络文学作品首次被收录至大英图书馆的中文馆藏书目，《超级神基因》《超神机械师》等科幻网络文学也先后入选由中国作家协会主办的 2021、2020 年度中国网络文学影响力榜"海外传播榜"，凭借上乘的创作质量与鲜明的审美个性在北美、东南亚等地区"圈粉"无数。

（4）4 月 7 日至 8 日，2023 年全国网络文学工作会议在上海举行，并发布《2022 中国网络文学蓝皮书》（以下简称《蓝皮书》）。《蓝皮书》显示，中国网络文学海外市场规模突破 30 亿元，累计向海外输出网文作品 16000 余部，海外用户超过 1.5 亿人，覆盖两百多个国家和地区。③ 2023 年的《蓝皮书》增加了"新时代十年网络文学发展的基本成就和基本经验"部分，将新时代十年网络文学发展的基本成就概括为五个方面。其中数据显示，全国近百家重点网络文学网站拥有上百万活跃作者，累计创作作品上千万部，在现实、幻想、历史、科幻等主要类别之下，作品细分类型超过 200 种。

（5）4 月 10 日，中国社会科学院在北京发布《2022 中国网络文学发展研究报告》（以下简称《报告》）。《报告》以网络文学内容创作和改编市场现状为蓝本，从时代定位、行业趋势、IP 产业、版权保护、网文出海等层面，完整呈现了我国网络文学行业的发展现状和各项趋势。数据显示，在内容精品化趋势的持续推动下，2022 年网络文学的主流化程度也得到显著提升——144 部网文作品被中国国家图书馆永久典藏，10 部网文作品的数字版本入藏中国国家版本馆，16 部中国网文作品被大英图书馆收录，中国网文出海遍及全球 200 多个国家和地区，海外网文访问用户规模达到 9.01 亿人，网络文学也因此成为讲好中国故事，展现可信、可爱、可敬的中国形象的有力载体。④

---

① 读创：《全球 1.7 亿用户追更、培养超 30 万名海外网络作家！〈2022 中国网文出海趣味报告〉发布》，https：//baijiahao.baidu.com/s？id=1760064599578836219&wfr=spider&for=pc，2023 年 3 月 11 日报道。
② 澎湃新闻：《2022 中国科幻网络文学白皮书发布，科幻网文增长迅速》，https：//www.thepaper.cn/newsDetail_forward_22453402，2023 年 3 月 26 日报道。
③ 文学报：《从文本出海到文化出海，中国网文海外用户超 1.5 亿》，http：//www.chinawriter.com.cn/n1/2023/0415/c404027-32665155.html，2023 年 4 月 15 日报道。
④ 中国社会科学网：《2022 中国网络文学发展研究报告》，https：//www.cssn.cn/wx/wx_xlzx/202304/t20230411_5619321.shtml，2023 年 4 月 11 日报道。

(6) 4月21日，上海图书馆、《中国新闻出版广电报》、阅文集团共同发布《Z世代数字阅读报告》（以下简称《报告》）。《报告》指出①，网文"出海"已经覆盖全球200余个国家和地区，其中Z世代用户占75.3%，美国读者最多，巴基斯坦读者增速最快；起点国际发起的WSA全球征文大赛，历届获奖作品获奖IP中已有约40%进行IP开发，"中国"相关词在海外评论区热议超15万次。

(7) 4月24日，由中宣部出版局指导，中国音像与数字出版协会、浙江省委宣传部、杭州市委宣传部主办的第九届数字阅读年会在杭州闭幕。大会以"数创未来·智享阅读"为主题，围绕阅读产业热点话题开展交流，并发布《2022年度中国数字阅读报告》（以下简称《报告》）。《报告》指出，2022年，我国数字阅读出海作品总量快速增长，高达61.81万部（种），相比2021年增长超过50%，数字阅读作品已成为新时代展现中国形象、提升中华文化影响力的一种新的符号和表现形式，成为提升中华文化海外传播力的重要力量。②北美、日韩以及东南亚地区是"出海"作品投放量最大区域，"走出去"战略进一步深化。

(8) 5月27日，中国作家协会在"2023中国国际网络文学周"期间发布了《中国网络文学在亚洲地区传播发展报告》（以下简称《报告》），总结了网络文学国际传播发展情况，突出展示网络文学在亚洲各地传播现状、发展特点、传播路径等。《报告》指出，中国网络文学已向海外输出网文作品1.6万余部，海外用户超1.5亿人，主要覆盖北美和亚洲地区，亚洲地区市场约占全球60%，其中东南亚传播效果最好，约占海外传播的40%。从传播态势看，主要以实体书出版、翻译在线传播、IP转化传播、建立本土生态、投资海外市场5种方式进行传播。从读者和作者构成看，亚洲地区海外读者年龄多在35岁以下，95后群体是阅读主力军，占比超过一半。本科学历读者约占60%，女性读者约占60%。印度尼西亚、菲律宾、马来西亚、印度等东南亚、南亚国家读者占比80%以上。③

(9) 5月27日至29日，由中国作家协会、浙江省人民政府、杭州市人民政府共同主办的"2023中国国际网络文学周"在杭州举行。文学周以"多彩亚洲 精彩世界"为主题，旨在提升网络文学国际传播能力，向世界更好讲述中国故事，更好展现可信、可爱、可敬的中国形象，包括网络文学国际传播论坛、中华文化走出去座谈会、网络文学产业博览会、网络文学国际传播工作协调推进会、作家采访采风活动在内的多场网络文学主题活动在杭州举行。①在网络文学国际传播论坛上，中国

---

① 凤凰网科技：《中国数字阅读成年人比例达76.9% Z世代年均读书超11本》，https：//tech.ifeng.com/c/8PAUA8w6HFB，2023年4月21日报道。

② 上观新闻：《〈2022年度中国数字阅读报告〉：用户达5.3亿，同比增长4.75%》，https：//export.shobserver.com/baijiahao/html/606085.html，2023年4月24日报道。

③ 中国作家网：《海外市场订阅用户超1.5亿，中国网络文学"圈粉"世界》，http：//www.chinawriter.com.cn/n1/2023/0528/c403993-40000572.html，2023年5月28日报道。

作协领导和业内知名作家、专家将围绕网络文学国际传播探索进行主题演讲、发言，畅谈网络文学发展过程中面临的挑战和机遇，寻找网络文学国际传播的新方法、新途径。

（10）6月30日至7月2日，网络文学中心在京举办首期网络文学国际传播培训班，来自全国各地、活跃在创作一线的40位网络作家参加培训。培训班进行了有针对性的课程设置，邀请了网络文学和国际传播领域的专家进行授课，还围绕"精品创作""网文出海"等话题进行了深入交流。

（11）7月，《中国网络文学年鉴（2022）》出版。《中国网络文学年鉴（2022）》记录了2022年我国网络文学的发展情况，是我国研究网络文学最为详细、完备的工具书，具有较高的收藏和参考价值。本书共10章，书中详细地收录了2022年网络文学有关研讨会议、社团活动以及大小事件，并对网络文学相关内容进行了系统的辨析和梳理。其中，第十章以"中国网络文学海外传播"为主题，对网络文学海外传播的概况、主要业绩、意义与局限做了系统阐述，详细梳理了网络文学海外传播历程，并对中国网络文学海外传播的核心企业、重要门户网站及其代表性作品进行了介绍。

（12）7月11日，第二届"天马文学奖"颁奖典礼在上海市虹口区拉开序幕。"天马文学奖"在中国作家协会网络文学中心指导和上海市新闻出版局支持下，由上海市作家协会、中共上海市虹口区委宣传部共同主办，自2018年10月启动，每三年一届，力图通过评选遴选出优质作品，反映当前网络文学水平，推动网络文学走出去和网络文学理论评论繁荣，更好地讲述中国故事。② 经过推荐、初评、终评三个阶段，最终评选出以下5部获奖作品：骁骑校的《长乐里：盛世如我愿》、爱潜水的乌贼的《诡秘之主》、志鸟村的《大医凌然》、匪迦的《北斗星辰》、黑山老鬼的《从红月开始》。

（13）8月28日，中国互联网络信息中心（CNNIC）在京发布第52次《中国互联网络发展状况统计报告》（以下简称《报告》）。《报告》指出，截至2023年6月，我国网络文学用户规模达5.28亿人，较2022年12月增长3592万人，占网民整体的49.0%。

（14）当地时间10月7日，由中国作家协会、中国驻波兰大使馆文化处主办，中国图书进出口（集团）有限公司、中国教育图书进出口有限公司承办的"中国文学读者俱乐部"——中国网络文学分享会——在波兰成功举办。

（15）10月12日，"网抒新时代、文创新高峰——中国网络文学影响力榜（2022年度）发布典礼"在广州举行，中国作协网络文学中心推出网络小说榜、IP影响

---

② 澎湃新闻：《"网文界的茅奖"！第二届"天马文学奖"颁出》，https://baijiahao.baidu.com/s?id=1771119660569875539&wfr=spider&for=pc，2023年7月11日报道。

榜、海外传播榜、新人榜4个榜单。数据显示，2022年中国网络文学新增作品300多万部，重点网络文学网站新增作者260多万人，主要网络文学平台营收规模超230亿元，中国网络文学海外用户超1.5亿人，网络文学出海市场规模超30亿元，年度播放量前十的国产剧中，7部为网络文学改编。①

（16）10月上旬，由中国作家协会外联部指导、中国驻英国大使馆文化处、中国文学英国读者俱乐部支持，大英图书馆、中国教育图书进出口有限公司、英国康河出版社承办的"中国网络文学作家走进英国"活动在英国伦敦举行。中国网络文学作家横扫天涯（本名：杨汉亮）走进大英图书馆和剑桥大学，向英国文化界人士介绍了中国网络文学发展情况。

（17）12月5日，由上海市新闻出版局指导，上海市出版协会、阅文集团主办的第二届上海国际网络文学周正式开幕。同日，由中国音像与数字出版协会支持的《2023中国网络文学出海趋势报告》（以下简称《报告》）在上海发布。《报告》以国内知名数字阅读及文学IP培育平台阅文集团和行业调查材料为主要分析蓝本，总结了当下网文出海已呈现出的四大趋势：一是AI翻译，加速网文"一键出海"；二是全球共创，海外网文规模化发展；三是社交共读，好故事引领文化交流；四是产业融合，打造全球性IP生态②。

（18）12月5日至12月6日，第三届海南自由贸易港网络文学论坛在陵水成功举办。论坛学习贯彻习近平文化思想，聚焦"网络文学对东南亚地区的传播"，探讨网文"破圈"和"出海"新路径，推动网络文学更好担负起新的文化使命，以高质量发展和更有效的海外传播，不断提升中华文化世界影响力。

（19）12月14日至12月16日，由中国作家协会主办的"2023中国网络文学论坛"在河北石家庄举行，来自全国各地的网络文学作家、专家、平台负责人、文化产业代表等上百人共议网络文学如何高质量发展，更好扬帆出海。论坛开幕式上发布了"网络文学国际传播项目"，生动展示了网络文学国际传播项目成果。

4. "网文出海"相关理论研究成果

（1）报刊文章

[1] 孟妮：《中国网文走红法兰克福书展》，《国际商报》，2023年10月27日。

[2] 朱小妮，夏国强：《以全人类共同价值为纽带的海外阅读推广创新》，《沈阳工业大学学报（社会科学版）》，2023年第16期。

[3] 孙金琛：《网络文学传播中的"神话位移"——以"克苏鲁神话"的中国

---

① 南方日报：《中国网络文学影响力榜在穗揭晓》，https://baijiahao.baidu.com/s?id=1779604154790611120&wfr=spider&for=pc，2023年10月12日报道。

② 上游新闻：《〈2023中国网络文学出海趋势报告〉发布：海外00后作家崛起，占比已超四成》，https://baijiahao.baidu.com/s?id=1784448576802181707&wfr=spider&for=pc，2023年12月5日发布。

化呈现为例》,《阅江学刊》,2023年第5期。

[4] 李青,李正实:《域外视角:中国网络文学的现状、译介及对外传播——以韩国为例》,《文学艺术周刊》,2023年第14期。

[5] 舒晋瑜:《北京国际图书博览会首次设置网络出版馆,展示跨文化交流成果》,《中华读书报》,2023年6月28日。

[6] 吴正丹:《中国网络文学走红海外》,《人民日报海外版》,2023年6月28日。

[7] 黄睿红:《古典文化视角下网络文学的海外传播研究》,《今古文创》,2023年第25期。

[8] 杨雪:《通过网络文学讲好中国故事》,《人民政协报》,2023年6月17日。

[9] 洪长晖,徐雯琴:《网络文学"出海"的演进脉络、现实图景与突围策略》,《出版与印刷》,2023年第3期。

[10] 邓媛:《网络文学成为中国文化海外传播名片》,《深圳特区报》,2023年6月9日。

[11] 李琛:《受众视角下中国网络文学出海探析》,《文化学刊》,2023年第5期。

[12] 张滨芳:《中国网络文学"成功出海"原因探析》,《声屏世界》,2023年第10期。

[13] 孟妮:《网络文学成推动文化自信重要力量》,《国际商报》,2023年5月11日。

[14] 甘丽:《跨文化视域下广西网络文学中的广西形象研究》,《名作欣赏》,2023年第12期。

[15] 敖然,李弘,冯思然:《我国网络文学出海现状、困境、对策》,《科技与出版》,2023年第4期。

[16] 谭雅文:《翻译传播学视域下"网文出海"文化现象研究》,《中国传媒科技》,2023年第4期。

[17] 李婧璇,张君成,商小舟:《中国网络文学:迈向高质量发展新征程》,《中国新闻出版广电报》,2023年4月3日。

[18] 李婧璇:《中国音像与数字出版协会第一副理事长张毅君:网络文学形成良序发展生态》,《中国新闻出版广电报》,2023年4月3日。

[19] 赵依雪:《中国网络文学市场规模十年间增长十倍》,《国际出版周报》,2023年4月3日。

[20] 施芳,陈圆圆:《网络文学,向广阔处生长》,《人民日报》,2023年3月31日。

[21] 徐刘刘，李予澈：《1.7亿用户，中国网文海外影响力大增》，《环球时报》，2023年3月27日。

[22] 路艳霞：《网络文学十年：优秀作品书写时代巨变 崭新气象彰显创造活力》，《北京日报》，2023年3月24日。

[23] 张鹏禹：《中国网文的"摆渡船"，海外作者的"孵化器"》，《人民日报海外版》，2023年3月23日。

[24] 张熠：《网络文学出海，9部翻译作品阅读量破亿》，《解放日报》，2023年3月23日。

[25] 许旸：《网文出海圈粉，让世界共享中国好故事》，《文汇报》，2023年3月15日。

[26] 陈洁：《文化强国建设背景下的数字出版走出去进路》，《编辑学刊》，2023年第2期。

[27] 张富丽：《从作品出海到生态出海：中国网络文学国际传播现状》，《扬子江文学评论》，2023年第2期。

[28] 薛詠贤，杨勇：《国际化的中国网络文学全版权开发研究》，《出版广角》，2023年第4期。

[29] 胡疆锋，刘佳：《2022网络文艺：凿开通路，点亮星空》，《中国文艺评论》，2023年第2期。

[30] 杨舒雅，肖文，李娜等：《大数据时代网络文学的研究趋势与现状——基于文献计量和CiteSpace的可视化分析》，《科技传播》，2023年第3期。

[31] 王一鸣：《中国故事国际传播视野下网络文学的本体结构与特性》，《编辑之友》，2023年第2期。

[32] 赵艺文：《2022在线文娱市场：用老方法谋新发展，行业整体稳中有进》，《国际品牌观察（媒介）》，2023年第1期。

[33] 李梦珠：《中国网络文学的海外读者接受研究——以〈一念永恒〉英译本为例》，《牡丹江教育学院学报》，2023年第1期。

[34] 赵礼寿，马丽娜：《粉丝营销视角下网络文学海外传播策略研究——以〈诡秘之主〉为例》，《吉林师范大学学报（人文社会科学版）》，2023年第1期。

[35] 叶欣欣，袁曦临，黄思慧：《基于用户画像的海外网络文学读者阅读行为研究——以Webnovel为例》，《图书馆杂志》，2023年第1期。

[36] 郭玮，徐臻：《网络文娱"走出去"的特点及对国际传播的启示》，《中国广播电视学刊》，2023年第1期。

[37] 邹梦阳，张丽：《网文出海视域下国际出版人才培养路径探析》，《今传媒》，2023年第11期。

[38] 陆朦朦，夏成琴，周雨荷：《全球本土化：中文在线出海模式的路径选择

与实践策略》，《出版与印刷》，2023年第6期。

[39] 安丽娅：《我国网络文学阅读黏性与用户参与关系的探索》，《今传媒》，2023，31（12）。

[40] 陈圆圆：《网络文学，开拓"出海"新航道》，《人民日报》，2023年12月5日。

[41] 舒晋瑜：《把握网文价值，书写现实大地，加快网络文学主流化进程》，《中华读书报》，2023年11月29日。

[42] 万立良．媒介·故事·资本：《网络文学海外传播的角色担当与价值逻辑》，《青年记者》，2023年第22期。

[43] 陆秀英，张玉琪：《国家文化形象视角下网络文学作品文化意象翻译策略——以〈三生三世十里桃花〉英译为例》，《湖北第二师范学院学报》，2023，40（11）。

[44] 王婉波：《论中国网络文学中华优秀传统文化的"两创"面向及实践路径》，《文学评论》，2023年第6期。

[45] 毛芹，刘益：《中国网络文学平台出海研究——以起点国际为例》，《出版参考》，2023年第11期。

（2）学位论文

[1] 赖婧怡：《基于交互逻辑的网文 App 设计研究》，硕士论文，南昌大学，2023年。

[2] 苗旭：《"Z世代"背景下中文在线公司盈利模式研究》，硕士论文，哈尔滨师范大学，2023年。

[3] 李俞男：《网络文学海外传播影响因素探析》，硕士论文，湖北大学，2023年。

[4] 戴洪虹：《中国网络文学在欧美国家的译介和文化传播》，硕士论文，西南科技大学，2022年。

三、网络文学海外传播的贡献与局限

近年来，中国网络文学始终保持锐意前行的姿态，步履坚实地踏上扬帆出海之路，并不断跑出"加速度"，拼出"新高度"。依托全球传媒互联互通新生态，中国网络文学凭借独具民族特色的文艺面貌，在世界文学的百花园中彰显了中华文化的强大力量，成为中华文化走出去的亮丽名片。植根于中华文化沃土的中国网络文学已成为中华文化海外输出、中华文化立场海外传扬的重要载体。在讲好中国故事、传递中国声音的同时，网络文学也在源源不断地创造与世界同频共振的文学内容，构建多彩多元的世界文化。此外，网络文学还建立起了以网络文学IP为核心的文化产业链，为中国文化产业持续做大做强注入了新动能。然而，中国网络文学出海之路并非一帆风顺,在全球文化内卷压力的冲击下,中国网络文学在精品优质内容产出、文化壁垒破除、专业制度体系建设和多模态转化等各个方面还存在着不少问题。网络文学的海外传播还需要社会各界协同深耕,共同解决发展中的问题。只有这样,中国网络文学的出海之路才会越走越稳、越走越远。

1. 网络文学海外传播的贡献

(1) 传扬中华文化立场,讲好中国故事,传递中国声音

中华优秀传统文化是中国网络文学的根脉,中华优秀传统文化赋予中国网络文学区别于其他文学独特的文学气质。中国互联网络信息中心发布的第51次《中国互联网络发展状况统计报告》显示,"网络文学愈发成为传承与弘扬传统文化的重要载体。传统文化成为网络文学的重要题材,为网络文学注入传统意趣,同时网络文学助力传统文化焕发新生"[1]。网络文学和中华优秀传统文化双向奔赴,为海外读者带来了一场别具一格的文化盛宴。在网文内容元素方面,不少海外网络作家开始在小说中融入中国元素,使用"武功""道法"等概念,或者"熊猫""高铁"等元素。"起点国际"上国外读者讨论最多的中国话题,前五名分别是"道""美食""武侠""茶艺""熊猫"[2]。海外作家对中华元素的广泛运用是网络文学成功传播中华文化的最佳例证,网络文学带动了中国元素、中华文化的海外流行。在网文题材选择方面,中国功夫、文学、书法、美食、中医等成为最受欢迎的题材,体现中国传统文化尊师重道的《天道图书馆》、源于东方神话故事传说的《巫神纪》、弘扬中华传统美食的《异世界的美食家》等出海作品广受好评。[3] 在海外本土作家培养方面,越来越多的海外原创作家受到中国优秀网文作品的影响开始投入网文写作,海外网络作家深受中国网文类型创作的影响。《2022中国网文出海趣味报告》显示,自2018年起点国际推出海外原创功能以来,海外网络作家数量增速迅猛,4年复合增长率超130%。伴随着海外网文作家的快速成长,海外网络文学呈现出百花齐放的原创生态,已形成15个大类100多个小类,都市、西方奇幻、东方奇幻、游戏竞技、科幻成为前五大题材类型[4]。不仅如此,携带传统文化基因的网络文学作品还被改编成影视剧和动漫,网络文学以更为通俗易懂、生动可感的叙事形态在海外传播,进一步扩大了中华文化的传播范围和力度。网络文学还是向世界讲述中国故事不可或缺的传声筒。随着网络文学中现实题材和科幻题材创作持续走热,乡村振兴、

---

[1] 中国互联网络信息中心(CNNIC):第51次《中国互联网络发展状况统计报告》,2023年3月2日,https://finance.sina.cn/tech/2023-03-24/detail-imymycye2957561.d.html,2023年9月20日查询。

[2] 中国作协网络文学中心:《2022中国网络文学蓝皮书》,2023年4月7日,https://www.chinawriter.com.cn/n1/2023/0412/c404027-32662169.html,2023年9月20日查询。

[3] 中国作协网络文学中心:《2022中国网络文学蓝皮书》,2023年4月7日,https://www.chinawriter.com.cn/n1/2023/0412/c404027-32662169.html,2023年9月20日查询。

[4] 阅文集团与《环球时报》旗下环球舆情调查中心:《2022中国网文出海趣味报告》,2023年3月10日,https://www.sohu.com/a/652615008_121124744,2023年9月20日查询。

中国制造、科教兴国、优秀传统文化等成为网络文学讲好中国故事的重要内容。大量优秀网络文学作品正在发挥着弘扬中国精神、展示中国社会变迁的载体作用。截至目前，网络文学海外访问用户规模突破9亿人，16部中国网文被大英图书馆收录。① 琳琅满目的精品佳作和便捷的传播形式不仅推动了网络文学海外传播，也向世界展示着可信、可爱、可敬的中国形象，不断提升了中国文化的世界传播力与影响力。

（2）构筑中外沟通桥梁，共建多彩多元世界文化

中华文明突出的包容性从根本上决定了中华民族交往交流交融的历史取向，决定了中华文化对世界文明兼收并蓄的开放胸怀。网络文学作为中华文化的组成部分，也具备开放包容的中华品格。同时，网络文学的网络属性赋予人们自由联通的权利，来自世界不同地区的人们都能通过网络进行文学创作，凭借 UGC 的生产模式，用户自主创作、生成网文内容，并在网络平台上进行传播。创作和阅读故事始终是全人类共同的精神文化追求，互联网"人人可创作"的模式使每个人都有实现创作梦想的可能，同时移动互联网能让用户创作的网络文学作品第一时间触达全球读者。全球网络文学爱好者都可以超越时空界限进行网络文学创作、发表、阅读和评论等活动。中国作协网络文学中心主任何弘曾撰文指出："网络文学具有共享、即时、互动的特征，是适合国际传播的文化形式之一。"② 用户既是创作者，更是读者。更具民主精神与兼容并包精神的网络文学使得作者与读者间的心灵沟通与生命对话更加深入。2022年，中国网络文学作品通过出版授权、连载翻译等形式触达海外用户，覆盖200多个国家和地区。仅阅文集团就已向海外多国授权800多部网络文学作品，部分海外作品阅读人次达1.2亿，培育超30万名海外原创作家。③ 中国网络文学之所以能够在世界产生"应和之声"，归根结底是中国网络文学题材多样的故事能与世界各国读者产生同频共振，中国网络文学正源源不断地创造与世界"同步"的文学内容。与此同时，内容活泼年轻、语言通俗幽默的网络文学作品契合新生Z世代青年群体的喜好。新时代青年的审美旨趣在世界范围内相互勾连，凝聚成具有同一性的文化方向。《2022中国网络文学发展研究报告》数据显示，网络文学的书写群体主力是当代青年，各大网络文学平台新增作者多为Z世代，头部作者行列中，90后作者占比超过80%。④ 更为重要的是，当今的世界是一个开放的世界，国家与国

---

① 中国社会科学院文学研究：《2022 中国网络文学发展研究报告》，2023 年 4 月 10 日，https：//baijiahao. baidu. com/s？id=1762846222775582128&wfr=spider&for=pc，2023 年 9 月 20 日查询。

② 刘小源：《网文漂洋过海，成中国故事新讲法》，2023 年 8 月 3 日，http：//www. chinawriter. com. cn/n1/2023/0803/c404027-40049841. html，2023 年 9 月 20 日查询。

③ 中国作协网络文学中心：《2022 中国网络文学蓝皮书》，2023 年 4 月 7 日，https：//www. chinawriter. com. cn/n1/2023/0412/c404027-32662169. html，2023 年 9 月 22 日查询。

④ 中国社会科学院文学研究：《2022 中国网络文学发展研究报告》，2023 年 4 月 10 日，https：//baijiahao. baidu. com/s？id=1762846222775582128&wfr=spider&for=pc，2023 年 9 月 22 日查询。

家、民族与民族之间的联系比任何时候都显得密切。种族矛盾、地缘冲突、贸易壁垒和生态环境等问题冲突不断，全球问题的解决呼吁更加多元深入的文化交流。作为中外沟通的桥梁，中国网络文学能够为中国参与解决世界问题提供文化交流的平台，这样，各国文化在交流中求同存异，有利于在文化交流中共建人类命运共同体。

（3）多模态传播，突破文化圈层，推动文化产业发展

中国网络文学的海外传播由最初为纯文本翻译的单一传播，发展为由作品衍生出漫画、影视剧等多模态资源的海外传播。从单模态叙事转向多模态协同叙事，从数字阅读延伸至多模态联动态势，网络文学不断升级的传播模式将广泛的海外读者导流至作品，扩大了网络文学的海外传播面。视听消费的流行为网络文学产业的发展提供了可能，跨媒介的叙事方式又丰富了网络文学的表达方式。网络文学以视听方向的价值开发为主要路径，在高价值精品内容输出供给方面展现了强大的造血能力。第三方数据机构易观数据统计，2022 年，包括出版、游戏、影视、动漫、音乐、音频等细分赛道在内的中国网络文学的 IP 全版权运营市场，整体规模超过 2520 亿元。预计到 2025 年，网络文学 IP 改编市场价值总量将突破 3000 亿元。① 网络文学 IP 不仅在本土受到热烈欢迎，而且还跨越国界传播，俘获了海外受众的芳心，中国网络文学早已成为中国文化国际传播的先行之舟。

现代文化产业体系和文化市场体系是社会主义市场经济的重要组成部分，在促进国民经济发展、满足人民文化需求等方面发挥着重要作用。当前，文化产业已成为中国国民经济的重要支柱产业，其重要性日益凸显。中国网络文学既具备文学属性，又有着一套制度完善的商业运作模式，具备产业属性。越来越多的中国网络文学作品文化潜能被盘活，实现了成果转化，推动了文化产业持续做大做强。例如，《天盛长歌》被海外流媒体播放平台 Netflflix 以最高规格预购，作品被翻译成数种语言供海外观众观看。《扶摇》在 YouTube 平台上 48 小时内点击量超 100 万次，是该平台最快突破百万点击量的华语剧集。《致我们单纯的小美好》在菲律宾 ABS-CBN 电视台播出，时收视率为同时段第一。《开端》未上映视频平台之前便被韩国 AsiaN 电视台买下版权，实现了网络文学 IP 改编剧的未播先购，播出后更是迅速上线 Netflflix，引发海外观众追更。《赘婿》《斗罗大陆》《锦心似玉》《雪中悍刀行》等剧集，先后登录 YouTube、viki 等欧美主流视频网站，在全球上百个国家和地区产生影响，《许你万丈光芒好》在越南的改编剧集掀起热潮，《赘婿》影视翻拍权出售至韩国流媒体平台。

---

① 中国社会科学院文学研究：《2022 中国网络文学发展研究报告》，2023 年 4 月 10 日，https：//baijiahao.baidu.com/s？id=1762846222775582128&wfr=spider&for=pc，2023 年 9 月 22 日查询。

2. 网络文学海外传播的不足

(1) "量大而质不优"的品相困境

网络文学发展20余年，规模与体量日渐庞大，网络文学作品数量与网文写手数量仍在稳步增长。根据中国作家协会发布的《2022中国网络文学蓝皮书》数据，2022年我国新增网络文学作品300余万部。全国重点网络文学网站新增注册作者260余万人，同比增长13%，年度新增签约作者17万人，同比增长12%。① 近几年，国内外掀起了网文IP改编热潮，为网文作者、网文平台乃至整个国家的发展带来了巨大的经济效益与文化效益，网络文学迅速破圈，越来越多的人自愿加入网文创作大军。然而，尽管网络文学在数量上取得了较好的成绩，质量却没有跟上脚步。"量大而质不优"的问题一直影响着网络文学的长远发展。网络文学"三俗"问题、同质化现象、翻译质量问题、版权保护问题仍旧存在。从创作者角度来看，由于网络文学作家的"自发性""草根性"，不同地域、不同民族、不同国家与不同年龄阶段的人通过互联网都能进行网文创作。尤其是随着Z世代的崛起，越来越多的95后、00后已成为网络文学作品的创作主力，网文作家群体呈现出年轻化与多元化的趋势。新生代作家有许多是涉世未深的在校学生，网文写作大多为年青一代的"副业"。2022年，阅文集团新增注册作家中00后占比达60%，年度作家指数TOP500的新面孔中，00后占比提升10%。番茄小说发布的《2022年原创年度报告》显示，90后在2022年入驻该平台的原创作者中占比高达65%。"2022七猫原创盘点"也表明，七猫平台49%为新生代作家。② Z世代作家与生俱来的数字化生存体验为网络文学注入灵活、敏锐、前沿的新鲜血液和勇往直前的锐气，同时也由于年龄、文化程度因素使得自身写作能力并未达到老一代资深作家水平。新生代作家的网文作品往往展现出作品思想不成熟、作品娱乐化严重等特点，这也容易造成网络文学作品"量大而质不优"的现象。此外，网络文学的付费阅读机制也让不少网络作家钻了空子。有的网络作家通过"注水"方式写作几百万甚至上千万字的作品，其作品往往存在情节松散、语言粗糙、立意低下等问题。伟大时代需要伟大文艺，网络文学精品化亟待落实。党的十八大以来，经过正确引导，网络文学良莠不齐、泥沙俱下的野蛮生长状态开始得到改变。在新时代，网络文学质量水平也应开启新征程，各方进一步努力推进网络文学精品化，实现高质量发展，这样才能确保网文出海的健康发展。

(2) 不同文化圈发展不平衡

虽然中国网络文学"走出去"进程不断加快，但"走进去"的目标并未完全实

---

① 中国作协网络文学中心：《2022中国网络文学蓝皮书》，2023年4月7日，https://www.chinawriter.com.cn/n1/2023/0412/c404027-32662169.html，2023年10月1日查询。

② 中国社会科学院文学研究：《2022中国网络文学发展研究报告》，2023年4月10日，https://baijiahao.baidu.com/s?id=1762846222775582128&wfr=spider&for=pc，2023年10月1日查询。

现。早期网络文学实体出版借道港台，最先在东南亚以及东北亚地区传播，逐渐覆盖包括印度、土耳其在内的亚洲大部分地区。现如今，随着全球化进程的不断加快，中国"网文出海"传播范围已涵括亚、非、美、澳、欧五大洲。中国网络文学承载着中华传统文化，其风格特色、内容主旨等与中国文化紧密勾连，网络文学也与现阶段波澜壮阔的社会主义新征程密切相关。因此，以中华文化为根基、极具中国特色的网络文学作品，由于各国政治体制、经济制度和文化传统的差异，中国网络文学世界传播也呈现出区域性、差异化特点。中国作家协会网络文学中心发布的《2022年中国网络文学亚洲传播报告》显示，2022年中国网络文学在亚洲海外市场规模达16亿元，高于北美、欧洲等地区，约占全球市场的55%。其中东南亚约38%、其他亚洲地区约17%。① 总的来看，亚洲是中国网络文学传播最广泛的地区，网络文学在亚洲文化版图中占有十分重要的位置。而在欧美地区发展则较为落后。从地缘关系上看，由于欧美地区距离中国较远，欧美读者很难对中国网络文学的作品风格、内容、主题、价值等产生充分共鸣，导致吸引力降低。从网络文学自身发展情况来看，有许多网文作品存在同质化、空心化等问题，难以满足不断细化的全球市场需求。事实上，文化壁垒并非坚不可破。无论身处何地，读者欣赏的都是故事，共鸣的都是情感。实现中国网络文学全球市场的拓荒，应对文化壁垒，采取求同存异的在地化策略是中国网络文学在海外能够长远发展的必然之举。一方面，网络文学的海外传播应针对不同的海外市场，对用户群体进行画像分析，充分了解当地的文化氛围、价值观、信仰、风俗、禁忌等，最终制定内容输出方案来适应不同文化背景下的读者需求；另一方面，网文平台应充分调动海外用户的积极性，鼓励海外用户自发创造喜爱的网络文学作品。海外网文平台可以采取UGC运营模式，打造众创平台，辅之以创作激励机制。同时，平台还可以创建兴趣社群，用户可以在社群中交流讨论。网络文学的海外传播应通过一系列在地化策略来实现在地身份与他者认同的互动弥合，从而建构起基于文化认同之上的中华文化价值观的涵化进程。

（3）出海制度、出海队伍不够健全

中国网络文学在高速发展的同时，网络文学海外传播缺乏专业队伍监管与健全的制度保障，这就导致网文出海出现诸如抄袭、盗版、监管不力等乱象。这些乱象的产生是多方面因素造成的。首先，有的网文出海企业"专注自家"，缺少合作意识，尚未形成出海合力来共同应对发展中的问题。其次，受文化差异等因素的影响，出海作品翻译质量不高，缺乏专业的翻译团队，人工翻译成本高、效率低，而机翻质量又难以保证。再次，生成式人工智能给网络文学行业带来诸多新的变化，但也带来更高监管的新需求。生成式人工智能技术研发商在训练模型时可能采用未获得

---

① 中国作协网络文学中心：《2022年中国网络文学亚洲传播报告》，2023年5月27日，http：//www.chinawriter.com.cn/n1/2023/1008/c404023-40090691.html，2023年10月10日查询。

授权的网络文学作品，从而导致版权纠纷。海外版权纠纷取证困难，维权不易，这又给网络文学等内容版权相关治理体系提出新的要求。最后，网络文学海外跨境结算手续费高、结算周期慢、手续烦琐，在线支付渠道不够健全。因此，中国网络文学的出海之路依旧任重道远，在出海制度、出海队伍建设方面还需要深耕。随着国际国内形势的风云变幻，未来中国网络文学还将面临更多挑战。网文出海的链条绵密，出海环节将朝着精细化发展，现如今，已经形成了较为成熟的商业链条，后续的发展中，产业链的结构连接还会更加紧密，运行效率也将不断得到提升。网文内容供应商、人工翻译服务平台、内容支付平台等多平台之间的配合将更加紧密。加强中国网络文学出海队伍建设、完善网文出海版权保护等相关制度势在必行。一方面，国家相关部门应提供政策支持，提高盗版打击和惩罚力度，提高盗版侵权行为的违法犯罪成本，并与国外相关政府部门加强合作，支持中国网络文学企业跨境维权；另一方面，网络文学出海企业应形成合力，组建出海专业团队，持续发展防盗、翻译等技术，为网络文学海外传播的可持续健康发展提供专业支持。

（4）翻译质量不高，海外读者接受存在困难

网络文学是"传播中华文化、讲好中国故事"的重要途径之一，越来越多的海外读者成为"中华文化"的忠实粉丝。然而，在网络文学海外传播过程中，"语言问题"始终是中国网络文学扩大出海传播面必须克服的重要关卡，翻译质量的好坏决定了海外读者阅读体验。起初，中国网文作品主要依靠人工翻译，耗时耗力且效率低下。后来，翻译机制主要是以机器翻译为主，人工翻译为辅。机器翻译具有速度快、成本低的优势，但内容还原度较差，错翻和漏翻现象严重，导致阅读体验不佳。相比之下，虽然人工翻译精准度高，但效率较慢、成本较高，无法满足网络文学日更的阅读习惯。网文翻译质量差容易造成海外读者的文化误解，更难以建构与海外读者的文化认同。对中国网络文学作品的误读不仅无益于外国读者了解中国，还会加深其对中国现实的曲解。随着高新科技的发展，特别是 ChatGPT 等 AIGC 技术的出现，网络文学翻译又有了新的工具。AI 翻译极大降低了网络文学作品的翻译成本，准确度可达 95%。AI 绘图技术大大提高了网络文学转化成为漫画的效率，缩短了网络文学的转化周期。2023 年，起点国际抓住 AIGC 所带来的历史机遇，发布了网络文学行业首个大语言模型"阅文妙笔"和应用产品"作家助手妙笔版"，为作家提供创作辅助、数据运营等网文创作服务。随着 AI 技术的成熟，机译逐渐取代人工翻译，翻译速度虽然得到提升，但仍无法准确翻译中国古诗词、特殊名词等内容，难以准确传达文字意境。与此同时，我国专门从事网络文学翻译的人才十分匮乏。AI 翻译的普遍应用，对高质量编审团队的需求增大，在翻译中存在的翻译版权问题需要重视与解决。要想解决"网文翻译"这一出海难点堵点，需要网文平台和政府部门双管齐下、协同发力。一方面，网文企业应看到以 AI 技术赋能内容生产的庞大潜力，也要不断完善译者招募体系和培训体系，组建翻译团队。网文企业还

应大力培养海外本土作家,帮助他们熟悉网络文学创作的方式方法,加强文化共创;另一方面,政府部门应强化顶层设计,将中国网络小说的海外发展提升到文化战略的高度。另外,在国家语言层面,应该建立和完善网络文学专有名词词汇库,设立专业化的标准和规范,以确保翻译质量。在资金层面,建议设立专项扶持基金,加强与海外网文企业的合作,同时给予翻译人才有力的资金扶持,进行定向培养,以更好地实现内容输出,让网络文学打造出具有世界影响力的中国文化符号。

(黄矩翔、曾一、张紫含 执笔)

附录：2023年网络文坛纪事

一月

1月1日

起点发布"青年作家扶持计划"。

七猫旗下奇妙小说网第二届征文活动正式开启，题材包括科技幻想和末世生存两类。

每天读点故事App的"新春盛宴"征文活动正式开启，包括"安全屋""邻居们的世界""微信群里的消息""双生""第一人称""一首歌曲，一个故事"在内的6个主题。

文艺批评2022年度文学作品书单发布，科幻和网络文学推荐作品如下：

2022年度文学作品书单（科幻和网络文学）

序号	作品	作者
1	《寄生之子》	群星观测
2	《我们生活在南京》	天瑞说符
3	《择日飞升》	宅猪
4	《长夜余火》	爱潜水的乌贼
5	《东厂观察笔记（观鹤笔记）》	她与灯
6	《我不是村官》	三生三笑

1月3日

豆瓣阅读迎新开启"同人小说"频道，欢迎作者发表同人小说。

1月5日

探照灯书评人发布2022年度十大中外类型小说，共有4部网络小说在列，名单如下：

"探照灯好书"2022年度十大中外类型小说（网络小说4部）

序号	作品	作者
1	《我们生活在南京》	天瑞说符
2	《长夜余火》	爱潜水的乌贼
3	《小阁老》	三戒大师
4	《新书》	七月新番

由阅文集团协办的"第二届出版融合发展国际化论坛"在京举行,中国音像与数字出版协会在论坛上发布了《2021年中国网络文学出海报告》。

1月6日

新时代文学攀登计划第二期支持项目公布,知名网络作家齐橙的现实题材网络小说《何日请长缨》入选。

由纵横中文网发起的脑洞星球第五期"过去、现在、未来"主题征文大赛开始。

纵横中文网发布了2022纵横小说原创年度报告和2022年终盘点,报告中公布了年度书单、最受欢迎男频小说榜TOP10和最受欢迎女频小说榜TOP10的作品。

男频小说榜

序号	作品	作者
1	《剑来》	烽火戏诸侯
2	《万相之王》	天蚕土豆
3	《我有一剑》	青鸾峰上
4	《斗罗大陆V重生唐三》	唐家三少
5	《太荒吞天诀》	铁马飞桥
6	《逆天邪神》	火星引力
7	《踏星》	随散飘风
8	《剑道第一仙》	萧瑾瑜
9	《都市古仙医》	超爽黑啤
10	《全军列阵》	知白

女频小说榜

序号	作品	作者
1	《不负韶华》	宝妆成
2	《渣前夫总想抢我儿砸》	不听
3	《闪婚娇妻又甜又野》	灵犀蝌蚪
4	《错枕眠》	阿葚
5	《锦医成凰》	沈天舒厉子安
6	《嫡女贵不可言》	清晓深寒
7	《重生后,影后她不当人了》	墨春花
8	《厌春宫》	救救小羊
9	《穿书后成了七个反派的恶毒后娘》	紫苏一叶
10	《重生后我母凭子贵上位了》	夜妆

1月9日

由微博 ACGN 运营中心、微博文学主办的"网文超新星计划"第三期开启。

起点中文网发起"暖冬行动"大学生主题征文大赛,两个主题为:"冬·乡""春节·年"。

1月10日

由豆瓣阅读、猫耳 FM、时代文艺出版社联合举办的"豆瓣阅读第四季'百变幻想'主题征稿"第三期短名单正式公布,张英俊的《半场弃权》、邻云的《必须在疯狂之前结案》、蛋炒熊的《此刻禁止生还》、月壹的《饿死鬼也有春天》、佑橦的《骨罪魂》、昆山的《禁制》、花筘的《梦外是他》、明石的《死亡从盛夏夜开始》、原始袋的《我的人生外挂果然有问题》、殊青的《有鬼找上门》10 部佳作在列。

七猫免费小说发布"2022 七猫原创盘点",包括"在线阅读"和"版权运营"两个部分。"在线阅读"方面,七猫中文网年度作品公布,伴虎小书童的《苍穹之盾》获得"金七猫奖"。"版权运营"方面,影视版权持续聚焦中短剧赛道,动漫、有声剧等持续发展。2022 年,七猫与纵横中文网合并,业务模式升级为免费+付费,本年度七猫累计服务用户达 5 亿人,累计服务作家 110 万人。

阅文集团公布 2022 年"十二天王"榜单。

阅文集团"十二天王"榜单(2022 年)

天王称号	作者	作品
2022 现象级破圈王	狐尾的笔	《道诡异仙》
2022 仙侠儒道流王者	出走八万里	《我用闲书成圣人》
2022 古风轻小说王者	一蝉知夏	《我家娘子,不对劲》
2022 都市先锋王者	酒剑仙人	《开局账号被盗,反手充值一百万》
2022 历史文爆款王	怪诞的表哥	《终宋》
2022 古典仙侠王者	情何以甚	《赤心巡天》
2022 玄幻反套路王者	南瞻台	《当不成赘婿就只好命格成圣》
2022 奇幻基建冒险王	阴天神隐	《高天之上》
2022 热血电竞人气王	这很科学啊	《什么叫六边形打野啊》
2022 科幻创意王	南腔北调	《俗主》
2022 玄幻武侠最强新秀	关关公子	《女侠且慢》
2022 历史文畅销新人王	头顶一只喵喵	《大秦:不装了,你爹我是秦始皇》

1月11日

2022 年度央视和卫视电视剧收视率排名公布,《雪中悍刀行》《天才基本法》《余生,请多指教》《风吹半夏》等由网文改编电视剧榜上有名。其中,改编自滕肖澜创作的同名小说的电视剧《心居》夺得卫视收视率冠军。

中国作家协会在京召开全国重点网络文学网站联席会议，研究部署2023年网络文学工作，来自50家网络文学网站负责人参加会议。

1月13日

2022咪咕内容创作者盛典隆重举行，盛典重磅揭晓了年度有声改编IP奖、年度短剧改编IP奖、年度动漫改编IP奖、咪咕文学年度优秀编剧、咪咕文学天玄宇宙年度作品、咪咕文学她力量年度作品等年度大奖，并发布了"元叙事"计划。与此同时，盛典公布了2022网文热梗和热门人设，并发布了2022咪咕文学年终总结，内容相关收入整体提升300%，稿费过万元的作者占比60%，荣获21个国家级奖项。IP定制变现、IP合伙人致富计划等打造出创作合伙人内容新范式。"厂牌+剧本+×"内容生产新范式建设全链路衍生商业生态，整体IP收入提升156%。

第七届"啄木鸟杯"中国文艺评论推优暨第三届网络文艺评论优选汇在京云发布。

番茄小说网上线"缤纷万象，文起惊鸿"精品中篇女频保底征文活动。

华为阅读与阅文集团达成合作，阅文集团旗下超过十万部网文作品将上线华为阅读。

1月15日

今年科幻春晚，不存在科幻联合《青年文摘》杂志社和哔哩哔哩发起"陪伴"主题征文大赛。

1月16日

阅文集团与澎湃新闻联合发布了《2022网络文学十大关键词》。十大关键词分别为：中国故事、科幻、克苏鲁、无限流、重生、龙傲天、女强、斗破苍穹、副业和跨界。

阅文集团公布了阶段性的反盗版数据。在反盗攻防部分，共拦截盗版访问1.5亿次，防盗系统迭代3000+次，发起100+法律案件，包括网络文学诉前禁令第一案。这场"战斗"使作家收入空间提升3.5倍，取得良好成果。

封面新闻"2022名人堂年度人文榜"之"年度新锐作家"榜单揭晓。本次共有突出文学成绩的五位青年作家上榜，其中，任禾是河南洛阳人，笔名"会说话的肘子"，网络文学白金作家，曾荣获第四届茅盾新人奖·网络文学奖。

番茄小说网面向符合条件的作品开放了多书名实验功能。

每天读点故事App发起短剧抢滩计划·长篇征稿活动第一季。

1月17日

番茄小说第二届网络文学大赛圆满收官，骁骑校的《特工易冷》荣获男频人气王，爱吃兰花蟹的《狂妃靠近，王爷在颤抖》荣获女频人气王。沐潇三生的《天渊》、小小旺仔的《一哥》、曲不知的《原来你是这样的林秘书》、卿我意的《清穿：贵妃娘娘她灭了德妃成太后》4 部作品分获男频玄幻、男频都市、女频现言、女频古言品类之王。

晋江文学城发布年度盘点，包括现实题材、古典题材、幻想题材、玄奇题材、科幻题材和历年热门标签六个板块。此外，晋江文学城同步公布法务在行动的总结。2022 年，晋江法务加大了民事案件的维权力度，立案数量超过 200 件，其中针对部分手机浏览器运营者，已取证的被侵权作品数量多达数千本，部分作品已出判决，法院判决被告推荐盗文的行为是直接侵权。

纵横小说 2022 年终盘点揭晓。结果如下：

最佳男频作品：《星际生存从侵略开始》《我在修仙界猎杀穿越者》《盖世人王》

最佳男频作者：知白、食堂包子、曳光

最佳女频作品：《不负韶华》《三世芳菲皆是你》《那座孤城有个记忆》

最佳女频作者：雨中枫叶、似风轻、乱步非鱼

年度畅销作者：青鸾峰上、宝妆成

最佳新人：小道上山、不听

年度月票王：青鸾峰上《我有一剑》

年度更新王：流氓鱼儿《风云龙婿》、帘霜《权宠娇娘》

超级盟主：当年残月

年度优秀现实题材：《春风里》《走刃》

年度最佳影视改编：《我叫赵甲第》

年度最期待影视改编：《慷慨天山》《置换凶途》

年度最佳有声改编：《我有一剑》《太荒吞天诀》《不让江山》

年度优秀动漫改编：《剑仙在此》《剑道第一仙》

年度优秀海外传播：《万相之王》《陆地键仙》《一世独尊》

1月18日

中国作协网络文学中心"党的二十大精神"线上专题培训班结业。

微博读书公布#好书大赏#获奖名单。水千丞、七英俊和唐家三少分获年度网文作家前三名，她与灯、白羽摘雕弓等网络文学作家被选为年度新锐作家，《盗墓笔记》《全职高手》等网络文学作品成为年度最受欢迎的文学 IP。

阅文集团公布作家版 2022 年度盘点。在 2022 年，单月月票纪录、24 小时首订纪录等被接连打破，阅文首日收藏最高纪录和起点最快 10 万均订纪录均被《灵境行者》刷新。同时，新书中均订过万的作品数量同比增长 122%。在内容和渠道拓展部分，现实题材快速崛起，新媒体原创业务发力，原创作品销售流水过亿元。2022 作家指数 TOP500 的新面孔中，00 后占比提升 10%，更多年轻力量加入网文主力军。此外，阅文集团还开设创作学堂、上线作家助手桌面端，全方位为创作护航。

《芈月传》作者蒋胜男担任新一届全国政协委员。

由成都市科学技术协会、成都市文化广电旅游局、成都市文学艺术界联合会共同主办，成都市科幻协会协办的"幻享未来"优秀科幻作品征集活动正式启动。

1月19日

第一届起点"启明星奖"科幻征文活动入围名单公布。启明星奖入围作品13部，包括《7号基地》（净无痕）、《保卫南山公园》（天瑞说符）、《穿越成为失落文明的监护AI》（爆发尸）等。单项奖入围作品26部，除启明星奖入围的13部作品外，还有《灵境行者》（卖报小郎君）、《科技尽头》（一桶布丁）、《裂天空骑》（华表）等。新人奖入围作品6部，包括《从全能学霸到首席科学家》（首席设计师）、《大国科技》（九月酱）、《光明！》（夜影恋姬）等。

七猫"打击盗版专项行动"正式启动。

赛博桃源暨第五届脑洞故事板虚构小说创作大赛获奖名单正式公布。一等奖获奖作品为长腿柯基十七的《占据》，二等奖获奖作品为丹云炒饭的《淡水鲨》和白马五的《齐齐哈尔丧尸》，三等奖获奖作品为恩佐斯焗饭的《平原上的花火》、张树几的《囍》和火罐大公举的《生死哲学：女法医勘查手记》。

17K & 四月天小说网2022年度盛典获奖名单正式公布。结果如下：

年度巨著：伪戒《风起龙城》。

年度男频佳作：风御九秋《长生》、风青阳《万古第一神》、失落叶《我是剑仙》、风青阳《太古第一仙》、伪戒《永生世界》。

年度女频佳作：萌汉子《福宝三岁半，她被八个舅舅团宠了》、花期迟迟《穿成农家小福宝，逃荒路上开挂了》、狐十三《和离后，禁欲残王每天都想破戒》、苏涟漪《驭兽狂妃：绝色帝尊心尖宠》、张廉《开局继承修仙门派，弟子竟全是卧底》。

17K年度新人王：萌汉子《福宝三岁半，她被八个舅舅团宠了》。

四月天年度新人王：夏声声《锦鲤妹妹三岁半，我是全京城大佬的团宠》。

四月天年度销售总冠军：花期迟迟《穿成农家小福宝，逃荒路上开挂了》。

码字PK赛爆更王：《鲶鱼有情成不了精》。

年度最佳影视改编作品：《霸婚，蓄谋已久》《星辰与灰烬》。

年度期待影视改编作品：风御九秋《归一》、晓晓梅花《你能不能别撩我》。

1月21日

2023年，第81届世界科幻大会即将在成都举行。雨果奖首次来到中国，起点平台作品将参与今年雨果奖的角逐。

1月26日

哔哩哔哩今日在港交所发布公告，公司与晋江原创订立综合合作框架协议。

书旗小说2022年度金榜评选活动开启。

1月30日

阅文集团宣布除苹果端外,集团收入电子订阅提前至当月结算。

起点读书发起"阅读充电季"活动。同时,"新春校园读书季"正在进行,包括新春贺年读书季、新春角色配音赏、"暖冬行动"主题征文三大活动。

1月31日

七猫免费小说发布"2022七猫必读榜年度必读书籍"榜单:

男频必读榜 TOP10

序号	作品	作者	源站
1	《一剑独尊》	青鸾峰上	纵横中文网
2	《盖世神医》	狐颜乱语	七猫中文网
3	《我有一剑》	青鸾峰上	纵横中文网
4	《北派盗墓笔记》	云峰	6月小说网
5	《都市古仙医》	超爽黑啤	纵横中文网
6	《剑来》	烽火戏诸侯	纵横中文网
7	《龙王医婿》	轩疯狂	酷匠网
8	《太荒吞天诀》	铁马飞桥	纵横中文网
9	《绝世强龙》	张龙虎	七猫中文网
10	《寒门枭士》	北川	七猫中文网

女频必读榜 TOP10

序号	作品	作者	源站
1	《第一瞳术师》	喵喵大人	七猫中文网
2	《全师门就我一个废柴》	白木木	七猫中文网
3	《重生之不负韶华》	宝妆成	纵横中文网
4	《惜花芷》	空留	咪咕阅读
5	《离婚后她惊艳了世界》	明嫃	七猫中文网
6	《在他深情中陨落》	浮生三千	七猫中文网
7	《福宝三岁半被八个舅舅团宠了》	萌汉子	中文在线
8	《陆少的隐婚罪妻》	白七诺	七猫中文网
9	《叔他宠妻上瘾》	花惊鹊	吉光小说
10	《重生七零小辣媳》	桃三月	七猫中文网

二月

2月1日

"最江南"主题网络文学作品征文大赛经评审委员会不记名投票产生了20部优

秀现实题材作品。该大赛由中国作家协会网络文学中心、江苏省作家协会指导，江苏省网络作家协会、中共苏州市委宣传部、苏州市文学艺术界联合会主办，中共苏州高新区工委宣传部、江南网络文学创作基地、江南网络文学服务联合会承办，其结果如下。

"最江南"主题网络文学作品征文大赛获奖名单

奖项名称	作品名称	作者
一等奖	《你与时光皆璀璨》	顾七兮
	《旧曾谙》	吉祥夜
二等奖	《星火长明》	蒋牧童
	《身如琉璃心似雪》	萧茜宁
	《舌尖上的华尔兹》	尼莫小鱼
三等奖	《姑苏繁华里》	黑鹭
	《茗门世家》	坐酌泠泠水
	《后来遇见他》	圣妖
	《玫瑰之下》	今媔
	《刺绣》	尚启元
优秀奖	《钿带长中腔》	李小糖罐
	《老兵新警》	卓牧闲
	《奔涌》	何常在
	《大茶商》	童童
	《人间重晚晴》	狐小妹
	《女机长》	冰可人1
	《逆行的不等式》	凤晓樱寒
	《凤栖苗乡》	江左辰
	《金匠》	灵犀无翼
	《尖锋》	顾天玺

2月2日

番茄小说与网易游戏联动，开启梦幻西游同人文大赛。

广西作家协会第十次全区代表大会在南宁召开，我本纯洁当选副主席，水纤纤当选理事。

2月3日

番茄小说网上线"百日万元"写作打卡计划。

由每天读点故事App发起的100个好故事计划公布了第一季"元素融合"获奖名单，共有16部作品获奖。其中，陆离的《幸存者故事：黑房间》获得一等奖，三分钟小姐的《恋爱谎言》等四部作品获得二等奖,酒寂寂的《反派皇贵妃的生存之道》等五部作品获得三等奖。

2月5日

阅文IP宇宙装置艺术展在上海图书馆东馆正式开展。

2月7日

证券机构预计阅文集团2023年总收入将同比增长12%,非国际财务报告准则盈利则同比升15%至约14.9亿元。维持"买入"评级,目标价由51.9港元上调至53港元。

上海市人大常委会副主任、党组副书记周慧琳一行参观调研阅文集团,了解阅文集团网络文学与IP生态链的发展情况。

由杭州市委网信办主办,杭州网、咪咕数字传媒有限公司承办的2023年"清朗杭州"网络法治阅读行火热开展。

2月8日

哔哩哔哩小说板块上线。

扬子江网络文学评论中心宣布举办第二届"扬子江网络文学最具IP潜力榜"评选活动。

2月10日

番茄小说网【她·韶华】女频创作活动开启。

2月11日

2022年度书旗金榜书单正式发布。《狂龙出狱》《不负韶华》《科技:为了上大学,上交可控核聚变》三部作品分别登顶男频、女频、会员榜单。

2月13日

由微博ACGN运营中心、微博文学主办的"网文超新星计划"情人节专场活动正式开启。

2月14日

七猫将接入百度"文心一言"的全面能力。

2023年度中国作家协会网络文学选题指南暨重点作品扶持征集通知发布。

番茄小说&张家界武陵源风景区联合玄幻征文获奖书单公布。

番茄小说&张家界武陵源风景区联合玄幻征文获奖书单

奖项名称	作品名称	作者
一等奖	《人在武陵源,我的修为是宗门总和》	墨竹子
二等奖	《不良仙》	巨人背影
	《武陵奇缘》	疏星阁主
	《幽山长生录》	看猪上树

续表

奖项名称	作品名称	作者
三等奖	《极道修仙》	公子在这里
	《大庸农修》	六部尚书
	《天子反派：开局就让女主翻白眼》	烟火清风
	《武陵天华录》	凌梦初
	《万界超脱》	难言……
	《武破陵霄》	面具叔叔
	《武陵灵武记》	努力的金鱼
	《万古第一废材》	爱哭的小十七
	《最强城主》	掩月、
	《拜托！我才不要当反派嘞》	会飞的爪巴鱼

2月15日

豆瓣阅读"百变幻想"征文活动获奖名单公布，结果如下：莫妮打的《骤雨》被评选为"优秀作品奖"，由猫耳 FM 推荐，顺利签约广播剧。居尼尔斯的《大宋 Online》被评选为"优秀作品奖"，由时代文艺出版社推荐，顺利签约出版。同时，编辑部从短名单中评选出 5 部"潜力作品奖"作品，分别是蛋炒熊的《此刻禁止生还》、西橙橙的《长生》、慕遥而寻的《多米诺》、吉良的《笑面村》、壹佰萬的《入夜有鬼》。此外，豆瓣阅读"第五届长篇拉力赛"将在 4 月如期举行。

由起点中文网主办的第一届起点科幻"启明星奖"获奖名单公布。

第一届起点科幻"启明星奖"获奖名单

奖项名称	作品名称	作者
启明星奖	《深海余烬》（特等奖）	远瞳
	《深渊独行》（金奖）	言归正传
	《保卫南山公园》（银奖）	天瑞说符
	《从大学讲师到首席院士》（铜奖）	不吃小南瓜
特色奖	《灵境行者》（最佳 IP 潜力奖）	卖报小郎君
	《7 号基地》（最佳风格奖）	净无痕
	《我的瓶中宇宙》（最佳创新奖）	三百斤的微笑
新人奖	《大国科技》（科幻新星奖）	九月酱
	《穿越成为失落文明的监护 AI》（潜力新人奖）	爆发尸
	《我从低武世界开始化龙》（潜力新人奖）	山中浮云

续表

奖项名称	作品名称	作者
优秀作品奖	《倾覆之塔》	不祈十弦
	《从全能学霸到首席科学家》	首席设计师
	《异维度游戏》	最终永恒
	《什么叫一流救世主啊》	梦里的小蝴蝶
	《学霸之巅》	可乐要加糖

2月16日

第五届扬子江网络文学作品大赛开启。

由微博文学、微博ACGN运营中心出品的"亚洲好书榜"公布了2023年1月的榜单,徐徐图之的《金嘉轩去了哪里》、颜凉雨的《子夜十》等多部网络文学作品上榜。

2月17日

番茄小说网上线【他·青云】男频系列创作活动。

2月18日

重庆市网络作家协会召开了换届选举大会。

2月21日

中文在线以自有IP打造的国内首个科幻主题元宇宙RESTART(重启宇宙)现已正式启动。

2月25日

安徽文艺出版社《中国网络文学研究年编》《何日请长缨》联合发布式在中国国际展览中心举行。

"五校网文研究机构联合"推出"网文青春榜"第八期,本期榜单由山东大学网络文学研究中心主推,并联合北京大学网络文学研究中心和中山大学中国语言文学系(珠海)的部分青年学生共同完成。榜单如下:

"网文青春榜"第八期榜单

作品	作者	连载网站
《吾家阿囡》	闲听落花	起点女生网
《家塾》	扶他柠檬茶	微博
《在各个世界当咸鱼二代》	蜘于	晋江文学城
《怪谈小镇游玩指南》	宴几清欢	晋江文学城
《被偷走的半生》	马小如	豆瓣阅读
《姐姐的遗言规则》	白裙懒懒	知乎盐选专栏

续表

作品	作者	连载网站
《纸港》	任平生	豆瓣阅读
《我的细胞监狱》	穿黄衣的阿肥	起点中文网
《道诡异仙》	狐尾的笔	起点中文网
《深海余烬》	远瞳	起点中文网

2月27日

由话本小说发起的乙女游戏征文活动正式开启。

第七届中国网络版权保护与发展大会27日在四川成都召开,发布了《"剑网2022"专项行动十大案件》。

2月28日

中国作协网络文学中心在湖南益阳举办"新时代山乡巨变创作计划"网络文学改稿班。

中国作家出版集团与芒果TV联合举办第二届"新芒IP计划"征文大赛。

三月

3月1日

中国作协网络文学中心推出的"中国网络文学影响力榜(2021年度)"发布仪式在湖南长沙举行。

中国网络文学影响力榜(2021年度)

榜单名	作品名称	作者
网络小说榜	《生命之巅》	麦苏
	《铁骨铮铮》	我本疯狂
	《三万里河东入海》	何常在
	《热望之上》	蒋离子
	《先河一号》	银月光华
	《星辰与灰烬》	野加凉
	《临渊行》	宅猪
	《这个人仙太过正经》	言归正传
	《砸锅卖铁去上学》	红刺北
	《不让江山》	知白

续表

榜单名	作品名称	作者
IP影响榜	《你是我的城池营垒》	沐清雨
	《赘婿》	愤怒的香蕉
	《半妖司藤》	尾鱼
	《雪中悍刀行》	烽火戏诸侯
	《君九龄》	希行
	《第一序列》	会说话的肘子
	《仵作娘子》	清闲丫头
	《星辰变》	我吃西红柿
	《斗破苍穹》	天蚕土豆
	《混沌剑神》	心星逍遥
海外传播榜	《惜花芷》	空留
	《驭鲛记》	九鹭非香
	《我的蓝桥》	蓬莱客
	《超级神基因》	十二翼黑暗炽天使
	《冬有暖阳夏有糖》	童童
	《许你万丈光芒好》	囧囧有妖
	《抱歉我拿的是女主剧本》	百香蜜
	《长安第一美人》	发达的泪腺
	《九星霸体诀》	平凡魔术师
	《重启之极海听雷》	南派三叔
新人榜	—	刘金龙
	—	耳东兔子
	—	三九音域
	—	柳翠虎
	—	一路烦花
	—	轻泉流响
	—	伪戒
	—	我会修空调
	—	纯洁滴小龙
	—	晨星LL

中国作协网络文学中心与中南出版传媒集团在长沙马栏山签署战略合作协议。

由中文在线数字出版集团股份有限公司、奇想宇宙科幻平台主办的奇想奖·戴森球征文大赛正式启动。

第五届豆瓣阅读长篇拉力赛开放报名。

菠萝包轻小说2023春季征文活动正式开启。

3月3日

中国作协党组成员、书记处书记胡邦胜一行到中国作协网络文学中南大学研究基地开展调研。

3月6日

番茄小说"百日万元"打卡计划赛况正式升级，新增复活赛道。

改编自阅文集团作家我会修空调的同名小说《我有一座冒险屋》剧本杀在重庆首发。

2023年两会上，第十四届全国政协委员，中国作协党组成员、副主席吴义勤在提案中提出巩固网络文学盗版治理成果，为数字文化产业发展建言献策。

国家文物局会同中共中央宣传部、最高人民法院、最高人民检察院、公安部、文化和旅游部、海关总署印发《打击防范文物犯罪专项工作方案（2023—2025年）》，明确严格管理"鉴宝""盗墓"等题材的影视和网络视听作品。

3月8日

在全国两会上，全国政协委员、著名网络作家、温州大学人文学院研究员蒋胜男在提案中建议成立全国网络文艺工作者协会。

起点中文网发起"AI声音大比拼"活动。

墨墨言情网发起"女性向"悬疑中长篇征稿，分为悬爱推理和古代司法两个主题。

3月9日

探照灯好书1、2月十大中外类型小说发布，会说话的肘子的《夜的命名术》、轻泉流响的《不科学御兽》、钓鲸者的《长生道种》和王梓钧的《朕》四部网络文学作品入选。

3月10日

中国网络文学馆（中国网络文学和网络视听资料研究中心）发布筹建暨资料征集通告。

阅文集团海外门户起点国际在中国香港举办"WSA2022颁奖典礼暨WebNovel2023作家职业化发展计划启动仪式"发布仪式，巴基斯坦作家绯墨、印度作家灰烬和泰国作家尼尼平塔分别凭借作品《无限升级系统》《夜惑》《觅爱》摘得金奖。

阅文集团与《环球时报》旗下环球舆情调查中心联合发布《2022中国网文出海趣味报告》。数据显示，截至2022年底，起点国际已上线约2900部中国网络文学的翻译作品，培养海外网络作家约34万名，推出海外原创作品约50万部，网文出海吸引了约1.7亿访问用户，读者遍及全球200多个国家和地区。

3月13日

纵横中文网作家服务团队发布了"告纵横中文网作家通知书"。

3月15日

中国作家协会第十一届茅盾文学奖评奖办公室发布了"关于征集第十一届茅盾文学奖参评作品的公告"。

凤凰网旗下翻阅小说男女频火热征稿中。

豆瓣阅读#古风悬疑##年代爱情#有奖创作活动开奖，君芍的《青女》和阮郎不归的《一晌贪欢》成为#古风悬疑#主题获奖作品；左貌的《一秋之河》和林春令的《错婚》成为#年代爱情#获奖作品。

知乎上线"盐言故事"App，布局短篇小说阅读。

3月16日

阅文集团发布2022年业绩报告。报告显示，2022年阅文集团总收入为76.3亿元，归母净利润同比增长9.6%，其中在线业务收入43.6亿元，版权运营及其他收入为32.6亿元。

中文在线已与百度就接入"文心一言"达成合作意向。

3月18日

中南大学网络文学研究院成立揭牌仪式暨"中国网络文学三十年"新书发布活动在长沙举行。活动现场，中南大学网络文学研究院正式揭牌成立，该研究院以中国作协网络文学中心和中南大学为指导单位，中南大学文学与新闻传播学院教授欧阳友权担任院长和首席专家。与此同时，《中国网络文学三十年》新书正式发布。此外，来自网络文学领域的专家学者以及出版企业相关负责人还围绕"中国网络文学三十年历史经验与未来发展"等主题进行了深入的探讨交流。当天，还启动了由中南大学网络文学研究院与纵横中文网、番茄小说联合开展的"美丽中国"征文活动。

3月20日

第二十届百花文学奖组织委员会研究决定增设"网络文学奖"，将评选出3部网络文学作品。

2023年江苏省作家协会继续组织实施网络文学重点作品扶持项目，申报选题应紧紧围绕学习宣传贯彻党的二十大精神这条主线，突出展现江苏"争当表率、争做示范、走在前列"的使命担当。

阅文女生与《遮天》版权方&动画出品方——星阅辰石携手，倾情推出"星阅杯"《遮天》女性角色同人征文大赛。

起点现实频道启动春、秋季征文计划，参赛作品的故事题材需适配"时代叙事""家庭伦理""女性题材""青年故事""社会悬疑""人间百态"等六个频道分类主题。

"我是女王"七猫中文网女频第五季特色题材征文正式启动,包括现言年代和古言权谋两类。

3月21日

阅文集团旗下起点读书发起的"北斗第四星"青年作家扶持计划正式出炉。

阅文集团与上海大学合作升级,达成"网络文学进校园"系列合作,共同推进数字图书馆建设。

3月23日

首届中国"昆仑英雄"网络文学奖征文活动在青海举行,即日起面向全国征稿。

3月24日

3月24日至26日,第六届中国"网络文学+"大会以"网抒新时代 文铸新辉煌"为主题,在北京亦创国际会展中心举办。

第六届中国"网络文学+"大会开幕式上,中国音像与数字出版协会第一副理事长张毅君发布了《2021年中国网络文学发展报告》。据介绍,2012年至2021年,我国网络文学市场营收规模从24.5亿元增长到267.2亿元;作品规模从800余万部增长到3200余万部;注册作者从419万人增长到2278万人,增长超过4倍。80后仍为网络文学创作主体,女性作者居多。中国音像与数字出版协会数据显示,2021年网络文学市场规模进一步壮大,约为267.2亿元,较2020年的249.8亿元增长17.4亿元,同比增长6.97%。2021年网络文学作品规模达到3204.6万部,占数字阅读(含有声)作品规模(3446.8万部)的92.97%,在数字阅读作品中占据绝对地位。从作者年龄分布上看,网络文学的创作主力仍然延续队伍年轻化特征,20岁至30岁占比为45.7%、31岁至40岁占比为34.4%。相较于2020年,90后、00后作者人数仍有所增长,但80后创作主体地位并未改变。男女比例上,自2019年女性作者占比超过男性作者后,2021年女性作者仍然处于领先地位,女性作者占比为51.15%,男性作者占比为48.85%。据统计,网络文学作家创作的人物职业超过180种。

3月25日

《科幻世界》杂志社联合四川大学中国科幻研究院共同发布了《中国科幻网络文学白皮书(2022)》(以下简称《白皮书》),从内容题材、创作生态、IP等多个层面分析了国内科幻网络文学的最新发展状况。《白皮书》数据显示,2022年起点中文网发布了42080部科幻网络文学作品,原创科幻网络文学作品签约量增长30%,是热门品类增长的第一名,规模仅次于作为传统网文品类的玄幻与都市类别。

由科幻世界独家颁发的第33届中国科幻银河奖揭晓:

第33届中国科幻银河奖获奖名单

奖项名称	获奖作品	作者
最佳科幻网络小说奖	《深海余烬》	远瞳
最佳原创图书奖	《泰坦无人声》	天瑞说符
最具改编潜力奖	《灵境行者》	卖报小郎君
	《夜的命名术》	会说话的肘子

2022年微博之夜荣誉名单在上海发布，《苍兰诀》（改编自九鹭非香的同名小说）、《风吹半夏》（改编自阿耐的小说《不得往生》）、《星汉灿烂·月升沧海》（改编自关心则乱的小说《星汉灿烂，幸甚至哉》）、《与君初相识·恰似故人归》（改编自九鹭非香的小说《驭鲛记》）等IP改编剧上榜"微博年度剧集"。

3月26日

天瑞说符《我们生活在南京》新书分享系列活动分别在成都、南京和上海举办。

3月27日

起点读书App联合QQ音乐"你好，大学声"校园厂牌举办的首届"起点校园音乐节"。

国家新闻出版广电总局公布2022年度145部优秀网络视听作品。其中，《开端》《苍兰诀》《星汉灿烂》《卿卿日常》《我的卡路里男孩》等IP改编剧入选优秀网络剧，《苍兰诀》动画入选优秀网络动画片。

3月29日

由中国作家协会网络文学中心、江苏省作家协会指导，江苏省网络作家协会、南京市文学艺术界联合会、南京出版传媒集团、中国科普作家协会科幻专委会主办，扬子江网络文学评论中心、南京市作家协会、南京市文艺评论家协会、《青春》杂志社、南京牛首山文化旅游区管委会联合承办的2023首届中国"网络科幻"高端论坛在南京牛首山风景区成功举办。

3月30日

阅文集团公开发布作家助手桌面端。

中国作家协会党组成员、书记处书记胡邦胜在第十届中国网络视听大会上致辞，指出网络文学要助推网络视听高质量发展。

3月31日

七猫中文网第四届现实题材征文大赛正式启动，即日起面向全国文学作者征集现实题材小说。

第三季"谜想故事奖"科幻悬疑中短篇征文比赛启动。

纵横女生网开启新媒体保底征文活动。

番茄小说热点向短故事征文活动圆满结束，共有20部作品获奖。其中骑熊钓鱼的《墙皮后的千亿金山》获得阅读解锁量排名TOP1，烟千水的《母亲误会同事是女友》获得阅读解锁量排名TOP2。

国家广播电视总局评选的2022年度优秀网络视听作品在第十届中国网络视听大会公布。其中，由花清晨的小说《我有个暗恋想和你谈谈》改编的《我的卡路里男孩》入选优秀网络剧作品。

四月

4月1日

上海图书馆和全民阅读伙伴阅文集团在上海图书馆东馆7楼阅读推广区联合举办两场主题为"让好书生生不息"的网络文学作家对谈活动，哔哩哔哩同步直播。

"菠萝包轻小说"主题短篇小说大赛开启。

"阅文杯"第34届中国科幻银河奖海选投票正式启动。

书旗小说网"金榜作者奖励计划"开始实施。

4月3日

中国作家协会《2023年度文学志愿服务示范性重点扶持项目名单》正式公布，甘肃省网络作家协会的"网络名家进基层"和重庆市网络作家协会的"'扬帆计划'文学志愿活动"入选。

4月4日

辽宁省作协第十一次代表大会在沈阳闭幕，网络文学作家月关当选为副主席。

中文在线数字出版集团股份有限公司名称变更为中文在线集团股份有限公司，经营范围新增数字文化创意软件开发、区块链技术相关软件和服务等，注册资本由约72.73亿人民币增至约73.57亿人民币。

4月6日

纵横女生网新媒体保底征文活动火热开启。

2023年书旗金榜奖励计划正式开启。

4月7日

2023年全国网络文学工作会议在上海举行，会上发布《2022中国网络文学蓝皮书》。数据显示，2022年网络文学新增作品300多万部，其中现实题材作品20余万部，同比增长17%。科幻是另一个增长点，全年新增科幻题材作品30余万部，同比增长24%。2022年度全国重点网络文学网站新增注册作者260多万人，同比增长13%；年度新增签约作者17万人，同比增长12%。阅文及其他重要网站数据显示，活跃的头部作者90后占比超过80%。

从网络文学营收来看，2022年主要网络文学平台营收规模超230亿元。阅文、晋江等在运营战略上聚焦IP精品化，提升IP附加值。豆瓣、知乎等网站在中短篇小说领域发力，推动网络文学短篇创作成为风口。七猫、番茄等免费阅读平台加大对原创的投入力度，搭建作者社区，自有作者、作品平均增速远超付费阅读网站。字节跳动布局付费阅读，番茄小说新增付费收益，付费、免费双线运营成为网络文学网站的普遍模式。网络文学IP处于文化产业龙头地位，2022年度播放量前10的国产剧中，网络文学改编剧占7部，豆瓣口碑前10的国产剧中，网络文学改编剧占5部，《风吹半夏》《相逢时节》等现实题材改编剧目播映指数稳居前列，《开端》《天才基本法》丰富了影视剧的叙事手段；《卿卿日常》《苍兰诀》《星汉灿烂·月升沧海》《且试天下》《风起陇西》等古装剧口碑与播放量俱佳。网络文学改编微短剧在2022年迎来爆发，新增IP授权超300部，同比增长55%。网络文学改编动漫增速较快，年度授权IP数量同比增长24%，《斗罗大陆》《斗破苍穹》成"国民漫"，《少年歌行》《苍兰诀》成绩突出。游戏方面，《庆余年》等改编手游营收出色，《隐秘的角落》游戏登陆steam平台，是网络文学IP单机化的有益尝试。有声书仍是网络文学最主要的IP转化形式，2022年有声书改编授权3万余部，同比增长47%，改编作品演播质量提升，走上精品化与细分化道路。

蓝皮书还指出影响网络文学高质量发展的问题与挑战所在。随着免费阅读兴盛，阅读市场进一步下沉，网络文学"三俗"、同质化现象仍然存在。"蹭热度"的同人创作扎堆，存在版权纠纷风险。IP改编存在"甜宠"等题材扎堆、叙事模式化等问题。同时，竞争加剧影响到网络文学行业生态，少数网络作家之间存在刷票、争榜现象；类型细分与同质化创作，导致网络文学"抄袭"不易界定，引发作家之间的创作纠纷。高新科技的发展，特别是ChatGPT等AIGC技术的出现，为网络文学高质量发展提供了新的动力。AI翻译极大降低了网络文学作品的翻译成本，准确度达95%；AI绘图技术大大提高了网络文学转化成为漫画的效率，缩短了网络文学的转化周期。同时，随着AI写作技术的成熟，模式化的网文创作将受到影响；AI翻译的普遍应用，对高质量编审团队的需求将增大。技术变革之下，网络文学行业的转型升级迫在眉睫。

针对行业发展中的不良倾向，中国作协发起《网络文学行业文明公约》；针对版权纠纷，成立全国首家网络文艺知识产权纠纷人民调解委员会，开展普法教育、法律咨询、纠纷调解、维权诉讼。

4月7日

抖音集团与腾讯视频宣布将围绕长短视频联动推广、短视频衍生创作开展合作。

《剧耀东方·2023电视剧品质盛典》时隔两年后回归，由酒徒作品改编的电视剧《烽烟尽处》获新闻综合频道2021—2022年度观众喜爱的电视剧剧作。

微博文学#网文超新星计划#第四期获奖名单公布，第一名是沈三废的《秘密》，第二名是喵驰驰的《识微》，第三名是厄西西西的《黎明陷落》，第四名是小呀小陆呀的《魂穿后和"自己"恋爱了》，第五名是吾儿原狗子的《回村》。

4月10日

中国社会科学院文学研究所发布《2022中国网络文学发展研究报告》。报告数据显示，2022年，我国网络文学市场规模达389.3亿元，同比增长8.8%；用户规模达4.92亿人；作家数量累计超2278万人。

报告显示，2022年网络文学海内外主流化程度显著提升：在国内，144部网文作品入藏国家图书馆永久典藏，10部网文的数字版本入藏中国国家版本馆；在海外，16部中国网文被大英图书馆收录。报告数据显示，2022年网络文学海外访问用户规模达9亿人，遍布全球200多个国家和地区，覆盖"一带一路"沿线所有国家。海外作者和读者群体年轻化趋势显著，其中Z世代占比高达75.3%，从国家分布来看，美国读者数量最多，巴基斯坦读者增速最快。从作品出海到模式出海，网络文学成为讲好中国故事，展现可信、可爱、可敬的中国形象的有力载体。2022年，海外网络文学有声、动漫、影视等IP孵化模式稳步推进，自2019年起点国际举办全球征文活动以来，已有约40%获奖作品打通IP开发链路，合作团队来自美、印、英、韩、泰等国家。

作家层面，90后作家已成创作中坚，00后作家成新增主力。数据显示，阅文集团2022年新增注册作家中，00后占比达60%。内容格局上，现实、科幻、玄幻、历史、古言成为"中国故事"五大标杆题材。报告显示，现实题材网文近7年的复合增长率达37.2%，在所有题材中增速第二；科幻网文在2022年稳居起点读书App品类增长首位，并凭借《深海余烬》等4部作品斩获2022"中国科幻最高奖"银河奖；富民、强国、科技、工业、奋斗成为网文作品的常用标签，2022年阅文的富民题材作品数量同比增长逾200%。

报告进一步揭示了网络文学IP改编趋势，认为IP生态链工业能力在近几年实现显著提升，网文IP的转化周期呈现出上线周期缩短、生命周期延长的特点。第三方机构易观数据统计，2022年，包括出版、游戏、影视、动漫、音乐、音频等在内的中国网络文学IP全版权运营市场，整体影响规模超过2520亿元，预计到2025年，这一规模将突破3000亿元，市场规模年增长预计超百亿元。

4月10日

每天读点故事主办的第八届"新春盛宴"故事征文大赏的获奖名单公布。苏汴州《人间草木》获得"双生"主题一等奖，碧仙《七情集：婚婚欲坠》获得"第一人称"主题一等奖，竖着走的大螃蟹《听说爱情回来过》获得"一首歌一个故事"主题一等奖，吴楠的木南《你看见那朵花了吗?》获得"安全屋"主题一等奖，纳兰从嘉《查无此案：黑狗吞日》获得"邻居们的故事"主题一等奖，"微信群里的消息"主题下一等奖空缺。

4月11日

第二届起点科幻"启明星奖"启动。

豆瓣阅读作品《白鸟坠入密林》和《一生悬命》同时售出影视改编权。

4月12日

第十四届华语科幻星云奖入围名单公布，网络文学作品《我们生活在南京》入围2022年度长篇小说，网络文学作者天瑞说符入围2020—2022年度新星。

中国网络作家著作捐赠仪式在中国现代文学馆举行，网络作家蒋胜男、烽火戏诸侯、天蚕土豆、紫金陈，分别将各自的文学著作《天圣令》《雪中悍刀行》《元尊》《长夜难明》等捐赠中国现代文学馆。

LOFTER开启主题征文活动，征稿方向包括反套路"古言"、现实向"爽文"、多元化"爱情"三种。

4月13日

IP改编剧《凌云志》在优酷全网独播。

2023第九届滇云网络文学大赛即日启动。

4月14日

综艺《喜欢你，我也是》与爱奇艺文学联动开启"喜欢你，我也是"征文活动。

4月17日

北京大学全国网络文学高级研修班报名开启。

4月18日

西北大学网络文学创作与研究孵化基地揭牌暨签约仪式圆满举行。

4月19日

第二届"金本奖"剧本演绎创作大赛赛事评委公布。

4月20日

起点515书粉节票选网文神级名场面活动开启。

由西北大学创意写作中心与陕西省网络作家协会联合成立的西北大学网络文学创作与研究基地首期作家进校园活动成功举办。

湖南省网络作家协会第二届会员代表大会在长沙举行。大会选举产生了湖南省网络作家协会第二届主席团成员，余艳当选为湖南省网络作家协会第二届主席团主席。大会审议并通过了《湖南省网络作家协会第一届理事会工作报告》。

4月21日

上海图书馆、中国新闻出版广电报、阅文集团共同发布《Z世代数字阅读报告》。报告显示，2022年，阅文新增用户中Z世代占比66%，Z世代用户阅读时长累计超20亿小时，在阅文评论超3000万条，青春文学、文学、心理学、传统文化读物、科幻是Z世代最爱的书籍类型。

2023年中国网络媒体论坛"中国叙事·构建国际传播新范式"平行论坛在南京举行。本次论坛由中央网信办网络传播局指导，中国日报网主办，快手科技承办。

4月23日

上海图书馆与阅文集团共同举行"书香上海·阅读全球"主题合作发布会,宣布合作升级,围绕百部网文及IP作品入藏、推出"百部年轻人精品书单"、举办作家沙龙、网文出海等领域深化合作。发布会上,《上海凡人传》《吾家阿囡》《灵境行者》等103部网络文学作品以数字形式入藏上海图书馆;《庆余年》《赘婿》《斗破苍穹》《星辰变》等14部阅文IP改编的动漫、影视作品入藏上海图书馆。与此同时,双方共同开启"数字阅读周"等系列读书活动,在这期间,阅文联合上海图书馆、全国20家公共图书馆及79家出版单位,共同推荐"百部年轻人精品书单"。

央视频读书携手中国作协网络文学中心推出特别直播"网文大咖邀你加入群聊",邀请了蒋胜男、天蚕土豆、烽火戏诸侯、紫金陈四位网文大咖。

番茄小说于4月23日世界读书日正式上线脑洞品类年度征文大赛,主题为"脑洞之王"。

由中国版权保护中心、中国版权协会、浙江省版权局主办的2022年度十大著作权人发布会在第二届全民阅读大会期间成功举办,阅文集团旗下上海阅文信息技术有限公司荣获"2022年度十大作品著作权人(文字综合类)"称号,是入选名单中唯一的网络文学企业。据悉,截至2022年底,阅文获得登记版权超过2000项,包括《全职高手》《斗破苍穹》《武动乾坤》《星辰变》在内的1700多个作品登记和300多个软著申请。

中国青年报社社会调查中心联合问卷网(wenjuan.com)发布的一项有1001名受访者参与的调查显示,文学类、历史类和网络小说是受访者最爱看的书籍。

4月24日

中国移动咪咕首届比特创作盛典在MCC咪咕会展中心圆满举行。

4月25日

2022年度(第六届)晨曦杯获奖名单公布。获得最佳作品奖的是《寄生之子》,获得地球末日版新海诚奖的是《我们生活在南京》,获得高质量书评辩论奖的是《买活》,获得战争残酷跪求日常奖的是《早安!三国打工人》,获得杀人如切菜奖的是《穿进赛博游戏后干掉Boss直接上位》,获得ChatGPT大力点赞奖的是《造神年代》,获得超烂开局超好心态奖的是《女商》,获得有人爱极有人厌极奖的是《贵极人臣》。此外,是小声呀获得最佳评委奖。

4月26日

中国版权协会举行了"2023网络文学版权保护研讨会"。

晋江文学城开启"五一劳动节"活动,包括有奖征文、充值有礼、姜酱讲江、插画、微博福利等活动。

4月27日

《文学夜话》"对话'硬核'作家:互联网下的工业叙事主题文学沙龙"在畲

乡网络文学村举办。本次活动由中共景宁畲族自治县委宣传部主办,景宁畲族自治县文学艺术界联合会协办。知名网络作家晨飒、我本疯狂应邀出席。

4月28日

番茄小说、纵横文学与畲乡网络文学村签订共建"作家基地"协议。

4月30日

奇妙小说网第四期"畅想直播"主题征文开启。

"网游天王"失落叶签约七猫中文网,并携新书《超神玩家》入驻七猫。

五月

5月1日

话本小说开启第六届"话本杯"万元征文活动。

5月4日

掌阅海外开启女频新媒体小说收稿活动。

"菠萝包轻小说"第十一届SF轻小说征文大赛开启。

5月6日

起点中文网"票选网文神级名场面"活动落下帷幕,《斗破苍穹》的"三年之约"、《诡秘之主》的"克莱恩复活"等名场面均榜上有名。

5月8日

第八届广西网络文学大赛颁奖暨2023年泛北部湾网络文学大赛启动仪式在广西壮族自治区图书馆报告厅举行。彭敏艳的《未来之城》获得长篇小说类一等奖,欧华鹏的《分水岭》获得散文类一等奖,彭晓华的《陌生人》获得网络剧剧本类一等奖。

中国作家协会网络文学重点作品扶持工作公告发布,40项选题入选,名单如下。

2023年中国作家协会网络文学重点作品扶持选题名单

作品名称	作者
一、新时代山乡巨变主题(7部)	
《大尧山寻宝记》	段王爷
《山河灯火》	树下小酒馆
《飞翔在茨淮新河》	伯乐
《市长返村记》	路远
《圣湖之畔》	一恋青诚
《奔腾的绿洲》	伊朵
《秦川暖阳》	关中老人

续表

作品名称	作者
二、中国式现代化主题（3部）	
《百炼钢与绕指柔》	柳千落
《问稻》	洛明月
《慷慨天山》	奕辰辰
三、科技创新和科幻主题（8部）	
《大国蓝途》	银月光华
《女儿来自银河系》	善水
《星际第一造梦师》	羽轩W
《逐梦云帆向蔚蓝》	秉辉、明璐
《第九农学基地》	红刺北
《盖亚算法》	陈楸帆
《深海余烬》	远瞳
《深渊独行》	言归正传
四、美好生活主题（10部）	
《人生十二味》	沉金
《三孩时代》	叶语轻轻
《心有琉璃瓦》	如涵
《江渔》	煜素
《寻常巷陌》	灵犀无翼
《雨过天晴：我回家上班这两年》	林特特
《国民法医》	志鸟村
《逆火救援》	流浪的军刀
《家庭阅读咨询师》	九戈龙
《嵘归》	梧桐私语
五、中华优秀文化（12部）	
《一梭千载》	慈莲笙
《大明万家医馆》	何木颜
《千金方》	金铃
《中医高源》	唐甲甲
《戏角儿》	尚启元
《面人儿精》	孔凡铎
《洛九针》	希行
《格但斯克的午夜阳光》	双鱼游墨刘钰
《唐人的餐桌》	孑与2
《梦回梨园》	西门瘦肉
《逾鸿沟》	三生三笑
《黜龙》	榴弹怕水

5月9日

江苏网络文学谷荣获国家级文化产业示范园区创建工作先进单位。

5月10日

中国作协网络文学中心组织知名网络作家、编剧一行10余人，去昆明开展调研采风活动。

爱奇艺世界大会文学分论坛——第二届文学新势力大会在北京顺利举行。

第三届读客科幻文学奖征稿活动正式启动，由读客和知乎联合主办，盐言故事为内容战略合作伙伴。

番茄原创作品"维权获赔款"分成公示。番茄小说决定：番茄原创作品的维权获赔款项，在到账并扣除维权成本（包括但不限于律师费、公证费等）后，与被侵权作者五五分成；番茄小说获赔部分以公益形式支持行业发展。

5月13日

第十四届华语科幻星云奖在广汉三星堆揭晓。网络文学作家天瑞说符的《我们生活在南京》获得2022年度长篇小说金奖，同时天瑞说符获得了2020—2022年度新星金奖。

首届起点校园音乐节火热开唱。由起点读书App联合QQ音乐"你好，大学声"校园厂牌举办的"起点校园音乐节"圆满落幕。起点学长王铮亮、AK刘彰、GALI携手全国高校海选5强选手（Vaniah维、奶尤甜甜、优尼UNI、陈家淇、Charity），唱响《迷雾花开》《荣耀破晓》等网文IP主打歌。

英国推理作家协会于5月13日凌晨公布了2023年国际匕首奖各奖项的最终入围名单，紫金陈的《坏小孩》成为第一个进入总决赛的中文小说。

5月15日

书旗男频"大国科技"月征文大赛开启。

5月16日

番茄小说宣布番茄ta系列全面升级，多分类开放千字最高三百元分成转保底，另有额外分成激励。

菠萝包轻小说第十一届征文大赛特别推出"对话小说"分组。

5月18日

由每天读点故事App发起的"100个好故事计划"第二季征文活动开启。

5月19日

橙瓜码字联合国内几十家主流原创文学网站与平台、众多网文大神作家以及各省市网络作协等，一起面向全网众多读者推出"5·19网络文学读书日"公益主题读书活动，举办以"5·19网络文学读书日，新时代，新悦读"为主题的网络读书倡议活动。

由上海市作家协会指导，上海七猫文化传媒有限公司主办，华语文学网协办，上海张江（集团）有限公司、上海文学创作中心为支持单位的2023第三届七猫中文网现实题材征文大赛颁奖典礼在上海张江科学会堂隆重举行。

第三届七猫中文网现实题材征文大赛获奖名单

奖项名称	作品	作者
金七猫奖	《大国蓝途》	银月光华
最佳IP价值奖	《我为中华修古籍》	黑白狐狸
	《漠上青梭绿》	白马出凉州
最佳IP潜力奖	《幸福小流域》	苏果
	《天年有颐》	竹正江南
	《哈啰,熊猫饭店》	圆月四九
分类一等奖	《路就在脚下》	有酒一壶
	《寻常巷陌》	灵犀无翼
	《大江鳄影》	慕十七
	《生死守卫》	王文杰
分类二等奖	《老家》	月半弯
	《春花向阳》	榕荔
	《苍山耳语》	瑚布图
	《火光独行者》	子兮Lori
	《十二矩阵》	金裘花马
	《深空返航》	飙魂
	《林域守》	人间风尘
	《崇左守望者》	妃小朵
优秀作品奖	《桃华》	古黎
	《一路向阳》	黎庶
	《月照新河》	牧三斗
	《飘扬的红丝带》	哈尼歌者
	《白衣使命》	陌上醉
	《窗口》	司南木
	《银白时代》	夏荒灿
	《心灵守门人》	陌缓
	《仪表唐糖》	君子世无双
	《息族源起》	枯荣有季
	《雾语者》	琅翎宸
	《中和之道》	匪迦
	《国境之南》	玉帛
	《遇见长江》	存叶
	《天路》	胡说

5月22日

番茄小说发布"女频短故事征稿"活动，征集第一人称视角的女频短故事。

七猫中文网女频第六季特色题材"遇事不决靠玄学"征文活动开启。

由哔哩哔哩专栏和哔哩哔哩漫画发起的"异世界轻小说征稿计划"开启。

5月25日

2023年度"谜想故事奖"长篇征文比赛入围名单公布，辜逢的《暴雪镇》、黄裔的《被唤醒的X》、何祈铭的《毕业旅行和向日葵花海》、钱一羽的《出山》、老邪的《光头道士》等入围。

5月26日

第28届上海电视节白玉兰奖入围名单揭晓。中国电视剧单元入围名单的最佳中国电视剧部分，出现了多部由网络文学改编而来的电视剧，如改编自阿耐《不得往生》的《风吹半夏》、改编自马伯庸同名小说的《风起陇西》、改编自祈祷君同名小说的《开端》等。

5月27日

由中国作家协会、浙江省人民政府、杭州市人民政府共同主办的"2023中国国际网络文学周"在浙江杭州开幕。此次活动以"多彩亚洲 精彩世界"为主题。活动开幕式上，中国作家协会发布《中国网络文学在亚洲地区传播发展报告》。报告总结了网络文学国际传播发展情况，突出展示网络文学在亚洲各地传播现状、发展特点、传播路径等。报告指出，中国网络文学已向海外输出网文作品16000余部，海外用户超过1.5亿人，主要覆盖北美和亚洲地区，亚洲地区市场约占全球60%，其中东南亚传播效果最好，约占海外传播的40%。报告指出，网络文学在亚洲的传播总体经历了五个阶段：中文发表出版阶段、翻译出版传播阶段、翻译在线传播阶段、IP开发阶段、建立海外生态阶段。主要以实体书出版、翻译在线传播、IP转化传播、建立本土生态、投资海外市场五种方式进行传播。报告指出，亚洲地区海外读者年龄多在35岁以下，95后群体是阅读主力军，占比超过一半。本科学历读者约占60%，女性读者约占60%。印度尼西亚、菲律宾、马来西亚、印度等东南亚、南亚国家读者占比80%以上。亚洲地区本土化写作的海外作者年龄主要集中在25—40岁，以80后群体为主力，女性比例占比近70%。开幕式上还对在网络文学国际传播中做出突出贡献的16位网络作家和7家网络文学平台进行了表彰。其中，浙江省作家协会获优秀组织奖。

5月28日

桐乡市网络作家协会成立。这是嘉兴市首家县级网络作家协会，同时也是桐乡市作协属下的第三家文学创作协会。

著名科幻作家刘慈欣应邀出任中关村网络作家协会主席。

5月29日

2023年度作家定点深入生活扶持项目经专家论证，并报中国作家协会书记处审批，确定君天的《命运之路》、骁骑校的《下一站，人民广场》等36项选题入选。

5月30日

国家图书馆（国家古籍保护中心）与抖音集团番茄小说联合发起"古籍活化，传承书香"征文活动。

5月31日

2022年度湖南省文学创作系列网络文学专业职称专场评审结束，46人获评文学创作职称。其中，关云等6人通过一级文学创作职称，王强等19人通过二级文学创作职称，马强志等21人通过三级文学创作职称。

六月

6月1日

七猫中文网主办的"妙手仁心"第七届特色题材征文正式启动。

浙江"志摩故里奖"第一届现实题材网络文学征文大赛获奖名单公布。该奖项由海宁市委宣传部、海宁市文联、海宁市城市发展投资集团有限公司联合举办，评审团队由管平潮、刘毅、金问渔、蒋话等知名作家和编剧组成。

浙江"志摩故里奖"第一届现实题材网络文学征文大赛获奖名单

奖项名称	作品名称	作者
一等奖	《山与川与海》	蓝红燕
二等奖	《钱塘江》	齐冰
	《花间行》	谢乙云
	《用我的真诚打动这个世界》	杨卫华
三等奖	《马兰赞歌》	王基诺
	《丝路青山》	赵容华
	《逆行的不等式》	李宇静（风晓樱寒）
	《大鱼山》	许晨、臧思佳
	《柔判》	许甜甜（身言书判）
	《世纪初的童话》	郭凌晨
优秀奖	《楼外青山》	刘艳（一源）
	《林向阳的核时代》	刘鹏飞
	《侯迁闸》	朱瑾洁
	《我的缺失症男友》	杜璃峤
	《愈加明亮的生活》	李荣华
	《皮吐皮》	李丛峰

续表

奖项名称	作品名称	作者
优秀奖	《精神之树》	郑福娥
	《热爱生活》	殷建中
	《还没来得及青春》	达墨
	《百年之梦》	叶平

6月3日

第三届"致未来文学奖·长篇小说奖"决赛名单公布近日，爱潜水的乌贼的《诡秘之主》、骑桶人的《九州·刺龙》、浅樽酌海的《神探王妃》、梁清散的《不动天坠山》和鲁般的《未来症》入围。

6月6日

在中国作家协会网络文学中心指导和上海市新闻出版局支持下，上海市作家协会、中共上海市虹口区委宣传部共同主办第二届"天马文学奖"评选活动。本次活动共评选出五部获奖作品，分别是：骁骑校的《长乐里：盛世如我愿》、爱潜水的乌贼的《诡秘之主》、志鸟村的《大医凌然》、匪迦的《北斗星辰》、黑山老鬼的《从红月开始》。

由中国作家协会社会联络部、中广联合会电视剧编剧委员会联合主办的文学影视双向赋能高峰论坛上，《2020—2022年文学改编影视作品蓝皮书》正式发布。蓝皮书显示，据不完全统计，自2020年到2023年第一季度，取材自阅文、中文、晋江、起点、番茄等文学网站的影视改编作品已近70部。2021年，在总播映指数前10的剧目中，网络文学IP占到60%。2022年度播放量前10的国产剧中，网络文学改编剧占5部，豆瓣口碑前10的国产剧中，网络文学改编剧占5部。

6月7日

由中国作家出版集团、芒果TV联合主办的第二届"新芒IP计划"升级为"新芒文学计划"，征文范围扩大为长篇小说和电视剧（网络剧）剧本，征文主题包括时代旋律、历史人文、现实生活、悬疑剧情四类。

中文在线旗下的全新科幻厂牌"奇想宇宙"科幻创作百万+稿酬计划开启。

6月8日

番茄小说"海洋百日打卡奇旅"活动上线。

6月9日

爱奇艺"云腾计划"微短剧第一期定标结果公布，《当可爱过期后》（张梦馍）、《废材前台的自我修养》（蒸糕君）、《赝品新娘》（青日有宇）、《一个女杀手的自我修养》（十五粒）、《预言尽头》（初墨不姓熊）、《掌家丫鬟》（敏创乐）、《沈御医的两副面孔》（小香颂）7部作品成功定标。

6月10日

首届百万钓鱼城科幻大奖获奖名单公布。在"常在奖"的作家单元中，严曦的《造神年代》荣获最佳长篇，天瑞说符荣获最佳新星。

6月11日

起点读书联合北京大学网络文学研究中心等10所高校研究中心和学院，共同启动"字在青年全国高校新锐作家选拔赛"。

"网文青春榜"2022年度榜单在北京大学发布。

"网文青春榜"2022年度榜单

作品名称	作者	连载网站
《道诡异仙》	狐尾的笔	起点中文网
《我本以为我是女主角》	喵太郎	知乎盐选
《寄生之子》	群星观测	晋江文学城
《寰宇之夜》	麦苏	咪咕阅读
《这游戏也太真实了》	晨星LL	起点中文网
《魏晋干饭人》	郁雨竹	起点女生网
《我的细胞监狱》	穿黄衣的阿肥	起点中文网
《恐树症》	鹳耳	豆瓣阅读
《江湖夜雨十年灯》	关心则乱	晋江文学城
《剑阁闻铃》	时镜	晋江文学城
《花夜前行》	南派三叔	微信公众号
《我在精神病院学斩神》	三九音域	番茄小说网
《不科学御兽》	轻泉流响	起点中文网
《请公子斩妖》	裴不了	起点中文网

由北京大学文学讲习所、扬子江网络文学评论中心、中国文联出版社联合主办的"北京大学网络文学研究丛书"研讨会在燕园举行。

6月14日

在江苏省作协指导下，由扬子江网络文学评论中心承办的第二届扬子江网络文学最具IP潜力榜正式发布。

第二届扬子江网络文学最具IP潜力榜单

作品名称	作者	连载网站
《不醒》	一度君华	晋江文学城
《朋友的那个完美妻子》	东坡柚	豆瓣阅读
《重庆公寓》	僵尸嬷嬷	晋江文学城
《菩提眼》	漠兮	云起书院
《一生悬命》	陆春吾	豆瓣阅读

续表

作品名称	作者	连载网站
《北镇抚司缉凶日常》	永慕余	每天读点故事App
《24小时拯救世界》	司绘	塔读文学/番茄小说网
《有依》	清扬婉兮	咪咕阅读
《敦煌：千年飞天舞》	王熠（冰天跃马行）	咪咕阅读
《漠上青梭绿》	白马出凉州	七猫中文网

6月15日

第二十九届北京国际图书博览会在国家会议中心举办，阅文展台增设"网络出版馆"。

6月16日

由中国版权协会、中共湖北省委宣传部指导，湖北省版权保护协会主办的第二届"版权产业创新与知识产权保护东湖论坛"在湖北武汉召开。论坛以"加强知识产权保护 赋能产业创新发展"为主题，发布了2022年度中国网络文学版权保护十大典型案例。

6月18日

广东省网络作家协会成立大会在广东文学艺术中心召开。

6月19日

中国作协网络文学中心主办中国网络文学影响力榜，即日起征集2022年度参评作品。

腾讯视频"共创·向上"影视年度发布会在上海中心举行，本次共发布170+年度影视作品。其中，《庆余年（第二季）》《赘婿（第二季）》《大奉打更人》《斗罗大陆Ⅱ》《实用主义者的爱情》《在暴雪时分》等多部网文IP改编剧发布先导预告与海报。重点IP《恶魔法则》亮相腾讯年度发布会。

6月21日

"新时代十年百部中国网络文学榜单"在第十九届中国国际动漫节上发布，结果如下。

新时代十年百部中国网络文学评选作品榜单

作品名称	作者
一、现实类	
《大国重工》	齐橙
《写给鼹鼠先生的情书》	吉祥夜
《朝阳警事》	卓牧闲
《大医凌然》	志鸟村

续表

作品名称	作者
《扎西德勒》	胡说
《明月度关山》	舞清影
《匠心》	沙包
《复兴之路》	wanglong
《长干里》	姞文
《岐黄》	潄玉
《奔涌》	何常在
《星辉落进风沙里》	北倾
《奔腾年代——向南向北》	眉师娘
《糖婚》	蒋离子
《传国功匠》	陈酿
《2.24米的天际》	行知
《七微克蔚蓝》	茹若
《一脉承腔》	关中老人
《生命之巅》	麦苏
《他来了，请闭眼》	丁墨
《冲吧，丹娘！》	古兰月
《天梯》	扬帆星海
《关键路径》	匪迦
《狮舞者》	玉帛
《琴语者》	阿弥
《丰碑》	吴半仙
《相声大师》	唐四方
《白纸阳光》	月壮边疆
《商藏》	庹政
《铁骨铮铮》	我本疯狂
《幸福在家理》	知更
《神工》	任怨
《我的西海雄鹰翱翔》	懿小茹
《繁星织我意》	画骨师
《风雪将至》	苏方圆
《投行之路》	离月上雪
《他以时间为名》	殷寻
《时光里的釉色》	明药
《冰锋》	梧桐私语

续表

作品名称	作者
二、幻想类	
《诡秘之主》	爱潜水的乌贼
《有匪》	Priest
《仙风剑雨录》	管平潮
《巫神纪》	血红
《牧神记》	宅猪
《万古仙穹》	观棋
《圣墟》	辰东
《我们生活在南京》	天瑞说符
《成何体统》	七英俊
《大奉打更人》	卖报小郎君
《点道为止》	梦入神机
《我有特殊沟通技巧》	青青绿萝裙
《一念永恒》	耳根
《天道图书馆》	横扫天涯
《书灵记》	善水
《宝鉴》	打眼
《斗罗大陆Ⅱ绝世唐门》	唐家三少
《师父又掉线了》	尤前
《修真四万年》	卧牛真人
《砸锅卖铁去上学》	红刺北
《碎星物语》	罗森
《天启之门》	跳舞
《参天》	风御九秋
《异常生物见闻录》	远瞳
《圣武星辰》	乱世狂刀
《万族之劫》	老鹰吃小鸡
《从红月开始》	黑山老鬼
《这个人仙太过正经》	言归正传
《第九特区》	伪戒
《一剑独尊》	青鸾峰上
《第一序列》	会说话的肘子
三、综合类	
《烽烟尽处》	酒徒
《燕云台》	蒋胜男
《盗墓笔记》	南派三叔

续表

作品名称	作者
《孺子帝》	冰临神下
《逍遥游》	月关
《宰执天下》	cuslaa
《秦吏》	七月新番
《长乐里：盛世如我愿》	骁骑校
《覆汉》	榴弹怕水
《新宋》	阿越
《盛唐风华》	天使奥斯卡
《木兰无长兄》	祈祷君
《唐砖》	孑与2
《回到过去变成猫》	陈词懒调
《猎赝》	柳下挥
《花开锦绣》	吱吱
《澹春山》	意千重
《君九龄》	希行
《清穿日常》	多木木多
《大清首富》	阿菩
四、IP 改编与海外传播类	
《大江东去》	阿耐
《庆余年》	猫腻
《知否？知否？应是绿肥红瘦》	关心则乱
《雪中悍刀行》	烽火戏诸侯
《诛仙》	萧鼎
《长夜难明》	紫金陈
《鬼吹灯 II》	本物天下霸唱
《斗破苍穹》	天蚕土豆
《全职高手》	蝴蝶蓝
《半妖司藤》	尾鱼

由中国科普作家协会指导，咪咕数字传媒有限公司主办的第二届"无垠杯"征文比赛启动。

番茄小说现联合湖南省文联、湖南省作协等以"守护好一江碧水"为主题，面向全国开展网络小说征文活动。

2023 年度"谜想故事奖"悬疑长篇征文比赛获奖名单公布，遴选出金奖 1 名：陈子芃的《生与死和杀戮山脉》，银奖 2 名：伏見鹿的《淹没》、AKA 不高兴的《命运轮》，"悬疑+"特别奖 3 名：逆桑的《遗骸拼图》、钱一羽的《出山》、CPU

《须弥游戏》，以及优秀入围作品等共计18部。

6月22日

第二届"金本奖"剧本演绎创作大赛由江苏省网络作家协会、南京市网络作家协会、中共秦淮区委宣传部共同指导，江苏网络文学谷主办。本次大赛共评选出9部获奖作品，谢尚伟、朱乾的《等春来》获得一等奖；陈炳旭的《向日葵美术班》，林俊权、刘昊钦、葛滢瑾的《浮沙之路》获得二等奖；魏维的《豆腐西施》，王静怡、文静、高正蕾的《朵朵的生日派对》，田燕琪的《明月昭》获得三等奖；陈炳旭的《我是厂长》，陈欣芯的《蒲台风雨》，杜海玉的《捉迷藏》获得优秀奖。

6月26日

中国作协网络文学研究院和杭州市文学艺术界联合会主办的第三届白马湖全国网络文学评论大赛最终获奖篇目公布。

由上海市新闻出版局支持，阅文集团主办的第七届现实题材网络文学征文大赛在上海展览中心举行颁奖典礼。大赛共评出14部获奖作品，《只手摘星斗》获得特等奖，《茫茫白昼漫游》获得一等奖，《炽热月光》《滨江警事》获得本届大赛二等奖。此外，《双面利刃》《伊伊的选择》《左舷》等10部作品获优胜奖。

宁波（鄞州）网络作家部落揭牌，"堇地之光"网络悬疑微小说全国征文大赛启动。

6月28日

"上海视觉"杯网络文学研究论坛征文启事发布。

6月30日

网络文学中心在京举办首期网络文学国际传播培训班。

七月

7月2日

2023全球数字经济大会"智能涌现·重塑未来"人工智能高峰论坛在中关村国家自主创新示范区召开。掌阅科技旗下对话式AI应用"阅爱聊"作为优秀案例，在论坛举办的北京市通用人工智能大模型行业应用典型场景案例发布仪式上发布。

7月6日

第五届"豆瓣阅读拉力赛"决选作品名单正式公布。

7月7日

每天读点故事App"新锐作者榜"开始评选。

七猫中文网男频特色题材征文活动开启。

7月10日

网络文学中心举办首期全国网络作家维权线上培训班。

由中国作协网络文学中心和上海市作家协会主办的"网络作家文化传承发展高研班"，在中国作协网络文学上海研究培训基地开班。

番茄小说网"青春筑梦，电竞逐光"女频主题征文活动开启。

7月11日

在中国作家协会网络文学中心指导和上海市新闻出版局支持下，由上海市作家协会、中共上海市虹口区委宣传部共同主办的第二届天马文学奖举行颁奖典礼，骁骑校的《长乐里：盛世如我愿》、爱潜水的乌贼的《诡秘之主》、志鸟村的《大医凌然》、匪迦的《北斗星辰》、黑山老鬼的《从红月开始》五部作品获奖。

起点推文博主招募开启。

7月13日

七猫中文网女频特色题材（玄幻）征文活动开启。

7月15日

谜想故事奖悬疑长篇征文比赛启动。

阅文集团回应江苏徐州网文写手"江山提笔"小说被盗版更新。阅文知识产权保护回应称阅文正在与作者确认盗版站点侵权情况，后续将进一步取证调查并发起维权行动。

7月16日

"漫画有新生"2023快看国漫发布会在广州举办，发布了126部暑期精品片单，覆盖浪漫青春、唯美心动、热血幻想、科幻未来四大品类。

7月17日

网剧《你是我的人间烟火》的原著《一座城，在等你》及原著作者玖月晞，被网文作家沈南乔批评涉嫌抄袭，玖月晞回应否认。

由番茄小说与阿来书房共同主办的《"番见世界·云端山语"让好故事影响更多人》文学直播对谈，作家阿来、骁骑校、三九音域，评论家邵燕君参与探讨。

7月19日

阅文2023年新晋大神、白金作家名单出炉。凤嘲凰、关关公子、海底漫步者、狐尾的笔、南瞻台、裴不了、卿浅、玉楼人醉8位作者签约大神作家。晨星LL、纯洁滴小龙、我会修空调、志鸟村、偏方方、西子情6位大神作家新晋成为白金作家。

2023首届阅文创作大会在成都举办。阅文集团发布了国内网络文学行业首个大模型"阅文妙笔"和基于这一大模型的应用产品——"作家助手妙笔版"。

国内AICG领域出版商"次元书馆"的众筹出版平台"次元聚核"上线。

"番茄·网络文学爱心基金"成立，对全行业网文作家开放申请。

7月21日

浙江省网络作家协会第三届代表大会在杭州召开。大会审议通过了《关于浙江省网络作家协会第二届理事会工作报告》，修改了《浙江省网络作家协会章程》。晋杜娟当选为浙江省网络作家协会第三届主席团主席，夏烈当选为常务副主席，马季、王泰、李虎（天蚕土豆）、汪海英、张凤翔（管平潮）、陆琪、陈徐（紫金陈）、陈政华（烽火戏诸侯）、徐磊（南派三叔）、黄澜、蒋达理（蒋离子）、蒋胜男等12人当选为副主席。

7月22日

浙江省网络作家循迹溯源畲乡行暨畲乡网络文学村开村仪式在丽水景宁举行。

7月26日

由每天读点故事App发起的"100个好故事计划"第三季征文活动开启。

7月28日

纵横小说十五周年的预热活动"我们共同翻阅的回忆"征稿开启。

7月29日

晋江文学城第五届作者大会参会作者名单公布。

南派三叔《盗墓笔记》八一稻米节开启。

甘肃省文联、省作协、省网络作协在兰州召开"甘肃网络文学高质量发展座谈会"。

7月31日

"数字技术与文艺研究前沿问题论坛"暨中外文艺理论学会新媒介文化研究分会第九届年会在山东理工大学国际学术交流中心隆重召开。

八月

8月1日

西双版纳澜湄网络文学协会成立暨第一次会员代表大会召开。

第六届宝珀理想国文学奖初选名单公布，贝克邦的《白鸟坠入密林》、天瑞说符的《我们生活在南京》、费滢的《天珠传奇》、何荣的《断头螺丝》等十四部作品进入初选名单。

8月3日

起点读书"字在青年"全国高校新锐作家选拔赛海选赛揭榜，各赛道TOP500选手晋级争霸赛。

8月5日

晋江文学城二十周年庆典暨第五届作者大会在北京举办。

8月6日

由每天读点故事App发起的"100个好故事计划"公布了第二季的获奖名单，此次评选分为"我的新生活"和"危险之家"两个主题。其中，"我的新生活"主题中，桃乐不丝的《热气腾腾》获一等奖，荆0的《新手》、石头记买的《乌云之下》获二等奖，哇哟哈的《向阳奔跑》、水生烟的《春天奔流而来》、乔托麻袋的《靴子》获三等奖，琥珀指甲的《如你所愿》等获入围奖。"危险之家"主题中，玄鹉的《莲华》、三分钟小姐的《沉默的反杀》获二等奖，夏荒灿的《稻草》、周阿拙的《她是谁》、kiki拉雅的《沉默在尖叫》获三等奖，陆茸的《包袱》等获入围奖。

8月7日

中文在线旗下的科幻厂牌奇想宇宙的"2023百万+稿酬计划"推出自由创作津贴。

豆瓣阅读第五届长篇拉力赛观察团选择作品正式公布，芒果TV、柠萌影视、优酷、华策影视、企鹅影视、歆光影业、中信出版·春潮工作室、博集天卷、新经典、磨铁图书10家影视出版观察团参与作品推荐。观察团选择作品为：《沪上烟火》《一碗水》《终点是曾被叫作上海的世界尽头》《致命硬糖》《她所知晓的一切》《银色铁轨》《十味香》。

8月8日

上海网络文学高层次写作人才研修班招生开始。

腾讯视频动漫大赏2023年度发布会开启，公布了包括《仙逆》《诡秘之主》《神印王座》《元尊》《盘龙》《全职高手3》等111部动画作品。其中网文改编53部，成为动画的重要改编来源。

由每天读点故事发起的"短剧抢滩计划"连载征文公布获奖名单，共有9部作品获奖。其中，尤知遇的《迟来的周先生》获得一等奖，二等奖空缺，方方是方方的《危险之家》、山水一半的《权臣九千岁》、祁临酒鬼的《危险垂钓》获得三等奖，蒋小甲的《罪爱》、隔壁住着安徒生的《提刑夫人她又在骗人了》、竖着走的大螃蟹的《告别恩和》、莉齐的《苏总每天都在求复合》、海镧的《在思南哧溜哧溜》获得优秀奖。

8月9日

"飞卢脑洞训练营"第八期中国网络作家村高级研修班在杭州滨江顺利开班。本次研修班由浙江省网络作家协会指导，高新区（滨江）党委宣传部、杭州市网络作家协会、中国网络作家村、飞卢小说网主办。

8月10日

飞卢小说网在浙江杭州的中国网络作家村，近百名作家、媒体以及相关行业专家领导的见证下，举行了18周年品牌升级的发布会仪式，并首次对外公布了飞卢小说18年来取得的成绩。

由中国作协网络文学中心主办，上海文艺出版社和番茄小说网协办的骁骑校《长乐里：盛世如我愿》作品研讨会在线上举办。

8月11日

番茄小说×芒果TV联合影视征文活动公布了获奖作品名单。经芒果TV、番茄小说从影视化可行性角度的考察评选，"赛道一：人间冷暖、万家灯火"中南孤雁的《寒冬渐远》、文可归的《越线》入围，"赛道二：轻偶现实、都市情感"中柏夏的《航向晨曦》、无二生的《长欢之野》入围。获奖作品将进入番茄小说×芒果TV联合影视版权待开发名单，优先推动长剧、短剧、出版、动漫、游戏等版权开发。

阅文旗下潇湘书院 App 开放测试基于 AI 技术的一项全新网文场景功能"筑梦岛"。

8月15日

腾讯明月工作室、古龙著作管理发展委员会与阅文集团携手，启动"大武侠时代"古龙官方授权同人征文活动。

中国文艺理论学会网络文学研究分会第八届学术年会暨"人工智能发展与中国网络文学未来"学术研讨会在江南大学召开。

8月16日

2023 上海书展暨"书香中国"上海周于 8 月 16 日至 22 日在上海展览中心举办，何常在、爱潜水的乌贼、紫金陈、法医秦明、马伯庸等诸多知名网络作家参会并出席活动。

8月17日

阅文集团继续携手上海图书馆举办"让好书生生不息"系列活动之"善恶之外，勇气之歌"。本次活动邀请了著名悬疑推理小说作家紫金陈和起点中文网的白金作家爱潜水的乌贼。

上海书展浦东新区分会场"数字阅读：开启阅读新体验"开幕式上，七猫百部现实题材作品正式入藏浦东图书馆。

8月18日

"创想+"征文大赛由中文在线×花城出版社、花城文学院联合举办，正式开启征文。

由每天读点故事主办的"故事存储计划第二季"征文上线。

2023 南国书香节在广州开幕。阿里智能信息事业群旗下书旗小说在会上发布"筑金计划"。

8月19日

读客×知乎联合主办，第三届"读客科幻文学奖"圆满落幕，评选出包括齐然《拉普拉斯的回旋》、菊储《假如情感能贩卖》、么瑶《退回童年》3 个金奖在内的 34 部获奖作品。本届读客科幻文学奖还特别设置了"知乎脑洞创意奖"。

8月20日

第四届两岸青年网络文学大赛在杭州启动。

8月21日

番茄小说面向全网作者发布"贤才招募令"，邀请作者入驻番茄小说。

8月23日

豆瓣阅读第五届长篇拉力赛获奖名单公布，本届长篇拉力赛评选出了总冠军、新人奖、各组冠亚季军、特定主题作品奖和潜力作品奖等 21 个奖项，共 20 部作品获奖。总冠军是大姑娘浪的《沪上烟火》，新人奖是给大家讲一下事情的经过的

《因何死于兰若寺》和柯布西柚的《非典型循环》。言情组获奖作品有诀别词的《浪漫反应式》等，女性组的获奖作品有大姑娘浪的《沪上烟火》等，悬疑组的获奖作品有桑文鹤的《她所知晓的一切》等，幻想组的获奖作品有居尼尔斯的《乌小姐卷入神奇事件》等。

8月25日

第六届牧神计划·新主义悬疑文学大赛获奖名单公布，长篇组的一等奖是塘璜的《群星坠落的画卷》，二等奖是钱幸的《往生风浪》，三等奖是林星晴的《沉默的逆转》；中短篇组的一等奖是瘦亮亮的《嘉靖二十一年》，二等奖是扶鸟的《黑白》和林星晴的《干涸的怒意》，三等奖包括塘璜的《幽灵侦探的反向密室》等作品。同时，第七届牧神计划·新主义悬疑文学大赛开启，分为长篇组和中短篇组。

番茄小说网正式上线作者等级体系。等级体系分为 level 1—3 和金番作家、殿堂作家。

2022年度河北网络小说排行榜在河北省网络文学工作推进会上正式揭晓。何常在的《奔涌》、远瞳的《黎明之剑》、希行的《楚后》、刘阿八的《半神之巅》、遨游红尘的《野庄风云》、奔放的招财猫的《停留在夏天的人》、王玉霞的《试试做个兽系青年吧》、一只薄薄的《天生拍档》、江旷的《枣村》、施黛的《霓裳帐暖》十部网络小说上榜。

8月28日

网络文学青春榜8月（北大榜）出炉。

网络文学青春榜8月（北大榜）

作品名称	作者	连载网站
《赤心巡天》	情何以甚	起点中文网
《终末的绅士》	穿黄衣的阿肥	起点中文网
《我为长生仙》	阎ZK	起点中文网
《窥天》	黑金暴风	知乎
《因何死于兰若寺？》	给大家讲一下事情的经过	豆瓣阅读
《智者不入爱河》	陈之遥	豆瓣阅读
《独秀》	江月年年	晋江文学城
《在男团选秀假扮海外选手》	自爆卡车	晋江文学城
《入侵》	龚心文	晋江文学城
《我在废土世界扫垃圾》	有花在野	晋江文学城

由中国作协网络文学中心和河北省作家协会主办的何常在《三万里河东入海》研讨会在线上召开。

由青海省作家协会网络文学委员会、青海羲和旅游开发有限公司共同举办的首届中国（青海）昆仑英雄网络文学奖颁奖典礼在西宁举行。结果如下：

后羿奖：《镜面管理局》《我的一日猴王梦》《我在坟场画皮十五年》《一剑独尊》《剑仙在此》。

女娲奖：《乔岁有座山》《小生意》《粤食记》《油城浮世》《璀璨风华》。

精卫奖：《奔涌》《寰宇之夜》《雪域密码》《天路》《慷慨天山》。

夸父奖：《国宝风云之敦煌密档》《青海密码：天珠密藏》《赛什腾密码》《虎警》《013号凶案密档》。

新人奖：本命红楼、纳玉琼、猫说午后、钧霆、惊蛰落月。

8月30日

阅文集团旗下起点中文网现实频道举办的春季征文大赛公布评选结果，社会悬疑题材作品《十七岁少女失踪事件》斩获首奖，《茫茫白昼漫游》《猪之舞》《美味关系》《我的游戏没有AFK》四部作品获得佳作奖。

8月31日

起点现实频道正式启动以"总有奇遇发生"为主题的秋季征文大赛，持续鼓励现实题材网文的版权价值探索。

七猫中文网首届短篇征文大赛启动。

九月

9月1日

番茄小说推出"凌云计划"，鼓励作者创作优质长篇内容。

青海省作家协会网络文学委员会创作基地挂牌。

腾讯视频V视界大会举行，现场公布了2024剧集片单。其中，《西出玉门》《庆余年（第二季）》《大奉打更人》《在暴雪时分》等剧集均改编自网络文学IP。

书旗小说筑金计划开始实施。

七猫中文网首届短篇征文大赛启动。

中国作协网络文学中心举办的"全国网络作家学习党的二十大精神专题线上培训班"优秀学员名单公布。

9月7日

2023第十五届纵横中文网作者大会在澳门举办。月如火的《一世独尊》、一叶青天的《盖世帝尊》获年度最佳改编动漫奖，十阶浮屠的《末日刁民》获年度最佳有声改编奖，六道沉沦的《大造化剑主》等获年度最强更新奖，平生未知寒的《武夫》等获年度最佳新人奖，铁马飞桥的《太荒吞天诀》等获年度最具改编潜力奖，半世琉璃、繁朵灯作家获年度荣誉作家奖。

由中国社会科学院文学研究所、中国国家版本馆、山西师范大学联合主办的"文化传承发展中的网络文学与数智人文"学术论坛在中国国家版本馆中央总馆举行。

9月9日

首届"观海杯"青岛网络文学大赛在青岛举行。本次活动由中共青岛市委宣传部指导,青岛市文联、青岛日报社(集团)主办,主题为"挖掘优秀作者 创作时代精品"。

9月11日

由中国作家协会网络文学中心指导,共青团北京市委员会主办,北京市团校承办,北京青年文学协会协办的2023"青社学堂"京津冀网络文学青年创作骨干培训班在北京民政部培训中心开班。团北京市委、团天津市委、团河北省委社会联络部负责同志在会上共同启动了"京津冀网络文学青年人才培养计划"。

9月12日

杭州第19届亚运会火炬传递宁波站启动,推理小说作家紫金陈(陈徐)担任第166棒火炬手。

由中国作协网络文学中心主办,中信出版集团、江西省作协、九江市文联、江西省网络作协、九江市网络作协、阅文集团、扬子江网络文学评论中心承办的"世界科幻的中国情怀——天瑞说符长篇小说《我们生活在南京》文学—影视研讨会"在京举行。

9月13日

由山东省作协、泰安市委宣传部主办,山东省网络作协、泰安市文联(作协)承办的山东网络文学高质量发展专题研讨班在泰安市举办。

9月19日

第三届"百花文艺周"暨第二十届百花文学奖颁奖典礼系列活动于9月19日盛大启幕。本次活动由天津市委宣传部指导,天津出版传媒集团主办,百花文艺出版社承办。其中,网络文学奖有3部获奖作品,分别为匪迦的《北斗星辰》、骁骑校的《长乐里:盛世如我愿》、天瑞说符的《我们生活在南京》。

由微博主办的首届"微博文化之夜"盛典在河南郑州举行。参与此次活动的网络文学作家有蒋胜男、匪我思存、会说话的肘子、她与灯、随宇而安等,其中网络文学作家蒋胜男获得"微博年度突破作家",匪我思存获得"微博影响力作家",会说话的肘子的《夜的命名术》和她与灯的《观鹤笔记》获得"微博年度网络文学IP"等。此次活动也评选出了微博年度十大文学IP,包括《盗墓笔记》《道诡异仙》《诡秘之主》《黑莲花攻略手册》等。

9月20日

由中国作协网络文学中心主办的2022中国网络文学影响力榜读者投票开启。

第十三届"数智赋能 联结未来"中国数字出版博览会在甘肃敦煌开幕。会上,中国新闻出版研究院发布了《2022—2023年中国数字出版产业发展年度报告》。报告显示,2022年中国网络文学作家数量累计超过2200万人,年度新增签约作者17

万人；累计上架网络文学作品 3400 余万部，占数字阅读整体上架作品总数的 60% 以上；中国网络文学海外市场规模突破 30 亿元，海外用户超过 1.5 亿人。此外，本届数博会参展单位有 223 家，共 16 个省市组团参展。

经中国作协党组书记处批准、由中华文学基金会牵头主办的第五届中华文学基金会茅盾新人奖评奖工作开启。本届茅盾新人奖由中华文学基金会、浙江省作家协会和桐乡市人民政府共同主办。

9月22日

"番阅校园，笔贯山河"番茄校园作者选拔赛启动。

以"智能新技术、创作新生力、鲜活新传播"为主题的网络文学创作论坛，在第十三届中国数字出版博览会期间举办。本次论坛由甘肃省委宣传部、甘肃省文学艺术界联合会、甘肃省作家协会、酒泉市委宣传部主办，甘肃省网络作家协会承办。

9月25日

由每天读点故事 App 联合院线电影《密室逃脱》出品方火山云影业共同举办的征文活动正式开始。

番茄小说第三届网络文学大赛正式开启。

中国作家协会网络文学中心、西南科技大学、绵阳市文联、绵阳市游仙区人民政府决定共同实施"2023 年度中国网络科幻文学创作扶持计划"。本计划重点扶持科技创新故事与科学家精神，航空航天、核科技与新能源题材，人工智能题材，未来世界四个方面选题。

首届"新领域新文艺·好内容创未来"北京网络视听艺术大会在北京开幕。

9月26日

中国作协网络文学中心 9 月 26 日发布"网络文学 IP 创作扶持计划"，将聚焦中华优秀文化、人民美好生活、科技创新和科幻、人类命运共同体、经典之美五个主题，扶持创作网络文学 IP 短剧作品 50 部。

"网络文学视听转化研讨会暨网络作家培训班"在无锡召开。会议由中国作家协会网络文学中心和江苏省作家协会主办，江南大学人文学院、无锡市文联等单位协办。继 26 日发布"网络文学 IP 创作扶持计划"和举行主题研讨会后，27 日于江南大学成功举办了"网络作家培训班"。

第十六届中国国际漫画节在广州白云国际会议中心开幕，第 20 届中国动漫金龙奖颁奖大会和中国漫画家大会等系列活动同步举行。其中，《斗罗大陆》获最佳动漫 IP 奖，阅文集团获最佳动漫与游戏平台奖。

哔哩哔哩 2023—2024 国创动画作品发布会举办，公布了 68 部国创动画作品，包括《凡人修仙传 新年番》《夜的命名术》《亏成首富从游戏开始》《一世之尊》《将夜》等多部网络文学 IP 改编作品。

文化和旅游部恭王府博物馆联合阅文集团举办的"阅见非遗"光影展正式开

展。展览分为"时间宝藏""书籍密语""灿烂幻境"三大板块，体现"网文+非遗展+科技+光影"的效果。

9月28日

起点读书"字在青年"全国高校新锐作家选拔赛决赛获奖名单揭晓。

9月30日

菠萝包轻小说开启"少年的奇迹历险"主题征文。

十月

10月2日

晨曦杯预投票名单公布，有202部网络文学作品入选。

10月7日

由中国作家协会、中国驻波兰大使馆文化处主办，中国图书进出口（集团）有限公司、中国教育图书进出口有限公司承办的"中国文学读者俱乐部"——中国网络文学分享会在波兰成功举办，中国网络作家横扫天涯结合创作经历开展讲座。

第六届柳青文学奖评奖办公示了第六届柳青文学奖的获奖名单，其中有两部网络文学作品获奖，分别是风圣大鹏的《卧牛沟》、关中老人的《一脉承腔》。

10月8日

由中宣部文艺局指导，中国文联网络文艺传播中心、江西省委宣传部主办的"感受文化遗产魅力 促进网络文艺创作"网络文艺骨干研修采风活动在江西举办。

10月9日

由文化和旅游部恭王府博物馆、阅文集团主办的"阅见非遗"征文获奖名单公布。结果如下：

金奖：《我本无意成仙》。

银奖：《炽热月光》《一纸千金》《大明英华》。

铜奖：《一梭千载》《相医为命》《娇娥》《轻吻小茉莉》《金玉流年》《守一人》。

浙江省作家协会公布了2023年度浙江省网络文学原创作品扶持项目名单，拟扶持10部作品，分别是：李易谦（龙骨粥）的《维度》、杨月文（梅子黄时雨）的《美好不过食光》、陈姗姗（陈酿）的《江山梦密码》、周飞的《跨越》、郑茹茹（茹若）的《两万里路云和月》、胡毅萍（古兰月）的《日出江南》、唐天福（唐四方）的《青山脚下三块石》、蒋峰（笔龙胆）的《造浪者》、楼林军（楼子郁）的《跨越千年的双向奔赴》和雷巧燕（洛施）的《畲山》。

在优酷新国风动漫发布会上，动漫《少年歌行》官方公布了少年歌行的IP七部曲。

10月10日

由中国音像与数字出版协会、中国新闻出版传媒集团指导，江苏省委宣传部、江苏省新闻出版局、江苏省作协主办，江苏凤凰文艺出版社承办的"第五届扬子江网络文学作品大赛"公布获奖名单。

第五届扬子江网络文学作品大赛获奖名单

奖项名称	作品名称	作者
一等奖	《我的西海雄鹰翱翔》 （最具影视改编潜力奖）	懿小茹
二等奖	《茶魂》（最佳年度主题奖）	素衣凝香
	《风华时代》	本命红楼
三等奖	《传世琉璃》 （最佳故事情节奖）	老宏
	《兽医扎次》	光头强
	《熙南里》	姞文
	《春暖临山》	月光码头

番茄小说"短故事限时活动"征稿启动。

10月11日

豆瓣阅读联合优酷、完美世界与大鱼文学，举办"古风世界"主题征稿活动。

10月12日

起点联合知书，面向在校大学生发起短视频推文创作大赛。

"网抒新时代、文创新高峰——中国网络文学影响力榜（2022年度）发布典礼"在广州举行。本次活动由中国作家协会、中共广东省委宣传部主办，中国作协网络文学中心、广东省作家协会、广东广播电视台、花城文学院共同承办。数据显示，2022年中国网络文学新增作品300多万部，重点网络文学网站新增作者260多万人，主要网络文学平台营收规模超230亿元，中国网络文学海外用户超1.5亿人，网络文学出海市场规模超30亿元，年度播放量前10的国产剧中，7部为网络文学改编。

中国网络文学影响力榜（2022年度）

作品名称	作家
一、网络小说影响力榜（10部）	
《关键路径》	匪迦
《洞庭茶师》	童童
《上海凡人传》	和晓
《逆行的不等式》	风晓樱寒
《我们生活在南京》	天瑞说符

续表

作品名称	作家
《夜的命名术》	会说话的肘子
《寄生之子》	群星观测
《长夜余火》	爱潜水的乌贼
《黎明之剑》	远瞳
《永生世界》	伪戒
二、IP影响力榜（9部）	
《开端》	祈祷君
《云过天空你过心》	沐清雨
《小敏家》	伊北
《烽烟尽处》	酒徒
《萌妻食神》	紫伊281
《九天玄帝诀》	傲天无痕
《星域四万年》	卧牛真人
《超级神基因》	十二翼黑暗炽天使
《清穿日常》	多木木多
三、海外传播榜（10部）	
《星汉灿烂，幸甚至哉》	关心则乱
《遇见你余生甜又暖》	沐六六
《他从火光中走来》	耳东兔子
《光阴之外》	耳根
《不科学御兽》	轻泉流响
《一剑独尊》	青鸾峰上
《战尊归来》	在云端
《只有我能用召唤术》	竹楼听细雨
《宇宙职业选手》	我吃西红柿
《刀剑神皇》	乱世狂刀
四、新人榜（8位）	
—	本命红楼（张启晨）
—	阎ZK（阎志凯）
—	听日（黄序希）
—	我最白（任岩）
—	我爱小豆（段博文）
—	裴不了（裴梁越）
—	退戈（陈晓庆）
—	奕辰辰（刘奕辰）

10月13日

中文逍遥大模型发布会暨中文在线集团股份有限公司与石景山区人民政府战略协议签约仪式"在石景山区首钢园举行。会上,中文在线与石景山区人民政府签署战略合作协议。同时,中文在线发布了全球首个万字创作大模型——"中文逍遥"大模型。

10月15日

江苏省第八届紫金山文学奖中有三部网络文学作品获奖,分别是赖尔的《女兵安妮》、时音的《长安秘案录》、萧茜宁的《身如琉璃心似雪》。

10月16日

鲁迅文学院第二十二期网络文学作家培训班开学典礼在北京举行。

10月17日

第75届法兰克福书展于2023年10月17日至10月22日在德国法兰克福会展中心举办,阅文集团是唯一参展的中国网文企业。

10月19日

2023年中国作家协会网络文学理论评论支持计划征集公告发布。

第34届中国科幻银河奖颁奖典礼在成都举行。网络文学作家滚开凭借作品《隐秘死角》荣获最佳网络文学奖,我会修空调凭借作品《我的治愈系游戏》获得最佳原创图书奖。

由中国作家协会外联部指导、中国驻英国大使馆文化处、中国文学英国读者俱乐部支持,大英图书馆、中国教育图书进出口有限公司、英国康河出版社承办的"中国网络文学作家走进英国"活动在英国伦敦举行。中国网络文学作家横扫天涯出席活动。

在2023世界科幻大会上,科幻世界杂志社联合中国科幻研究院共同发布了《中国科幻文学IP改编价值潜力榜(2023)》。

中国科幻文学IP改编价值潜力榜(2023)

序号	作品名称	作者
1	《隐秘死角》	滚开
2	《末日乐园》	须尾俱全
3	《中国轨道号》	吴岩
4	《星域四万年》	卧牛真人
5	《造神年代》	严曦
6	《深渊独行》	言归正传
7	《如果房子会说话》	井上三尺
8	《隐形时代》	藤野

续表

序号	作品名称	作者
9	《猩红降临》	黑山老鬼
10	《7号基地》	净无痕
11	《鄢红》	杨建
12	《傻子》	苍月生

10月21日

由江苏网络文学谷、南京广电集团、南京夫子庙文化旅游集团有限公司主办的第一届"封神杯"江苏省高校网络文学大赛正式开启。

由云南省作家协会、曲靖市文学艺术界联合会、曲靖师范学院三方共建的云南网络文学研究中心揭牌仪式在曲靖师范学院举行，标志着云南省首个省级网络文学研究平台正式成立。

10月22日

"从人和故事出发——推理文学的生命力"主题座谈会在北京红楼藏书阁举办。作家止庵、陆烨华、番茄小说头部悬疑作品《十日终焉》作者杀虫队队员、中国社科院文学所青年学者王雨童、北京语言大学讲师苏展等五位嘉宾与会。

10月24日

鲁迅文学院第二十二期网络文学作家培训班结业典礼在北京举行。

10月25日

由宁夏文联、江苏省作协共同主办的"文飞彩翼，心有灵犀"——宁夏江苏网络作家交流会在宁夏图书馆报告厅举行。

10月30日

谜想故事奖科幻悬疑中短篇征文比赛获奖名单公布。其中，中篇组一等奖获奖作品为《佯谬的拐点》，二等奖获奖作品为《因赛克特谎言》，三等奖获奖作品为《假想层》《献给大雨中的瑞尔》；短篇组一等奖获奖作品为《海弥村仙人考》，二等奖获奖作品为《生命的振动》，三等奖获奖作品为《十年树木》《觉醒日》；另外设有机构选择奖2名，评委选择奖6名。

10月31日

由每天读点故事App发起的100个好故事计划公布了第三季的获奖名单，此次评选分为"BE美学"和"开局即高能"两个主题。其中，"BE美学"主题中，一等奖空缺，《他的喜欢是一场骗局》获二等奖，《淮南旧事》《再无归期》《谁人过情关》获三等奖，《大梦初醒》等作品获入围奖。"开局即高能"主题中，一等奖空缺，《查无此案：灭门》《长公主为何爱发疯：生死交锋》获二等奖，《捡到秘密那一天》《狩猎》《福星太子妃》获三等奖，《失踪的她》等作品获入围奖。

阅文集团对外发布短剧剧本征集令。

由中国作家协会网络文学委员会、中国散文学会指导，中共济南市委宣传部、中共济南市委网信办、济南日报报业集团、济南市文学艺术界联合会共同主办，舜网承办的"济南情·黄河魂"第七届网络文学征文活动颁奖暨启动"追光"第八届网络文学征文活动在济南举办。

十一月

11月1日

"美丽中国"网络小说征文活动揭晓获奖名单。奕辰辰的《慷慨天山》获得一等奖，二等奖是童童的《洞庭茶师》和柏夏的《航向晨曦》，三等奖是关中老人的《秦川暖阳》、嬴春衣的《翠山情》、乱世狂刀的《山花烂漫时》。

11月2日

第七届冷湖奖面向全国科幻爱好者征集中短篇科幻小说。

番茄小说2024年度"乘风计划"开启。

11月3日

飞卢小说短剧剧本征集活动开启。

第十九届中美电视节（2023）获奖名单公布，有多部由网络文学作品改编而来的影视剧获奖，如《莲花楼》《风吹半夏》《偷偷藏不住》等获年度金天使奖电视剧，《苍兰诀》《云襄传》《少年歌行》等获年度最佳网剧。

11月6日

番茄小说全新上线了展示番茄头部好书的统一性榜单——巅峰榜。

11月7日

阅文集团旗下起点读书App"网文填坑节"活动开启。

中国作协网络文学研究安徽大学调研座谈会成功举行。

由中国作家协会网络文学中心、广东省作家协会主办的风晓樱寒《逆行的不等式》作品研讨会在线上召开。

11月8日

起点中文网和创世中文网发布"风云再起"游戏征文招募令。

由国家图书馆（国家古籍保护中心）及抖音集团主办、国家古籍保护中心办公室及番茄小说承办的"古籍活化，传承书香"联合征文活动获奖作品。

"古籍活化，传承书香"联合征文获奖名单

奖项名称	作品名称	作者	活化古籍
一等奖	《鄱阳湖君传》	左断手	《子不语》
二等奖	《无情调》	任欢游	《牡丹亭》
	《王羲之的鹅》	关中闲汉	《世说新语》《子不语》

续表

奖项名称	作品名称	作者	活化古籍
三等奖	《长安香》	三文不吃鱼	《长生殿》
	《老夫范进,在大明退休养老》	山的那边	《儒林外史》
优秀奖	《剑暮点灯人》	油子吟	《子不语》
	《相思绕》	一定更	《世说新语》
	《不语镇》	倚剑听风雨	《子不语》
	《子不语:盛世之下》	吴半仙	《子不语》
	《乱青丝》	一口一个桃儿	《阅微草堂笔记》
	《子不语:幽灵人间》	墨绿青苔	《子不语》
	《锁魂缘》	鱼书不至	《阅微草堂笔记》
	《画像》	风雨如书 2020	《牡丹亭》
	《世说新语:鹤仙》	情殇孤月	《世说新语》
	《炽情难灭》	香吉士	《长生殿》

11月9日

中国作协网络文学中心启动"阅评计划",研讨网络文学佳作。

番茄小说第一届脑洞之王创作大赛迎来收官。《我一个明星,搞点副业很合理吧?》(作者:我肉真好吃)获"男频脑洞之王"奖项,《全家反派读我心后,人设都崩了》(作者:喵金金)获"女频脑洞之王"奖项。

晋江文学城"地域风情·京津冀"原创现言主题征文开启。

由中国作家协会主办的"数字素养与技能提升论坛"在2023年世界互联网大会乌镇峰会期间成功举办。

11月10日

第五届"金熊猫"网络文学奖征集公告正式发布。

番茄小说2023殿堂&金番作家名单揭晓,三九音域和燕北2位作家荣升番茄小说2023年度殿堂作家,阿刀、80年代的风、采薇采薇等18位作家荣升番茄小说2023年度金番作家。

11月11日

第四届辽宁网络文学"金桅杆"奖优秀评论(研究)奖终评结果公示。辽宁网络文学"金桅杆"奖自2019年起,已连续举办四届,根据《辽宁网络文学"金桅杆"奖评奖办法》,经评委投票本届"金桅杆"奖优秀评论(研究)奖产生了5篇获奖作品。结果如下:

吴金梅的《以网络文学创作繁荣发展新时代辽宁文化事业和文化产业》,韩传喜、郭晨的《嵌入、联结、驯化:基于可供性视角的网络文学媒介化转向考察》,

郑熙青的《中国网络文学创作中的原创性和著作权问题》，房伟的《时空拓展、功能转换与媒介变革——中国网络小说的"长度"问题研究》，唐伟的《从"文学+网络"到"网络+文学"》。

11月12日

"网易LOFTER"征集女性视角爽文。

11月13日

由番茄小说、上海网络作家协会、湖南省网络作家协会、张家界市文学艺术界联合会共同主办，张家界市作家协会、张家界市网络作家协会承办的"仙境张家界"2023年网络文学交流采风周暨网络作家高级研修班在张家界市举行了启动仪式。

11月15日

国家新闻出版广电总局多措并举，持续开展网络微短剧治理工作。

11月16日

阅文集团、七猫中文网、纵横中文网等网络文学企业参展第四届长三角国际文化产业博览会。

由江苏省委宣传部、江苏省新闻出版局、江苏省作家协会主办的第五届扬子江网络文学作品大赛颁奖暨现实题材网络文学创作分享会在南京师范大学举办。

2023年度中国作协网络文学理论评论支持计划评审结果公告。2023年度中国作家协会网络文学理论评论支持计划共收到符合规定的申报项目22个，包括3个专项与19个一般项目。经网络文学理论评论支持计划评审委员会论证，确定10个项目入选（含3个专项）。结果如下：

鲍远福：《现代神话、后人类叙事与中国式现代化书写——新世纪中国网络科幻小说论稿》；

王婉波：《网络文学读者阅读行为的多维考察》；

高翔：《当代网络文学的价值取向研究》；

胡疆锋：《中国网络小说的现实品格》；

周志雄、许潇菲：《中国网络文学行业发展状况调研报告》；

翟传鹏：《网络时代的文学生产转型研究》；

王冰冰：《网络微短剧的美学特征及其精品化路径》；

中国作协网络文学中南大学研究基地，《中国网络文学年鉴（2023）》（专项）；

中国作协网络文学山东大学研究基地，《中国网络文学理论评论年选2023》（专项）；

扬子江网络文学评论中心，"中国网络文学阅评计划"（专项）。

11月17日

第二十四届深圳读书月期间，深圳图书馆特携手阅文集团举办"网罗天地 融汇古今——网络文学IP展"。

"学习贯彻习近平文化思想 推动新时代网络文学高质量发展——网络作家座谈会"在浙江乌镇举行。

11月20日

阅文集团与南都娱乐联合发布了《2023IP风向标》，指出2023年IP产业的五大趋势：男频IP为视频平台拓展新空间；类型化IP赛道火热；群像式写作顺应配角崛起时代；网文IP成动漫主力助力平台增收；网文成IP手游爆款新势力。

七猫女频定制征文第一期——"第一人称"主题征文正式开启。

11月22日

长沙青年网络作家文学创作研修班开班。

番茄小说首届创作者大会在北京召开，会上官宣了"和光计划"，同时发布了已售出版权的75部作品片单。

豆瓣阅读主题征稿第五季"古风世界"第一期短名单公布，共10部作品入围，分别为《海昏》《金缕曲》《临风曲》《龙香拨》《青石记》《三嫁》《细作行》《晓月西洋》《窈窕兔女》《银蟾记》。

豆瓣阅读"奋斗之路"有奖创作活动启动。

11月23日

由中国作家协会网络文学中心、黑龙江省作家协会主办，中文在线协办的伪戒《永生世界》研讨会在线上召开。

11月25日

2023爱奇艺尖叫之夜举行，《长风渡》《莲花楼》《宁安如梦》《田耕纪》《他从火光中走来》等多部IP改编影视剧获荣誉。

11月27日

阅文集团旗下起点中文网网文填坑书单发布。

黑龙江网络文学高质量发展座谈会在黑龙江省牡丹江市召开。

11月28日

广东省首个网络作家协会创作基地在江门市江海区龙溪湖阅读中心正式揭牌。同时，江门市作家协会创作基地揭牌成立。

11月30日

由郑州市小说学会指导，顶端文学频道特策划了"文学频道十佳新锐小说创作者评选"活动。

阅文集团在海南举办了2023作家创作沟通会，重磅发布"恒星计划"。

十二月

12月1日

晋江文学城宣布"无CP+"分站迁移工程启动。

12月4日

每天读点故事官方即日起会陆续为自2023年1月1日后独家签约并在App上成功完结的连载及系列作品登记版权。

12月5日

由上海市新闻出版局指导，上海市出版协会、阅文集团主办的第二届上海国际网络文学周正式开幕。

第二届上海国际网络文学周开幕式上，中国音像与数字出版协会副秘书长李弘发布《2023中国网络文学出海趋势报告》，这份报告以阅文集团和行业调查材料为主要分析蓝本，总结出网文出海的四大趋势：AI翻译，加速网文"一键出海"；全球共创，海外网文规模化发展；社交共读，好故事引领文化交流；产业融合，打造全球性IP生态。

起点国际揭晓2023WSA的奖项归属。本届WSA参赛作品近11万部，同比增长17.3%，再创历史新高。美国作家白色夜莺《继承至尊遗产的我》、加拿大作家青玄《魔法的继承者：魔法王》、加纳作家光荣之鹰《寻迹旧爱》、印度尼西亚作家永恒之蝶《猎爱无声》摘得金奖。

阅文集团发布"短剧星河孵化计划"，包括：启动"百部IP培育计划"，推出"亿元创作基金"，探索创新互动短剧，以AIGC赋能IP体验，同时将推出阅文首部双人互动影视。

由微博主办的"微博视界大会"在北京举行，《装腔启示录》《好事成双》《偷偷藏不住》等获得年度大众喜爱作品，《长相思（第一季）》《莲花楼》《为有暗香来》等获得年度创新传播作品。

第三届海南自由贸易港网络文学论坛在陵水举办。

12月8日

由重庆市网络作家协会与重庆工商大学共建的重庆市网络文学传播研究院正式成立。

希捷数据宇宙征文大赛启动。该大赛是飞卢小说网与希捷科技合作的成果。

12月9日

中国网络作家村六周年"村民日"活动暨第六次村民大会开幕式在杭州滨江举行。活动现场，"美丽中国 精彩滨江"征文大赛和白马湖全国网络文学出海评论研究大赛正式启动宣发。"中国网络作家村网络文学视听转化孵化基地"和"中国网络作家村助力共同富裕临安联建基地"联合揭牌仪式顺利举行。同时，作家村与电魂网络、哔哩哔哩、猫耳FM、希捷、网龙网络、飞卢小说等文化上下游企业顺利完成"共筑优秀传统文化世界观""有声助力乡村振兴""数字文化"三项战略合作签约。

12月10日

"网络文学高质量发展·上海培训"于上海大学宝山校区开幕。

《咬文嚼字》编辑部发布"2023年十大流行语":新质生产力,双向奔赴,人工智能大模型,村超,特种兵式旅游,显眼包,搭子,多巴胺××,情绪价值,质疑××、理解××、成为××。

商务印书馆公众号推出了"2023年度十大网络用语丨汉语盘点"栏目:爱达未来、烟火气、数智生活、村BA、特种兵式旅游、显眼包、主打一个××、多巴胺穿搭、命运的齿轮开始转动、新职人。

上海《语言文字周报》编辑部公布了2023年"十大网络流行语"榜单:i人/e人、显眼包、特种兵旅游、×门、遥遥领先、多巴胺××、孔乙己文学、公主/王子,请××、你人还怪好的(嘞)、挖呀挖呀挖。

12月11日

微博发起了2023#好书大赏#活动,公布了"年度人气新书""年度人气出版作家""年度人气网文作家""年度新锐作者""年度人气IP""年度新锐IP"入围名单。其中"年度人气IP"中《大奉打更人》《吉祥纹莲花楼》《盗墓笔记》等10部网络文学IP入围,"年度新锐IP"有《观鹤笔记》《道诡异仙》《白日提灯》等8部网络文学IP入围。

"和光计划"首届影视征文活动——国风有"薪"意征文大赛启动。该大赛由番茄小说联合优酷举办。

12月12日

中国作协网络文学研究院和杭州市文学艺术界联合会主办第四届白马湖全国网络文学评论大赛,向全国公开征集原创网络文学作品研究评论文章。

12月14日

12月14—16日,由中国作家协会主办的"2023中国网络文学论坛"在河北石家庄举行。论坛开幕式上发布了"网络文学国际传播项目"。中国作家协会遴选出《雪中悍刀行》《芈月传》《万相之王》《坏小孩》4部作品,使用英语、缅甸语、波斯语、斯瓦希里语4个语种,通过在线阅读、广播剧(有声剧)、短视频、推广片4种方式,向全球进行推介。论坛举办期间,近30位作家和评论家、网络文学平台以及游戏、动漫、网剧等企业的负责人进行了专题发言和系列对谈,同时还举办了河北省网络作家座谈会、河北省网络文学产业发展座谈会、网络作家进校园等活动。

由四川省文艺评论家协会与四川省作家协会网络文学中心共同主办的"网络文学艺术发展新趋势与新动力暨四川网络文学发展2022年度报告发布研讨会"在成都举行。

12月15日

12月15日,由咪咕数字传媒有限公司主办的"智·爱2023咪咕文学之夜"在北京举办。活动中，由怡然创作、云天河主播的《长命百岁》；由金十六创作、一种侃侃主播的《我干白事儿这些年》；由墨子白创作、一刀苏苏主播的《家有王妃初长成》；由海清拿天鹅创作、掷地有声主播的《醉玉翻香》；由雪上一支蒿创作、尘萱主播的《王府贵媳躺赢日常》5部作品获得了年度至臻有声书奖；作家空留、怡然、山谷君、阿彩、晓云获得了年度畅销作者奖。

由深圳市作家协会和香港作家联会、澳门基金会联合举办的第五届大湾区杯（深圳）网络文学大赛获奖作品公布，名单如下：

第五届大湾区杯（深圳）网络文学大赛获奖作品

作品	作者	类型
《地星危机》	牛文贤	科幻题材
《生活有晴天》	刘艳	现实题材
《诡秘之上》	刘吉刚	仙侠题材
《左舷》	李泽民	军事历史题材
《强国重器》	李杰	现实题材
《我在规则怪谈世界乱杀》	张思宇	悬疑科幻
《北京保卫战》	张柱桥	现实题材
《归宿》	周密密	现实题材
《长安盛宴》	尚启元	现实题材
《数千个像我一样的女孩》	简洁	长篇小说

12月16日

第四届辽宁网络文学"金桅杆"奖·优秀评论（研究）奖颁奖典礼在大连大学举办，5部获奖作品如下：吴金梅的《以网络文学创作繁荣发展新时代辽宁文化事业和文化产业》，韩传喜、郭晨的《嵌入、联结、驯化：基于可供性视角的网络文学媒介化转向考察》，郑熙青的《中国网络文学创作中的原创性和著作权问题》，房伟的《时空拓展、功能转换与媒介变革——中国网络小说的"长度"问题研究》，唐伟的《从"文学+网络"到"网络+文学"》。

由中国文艺评论家协会新媒体委员会、浙江省文艺评论家协会网络文艺委员会指导，杭州师范大学、杭州市文联主办的2023·青年批评家日暨新媒体影视视听艺术论坛在杭举行。论坛公布了2023年度新媒体影视视听十大热词："情动""共创式生产""村超""霸总出海""微短剧""中国颜色""共识传播""全球文明倡议""情绪价值""跨媒介"。

2023腾讯视频金鹅荣誉发布活动在澳门举行。《长相思（第一季）》《昆仑神宫》《好事成双》《西出玉门》等IP改编剧入选"年度观众喜爱剧集"；IP改编电影《三线轮洄》等入选"年度优秀网络电影"；《斗罗大陆Ⅰ》《完美世界》《斗破苍穹年番》三部作品当选"年度会员挚爱动漫";《斗罗大陆》获得平台"IP之星"荣誉,阅文集团获得"年度最佳合作伙伴"荣誉等。

12月20日

豆瓣公布了豆瓣2023读书榜单。奵鹤的《她对此感到厌烦》、天瑞说符的《我们生活在南京》、慕明的《宛转环》三部网络文学作品入选豆瓣2023年度科幻·奇幻榜单。

12月21日

第九届滇云网络文学大赛颁奖仪式在2023昆明网络文化节闭幕式上举行。共有20件优秀网络文学作品获奖。获奖结果如下:

一等奖:阿伍颂庚的《雨林神象》、郭兴聘的《月鸟》、心理咨询师雁北的《梦知道答案》。

二等奖:哀牢后裔的《苍穹安答》、黑马子建的《眼睛里的刺》、会魔法的小猪的《五千年修仙,三千年模拟》、辛术的《豚在潮中央》、彩云下的阳光的《丽江记》、鸽子杨军的《卖梦者》。

三等奖:单小秋的《枯木逢春》、远离尘嚣的《我们看塔去》、烟distance的《魔女的夜宴》、禾川的《幻·象》、中年少女的《雾散云开》、张一骁的《和解》、滇西北蛮子的《滇西北白族人家的农耕生活》、草盛豆苗稀的《七城记》、夏浅眠的《天边有座轿子山》、只度天上曲的《星际》、立外的《鱼稿的游戏》。

由中文在线×花城出版社、花城文学院携手联合举办的首届"创想+"征文大赛圆满落幕,获奖结果如下:

金奖:童童的《完美的妻子》。

银奖:拟南芥的《千狐百怪之宴》。

铜奖:文一森的《重门余音》、南风语《谁在算计》。

特别关注奖:冷胭的《卿本孤芳》、李维励的《客自不须还》。

优秀奖作品奖:洪水的《大书斋》、柏银的《大雪无痕》、匠人的《铁子》、曹给非的《水龙吟》、凝佳恩的《梦正乘舟行》。

12月22日

第二届"阅见非遗"主题征文活动开启。本届征文活动由恭王府博物馆和阅文集团联合举办。

12月25日

由中国小说学会主办、江苏省兴化市委宣传部承办的中国小说学会2023年度中国好小说研讨会在兴化召开。10部入选网络小说名单如下。

第六个：**智商在线**。家人们谁懂啊，原来现在爽文的定义不是主角大杀四方，而是要求角色智商在线，故事不小白。

第七个：**非遗**。看网文可以学习非遗文化！京剧、木雕、造纸技艺、狮舞……上百个非遗项目尽在网文。

第八个：**AI 金手指**。ChatGPT 开启 AIGC 元年，以往都是主角拥有金手指，现在作家也能拥有自己的 AI 金手指了！找灵感，润词句，AIGC 在创作辅助上无所不能。

第九个：**短剧＝网文 MV**。短小精悍的文化快餐，龙王赘婿、手撕渣男、霸总追妻……爽点不断的短剧，内容源头居然都是网文，短剧＝网文 MV。

第十个：**霸总全球化**。普通的文化出海：中国人写霸总网文征服老外！网文出海：老外写霸总网文征服老外！

（黎姣欣　辑录）

附录：2023年网络文坛纪事

2023年度中国好小说（10部网络小说名单）

作品	作者	源站	完结时间
《道诡异仙》	狐尾的笔	起点中文网	2023年5月
《深空彼岸》	辰东	创世中文网	2023年6月
《我的治愈系游戏》	我会修空调	小说阅读网	2023年3月
《全军列阵》	知白	纵横小说	2023年8月
《我在精神病院学斩神》	三九音域	番茄小说	2023年9月
《洛九针》	希行	起点女生网	2023年8月
《星际第一造梦师》	羽轩W	晋江文学城	2023年5月
《大国蓝途》	银月光华	七猫中文网	2023年3月
《拥抱星星的天使》	妖怪快放了我爷爷	掌阅	2023年5月
《向上》	何常在	七猫中文网	2023年6月

江苏省委宣传部印发通知，公布了57种2023年主题出版重点出版物选题，其中网络文学选题3种：懿小茹的《我的西海雄鹰翱翔》、本命红楼的《风华时代》和月光码头的《春暖临山》。

2023年网络文学十大关键词

2023年12月27日，阅文集团与澎湃新闻联合发布了《2023网络文学十大关键词》。十大关键词从网络文学的内容题材、行业趋势、文化使命等维度，全面展现了2023年网络文学发展的重要变化与趋势特点，成为2023网络文学蓬勃发展的真实写照。

第一个：种田。种田是刻在中国人DNA里的意识。远离田野的年轻人通过看种田网文、种田综艺、种田剧，开启赛博种田模式，电子种地。

第二个：考研。这届年轻人有多爱学习，白天看书为自己考研，晚上看书盯别人考研。考研考公热带动"考研文""考公文"主角纷纷在网文里备战清华北大，在仙侠文中考公考编。

第三个：无CP。孤寡，孤寡，现在读者不好那口了！万万没想到2023年女频流行无CP、大女主，男频流行恋爱甜文。

第四个：坐忘道。《道诡异仙》中的门派，骗人为乐，逼得主角"发癫"。当有人在网上散布各种整活消息或言论时，就可以称为"坐忘道"。或许你可能中过招。

第五个：全员上桌。不仅影视剧，网文角色全员上桌行为也备受读者关注。红中、三花娘娘……2023年，起点读书App星耀值增长数TOP20的角色中，近50%是配角。

479